NIEOD GAD NIONA

REMIGIUSZ

MRÓZ

NIEODGADNIONA

FILIA

Wydanie I, Poznań 2019

Projekt okładki: © Mariusz Banachowicz
Zdjęcie na okładce: © AlohaHawaii/Shutterstock

Redakcja i korekta:
Gabriela Niemiec

Skład i łamanie:
MELES-DESIGN

ISBN: 978-83-8075-596-3

Wydawnictwo Filia
ul. Kleeberga 2
61-615 Poznań
wydawnictwofilia.pl
kontakt@wydawnictwofilia.pl

Seria: FILIA Mroczna Strona
mrocznastrona.pl

Druk i oprawa: Abedik SA

Dla Agi Dygant –
Twój telefon przesądził sprawę

Pragnienia są silniejsze od podejrzeń.

Wiesław Myśliwski, *Traktat o łuskaniu fasoli*

ROZDZIAŁ 1

1

Straciłem w życiu tak naprawdę jedną bliską osobę, ale to w zupełności wystarczyło, bym zrozumiał, że prędzej czy później stracę wszystkie. Nie wiem, czy to było powodem, dla którego przez ostatni rok nie nawiązałem żadnej nowej znajomości – ale z pewnością okazało się świetną wymówką.

Odciąłem się nie tylko od ludzi, ale także od samego siebie. Odsunąłem przeszłość, zapomniałem o wszystkim, co się wydarzyło. Żyłem z dnia na dzień, skupiając się jedynie na tym, o której wstać do pracy, w co zagrać po powrocie do domu, co zjeść i jakim piwem umilić sobie wieczór.

Zamknąłem na głucho poprzedni rozdział mojego życia, a ostatecznym potwierdzeniem miały być przenosiny do niewielkiego mieszkania na poddaszu przy placu Daszyńskiego. Stać mnie było na nie tylko dlatego, że niewielka klitka stanowiła właściwie zaadaptowany strych – a wspólnota mieszkaniowa nie oczekiwała wielkiego zwrotu z inwestycji.

Wziąłem kredyt, trochę pożyczyłem od rodziców i po krótkich negocjacjach w końcu miałem własne mieszkanie. Nie wynajmowane, nie tymczasowe. Moje. A przede wszystkim stanowiące dowód na to, że raz na zawsze pożegnałem się z przeszłością.

Tkwiłem w tym przekonaniu aż do momentu, kiedy wreszcie skończyłem gruntowny remont i wprowadziłem się do moich czterech kątów na poddaszu. Wszystkie bezpańskie rzeczy, które tu znalazłem, wrzuciłem do niewielkiego kartonu pozostawionego przez poprzedniego właściciela i całkiem o nich zapomniałem – pech jednak chciał, że już pierwszej nocy po przeprowadzce z nudów zacząłem je przeglądać.

I wyszperałem starą kasetę VHS. Zwykły grat, którego miejsce było na śmietniku. A jednocześnie przedmiot, który sprawił, że całe moje życie się zmieniło.

Kaseta wyglądała niepozornie. Znajdowała się w białym tekturowym pudełku Panasonica, z charakterystycznymi czerwonymi i niebieskimi liniami. Etykieta była krzywo przyklejona, a napisy na niej kilkakrotnie zamazywane lub poprawiane. Standard. Też to robiłem, kiedy na wcześniej zapisane odcinki *Drużyny A* lub *MacGyvera* nagrywałem *Z Archiwum X* i *Ostry dyżur*. Jakie czasy, taki Netflix. Problem polegał na tym, że w dzisiejszych nie miałem jak dobrać się do tego, co znajdowało się na kasecie.

Mój ostatni magnetowid rozłożył się już pewnie w piwnicy rodziców, a o żadnym samodzielnym adapterze do innego sprzętu nawet nie słyszałem. Spojrzałem na ostatni niezamazany napis na naklejce, zastanawiając się, co oznacza „xc97it". Spodziewałbym się raczej mniej enigmatycznych opisów, jak „pierwsza komunia", „bierzmowanie" albo „studniówka".

Nie zastanawiając się nad tym zbyt długo, odłożyłem kasetę do pudełka i usiadłem przed komputerem. Planowałem spędzić wieczór w taki sam sposób jak przez ostatni rok – grając w *Fortnite* lub inną wieloosobową produkcję. Przerzucenie się z gier singleplayerowych na multiplayery uznawałem za swój największy sukces w kontaktach międzyludzkich. Może nie powinienem, biorąc pod uwagę, że celem całej tej rozgrywki było wyrżnięcie kilkudziesięciu innych graczy i pozostanie na placu boju jako ostatni ocalały.

Grałem właściwie automatycznie, powtarzając nieświadomie to, co zawsze robiłem. Zbierałem przedmioty i zasoby, przygotowując się do starcia z innymi graczami, ale myślami cały czas byłem przy kasecie.

Odpadłem rekordowo szybko. Odwróciłem się na krześle i wbiłem oskarżycielskie spojrzenie w znalezione na poddaszu graty, jakby to one zawiniły. A konkretnie jeden z nich. Znów zacząłem się zastanawiać, co oznacza „xc97it" i co może znajdować się na taśmie. Właściwie niespecjalnie rozumiałem, dlaczego nie daje mi to spokoju. Ot, zwykła stara kaseta, jakich swego czasu na śmietnikach było wiele. Ludzie masowo je wyrzucali, nie myśląc nawet o tym, czego w istocie się pozbywają. Ta nie mogła różnić się od setek, może tysięcy innych.

Dlaczego więc wciąż nie mogłem przestać o niej myśleć?

Odpowiedź nadeszła w najmniej spodziewanym momencie, jak zawsze. Po kilku piwach po omacku trafiłem do łóżka, ułożyłem się wygodnie i zacząłem odpływać, kiedy nagle jedna myśl przecięła mi głowę jak błyskawica.

Natychmiast zerwałem się na równe nogi, włączyłem światło i dopadłem do pudła z gratami. Spojrzałem na kasetę jeszcze raz, by upewnić się, że umysł nie płata mi figli.

Nie, napis wciąż tam był. Dokładnie taki, jak mi się wydawało: „xc97it".

Tymczasowy nick, który system RIC nadał Joli Klizie podczas naszej pierwszej rozmowy, tuż po tym, jak wynająłem

Reimann Investigations do odnalezienia Ewy. Nie miałem co do tego żadnych wątpliwości.

Wracałem do wszystkich tamtych wydarzeń niezliczoną ilość razy, odtwarzałem w głowie każde moje posunięcie i chcąc nie chcąc, znów uprawiałem myślenie kontrfaktyczne. Co by było, gdyby Blitz nie wskazał RI? Albo gdybym nie zgodził się na jego wybór?

Takich i innych pytań było mnóstwo, a im więcej czasu mijało od tamtych wydarzeń, tym trudniej było mi znaleźć odpowiedzi. Odnosiłem wrażenie, że z każdym dniem rozumiem coraz mniej.

Pamięć jednak mnie nie zawodziła. Kaseta, którą znalazłem na poddaszu, była podpisana nickiem Klizy.

Czym prędzej spróbowałem zalogować się na RIC, ale po wprowadzeniu adresu IP okazało się, że chat nie działa. Nic dziwnego. Podobnie jak inne przedsięwzięcia Roberta Reimanna, także RI zamieniło się w popioły. On sam nie żył, a jego żona uciekła z większą częścią fortuny, którą zgromadził.

I z moją godnością – choć akurat o tym nie każdy wiedział.

Spojrzałem na leżącą na biurku kasetę. Jakim cudem się tutaj znalazła? Czy poprzedni właściciel poddasza mógł mieć z tym, co mnie spotkało, cokolwiek wspólnego? Nie, to absurd. Był to podstarzały mężczyzna, który po uchwale mieszkańców wykupił strych dla swojego wnuka. Wspólnota zbyła loft za bezcen, a kiedy młody z niego zrezygnował, starzec sprzedał go mnie za niewiele więcej.

Nie mógł mieć nic wspólnego ani z Klizą, ani z tą sprawą. A mimo to zostawił mi tę kasetę.

Nie musiałem długo zastanawiać się nad tym, co powinienem zrobić. Narzuciłem szybko koszulę, zapiąłem kilka guzików, a potem w spodniach od piżamy wyszedłem na klatkę i zbiegłem po schodach.

Dochodziła dwunasta, ale nie miało to żadnego znaczenia. Stanąłem przed drzwiami Stefana Bronowicza zdeterminowany, by uzyskać odpowiedzi. Nie miałem zamiaru pozwolić na to, by po raz kolejny ktoś sobie ze mną pogrywał.

Kiedy zaspany staruszek otworzył drzwi, wiedziałem już, że akurat on nie byłby do tego zdolny. Patrzył na mnie nie z pretensją, że budzę go o tej porze, ale z głęboką troską.

– Coś się stało? – zapytał. – Coś nie w porządku z mieszkaniem?

Podniosłem taśmę, lekko skonfundowany.

– Skąd pan to ma? – zapytałem.

Stefan przyglądał się kasecie, jakby nie do końca rozumiał, o co pytam.

– Znalazłem to w pudle, które pan zostawił – dodałem.

– W pudle?

– Wrzucił tam pan trochę niepotrzebnych rzeczy.

– Ach... – mruknął, wciąż lekko zaspany. – Mogę?

Wyciągnął rękę, ale zawahałem się przed podaniem mu taśmy. Z jakiegoś powodu nie chciałem się z nią rozstawać, nawet na chwilę. Ostatecznie podałem ją Bronowiczowi, a ten przez moment jej się przyglądał.

– Niestety nie kojarzę, co może na niej być.

– Ale należy do pana?

Wzruszył ramionami.

– Nie wiem – odparł, a potem chrapliwie zakaszlał, nie fatygując się, by zasłonić usta. – Miałem dużo panasoniców, trochę basfów, no i oczywiście maxelle, TDK-i...

– Znalazłem tylko tę – uciąłem. – Dlaczego zostawił ją pan w pudle?

– Nie przypominam sobie, żebym to zrobił. Powinna być razem z pozostałymi w piwnicy.

– W piwnicy?

– Mojej – odparł i lekko się zmieszał. – Niestety do strychu żadna nie przynależy.

O tym wiedziałem doskonale, było to nawet zapisane w umowie. Jedyne, na co mogłem liczyć poza mieszkaniem, to miejsce parkingowe na niewielkim podwórku. I to tylko jeśli akurat miałem szczęście i któreś było wolne.

– Mogę zobaczyć te kasety? – spytałem.

– Oczywiście. Przyjdź rano, to…

– Nie mógłbym tego zrobić teraz?

Sądziłem, że da mi klucz, powie, która piwnica należy do niego, i po prostu się mnie pozbędzie. Zamiast tego jednak zszedł razem ze mną na dół, a chwilę później staliśmy nad kolejnym pudłem. To było zbutwiałe, zniszczone i pokryte grubą warstwą kurzu. Stefan upchnął do niego kilkadziesiąt kaset, ale bardziej niż one interesował mnie kabel, który pałętał się pośród nich.

Wskazałem mu go i pytająco uniosłem brwi.

– Od magnetowidu – oznajmił, a mi zaświeciły się oczy.

Zaraz jednak uświadomiłem sobie, że sam odtwarzacz nic mi nie da. Miałem wprawdzie telewizor, ale przypuszczałem, że smart TV nie jest na tyle smart, by dało się do niego podłączyć tak archaiczny sprzęt.

– A telewizor? – zapytałem z nadzieją w głosie. – Najlepiej taki kineskopowy?

– Cóż…

Wskazał na stertę rupieci upchniętych obok starego piecyka, a ja wiedziałem już, że jeszcze tej nocy dowiem się, co jest na kasecie. O ile sprzęt przez ostatnią dekadę nie wyzionął ducha.

Z trudem wytargałem pudła na ostatnie piętro, dziękując po drodze Bronowiczowi i zapewniając, że nazajutrz zwrócę wszystko w niepogorszonym stanie. Podłączyłem cinchami odtwarzacz Sanyo do telewizora bez większego problemu, czując, że serce bije mi coraz szybciej.

Było to niemal jak podróż w czasie. Brakowało mi jedynie chipsów Chio, gumy Turbo, mleczka w tubce i vibovitu. Oczywiście nie rozpuszczonego, tylko w proszku, do wyjadania poślinionym palcem prosto z saszetki.

Umieściłem kasetę w windzie, a ta łapczywie wciągnęła taśmę, jakby ją połykała. Zaraz po tym, jak opuściła ją na zabierakach szpul, rozległy się charakterystyczne trzaski. Obraz, który pojawił się na ekranie, był niewyraźny, przecięty w jednej trzeciej i przesunięty w dół, a dodatku mocno śnieżył. Miał znikomy kontrast i naznaczony był tyloma artefaktami, że trudno było cokolwiek dostrzec. Najwyraźniej nie bez powodu niektórzy rozwijali skrót VHS jako *very horrible system*.

Nawet te zakłócenia nie mogły jednak przeszkodzić mi w zrozumieniu, kto znajduje się na nagraniu.

Ewa. Moja zaginiona jedenaście lat temu narzeczona.

Patrzyła prosto w kamerę, a jej wzrok sprawił, że na moment zabrakło mi tchu. Płuca dopiero po chwili przypomniały sobie, że potrzebują tlenu. Niemal zachłystując się powietrzem, potrząsnąłem głową.

Dotarło do mnie, że Ewa porusza ustami, ale z telewizora nie wydobywa się żaden dźwięk. Czym prędzej dopadłem do cinchów i sprawdziłem, czy dobrze je podłączyłem. Kiedy dotknąłem jednego z kabli, w końcu usłyszałem głos narzeczonej. Zaraz jednak dźwięk z powrotem znikł.

Brak styku. Poprawiłem wtyczkę, niepewny, czy to cokolwiek da.

Wystarczyło w zupełności. Głos był zniekształcony, część zdań urwana, a mimo to bez trudu mogłem wszystko zrozumieć. Nie tylko to, co mówiła Ewa, ale także kontekst, w jakim to robiła.

Siedziała z podkulonymi nogami pod obskurną ścianą, na suficie wisiała pojedyncza żarówka, a pomieszczenie przywodziło na myśl piwnicę, z której przed momentem wygrzebałem sprzęt Bronowicza.

Uświadomiłem sobie, że magnetowid nie odtwarza nagrania od początku. Natychmiast zatrzymałem kasetę, a potem przewinąłem do początku. Rozległ się trzask, jakby szpula urwała taśmę, ale po chwili przewijanie znów ruszyło.

Kiedy wreszcie dobiegło końca, położyłem palec na przycisku „play", ale się zawahałem.

Tylko na moment.

Zaraz potem z głośnika dobiegł głos Ewy.

„Nagrywam to z nadzieją, że ktoś kiedyś to odnajdzie" – zaczęła.

Z sercem walącym jak młotem wpatrywałem się w niewyraźny obraz osoby, której już nigdy nie spodziewałem się zobaczyć. Słuchałem głosu, którego wedle wszelkiego prawdopodobieństwa nie miałem prawa usłyszeć. I poznawałem historię, która miała na zawsze pozostać nieopowiedziana.

Skończyłem po drugiej w nocy. Zupełnie zdezorientowany, pogrążony w szoku i marazmie.

Kiedy rozległ się dzwonek do drzwi, podniosłem się z podłogi automatycznie, ledwo odnotowując, że przez długie siedzenie po turecku zdrętwiały mi nogi.

Zbliżałem się do drzwi jak w transie. I przebudziłem się z niego, dopiero kiedy zobaczyłem, kto stoi w progu.

Kolejna osoba, której miałem już nigdy nie zobaczyć.

Kobieta, która zniszczyła moje życie.

2

Byłam przygotowana na każdą reakcję Werna. Wciąż miałam w pamięci wszystkie jego słowa, jakie padły podczas naszej ostatniej rozmowy. Siedziałam wtedy w McDonaldzie, korzystając z darmowego wi-fi, a on zalogował się na RIC.

Obiecał mi, że poniosę odpowiedzialność za to, co zrobiłam. I że nie odpuści, dopóki mnie nie znajdzie.

Nie wątpiłam, że przez ostatni rok próbował to zrobić. Razem z Glazurem zaplanowaliśmy jednak wszystko zbyt starannie, ukryliśmy się zbyt dobrze, by Damian lub ktokolwiek inny mógł nas odnaleźć.

Do czasu.

Dwa tygodnie temu ktoś trafił na mój trop.

Wojtek miał spędzić wieczór na urodzinach kolegi, nigdy jednak tam nie dotarł. Miał przejść raptem dwie przecznice. W niewielkim, bezpiecznym miasteczku pod Norymbergą, gdzie każdy znał każdego i nic złego nie mogło spotkać żadnego dziecka, wydawało się to rzut beretem od naszego domu.

Czuliśmy się tam jak dwoje rozbitków, którzy po sztormie zacumowali w bezpiecznej przystani. Ja zaangażowałam się w sprawy lokalnej społeczności, Wojtek coraz lepiej odnajdywał się w nowej szkole i wśród nowych znajomych. Radził sobie z barierą językową dość dobrze, nie tylko dzięki temu, że od najmłodszych lat miał korepetycje. Chciał się uczyć. Chciał rozpocząć nowe życie.

Dopiero kiedy zobaczyłam w nim tę gotowość, tak naprawdę zrozumiałam, że poprzednie dało w kość nie tylko mnie, ale także jemu. Starałam się odgrodzić go od wszystkiego, czego dopuszczał się Robert, ale powinnam wiedzieć, że dziecko widzi więcej, niż rodzic by chciał.

Ostatecznie jednak dane nam było zacząć wszystko od nowa. Byliśmy spokojni, bezpieczni i ukryci przed całym światem.

A przynajmniej tak mi się wydawało.

Teraz, kiedy znów patrzyłam w oczy Wernera, wiedziałam, jak iluzoryczne było to przekonanie.

– Co ty... – zdołał wydukać, zanim podniosłam broń.

Wymierzyłam prosto w niego, nie zastanawiając się ani przez chwilę.

Spojrzał na pistolet, jakby pojawił się znikąd, jakby stanowił obcy element, z nieznanego, nierzeczywistego świata. Cofnął się o krok, otworzył usta, ale nie potrafił dobyć głosu. Nie dziwiłam się. Do poczucia dezorientacji z pewnością wystarczyłby sam widok mnie w jego nowym mieszkaniu. Broń musiała wprawić go w całkowite osłupienie.

Dla mnie od roku była czymś zupełnie naturalnym. Jak wiele innych ofiar długoletniej przemocy domowej potrzebowałam czegoś więcej niż abstrakcyjnego poczucia bezpieczeństwa. Czegoś namacalnego. Czegoś, co stanowiłoby ostateczny dowód na to, że nie muszę się już bać.

W moim przypadku był to ruger LC9, model najczęściej używany właśnie przez kobiety do samoobrony. Niewielki i lekki, bo bez magazynka ważący jedynie niecałe pięćset gramów, doskonale nadawał się do torebki.

A jednocześnie spełniał swoje zadanie, co widziałam teraz nader wyraźnie.

– Gdzie jest mój syn? – zapytałam.

Od razu wykorzystałam fakt, że Wern się wycofał, i weszłam do środka. Nie spuszczając go z oka, zamknęłam za sobą drzwi.

– Co ty robisz? – wydusił.

– Gdzie jest Wojtek?

Damian zamrugał nerwowo i wycofał się jeszcze kawałek. Z jego oczu znikła jednak obawa, zdawał się też powoli opanowywać inne emocje. Wiedziałam doskonale, co mu na to pozwoliło. Nienawiść. Czysta, wyraźna i dobitna.

Stała przed nim osoba, która wykorzystała go w najgorszy możliwy sposób. Która podszyła się pod jego zaginioną narzeczoną, naraziła go na śmiertelne niebezpieczeństwo i właściwie przekreśliła całą jego przyszłość.

Dzięki temu zebrał się w sobie. Ale ja także.

– Nie będę pytać trzeci raz – powiedziałam. – Odpowiadaj.

– Nie mam pojęcia, o czym mówisz.

Zbliżyłam się do niego, w każdej chwili gotowa pociągnąć za spust. Wiedziałam, o czym świadczą wstręt i determinacja w jego oczach. Za moment spróbuje mnie zaatakować. Nie będzie kalkulował, zastanawiał się ani wahał. Zrobi wszystko, żeby zrobić to, na co tak długo czekał – wymierzyć sprawiedliwość.

Czy mogłam mu się dziwić? Nie, z pewnością nie. Nie dość, że go wykorzystałam, to jeszcze z jego punktu widzenia byłam osobą, która doprowadziła do śmierci Ewy. To ja miałam ściągnąć na nią uwagę ludzi Kajmana, którzy odebrali jej życie i porzucili ciało na wyspie Bolko.

– Ostatnim razem widziałem twojego syna w samochodzie, kiedy jechaliśmy w stronę granicy. Na moment przed tym, jak mnie zaatakowaliście i…

– Skończ z tymi wykrętami, Werner – przerwałam mu. – I mów!

Unikał mojego wzroku, wbijał spojrzenie prosto w lufę pistoletu.

– Bo inaczej strzelisz?

– Tak.

– Nie sądzę.

– W takim razie nie wiesz, do czego zdolna jest matka, która chce chronić swoje dziecko.

– Wydaje mi się, że jednak wiem – odparł i w końcu na mnie popatrzył.

Jego wzrok był jak cios między oczy. Mimowolnie wstrzymałam oddech, a ślina zdawała się zgęstnieć mi w ustach. Naszły mnie sprzeczne, absurdalne myśli. O nim i o mnie, niewłaściwe i niepasujące do sytuacji. Zderzały się ze sobą, tworzyły niezrozumiały chaos i sprawiały, że nie wiedziałam, co tak naprawdę robię. Wyłaniał się z nich jednak dość jasny, czytelny wniosek.

Boże, jak mi go brakowało.

Czułam to od dawna. Wprawdzie nie potrafiłam przyznać się do tego przed sobą przez długie miesiące, ale w końcu musiałam to zrobić, by ruszyć naprzód.

Zżyłam się z nim bardziej, niż się spodziewałam. Uzależniłam się nie tylko od wieczornych rozmów na RIC, których całymi dniami wyczekiwałam, ale także od poczucia bezpieczeństwa, jakie się z nimi wiązało.

Tęskniłam za Wernem. Mimo że był to człowiek, który poprzysiągł na mnie zemstę. I który mógł porwać mojego syna, by ściągnąć mnie do Opola.

W tej chwili musiałam skupić się wyłącznie na tym. I zagrać tak, jak wymagała tego sytuacja – przyjmując rolę bezwzględnej, zimnej i gotowej na wszystko suki.

– Ostatnia szansa, Tygrysie – rzuciłam, przesuwając palec na spust rugera.

Na dźwięk tego określenia Wern drgnął nerwowo. W jego oczach pojawiła się furia, którą znałam aż za dobrze. Widywałam ją niemal co noc, tuż przed tym, jak Robert zaczynał mnie bić.

Ścisnęłam mocniej pistolet. Byłam bezpieczna, kontrolowałam sytuację. Musiałam tylko zachować spokój.

– Albo powiesz mi, gdzie on jest, albo...

– W porządku.

Beznamiętny, chłodny głos podziałał na mnie jak kubeł zimnej wody.

– Jest w bezpiecznym miejscu – dodał Damian.

A więc się nie myliłam. To on porwał moje dziecko.

– Ty skurwysynu... – jęknęłam.

– Nie mam zamiaru go krzywdzić. Nic mu się nie stanie, o ile zrobisz wszystko, co powiem.

Zwalczyłam w sobie potrzebę pociągnięcia za spust. Damian nie był w ciemię bity, musiał odpowiednio zabezpieczyć się na taki wypadek. Może zresztą spodziewał się, że zjawię się u niego prędzej czy później. Może właśnie na to liczył.

Ale nawet gdybym miała pewność, że strzelając, nie sprowadzę nieszczęścia na mojego syna, czy byłabym w stanie to zrobić? Zabić człowieka, który mnie uratował? I za którym tak bardzo tęskniłam?

Tak. Bo dla matki z momentem wprowadzenia dziecka na ten świat zawęża się on tylko do jednej osoby. Kiedy urodził się Wojtek, ja także na nowo się narodziłam. Osoba, którą byłam przed tym, być może nie byłaby zdolna pociągnąć za spust. Nie bez powodu mawiało się jednak, że nie ma na świecie bardziej niebezpiecznego szaleńca niż matka gotowa bronić swego dziecka.

– Rozumiesz? – zapytał Wern.

– Skurwielu… – syknęłam mimowolnie. – Co mu zrobiłeś?

– Nic – zapewnił oschle. – I nic mu się nie stanie, jeśli zachowasz spokój.

Powinnam była się tego spodziewać. Czego oczekiwałam, przychodząc do jego mieszkania? Że na widok rugera nagle spotulnieje i po prostu odda mi syna?

– Wiesz dobrze, że nie masz wyjścia – ponaglił mnie. – Oddaj broń.

Wyciągnął dłoń w moim kierunku, a ja dostrzegłam, że cały się trzęsie. Robił wszystko, by sprawiać wrażenie opanowanego i pewnego siebie, ale w rzeczywistości musiał ledwo radzić sobie z paniką.

Być może mogłam to jakoś wykorzystać.

Ale jak? Strzelić w kolano, a potem sypać na ranę sól dopóty, dopóki nie wyjawi mi, gdzie trzyma Wojtka?

Byłam zdolna do wielu rzeczy, ale nie do tego.

Znacznie łatwiej przyszło mi podjęcie decyzji o poświęceniu samej siebie. Do tego bowiem wszystko się sprowadzało. Wiedziałam, że jeśli oddam Wernowi broń i poddam się, osiągnie to, co zamierzał przez uprowadzenie Wojtka.

Nie było innego wyjścia.

– Przyznam się do wszystkiego – odezwałam się. – Pójdę na policję z samego rana, tylko…

– Wszystko po kolei – uciął. – Najpierw daj mi ten pistolet.

Spojrzałam na jego trzęsącą się rękę. Potrzebowałam solidniejszych zapewnień, jeśli miałam zrobić to, czego Damian ode mnie oczekiwał.

– Złożę zeznania – powiedziałam. – I opiszę, co się stało w Rewalu. Tego chcesz, prawda? Żebym poszła siedzieć za zabójstwo Roberta?

– Nie. Nie za to.

Nie musiał dodawać nic więcej. A jednak zdecydował się to zrobić.

– Nie obchodzi mnie, za co cię skażą – dorzucił. – Liczy się dla mnie to, że trafisz tam, gdzie powinnaś.

Patrząc w jego oczy, odniosłam wrażenie, że zależy mu nie na zemście, ale na sprawiedliwości. I być może dlatego jego słowa sprawiły mi więcej bólu, niż się spodziewałam.

– Muszę mieć gwarancję, że go nie skrzywdzisz, Wern.

– Masz ją.

– I że wróci do domu.

Damian skinął głową, a potem znacząco spojrzał na wyciągniętą dłoń. W końcu podjęłam jedyną możliwą decyzję i ostrożnie podałam mu pistolet. Natychmiast wyszarpał mi go z ręki, głośno wypuszczając powietrze z płuc. Sprawiał wrażenie, jakby nogi miały się pod nim ugiąć.

Cofnął się, a raczej zatoczył o kilka kroków w tył, po czym opadł ciężko na fotel.

Nie mierzył do mnie, nie groził mi, nie wyglądał nawet, jakby źle mi życzył. Uniósł wzrok z wdzięcznością, a potem wbił go we mnie. Stałam na środku poddasza jak sparaliżowana.

– Zwariowałaś? – odezwał się Damian.

Uniosłam brwi, bo było to ostatnie, co spodziewałam się od niego usłyszeć.

– Naprawdę sądzisz, że mógłbym porwać Wojtka? – dodał, kręcąc głową. – Za kogo ty mnie masz?

– Ale...

– Nie mam z tym nic wspólnego.

Jakby na potwierdzenie tych słów zaczął siłować się z magazynkiem. W końcu udało mu się go wysunąć.

– I nie miałem pojęcia o żadnym uprowadzeniu, dopóki mi o tym nie powiedziałaś.

– Ale... – powtórzyłam.

– Mierzyłaś do mnie z pistoletu – rzucił. – Dziwisz się, że skorzystałem z okazji?

Nie tylko się nie dziwiłam, ale zrugałam się w duchu za to, że tak łatwo mu uwierzyłam. Dopiero teraz zrozumiałam, jak roztrzęsiona byłam przez ostatnie dwa tygodnie. Zbyt dużo nieprzespanych nocy, zbyt wiele zszarganych nerwów. Umierałam z obawy o los syna, nie mając żadnych wieści na jego temat.

Nie wiedziałam, co się z nim dzieje, nie dotarłam do żadnych poszlak. Aż do momentu, kiedy pojawił się ślad prowadzący do Opola. Najlogiczniejszy wniosek był taki, że to Werner za tym wszystkim stoi.

Ale Einstein miał rację, gdy powiedział, że logika jest tylko narzędziem, które pozwala nam dotrzeć z punktu A do punktu B. Wyobraźnia zabiera nas w każde inne miejsce. I to jej powinnam użyć, żeby zrozumieć, jak wiele możliwych scenariuszy istniało.

– Usiądź – odezwał się Damian, wskazując stojącą pod skosem dachowym kanapę.

Udało mi się zebrać myśli na tyle, by zrozumieć, w jak niewygodnej sytuacji się znalazłam.

– Żebyś miał czas zadzwonić po policję? Nie, dziękuję, Wern.

Odwróciłam się, gotowa wyjść. Przez myśl nie przeszło mi nawet, żeby próbować odzyskać broń.

– Poczekaj.

– Nie ma na co. Doskonale pamiętam, co mi obiecałeś, kiedy ostatnio rozmawialiśmy.

Ruszyłam do wyjścia, a on natychmiast poderwał się z fotela. Nie obawiałam się, że skorzysta z broni, znałam go zbyt dobrze. Może nawet bardziej od Ewy, a z pewnością lepiej, niż on znał samego siebie.

Mimo to usłyszałam charakterystyczny, metaliczny trzask, kiedy włożył magazynek do rugera.

Ostrożnie się odwróciłam, a on spojrzał na broń i skierował ją rękojeścią w moją stronę.

– Będziesz tego potrzebowała – powiedział. – I przypuszczam, że nie tylko tego, bo jeśli Wojtek faktycznie gdzieś tutaj jest, to znaczy, że znaleźli was ludzie Roberta.

Zabrałam pistolet i schowałam go do torebki. Przez chwilę patrzyliśmy na siebie jak dwoje nieznajomych, niepewnych, z kim mają do czynienia.

– Będziesz potrzebowała każdej pomocy.

– Poradzę sobie.

– Jak? – odparł szorstko. – Na policję nie pójdziesz, bo nadal ciążą na tobie zarzuty. Sytuacja w Rewalu była dla śledczych jasna jak słońce. Zostawiłaś odciski palców na kawałku szkła i...

– Wiem doskonale, co zrobiłam.

– W takim razie powinnaś też zdawać sobie sprawę z tego, że jeśli ktoś zobaczy cię na mieście, możesz pójść siedzieć.

Obejrzałam się przez ramię, coraz mniej przekonana, że powinnam czym prędzej opuścić loft.

– I ty mnie przed tym przestrzegasz? – spytałam. – Będziesz pierwszym, który pogratuluje policji.

Nie odzywał się, a ja przyglądałam mu się uważnie, jakbym dzięki długiemu spojrzeniu mogła dotrzeć do jego myśli. Coś więcej było na rzeczy. Nie rozumiałam jednak co.

– Daj mi chwilę – odezwał się w końcu.

– Na co?

– Na pokazanie ci, że... cóż, może jest coś, w czym mogłabyś mi pomóc.

– Ja tobie?

– Tak mi się wydaje – odparł i westchnął. – I niewykluczone, że to ma jakiś związek z zaginięciem Wojtka.

– Jaki?

– Sam nie wiem, ale... timing wydaje się zastanawiający.

Podszedł do stojącego na podłodze starego, kineskopowego telewizora, a potem pochylił się nad magnetowidem. Wcisnął przycisk „eject", a zaraz potem rozległ się charakterystyczny chrzęst, kiedy urządzenie wypluło kasetę.

Zamknęłam oczy i zupełnie znieruchomiałam. Jeden pozornie nic nieznaczący odgłos przypomniał mi o wieczorach spędzanych z Robertem lata temu. Wypożyczaliśmy filmy z sieci Beverly Hills Video, a potem urządzaliśmy sobie kino w domu, popijając drinki i zajadając się popcornem z mikrofalówki.

Każdy wieczór kończył się tak samo. Festiwalem agresji, brutalności i poniżania.

Otworzyłam oczy i zobaczyłam, że Wern podaje mi kasetę.

– Mówi ci coś xc97it? – spytał.

Zerknęłam na naklejkę.

– Nie. A powinno?

– To nick Klizy z naszej pierwszej rozmowy na RIC.

– Klizy? – spytałam niepewnie. – To ona dała ci tę kasetę?

Zaprzeczył ruchem głowy, a potem opowiedział mi, jak znalazł taśmę w gratach po poprzednim właścicielu. Potem znów usiadł na fotelu, jakby uznał, że to wszystko wystarczy, by mnie tutaj zatrzymać.

Miał rację.

Wprawdzie mogło to nie mieć związku z Wojtkiem, ale fakt, że stało się mniej więcej w tym samym czasie, kiedy trafiłam na trop mojego syna w Opolu, był zastanawiający.

– To nie ma sensu – powiedziałam. – Jakim cudem ten człowiek miałby mieć kasetę od Klizy?

– Nie wiem, ale przypuszczam, że ty możesz mi to wyjaśnić.

– Ja?

– Szczególnie biorąc pod uwagę, co jest na tej taśmie.

– A co jest?

– Sama się przekonaj.

Obróciłam ją w rękach, a potem zbliżyłam się ostrożnie do telewizora, jakby był bombą z opóźnionym zapłonem.

Usiadłam na podłodze, włożyłam kasetę do odtwarzacza i czekałam. Kiedy zniekształcony obraz pojawił się na ekranie, a z głośników rozbrzmiał niewyraźny głos, poczułam na sobie oskarżycielskie spojrzenie Werna.

– Doskonale wiesz, co jest na kasecie, prawda? – zapytał.

Nie odpowiedziałam.

– Przypuszczam, że możesz wyrecytować z pamięci wszystko, co jest na tym nagraniu – dodał, nie podnosząc się z fotela.

Wcisnęłam pauzę i odwróciłam się do niego.

– Nie tylko na tym – potwierdziłam w końcu. – Ale też na pozostałych.

3

Sprawa była dla mnie jasna. Wszystko to, co Ewa utrwaliła na taśmie, słyszałem już wcześniej. Niektóre rzeczy były inaczej ujęte, ale większość pokrywała się niemal w stu procentach z tym, co już znałem.

Wszystko było na nagraniach, które Kasandra dostarczała mi na pendrive'ach, przeganiając mnie po całym kraju i robiąc, co tylko się da, by mnie omamić i zmanipulować.

Skopiowała materiał niemal co do joty. Historię o rodzicach Ewy, o foliowych torebkach pod zlewozmywakiem. O lodach w upalny dzień. O zeznaniach przeciwko Kajmanowi, statusie świadka incognito i o tym, że gwałt na Loży Szyderców miał być ostrzeżeniem. A w końcu także o naszym wypadzie do Jarocina. Nagrała swoją wersję wspomnień Ewy.

I przypuszczałem, że na oryginalnych kasetach jest tego jeszcze więcej. Cała historia naszego życia.

Zrozumiałem, że wszystko, czego dowiedziałem się dzięki materiałom Kasandry, było prawdziwą historią mojej narzeczonej. Tyle że opowiadaną nie przez Ewę, ale przez kogoś innego.

– Możesz mi to wytłumaczyć? – odezwałem się, wymierzając palcem w telewizor.

Kasandra niepewnie skinęła głową.

– Większości z pewnością sam się domyślasz – odparła.

– W tej chwili mam w głowie taki mętlik, że nie. Raczej nie. A nawet jeśli, chcę to usłyszeć od ciebie.

Sprawiała wrażenie, jakby sama czuła, że jest mi to winna. Jeśli jednak czegokolwiek nauczyłem się po naszym spotkaniu rok temu, to wyłącznie tego, by nie ufać Kasandrze Reimann pod żadnym pozorem.

Wcisnęła „stop" i obraz znikł ze starego telewizora.

– Myślałeś, że skąd czerpałam wiedzę o waszym życiu? – zapytała.

Nie odpowiadałem.

– Musiałeś zastanawiać się, skąd wiedziałam o tym, że mówiła do ciebie „Tygrysie", o wypadach na koncerty, upodobaniach, dzieciństwie i…

– Założyłem, że wykorzystałaś RI – uciąłem. – W końcu miałaś pod ręką wszystkie zasoby biura detektywistycznego. A w szczególności mogłaś liczyć na jednego pracownika, który zrobiłby dla ciebie wszystko.

Tryb warunkowy był niepotrzebny. Glazur w istocie zrobił dla niej wszystko.

– Przypuszczałem, że inwigilowaliście mnie od jakiegoś czasu elektronicznie, może włamaliście się do mojego laptopa, na konta internetowe... zyskaliście dostęp do chmury, poznaliście wszystkie backupy i tak dalej.

W dobie, kiedy wszystko było online, wydawało mi się to logicznym założeniem. Kasandra długo przygotowywała się do przejęcia tożsamości Ewy, a Glazur musiał z nie mniejszą determinacją badać całe moje życie.

Kopie moich starych pamiętników wciąż znajdowały się na twardym dysku laptopa, podobnie stare zdjęcia i kontakty. A szperanie w przeszłości nie musiało przecież ograniczać się do mnie.

– Nie – odezwała się w końcu Kasandra. – A przynajmniej niezupełnie. Nie musieliśmy tego robić, Wern.

Znów zamilkłem.

– To potrzebowałeś ode mnie usłyszeć?

– Potrzebuję usłyszeć o wiele więcej.

– Więc pytaj – odparła cicho, uciekając wzrokiem.

Nie miałem wątpliwości, że jej gotowość do rozmowy jest podszyta partykularnym interesem. Chciała dać mi to, czego tak bardzo pragnąłem – odpowiedzi – tylko dlatego, bym pomógł jej odnaleźć Wojtka.

Akurat o to nie mogłem mieć do niej pretensji. Było jednak wiele rzeczy, za które powinienem.

– Na pozostałych kasetach jest to, co usłyszałem od ciebie na nagraniach?

– Tak.

– I tylko dzięki nim wiedziałaś o... o całym naszym życiu?

– To nie żadne „tylko", Wern – odparła i westchnęła głęboko. – Na nagraniach Ewa godzinami opowiada o wszystkim, co związane z nią, z tobą, z jej rodzicami i z Kajmanem. Cały ten materiał to coś więcej niż krótka opowieść o przeszłości.

Miałem ochotę wyciągnąć z lodówki jakiś alkohol i czym prędzej się znieczulić. Nie ruszyłem się jednak z kanapy. Nie chciałem uronić choćby słowa z tego, co Kasandra miała mi do powiedzenia.

– Nie rozumiem – odezwałem się. – Skąd te kasety? Po co je nagrała? I kiedy? Gdzie?

Nawałnica pytań sprawiała, że nie mogłem zebrać myśli. Wszystko plątało mi się coraz bardziej.

– Nie wiem.

– Nie wiesz? – syknąłem. – Więc skąd je miałaś? Jak do nich dotarłaś? I kto w ogóle…

– Pozwól mi powiedzieć.

Uderzyłem dłońmi o siedzisko i zakląłem pod nosem. Poniewczasie zorientowałem się, że przez moją nerwową reakcję Kas cała się spięła. Najwyraźniej tyle wystarczyło, by usłyszała wołanie demonów przeszłości.

– Miałeś rację, że razem z Glazurem od jakiegoś czasu staraliśmy się dowiedzieć o tobie jak najwięcej – podjęła. – O tobie i o Ewie oczywiście. Robiliśmy wszystko, by odnaleźć jej trop. I w końcu na coś trafiliśmy.

– Na co?

– Glazur dokładnie prześledził, co dekadę temu robił Prokocki. Jak wiesz, to on namówił Ewę do zeznawania przeciwko Kajmanowi. To on ją ukrył i robił wszystko, by ją chronić.

– Twierdzi, że nic takiego nie miało miejsca.

Jego słowa sprzed roku wciąż odbijały mi się echem w głowie. Według podkomisarza Ewa nigdy nie poszła na współpracę z wymiarem sprawiedliwości, bo nie miała ku temu powodu. Cała sprawa z Kajmanem była wymysłem Kasandry, a gwałt i porwanie nad Młynówką nie miały nic wspólnego ze zorganizowaną przestępczością.

Ewa miała być ofiarą przypadkowych zwyrodnialców.

Prokocki nie potrafił jednak wytłumaczyć, dlaczego jej ciało pojawiło się na wyspie Bolko tuż po tym, jak zacząłem grzebać w tej sprawie. Zapewniał, że to ona, że jej tożsamość została potwierdzona badaniami DNA. Ale czy mogłem mu wierzyć? Z pewnością nie chciałem. Wolałem trzymać się myśli, że Ewa żyje. Wciąż się gdzieś ukrywa, a wersja Kasandry jest prawdziwa.

Teraz otrzymałem potwierdzenie. Nagrania dowodziły, że Kajman rzeczywiście polował na moją narzeczoną. A skoro tak, to być może ciało na wyspie wcale nie należało do Ewy. Może Prokocki wciąż próbował ją chronić.

Nie, to niemożliwe. Popadałem w zupełną paranoję.

Wmawiałem sobie tę wersję, od kiedy wróciłem do Opola. Podkomisarz jednak pokazał mi zdjęcia z sekcji. Sam im się przyglądałem i bez trudu poznałem Ewę.

Były prawdziwe. Nawet największy magik w Photoshopie nie zdołałby przygotować czegoś takiego.

A w takim razie Kasandra z jakiegoś powodu musiała kłamać, przynajmniej w tej kwestii.

– I co dalej? – zapytałem. – Glazur wpadł na jakiś ślad?

– Niewiele znaczący, ale wystarczający. Prowadził do Obic.

– Obic?

– Niewielkiej wsi niedaleko Kielc. Prokocki dwa razy płacił w okolicy za paliwo i nie trzeba było długo rozpytywać wśród mieszkańców, żeby się dowiedzieć, że ktoś wprowadził się do jednego z domów na sprzedaż.

To tam trafiła Ewa? Zaszyła się w jakiejś wiosce w Świętokrzyskiem, samotna, wciąż obawiająca się o swoje życie i niepewna przyszłości?

– Glazur ją odnalazł? – zapytałem.

– Nie. Kiedy zjawił się na miejscu, Ewy już tam nie było. Prokocki musiał przenieść ją gdzie indziej. Znaleźliśmy jedynie kasety.

Potarłem nerwowo czoło.

– Przykro mi, Wern – dodała Kasandra. – Tam ślad się po niej urwał.

– Albo wy tak uznaliście, bo mieliście wszystko, co było wam potrzebne. Całą jej historię na kasetach.

Nie odpowiedziała, ale nie musiała tego robić. Kiedy dotarli do Obic, zdali sobie sprawę, że trafili na żyłę złota. Być może wcześniej przygotowywali odpowiednią narrację, którą zamierzali mi przedstawić, ale taśmy zupełnie zmieniały postać rzeczy. Zyskali dzięki temu pewność, że zamydlą mi oczy.

– Staraliśmy się ją odnaleźć.

– Jasne.

– Tak było – podkreśliła Kas. – Robiliśmy wszystko, by ustalić, gdzie jest. Musisz zrozumieć, że stanowiła dla nas…

– Zagrożenie?

Kasandra potwierdziła ruchem głowy.

– No tak – mruknąłem. – Gdyby nagle się pojawiła, kiedy ty ją udawałaś, cały twój plan poszedłby w cholerę.

Znów nie musiała odpowiadać.

– Nie rozumiesz, co było na szali…

Rozumiałem doskonale, bo wciąż pamiętałem o mrożących krew w żyłach statystykach. Nie wiedziałem, czy są aktualne, ale wedle mojej najlepszej wiedzy rocznie w Polsce około pięciuset kobiet ginęło z powodu przemocy domowej. Niemal dziesięć tygodniowo.

A Kasandra musiała myśleć nie tylko o sobie, ale także o dziecku.

– Wydaje mi się, że rozumiem całkiem sporo – odparłem półszeptem. – Ale jest wiele rzeczy, których nie jestem w stanie pojąć.

Czekała na dalszy ciąg, nie zabierając głosu.

– Założyliście, że Blitz wybierze akurat wasze biuro – dodałem. – Dlaczego?

– Wystarczyło kilka lokalizowanych reklam na Google.

Tak przypuszczałem, choć nigdy nie miałem pewności. Niemal całe Reimann Investigations składało się z informatyków, głównym polem ich działania był internet. Niewiele było trzeba, by przez parę tygodni dla zapytań o „biuro detektywistyczne" kierowanych z Opola wyszukiwarka kierowała na stronę RI. Właściwie nie wiązałoby się to nawet z wielkim kosztem.

– A gdyby to nie zadziałało? – zapytałem. – Gdyby Blitzer wybrał jednak kogoś innego?

– Byliśmy gotowi włączyć się *pro publico bono*.

Jak Rutkowski w kilka głośnych spraw związanych z niewyjaśnionymi zgonami za granicą czy tajemniczymi zaginięciami. Oczywiście.

– Co jeszcze chcesz wiedzieć, Wern?

– Tylko dwie rzeczy.

– Pytaj…

A potem pomóż mi odnaleźć mojego syna? Tak, z pewnością właśnie to miała na końcu języka. A im więcej mówiła, im dłużej patrzyła mi w oczy, tym bardziej byłem gotowy zrobić to, na co liczyła.

– Dlaczego Blitz zginął? – zapytałem. – I kto go zabił?

Spuściła wzrok, a na jej czole pojawiła się podłużna zmarszczka.

– Nigdy nie chciałam, żeby ktokolwiek...

– Nie interesuje mnie to, co chciałaś, a czego nie – uciąłem. – Chcę tylko wiedzieć, dlaczego mój przyjaciel zginął.

Nabrała głęboko tchu.

– Ktoś w policji zorientował się, że na profilu spotted pojawiły się zdjęcia Ewy.

– Nie Ewy, tylko twoje.

– Owszem, ale o tym nie wiedzieli – odparła cicho, jakby zawstydzona. – Doskonale za to zdawali sobie sprawę z tego, że ktoś zostawia komentarze i wypytuje o Ewę. Twój przyjaciel.

Czekała na jakąkolwiek reakcję, ale trwałem w bezruchu.

– Wiesz, że w opolskiej policji działa człowiek Kajmana – dodała.

– J. Falkow.

– Tak – potwierdziła. – Nie wiem dokładnie, co się stało, ale przypuszczam, że dowiedział się o tym, że ktoś wpadł na ślad Ewy. Może próbował coś wyciągnąć od Blitza, zmusić go do mówienia, może doszło do przepychanki, a potem...

Nie musiała kończyć, jako że miała przed sobą osobę, która znalazła rankiem ciało.

Przez chwilę oboje milczeliśmy. Ja wodziłem wzrokiem po pokoju, ona wciąż siedziała z lekko spuszczoną głową. Czy miała wyrzuty sumienia przez wszystko, co zrobiła? Czy może usprawiedliwiała to tym, że Wojtek był bezpieczny, a jej mąż już nigdy nikomu nie mógł wyrządzić żadnej krzywdy?

– Mówiłeś, że chcesz wiedzieć jeszcze o czymś – odezwała się.

Potrząsnąłem głową i potrzebowałem chwili, by przypomnieć sobie, jaki ostatni znak zapytania pozostał.

– Zdjęcie, które zrobiłem Ewie pod Babą na Byku – powiedziałem. – Trafiło do internetu, a tylko ja miałem do niego dostęp.

– Właściwie tych zdjęć było kilka.

– To znaczy?

– Oryginał plus jedna kopia w chmurze. I jedna na twoim komputerze, po backupie, który kiedyś robiłeś.

Zamknąłem oczy i przekląłem się w duchu. Było to tak oczywiste, że nawet moje niewyspanie i ogólne zmieszanie mnie nie usprawiedliwiało.

– A więc jednak włamaliście się na moje konto – powiedziałem.

– Tak, ale…

Machnąłem ręką i gwałtownie się podniosłem. Jakie to miało znaczenie? Ingerencja w prywatność była niczym w porównaniu z tym, co tych dwoje mi zrobiło.

A wszystko dzięki kasetom, które znaleźli. Kasetom, bez których być może zorientowałbym się, że padłem ofiarą manipulacji.

Ale dlaczego Ewa je nagrała? W jakich okolicznościach? Jeśli miała zamiar opowiedzieć kiedyś swoją historię, mogła zrobić to na wiele innych sposobów. Spisać wspomnienia, nagrać je na dyktafon czy choćby nakręcić kilka filmików komórką. Używanie tradycyjnej kasetowej kamery, a potem przerzucenie wszystkiego na VHS wydawało się niepotrzebnym wysiłkiem. Tym bardziej że ukrywała się na podkieleckiej wsi i robiła wszystko, by nie ściągnąć na siebie uwagi.

Odsunąłem od siebie te myśli. Wiedziałem, że prędzej czy później będę musiał się z nimi zmierzyć i poszukać odpowiedzi, ale w tej chwili było jeszcze kilka spraw, które musiałem poruszyć.

– Gdzie jest Glazur? – zapytałem.

Kas również się podniosła i przeszła za mną do kuchni. Nie skończyłem jeszcze wypakowywać wszystkich rzeczy, część znajdowała się w kartonach pod szafkami. Właściwie nie zdążyłem nawet zawiesić zegara na ścianie.

Rozejrzała się po pomieszczeniu, jakby czegoś szukała.

– Nie wiem – odparła.

– Nie wiesz, gdzie jest twój...

Kto? „Partner" to chyba za mało powiedziane, ale nie przypuszczałem, żeby sformalizowali związek.

– Rozstaliśmy się.

– Żartujesz sobie?

– Cztery miesiące temu – odparła, jakby nie słyszała pytania. – Ale biorąc pod uwagę, jak wyglądało nasze życie razem, to i tak długo...

– To znaczy?

– Nie chcę o tym rozmawiać, Wern – ucięła, a potem zajrzała do kilku pustych szafek.

Nie wiedziałem, czego szuka, ale nie miałem zamiaru o to pytać. Ani tym bardziej niczego proponować. Dowiedziałem się już wszystkiego, co potrzebowałem wiedzieć.

Przynajmniej na temat przeszłości. Teraz interesowała mnie tylko teraźniejszość. I los niewinnego dziecka, które wplątaliśmy w całe to gówno, które się z nami wiązało.

Nie znałem dobrze Wojtka, nie miałem czasu, by się z nim zaprzyjaźnić. Wiedziałem jednak doskonale, co chłopiec przeszedł. I to wystarczało, by zainteresować się jego losem.

– Skąd w ogóle wiesz, że twój syn jest w Opolu? – zapytałem.

Zawahała się, choć nie miała ku temu powodu. Jeśli ja byłem gotów dać jej niewielki kredyt zaufania, to ona powinna zrobić to tym bardziej.

– Jego telefon się uaktywnił – powiedziała w końcu. – I lokalizacja pokazała, że jest gdzieś tutaj.

– Myślałem, że pozbyłaś się komórek po tym, jak wyjechaliśmy z Rewala.

– Nie tyle się pozbyłam, ile je tam zostawiłam.

– No tak…

Spojrzałem na magnetowid i nagle wszystko stało się jasne.

– Te kasety też trzymałaś w domu, prawda? W Rewalu?

– Tak. Schowane na poddaszu.

– I tam je zostawiłaś?

Skinęła głową, a ja dostrzegłem, że ona także poskładała już wszystko w logiczną całość. Być może zrobiła to już dawno, znacznie szybciej ode mnie. Może nawet w momencie gdy zobaczyła, jak podpisana jest taśma.

Jola Kliza.

Skoro ona przysłała mi tę kasetę, musiała w jakiś sposób dostać się do domu Reimannów, zanim trafiła tam policja. Zabrała stamtąd taśmy i komórkę młodego. A teraz zarówno jedno, jak i drugie pojawiło się w Opolu.

Spojrzałem na Kas, starając się przesądzić, czy wie więcej niż ja. Przez chwilę o tym rozmawialiśmy i szybko stało się jasne, że oboje przyjęliśmy taką samą wersję. Jedyną logiczną.

– Ale co ona chce w ten sposób osiągnąć? – zapytałem.

– Nie wiem.

– I myślisz, że naprawdę mogłaby porwać twojego syna?

Kasandra bezradnie rozłożyła ręce.

– Aż tak dobrze jej nie znałam. Dogadywałyśmy się, ale na stopie zawodowej.

– Dopóki jej nie wyrzuciłaś – zauważyłem. – Może o to chodzi?

– Nie ja, tylko Robert. Robiłam wszystko, żeby ją ochronić.

Chciałem odparować, że najwyraźniej nie wszystko, ale w porę ugryzłem się w język. Kas żyła nie tyle w toksycznym, ile w radioaktywnym związku. Właściwie cudem było, że przetrwała tak długo i zdołała się z niego wyrwać.

Być może nie powinno mnie dziwić, że z Glazurem jej nie wyszło. Trauma nie znikała, nawet jeśli usilnie oddalaliśmy się od przeszłości. Coś o tym wiedziałem.

– Tak czy inaczej, czymś jej podpadłaś – zauważyłem. – Bo ta kaseta z pewnością miała naprowadzić mnie na trop tego, co się naprawdę stało.

– Ale jak ją tutaj zostawiła?

– Tego nie wiem. Wydźwięk jednak jest jasny.

– I niepotrzebny, bo nawet bez niego miałabym świadomość, że to atak na mnie. W końcu uprowadziła moje dziecko, Wern.

– O ile to ona.

– Sam mówisz, że nie ma innej opcji.

– Opcje są – odparłem. – Tyle że ta jest najbardziej prawdopodobna.

Mściła się na niej? Jeśli tak, to być może powinienem podejmować u siebie nie Kasandrę, ale Klizę. I to wespół z nią zrobić wszystko, by osoba, która ukradła tożsamość mojej narzeczonej, poniosła tego konsekwencje.

Nie miałem siły się nad tym zastanawiać. Nie tej nocy. Potrzebowałem trochę odpoczynku, Kasandra z pewnością też.

Zaproponowałem, żeby zajęła pokój, który naprędce uczyniłem gościnnym. W rzeczywistości była to moja jedyna sypialnia, ale nie miałem nic przeciwko przespaniu się na kanapie.

Nie sądziłem, że Kas skorzysta z propozycji, ale od razu się zgodziła. Być może wolała ryzykować spędzenie reszty nocy tutaj niż rozpoznanie na ulicy. W Opolu było trochę osób, które pamiętały Ewę – i gdyby ktoś przypadkiem zobaczył tak podobną do niej osobę, z pewnością szybko by zareagował.

Nie mogąc zasnąć, przewracałem się z jednego boku na drugi jak ryba wyrzucona z wody. Początkowo łudziłem się, że to tylko chwilowe. Że myśli nagle zwolnią i zaniechają uporczywej gonitwy za własnym ogonem. Po godzinie czy dwóch wiedziałem już, że próba zapadnięcia w sen nie ma sensu.

Wyciągnąłem piwo z lodówki, usiadłem przed telewizorem i uruchomiłem sprzęt tylko po to, by wyjąć kasetę. Przyglądałem się jej jak relikwii. W pewnym momencie musiała znajdować się w rękach Ewy. Próbowałem wyłowić z pamięci widok jej dłoni, które tak dobrze znałem, ale bez powodzenia. Jedenaście lat to szmat czasu.

Przyjrzałem się zamazanej części etykiety, przekonany, że to moja narzeczona musiała opisać kasetę. Ale kto w takim razie zakrył wszystko czarnym markerem? Kliza? W jakim celu miałaby to robić?

Podniosłem taśmę tak, by zmienił się kąt padania światła. Zacząłem przyglądać się jego refleksom, próbując znaleźć ułożenie, dzięki któremu mógłbym coś zobaczyć.

W końcu mi się udało. Dostrzegłem napis znajdujący się pod ciemnym flamastrem.

„3/15".

Zbliżyłem kasetę jeszcze bardziej, niepewny, czy mi się nie przywidziało.

Nie, rozpoznałem trójkę i piętnastkę. Ale co to oznaczało? Że taśma jest trzecią z piętnastu? Wydawało się to wątpliwe, bo na nagraniu Ewa opowiadała naszą historię od samego początku. Co miałoby znajdować się na dwóch wcześniejszych?

Spojrzałem w kierunku sypialni. Kas oczywiście twierdziła, że jest więcej kaset, ale aż piętnaście? Ewa przekazała na tej niemal wszystko. Musiałem także założyć, że Kasandra celowo wprowadza mnie w błąd, mimo że w tej chwili nie potrafiłem sobie wyobrazić, po co miałaby to robić.

Niedających mi spokoju pytań było zbyt wiele, a ja w końcu uznałem, że pora uzyskać choćby cząstkowe odpowiedzi. Podniosłem się i ruszyłem w stronę zamkniętych drzwi, by porozmawiać z Kas.

Nie zdążyłem. Wybiegła z pokoju roztrzęsiona, posyłając mi przestraszone, zdezorientowane spojrzenie.

– Co się stało? – zapytałem mimo woli.

– Wiem, gdzie... – Odchrząknęła niepewnie. – Wiem, gdzie jest Wojtek – dodała, a potem wyciągnęła w moją stronę komórkę.

Zerknąłem na wyświetlacz z niedowierzaniem.

– Musisz mi pomóc, Wern – powiedziała.

Byłem gotów to zrobić. Mimo niepokojącego poczucia, że znów jestem rozgrywany. I że ładuję się w coś, czego do końca życia będę żałował.

4

Nie miałam większych nadziei, że sprawdzanie lokalnych mediów podsunie mi jakikolwiek trop w sprawie Wojtka. Mimo to przeglądałam dobrze znane mi strony, dzięki którym swojego czasu dowiadywałam się wszystkiego, czego mogłam, na temat Opola.

Lokalna Wyborcza. Opole24.pl. Nowa Trybuna Opolska. Magazyn Opolski. Wszystko to znałam aż za dobrze i wiedziałam, gdzie szukać najświeższych doniesień. I to właśnie w jednym z tych serwisów znalazłam informację, która sprawiła, że zupełnie zamarłam.

Szok był krótkotrwały. Zaraz potem wybiegłam z sypialni i zobaczyłam stojącego przed progiem Wernera. Po tym, jak podałam mu komórkę i poprosiłam o pomoc, widziałam już, że mi jej udzieli.

– Możesz mnie tam zabrać? – zapytałam trzęsącym się głosem.

Od razu skinął głową, a potem chwycił za kurtkę.

Chwilę później jechaliśmy już starą felicią w kierunku Witosa, a ja nerwowo sprawdzałam kolejne portale i odświeżałam Opole24, licząc na to, że pojawią się nowe wieści.

– Jest coś? – spytał Wern.

– Nie.

Wciąż tylko tyle, że odnaleziono chłopca o nieustalonej tożsamości, z którym nie ma żadnego kontaktu. Nie było przy nim żadnych dokumentów, telefonu ani jakichkolwiek innych przedmiotów.

Dziennikarze podawali, że trafił na OIOM w szpitalu przy Witosa. Miał obrażenia głowy, ale niezagrażające życiu.

Znajdował się jednak w stanie śpiączki, o czym boleśnie przekonywały nie tylko treść artykułu, ale także zdjęcie pod nim. Ktoś najwyraźniej uznał, że identyfikacja dziecka jest w tej chwili najważniejsza. Zamieszczono fotografię leżącego na szpitalnym łóżku Wojtka, z otwartymi oczami i ustami. Miał na twarzy grymas, który sprawił, że pękło mi serce. Wydawało mi się, że wyrażał dotkliwy ból połączony z głębokim niedowierzaniem.

Nie mogłam na niego patrzeć, a jednak robiłam to bez przerwy. Miałam wrażenie, że widzę nie swojego syna, ale inne, obce dziecko, które od lat żyje tylko dzięki podłączeniu do specjalistycznej aparatury. Świadome wszystkiego, co dzieje się wokół, ale niepotrafiące samodzielnie funkcjonować.

Zamknęłam oczy i oparłam głowę o szybę samochodu. To nie mogło dziać się naprawdę.

– Kas?

Dopiero teraz uświadomiłam sobie, że Damian coś do mnie mówił. Otworzyłam oczy i spojrzałam na niego. Na moment oderwał wzrok od drogi i zobaczyłam w jego oczach realną troskę.

– Mówiłeś coś?

– Pytałem tylko, czy podano, gdzie go znaleźli.

Jeszcze raz sprawdziłam komórkę.

– Nie – odpowiedziałam. – Nie ma nic na ten temat. Tylko informacja o urazie głowy.

Niewiedza sprawiała, że wyobrażałam sobie już najgorsze scenariusze.

– Boże... – jęknęłam, a potem przesunęłam ręką po włosach. – Jak mogło do tego dojść? Kto mógł coś takiego zrobić?

– Wszystkiego się dowiemy.

W jego głosie nie brakowało pewności, co dodało mi nieco otuchy.

– Jak? – spytałam.

– Pójdę do szpitala i powiem, że rozpoznałem dziecko.

– Ty?

Znów przelotnie na mnie popatrzył.

– A kto inny? – spytał. – Chyba nie zamierzasz sama tam wchodzić?

– Oczywiście, że zamierzam. To mój syn, Wern. W tej chwili nic innego się nie liczy.

– A powinno.

Słyszałam jego słowa, ale ich sens docierał do mnie tylko połowicznie. Wciąż nie potrafiłam zebrać myśli i czułam się, jakbym ocknęła się po wyjątkowo długim napadzie szału Roberta.

– Ktokolwiek uprowadził Wojtka, będzie tam na ciebie czekał – dodał Werner. – Może właśnie o to im chodzi.

– Nie interesuje mnie to.

Światło przed nami zmieniło się na czerwone, a Damian zatrzymał się na skrzyżowaniu Ozimskiej z Plebiscytową. Doskonale znałam topografię miasta i wiedziałam, że od szpitala dzieli nas jeszcze nie więcej niż pięć minut.

– Jeśli z jakiegoś powodu polują na ciebie ludzie Roberta, będą tam czekać – odezwał się Wern. – Zgarną cię, jak tylko wysiądziesz z auta.

– To nie ma znaczenia.

Damian obrócił się do mnie.

– Słyszysz w ogóle, co mówisz?

– Nie rozumiesz, Wern.

Słowa właściwie same opuszczały moje usta. Nawet nie zastanawiałam się nad tym, czy mają jakikolwiek sens. Liczyło się tylko to, by jak najszybciej znaleźć się na Witosa i spróbować dostać się do Wojtka.

– Rozumiem, że nie myślisz teraz logicznie.

Spojrzałam na niego z wyrzutem, jakby nie stwierdzał oczywistego faktu, tylko mnie obrażał.

– Gdybyś to robiła, wiedziałabyś, że to nic innego jak pułapka.

– Mój syn jest w śpiączce – odparłam stanowczo. – Nie mogę tak po prostu…

– Pozwól mi to załatwić – uciął, a potem wbił jedynkę i ruszył przed siebie. – Ciebie będą wypatrywać, mnie nie. Dowiem się wszystkiego, a potem razem zastanowimy się nad tym, co dalej robić.

Tylko chwilę zajęło mi przyznanie przed sobą, że to jedyne rozsądne rozwiązanie. Damian nie musiał długo mnie przekonywać – mimo że w pierwszym momencie byłam zdezorientowana, wszystkie moje przejścia nauczyły mnie, jak ostatecznie zachować zimną krew w kryzysowej sytuacji.

Zatrzymał się na niewielkim parkingu przy blokach nieopodal szpitala, twierdząc, że tak będzie bezpieczniej. Wysiadł z auta, podszedł do niego od strony pasażera i poczekał, aż odkręcę korbką szybę.

– Kluczyki są w stacyjce – powiedział, a potem odwrócił się i nie dając mi szansy na odpowiedź, ruszył w kierunku szpitala.

Nie musiał mówić więcej, żebym wiedziała, co starał się mi przekazać. I miał rację. Gdyby nie wrócił za jakiś czas, powinnam odjechać. Wycofać się, przegrupować siły i zastanowić się, jak wyciągnąć Wojtka ze szpitala.

Ale nawet gdyby mi się udało, co miałabym zrobić potem? Boże, mój syn naprawdę był w śpiączce. To nie był żaden wybieg ze strony porywaczy, żadna sprawna manipulacja.

Zimne poranne powietrze wpadało przez uchyloną szybę do samochodu, ale nie pomagało mi w zebraniu myśli. Wypatrywałam Wernera, nerwowo wiercąc się na fotelu i odnosząc wrażenie, że minęło już dobre pół godziny, od kiedy wszedł do szpitala.

W rzeczywistości upłynęło jedynie kilka minut. Tyle jednak wystarczyło, bym znów zaczęła odchodzić od zmysłów.

Kiedy w końcu go wypatrzyłam, natychmiast spojrzałam na zegarek. Nie było go dwadzieścia minut. Co to mogło znaczyć? Czy wystarczyło mu czasu, żeby dowiedzieć się, co spotkało Wojtka i w jakim jest stanie? A może odprawiono Damiana z kwitkiem?

Miałam ochotę wyjść z auta i wybiec mu na spotkanie, kiedy przecinał długi przyszpitalny parking. Szedł stanowczo zbyt wolnym krokiem, jakby starał się odwlec moment rozmowy ze mną.

Skarciłam się w duchu za pesymizm. Był teraz ostatnim, czego potrzebowałam, a Wern z pewnością po prostu zachowywał się tak, by nie wzbudzać niepotrzebnego zainteresowania.

W końcu wsiadł do auta i zatrzasnął drzwi.

Jego wyraz twarzy świadczył o tym, że mój sceptycyzm okazał się jednak uzasadniony.

– Co się stało? – zapytałam. – Nie dowiedziałeś się niczego?

Damian z trudem przełknął ślinę.

– Wern?

Rozejrzał się uważnie, jakby spodziewał się, że ktoś na nas dybie.

– Nie ma go – powiedział cicho.

– Co takiego?

– Szukałem go w całym szpitalu. W końcu oddziałowa powiedziała mi, że ktoś się po niego zgłosił kilka godzin temu.

Miałam wrażenie, jakbym znalazła się na szczycie wysokiej góry w środku burzy i potężny grzmot właśnie zatrząsł ziemią pod moimi stopami.

– Ale... – zdołałam tylko wydusić.

– Ten artykuł być może pojawił się teraz, ale najwyraźniej Wojtka przyjęto do szpitala jeszcze wczoraj – zaznaczył. – Pielęgniarka powiedziała tylko tyle, że nie było reakcji źrenic na światło ani żadnego kontaktu. Twój syn był jednak przytomny, a jedyne obrażenia, jakie miał, to rana na głowie.

Zrobiło mi się słabo.

– Jakiś mężczyzna zgłosił się po niego kilka godzin temu – kontynuował Werner. – Miał ze sobą paszport Wojtka, zdjęcie się zgadzało. Nie było powodu, żeby mieć jakiekolwiek podejrzenia.

Chciałam zapytać, jak to możliwe, że administracja szpitala wydała komukolwiek pacjenta w śpiączce, ale nie potrafiłam dobyć głosu.

– To... to niemożliwe...

Powiedziałam to tak cicho, że Damian nie usłyszał.

– Oddziałowa nie była w stanie powiedzieć mi nic więcej – ciągnął. – Wypytywałem ją o mężczyznę, ale dowiedziałem się tylko tyle, że był wysokim brunetem. Nic szczególnego nie zapamiętała.

Uświadomiłam sobie, że trzęsą mi się ręce, a zimne krople potu spływają po karku. Nie rozumiałam, co się ze mną dzieje. Czułam się znacznie gorzej niż podczas ataków Roberta.

– Jak? – wydusiłam. – Jakim cudem go... wypisali?

Słowa nie chciały się kleić, głos nie chciał przestać drżeć.

– Musiał być w stanie, który na to pozwalał – odparł cicho Damian. – Musiał samodzielnie oddychać i nie potrzebować aparatury. Inaczej na pewno by go nie wypuścili, Kas.

Uczepiłam się tej myśli, powtarzając sobie w duchu, że to w tej chwili najważniejsze. Wojtek żyje, nie jest w stanie krytycznym. Odnajdę go, a potem wszystko będzie dobrze.

– Ten mężczyzna, który go zabrał...

– Nie miał żadnej blizny – dokończył szybko Werner.

Na chwilę zamilkłam.

– O to chciałaś zapytać, prawda? Upewnić się, że to nie Glazur?

– Niezupełnie...

– Do czego między wami doszło?

– To teraz nieistotne, Wern – odparłam i ciężko nabrałam tchu. – I brak blizny o niczym nie świadczy. Glazur przeszedł zabieg krótko po tym, jak zamieszkaliśmy pod Norymbergą. Zależało nam, żeby... nie miał żadnych znaków rozpoznawczych, sam rozumiesz.

Damian zmarszczył czoło i skinął głową.

– Więc to mógł być on? – spytał.

– Oby.

– Oby? – spytał z rezerwą. – Naprawdę chciałabyś, żeby twój syn trafił w ręce tego człowieka?

Powinnam była spodziewać się takiego pytania. Z punktu widzenia Damiana Glazur był właściwie złem wcielonym. Z mojego wręcz przeciwnie – i fakt naszego rozstania nie mógł tego zmienić.

– Rozeszliśmy się na dobrych warunkach – powiedziałam.

– To tak można?

– Nigdy nie doszło do żadnego konfliktu, po prostu…

Zawiesiłam głos z nadzieją, że Damian nie będzie drążył.

– Co? – dopytał jednak.

– Najwyraźniej nie potrafię być z kimkolwiek – odparłam i od razu pożałowałam, że się odkrywam. Szczególnie w takim momencie, kiedy i tak czułam się bezbronna. – Zresztą to w tej chwili naprawdę nieważne.

Przez chwilę oboje zastanawialiśmy się, co powinniśmy zrobić. Gdzie szukać mojego syna? Jak ustalić, kto go porwał? I czy to ta sama osoba zabrała go ze szpitala? Nie, ta ostatnia możliwość wydawała się bez sensu.

Ostatecznie zgodnie uznaliśmy, że w szpitalu do niczego nie dojdziemy. Może gdybym sama poszła do dyżurki, ktoś z personelu byłby gotów ze mną porozmawiać. To jednak nie wchodziło w grę.

Na ulicy mogłam mieć nadzieję, że nie ściągnę niczyjej uwagi i nie zostanę rozpoznana. W szpitalu z pewnością byłoby inaczej – matka szukająca zaginionego dziecka nie uszłaby niczyjej uwagi.

Wróciliśmy na Daszyńskiego, a Wern zaparkował auto na jedynym wolnym miejscu na podwórku. Pogrążeni w ciężkim milczeniu weszliśmy po schodach na samą górę, a potem tuż przed drzwiami loftu zamarliśmy.

– Co to jest? – zapytałam, wbijając wzrok w kartkę zatkniętą w szczelinie futryny.

Damian sięgnął po nią ostrożnie i rozłożył.

– Wiadomość dla ciebie.

– Dla mnie?

Podał mi ją, zanim zdążyłam zadać kolejne głupie pytanie. Przeczytałam wszystko, co się na niej znajdowało, niemal od razu. Były to dwa krótkie, napisane odręcznie zdania.

„Syn będzie na ciebie czekał na placu Wolności w południe. Przyjdź sama".

– Poznajesz styl pisma? – zapytał Wern, zanim w ogóle przetrawiłam tę wiadomość. – To Glazur?

– Nie wiem. Nigdy nie przyglądałam się, jak pisze…

– To musi być on – rzucił bez wahania Damian, otwierając drzwi.

Wszedł ostrożnie do środka i rozejrzał się, jakby się spodziewał, że kartka z wiadomością to niejedyna rzecz, jaką nam zostawiono.

– Nie mamy pewności – powiedziałam. – Równie dobrze mogli to być porywacze.

– I ot tak zaproponowaliby, że zwrócą ci dziecko?

– Nie, oczywiście, że nie. Urządzili na mnie zasadzkę.

– Mało zawoalowaną.

Nie chciałam tego rozważać. Nie liczyło się dla mnie nic poza tym, że niebawem zobaczę syna.

– To jakaś bzdura – zauważył Werner. – Po co mieliby tak postępować? Co mieliby osiągnąć? Gdyby chcieli cię dopaść, równie dobrze mogliby to zrobić w tej wiosce pod Norymbergą.

Miał stuprocentową rację. Coś tu było nie w porządku, ale nie rozumiałam co.

– Może – przyznałam. – Ale jakie to ma znaczenie?

– Powiedziałbym, że dosyć duże.

– Nie dla mnie. I nie teraz.

Oparł się plecami o ścianę w przedpokoju i popatrzył na mnie spode łba. Starał się ocenić, czy wciąż jestem tą samą opanowaną i kalkulującą na chłodno osobą, którą znał.

– Nie powinnaś tam iść – rzucił.

– Wielu rzeczy nie powinnam robić.

Nie byłam pewna, ile wyczyta między wierszami, ale przypuszczałam, że całkiem sporo. Przez chwilę patrzyliśmy sobie w oczy, a ja po raz kolejny poczułam, jak mi go brakowało.

Było to niedorzeczne. Nie zdążyliśmy nawet dobrze się poznać. Wiedziałam wprawdzie, jakie filmy i seriale lubi, jakiej muzyki słucha, w jakich lokalach lubi jeść i co poprawia mu humor, ale on tak naprawdę nie wiedział o mnie nic. Znał jedynie wydmuszkę, którą dla niego stworzyłam. I która nie miała nic wspólnego z rzeczywistością.

Skąd mój pociąg do niego? Nie był fizyczny, a przynajmniej nie tylko. Było w nim coś znacznie głębszego. Może stąd, że był jedyną osobą, która tak naprawdę wiedziała, jaki horror przeżywałam w domu. Jedyną, która w krytycznym momencie przyszła mi na ratunek, ryzykując własne życie.

Nie powinnam jednak zapominać, że próbował pomóc nie mnie, ale osobie, którą w jego oczach byłam.

– Ale akurat tej szczególnie – odezwał się.

– Co?

Wpadłam tak głęboko w wir myśli, że nie wiedziałam, na czym skończyliśmy.

– Mówię, że akurat tego szczególnie nie powinnaś robić – wyjaśnił. – Jeśli tam pójdziesz, zapewniam cię, że już nie wrócisz.

– Więc co proponujesz?

Widziałam, że nie ma dla mnie gotowej odpowiedzi.

– I dlaczego cię to w ogóle obchodzi? – dodałam. – Jeśli porywacze chcą mnie dopaść, powinieneś raczej działać z nimi niż przeciwko nim.

Uniósł brwi.

– Zarzucasz mi coś?

– Nie, nie o to chodzi... Po prostu...

Po prostu miałam wrażenie, że wszystko i wszyscy są przeciwko mnie. Nie od dzisiaj. I nie od wczoraj. Zachowałam jednak tę myśl dla siebie.

– Muszę to zrobić, Wern – odezwałam się. – Nie mogę teraz ryzykować.

W końcu to zrozumiał. A może po prostu uszanował moją decyzję i odpuścił, uznając, że ostatecznie podjęcie jej należy tylko do mnie.

Tuż przed południem wyszliśmy z mieszkania razem, ale rozdzieliliśmy się tuż przed placem Wolności. Wern został przy lokalu serwującym sushi, ja poszłam dalej w kierunku miejsca, gdzie miał czekać na mnie Wojtek.

Dostrzegłam go już z daleka. Siedział razem z jakimś mężczyzną na jednej z ławek nieopodal fontanny. Byli odwróceni tyłem, nie widziałam ich twarzy. Nieznajomy obejmował mojego syna, a głowa Wojtka spoczywała spokojnie na jego ramieniu.

Dopiero gdy podeszłam bliżej, uświadomiłam sobie, że spokój jest pozorny.

Mój syn miał na twarzy upiorny grymas, który widziałam na zdjęciu w internecie. Wpatrywał się pustym wzrokiem w niebo, a ciało miał zwiotczałe jak szmaciana lalka. Przyspieszyłam kroku, czując, że serce podchodzi mi do gardła.

Kiedy znalazłam się o kilka kroków od nich, rozpoznałam Glazura.

A więc to jednak on znalazł Wojtka i wyciągnął go ze szpitala. Z pewnością trafił na trop w taki sam sposób jak ja. Oczywiście. Przecież to on swego czasu zamontował w jego komórce tracker GPS, dzięki któremu mogłam go śledzić. Powinnam pomyśleć o tym od razu.

Odetchnęłam z ulgą, bo do czegokolwiek by między nami doszło, nic nie mogło sprawić, by Glazur chciał skrzywdzić mojego syna. Zjawił się tutaj, żeby mi pomóc. Nie mógł się skontaktować, bo pozbyłam się komórki, ale musiał założyć, że zwrócę się o pomoc do jedynej osoby, która mogłaby mi jej udzielić w Opolu. Stąd wiadomość w drzwiach Wernera.

Przyspieszyłam jeszcze bardziej, nie myśląc teraz o niczym poza tym, że odzyskałam syna.

Zatrzymałam się jak rażona piorunem raptem o krok od nich, kiedy rozległ się głośny, zdecydowany okrzyk.

– Stój, policja!

Jak na zawołanie z okolicznych ławek poderwało się kilka osób. Wszystkie natychmiast sięgnęły po broń i wymierzyły prosto we mnie.

5

Przypatrywałem się wszystkiemu z oddali, nie wiedząc, jak zareagować. Najpierw dwóch funkcjonariuszy unieruchomiło wyrywającą się Kasandrę, a potem pozostali dopadli do Glazura i Wojtka.

Mężczyznę sprowadzili bez ogródek na ziemię i natychmiast skuli kajdankami. Jeden z nich wziął chłopca na ręce i szybko ruszył w kierunku zaparkowanego nieopodal radiowozu.

Zasadzka niewątpliwie była dobrze przygotowana. Ale nie odpowiadał za nią Glazur. Policjanci potraktowali go znacznie ostrzej niż Kasandrę i nie ulegało wątpliwości, że ma nie mniejsze problemy niż ona.

Ale w takim razie kto tym wszystkim sterował? I co chciał w ten sposób osiągnąć?

Zanim się zorientowałem, wokół zebrała się ciżba ludzi i ruszyła w kierunku placu Wolności. Byłem zbyt zdezorientowany, żeby podjąć świadomą decyzję, ale uległem presji tłumu i razem z innymi popędziłem ku centrum zdarzeń.

Kasandra wyrywała się, starając się dostać do Wojtka. Kiedy zrozumiała, że jej się to nie uda, zaczęła nerwowo się rozglądać. Nie miałem wątpliwości, że pośród zbieraniny gapiów szuka właśnie mnie, więc odepchnąłem jakiegoś mężczyznę i ruszyłem przed siebie.

– Wern! – krzyknęła, kiedy mnie zobaczyła.

Próbowałem się do niej przebić, ale ludzi było zbyt wiele, a policjanci już ciągnęli Kas w kierunku radiowozu.

– Zaopiekuj się nim! – dodała. – Jest więcej kaset! Znajdź je!

Nie zdążyła dodać nic więcej. Po chwili zniknęła mi z oczu, a jeden z funkcjonariuszy trzasnął za nią drzwiami auta. Poruszenie tłumu nagle opadło, zupełnie jak podczas zbiorowego oglądania meczu, kiedy strona przeciwna zdobywa gola w ostatniej chwili i nie ma już czym się emocjonować.

Gdyby ci ludzie wiedzieli, do kogo Kasandra kierowała ostatnie słowa, z pewnością skupiliby się teraz na mnie. W całym tym zamieszaniu nie sposób było jednak zidentyfikować konkretnej osoby.

Wycofałem się, starając się nie zwracać na siebie uwagi. Odszedłem kawałek w kierunku Krakowskiej, głównego opolskiego deptaka, a potem usiadłem na ławce nieopodal filharmonii.

Zwiesiłem głowę, wciąż słysząc rwetes, który tak naprawdę dawno wybrzmiał. Nadal nie mogłem zrozumieć, co się stało. Ani dlaczego Kas miałaby mówić to, co powiedziała. Oczywiście o zaopiekowanie się jej synem w tej sytuacji poprosiłaby każdego. Ale co z tą drugą częścią? Wcześniej mogłem łudzić się, że napis „3/15" wcale nie oznacza trzeciej taśmy z piętnastu. I że Kasandra kłamie na temat pozostałych. Skoro jednak w ostatniej chwili do tego wróciła, musiałem przyjąć, że kasety rzeczywiście istnieją. Tylko dlaczego tak zależało jej na tym, żebym je znalazł?

Co tu się działo, do kurwy nędzy?

Trwałem w bezruchu jak sparaliżowany. Miałem wrażenie, że niemoc, którą czułem od jakiegoś czasu, przekształciła się w fizyczną, oplatającą mnie szczelnie błonę.

Nie wiem, jak długo siedziałem pod filharmonią. Kiedy jednak w końcu się podniosłem, byłem zdeterminowany, by wreszcie poznać odpowiedzi.

Ruszyłem szybkim krokiem przed siebie, nie mając zamiaru zatrzymywać się, dopóki nie wrócę do mieszkania. Stało się jednak inaczej. Niemal wrosłem w ziemię, kiedy mijałem lokal z sushi.

Zerknąłem do środka mimowolnie, sam nie wiedziałem dlaczego. Wystarczyło jednak, że moje spojrzenie padło na siedzącą przy oknie kobietę, a poczułem się, jakby trafił mnie piorun.

Stałem przed witryną z napisem „Kaiseki", wlepiając wzrok w ostatnią osobę, jaką spodziewałem się zobaczyć w Opolu.

Potrzebowałem chwili, żeby się otrząsnąć. W końcu jednak wziąłem się w garść, chwyciłem za klamkę i wszedłem do środka. Kobieta siedząca przy pierwszym ze stolików nie zwróciła na mnie uwagi.

Skupiała się na jedzeniu, głowę miała spuszczoną, a ciemne włosy luźno opadały jej na policzki.

Nigdy nie widziałem jej na żywo, ale swojego czasu przejrzałem w internecie wszystko, co udało mi się na jej temat znaleźć. Nie mogłem się mylić, to musiała być Jola Kliza.

Kiedy zrobiłem krok w jej kierunku, w końcu podniosła wzrok. Na moment zamarła, trzymając w pałeczkach rolkę sushi, a ja pomyślałem, że jest tak samo zszokowana moim widokiem jak ja jej.

Zaraz potem włożyła jednak hosomaka do ust i zaczęła przeżuwać.

– Hej, Wern – wymamrotała.

Przyglądałem jej się z niedowierzaniem, podczas gdy ona spokojnym ruchem wskazała mi krzesło naprzeciwko niej.

– Usiądziesz?

Potrząsnąłem głową, starając się uporać z wrażeniem całkowitego surrealizmu sytuacji.

– Co ty tu robisz? – wydusiłem, zajmując miejsce.

– Wcinam hosomaki z tamago i futomaki z łososiem. I właściwie czekam na ciebie.

– Zaraz…

– No dobra, raczej na okazję do rozmowy z tobą. Ale to nie brzmiałoby tak dobrze, prawda?

Jedna z kelnerek podeszła i podała menu, ale szybko zapewniłem, że niczego mi nie potrzeba. I rzeczywiście tak było. Jedyne, czego chciałem, to odpowiedzi – tymczasem dostawałem wyłącznie kolejne znaki zapytania.

Popatrzyłem na Klizę, uznając, że mogę odpuścić sobie wszystkie zwyczajowe formułki.

– To ty zostawiłaś mi tę kasetę? – spytałem.

– Jaką kasetę?

– Podpisaną twoim nickiem z RIC.

Jola nałożyła trochę wasabi na futomaka, a potem sprawnie złapała go między pałeczki.

– Nie wiem, o czym mówisz.

– A mnie się wydaje, że doskonale wiesz.

Uniosła błagalnie spojrzenie i zaczęła przeżuwać. Sprawiała wrażenie, jakby egzystowała w jakiejś innej rzeczywistości, w której Kasandra i Glazur nie zostali właśnie ujęci przez policję.

Nawet nie chciałem myśleć o tym, co to oznaczało dla Kas. Owszem, należała jej się kara za to, co zrobiła – ale nie za wszystko. Zabójstwo Roberta Reimanna sprawiło, że sprawiedliwości stało się zadość.

Kasandra trafi za to za kratki, nie było innej możliwości. Śledczy zebrali aż nadto materiału dowodowego, co więcej, mieli moje zeznania. Złożyłem je zaraz po tym, jak Kas mnie okpiła. Byłem wściekły, nie myślałem racjonalnie. I przedstawiłem wszystko tak, by poniosła jak najdotkliwszą karę.

Wtedy wydawało się to uzasadnione, bo manipulowała mną, jak jej się żywnie podobało. I odnosiłem wrażenie, że teraz to samo starała się robić Kliza.

– Naprawdę masz zamiar się wypierać? – zapytałem, rozkładając ręce. – Zjawiasz się tutaj akurat w momencie, kiedy Kasandra i Glazur trafiają do aresztu, i chcesz powiedzieć, że…

– Co takiego? – przerwała mi, odkładając pałeczki. – Jakiego aresztu?

– Nie słyszałaś?

Powiodła wzrokiem dookoła, a ja przekonałem się, że jej pewność siebie była jedynie pozorna. Pod tą twardą zewnętrzną skorupą była raczej nieśmiałą dziewczyną, która jakiś czas temu musiała nauczyć się to ukrywać.

Zerknąłem na zegarek i przekonałem się, że od akcji na placu Wolności minęły dopiero dwa kwadranse.

– Jak długo tu siedzisz? – zapytałem.

– Trochę ponad pół godziny – odparła szybko dla porządku, a potem odrzuciła włosy na bok. – Może byś mi wyjaśnił, co się stało?

– Mógłbym. Ale nie wiem, czy powinienem.

Spojrzała na mnie z wyrzutem, ale szybko uciekła wzrokiem. Uświadomiłem sobie, że od kiedy wszedłem, za każdym razem patrzyła na mnie tylko przelotnie.

Oprócz tego uzmysłowiłem sobie jeszcze coś. W gruncie rzeczy Kliza samodzielnie wyciągnęła mnie z kłopotów po zabójstwie Blitza. To ona wyprowadziła mnie za rękę z Opola i sprawiła, że policja nie trafiła na mój trop, w momencie gdy byłoby to dla mnie najbardziej kłopotliwe.

Tyle że to nie wystarczało, bym jej zaufał. Szczególnie po tym, jak boleśnie utwierdziłem się w przekonaniu, że istnieją tylko dwa powody, dla których nie powinniśmy ufać ludziom. Pierwszy: bo ich nie znamy. Drugi, może ważniejszy: ponieważ ich znamy.

– Jak do tego doszło? – spytała Kliza. – I kiedy?

Nie odpowiadałem, wciąż nie potrafiąc podjąć decyzji.

– Wern?

Wstałem z krzesła i uniosłem otwarte dłonie.

– Nie mam pojęcia, co tu się dzieje – powiedziałem. – Ale wiem, że to nie moja sprawa.

– Poczekaj…

Chciałem ruszyć w kierunku wyjścia, ale Kliza złapała mnie za rękę. Wyglądała na nieco zażenowaną, ale trzymała mocno. Odniosłem wrażenie, że to zachowanie w jakiś sposób oddaje cały jej charakter.

– Mówiłeś, że dostałeś kasetę podpisaną moim nickiem?

– Raczej znalazłem.

– I myślisz, że to ja ci ją przysłałam?

Skinąłem niepewnie głową.

– A nie wpadłeś na to, że ktoś mógł po prostu dać ci wskazówkę, do kogo się zwrócić?

– To znaczy? – spytałem, kręcąc głową. – Po jaką cholerę ktoś miałby to robić?

– Nie wiem, bo na razie właściwie nic mi nie wyjaśniłeś. – W końcu puściła moją rękę. – Ale może nadawca podpisał ją moim nickiem, żebyś się ze mną skontaktował?

Jeszcze przez chwilę zapewniała mnie, że nie wie nic o żadnej taśmie, a ja starałem się przesądzić, czy tak dobrze potrafi grać, czy może jednak mówi prawdę. Jeśli intuicja mnie nie myliła, aktorka z niej żadna. Uznałem, że na razie tyle wystarczy, bym chociaż jej wysłuchał.

– Okej – odparłem, na powrót zajmując miejsce. – W takim razie wytłumacz mi, co tutaj robisz.

– Przyjechałam na prośbę Glazura.

– Co?

Podniosła pałeczki, obróciła je w dłoni, a potem zmarszczyła czoło.

– Ty naprawdę o niczym nie wiesz – zauważyła.

– Nie, najwyraźniej nie.

Przyjrzała mi się, a ja przez moment obawiałem się, że zanim mi cokolwiek wyjaśni, postawi warunek, bym ja jako pierwszy powiedział, co stało się z Kasandrą i Glazurem. Szczęśliwie musiała uznać, że taka przepychanka nie ma sensu.

– Syn Kasandry zaginął – podjęła.

– Tak, wiem.

– A więc jednak o czymś masz pojęcie.

– Tylko o tym. I o tym, że mieszkali gdzieś pod Norymbergą.

– W Winkelhaid – odparła Jola, podnosząc hosomaka. – Przez jakiś czas układało im się dobrze, przynajmniej z tego, co mówił Glazur.

– Utrzymywałaś z nimi kontakt?

– Przede wszystkim z nim, choć raz ich odwiedziłam.

Przypomniałem sobie informacje, do których dotarliśmy z Blitzem przed zatrudnieniem Reimann Investigations. Kliza mieszkała kiedyś w Niemczech, studiowała tam. Być może po tym, jak Robert wyrzucił ją z firmy, wróciła na stare śmieci.

– Nie pociągnęli długo jako para – dodała. – Kasandra nie potrafiła się w tym odnaleźć. I trudno się jej dziwić.

– Wiedziałaś o tym, co przechodziła?

– Glazur powiedział mi dopiero po fakcie. I już po tym, jak się rozstali.

Z pewnością nie powinien był tego robić, ale najwyraźniej tych dwoje utrzymywało bardziej zażyłe relacje, niż przypuszczałem.

– W każdym razie zaczynała układać sobie życie w Winkelhaid, razem z Wojtkiem – ciągnęła Jola. – Do momentu, aż ten znikł. Od razu założyła, że to ma jakiś związek z Robertem, więc zaczęła odchodzić od zmysłów.

– Skąd wiesz?

– Od Glazura.

– A on skąd o tym wiedział, skoro się rozstali?

Dałem jej chwilę na to, by przeżuła. Potem znów złożyła pałeczki na czarnym podłużnym talerzu.

– Nawiązał trochę znajomości, kiedy był w Winkelhaid – wyjaśniła. – Przypuszczam, że reszta to jego gdybania. Ale zna Kasandrę dość dobrze i wie, o czym mówi.

– Z pewnością – mruknąłem i mimo woli przypomniałem sobie, jak mnie znokautowali i zostawili na poboczu.

– Co stało się potem? – zapytałem.

– Glazur wykorzystał tracker GPS, który lata temu umieścił w telefonie młodego.

– Telefonie, który został w Rewalu – zauważyłem.

– Tak – przyznała Jola. – Ale sygnał pojawił się w Opolu. I byliśmy pewni, że Kasandra także go namierzyła.

Brzmiało to, jakby Kliza i Glazur się nie rozstawali, ale może przesadzałem. Moja wyobraźnia właściwie wszędzie upatrywała spisków i machinacji. Być może nie bez powodu.

– Wystarczyły login i hasło – kontynuowała. – I bez trudu można było sprawdzić, gdzie jest telefon.

– Więc ktoś zabrał go z Rewala i włączył w Opolu – powiedziałem. – Po co?

– Nie mam pojęcia.

Potarłem nerwowo czoło, jakby łapała mnie migrena.

– Więc od razu przyjechaliście tutaj? – spytałem.

– Chcieliśmy pomóc.

– Bo?

– Glazura chyba nie muszę tłumaczyć – odparła z pewną niechęcią w głosie. – A jeśli o mnie chodzi, cóż...

– Zrobiłaś to dla niego?

– Nie. Boże, w żadnym wypadku – zastrzegła. – Powiedzmy, że Kasandra to jedyna osoba, jaka kiedykolwiek o mnie zawalczyła.

Nabrałem głęboko tchu, zastanawiając się, w co powinienem wierzyć. Historia Klizy jak na razie brzmiała dość wiarygodnie, ale równie dobrze mogła być zgrabną zasłoną dymną.

– Na miejscu trafiliśmy na ślad po Wojtku – dodała. – Glazur natychmiast odebrał go ze szpitala i...

– Więc nie wiecie, co mu się stało?

Jola pokręciła głową.

– Ani kto go porwał? I dlaczego?

– Nie. Próbowaliśmy się czegoś dowiedzieć, ale... Jezu, widziałeś tego chłopaka? To warzywo.

Skrzywiłem się, słysząc to określenie. Kliza zresztą sama się wzdrygnęła, zorientowawszy się poniewczasie, że niepotrzebnie go użyła.

– Dlatego też nie udało nam się ustalić, kto za tym wszystkim stoi – ciągnęła. – Ciebie też braliśmy pod uwagę.

– Mnie?

– A kto miałby lepszy powód, żeby mścić się na Kasandrze? – spytała, a ja nie odpowiedziałem. – Wiedzieliśmy, że się u ciebie zatrzymała, i na wszelki wypadek zostawiliśmy list z informacją, żeby zjawiła się na placu Wolności sama.

Spojrzałem na nią podejrzliwie.

– Wczoraj uznawałaś mnie za podejrzanego, a dzisiaj ze mną rozmawiasz jakby nigdy nic? – spytałem.

– Jak dla mnie, od początku byłeś słabym kandydatem na porywacza – odparła i wzruszyła ramionami. – Ale Glazur był innego zdania.

Kelnerka znów się do nas zbliżyła i upewniła, czy nie chciałbym czegoś zamówić. Zerknąłem na menu i wybrałem pierwsze lepsze nigiri.

– Dlaczego nie poszłaś z nim na plac Wolności? – zapytałem. – Siedziałaś tutaj spokojnie, podczas gdy on…

– To oskarżenie?

– Nie. Po prostu stwierdzenie oczywistego faktu, że to trochę podejrzane.

– Brzmisz, jakbyś miał paranoję, Wern.

– Może powinienem mieć – odparowałem. – A ty może powinnaś wyjaśnić mi, dlaczego nie czekałaś tam z Glazurem.

– Uznaliśmy, że moja niespodziewana obecność mogłaby wywołać niepokój Kasandry. I że lepiej, żeby wszystko załatwił sam.

Właściwie miało to sens. Im mniej osób, tym mniejsze zamieszanie i mniejsza konieczność tłumaczenia wszystkiego. Z pewnością zależało im na tym, żeby Kas zrozumiała wszystko jak najszybciej i nie zadawała zbędnych pytań. Przypuszczałem, że planowali zmyć się stamtąd zaraz po spotkaniu.

A jednak nie zdążyli.

– To wszystko, Wern – rzuciła Jola. – I zapewniam cię, że nie mam pojęcia o żadnych kasetach. Przyjechałam tu, żeby pomóc Wojtkowi.

Naprawdę łatwo byłoby w to wszystko uwierzyć. To, co mówiła Kliza, brzmiało dość wiarygodnie i jawiło się jako spójna, logiczna całość. Nauczony doświadczeniem, nie miałem jednak zamiaru pochopnie podejmować decyzji.

Tyle że Kliza nie musiała o tym wiedzieć.

– W porządku – powiedziałem.

– Twoja kolej – odparła szybko. – Mów, co tam się stało?

Opisałem jej policyjną zasadzkę, a ona ani przez moment nie sprawiała wrażenia, jakby się tego spodziewała. Nie, więcej. Wyglądała na coraz bardziej zszokowaną.

Kiedy skończyłem, potrzebowała chwili, by wszystko przyswoić. Skorzystałem z okazji i zjadłem nigiri z łososiem, wcześniej zanurzywszy końcówkę ryby w sosie sojowym. Dopiero teraz uświadomiłem sobie, że ostatnio karmiłem się wyłącznie trzema rzeczami: wodą, chmielem i słodem jęczmiennym. Z lekką domieszką procentów.

– I jesteś pewien, że to powiedziała?

– Co?

– Że są inne kasety? I że musisz je znaleźć?

– Raczej się nie przesłyszałem.

Znów zamilkła i przez jakiś czas się namyślała.

– Ale co na nich jest? – zapytała. – I gdzie one są?

– Nie wiem.

Wbiła wzrok prosto w moje oczy. Tym razem wytrzymała o wiele dłużej.

– W takim razie najwyższa pora się dowiedzieć – stwierdziła.

6

W celi przejściowej byłam sama, ale nie był to główny powód, dla którego czułam się samotna. Ktoś kiedyś powiedział, że najbardziej osamotnieni jesteśmy, gdy obserwujemy, jak cały świat upada, a my nie możemy nic z tym zrobić. I miał rację.

Po tym, jak policja zatrzymała mnie i Glazura na placu Wolności, trafiłam prosto do aresztu śledczego. Zostaliśmy rozdzieleni, a ja nie miałam okazji, by czegokolwiek się dowiedzieć. Wiedziałam jedno – to nie Glazur przygotował zasadzkę. Ktokolwiek to zrobił, chciał pozbyć się nas obojga.

Miałam kilka typów. Zaczynając od Werna, przez Klizę, a kończąc na ludziach Roberta szukających zemsty. Zemsty lub pieniędzy zabranych przeze mnie do Niemiec. Były to gigantyczne środki, które systematycznie przelewałam na szereg kont, przygotowując się do ucieczki od męża.

Motywacji było aż nadto. Zarówno jeśli chodziło o tych, jak i innych kandydatów. Każdemu potrafiłam przypisać jakiś powód, dla którego mógłby chcieć mnie zniszczyć.

Ale który z nich byłby gotów poświęcić dziecko?

Wciąż miałam przed oczami wyraz twarzy Wojtka, a w myślach świadomość tego, że potrzebuje mnie teraz bardziej niż kiedykolwiek. Poza mną nie miał nikogo, w tej chwili musieli otaczać go całkiem obcy ludzie.

Kto zgotował mu ten los?

Pora spojrzeć prawdzie w oczy, uznałam. Przecież doskonale znałam odpowiedź na to pytanie.

Kogo chciałam oszukać? Siebie? Tak jak oszukałam Wernera?

Wiedziałam aż za dobrze, kto i dlaczego wziął mnie na celownik. I przecież właśnie z tego powodu w ostatniej chwili krzyknęłam do Damiana, by szukał pozostałych kaset.

Czy to mogło cokolwiek zmienić? I sprawić, że jakimś cudem uniknę więzienia?

Tocząc wzrokiem po pustej celi, łudziłam się jeszcze, że tak. Kiedy jednak drzwi się otworzyły i w progu zjawiła się dziewczyna, z którą wedle wszelkiego prawdopodobieństwa miałam spędzić następne kilka godzin, cała nadzieja prysła.

Współwięźniarka usiadła na pryczy naprzeciwko, a potem pochyliła się i oparła ręce na kolanach. Wpatrywała się we mnie wyzywająco, choć nie odzywała się słowem. Liczne tatuaże na rękach nie były żadnymi dziełami sztuki, ale zwyczajnymi dziarami, o jakie można wzbogacić się jedynie w więzieniu.

Była obcięta na zero, rysy twarzy miała mocno ciosane, niemal męskie. Podkrążone oczy i zaczerwienione spojówki kazały mi sądzić, że dziewczyna potrafi załatwić sobie za kratkami rzeczy, które przynajmniej na jakiś czas przenoszą ją do innego świata.

– Migota – odezwała się.

Uniosłam wzrok, ale nie odniosłam wrażenia, żeby którakolwiek z lamp mrugała.

– A ty? – dodała.

Dopiero teraz zrozumiałam, że mi się przedstawiła.

– Kasandra.

Migota uśmiechnęła się szeroko, a ja zauważyłam ciemny nalot przy nasadzie jej zębów.

– Czyli dobrze trafiłam – skwitowała.

Od momentu gdy weszła do celi, nie miałam wątpliwości, że to nieprzypadkowe spotkanie. Teraz otrzymałam wyraźne potwierdzenie.

– Nie wyglądasz na zdziwioną – zauważyła.

– Powinnam być?

– No chyba, kurwa, nie.

Podniosła się, jakby miała zamiar mnie zaatakować, ale ja nie ruszyłam się ani o centymetr. Nie miałam zamiaru jej prowokować i liczyłam jeszcze na to, że uda mi się wyjść z opresji obronną ręką.

Stanęła przede mną i spojrzała na mnie z góry.

Dziwne. Nie czułam zagrożenia, nie wystąpiło to znajome uczucie, które nadchodziło, ilekroć Robert podnosił na mnie rękę.

Mimo to wiedziałam, że niewiele trzeba, by w tej sytuacji pięści poszły w ruch.

– Strasznie chujowa sprawa z twoim dzieckiem – rzuciła Migota.

Skinęłam głową.

– A jeszcze słabiej, że nie możesz się nim zaopiekować.

– To prawda.

– No i że to twoja wina.

Skierowałam na nią wzrok, a potem powoli się podniosłam. Nie cofnęła się ani o krok, przez co znalazłyśmy się w odległości kilku centymetrów od siebie. Spojrzałyśmy sobie w oczy.

– Zjebałaś mu całe życie, dziewczyno.

Była o kilka lat młodsza ode mnie, ale najwyraźniej jej to nie przeszkadzało.

– Mógł rwać laski, walić driny z kumplami i korzystać z życia, a zamiast tego będzie pierdolonym warzywem.

Starałam się jej nie słuchać. Robiłam wszystko, by jej słowa trafiały gdzieś obok mnie. Powtarzałam sobie w duchu, że skoro do tej pory nie zaatakowała, to nie ma zamiaru robić tego jako pierwsza. Prowokuje mnie, licząc na to, że ja zacznę.

– Naprawdę masz to w dupie? – spytała. – Co z ciebie za matka? Nie czaisz, że twój syn będzie cię teraz potrzebował bardziej niż wcześniej?

Nie odpowiadałam.

Myślałam o tym bez przerwy. Miałam wrażenie, że częściej, niż brałam oddech. W dodatku przypominały mi się te wszystkie momenty, kiedy musiałam zostawić Wojtka. Pierwsze odwiezienie do przedszkola, pierwszy dzień w podstawówce, pierwszy wyjazd na obóz.

Za każdym razem serce pękało mi na nowo, kiedy posyłał mi długie spojrzenie, a ja widziałam, jak szkliste miał oczy. Większość jego rówieśników cieszyła się na wyjazdy, on nigdy. Za każdym razem wydawało mi się, że to dla niego najgorsza kara.

Ale to Robert decydował. A ja czasem bez obiekcji na to przystawałam, świadoma, że każdy dzień Wojtka poza domem to dzień bez narażania go na to, że zobaczy, co robi jego ojciec.

– Ja jebię – skwitowała Migota. – Słyszałam, że masz nasrane, ale…

Pokręciła głową, syknęła z wyższością, a potem wróciła na swoją pryczę. Znów usiadła z rękoma opartymi o kolana.

– Klapnij se – poradziła. – Trochę nam zejdzie.

– Na czym?

– Na ustaleniu, co będziesz teraz robić.

Zajęłam swoje miejsce, czekając na dalszy ciąg.

– Ogarniasz sytuację? – odezwała się Migota. – Wiesz, kto mnie przysłał?

– Tak.

Nie miałam stuprocentowej pewności, ale prawdopodobieństwo, że się mylę, było znikome.

– Zajebiście – dodała współosadzona. – Odpadło nam trochę tłumaczeń.

– Mhm.

Nachyliła się w moją stronę.

– A teraz wyjaśnij mi, co jest z tymi, kurwa, kasetami – rzuciła stanowczo.

Otworzyłam usta, ale nie zdążyłam się odezwać, gdyż rozległ się dźwięk otwieranej zasuwy. Drzwi uchyliły się z nieprzyjemnym, metalicznym skrzypieniem, a do środka wszedł mężczyzna w szarym swetrze z granatową kieszenią na piersi.

Strażnik więzienny spojrzał najpierw na mnie, a potem na Migotę. Westchnął i wskazał jej korytarz.

– Wywalaj stąd – rzucił.

– Ale…

– No już, wypad – uciął funkcjonariusz, chowając ręce do kieszeni. – Co ty tu w ogóle robisz? Kto cię wpuścił?

– Nikt.

Migota wstała i posłusznie opuściła celę, jakby w okamgnieniu stała się zupełnie inną osobą. Na odchodnym posłała jeszcze strażnikowi krzywy uśmiech, który zdawał się świadczyć o tym, że żyją w dobrej komitywie.

Potem funkcjonariusz zamknął drzwi i spojrzał na mnie z góry.

– Komuś się coś popierdoliło – oznajmił, wskazując na drzwi. – Nie powinno jej tu być.

– Nic się nie stało.

– Nie groziła ci? Nie odstawiała niczego?

– Nie.

– To dobrze – odparł, jakby nieco zmieszany. Podrapał się po głowie. – Miałaś już pogadankę?

– Pogadankę?

– O zagrożeniach dla twojego bezpieczeństwa osobistego oraz zetknięciu się z przejawami negatywnych zachowań charakterystycznych dla środowisk przestępczych? – wyrecytował ustawową formułkę, którą musiał posługiwać się już niezliczoną ilość razy.

– Tak.

– I wiesz, że powinnaś powiadamiać przełożonych o zagrożeniach bezpieczeństwa osobistego swojego i innych tymczasowo aresztowanych?

– Tak – potwierdziłam.

– Nie chcesz teraz mnie o niczym powiadomić?

– Nie.

Wszystko to, o czym mówił klawisz, przedstawił mi już wychowawca. Zjawił się w celi przejściowej tuż po tym, jak oddałam wszystkie moje rzeczy do depozytu i odebrałam więzienny przydział. Mówił długo i jednostajnie, jakby automatycznie klepał mantrę i nie był świadomy, że jego słowa w istocie potwierdzają, iż powinnam zapomnieć o życiu, jakie dotychczas prowadziłam.

– Dobra – rzucił strażnik. – Za dwa dni będzie rozmowa wstępna, dowiesz się szczegółów. Jasne?

– Tak – powiedziałam po raz kolejny.

Zdawał się zadowolony, że udzielam krótkich, zdecydowanych odpowiedzi. Korzystając z kredytu dobrej woli, jakiego najwyraźniej mi udzielił, postanowiłam upomnieć się o swoje.

– Muszę powiadomić kogoś, gdzie jestem – odezwałam się.

– Później.

– Wychowawca mówił, że mam prawo do…

– Masz prawo do zamknięcia ryja – uciął. – I skorzystaj z niego, zanim mnie porządnie wkurwisz.

Zamarłam z otwartymi ustami. Może nie powinna dziwić mnie jego obcesowość. Był młody, może dopiero zaczynał pracę w tym miejscu, a to oznaczało, że za ścieranie się z więźniami, bycie obiektem kpin i szykan, częste poniżanie i pracę w ekstremalnie trudnych warunkach dostawał najwyżej tysiąc trzysta na rękę.

Z pewnością był sfrustrowany. W dodatku niejednokrotnie musiał odnosić wrażenie, że osadzeni mają znacznie więcej praw i przywilejów niż ci, którzy ich pilnują. Jakoś musiał to sobie odbić.

– Rozumiesz? – spytał funkcjonariusz.

– Tak.

Nie było sensu protestować. Zasady zasadami, szczególnie te pisane, ale tu i teraz liczyło się tylko prawo zwyczajowe. A ja jeszcze go nie znałam.

– Wiesz w ogóle, gdzie jesteś? – spytał.

Pytanie było retoryczne, więc tylko skinęłam głową.

– Słyszałaś o tym miejscu?

Właściwie wiedziałam jedynie tyle, że ten konkretny areszt śledczy mieści się pod Opolem i ma oddział dla kobiet. I to wyłącznie dzięki temu, że swojego czasu stałam się specjalistką od tej okolicy.

– Chyba niewiele, skoro siedzisz sobie tak spokojnie – dodał funkcjonariusz. – To Zamtuz.

Słowo jakiś czas temu obiło mi się o uszy – i bynajmniej nie jako staropolskie określenie domu rozpusty. Czytałam o Zamtuzie nawet kilka artykułów, podobnie jak o Babińcu pod Wrocławiem. Obydwa miejsca były kobiecymi oddziałami więziennymi niecieszącymi się dobrą sławą.

Jeśli wierzyć doniesieniom medialnym, prostytucja miała być tu na porządku dziennym, do gwałtów dochodziło tylko trochę rzadziej, a kobiety za wszystko płaciły strażnikom więziennym swoimi ciałami.

– Oho – rzucił funkcjonariusz. – Chyba coś jednak kojarzysz.

– Tak, ale…

– Spokojnie. Większość to brednie. Jak będziesz się pilnować i trzymać sztamę z właściwymi ludźmi, nic ci nie będzie.

– A ci właściwi ludzie to…

– My – odparł bez wahania. – Im lepiej będziesz z nami żyła, tym mniej problemów sobie narobisz.

Oparł się plecami o drzwi, wciąż nie wyciągając rąk z kieszeni. Przyglądał mi się uważnie, jakby starał się ustalić, czy będę sprawiała kłopoty, czy nie.

Naprawdę wylądowałam w Zamtuzie? Nie kojarzyłam wprawdzie, który konkretnie oddział nazywano w ten sposób, ale wiedziałam, że znajduje się gdzieś w okolicach Opola.

Nie mogłam gorzej trafić. Przepustki dostawały tutaj tylko te więźniarki, które płaciły jedyną posiadaną walutą. Podobnie sprawa miała się z dostępem do karty telefonicznej, która stanowiła towar równie cenny jak zwycięski kupon lotto na wolności.

O ile mnie pamięć nie myliła, pisano też o pieniądzach za seks. Stawki miały być różne, od pięćdziesięciu do dwustu złotych. Tylko tyle był tutaj wart honor. A jeśli raz się go pozbyło, nie sposób było go odbudować. Te, które po jakimś czasie przestały godzić się na świadczenie seksualnych usług strażnikom, były do tego zmuszane. O sprawie zrobiło się głośno, kiedy jedna z osadzonych zaszła w ciążę.

Ale może strażnik miał rację, może media wyolbrzymiały sprawę. Nie byłby to ani pierwszy, ani ostatni raz.

– Rozumiesz, o czym mówię? – spytał, wyrywając mnie z zamyślenia.

– Tak.

– To świetnie.

Wyglądał, jakby miał zamiar jeszcze coś dodać, ale milczał. Po chwili zobaczyłam, że porusza jedną dłonią w kieszeni. Od razu przyszły mi na myśl najgorsze możliwe powody, ale strażnik wysunął nieco rękę i zobaczyłam, że trzyma w niej telefon komórkowy. Model sprzed kilku lat, dotykowy, ale żaden flagowiec.

– Potraktuj to jako sugestię, że opłaca się z nami dobrze żyć – odezwał się.

Nie wiedziałam, co odpowiedzieć. Jeśli rację mieli dziennikarze publikujący wszystkie te mrożące krew w żyłach historie, mogłam popełnić karygodny błąd. Jeśli nie – przegapić niepowtarzalną okazję.

Mogłam wyjść z tej sytuacji obronną ręką, jeśli Wern zrobi to, czego od niego wymagałam. Tyle że on sam nie miał pojęcia, do czego się to sprowadzało. Moja niewiele mówiąca prośba, by znalazł kasety, mogła być niewystarczająca.

Do cholery, pewnie taka się okazała. Łudziłam się tylko, że tyle wystarczy. W rzeczywistości potrzebował nieco więcej wskazówek.

– Nie skorzystasz? – zapytał klawisz.

– Cóż…

– Nie potrzebujesz nigdzie zadzwonić? Przed chwilą chciałaś dać komuś znać.

Milczałam, wciąż się namyślając.

– Jeśli zastanawiasz się, co musisz zrobić w zamian, to mogę od razu ci powiedzieć: nic.

Nawet jeśli rzeczywiście tak było, nie chciałam zaciągać kredytu w banku przysług funkcjonariuszy. Różnie mogło się to skończyć, szczególnie na początku mojego pobytu w tym miejscu.

Musiałam jednak dać Wernerowi znać, w jaki sposób może mnie stąd wyciągnąć.

– W porządku – powiedziałam. – Dziękuję.

Uśmiechnął się, ale nie podał mi komórki. Zamiast tego schował ją do kieszeni.

Zauważyłam, że zaczyna ruszać drugą ręką.

– Nie musisz nic robić… – powiedział cicho. – Wystarczy, że będziesz tam siedzieć.

Wlepiał we mnie wzrok, coraz szybciej ruszając dłonią. Kiedy zaczął głośno sapać, odwróciłam wzrok.

– Hej! – krzyknął. – Patrz na mnie!

Nie miałam zamiaru tego robić.

– Słyszysz, co do ciebie mówię?

Odwróciłam się od niego. Miałam świadomość, że jeśli zgodzę się na ten pierwszy krok, potem nie będzie odwrotu.

Strażnik przerwał, a potem zaklął pod nosem.

– Jak sobie chcesz, suko – rzucił i otworzył drzwi. – Ale zapewniam cię, że będziesz robić mi gałę jak szalona, jak tylko zatęsknisz za synkiem. A ja nie będę wtedy taki, kurwa, uprzejmy.

Wyszedł, a ja uświadomiłam sobie, że trafiłam do piekła.

7

Jasne było dla mnie, że nic nigdy nie dzieje się bez powodu – chciałbym jednak częściej go znać. Tak jak teraz, kiedy przyglądałem się kasecie i zastanawiałem, co sprawiło, że znalazła się w moim mieszkaniu. Kto ją przysłał? I dlaczego?

Oglądałem ją bez końca, Kliza także. I tak jak ja nie miała bladego pojęcia, co o tym wszystkim sądzić.

Zaproponowałem, że może się u mnie przespać, ale nawet przez chwilę nie zakładała takiej możliwości. Wróciła na noc do hotelu Kamienica przy Solarisie, twierdząc, że ma tam wszystko, czego potrzebuje. Zjawiła się następnego dnia z samego rana i wystarczył rzut oka, bym zrozumiał, że niewiele spała. Ze mną było podobnie.

– Jedna rzecz jest dla mnie oczywista – zaczęła, wchodząc do loftu. – Ewa nie nagrała tego wszystkiego bez powodu.

Uznałem, że to najwyraźniej było powitanie.

– W porządku – mruknąłem, jeszcze nie do końca rozbudzony.

– Dlaczego więc to zrobiła?

– Chciała opowiedzieć swoją historię.

– Komu?

– Temu, kto znajdzie kasetę... – wymamrotałem. – To znaczy kasety, jeśli wierzyć Kasandrze.

– Wierzyć jej? Wern, jeszcze do końca nie wypłukałeś z żołądka trucizny, którą ci podała, mówiąc, że to eliksir życia.

Zamilkłem, zastanawiając się nad tym, czy dobrze robię, snując te rozważania właśnie z Klizą. Wciąż nie byłem pewien, komu mogę ufać, a komu nie.

– W tym wypadku wydaje się wiarygodna – odparłem, przechodząc do kuchni. Nalałem wody do czajnika, a potem wrzuciłem torebki herbaty do dwóch czerwonych kubków nescafé. – I tak sugeruje podpis na kasecie: trzy-piętnaście.

Jola stanęła obok i spojrzała z rezerwą na kubki.

– Nie masz ekspresu do kawy? – spytała, rozglądając się.

– Nie za bardzo.

– Samej kawy też nie? Sypanej? Rozpuszczalnej?

Pokręciłem głową, uzmysławiając sobie, jak marne zapasy miałem w domu. Wszystko wynikało z tego, że do przeżycia właściwie wystarczała mi dobra gra z trybem online, kilka puszek piwa i cokolwiek przypominającego jedzenie.

– Mniejsza z tym – powiedziała. – I mniejsza z Kasandrą. Skupmy się na Ewie.

– Jestem za.

– Więc zastanówmy się, po co te nagrania?

– Z wewnętrznej potrzeby, żeby opowiedzieć komuś o tym, co jej się przydarzyło? Może to był jakiś zawór bezpieczeństwa, dzięki któremu nie odeszła od zmysłów po tym, jak zniknęła.

Kliza zaczęła przeszukiwać puste szafki.

– Zakładasz, że została porwana? Czy że sama uciekła?

– Nie wiem już, co zakładać – odparłem cicho. – Równie dobrze może się okazać, że to Prokocki za tym stoi.

– Rozmawiałeś z nim?

– Nie. I nie mam zamiaru.

– Może powinieneś.

Prychnąłem, a potem położyłem rękę na drzwiczkach szafki, którą miała zamiar przejrzeć. Szybko odebrała niewypowiedziany sygnał, że jej poszukiwania pójdą na marne.

– Ten facet pokazał mi zdjęcie zwłok i wmawiał, że należą do niej – odparłem. – Ewidentnie zrobi wszystko, żeby nikt nie trafił na jej trop. Nawet ja… albo szczególnie ja.

– A nie przeszło ci przez myśl, że to naprawdę mogła być ona?

– Nie.

– Bo?

– Bo Kas twierdzi, że ona żyje. I że cała sprawa z zeznaniami przeciwko Kajmanowi była prawdą.

– Ale Prokocki zaprzecza.

– Tak – przyznałem. – I dlatego nie mam zamiaru z nim rozmawiać.

Kliza poczekała, aż zaleję herbatę, a potem usiadła z kubkiem przy niewielkim stoliku. Kupiłem go za bezcen na OLX, podobnie jak dwa stare krzesła, które stały obok. Właściwie całe wyposażenie loftu skompletowałem w ten sposób, dzięki czemu wnętrze sprawiało wrażenie, jakby celowo zostało utrzymane w stylu retro.

– Może w takim razie powinieneś porozmawiać z kimś innym? – odezwała się Kliza.

– Z kim?

– Z Kajmanem.

Popatrzyłem na nią z niedowierzaniem, czekając, aż oświadczy mi, że to tylko bezrefleksyjna, niemal przypadkowo rzucona sugestia. Jola jednak trwała z niezmienionym wyrazem twarzy.

– To nie jest zły pomysł, Wern.

– Chyba żartujesz…

– Szczerze mówiąc, nie bardzo umiem. Spalam każdy dowcip.

– Tego nie spaliłaś.

– Bo to nie był żart – odparła, a potem objęła kubek dłońmi. – Ten facet może wiedzieć dokładnie to, co cię interesuje.

– Fakt – przyznałem. – Tyle że jest gangsterem, który kierował zorganizowaną grupą przestępczą. Przekręty Roberta Reimanna to przy jego działalności nic.

– Boisz się go, Wern? – spytała z przekąsem.

Usiadłem naprzeciwko niej i posłałem jej długie spojrzenie.

– Jeśli tak, to szkoda.

– Szkoda?

– Bo złożyłam wniosek o widzenie.

– Co takiego?

– Uznałam, że najlepiej będzie…

– Spotkać się z człowiekiem, który wedle wszelkiego prawdopodobieństwa wciąż poluje na moją narzeczoną?

To prawdopodobieństwo istniało tylko przy założeniu, że Kasandra mówiła prawdę. Byłem jednak przekonany, że tak jest, nawet jeśli Kliza w to wątpiła.

– O czym ty myślałaś? – wypaliłem. – Przecież nic z niego nie wyciągnę. On tymczasem zrobi wszystko, żeby wyciągnąć coś ze mnie.

– Tyle że ty nic nie wiesz.

– On tym bardziej nie.

– Jesteś pewien?

Nie, nie byłem. W tej sprawie było zbyt wiele krętych i ślepych uliczek, żebym mógł wytyczyć drogę do celu. Czułem się, jakby ktoś zamknął mnie w tym labiryncie i za punkt honoru postawił sobie, bym na próżno szukał wyjścia aż do końca życia.

Ale do czego ono właściwie się sprowadzało? Do szukania Ewy? Gonitwy za powidokiem osoby, która kiedyś znaczyła dla mnie wszystko, a teraz mogła zmienić się właściwie nie do poznania?

– Musisz się z nim spotkać – dodała po chwili Jola. – Nawet jeśli Kajman nic nie wie, przynajmniej skreślimy go z listy.

– Żeby go skreślić, musielibyśmy mieć pewność, że powie mi prawdę – odparłem. – A jestem przekonany, że usłyszę od niego same kłamstwa. O ile w ogóle zechce się spotkać.

– Skorzysta z okazji, żeby zobaczyć nową twarz i wyrwać się z celi. Jak każdy więzień.

Upiłem łyk herbaty i syknąłem, czując, że poparzyłem sobie język i podniebienie. To ewidentnie nie była dobra pora na gorące napoje, uznałem w duchu, po czym poszedłem do lodówki po coś innego. Wyjąłem butelkę prosecco.

– Nie wiedziałam, że w tym gustujesz.

– Nie gustuję.

– Więc kupiłeś dla Kasandry? Uznałeś, że coś jej się od życia należy?

Wzruszyłem ramionami i wyjąłem z szafki szklankę. Kieliszków jeszcze nie zdążyłem kupić. Może zresztą nie były mi potrzebne.

– Odstawiła prosecco – dodała Jola. – Źle jej się kojarzyło.

Zignorowałem uwagę, otwierając butelkę. Pociągnąłem łyk i od razu zrobiło mi się lepiej. Nie na tyle, by przejść do porządku nad faktem, że Kliza starała się doprowadzić do konfrontacji z mafiosem, ale przynajmniej trochę.

– Spotkanie z Kajmanem to dobry krok, Wern – zapewniła Jola. – Już dawno powinieneś go zrobić.

– Jakoś nie po drodze mi było spotykać się z człowiekiem, który mógł zlecić gwałt i pobicie mojej narzeczonej. I który był powodem jej zniknięcia.

– Przynajmniej wedle obowiązującej obecnie wersji – zauważyła.

Niepotrzebnie wciąż podawała ją w wątpliwość. Wydawała się przecież najbardziej logiczna.

Ewa zeznaje przeciwko Kajmanowi, ten najmuje zbirów, by nas zaatakowali. Prokocki nie może zapewnić Ewie państwowej ochrony, więc ukrywa ją na własną rękę.

Ale co stało się potem? Dlaczego nigdy do mnie nie wróciła? Nie dała żadnego znaku życia?

Na fundamencie tych pytań Kasandra stworzyła swoją wersję, którą wykorzystała do omotania mnie. Ale stanowiła wyłącznie jej wymysł. To, co naprawdę działo się z Ewą, było jedną wielką niewiadomą.

Odpowiedzi jednak gdzieś były. Na czternastu pozostałych kasetach.

– Sprawdziłam trop, który podsunęła Kasandra – odezwała się po chwili Kliza, jakby chciała usprawiedliwić swoją powściągliwość.

Zmarszczyłem czoło, nie bardzo wiedząc, do czego zmierza.

– Mam na myśli tę wioskę pod Kielcami, gdzie Ewa miała się zaszyć. I gdzie Kas miała znaleźć taśmy.

– Obice.

Kliza potwierdziła ruchem głowy.

– Wygląda na to, że to martwy trop. Nie ma nawet żadnych dowodów na to, że Ewa kiedykolwiek tam była.

– A jednak Prokocki tam jeździł. Tankował w okolicy.

– Według Kasandry.

Nabrałem głęboko tchu i znów pociągnąłem łyk prosecco. Picie o tej porze znaczyło tyle, że przez cały dzień będę się czuł jak przeżuty i wypluty, ale niespecjalnie mnie to teraz obchodziło.

– Według Kasandry moja narzeczona żyje – odparowałem stanowczym tonem. – I zamierzam się tego trzymać.

– Więc dlaczego się z tobą nie skontaktowała przez te wszystkie lata?

– Może była przetrzymywana wbrew własnej woli.

– Przez kogo?

– Ludzi Kajmana.

– Więc nie zabili jej, tylko ją uwięzili?

Wzruszyłem ramionami. Kliza irytowała mnie swoimi pytaniami, choć wiedziałem, że są całkowicie zasadne.

– I pozwolili jej zrobić te nagrania?

– Może uznali, że będą niegroźne. A może nie wiedzieli, że je robi. Może była zamknięta w jakiejś piwnicy, znalazła stary sprzęt VHS, kamerę i nagrała to wszystko. Może schowała gdzieś taśmy z nadzieją, że ktoś je znajdzie.

– Aha. Brzmi bardzo prawdopodobnie.

– Nie możesz tego wykluczyć.

Przez chwilę mi się przyglądała, jakby starała się stwierdzić, na jak dużą rezerwę może sobie pozwolić.

– Załóżmy, że masz rację – powiedziała w końcu. – W takim razie Ewa wykorzystałaby tę okazję, nie sądzisz?

– Do czego?

– Żeby w nagraniach przekazać coś między wierszami.

Potarłem się po karku i rozprostowałem plecy.

– Jak Juan Carlos Ortiz... – zauważyłem.

– Kto?

Nie dowierzałem, że może go nie pamiętać. W końcu to właśnie ona przedstawiła mi jakiś czas temu historię tego człowieka i odbicia pewnych zakładników.

– Facet, który wpadł na to, by wojsko przechytrzyło FARC dzięki zakodowaniu w pewnej piosence wiadomości alfabetem Morse'a.

Widziałem, że już załapała.

– Ach... – odparła. – Natalia Gutierrez Y Angelo. *Better days.*

Czy Kas wykorzystała w swojej manipulacji ten motyw dlatego, że po znalezieniu kaset doszła do takiego samego wniosku jak teraz ja i Kliza? Musiałem przynajmniej przyjąć, że to możliwe.

Owszem, wszystkie wskazówki, jakie podsuwała mi Kasandra, były wyłącznie jej wymysłem. Ale przecież mogło zainspirować ją to, co znalazła na kasetach.

Zerknąłem na magnetowid, jakbym rzucał mu wyzwanie.

– Nie ma tam nic? – spytała Jola. – Żadnego ukrytego przesłania?

Pokręciłem głową.

– Oglądałem to kilkadziesiąt razy – powiedziałem pod nosem. – Wyłapałbym, gdyby coś się pojawiło.

– Może nie było tak wyeksponowane jak tropy, które podsuwała ci Kasandra. Ona nie musiała być ekstremalnie uważna, ale Ewa tak.

Kliza miała rację. Gdyby moja narzeczona naprawdę chciała przemycić coś między wierszami, musiałaby zachować znacznie większą ostrożność. Porywacze mogli zbagatelizować sam fakt nagrań, ale tylko dopóty, dopóki uznawali, że są niegroźne.

Zamknąłem na moment oczy, przypominając sobie wszystko, co znajdowało się na taśmach.

– Chcesz obejrzeć jeszcze raz?

– Nie – odparłem bez wahania. – Pamiętam wszystko. I nic tam nie ma.

– Jesteś...

– Jestem absolutnie pewien – uciąłem, bo nie było sensu dłużej tego rozważać. – Może zresztą nie chodzi o słowa, ale o obrazy. Może przekazała mi coś gestem, grymasem lub choćby wzrokiem. Przy tak gównianym nagraniu niczego jednak nie zobaczymy.

Miałem nawet trudności z rozpoznaniem, co Ewa miała na sobie, co dopiero mówić o wyłapaniu jakichś niuansów, które mogłaby zakodować w nagraniu.

– Musiała wiedzieć o tym, że materiał nie będzie najwyższej jakości – odezwała się po chwili Jola.

– Może.

– A skoro tak, to postawiłaby raczej na słowa – uparła się. – Zobaczmy to jeszcze raz.

Chciałem zaprotestować, bo znałem to wszystko na pamięć, a kiedy zasypiałem, zniekształcone szumem słowa narzeczonej odbijały się echem w mojej głowie. Jola jednak nie czekała, aż zdążę zaoponować.

– Siadaj – powiedziała, wskazując miejsce na podłodze przed telewizorem. – I słuchaj.

– Słuchałem już wystarczająco wiele razy.

– Ale może skupiałeś się nie na tym, na czym powinieneś.

– To znaczy?

Zabrałem szklankę i podszedłem do niej. Zrezygnowany, zająłem miejsce przed ekranem, czując się jak dziecko, które nie zdołało przeforsować u rodziców tego, co chciało.

– Pamiętasz wersję Kasandry? – spytała Kliza.

– Słowo w słowo. Nie gorzej od nagrań Ewy.

Łypnęła na mnie, jakby to znaczyło więcej, niż sądziłem. Jakbym co najmniej przyznawał się do uczuć wobec obydwu tych kobiet.

– Jak bardzo się różnią? – spytała.

– Nieznacznie. Jakimiś drobiazgami, które właściwie…

– Co?

– Nic nie znaczą – dodałem, ściągając brwi.

Kliza uśmiechnęła się, jakbyśmy właśnie wspólnymi siłami dotarli do czegoś przełomowego. Położyła palec na przycisku „play", a potem popatrzyła na mnie pytająco.

– To jak? – spytała. – Jesteś gotowy skupić się na tym, co według ciebie nie ma znaczenia?

Skinąłem głową, a potem wbiłem wzrok w kineskopowy telewizor.

Po raz kolejny słuchałem tych samych słów, ale tym razem zignorowałem wszystko to, co powtarzało się w obydwu przekazach. Wszystko to, co powieliła Kasandra.

Zwracałem uwagę jedynie na to, co pominęła, bo najpewniej wydało jej się to niepotrzebne i nic nieznaczące.

Szybko przekonałem się, że Kas się myliła. Każde słowo miało znaczenie.

8

W celi, do której trafiłam, panowała niepodzielnie zieleń. Ściany były seledynowe, a dwa dwupiętrowe łóżka, stół i krzesła – szmaragdowe. Nawet suszące się między szybą a kratami gąbki do mycia były w tej samej kolorystyce. Spokoju ani komfortu temu miejscu wszędobylska zieleń jednak nie dodawała. Farba odchodziła właściwie od wszystkiego, przez co całość sprawiała raczej przygnębiające wrażenie.

Pomiędzy pryczami więźniarki rozwiesiły sznurki, na których schły bluzki i ręczniki. Na stoliku pod oknem leżało kilka książek, krzyżówki, przybory do pisania, talia zużytych kart i trochę artykułów spożywczych.

Od razu poczułam się klaustrofobicznie, bo na jedną osobę przypadało tutaj nie więcej niż trzy metry kwadratowe powierzchni. W dodatku niemal fizycznie czułam przygnębiającą atmosferę tego miejsca.

Dwie z kobiet nie zwróciły na mnie uwagi. Leżały na pryczach, odwrócone tyłem do drzwi. Trzecia jednak natychmiast zeskoczyła ze swojej.

– O w chuj – odezwała się. – Ale niespodziewajka.

Spojrzałam prosto w oczy Migocie, ani przez moment nie mając wątpliwości, że się mnie tutaj spodziewała. Przypuszczałam, że dwie pozostałe osadzone również nie muszą się odwracać, by wiedzieć, kto został do nich dokooptowany.

Migota wskazała pryczę nad jedną z nich.

– Twoje – rzuciła.

Myślałam, że usłyszę słowo „kojo" i szereg innych, które budowały więzienną nomenklaturę. Po prawdzie nie wiedziałam jednak, czy w kobiecych więzieniach też funkcjonuje.

Jedno było pewne, równouprawnienie w systemie penitencjarnym wyraźnie działało bez zarzutu. Cela nie różniła się od tych, które widywałam w reportażach z męskich więzień.

Toaleta była oddzielona od reszty jedynie lichą zasłoną, jaką na wolności znaleźć można było w starych łazienkach w peryferyjnych slumsach dużych miast. W pomieszczeniu unosił się nieprzyjemny zapach, właściwym takim miejscom, ale pomieszany z tanimi perfumami przywodzącymi na myśl raczej męskie niż damskie.

– No – odezwała się Migota. – Nie stój tak, rozgość się. I mów, jaki zarzut.

Złożyłam swoje rzeczy na łóżku, raz po raz zerkając na odwróconą plecami kobietę, nad którą miałam spać. Była starsza i wyraźnie przy ciele, a pośród przerzedzonych włosów widać było łyse placki. Ostatnia z więźniarek była w wieku Migoty.

– Pytałam, jaki zarzut?

– Zabójstwo.

Obydwie osadzone w końcu się odwróciły, ale żadna się nie odezwała.

– Kogo zajebałaś? – spytała Migota.

– Męża.

Wszystkie trzy przypatrywały mi się przez moment, a ja miałam wrażenie, jakbym uczestniczyła nie w swoim życiowym dramacie, ale w komedii. Atmosfera jednak szybko się zmieniła.

– I po co ją wypytujesz? – odezwała się ta starsza.

– Tak o, Ciotka.

– Wiesz wszystko, co masz wiedzieć.

– No, ale…

– Zresztą nie posiedzi w tej sali długo.

Poczułam dotkliwy niepokój. Te trzy kobiety tutaj na mnie czekały. Nie znalazłam się tu przypadkiem, podobnie jak przypadkowe nie było spotkanie z Migotą w celi przejściowej. Ci, którzy wpędzili mnie za kratki, zadbali o to, by wszystko poszło po ich myśli.

– Pytanie, czy ona wie, o co kaman – rzuciła Migota, patrząc na mnie. – Chciałam tylko się upewnić, nie?

– Daj jej, kurwa, spokój – odezwała się trzecia.

– Bo co?

– Bo wstanę. I przypierdolę ci tak, że zesrasz się własnymi zębami.

Migota zaśmiała się pod nosem.

– Tipsy w górę i szał – skwitowała. – Dajesz radę, Kamikaze.

Stałam przy swojej pryczy, niepewna, jak się zachować. Jedynym plusem całej tej wymiany zdań było to, że wiedziałam już, z kim siedzę. Migota, Ciotka i Kamikaze. Ta ostatnia sprawiała wrażenie... cóż, najmniej nieprzychylnej – choć ksywa mogła świadczyć o tym, że jest zdolna do wszystkiego.

Usiadła na pryczy, a potem mi się przyjrzała.

– Wiesz, że nie jesteś tu przez przypadek? – spytała.

– Wiem.

– I zdajesz se sprawę, co musimy zrobić?

Uznałam, że najlepiej będzie, jeśli nie odpowiem. Nie spodziewałam się niczego dobrego, ale wolałam nie gdybać. Przynajmniej nie na głos.

– Nic do ciebie nie mamy – kontynuowała Kamikaze. – Czaisz? Nie chodzi o to, że czymś podpadłaś. Zajebałaś swojego fagasa, bo pewnie miałaś powód, nie nam oceniać. Ale musimy zrobić to, co musimy. Jasne?

– Posłuchajcie...

– Nie ma innej opcji – ucięła Kamikaze, a potem wskazała zabrudzoną zasłonę prysznicową. – Tam jest kibel. Nie bawimy się w żadne bzdury, które znasz z telewizji. Wchodzisz, robisz swoje z odkręconą wodą, a potem wyłazisz. Bez syfu, bez jęczenia. Jasne?

Skinęłam lekko głową.

– Byłaś już w ambulatorium?

– Nie.

– To niedługo wezmą cię na badanie zębów i cipy.

– Co?

– Stomatolog i ginekolog zrobią ci przeglądy, czaisz?

Z trudem przełknęłam ślinę, wyobrażając sobie, że jeden i drugi gabinet wyglądają mniej więcej tak samo jak cela.

Kamikaze westchnęła.

– Budzenie jest o szóstej. Faza od ósmej do dziewiątej, potem wraca dopiero na wieczór – dodała i chyba zobaczyła, że nie bardzo rozumiem. – Wyłączają prąd po dziewiątej, łapiesz?

– Dlaczego?

– Oszczędność.

– Tak mówią – włączyła się Migota. – Ale naprawdę chodzi o to, żeby nam dowalić.

– Przyzwyczajaj się do chujozy – poradziła Kamikaze. – Posiedzisz tu z nami, dopóki nie zrobisz tego, co od ciebie chcą, a potem pójdziesz do zamkniętego, jak inni kiblujący za zabójstwo.

Nie sprecyzowała, kim są oni, ale nie musiała. Doskonale zdawałam sobie z tego sprawę.

Podobnie jak z tego, czego ode mnie wymagali.

– Tam będziesz miała jeszcze bardziej przesrane. Ale przynajmniej będą ci przysługiwały dwa widzenia w miesiącu. Każde po godzinę.

– Miałabyś trzecie na dziecko – włączyła się Migota. – Ale że jest warzywem, to zobaczysz je co najwyżej na stołówce.

Roześmiała się, a potem w celi zaległa ciężka cisza. Ciotka i Kamikaze posłały dziewczynie długie spojrzenia.

– Odjebało ci? – rzuciła Kamikaze.

Migota się nie odezwała i spuściła wzrok. Najwyraźniej nawet w tym miejscu wszelkie żarty kończyły się, gdy zbliżano się do tematu macierzyństwa.

Ciotka podniosła się, podeszła do niej i przez moment jej się przyglądała, jakby spodziewała się, że dziewczyna przeprosi. Ta jednak wciąż unikała nawet kontaktu wzrokowego.

Napięcie utrzymywało się jeszcze przez chwilę, po czym starsza z więźniarek w końcu odpuściła. Zbliżyła się do mnie i bez słowa zaczęła przeglądać rzeczy, które dostałam w przydziale od więziennej administracji.

– Nic się nie stało – odezwałam się, czując, że muszę w jakiś sposób przełamać ciszę. – I tak bez przerwy o tym myślę.

– Wiadomo – odparła Ciotka.

Nie przesadzałam. Ilekroć zamykałam oczy, widziałam Wojtka podłączonego do wszelkiej maści medycznej aparatury. Część tłoczyła w niego papkę, która miała zastępować jedzenie, pozostała odprowadzała wszystko to, co wiązało się z przemianą materii.

Wzdrygnęłam się i poczułam, że oczy zachodzą mi łzami. Nie wiedziałam, czy to rezultat bezsilności, czy wściekłości.

Szybko zebrałam się w sobie, odganiając wszystkie myśli związane z tym, na co nie miałam wpływu. Przynajmniej nie w tej chwili. Jeśli uda mi się opuścić mury więzienia, zadbam o najlepszą opiekę dla Wojtka. Moje konta bankowe wciąż pękały w szwach od pieniędzy Roberta. Skorzystam z nich, umieszczę go w najlepszym ośrodku, zadbam o zastosowanie najnowszych, najskuteczniejszych terapii i zrobię wszystko, żeby mój syn miał normalne życie.

Ciotka wyjęła z torebki szczoteczkę do zębów i przyjrzała jej się pod światłem.

– Wiesz, co z tym zrobić? – spytała.

– To znaczy?

– Chodź – rzuciła, a potem skierowała się ku zasłonie.

Weszłyśmy do niewielkiej klitki obłożonej spękanymi kafelkami. Były tak stare, że nie dało się stwierdzić, jaki oryginalnie miały kolor. Umywalka była w nie najgorszym stanie, kibel wręcz przeciwnie – pokrywały go ciemne zacieki, a na dole widziałam ślady kału.

– Halo – odezwała się Ciotka.

Podniosłam wzrok i spojrzałam jej prosto w oczy. Kiedy otworzyła lekko usta, zobaczyłam, że ma mocno wyszczerbione jedynki.

Znów wskazała na szczoteczkę do zębów, a ja zrozumiałam, że najwyraźniej klawisze zrobili coś, przez co ta wymagała dezynfekcji przed pierwszym użyciem. Nie chciałam nawet myśleć o tym, na co konkretnie pozwolili sobie funkcjonariusze.

Szybko przekonałam się, że się pomyliłam.

Ciotka pochyliła się, a potem przeciągnęła szczoteczką po zasyfionej muszli klozetowej. Zanim zdążyłam zorientować się, co się dzieje, w toalecie pojawiły się Migota i Kamikaze. Złapały mnie i wykręciły mi ręce na plecy, nie dając szansy na jakąkolwiek reakcję.

– Hej, spokojnie! – krzyknęłam.

– Stul pysk – rzuciła Migota. – Ściągniesz tu kogoś z peronu, będziesz miała jeszcze bardziej przejebane.

Spojrzałam z przerażeniem na Ciotkę, która jeszcze przez chwilę wycierała szczoteczką kibel, a potem się wyprostowała. Widok ciemnych, brązowych plam na białych włoskach sprawił, że zrobiło mi się słabo.

– Jak mówiłam, to nic osobistego – odezwała się.

Zachowywała zupełną obojętność. W przeciwieństwie do niej dwie pozostałe więźniarki wyraźnie okazywały swoje emocje. Migota była w siódmymi niebie, Kamikaze sprawiała zaś wrażenie, jakby to ona była ofiarą.

– Czas na szorowanie ząbków – rzuciła ta pierwsza.

Kiedy Ciotka zbliżyła ufajdaną szczoteczkę do moich ust, zrobiło mi się niedobrze. Zaciskałam mocno wargi, ale osadzonej udało się wcisnąć ją do środka. Walczyłam z odruchem wymiotnym, kiedy jednak włoski przesuwały się po moich zębach i dziąsłach, wiedziałam już, że długo nie wytrzymam.

Puściły mnie, kiedy targnęły mną torsje. Opróżniłam zawartość żołądka do muszli, trzymając mocno za jej boki.

Nie zdążyłam nawet otrzeć ust. Poczułam, jak ktoś zaciska mi dłoń na karku, a potem z całej siły wpycha moją głowę do klopa. Ktoś inny pociągnął za spłuczkę i woda zalała mi twarz.

Nie wiedziałam, jak długo trwało to upokorzenie.

Kiedy mnie zostawiły, siedziałam na podłodze z podkurczonymi nogami. Woda z kibla ściekała mi po włosach, a ja co chwilę miałam wrażenie, jakbym miała znów zwymiotować.

Po chwili rozległ się dźwięk odsuwanej zasuwy, a potem otwieranego zamka. Jeden ze strażników wszedł do środka, zapytał o mnie, po czym odsunął zasłonę. Przyjrzał mi się w sposób pozbawiony emocji.

– Wytrzyj się – polecił. – Ktoś do ciebie przyszedł.

Nie miałam siły zapytać kto. Nawet się nie poruszyłam, choć wydawało mi się, że jestem gotowa na wszystko, byleby przynajmniej na moment opuścić to miejsce.

Boże, czy to wszystko przed momentem stało się naprawdę?

Znów zrobiło mi się niedobrze.

– Słyszysz? – zapytał strażnik, a potem cofnął się o krok. – Co z nią jest?

– Nic – odparła Migota. – Myła zęby i włosy.

Rzucił jeszcze coś, ale nie zrozumiałam co. Chwilę później dwie młodsze więźniarki weszły za kotarę, podniosły mnie, a Kamikaze niedbale wytarła mi włosy. Klawisz musiał uznać, że to wystarczy, bo zaraz potem wyprowadził mnie z celi.

Przypuszczałam, że przejdziemy do pokoju widzeń, ale zamiast tego mężczyzna poprowadził mnie do niewielkiego pomieszczenia na końcu korytarza.

Poczułam niepokój. Przeszło mi przez myśl, że to, czego przed chwilą doświadczyłam, będę za moment wspominać jako niewinny początek prawdziwej gehenny.

Klawisz wpędził mnie do środka, jakbym znajdowała się w stadzie bydła, a potem wyszedł z powrotem na korytarz i trzasnął drzwiami.

W niewielkim pokoju czekał na mnie inny mężczyzna. Stał pod ścianą, mimo że na środku pomieszczenia znajdowały się dwa krzesła i stół.

– Wreszcie się spotykamy – odezwał się.

Podniosłam wzrok, ale nie rozpoznałam przybysza.

– Siadaj.

Zajęłam miejsce, uznając, że jakakolwiek oznaka sprzeciwu mi się nie opłaci.

– Wiesz, kim jestem?

– Nie.

W końcu się poruszył. Podszedł do mnie, przysiadł na skraju stołu i kładąc rękę na kolanie, przechylił się na bok. Przyglądał mi się jak jakiemuś ciekawemu okazowi.

– Podkomisarz Prokocki – przedstawił się.

Zmrużyłam oczy, również go oceniając.

– Wiesz, dlaczego tu jesteś? – spytał.

– Bo zabiłam męża.

Roześmiał się w chłodny, niepokojący sposób, który dowodził, że moja odpowiedź nie ma nic wspólnego z prawdą.

Oboje zdawaliśmy sobie z tego sprawę. Właściwie byliśmy jedynymi osobami, które wiedziały, co tak naprawdę się dzieje.

Trwał przez moment w bezruchu, z zastygniętym grymasem na twarzy.

Potem podniósł się, położył ręce na stole i pochylił się. Pociągnął kilkakrotnie nosem, z pewnością czując zapach rzygowin i tego, co znajdowało się na szczoteczce.

– Wyjaśnij mi na początek jedną rzecz – odezwał się. – Dlaczego wmawiasz Damianowi Wernerowi, że jego narzeczona żyje?

9

Od samego rana dzwoniłem do drzwi Stefana Bronowicza. Podobnie jak wcześniej, tak i teraz sąsiad nie otwierał.

– Może odstawił kitę? – szepnęła stojąca obok mnie Kliza. – Ile razy próbowałeś się do niego dostać?

– Zbyt dużo.

Od początku zakładałem, że będę próbował do skutku. To za sprawą Bronowicza w ogóle dostałem kasetę, a oprócz tego to właśnie on zupełnym przypadkiem miał pod ręką cały sprzęt pozwalający ją odtworzyć.

– Mówiłeś, że ile ma lat?

– Góra siedemdziesiąt.

– No, to już dla niektórych najwyższa pora – zauważyła Jola. – Ja przynajmniej zamierzam przed tym pułapem się odmeldować.

Nacisnąłem dzwonek po raz kolejny, ale i tym razem bez skutku.

– Gdybym była jak Maggie Smith, planowałabym dłuższą karierę. Albo jak Judi Dench, Jane Fonda czy Sophia Loren... Wiedziałeś, że ta ostatnia ma już osiemdziesiąt cztery lata?

– Nie.

– Maggie Smith i tak bije je wszystkie na głowę.

Odwróciłem się plecami do drzwi i oparłem się o nie.

– Nie masz pojęcia, o kogo chodzi, prawda? – spytała, ale nie czekała na odpowiedź. – Księżna Violet z *Downton Abbey*. No i profesor od transmutacji w Hogwarcie, Minerva...

– Jasne – uciąłem. – Ale o ile nie potrafimy przeobrazić zamka w tych drzwiach w jakąś galaretę, transmutacja niespecjalnie nam pomoże.

– To też mogłoby okazać się daremne – odparła Kliza. – Bo w środku zamiast odpowiedzi może czekać trup tego gościa.

Spojrzałem na nią z niedowierzaniem, choć właściwie mogła mieć rację. Stefan Bronowicz był wprawdzie w całkiem niezłej formie, ale mając na uwadze wszystko, co działo się w tej sprawie, mógł zejść z przyczyn niekoniecznie naturalnych.

Potrząsnąłem głową i uznałem, że nie ma co poddawać się szaleństwu Klizy. Wskazałem prowadzące w dół schody, a potem oboje ruszyliśmy na podwórko. Stara skoda felicia czekała na nas tam, gdzie ją zostawiłem.

Instalacja gazowa wymagała gruntownego przeglądu, skrzynia biegów i klocki hamulcowe były właściwie do wymiany, ale samochód ojca wciąż jeździł. A od kiedy rodzice przesiedli się na komunikację miejską, auto wpadło w moje ręce.

Kliza przez chwilę siłowała się z drzwiami po stronie pasażera, ale ostatecznie udało jej się je otworzyć. Weszliśmy do środka, a ona z powątpiewaniem spojrzała na kasetowe radio.

– Bywasz na zjazdach motoryzacyjnych antyków? – spytała.

Nie odpowiedziałem, przekręcając kluczyk z nadzieją, że tym razem rozrusznik zaskoczy od razu i felicia zada kłam temu, co sugerowała Kliza. Silnik tradycyjnie potrzebował jednak chwili.

Wyjechałem z podwórka i po nierównej kostce brukowej skierowałem się w stronę Kołłątaja. Od celu dzielił nas jakiś kwadrans, jeśli na Piastowskiej nie będzie zwyczajowego korka. Pora była jeszcze odpowiednia, więc liczyłem na to, że dość szybko uda nam się znaleźć miejsce wskazane mi przez Ewę w nagraniu.

Chciałem spróbować zaraz po tym, jak tylko wyłapałem ukryty sens na nagraniu. Kliza uparła się jednak, że musi wiedzieć, w co się ładuje. Wykonała pospieszny research, właściwie nie dochodząc do niczego znaczącego, a zaraz potem opuściliśmy mieszkanie i po drodze postanowiliśmy, że sprawdzimy jeszcze, czy Bronowicz jest w domu.

Wiadomość w nagraniu była dobrze ukryta. Nie od razu zwróciłem na nią uwagę, bo zdawała się zaplątana w inny wątek i niewiele znacząca.

Ewa opowiadała o Biskupinie i o tym, że od dziecka interesowała się archeologią, w szczególności początkami polskiego osadnictwa. Cała ta relacja pozwoliła Kasandrze stworzyć element swojej układanki w Muzeum Archeologicznym, w którym czekał na mnie jeden z pendrive'ów.

Gdzieś w tym wszystkim było jednak coś więcej. Ewa mówiła o tym, dlaczego w ogóle zainteresowała się archeologią. Podkreślała ogromną liczbę tajemnic, które do dzisiaj pozostają nierozwiązane. Od nieukończonego, największego egipskiego obelisku, który znaleziono w Asuanie, przez podziemne tunele z epoki kamienia, które ciągną się od Szkocji do Turcji, aż po setki tajemniczych kamiennych kul rozsianych po Kostaryce, których znaczenia nikt nie zna. Na koniec Ewa dodawała, że gdziekolwiek na globie by się znajdować, takie rzeczy z pewnością da się odnaleźć w okolicy. W Opolu także. Jako przykład podała owianą niepokojącą legendą kapliczkę i dodała, że historycy nie są w stanie ustalić nawet tak podstawowych faktów jak to, kto w tamtym miejscu zginął i kiedy została wzniesiona.

Nie miałem pojęcia, o czym mowa, ale zdawałem sobie sprawę, że to wskazówka. Cały ten wątek nie pojawił się w nagraniach Kasandry, bo uznała go za całkowicie zbędny. Ja jednak nie mogłem oprzeć się wrażeniu, że znalazł się na kasecie nie bez powodu.

Przejrzenie materiałów w internecie nie pomogło nam w ustaleniu, co Ewa mogła mieć na myśli. Google podsuwał niemal same wyniki z innych miast, sugerując usunięcie słowa „Opole". Szybko stało się dla nas jasne, że sami sobie nie poradzimy.

Nie znałem wielu osób, które mogłyby pomóc w rozszyfrowaniu zagadki. Właściwie jedyną była ta, do której wraz z Klizą się teraz kierowaliśmy.

Moja nauczycielka historii z liceum, mieszkająca na blokowisku przy Koszyka. Była nie tylko świetnym dydaktykiem, ale też pasjonatką lokalnej historii. Jeśli ktokolwiek miał wiedzieć, o jakiej kapliczce mowa, to właśnie ona.

Zatrzymaliśmy się przed jednym z bloków, a potem wysiedliśmy z samochodu.

– Jesteś pewien, że ją zastaniemy? – odezwała się Jola.

Popatrzyłem na nią z rezerwą.

– Nie jestem nawet pewien, czy nadal tu mieszka.

Podczas ostatniego licealnego zjazdu dowiedziałem się, że przeszła na emeryturę, ale nic poza tym.

– A skąd w ogóle wiesz, że tutaj mieszkała? – zapytała Jola. – Ja nie mam pojęcia, gdzie miałabym szukać moich nauczycieli z liceum.

Zobaczyłem w jej oczach niewypowiedzianą sugestię, która z pewnością nie przyszłaby jej na myśl, gdyby tylko wiedziała, w jakim wieku była ta nauczycielka.

– Kandydowała kiedyś do rady miasta – odparłem. – A że mieliśmy z nią dość dobre układy, pomagaliśmy jej przy kampanii.

– My?

– Ja i kilkoro znajomych – oburknąłem, podchodząc do klatki schodowej. – Zresztą nieważne.

Powiodłem wzrokiem po liście nazwisk przy domofonie i w końcu wypatrzyłem to, którego szukałem. Bez namysłu nacisnąłem przycisk i nie musiałem długo czekać, aż moja dawna nauczycielka odbierze.

Natychmiast skojarzyła, kim jestem, a ja po raz kolejny utwierdziłem się w przekonaniu, że grupą zawodową o najlepszej pamięci są właśnie nauczyciele. Miałem wrażenie, że każdy, z kim kiedykolwiek zetknąłem się w murach szkoły, potrafi rozpoznać swoich uczniów na mieście.

Renata Labeda wyraźnie straciła na wadze, odkąd ostatnio ją widziałem. Siwe, przerzedzone włosy dawały pojęcie o tym, ile stresu kosztowały ją lata spędzone w szkolnych murach ze zgrają upierdliwych małolatów. Choć trzeba przyznać, że traktowaliśmy ją lepiej niż większość nauczycieli –

może pomijając fakt, że za sprawą swojego nazwiska otrzymała przezwisko Lebiega.

Przywitała mnie, jakby zawitał do niej długo niewidziany siostrzeniec. Zaprosiła nas do środka, przedstawiła Klizie swojego męża, a potem wdaliśmy się w krótką, obowiązkową wymianę zdań przy herbacie.

– Słyszałam o tym, co cię spotkało – odezwała się Labeda. – To naprawdę okropne. Nie dość, że najpierw to zniknięcie Ewy, to jeszcze... Ech.

Skinąłem głową, nie chcąc podejmować tematu.

– Zdarzają się gorsze rzeczy, pani profesor.

Z jakiegoś powodu poczułem się dziwnie, zwracając się do niej w ten sposób. Kiedy byłem w liceum, wydawało mi się to całkiem naturalne, teraz – wręcz przeciwnie. Z drugiej strony do lekarza przyjmującego mnie w gabinecie mówiłem „doktorze", mimo że doktoratu przecież nie miał.

– Ale może nie jest tak źle, jak przedstawiły to media – dodałem.

– Naprawdę?

Popatrzyłem na Jolę, a ta uśmiechnęła się poprawnie, jakby uznała, że sytuacja wymaga standardowego grymasu.

– Właściwie dlatego panią nękamy.

Uniosła pytająco brwi, a ja odstawiłem kubek z herbatą.

– Nie nękacie – zapewniła. – O co chodzi?

– Pamiętam, że zajmowała się pani historią Opolszczyzny – zacząłem. – I pomyślałem, że może byłaby nam pani w stanie pomóc.

– Och, z pewnością spróbuję – zadeklarowała z przekonaniem. – W czym konkretnie miałabym pomóc?

– Szukamy pewnej kapliczki – włączyła się Jola. – Nie wiemy, na czyją cześć została wzniesiona ani w którym roku.

– W takim razie powiedzcie, jak wygląda, a może...

– Nie rozumie pani – ucięła Kliza. – To są wszystkie informacje, które mamy.

Uznałem, że aby ta sytuacja nie przerodziła się w groteskę, muszę się włączyć.

– Rzecz w tym, że nie tylko my nie znamy daty ani przeznaczenia – odezwałem się. – Nie mogą tego ustalić także historycy. Kojarzy pani może takie miejsce?

– U nas, w Opolu?

Pokiwałem głową, analizując każdy mięsień na jej twarzy i starając się rozpoznać, czy coś przyszło jej na myśl.

– Nie wiecie nawet, o jaką dzielnicę chodzi?

– Niestety nie.

– Cóż...

– Wiemy tylko tyle, że jest jakaś niepokojąca legenda na temat tego miejsca. I że właściwie niczego więcej o nim nie wiadomo.

– Nic nie wpadło pani do głowy? – włączyła się Kliza.

– Pozwólcie, że się zastanowię.

Uciekła wzrokiem, a potem zmarszczyła czoło, jakby potrafiła przypomnieć sobie każdą kapliczkę stojącą w Opolu. W końcu pokręciła głową, podniosła się i podeszła do półek zastawionych nieco przykurzonymi książkami. Wyjęła jedną z nich i rozłożyła ją na stole. Przez chwilę na przemian śliniła palec i przewracała strony.

– Kojarzy pani coś takiego? – powtórzyła z nadzieją Jola.

– Możliwe...

W końcu przestała przerzucać kartki i wbiła palec wskazujący niczym pinezkę w jedną z nich.

– Wójtowa Wieś – oznajmiła, a potem obróciła książkę tak, byśmy mogli zerknąć.

Na czarno-białym zdjęciu widać było niewielką murowaną kapliczkę, wyraźnie zaniedbaną i przyklejoną do niewysokiego budynku. Figurka Matki Boskiej miała rozłożone ręce, a jej szaty luźno opadały z przedramion.

– To jedyne, co przychodzi mi na myśl – oświadczyła Labeda. – Przypuszczalnie powstała w dziewiętnastym wieku, ale nie ma zgody co do konkretnej daty. Niektórzy podają pierwsze lata, inni tysiąc osiemset sześćdziesiąty szósty, a jeszcze inni tysiąc osiemset siedemdziesiąty pierwszy.

Przypatrywałem się tej niewielkiej budowli, zastanawiając się, dlaczego Ewa miałaby wskazać akurat to miejsce.

– Podobnie mętnie ma się sprawa jej przeznaczenia – dodała Renata.

– To znaczy? – spytała Kliza. – Takie rzeczy chyba nadają się tylko do jednego, prawda?

– Zasadniczo tak, ale powstają z różnych pobudek... Niektóre budowało się jako wotum błagalne, by wyprosić urodzaj czy inną łaskę, inne jako wotum dziękczynne, miejsce pamięci jakiegoś istotnego zdarzenia albo dla celów pokutnych.

– Myślałam, że to wszystko po prostu na chwałę Bożą. Tak bezinteresownie.

– Takie też powstawały.

Postukałem palcem w kapliczkę, którą pokazała nam nauczycielka.

– I nikt nie wie, jaki był cel tej? – zapytałem.

– Nie na pewno. Niektórzy twierdzą, że miała być miejscem pamięci jakiegoś poległego oficera, inni, że upamiętnieniem starcia armii pruskiej i austriackiej lub... idąc jeszcze dalej wstecz, miała zostać zbudowana w miejscu, gdzie pochowano żołnierzy armii Napoleona.

Nabrałem głęboko tchu. To rzeczywiście brzmiało, jakbyśmy trafili na miejsce opisywane przez Ewę.

– A legenda? – zapytałem.

– Krąży po Wójtowej Wsi od dobrych stu lat, głównie dlatego, że mimo braku zgody co do przeznaczenia kapliczki jedno jest pewne.

– Co? – odezwała się Jola.

– Że pod nią znajdują się jakieś ciała. Każda wersja to zakłada.

– W porządku – rzuciłem. – Ale co z tą legendą?

Historyczka zaczęła opowiadać o Piotrze Gisie, chłopaku, którego matka pewnego dnia wysłała do sklepu po naftę. Kiedy mijał kapliczkę, zobaczył na jej dachu niewyraźną postać owiniętą białym całunem. Zaczął gwizdać jakąś melodię, zapewne po to, by dodać sobie otuchy, czym sprowadził na siebie gniew zjawy.

– Ta zamieniła się w kota, zeskoczyła z dachu i owinęła się wokół jego szyi – ciągnęła Labeda. – Udusiłaby go, gdyby nie przywołał starej modlitwy mającej przypominać duchom, że wszystkie powinny wielbić Boga.

Przełknąłem ślinę. Nie brzmiało to zbyt poważnie, a mimo to z jakiegoś powodu poczułem się nieswojo.

– Chłopiec wrócił bezpiecznie do domu – dodała nauczycielka. – Minęły lata, ale tę historię opowiadał jeszcze w PRL-u.

Nie musieliśmy się upewniać, czy nie ma innych kapliczek, które pasowałyby do kryterium naszych poszukiwań. Znaleźliśmy tę właściwą. Zapytaliśmy Labedy, gdzie jej szukać, po czym szybko podziękowaliśmy. Opuściliśmy blok chwilę później, przekonani, że w Wójtowej Wsi czeka na nas nasza własna zjawa.

Dojazd z Zaodrza zabrał nam niecałe dziesięć minut. Okolica nijak nie pasowała do nazwy, bo nowa dzielnica Opola miała coraz mniej wspólnego z jakąkolwiek wsią. Po drodze minęliśmy nową krytą pływalnię, wyrosłe jak grzyby po deszczu ekskluzywne osiedla i zatrzęsienie nowoczesnych domków jednorodzinnych.

Chwilę zajęło nam zlokalizowanie miejsca, którego szukaliśmy. Znajdowało się na uboczu i właściwie trudno byłoby trafić na nie przez przypadek.

Wysiedliśmy z auta i spojrzeliśmy na kapliczkę. Jej stan wyraźnie pogorszył się od czasu, kiedy zrobiono zdjęcie, które widzieliśmy u Labedy. Obeszliśmy ją, przyglądając się każdemu szczegółowi, a potem zatrzymaliśmy się na wprost niej.

– Okej… – mruknęła Kliza. – Co teraz?

Zbliżyłem się do figury Matki Boskiej. Kiedyś musiała być biała, teraz pokryła się ciemnym nalotem. Szczególnie niepokojąco wyglądał ten, który osadził się w kącikach oczu, zupełnie jakby postać płakała czarnymi łzami.

Widziałem resztki uschniętych kwiatów, pozostałości po wypalonych świecach i trochę wosku. Nic, co mogłoby mi pomóc w ustaleniu, dlaczego Ewa wspominała akurat o tym miejscu.

– Wern?

– Nie mam pojęcia.

– To co? Modlimy się?

Jola stanęła obok mnie. Przesunęła palcem po policzku figury, a potem popukała w nią.

– Nic tu nie ma – rzuciła.

– A czego się spodziewałaś? Pakietu starych kaset VHS?

– Nie wiem… czegoś. Czegokolwiek.

Zaczęliśmy bezradnie się rozglądać. Na kryjówkę to miejsce nadawało się wprost idealnie. Kapliczka właściwie była dobudówką do stojącego tutaj domu, dzięki któremu przypadkowy przechodzień nie dostrzegłby ani mnie, ani Klizy. Jedynymi osobami, które mogłyby nas wypatrzyć, byli jego mieszkańcy, jako że jedno z okien wychodziło właśnie na tę stronę.

Budynek wyraźnie różnił się od kapliczki, został niedawno wyremontowany i mimo że bryła przywodziła na myśl stare śląskie domy, elewacja i wszystko inne dowodziło, że ktoś wdrożył najnowsze trendy architektoniczne.

– Może zapytamy gospodarzy? – zaproponowałem.

– O co? Czy przypadkiem nie widzieli Ewy?

Spojrzałem na nią z pretensją, a Kliza szybko uniosła dłonie w przepraszającym geście. Nie powinienem dziwić się jej frustracji, sam też przecież ją czułem. Nie dość, że do niczego nie dotarliśmy, to jeszcze oboje odczuwaliśmy presję czasu. Wiedzieliśmy, że tryby jakiejś machiny poszły w ruch. Ktoś realizował swój plan, który rozpoczął się od porwania dziecka. W dodatku każda minuta w więzieniu mogła okazać się dla Kasandry tragiczna. Nie rozmawialiśmy o tym, ale mieliśmy przecież tego pełną świadomość. Przypuszczałem, że Jola byłaby gotowa pomóc jej w ucieczce, gdyby tylko istniała taka możliwość, a ja… cóż, jeszcze kilka dni temu cieszyłbym się z takiego rozwoju wypadków. Teraz nie – i nie chodziło jedynie o to, że dziecko w śpiączce zostało pozbawione matki.

– Spróbujmy – zgodziła się w końcu Kliza. – Co nam szkodzi.

Wyszliśmy zza kapliczki, ale kiedy tylko zobaczyłem nadjeżdżający samochód, złapałem Jolę za ramię i pociągnąłem ją gwałtownie do tyłu.

– Ej, co ty sobie…

– Czekaj – rzuciłem półszeptem, wycofując się jeszcze bardziej.

Zniknęliśmy z widoku kierowcy nadjeżdżającego samochodu, ale kiedy lekko się wychyliłem, mogłem bez problemu go dostrzec. I rozpoznać.

Fakt, że podkomisarz Prokocki tutaj był, dowodził, że trafiliśmy w dobre miejsce.

10

Po powrocie do celi – czy sali, jak mówiły inne osadzone – wciąż rozgrywałam w głowie rozmowę z Prokockim. Jego słowa odbijały się głuchym echem, a kiedy tylko zamykałam oczy, widziałam jego świdrujące spojrzenie.

Już po krótkim wstępie nie miałam wątpliwości, że orientuje się w sytuacji nie gorzej ode mnie. Kiedy nachylił się nade mną, poczułam dobitnie, że to właśnie on jest w tej chwili moim największym problemem.

– Dlaczego wmawiasz Damianowi Wernerowi, że jego narzeczona żyje? – zapytał.

– Bo taka jest prawda.

Roześmiał się, już po raz drugi, od kiedy weszłam do pokoju. Sprawiał wrażenie, że humor mu dopisuje, ale w rzeczywistości musiało być dokładnie odwrotnie. Musiał obawiać się, że wszystko, co zrobił jedenaście lat temu, teraz wyjdzie na jaw.

– Dobrze wiesz, że to bzdura – odparł, po czym zajął miejsce naprzeciwko.

– Dobrze wiem, że żyje. I Damian ją znajdzie.

Kolejny wybuch śmiechu.

– Znaleźliśmy ciało, została zidentyfikowana. A on widział zdjęcia z sekcji.

– Widział także inne fotomontaże w Photoshopie – odparowałam. – I rozumie, że w dobie wszędobylskich, tworzonych przez amatorów fejków z celebrytami spreparowanie takiej fotografii to żaden problem.

Zdawał się coraz bardziej rozbawiony.

– Naprawdę niezła z ciebie krętaczka.

Nie odzywałam się, uznając, że nie mam o czym rozmawiać z tym człowiekiem. W tej chwili mogło się to skończyć jedynie pogorszeniem mojej sytuacji.

– Przyznaję, Werner jest lekko narwany – stwierdził podkomisarz. – Ale nawet on nie może łudzić się, że Ewa żyje.

Wciąż nie odpowiadałam.

– Daj spokój – poradził Prokocki. – Naprawdę myślisz, że w ten sposób unikniesz kary?

– W jaki sposób?

– Sterując nim jak latawcem? – spytał i prychnął. – Do niczego dobrego to nie doprowadzi. Szczególnie jeśli chodzi o ciebie.

– To groźba?

– Zazwyczaj nie tracę na nie czasu. Zamiast tego od razu przechodzę do czynów.

Uśmiech nie schodził mu z twarzy, a ja czułam się coraz bardziej nie na miejscu. Nie miałam pojęcia, czy o tej rozmowie w ogóle wie administracja zakładu. A jeśli nawet, to czy ktokolwiek kiwnąłby palcem, żeby w razie czego mi pomóc.

– To dobra rada – dodał Prokocki. – I daję ci ją tylko dlatego, że masz u mnie fory.

– Za?

– Za determinację. I bezkompromisowość.

Nagle spoważniał, a potem zaczerpnął głęboko tchu i zaplótł dłonie na karku. Uniósł głowę i przez moment się namyślał.

– Ale wytłumacz mi, co ci strzeliło do głowy? – zapytał. – Co konkretnie starasz się osiągnąć?

Nie odpowiedziałam.

– Po co mącisz w głowie Wernerowi? – ciągnął podkomisarz. – Gdybym nie zapoznał się z twoimi aktami, mógłbym sądzić, że to po prostu wynik jakiejś chorobliwej potrzeby dominacji i pociągu do manipulowania innymi, ale wiem, że taka nie jesteś. Zachowujesz się pragmatycznie.

Spuścił wzrok i wbił go w moje oczy.

– A więc dążysz do czegoś konkretnego – dodał. – Do czego?

Zabębnił nerwowo palcami o blat.

– I co to za brednie z tymi kasetami?

Przypuszczałam, że niedługo odpuści, widząc, że niczego ze mnie nie wyciągnie.

– Po co kazałaś mu szukać czegoś, co nie istnieje? – spytał, marszcząc brwi. – Co?

Podniósł się, okrążył stół, a potem zaczął chodzić od ściany do ściany. W końcu zatrzymał się za moimi plecami, a ja poczułam się jeszcze bardziej zaniepokojona niż wcześniej. Nawet gdybym nie znała tego człowieka, prawdopodobnie wyczułabym, że jest zdolny do wszystkiego.

– Słuchaj – zaczął. – Sprawa jest prosta. Albo skończysz z tym cyrkiem, albo będziesz tu miała prawdziwe piekło na ziemi.

– Już mam.

Do końca rozmowy nie odezwałam się już słowem. Prokocki przez jakiś czas starał się coś ze mnie wyciągnąć, ale w końcu odpuścił. Strażnik zaprowadził mnie z powrotem do celi, ale wciąż miałam wrażenie, jakbym nie uwolniła się od podkomisarza. W dodatku trzy więźniarki patrzyły na mnie w sposób sugerujący, że wcześniejsze zdarzenia w kiblu były tylko początkiem tego, co mnie czeka.

Musiałam spojrzeć prawdzie w oczy i dopuścić do siebie, że wszyscy byli przeciwko mnie. Nie miałam żadnego sojusznika. Nie tylko tutaj, ale także poza kratami.

Może z wyjątkiem Werna. Choć on sam z pewnością twierdziłby inaczej.

Usiadłam na pryczy, zastanawiając się, co teraz robi. Ruszył tropem, który starałam się mu podsunąć? Zastanawia się, jak ma oceniać to, że trafiłam do więzienia? Od roku właściwie na to liczył. Uznał zatem pewnie, że przynajmniej jedna sprawa została zakończona.

Jakkolwiek by było, Damian był jedyną osobą, która mogła sprawić, że stąd wyjdę. Tyle że nie miałam jak nawiązać z nim kontaktu.

Dziewczynom, które odsiadywały prawomocne wyroki, paradoksalnie przysługiwało więcej praw niż tymczasowo aresztowanym. Miałam wrażenie, że znajduję się gdzieś na uboczu systemu penitencjarnego, w szarej strefie, gdzie nie obowiązują żadne zasady ani gwarancje praw człowieka. I gdzie można zrobić z osadzonymi niemal wszystko.

Położyłam się na łóżku i zamknęłam oczy.

Wern, działasz tam na zewnątrz? Starasz się odkryć prawdę? A raczej to, co wszyscy wokół usiłują sprzedać ci jako prawdę?

Westchnęłam głęboko. Nie miałam pewności, czy Damian postąpi tak, jak powinien. A nawet jeśli, to czy ruszy odpowiednią drogą.

Musiałam się z nim skontaktować. Natychmiast. Póki mam jeszcze resztki honoru do ratowania.

– Wygodnie? – rozległ się głos Migoty.

Otworzyłam oczy i zobaczyłam stojącą przy łóżku dziewczynę.

– Pewnie jesteś przyzwyczajona do jakichś wodnych materaców i innych takich, nie?

– Niespecjalnie.

Oparła się łokciem o pryczę, a potem położyła brodę na zaciśniętej pięści. Przyglądała mi się przez chwilę, a ja robiłam wszystko, by nie patrzeć jej w oczy.

– Wyobrażam sobie ciebie na zewnątrz – dodała. – Żakieciki, kapelusiki, te sprawy.

– Nie masz nic lepszego do roboty?

– Pewnie raz w tygodniu fitnesik, raz joga, raz jakaś zumba czy inne gówno. Wieczorami winko, świeczki i inne chuje muje.

W końcu na nią spojrzałam.

– Nie masz pojęcia, jak wyglądały moje wieczory.

– Nie było świeczek?

Podniosłam się i usiadłam na pryczy, ale Migota nawet nie drgnęła.

– Ale ruchańsko pewnie dobre – rzuciła. – Przynajmniej od fagasa na boku, bo męża przecież nie bez powodu zajebałaś.

Roześmiała się i obróciła w stronę Kamikaze, szukając aprobaty. Ta zupełnie ignorowała naszą wymianę zdań.

– Spoko – rzuciła Migota. – Tutaj będziesz miała jeszcze lepsze, musisz tylko nauczyć się kilku rzeczy.

Przypuszczałam, że cała ta rozmowa nie odbywa się przypadkiem. Stanowiła zapowiedź kolejnej odsłony upodlenia, jakie miałam tutaj przechodzić.

Czy rzeczywiście sprawiałam na nich takie wrażenie, jak sugerowała ta dziewczyna? Kobiety, która jednego dnia chodziła na obcasach i w żakiecie, a drugiego musiała zrzucić to wszystko i wejść do nowego, zupełnie obcego świata?

Jeśli tak, to nie miały pojęcia, czym jest przemoc domowa. I jak potrafi zaprawić w boju.

– Pewnie nieraz jebłaś sobie saunę parową na włosy – dodała Migota. – I lifting na ryj, nie? Takie rzeczy to musiała być u ciebie norma.

Zeskoczyłam z pryczy i stanęłam przed nią. W końcu zmieniła pozycję, odwracając się na wprost mnie. Przechylała głowę na boki i patrzyła mi wyzywająco w oczy.

– Chcesz wiedzieć, co było u mnie normą? – odezwałam się. – Bycie okładaną co noc przez męża, czasem do nieprzytomności. Nieustanna obawa, czy mój syn czegoś nie usłyszał. Pogrążanie się w coraz większym otępieniu i...

– Obok chuja by mi to latało, jakbym go miała – ucięła Migota, łapiąc się za krocze. Zbliżyła się jeszcze o krok i przez moment miałam wrażenie, że przywali mi z byka. – Myślisz, że tylko ty tutaj za to trafiłaś?

– Połowa z nas siedzi za takie rzeczy – odezwała się w końcu Ciotka.

– Tyle że nie wszystkie mieszkałyśmy w pierdolonych willach – dodała Migota. – Tam byłaś paniusią, tu będziesz zwykłą szmatą. Łapiesz?

Kątem oka zauważyłam, że Kamikaze się podnosi. Zaraz potem to samo zrobiła Ciotka. Wszystkie trzy stanęły obok mnie.

Gorączkowo zastanawiałam się, czy jest coś, co mogłabym zrobić, by uniknąć kolejnego poniżenia. Na litość ich nie wezmę, to było jasne. Dostały jasne polecenia od ludzi, którzy w roli oprawców godnie zastąpili mi Roberta.

Być może zapłacili tym trzem za to, żeby się mną zajęły. Jeśli tak, to może byłabym w stanie je przekupić. Problem polegał na tym, że na słowo mi nie uwierzą, a ja nie miałam dostępu do zgromadzonych na wolności środków.

Protekcja? To była chyba jedyna możliwość. Nieraz słyszałam, że w kobiecych więzieniach relacje seksualne między osadzonymi wyglądają inaczej niż w męskich zakładach karnych. Tam każdy mógł świadczyć je każdemu, tutaj dziewczyny żyły w związkach, nikt nikogo do niczego nie zmuszał, nie dochodziło do gwałtów. Pozorowano miłość – co nie przeszkadzało więźniarkom witać gorąco chłopaków, narzeczonych i mężów, gdy ci przychodzili na widzenie.

Nawet gdybym była w stanie przełknąć gorycz upadku, najpewniej żadna z osadzonych nie byłaby gotowa się ze mną związać.

Boże, naprawdę o tym myślałam? To tylko uświadamiało mi, w jak surrealistycznym świecie się znalazłam.

I dawało do zrozumienia, że jestem w nim sama. Zdana wyłącznie na siebie.

– Liczyłaś na specjalne względy, bo ktoś cię okładał? – dodała Migota. – To chyba prawie każda tutaj musiałaby je mieć, czaisz?

– Czaję.

– Żadna nie zakurwiła tego czy innego gościa ot tak. Wszystkie, co siedzą za zabójstwa, zrobiły to, co zrobiły, bo nie miały innego wyjścia. Działały albo w afekcie, albo w samoobronie.

Co do tego akurat nie miałam wątpliwości. Pamiętałam statystyki i o ile wiedziałam, w Polsce karę pozbawienia wolności odbywało jakieś trzy tysiące kobiet, przy czym tylko około trzydziestu procent siedziało za zabójstwo.

Wśród tych ostatnich niemal dziewięćdziesiąt procent trafiło za kratki właśnie za odebranie życia partnerowi. Nie wiedziałam wprawdzie, czy te statystyki są aktualne, bo od pewnego czasu omijałam ten temat z daleka, ale ogólny obraz z pewnością się nie zmienił.

Uświadomiłam sobie, że mój pobyt tutaj to tak naprawdę ostatni akt znęcania się Roberta nade mną. Ale Migota miała rację, mówiąc, że nie jestem w tym odosobniona. Być może powinnam szukać pomocy u innych, które rozumiały, przez co przeszłam? Może powinnam zabiegać o to, by trafić na oddział, gdzie znajdowały się te najbardziej niebezpieczne więźniarki? Może nie były tak łatwo sterowalne jak te trzy?

Na razie były to jedynie czcze rozważania. Musiałam uporać się z obecną sytuacją, jeśli miałam zamiar myśleć o jakiejkolwiek przyszłości.

– Posłuchajcie…

– Czego? – ucięła Migota. – Masz jakąś propozycję?

– Może, ale…

– Chcesz kupić sobie bezpieczeństwo, co? – Dziewczyna zaśmiała się, klasnęła, a potem zatarła ręce. – Zajebiście, zobaczmy więc, co masz. Podpaski? Tampony?

Otworzyłam usta, ale nic nie powiedziałam.

– Tutaj to cenny towar – dodała. – Na drzewach, kurwa, nie rosną.

Rozejrzałam się niepewnie, myśląc o tym, że może dzięki takiej rozmowie uda mi się odwołać do kobiecej solidarności.

– Nie dają nam nawet podpasek? – spytałam, nie bez powodu używając tego konkretnego zaimka osobowego.

– Pompujesz? – spytała Migota i prychnęła. – Ciotce raz dobrze jebło, dostała dwie paczki higieniczne w miesiącu, to się podzieliła. Ale bez tego nie ma chuja we wsi.

– Jakoś sobie radzimy – włączyła się Kamikaze. – Ty też się przyzwyczaisz.

Do braku podpasek i dwóch wizyt tygodniowo w łaźni? Do mycia się za pomocą gąbki, mokrego ręcznika i miski z wodą? Do załatwiania wszystkich potrzeb w obecności trzech obcych kobiet? Być może. Do tego, czego miałam doświadczać z ich rąk? Raczej nie.

– Nie tylko do tego przywykniesz – oznajmiła Migota. – No chyba że ten twój walił cię w kakao. To nie będziesz musiała.

Spojrzałam jej prosto w oczy. I miałam nadzieję, że zobaczę w nich szyderę.

– No co? – spytała. – Myślałaś, że to berło w kiblu służy do czyszczenia klopa?

Wzdrygnęłam się na samą myśl. Zanim jednak Migota zdążyła przejść od słów do czynów, weszła między nas Ciotka. Wskazała mi wzrokiem kotarę, a potem ruszyła do toalety.

– Chodź – rzuciła.

– Ale…

– Nic ci się nie stanie.

Zawahałam się, ale ostatecznie uznałam, że jeśli u kogokolwiek w tej chwili mogę szukać ratunku, to jedynie u niej.

Szczególnie że Migota wróciła na swoje miejsce i straciła zainteresowanie.

Ciotka zamknęła klapę i usiadła na niej.

– Zasuń – powiedziała, jakby kotara miała sprawić, że faktycznie zyskamy choćby namiastkę prywatności.

Zrobiłam, co kazała, a potem kucnęłam obok niej.

– Gdzie byłaś? – spytała cicho.

– Nieważne.

Pokręciła głową z rezygnacją, przywodząc na myśl matkę, która musi użerać się z przekornym dzieckiem.

– Nie rozumiesz jeszcze, o co tu chodzi? – szepnęła.

– Rozumiem doskonale.

– Więc powinnaś ogarniać, że nie trafiłaś do tej konkretnej sali przez przypadek.

– Mhm – potwierdziłam cicho.

– A jeśli tak, to powinnaś też rozumieć, że wiem o wszystkim, co się dzieje.

Nachyliła się do mnie, a ja poczułam nieprzyjemną woń taniego alkoholu. Najwyraźniej z dostępem do więziennego bimbru nie było tutaj problemów. Właściwie mnie to nie dziwiło, słyszałam, że kobiety w tym względzie radzą sobie znacznie lepiej niż mężczyźni. Do historii więziennictwa przeszły już osadzone we wrocławskim Babińcu, które opracowały metodę robienia tostów na żelazku. Pocztą pantoflową wieść rozeszła się także po innych zakładach karnych.

– Z kim się widziałaś? – spytała Ciotka. – Z Prokockim?

Uniosłam brwi. Najwyraźniej naprawdę wiedziała więcej, niż sądziłam.

– Co mu powiedziałaś?

– Nic.

– Na pewno? Wiesz, że to łatwo ustalić.

Pokiwałam głową. Przez chwilę milczałyśmy.

– Dostałam kolejne instrukcje – odezwała się w końcu.

– Od kogo?

– Dobrze wiesz – odparła Ciotka wciąż tak cicho, by dwie pozostałe nic nie słyszały. Potem spojrzała wymownie na szczotkę do WC. – I Migota nie darła łacha. Naprawdę mamy ci to wsadzić w dupę.

Nieomal zakrztusiłam się powietrzem. Ciotka powiedziała to z takim spokojem, jakby przedstawiała mi pogodę na nadchodzące dni.

– Bawiłaś się kiedyś w anala?

– N-nie... – wydusiłam.

– To będzie tym gorzej.

– Ale...

– Nie mogę ci w żaden sposób pomóc, rozumiesz?

– Moment...

– Muszę to zrobić.

Powiedziała to zbyt głośno, zbyt zdecydowanie. Zanim zorientowałam się, co to oznacza, kotara gwałtownie się odsunęła, a Migota i Kamikaze wpadły do toalety. Znów doskoczyły do mnie i unieruchomiły mnie tak, że nie miałam co myśleć o wyrwaniu się. Mimo to próbowałam to zrobić. Szarpnęły mną i ustawiły tyłem do Ciotki, a ta natychmiast ściągnęła mi spodnie i majtki. Nie miałam czasu nawet pisnąć, kiedy Migota przywaliła mi w brzuch na tyle mocno, że mimowolnie się skuliłam.

Potem poczułam coś twardego między pośladkami. Krzyknęłam, ale Migota zareagowała natychmiast, uderzając jeszcze mocniej.

– Z kim się widziałaś? – spytała Ciotka.

– Z Prokockim!

– Powiedziałaś mu to, co chciał wiedzieć?

– Nic mu nie powiedziałam, do kurwy nędzy!

Końcówka szczotki do toalety wsunęła się jeszcze bardziej. Nie rozumiałam, co się dzieje. Miałam wrażenie, że umieram wewnątrz, jakby ktoś wyszarpał ze mnie duszę i wygnał ją do miejsca, z którego nie ma powrotu. Zamknęłam oczy, czując się tak, jak podczas brutalnych napadów Roberta.

Tyle że w nich nie było nic seksualnego. Zaspokajał się w zupełnie inny sposób.

To, co teraz miało się ze mną stać, było czymś odmiennym, nieznanym i przez to jeszcze bardziej przerażającym.

– Nic nie wie! – krzyknęłam. – Przysięgam!

Czas zdawał się na moment zatrzymać. Wiedziałam, że od tego, czy Ciotka zrobi jeden mocny ruch wprzód, zależy reszta mojego życia.

Po czymś takim już nie będę taka sama. Nie mogłam nawet łudzić się, że będzie inaczej.

11

Chwilę po tym, jak Prokocki odjechał, oboje z Klizą odetchnęliśmy.

– Widziałeś? – spytała. – Zwolnił przy samej kapliczce i rozglądał się uważnie, jakby czegoś albo kogoś szukał.

Oddychałem ciężko, wciąż nie mogąc zrozumieć, co to wszystko oznacza. Narastająca frustracja szukała jakiegoś ujścia, a ja miałem wrażenie, jakbym miał zaraz eksplodować.

– Wern?

– Widziałem.

– Wygląda na to, że trafiliśmy tu, gdzie powinniśmy.

Nie miałem co do tego wątpliwości już od momentu, kiedy tylko zobaczyłem Prokockiego. Ale skąd wiedział, by się tutaj zjawić? Mnie z pewnością nie śledził, a o obecności Klizy w Opolu być może nawet nie miał pojęcia.

– Tyle że nic nam po tym – dodała Jola. – Skoro nie wiemy, dlaczego akurat o to miejsce chodziło Ewie.

Wbiłem wzrok w kapliczkę i stłumiłem ochotę, by przywalić pięścią w jej ścianę. Miałem dosyć pytań, potrzebowałem odpowiedzi. Odwróciłem się, a potem bez słowa ruszyłem w kierunku wejścia do przylegającego budynku. Mieszkające tu osoby były jedynymi, które mogły choć trochę rozjaśnić mi sytuację.

Jola zrównała się ze mną tuż przed drzwiami. Nacisnąłem dzwonek, a potem przybrałem najbardziej opanowany wyraz twarzy, na jaki było mnie stać. Otworzyła nam około trzydziestoletnia kobieta w zbyt dużym T-shircie z Marvela. Popatrzyła na mnie i Klizę, po czym rozejrzała się z konsternacją, jakby wzięła nas za kurierów i nie rozumiała, gdzie jest przesyłka.

– Dzień dobry – odezwałem się. – Możemy zająć chwilę?

Zerknęła na nas niepewnie.

– Chcieliśmy tylko zapytać o jedną rzecz – włączyła się Jola. – Zastanawiała się pani kiedyś, dlaczego Kościół naucza, że Duch Święty jest osobą, skoro jest to siła Boża?

Zamrugałem z niedowierzaniem, a kobieta sprawiała wrażenie, jakby miała zamiar trzasnąć nam drzwiami przed nosem.

– Oj, przepraszam, ale teraz nie mogę…

– Spokojnie – wpadła jej w słowo Kliza, uśmiechając się. – Tylko się zgrywam.

Rozmówczyni przyjrzała nam się jeszcze bardziej badawczo. Taktyka Klizy wydała mi się w najlepszym wypadku nonsensowna, ale kiedy zobaczyłem, że kobieta nie ma zamiaru zamykać drzwi, odetchnąłem.

– Wychodzę z założenia, że łatwiej wepchnąć komuś komplet garnków, jeśli zacznie się od próby sprzedania mu swojej religii – dodała Jola.

Musiałem przyznać, że z każdą chwilą ta dziewczyna zyskiwała w moich oczach coraz bardziej.

– Sprzedają państwo garnki?

– Nie. Chociaż niewykluczone, że ostatecznie tak skończymy.

Miss Marvel, jak nazwałem ją w duchu, znów popatrzyła na nas jak na dwójkę idiotów.

– Na razie niczego nie sprzedajemy – dorzuciła Kliza, a potem wskazała przylegającą budowlę, za sprawą której się tu znaleźliśmy. – Chcieliśmy po prostu zapytać o tę kapliczkę.

Rozmówczyni się skrzywiła.

– Więc jednak będzie religia? – mruknęła, zakładając ręce na piersi. – Zbieracie na odrestaurowanie? Jak dla mnie, nie ma problemu, róbcie z nią, co chcecie. Od początku mówiliśmy parafii, że nie będziemy przeszkadzać.

– Od początku? – włączyłem się.

– Od kiedy kupiliśmy dom.

– Wcześniej należał do Kościoła? – zapytała Jola, rozglądając się.

Przez chwilę zastanawiałem się, gdzie znajduje się najbliższa świątynia. O degresji mojej religijności świadczył fakt, że wiedziałem, gdzie jest klub wspinaczkowy Asgard, pływalnia Wodna Nuta i restauracja Salomon, ale nie miałem pojęcia, gdzie w okolicy znajduje się jakiś kościół.

– No tak – odparła Miss Marvel. – Nie jesteście z parafii?

– Nie – odparłem. – Chcieliśmy po prostu dowiedzieć się...

– Zaraz – ucięła. – Czy ty nie jesteś tym gościem, który od dziesięciu lat szuka zaginionej narzeczonej?

– Od jedenastu. I właściwie...

– To o to chodzi? – znów mi przerwała. – Ale ona przecież nie żyje.

Poniewczasie uświadomiła sobie, że nie rozmawia z przypadkowo spotkanym człowiekiem o jakiejś abstrakcyjnej sprawie z mediów, tylko o czymś, co wiązało się z prawdziwym życiem rozmówcy.

– O Jezu... – jęknęła. – Przepraszam, nie chciałam...

– Nie ma sprawy.

– Czego chcecie się dowiedzieć o tej kapliczce? To jest związane z tamtą sprawą?

Kliza spojrzała na mnie z niedowierzaniem, a ja uznałem, że najwyraźniej będę musiał podszkolić ją w zwyczajach rządzących małymi miastami. Tutaj każdy tego typu news był wagi niemal państwowej, przez co nawet tak niewyróżniająca się postać jak ja mogła zapaść w pamięć. Szczególnie że każdy znał tu każdego. Albo kogoś, kto zna każdego.

– Właściwie tak – odezwała się Jola, zanim ja zdążyłem to zrobić.

– I co konkretnie chcecie wiedzieć?

– Konkretnie nic. A ogólnie wszystko.

– Ale...

– Pewien trop nas tutaj doprowadził – włączyłem się. – Wskazano nam tę kapliczkę, ale bez wyjaśnienia, dlaczego jest istotna.

Wyraz twarzy Miss Marvel kazał sądzić, że właśnie została skaperowana do wyjątkowo znaczącego, dziejowego projektu. Wyraźnie poczuła odpowiedzialność.

– Mieszkamy tutaj dopiero od kilku miesięcy – oznajmiła. – Kupiliśmy ziemię od parafii, a kapliczka... stoi jak stała, to chyba teren gminy. Zadeklarowaliśmy, że nam ona nie przeszkadza, a jak będą chcieli remontować, nie mamy nic przeciwko. Ale od tamtej pory cisza.

Podrapałem się po głowie. W jaki sposób cokolwiek z tego miałoby być znaczące?

– Kto wcześniej tu mieszkał? – spytała Kliza.

– Nie wiem, pewnie księża.

– Oni mieszkają raczej na plebanii, a ja tu nie widzę żadnego kościoła w okolicy.

– No to może był tu jakiś dom pielgrzyma czy coś – odparła kobieta. – Nie mam pojęcia, naprawdę. Musicie popytać u źródła.

Uznaliśmy, że tak właśnie powinniśmy zrobić. Zlokalizowanie właściwiej świątyni zajęło nam tylko chwilę – wystarczyło zapytać pierwszego lepszego sąsiada.

Niewiele później trafiliśmy do parafialnej kancelarii, w której powitał nas młody ksiądz o przetłuszczonych włosach i wyraźnie niezdrowej cerze. Kiedy mówił, w kącikach ust gromadziły mu się białe bąbelki, co całkowicie mnie rozpraszało.

Był nowy, nie wiedział, co mieściło się pod adresem, który mu wskazaliśmy. Chętnie jednak przejrzał kościelne dokumenty i już po chwili ustalił, czemu służył budynek, do którego przylegała kapliczka.

– Była tam świetlica – powiedział. – A przynajmniej coś w jej rodzaju. Może bardziej miejsce spotkań lokalnej młodzieży. Odbywały się tam katechezy, ale też zwyczajne spotkania, wydarzenia kulturalne…

– Jedenaście lat temu także? – zapytałem.

– Na to wygląda, ale dla pewności popytam.

Sięgnął po słuchawkę telefonu stacjonarnego i wykręcił numer. Przez moment z kimś rozmawiał, wypytując o szczegóły, a ja wciąż próbowałem zrozumieć, dlaczego Ewa miałaby wskazać tę lokalizację.

A może tego nie zrobiła? Może po prostu wspomniała o czymś, co akurat przyszło jej na myśl? Ale to by znaczyło, że kojarzyła to miejsce. A o ile wiedziałem, nigdy tu nie była. Wątpiłem, żeby sama legenda krążąca po podopolskiej wsi wystarczyła, by Ewa się nim zainteresowała.

Poza tym wizyta Prokockiego nie była przypadkiem.

Odpowiedź była na wyciągnięcie ręki, czułem to.

– Nie, po prostu zjawiło się tu dwoje ludzi, którzy o to pytają – odezwał się ksiądz, wyrywając mnie z zamyślenia. – Nie, nie parafianie.

Spojrzał na nas, a potem odsunął słuchawkę od ust. Na jego twarzy pojawił się uprzejmy uśmiech, a w kącikach ust uwydatniła się ślina.

– Dlaczego właściwie interesuje was ten budynek? – spytał.

– Szukamy kogoś – powiedziała Kliza.

– Kogo?

– Osoby, która była tam… cóż, zarządcą, można tak powiedzieć.

Popatrzyła na mnie w poszukiwaniu potwierdzenia.

– Tak – podjąłem. – Chyba można określić go jako zarządcę.

Strzelaliśmy w ciemno, a gdy ksiądz powtórzył nasze słowa starszemu koledze, oboje mieliśmy nadzieję, że trafiliśmy. Jola podsunęła dobry trop, przynajmniej tak mi się wydawało. Któryś z księży musiał sprawować pieczę nad tym miejscem – i jeśli ktokolwiek miał wiedzieć, w jaki sposób mogło to wiązać się z Ewą, to może właśnie on.

Duchowny słuchał jeszcze przez chwilę, kiwał głową i pomrukiwał z aprobatą, aż w końcu podziękował i się rozłączył. Odłożył telefon i znów posłał nam uśmiech.

– Przykro mi, ale tej osoby już nie ma z nami.

– Nie żyje? – spytała Kliza.

– Nie, nie. Ale nie sprawuje już prawie posługi.

– Odszedł na emeryturę?

– Państwową? Tak – odparł ksiądz i otarł usta. – Kanoniczną? Niezupełnie, bo wciąż w pewnym stopniu zajmuje się duszpasterstwem.

– W jakim zakresie?

– Pracuje z więźniami.

– Jest kapelanem?

– Nie, raczej pomaga duchowo kobietom osadzonym w zakładzie pod Opolem – odparł rozmówca i westchnął. – Widać Pan uznał, że tam jest teraz potrzebny.

– To znaczy gdzie konkretnie? – włączyłem się.

– Nie pamiętam nazwy miejscowości. Ale wiem, że dość nieładnie nazywają to miejsce Zamtuzem.

Wymieniliśmy z Klizą zdezorientowane spojrzenia.

– Coś nie tak? – dodał ksiądz.

12

Wiedziałam, że to koniec. Nie było niczego, co mogłam powiedzieć czy zrobić, by jakoś uratować własną godność. Mogłam tylko pogodzić się z losem i liczyć na to, że napastniczki nie obejdą się ze mną zbyt brutalnie.

Wiedziałam, czym może się to skończyć. Rozerwanie błon śluzowych. Zakażenia. Uszkodzenia odbytu, przewodu pokarmowego.

Czarne scenariusze mnożyły się w mojej głowie aż do momentu, kiedy uświadomiłam sobie, że to nie jakieś hipotetyczne, pesymistyczne wersje, ale najbardziej prawdopodobny rezultat tego, co mnie spotka.

Kiedy to do mnie dotarło, wstąpiły we mnie nowe siły. Wyrwałam się Migocie, czując, jak końcówka szczotki wysuwa mi się spomiędzy pośladków. Zanim jednak nadeszło poczucie chwilowej ulgi, Migota znów mnie złapała i z pomocą Kamikaze unieruchomiła.

– Uspokój się – poradziła Ciotka. – Będzie mniej bolało.

Krzyknęłam, ale Migota natychmiast wykręciła mi rękę, a potem zakryła dłonią usta.

– Nie wyrywaj się.

– Słuchaj Ciotki – poradziła Migota. – Jak będziesz się rzucać, rozwali ci kakao.

Szarpnęłam jeszcze mocniej i miałam wrażenie, że wybiłam sobie bark. Mimo to moja sytuacja nie zmieniła się ani o jotę.

– I będzie po zwieraczach – dodała Migota. – Pieluchy przez minimum dwa tygodnie.

– Puszczaj! – krzyknęłam, kiedy jej dłoń ześlizgnęła się z moich ust.

Robiłam wszystko, by się uwolnić. Starałam się uderzyć w którąś z oprawczyń głową, kopnąć czy w końcu wyswobodzić rękę. Wszystko na marne. Czułam się zupełnie bezsilna, a najgorsze było to, że docierała do mnie tego świadomość. Niemoc była tak wszechogarniająca, że w końcu musiałam się poddać.

Przeszło mi przez myśl, że podobnie musiała czuć się Ewa, kiedy zaatakowano ją i Werna nad Młynówką.

Czy to miała być dziejowa sprawiedliwość?

Zanim okrutny los zdążył udzielić mi odpowiedzi na to pytanie, rozległ się dźwięk, który dał mi nadzieję na ratunek. W pierwszej chwili nie byłam pewna, czy naprawdę go usłyszałam, czy to tylko omamy. Kiedy jednak napastniczki rozpierzchły się, jakby się paliło, zrozumiałam, że naprawdę ktoś odsunął zasuwę drzwi.

Usłyszałam kroki, a potem pytanie o to, gdzie jestem.

Odwróciłam się i uświadomiłam sobie, że po tym, jak dziewczyny mnie puściły, zaciągnęły zasłonę i wróciły na swoje miejsca.

– Siedzi w kiblu – odezwała się leniwie Migota. – Musisz zaczekać. Najlepiej na zewnątrz, jeśli nie masz pod ręką maski gazowej.

Nie miałam zamiaru zostawać z nimi sam na sam ani przez chwilę. Natychmiast podciągnęłam majtki i spodnie, a potem odsunęłam zasłonę. Głośno i nierówno oddychając, spojrzałam na strażnika, który okazał się moim wybawcą.

– Widzisz? – dodała Migota. – Ona tam naprawdę ostro działa.

Musiał widzieć, w jak opłakanym stanie się znajduję, ale nie zająknął się na ten temat słowem. Skinął na mnie ręką, a potem cofnął się na korytarz. Nie pomyślałam nawet o tym, by skontrolować swój stan w niewielkim lusterku zawieszonym na ścianie, i od razu ruszyłam w stronę klawisza.

– Gdzie ją zabierasz? – odezwała się Ciotka.

– Do kruka.

– Po co?

– Chce się z nią widzieć.

Nie wiedziałam, czy chodzi o nazwisko, czy może to jakieś slangowe określenie, którego nie znam. Funkcjonariusze właściwie ich nie używali, ale ten mógł sobie na to pozwolić.

Kiedy poprowadził mnie korytarzem w kierunku więziennej kaplicy, zrozumiałam, że tak właśnie było.

– Kruk to ksiądz? – spytałam. – Kapelan?

– No.

Przyspieszyłam kroku, kiedy strażnik lekko mnie popchnął. Nie pytał o nic, nie interesował się moim stanem. A ja wiedziałam, że rozmowa z nim na ten temat nie jest dobrym pomysłem.

– Dlaczego chce się ze mną widzieć?

– Pewnie wydaje mu się, że może cię nawrócić na dobrą drogę.

– Ale…

– Skąd mam wiedzieć? – uciął. – I bez gadania.

Zatrzymał się przed kaplicą, a potem ruchem ręki zachęcił mnie, żebym weszła do środka.

Ksiądz już na mnie czekał. Siedział w pierwszej ławce, a kiedy się odwrócił, spodziewałam się zobaczyć kogoś znajomego. Tylko w ten sposób mogłam wytłumaczyć sobie, dlaczego duchowny chciał się ze mną spotkać.

Tego mężczyzny jednak nie kojarzyłam. Dobijał już z pewnością siedemdziesiątki, był przy ciele, a na jego twarzy wyraźnie odcisnęły się trudy życia. Kiedy podeszłam bliżej, zobaczyłam, że ma przekrwione oczy i wyraźne czerwone plamy na policzkach.

– Niech będzie pochwalony – odezwałam się.

– Na wieki wieków.

– Nie ma ksiądz pojęcia, na jaki dobry moment trafił...

Uśmiechnął się, a potem wskazał miejsce obok siebie. Usiadłam na ławce i zanim się do niego odwróciłam, posłałam jeszcze krótkie spojrzenie w kierunku ołtarza. Czułam, że po rozmowie powinnam zostać na chwilę i podziękować. Uratował mnie właściwie cud.

– Chciałbym przypisać sobie zasługi, ale...

Zawiesił głos, a ja jeszcze raz zerknęłam na ołtarz.

– Chyba wiem, komu dziękować – powiedziałam.

Duchowny uśmiechnął się i pokręcił głową.

– Nie, to nie Bóg wyciągnął cię z celi, dziecko.

W jakiś sposób zabrzmiało to niepokojąco, a jego uśmiech, przed momentem jeszcze tak podnoszący na duchu, teraz wydał mi się złowrogi.

– Kim ksiądz jest? – zapytałam.

Przedstawił mi się jako ojciec Antoni, a zatem należał do zakonu. Sądziłam, że będzie kontynuował, ale zamiast tego zamilkł, jakby czekał na kolejne pytania. Najwyraźniej nic nie stało na przeszkodzie, bym je zadała.

– Skoro nie Bogu mam dziękować, to...

– Bogu zawsze można i trzeba dziękować – przerwał. – Za każdy promień słońca, każdy oddech i każdy posiłek.

– A jednak to nie On sprawił, że ojciec się tu pojawił.

– W pewnym sensie On, ale nie bezpośrednio.

– Więc komu bezpośrednio dziękować?

– Znasz Damiana Wernera, jak przypuszczam.

Uniosłam brwi, niepewna, czy to nie jakaś halucynacja. Jeszcze przed momentem byłam w opłakanej sytuacji, balansując na granicy szaleństwa. Teraz siedziałam w bezpiecznej kaplicy, słysząc, że to Wern mnie uratował.

Jakim cudem?

– Znam – odparłam, starając się zachować spokój. – A co on ma z tym wspólnego?

– Szukał mnie.

– To znaczy?

Ojciec Antoni założył rękę za drewniane oparcie i nachylił się ku mnie. Gdyby nie miał koloratki i sutanny, wzięłabym to za nieco wyzywający gest.

– Niedawno zadzwonił do mnie serdeczny przyjaciel, twierdząc, że Damian wypytuje o mnie w dawnej parafii.

– Jakiej parafii?

– W Wójtowej Wsi.

Nic mi to nie mówiło. Nie miałam bladego pojęcia, co Damian miałby tam robić. Ale jeśli ruszył tropem, który mu podsunęłam, i dotarł akurat tam, to lokalizacja musiała być znacząca.

– Dlaczego o ojca wypytywał?

– Z uwagi na miejsce spotkań, którym niegdyś się opiekowałem.

– A konkretnie?

Nie chciał udzielać mi odpowiedzi. Odniosłam wrażenie, że od początku tej rozmowy pilnuje każdego wypowiadanego słowa.

– Klub, świetlica... jak zwał, tak zwał. Spotykała się tam miejscowa młodzież.

– Rozumiem.

– Młodzi nazywali to miejsce Kappa.

– Dlaczego?

Interesowało mnie to jak zeszłoroczny śnieg, ale przypuszczałam, że im dłużej będziemy rozmawiać, tym mniej ksiądz będzie uważać na swoje słowa.

– Od stojącej obok kapliczki – wyjaśnił i szybko zrozumiał, że nie łapię związku. – Słowo kaplica pochodzi od łacińskiego wyrazu *cappa*. Płaszcz.

– Chyba niespecjalnie pasuje do takich miejsc – zauważyłam. – Chociaż z drugiej strony... chodzi o otaczanie opieką?

Antoni znów się uśmiechnął. Dopiero teraz dostrzegłam w tym oznakę pewnej wyższości.

– Etymologia nie jest aż tak metaforyczna – rzucił. – Nazwa przyjęła się, bo w podobnych wnękach Święty Marcin zostawiał swoje okrycie.

W końcu udało mi się zmusić do uśmiechu, choć po tym, co przed momentem stało się w celi, najchętniej zwinęłabym się w kłębek na podłodze i pozwoliła łzom płynąć. Wiedziałam jednak, że muszę być silna. Teraz i później. Dla Wojtka.

– Więc Damian zainteresował się ojcem z powodu tej Kappy?

– Tak.

– I rozmawiał ojciec z nim?

– Owszem, odbyliśmy krótką rozmowę. Poprosił, bym się z tobą skontaktował... co niniejszym czynię.

Znów ten grymas.

Coś było nie w porządku, a ten człowiek nie mówił tonem, którego powinien używać. Zamiast duchownego przywodził na myśl raczej bandytę.

– Coś jeszcze powiedział? – spytałam.

– Chciałby się ze mną spotkać. I zadać mi kilka pytań.

– Nie powiedział jakich?

– Niestety nie – odparł Antoni i westchnął. – Ale przyjaciel poinformował mnie, że Damiana interesuje, co działo się w Kappie jedenaście lat temu.

– A co się działo?

– Przypuszczam, że nic ponad normę. Niektórzy grali w piłkarzyki, inni w ping-ponga, pozostali oglądali jakieś filmy na wideo, ktoś pomagał komuś odrabiać zadania domowe... U nas zawsze panowała dobra atmosfera.

– Nie wątpię.

Ksiądz przybliżył się jeszcze bardziej, jakby chciał powiedzieć mi coś szeptem. Mimo to się nie odezwał.

– Damian prosił, żeby mi coś przekazać? – spytałam z nadzieją.

– Nie, oczywiście, że nie. A nawet gdyby, nie mógłbym tego zrobić.

Wern także musiał o tym wiedzieć. A skoro tak, to być może uznał, że samo to spotkanie w jakimś sensie stanowi wiadomość.

Ale jaką? Nie dowiedziałam się wiele. Zasadniczo tylko tyle, że szukał jakiejś kapliczki i miejscowej świetlicy parafialnej. I księdza, który siedział teraz obok mnie.

Może właśnie o to chodziło? Bym zainteresowała się tym człowiekiem, spróbowała coś z niego wyciągnąć?

Innej możliwości nie widziałam.

– Powiedz mi, dziecko, czy mam się czym niepokoić?

– Słucham? – spytałam, nieco zbita z tropu.

– Planujecie coś nieroztropnego?

Zabrzmiało to, jakby sugerował co najmniej ucieczkę z więzienia.

– Nie – odparłam. – Nie ma się ojciec czym przejmować.

– W takim razie dlaczego Damian tak bardzo naciskał, bym się z tobą zobaczył?

Wzruszyłam ramionami. Byłam coraz bardziej przekonana, że chciał, bym przepytała Antoniego. Ale nawet jeśli dowiedziałabym się od niego czegoś, czego Wern potrzebował, jak miałabym mu to przekazać?

– Coś ci grozi? – spytał.

– Jedynie upadek moralny i depresja. Czyli chyba norma w takim miejscu.

– Więc może to ty sobie zagrażasz?

– Nie – odparłam bez wahania.

– Zapytam wprost, jeśli pozwolisz, dziecko.

– Oczywiście.

– Nie miewasz myśli samobójczych?

Tym razem to ja pochyliłam się lekko.

– Poradziłam sobie z bijącym mnie mężem – powiedziałam. – Poradzę sobie także z kilkoma głupimi myślami.

Antoni w końcu przestał mi się przyglądać i przeniósł wzrok na figurę Chrystusa na krzyżu. Przez chwilę oboje milczeliśmy, a ja zastanawiałam się, co zrobić, by to spotkanie trwało jak najdłużej. Byłam gotowa na wszystko, byleby opóźnić powrót do celi. I to, co nieuniknione.

– Więc naprawdę nie wiesz, dlaczego Damian tak nalegał, bym się z tobą zobaczył?

– Niestety nie. Przypuszczam, że ojciec orientuje się znacznie lepiej ode mnie.

Mruknął coś niezrozumiałego i obrócił głowę w moją stronę.

– Wydaje mi się, że wiemy tyle samo – odparł.

– Tak?

– Choć być może ty jesteś na nieco lepszej pozycji.

Nie rozumiałam, do czego zmierza, ale w jego głosie dało się wyczuć oskarżycielską nutę, której nie spodziewałam się usłyszeć.

– Ja na przykład jednej rzeczy wciąż nie mogę pojąć – dodał.

– Jakiej?

– Dlaczego kłamiesz w sprawie kaset?

Nieprzyjemne ciarki przebiegły mi od karku aż do lędźwi. Machinalnie odsunęłam się od Antoniego.

– Skąd ojciec...

– Co chcesz dzięki temu osiągnąć? – spytał, nie dając mi dość do słowa. – Przecież doskonale wiesz, że żadne nagrania nie istnieją.

Wiedziałam jedno: powinnam mieć się na baczności w towarzystwie tego człowieka.

– Myli się ojciec.

– Nie, nie mylę się – odparł bez wahania, a potem wskazał na niewielki ołtarz. – I mogę przysiąc to tu i teraz. Ty też jesteś gotowa to zrobić?

Z trudem przełknęłam ślinę.

– Przyrzekniesz mi, że te kasety istnieją? – nie dawał za wygraną. – Zrobisz to przed obliczem Boga?

Pytanie mnie zaskoczyło, a szczególnie namaszczenie, z jakim je zadał.

Co tu się działo? Skąd ten człowiek w ogóle wiedział o sprawie kaset?

– Pytanie mnie o to ma sens, tylko jeśli ojciec uznaje, że jestem głęboko wierząca.

– A nie jesteś?

– Wciąż staram się to ustalić.

Pokręcił głową, wyraźnie niezadowolony, a potem przesunął dłonią po podwójnym podbródku. Podniósł się ociężale, podpierając o ławkę, jakby jego kolana nie były w stanie poradzić sobie z tuszą.

– To wyjątkowo wymijająca odpowiedź – zauważył.

– Zgadza się.

– Nie udzielisz mi konkretniejszej?

– Obawiam się, że nie.

Ksiądz popatrzył w stronę wyjścia z kaplicy, a ja zrozumiałam, że popełniłam błąd. Mogłam przedłużyć spotkanie, mówiąc Antoniemu to, co chciał usłyszeć. Tyle że jedynie oddaliłabym widmo, które i tak nade mną wisiało.

Poza tym musiałam spojrzeć prawdzie w oczy – duchowny nie był po mojej stronie. Dobitnie świadczył o tym fakt, że wiedział o taśmach. I chciał, bym przyznała, że nie istnieją.

– Pan nieustannie oświeca i wzywa nas, byśmy ukazali prawdę – odezwał się. – Prawdę, która wyzwala.

Skinęłam niepewnie głową.

– Może najwyższa pora, byś się o tym przekonała?

Mimo intonacji nie miałam pewności, czy to w istocie pytanie.

– Odwróć się od kłamstw – dodał. – Bo usta, które je wypowiadają, są dla Pana wstrętne. Zabijają duszę i zsyłają zgubę na tego, kto przeczy prawdzie.

Wyciągnął dłoń w moim kierunku i spojrzał mi głęboko w oczy. Odczekałam chwilę, a potem sama się podniosłam. Wycofał rękę.

– Nie spotka cię tutaj nic dobrego, moje dziecko.

– Wiem.

– Ale wciąż możesz wrócić na właściwą drogę.

– To znaczy?

Zbliżył się o krok, a ja poczułam kłujący w nos, nieprzyjemny zapach potu.

– Dobrze wiesz, co mam na myśli – powiedział Antoni szeptem. – I jeśli kogokolwiek nie musisz oszukiwać, to właśnie mnie.

Staliśmy przed sobą w milczeniu, a ja powoli zaczynałam układać wszystko w zborną całość. Nie miałam pełnych informacji, ale luki mogłam wypełnić dzięki dedukcji.

Być może ksiądz miał rację. Rzeczywiście wiedzieliśmy tyle samo.

– Może ojciec mnie stąd wyciągnąć?

– Tak.

Żadnego zawahania, żadnej wątpliwości. To potwierdzało wszystkie moje domysły. Przyszedł tutaj po to, by złożyć mi propozycję, której nie będę mogła odrzucić.

– Co muszę zrobić?

– Wszystko, o co cię poprosimy, Kasandro.

Pokiwałam głową, wciąż starając się przejść do porządku nad tym, z kim tak naprawdę mam do czynienia. Bez względu na to, czego sobie zażyczy, nie zdołam mu odmówić. Nie podejmę świadomej decyzji o powrocie do celi, bo będzie to równoznaczne z tym, że trzy czekające na mnie więźniarki zniszczą mi życie jeszcze bardziej niż Robert.

Nie miałam wyjścia. A on doskonale o tym wiedział.

– Na początek ustalmy jedną rzecz – powiedziałam, starając się stworzyć pozory kontroli. – Powrót do celi nie wchodzi w grę. Czeka mnie tam horror, o którym ojciec nawet…

– Znam tutejsze realia.

– W takim razie…

– Ale nie mogę nic na to poradzić – uciął, a ja odniosłam wrażenie, że wyczułam w jego głosie rzeczywisty ból. – Chciałbym, wierz mi. Jestem jednak w tej sprawie bezsilny.

Pomyliłam się? Wydawało mi się, że właśnie taką cenę będą gotowi zapłacić za moją współpracę.

Postawili mnie pod ścianą, mogli właściwie zrobić wszystko, a teraz otrzymali także moją deklarację, że jestem gotowa z nimi współpracować. Nie było powodu, dla którego mieliby pozwalać Migocie i reszcie dalej się nade mną znęcać.

– Proszę ojca…

– Naprawdę nie mogę nic zrobić. Nie w tej sprawie.

– Ale może ojciec skontaktować się z kimś, kto…

– Nie – uciął stanowczo. – Gdyby istniała jakakolwiek możliwość, zrobiłbym to.

Mierzyliśmy się wzrokiem, jakbyśmy oboje spodziewali się, że zaraz całe to niewypowiedziane, kruche porozumienie legnie w gruzach.

– Wyjdziesz stąd – odezwał się Antoni. – Musisz tylko zrobić to, co trzeba.

Poczekał, aż potwierdzę zdawkowym skinieniem, a potem zaczął mówić. Słuchałam go początkowo z powątpiewaniem, a potem z niedowierzaniem. Kiedy skończył, zdałam sobie sprawę, że źle oceniłam sytuację.

Wiele rzeczy odgadłam. Część z nich nie była jednak tym, za co je brałam.

– Wszystko jest dla ciebie jasne? – spytał ksiądz.

W tej nowej sytuacji odpowiedź mogła być tylko jedna.

– Tak.

Pożegnaliśmy się chwilę potem, a kiedy wyszłam na korytarz, zobaczyłam ostatniego człowieka, którego chciałabym w tej sytuacji widzieć. Bez trudu poznałam strażnika – to on jako pierwszy powitał mnie w Zamtuzie, to on się przy mnie onanizował i to on chciał zmusić mnie do seksu oralnego.

Nie odezwał się i sprawiał wrażenie, jakby mnie nie pamiętał. W milczeniu poprowadził mnie ku miejscu, które na zawsze miałam zapamiętać jako moje własne piekło. Szliśmy powoli, a ja robiłam wszystko, by odwlec wykonanie okrutnego wyroku wydanego na mnie przez los.

Powtarzałam sobie, że jeśli wytrzymam, niedługo wrócę na wolność. Układ zaproponowany przez ojca Antoniego mi to zapewniał.

– Nie spieszy ci się – odezwał się funkcjonariusz.

– Nie.

– Źle cię traktują?

– Jak każdą nową – odparłam wymijająco, uznając, że im mniej powiem, tym dla mnie lepiej.

Nagle poczułam, że klawisz łapie mnie za rękę. Zatrzymałam się, a on obrócił mnie ku sobie.

– Mogę ci pomóc – zadeklarował, a potem wskazał na drzwi po prawej stronie. Wisząca na nich tabliczka informowała, że wewnątrz znajduje się niewielki magazyn.

Funkcjonariusz czekał, aż zaprotestuję i odtrącę jego rękę. Był to szybki i dość skuteczny sprawdzian mojej gotowości do zrobienia tego, o czym w normalnych warunkach nawet bym nie pomyślała.

– Wystarczy jedno słowo – dodał. – Mogę załatwić ci przeniesienie do innej celi. I to w tej chwili. Nie wrócisz już do tamtej.

Poczułam, jak zasycha mi w ustach.

– Oczekuję tylko niewielkiej wdzięczności.

Przełknęłam z trudem ślinę, niedowierzając temu, że nie wyrywam się, nie protestuję i… nie odrzucam od razu jego propozycji. Realnie się nad nią zastanawiałam.

– Jakiej? – zapytałam.

Wskazał wzrokiem drzwi.

– Zrobisz mi loda i po sprawie.

Nie czekał na moją odpowiedź. Wystarczyło mu, że się nie oburzyłam i od razu nie odrzuciłam jego sugestii. Otworzył drzwi, a potem skinął ręką do wewnątrz. Weszłam do kanciapy powoli, otumaniona, nierozumiejąca, co się dzieje. On znalazł się w środku zaraz po mnie. Zamknął drzwi i włączył światło. Stanął przede mną, położył mi dłonie na ramionach, a potem sprawił, że przed nim uklękłam.

– Zrobisz to? – spytał.

Nie odpowiadałam. Mój umysł się wyłączył, a ostatnią rzeczą, która przeszła mi przez głowę, była alternatywa między seksem oralnym a analnym gwałtem. Ta myśl zupełnie mnie sparaliżowała.

– Poślę kogoś po twoje rzeczy – dodał. – Już nigdy tam nie wrócisz.

Zaczął rozpinać rozporek, a ja słyszałam, jak oddycha coraz głośniej.

– Dam ci też zadzwonić. Dowiesz się, co z twoim synem, zadzwonisz do szpitala… czy gdzie tylko będziesz chciała – dorzucił, oddychając coraz płycej. – Zamknij oczy, szybko będzie po sprawie.

Czułam się, jakby ktoś założył mi worek na głowę, a potem czymś zdzielił. Byłam współprzytomna, czułam się obco we własnym ciele. Jakbym nie była sobą.

– Zrób to – powiedział.

13

Wodziłem wzrokiem za przypadkowymi przechodniami, kiedy Kliza zastanawiała się, co wybrać z menu. Czekaliśmy w Kaiseki na ojca Antoniego, z którego mieliśmy zamiar wydusić wszystkie informacje, jakich potrzebowaliśmy.

Zgodził się na spotkanie bez żadnych obiekcji. W dodatku zapewnił, że odwiedzi Kasandrę w celi. Chciałem przekazać przez niego jakąś wiadomość, ale od razu kategorycznie zastrzegł, że to niemożliwe.

– Futomak premium ibodai – odezwała się Jola.

– Co?

– Brzmi nieźle.

– Nie wiem nawet, co to znaczy.

– Nic nie szkodzi – odparła. – Zamówię dla ciebie na próbę.

– Ale ja nie…

– To ja spróbuję i ocenię.

Nie miałem zamiaru oponować, myślami zresztą byłem daleko. Przyglądałem się każdemu przechodniowi, który mijał restaurację, ale nigdzie nie dostrzegłem nikogo w sutannie. Zerknąłem na zegarek. Do umówionej pory pozostało jeszcze ponad piętnaście minut.

Westchnąłem, a potem skinąłem lekko głową, gdy Kliza kończyła składać zamówienie.

– Uspokój się, Wern – odezwała się. – Zaraz wszystko z niego wyciągniemy.

– O ile coś wie. I o ile…

– Oczywiście, że tak – uparła się. – Ewa wskazała to miejsce nieprzypadkowo.

Powtarzała mi to, od kiedy tylko trafiliśmy na trop Antoniego, ale wciąż nie byłem przekonany. Owszem, podążyliśmy w kierunku wskazanym przez moją narzeczoną, ale co z tego? Nie mieliśmy żadnych konkretów.

– Fakt, że dzieciaki się tam zbierały, jest znaczący – dodała.

– A przynajmniej tak ci się wydaje.

– Tak mi podpowiada najlepszy doradca, jakiego kiedykolwiek miałam.

Nie chciałem pytać, ile razy jej intuicja ją zmyliła, obawiając się, że przypadków takich będzie zbyt wiele.

– W Kappie poszło coś nie tak – ciągnęła. – Inaczej Kościół nie zamknąłby tego miejsca i nigdy by się go nie pozbył. W końcu w ich najlepszym interesie jest krzewić chrześcijańskie postawy wśród młodych na wsi, prawda?

Wójtowa Wieś bodaj od dwa tysiące dwunastego roku była dzielnicą Opola, ale nie miałem zamiaru o tym wspominać.

– Co sugerujesz? – spytałem.

– Nic, bo jestem dobrym śledczym.

– No tak…

– Nie prowadzę dochodzenia pod tezę – zastrzegła, jakby w przeszłości pracowała nie w biurze detektywistycznym, ale w prokuraturze. – Zakładam, że wszystko jest możliwe, dopóki okaże się, że jest niemożliwe.

– W porządku. Co więc w tym wypadku jest możliwe?

– To, że Ewa miała jakiś związek z Kappą.

– Nie miała – odparłem od razu. – Nigdy nawet tam nie była.

– Studiowała na polibudzie, prawda? Jej budynek jest niedaleko od tej kapliczki.

Pokręciłem głową, wciąż przyglądając się przechodniom.

– Wydział Ekonomiczny jest na Luboszyckiej – odparłem. – I zapewniam cię, że wiedziałbym, gdyby odwiedzała tamte strony.

– Byliście ze sobą dwadzieścia cztery godziny na dobę?

– Niemalże.

– Przez trzysta sześćdziesiąt pięć dni w roku?

Zerknąłem na nią z powątpiewaniem.

– I nie mieliście żadnych przerw w związku? Żadnych cichych dni, podczas których się nie widywaliście? Nie wyjeżdżałeś nigdy z Opola bez niej?

– Daj spokój.

– Ty daj spokój – odparła. – Doskonale zdajesz sobie sprawę z tego, że jest mnóstwo rzeczy, których o Ewie nie wiedziałeś. Gdyby chodziło tylko o cały ten teatr Kasandry, mógłbyś łudzić się, że kłamała. Ale sam widziałeś kasetę. Wiesz, że to wszystko prawda.

W końcu oderwałem wzrok od ulicy. Chciałem odpowiedzieć Klizie, ale kelnerka zjawiła się z naszymi daniami. Ledwo postawiła przede mną talerz z sushi, Jola złapała w pałeczki jedną z moich rolek. Przemieliła ją w ustach, po czym przysunęła sobie obydwa talerze.

– Wystarczy ci imbir, i tak nie jesteś głodny – oznajmiła.

Nie odezwałem się, rozważając, czy w tym, co mówiła o Ewie, nie ma choć trochę prawdy.

Ile tak naprawdę wiedziałem o mojej narzeczonej? Przez lata ukrywała przede mną prawdę o swoich rodzicach. Nie wspominając już o tym, że zdecydowała się zeznawać przeciwko regionalnemu mafiosowi.

Ale co miałaby robić w Kappie? Nigdy nie była przesadnie religijna i nie udzielała się w takich grupach. Owszem, z Zaodrza nie miałaby daleko do Wójtowej Wsi, ale przecież zauważyłbym, gdyby tam jeździła.

– Dasz spokój? – spytała niewyraźnie Kliza, przeżuwając futomaka.

– Z czym?

– Z siedzeniem jak na szpilkach. Księżulo zaraz przyjdzie.

Nałożyła odrobinę wasabi na końcówkę pałeczki i ściągnęła ją językiem. Skrzywiłem się na samą myśl o tym, jak musiało to podziałać na jej receptory smaku. Ona jednak przeżuła w spokoju, a ja nie zauważyłem łez w kącikach oczu, które u normalnych ludzi pojawiały się po bezpośredniej styczności z japońskim chrzanem.

– I dlaczego w ogóle poprosiłeś go, żeby skontaktował się z Kasandrą?

Niespecjalnie wiedziałem, co odpowiedzieć, więc na wszelki wypadek milczałem.

– Myślałeś, że to jej uda się coś z niego wyciągnąć?

– Może.

– Mało prawdopodobne.

– Jeśli naprawdę tak sądzisz, to chyba nie znasz jej siły perswazji.

Jola sięgnęła po plasterek imbiru, by oczyścić kubki smakowe przed kolejną porcją sushi.

– Nie jest zbyt duża – zauważyła. – Kiedy przyszło do bronienia mnie, od razu spasowała.

– Wtedy miała przeciwko sobie Roberta Reimanna.

Kliza zmrużyła oczy i uniosła lekko kąciki ust. Przywodziła mi na myśl dobrego kumpla, który właśnie zrozumiał coś, do czego ja jeszcze nie doszedłem, i posyłał mi znaczące spojrzenie.

– Teraz jej bronisz? – zapytała. – Nieźle. Szczególnie po tym, co ci zrobiła.

– Mówię jedynie, że...

– A może wysłałeś do niej tego księdza, bo chciałeś dać znać, że o niej nie zapomniałeś? Chciałeś dodać jej otuchy, Wern?

Gdybym rzeczywiście rozmawiał teraz z kumplem, zapewne uraczyłbym go odpowiednio siarczystym przekleństwem. Kliza dostrzegła moją irytację, odłożyła pałeczki i skrzyżowała ręce na stole.

– Chyba zapomniałeś, że ona tylko wygląda jak Ewa – rzuciła. – Ale bynajmniej nią nie jest.

– Nie zapomniałem.

– Ale może lekko zgłupiałeś po tym, jak się pod nią podszywała? Może wciąż wydaje ci się, że to ona?

Pokręciłem głową, nie fatygując się nawet o odpowiedź.

– To nie jest twoja narzeczona, Wern – dodała Jola. – Nigdy nią nie była. Wykorzystała ją, żeby...

– Wiem dobrze, co zrobiła.

– To czemu wyglądasz, jakbyś o tym zapomniał?

– Nie zapomniałem – odparłem stanowczo. – Nabrałem po prostu nieco dystansu.

– Do jej przekrętów? Żartujesz sobie?

Mogłem długo tłumaczyć jej, co przeżywałem przez ostatni rok. Mogłem rysować kręte ścieżki, którymi kroczyły moje myśli, zanim w końcu się ułożyły. Ostatecznie jednak nie sądziłem, by to wszystko zrozumiała.

Owszem, pamiętałem o każdej rzeczy, którą zrobiła Kasandra. Zdawałem sobie też jednak sprawę z tego, co ją do tego popchnęło. Czy postąpiłbym tak samo na jej miejscu?

Trudno było mi odpowiedzieć na to pytanie, bo nie miałem dziecka. Mogłem tylko domyślać się, jak zmienia to całą percepcję świata.

– Wybaczyłeś jej? – spytała nagle Kliza.

– Nie wiem.

– Takie rzeczy zazwyczaj się wie.

– A jaka to różnica? – odparowałem. – Przeszłości i tak nie zmienię.

Kliza uśmiechnęła się półgębkiem.

– Wybaczanie nie służy do zmieniania tego, co było, tylko tego, co będzie – zauważyła.

– Powiem ci, co będzie.

– No?

– Dojdzie do prawdziwej tragedii, jeśli nie skończysz z tymi złotymi myślami.

– Są co najwyżej pozłacane – odparła, sprawnie ujmując pałeczki między palcami. – Ale dotyczą ważnych rzeczy.

Nie miałem zamiaru kontynuować rozmowy, która zmierzała w niezbyt ciekawym kierunku. Sam nie wiedziałem, jak mam postrzegać Kas. Tym bardziej nie miałem pojęcia, jak dyskutować na jej temat z Klizą.

Szczęśliwie od konieczności drążenia tego tematu wybawił mnie dźwięk telefonu. Czym prędzej sięgnąłem po komórkę i zobaczyłem nieznany numer.

– Kto to? – spytała Jola.

– Najpewniej ktoś, kto chce zaproponować mi kredyt, ofertę, udział w badaniu opinii publicznej albo przetestowanie zestawu garnków z vibranium, adamantium i innych takich.

Błysk w oku Klizy kazał mi sądzić, że orientuje się w uniwersum Marvela. Odrzuciłem połączenie, a potem położyłem komórkę na stole i znów zacząłem przyglądać się przechodniom.

Niemal od razu ponownie rozległ się dzwonek. I po raz kolejny dzwonił ktoś z tego samego numeru.

– Odbierz – poradziła Jola. – Może En Sabah Nur chce cię zwerbować jako jednego z nowych jeźdźców Apokalipsy.

Doceniłem tę uwagę krzywym uśmiechem, a potem podniosłem telefon.

– Tak? – zapytałem.

– Wern...

Głos Kasandry był ostatnim, który spodziewałem się usłyszeć. Bezwiednie wstałem od stołu, samemu nie wiedząc dlaczego. Rozejrzałem się, jakby Kas miała znajdować się gdzieś obok.

– Wern, jesteś? – spytała.

– Tak – odparłem szybko. – Skąd dzwonisz? To znaczy... jak udało ci się...

– Z Zamtuza – ucięła. – I mniejsza z tym. Ważne, że udało mi się z tobą skontaktować.

Przeszło mi przez myśl, że nie brzmi jak więźniarka zamknięta za kratami jednego z najgorszych więzień, ale jak partnerka w interesach, która pilnie chce mi coś przekazać. Przypuszczałem jednak, że jej opanowanie to jedynie pozory. Przez lata życia w toksycznym związku potrafiła je stwarzać.

– Gdzie jesteś? – zapytała.

– W Kaiseki. To znaczy...

– Wiem, co to jest. Zrobiłam research.

Oczywiście. Znała wszystkie knajpy w Opolu, a menu z Manekina, Grabówki i Pierożka z pewnością opanowała na pamięć. Musiała być odpowiednio przygotowana do roli, którą niegdyś przede mną odgrywała.

Przez chwilę oboje milczeliśmy, a ja czym prędzej odsunąłem od siebie podobne myśli. To nie był czas na przypominanie sobie negatywów.

– Dobrze cię słyszeć, Wern – odezwała się, jakby czytała mi w myślach.

– Tak, no...

– Brakowało mi twojego głosu.

Miałem wrażenie, że się przesłyszałem. Ale nie, naprawdę to powiedziała. A teraz znów zamilkła, być może zdając sobie sprawę z tego, że przesadziła.

– Cóż... – odparłem.

– Możesz po prostu powiedzieć, że mnie też dobrze słyszeć.

– Bardzo dobrze, ale...

– Jesteś tam z Klizą? – przerwała mi.

– Tak.

– Słyszy, co mówię?

– Nie.

Spojrzałem na Jolę, a ona odpowiedziała mi, unosząc brwi z zaciekawieniem. Nie miała pojęcia, z kim rozmawiam, ale ewidentnie miała zamiar się tego dowiedzieć.

– To dobrze – powiedziała Kas. – Nie wiem, na ile możemy jej ufać.

– My?

– Albo ty. Jeśli wolisz trwać w przeświadczeniu, że jesteś sam jak palec.

– Jestem – odparłem z przekonaniem. – I na dobrą sprawę co chwilę się w nim utwierdzam.

Przypuszczałem, że będzie oponowała, ale widocznie uznała, że nie ma to sensu. Ja zaś skarciłem się w myśli za to, że prowadzę rozmowę w takim kierunku. Nie wiedziałem, co musiała zrobić, żeby otrzymać dostęp do telefonu, ale z pewnością nie było to łatwe. I czas rozmowy był ograniczony.

– Po prostu uważaj na nią, dopóki nie dowiem się więcej – dodała.

Ruszyłem w kierunku korytarza, uznając, że rozmowa pójdzie swobodniej, jeśli nie będę czuł na sobie pytającego spojrzenia Klizy.

– Możesz mi wytłumaczyć, co się dzieje? – spytałem.

– Nie do końca.

– Świetnie.

– Ale powiem ci tyle, ile mogę. Resztę później.

– Kiedy?

– Posłuchaj, Wern – odparła głosem, który dobrze znałem. W tym samym głosie rozpływałem się, kiedy odsłuchiwałem pliki czekające na mnie w tym czy innym zakątku internetu. A potem na zostawionych w kilku miejscach pendrive'ach.

Musiałem upomnieć samego siebie, że nie należy do Ewy, ale do Kasandry. I że był jedynie narzędziem, za pomocą którego ta druga mną sterowała.

– Mam trochę informacji, którymi muszę się z tobą podzielić – dodała. – Ale najpierw powiedz mi, co z ojcem Antonim.

– A co ma być? Odwiedził cię?

– Tak.

Czekałem na więcej, ale nadaremno.

– Umówiłeś się z nim? – zapytała Kas.

– W zasadzie właśnie na niego czekam.

Głośne westchnięcie.

– Więc nie czekaj – odparła. – Antoni nie przyjdzie.

– Dlaczego? I skąd wiesz?

– Powiedzmy po prostu, że sytuacja trochę się zmieniła.

– Dobrze by było, żebym wiedział, w jaki sposób.

Kas albo namyślała się nad odpowiedzią, albo pojawił się jakiś problem. Z łatwością mogłem wyobrazić sobie, jak więźniarka, od której najpewniej pożyczyła telefon, upomina się o zwrot i ją pogania.

– Mogę stąd wyjść, Wern – odezwała się w końcu Kasandra. – Ale tylko jeśli mi pomożesz?

– Żartujesz? – odparłem machinalnie. – Oczywiście, że... – Urwałem i potrząsnąłem głową. – Powiedz, co mam zrobić.

Wypuściła powietrze prosto w słuchawkę, a ja nie mogłem oprzeć się wrażeniu, że lekko się przy tym uśmiechnęła, słysząc moją gotowość, by pospieszyć jej z ratunkiem. Uzmysłowiłem sobie, że od początku tej rozmowy mam ją przed oczami.

Takie rzeczy nie powinny mieć miejsca. Stanowiły nie tylko przejaw wyimaginowanej, nieistniejącej relacji, ale także powidok oszustwa, którego ofiarą się stałem. Musiałem o tym pamiętać, nawet jeśli Kas mówiła ciepłym, emocjonalnym tonem. Szczególnie wtedy.

– Skontaktuj się z Prokockim – odezwała się.

– Co takiego? To ostatnia osoba, z którą chciałbym...

– Tylko on może mi pomóc, Wern.

– W jaki sposób?

– Dowiesz się wszystkiego od niego.

Wyszedłem na korytarz niewielkiej galerii handlowej, właściwie miniaturki tego, co zwykle rozumiało się pod tym określeniem. Zamknąłem drzwi restauracji i powiodłem wzrokiem dookoła.

– Żartujesz? – spytałem.

– Zapewniam cię, że tutaj mi nie do śmiechu.

– Ale… – Kolejny raz potrząsnąłem głową. – Nie rozumiem. Jak on może nam pomóc?

– Nam?

– Tobie.

Znów miałem wrażenie, że się uśmiecha. Ale może oczami wyobraźni widziałem to, co podświadomie chciałem dostrzegać.

– Wszystko ci wyjaśni.

– Może wyjaśniać mi do woli, ale to nie zmieni faktu, że nie uwierzę w ani jedno jego słowo.

– Wern…

– Ten facet twierdzi, że Ewa nie żyje – rzuciłem stanowczo. – I że kompletnie zwariowałem, jeśli sądzę, że jest inaczej. Nie mam zamiaru nawet z nim rozmawiać.

– Posłuchaj…

– Chętnie – przerwałem jej. – Ale tylko jeśli przedstawisz mi konkrety.

– Nie mogę. Jeszcze nie teraz.

– W takim razie bardzo mi przykro, ale nie pomogę.

Zamilkła na moment, a ja ruszyłem w kierunku schodów prowadzących na górę domu towarowego. Szedłem bez żadnego celu i tylko dlatego, że nie mogłem ustać w miejscu.

– Jesteś jedyną osobą, która może to zrobić – odezwała się po chwili Kasandra. – Tylko na ciebie mogę liczyć. I nie wyobrażasz sobie, ile kosztował mnie ten telefon…

Pokręciłem głową, tak jakby mogła to zobaczyć.

– Proszę cię, Wern.

– O co? – odparowałem oschle. – Żebym ci zaufał? Zdajesz sobie w ogóle sprawę, jak niedorzecznie to brzmi?

Nie odpowiadała, a ja czułem, że wzbierają we mnie wszystkie te emocje, które od pewnego czasu udało mi się wyciszyć.

– Jeszcze parę dni temu gotów byłbym sam cię zamknąć.

– Wiem.

– A teraz oczekujesz, że wystarczy jedno twoje słowo, a spotkam się z człowiekiem, który od początku stara się uniemożliwić mi odnalezienie Ewy?

Obszedłem piętro, a potem skierowałem się z powrotem w dół.

– Wszystko zależy od ciebie, Wern – odparła pozbawionym emocji głosem. – Sam podejmij decyzję.

– Powiedz mi chociaż, dlaczego ojciec Antoni się nie zjawi.

– Nie mogę.

– W takim razie ja nie mogę...

– Rób, co uważasz za słuszne – ucięła, a zaraz potem rozległ się dźwięk świadczący o tym, że zakończyła połączenie.

Popatrzyłem na komórkę z niedowierzaniem, po czym schowałem ją do kieszeni i ruszyłem do restauracji. Kliza wypatrywała mnie nerwowo, jakby spodziewała się, że ktoś mnie porwał.

Stanąłem przy stoliku, popatrzyłem na sushi, a potem sięgnąłem po portfel. Wyrzuciłem z niego kilka banknotów.

– Co robisz? – spytała Jola.

– Płacę za twoje futomaki.

– Miałam na myśli...

– Najwyraźniej mam w sobie coś z frajera – odparłem pod nosem, a potem skierowałem się do wyjścia.

Kliza wyszła zaraz po mnie i szybko się ze mną zrównała. Nie musiała się odzywać, bym zaczął relacjonować jej rozmowę, którą właśnie odbyłem. Czułem, że mogę jej ufać, i rezerwa ze strony Kas nie mogła tego zmienić.

Po tym, jak skończyłem, Jola przez moment się namyślała.

– Dokąd idziemy? – zapytała.

– Na komendę.

– Masz zamiar zrobić to, o co cię poprosiła?

Posłałem jej krótkie spojrzenie.

– Tak – odparłem stanowczo. – A zaraz potem dowiedzieć się, co tu się, do kurwy nędzy, dzieje.

– Z Prokockiego nic nie wydusisz.

– Jeśli będzie oczekiwał mojej współpracy, będzie musiał mi coś powiedzieć.

Kliza złapała mnie za rękę i zatrzymała. Spojrzała mi w oczy, a ponieważ robiła to wyjątkowo rzadko, poczułem się dość nieswojo.

– To nie jest dobry pomysł.

– Dlaczego nie?

– Prokocki narobi ci tylko problemów. Nie jest po twojej stronie.

Zaśmiałem się, rozkładając bezradnie ręce.

– A kto jest? – spytałem.

– Ja.

– Cudownie…

– I powinno ci to do szczęścia wystarczyć – dodała. – Bo czekając, aż nagadasz się z Kasandrą, skończyłam swój research.

– Jaki research? – zapytałem, mrużąc oczy.

Uciekła spojrzeniem, jakby dopiero teraz przypomniała sobie, że bezpośredni kontakt wzrokowy ją krępuje.

– Pamiętaj, że pracowałam w biurze detektywistycznym – odezwała się z niejaką satysfakcją. – I że cała moja robota sprowadzała się do szpiegowania ludzi w necie.

– Pamiętam.

Wiedziałem też, że nie muszę dopytywać, do czego zmierza, bo sama zaraz mi wszystko wyjaśni.

– Od początku nie byłam przekonana, czy Antoni dotrzyma słowa – ciągnęła. – Zaczęłam więc trochę grzebać, ale nie dotarłam właściwie do niczego konkretnego. Aż do teraz.

Uniosłem pytająco brwi.

– Przeszukałam stronę parafii, w której pełnił posługę, ale nie znalazłam tam niczego na temat kapliczki. Jest oczywiście rys historyczny kościoła, informacje o kamieniu węgielnym, poświęceniu, pierwszym kościelnym, grupie teatralnej i…

– Do rzeczy, Kliza – ponagliłem ją, zerkając w kierunku placu Wolności.

– Była też galeria, w której znajdowało się sporo starych zdjęć.

– Któreś z okresu, jaki nas interesuje?

– Nie.

Wzruszyłem ramionami, nieco poirytowany.

– W takim razie o co chodzi?

– O to, że niewiele trzeba, żeby poszperać przez FTP na ich serwerze. Trzymają tam sporo innych skanów, w tym oczywiście zdjęcia. Najwięcej jest wykonanych przez kogoś, kto nazywa się Cauvak. Może to ksywa, może nazwisko, a może nazwa firmy, cholera wie. Mówi ci to coś?

– Nie.

– W każdym razie gość fotografował między innymi w Kappie.

Kiedy zmusiła się, by znów spojrzeć mi w oczy, poczułem ciarki na plecach.

– Na jednym z jego zdjęć jest Ewa – oznajmiła. – W towarzystwie twojego kumpla. Blitza.

14

Najmocniejsze relacje powstawały na gruncie wiedzy, ale w tym wypadku musiały wystarczyć tajemnice. Nie mogłam zdradzić Wernerowi, co tak naprawdę się dzieje, ani teraz, ani później.

Po raz kolejny musiałam prowadzić go w kółko po labiryncie, udając, że zmierzamy ku wyjściu. Nie miałam wątpliwości, że i tym razem mi na to pozwoli, choć właściwie wszystko przemawiało za tym, by tego nie robił.

Wielu na jego miejscu po prostu uznałoby, że spotkało mnie to, na co zasługiwałam, i że znalazłam się w miejscu, w którym być powinnam. Damian jednak zachował się inaczej.

Zaraz po naszej rozmowie udał się na komendę. Zobaczył się z Prokockim i złożył zeznania, o które go poprosiłam. Tyle wiedziałam, podkomisarz nie przekazał mi nic więcej.

Czekałam na niego w pokoju widzeń, starając się zignorować swoje odbicie w szybie oddzielającej osadzonych od osób, z którymi się spotykały. Wyglądałam okropnie, prawie nie przypominałam samej siebie, choć po latach spędzonych z Robertem nie było to dla mnie nic nowego.

O użyciu jakichkolwiek kosmetyków nie było mowy. Migota, Ciotka i Kamikaze nie były gotowe użyczyć mi choćby kremu do rąk, a od kiedy załatwiłam sobie przeniesienie, nie wchodziłam w kontakty z żadnymi innymi więźniarkami.

Wygląd zewnętrzny był jednak moim najmniejszym problemem. Znacznie bardziej skomplikowane było to, jak wyglądałam wewnątrz.

Prokocki zjawił się nieznacznie spóźniony. Zajął miejsce w boksie, rozłożył przed sobą jakieś dokumenty, a potem sięgnął po białą słuchawkę. Ja zrobiłam to samo po swojej stronie.

– Mam tu wszystko – oznajmił.

Żadnego powitania, żadnego pytania o to, czy u mnie w porządku. Zupełnie jakby chciał przypomnieć mi, że nasza relacja jest czysto interesowna i opiera się na zwyczajnym *quid pro quo*.

– Werner stawił się na komendzie i złożył zeznania – powiedział.

– Takie jak trzeba?

Prokocki skinął głową i przez chwilę przeglądał dokumenty. Potem westchnął, skrzyżował ręce na krótkim blacie i wbił wzrok w moje oczy.

Mimowolnie pomyślałam o tym, jak bardzo widoczne są obrażenia na mojej twarzy. Był to odruch bezwarunkowy, który odczuwała każda ofiara przemocy domowej. Wykształcił się, bo przez cały okres trwania małżeństwa podobne myśli nachodziły mnie, ilekroć ktoś rzucił mi choćby krótkie spojrzenie. Czy dobrze zamaskowałam siniaki? Czy nie widać śladów na szyi? Czy nie mam żadnego widocznego rozcięcia? Życie z Robertem sprowadzało się w tej samej mierze do oszukiwania siebie, jak i całego świata.

– Co powiedziałaś Wernerowi? – odezwał się Prokocki.

– Dokładnie to, co ustaliliśmy – zapewniłam. – A coś nie tak?

Podkomisarz potarł dłonie.

– O nic mnie nie wypytywał.

– To chyba dobrze?

– Powiedziałbym raczej, że to podejrzane – odparł Prokocki i zrobił głęboki wdech. – Powinien próbować zmusić mnie do mówienia. I zrobić wszystko, żeby coś ze mnie wyciągnąć.

– Może uznał, że niczego się nie dowie.

Policjant wydął usta z powątpiewaniem.

– Nie zadał mi choćby jednego pytania – powiedział. – Nawet nie próbował.

– I czego to niby ma dowodzić?

– Nie wiem. Ale coś jest nie w porządku.

Z mojego punktu widzenia jedyne, co mogłoby być nie w porządku, sprowadzało się do zeznań. A skoro Wern je złożył, nie miałam się czym przejmować.

– Od strony formalnej wszystko gra? – spytałam, wskazując na papiery.

– Tak. Damian zeznał, że działałaś w obronie własnej, a biegli od śladów krwawych i specjaliści od mechanoskopii złożyli już ekspertyzy potwierdzające jego słowa.

Zamknęłam oczy. Wydawało mi się to nierealne.

– Rozmawiałeś z prokuratorem?

Plan zakładał, że Prokocki załatwi to wszystko przed wizytą, ale nie byłam pewna, czy mu się udało. Wciąż mogło się okazać, że na ostatniej prostej ktoś skomplikował cały proces.

– Zrobiłem to, jeszcze zanim się zgodziłaś – odparł, przesuwając dokumenty. – Jako że nie zagrażasz porządkowi publicznemu i dalsze pozbawienie wolności pociągałoby za sobą wyjątkowo ciężkie skutki dla twojej najbliższej rodziny, oczywiście jutro opuścisz areszt.

Gdyby nie to, że mówił służbowym, wyważonym tonem, pomyślałabym, że to tylko makabryczny żart. Wciąż trudno było mi uwierzyć, że ten horror dobiegnie końca.

Owszem, zostawię tutaj swoją godność, ale zrobię to ze świadomością, że mogło być o wiele gorzej.

– Prokuratura uchyli areszt i umorzy postępowanie – dodał Prokocki. – Wszystko jest załatwione.

– Na pewno?

– Nie masz się czym przejmować.

W jego głosie nie było nuty wahania, ale z jakiegoś powodu nie mogłam opędzić się od myśli, że nie powinnam mu ufać. Propozycja, którą od niego przyjęłam, była dla mnie korzystna, ale jednocześnie związana z dość przewrotnym, wyrachowanym planem. Uświadamiało mi to, że ten człowiek jest zdolny do wszystkiego.

Także do tego, by w ostatniej chwili mnie ograć.

– Więc co teraz? – zapytałam.

– Potrzebuję kilku informacji – odparł, wskazując papiery. – Zwykłe formalności.

Wzruszył ramionami, jakby nie chodziło o moją wolność, ale o jakąś błahą sprawę.

– Okej – odparłam. – A jak już je załatwimy?

– Wyjdziesz.

– Ot tak?

Odniosłam wrażenie, że miał zamiar przewrócić oczami, ale w ostatniej chwili się zmitygował.

– Słuchaj... – mruknął. – Wiem, że z twojego punktu widzenia to dość nierealne i doszukujesz się we wszystkim jakiegoś oszustwa, ale musisz zdawać sobie sprawę, że w naszym wspólnym interesie jest działanie razem.

Pokiwałam głową.

– A co z Wernem? – zapytałam.

– On dla mnie nie ma znaczenia. Dla ciebie też nie.

– Wręcz przeciwnie.

Prokocki cofnął brodę, jakbym właśnie zaserwowała mu werbalny odpowiednik policzka. Potarł dłonią kark i prychnął.

– Jasne – rzucił z przekąsem. – Dlatego robisz to, co robisz.

– Robię to dla Wojtka. Ale to nie znaczy, że...

– Niespecjalnie mnie to obchodzi – uciął. – Wmawiaj sobie, co chcesz. Może nawet uda ci się przekonać samą siebie, że Werner coś dla ciebie znaczy. – Znów postukał w plik kartek. – Ja potrzebuję tylko kilku informacji.

Porzuciliśmy temat i skupiliśmy się na protokole zeznań. Uszczegółowiłam kilka faktów, wyjaśniłam mu parę spraw, a on wszystko skrupulatnie zanotował. Potem przycisnął końcówkę długopisu i schował go do kieszeni marynarki.

– To by było wszystko – zadeklarował. – Chyba że jest jeszcze coś, do czego chciałabyś przekonać samą siebie.

Odłożyłam słuchawkę i bez słowa się podniosłam. Nie potrzebowałam zamieniać z tym człowiekiem ani zdania więcej.

Chwilę później strażniczka wyprowadziła mnie z pokoju widzeń i ruszyłyśmy w kierunku mojej celi. Położyłam się na pryczy i wbiłam wzrok w sufit, zastanawiając się, jak sprawić, by czas minął choć trochę szybciej.

Nocy nie przespałam. Nie mogłam opędzić się od wrażenia, że zaraz wydarzy się coś, przez co nie uda mi się opuścić Zamtuza. W końcu jednak nadszedł upragniony ranek, a zaraz po porannym apelu kazano mi się spakować.

Szłam korytarzem w kierunku wolności, prowadzona przez tę samą strażniczkę, która wcześniej odstawiła mnie do celi. Wszystko przebiegało bez problemów.

Do czasu.

Jeszcze na korytarzu zatrzymał nas mężczyzna, który sprawił, że zostawiałam tutaj dużą część siebie. Być może na dobre.

– Przejmuję ją – oznajmił funkcjonariusz.

– Ale…

– Zaprowadzę ją dalej, wracaj na blok – polecił.

W końcu zamiast wyblakłego swetra miał na sobie mundur z plakietką. Dzięki niej dowiedziałam się, jak nazywa się człowiek, który tak bardzo mnie upokorzył.

A. Kaływak.

Wiedziałam, że nie zapomnę tego nazwiska do końca życia. I równie wyraźnie będę pamiętała wszystko, do czego mnie zmusił. Nie samą przemocą, tak jak robił to Robert. Czymś znacznie gorszym, bo odwołującym się do matczynej miłości. Wykorzystującym ją, jakby była jedynie kolejnym narzędziem męskiej opresji.

Liczyłam na to, że strażniczka będzie się upierała, ale ta od razu odpuściła. Kaływak omiótł wzrokiem moje ciało i przez moment myślałam, że lubieżnie się uśmiechnie. Trwał jednak z kamiennym wyrazem twarzy.

Kiedy wskazał mi wyjście, ruszyliśmy w jego kierunku.

– Prokuratura podobno umorzy postępowanie – odezwał się.

– Tak.

– Trochę to podejrzane.

Nie miałam zamiaru wdawać się z nim w dyskusję. Nie teraz, kiedy od wolności dzieliło mnie raptem kilkadziesiąt kroków. Wiedziałam, że niewiele trzeba, by wyprowadził mnie z równowagi. I być może właśnie na to liczył.

– Poszłaś na jakiś układ, co?

– Nie.

Obrócił głowę w moją stronę, ale to zignorowałam. Wciąż wbijałam wzrok w wyjście z korytarza, jakbym dzięki temu mogła sprawić, że się do mnie przybliży.

– Takie rzeczy prędzej czy później wychodzą – dodał Kałwak. – Dowiem się, tak czy inaczej.

Oddech mi przyspieszył, serce zabiło nieco szybciej.

– To dzięki temu telefonowi, który pozwoliłem ci wykonać? – zapytał.

Nie wiedziałam, co odpowiedzieć. Zarówno potwierdzenie, jak i zaprzeczenie mogło go sprowokować.

– Jeśli tak, to widzisz... warto było zrobić mi laskę.

Próbowałam przyspieszyć kroku, ale ledwo to zrobiłam, wyciągnął przede mną rękę niczym szlaban.

– Spokojnie.

– Jestem spokojna.

– Jeśli nie będziesz, nie zostawisz mi innego wyjścia, jak cię zatrzymać.

Z trudem przełknęłam ślinę, zdając sobie sprawę z tego, jak wiele zależy od człowieka, który w tej sytuacji tak naprawdę nie powinien mieć nic do gadania.

Szłam powoli przed siebie, starając się nawet nie mrugać. Obawiałam się, że wystarczy ułamek sekundy, a pod powiekami zobaczę zbyt wyraźne wspomnienie tego, do czego zmusił mnie Kałwak.

– Nie rób nic głupiego – odezwał się. – Nie teraz, kiedy jesteś tak blisko wyjścia.

Satysfakcja w jego głosie potwierdzała, że cała ta sytuacja sprawia mu przyjemność. Zapewne upajał się myślą, że mój los właściwie spoczywa w jego rękach.

Czy mógł to wykorzystać? Z pewnością.

Miałam opuścić zakład o wyznaczonej porze, ale gdybym spóźniła się o kilka minut, nikt nie zwróciłby na to uwagi. A tyle w zupełności wystarczyłoby, żeby strażnik powtórzył to, co już wcześniej na mnie wymógł.

– Będę miło cię wspominać.

Czekał na odpowiedź, ale nie miałam zamiaru jej udzielać.

– Przypuszczam, że ty mnie też.

Szliśmy przez moment w milczeniu, a ja znów miałam wrażenie, że wyjście się oddala.

– W końcu dzięki mnie przetrwałaś – dodał. – Gdybym nie załatwił ci przeniesienia z tamtej celi, Migota i reszta by cię wykończyły. Powinnaś być mi wdzięczna, nie sądzisz?

Zebrałam się w sobie. Od wybawienia dzieliło mnie raptem kilkanaście metrów i powinnam zrobić wszystko, by je pokonać. Nawet jeśli miało się to wiązać z kolejną skazą na honorze.

– Tak – odparłam, myśląc o synu.

To dla niego wszystko robiłam. To on był najważniejszy. Koniec końców ani trochę nie liczyło się, co powiem klawiszowi.

– Tak sobie myślę... – rzucił. – Chyba niewystarczająco mi się odwdzięczyłaś.

– Zrobiłam wszystko, co chciałeś.

– Co pan chciał – poprawił.

Kiedy nie doczekał się odpowiedzi, szturchnął mnie lekko.

– Co pan chciał – powiedziałam.

– To prawda. I przyłożyłaś się do tego dość dobrze, choć… w ogólnym rozrachunku powinnaś zrobić o wiele więcej. Nie uważasz?

– Nie.

Złapał mnie za rękę i zatrzymał. Natychmiast spojrzałam za siebie, licząc na to, że na korytarzu są jacyś potencjalni świadkowie.

Byliśmy sami.

– Jesteś wyjątkowo niewdzięczną dziwką – mruknął. – Zdajesz sobie z tego sprawę?

Gorączkowo zastanawiałam się, co zrobić. Od wolności dzieliło mnie niewiele. Najwyżej dziesięć kroków i jedna para drzwi, za którymi znajdowali się inni ludzie. Ich obecność wystarczyłaby, żebym poczuła się pewnie.

– No? – dodał. – Wiesz o tym czy nie?

– Wiem.

– Więc powinnaś zdawać sobie sprawę, że należy ci się kara.

Zamknęłam oczy, ale natychmiast je otworzyłam, dostrzegając widma, których się obawiałam. Uświadomiłam sobie, że te sceny mogą zaraz ponownie rozegrać się w rzeczywistości.

– Trzeba cię ukarać – ciągnął Kałwak. – Inaczej nie zrozumiesz, na czym polega prawdziwa wdzięczność.

Skinęłam głową, ledwo sobie ten gest uświadamiając.

Funkcjonariusz rozejrzał się i westchnął. Kiedy wbił wzrok w jedne z drzwi, które przed momentem mijaliśmy, przypomniałam sobie, że mieścił się za nimi niewielki składzik.

Opadła mnie myśl, że zaraz się tam z nim znajdę. Znów poniżona, znów sprowadzona do roli odczłowieczonego zera.

Już sam fakt wycofania się w głąb korytarza sprawił, że zrobiło mi się niedobrze.

– Załatwimy to szybko, jeśli się postarasz – powiedział Kałwak, po czym rozejrzał się i przyłożył dłoń do moich ust.

Przesunął palcem po dolnej wardze.

– Powiem ci, jak lubię najbardziej – dodał.

Robiłam wszystko, by zignorować wzbierający we mnie odruch wymiotny.

Kałwak ściskał moją rękę jeszcze mocniej, a ja uświadomiłam sobie, że albo podejmę decyzję, albo on zaraz zrobi to za mnie.

Opuściłam na chwilę powieki. Tym razem po to, by dokładnie przypomnieć sobie to, co mnie spotkało.

– Wyobrażasz już sobie, jak będziesz mi obciągać? – spytał szeptem, zbliżając się o krok.

Otworzyłam oczy i spojrzałam na niego. Nie było sensu dłużej zastanawiać się nad tym, co powinnam zrobić. Wyjście było tylko jedno – i w głębi ducha od początku zdawałam sobie z tego sprawę.

Również się do niego przysunęłam.

– Wyobrażam sobie, co się stanie, jak stąd wyjdę – powiedziałam. – I jak opowiem kilku dziennikarzom o tym, co tu się dzieje.

Zmarszczył brwi.

– Jak strażnicy traktują więźniarki, a konkretnie jak robi to jeden z nich.

Zacisnęłam usta i wbiłam wzrok w plakietkę z jego nazwiskiem.

– Myślisz, że znajdą się inne byłe osadzone, które... O, przepraszam – powiedziałam, robiąc jeszcze pół kroku w jego stronę. – Myśli pan, że znajdą się inne dziewczyny, które potwierdzą moje słowa?

Zacisnęłam pięści, czując, że emocje we mnie wzbierają. Miałam ochotę splunąć mu prosto w twarz, a potem rzucić się na niego i okładać go bez pamięci dopóty, dopóki nie stracę tchu.

Kałwak patrzył na mnie badawczo, niepewny, jak się zachować.

– No? – dodałam. – Jak ci się wydaje, skurwielu?

– Chyba powinnaś...

– Nie tylko wylecisz z roboty, ale trafisz do miejsca takiego jak to. – Omiotłam wzrokiem korytarz. – I zapewniam cię, że będziesz tam od rana do nocy robił to, do czego zmuszałeś tutaj te wszystkie kobiety.

Wiedziałam, że nie byłam jedyna. Nie musiałam nawet rozpytywać wśród więźniarek, by mieć pewność.

– I kto ci uwierzy? – zapytał.

– Kilka, może kilkanaście osób – przyznałam, a potem wyszarpałam dłoń z jego uścisku. – Przynajmniej na początku. Wystarczy jednak, że inne osadzone potwierdzą moje słowa, a ta liczba zwiększy się do kilkudziesięciu, może więcej. A tak naprawdę wystarczy jedna lub dwie osoby. Może to być twój przełożony albo sekretarz stanu w ministerstwie, który będzie chciał zadbać o dobry PR. Staniesz się uosobieniem patologii w polskim więziennictwie, skurwysynu. I media nie spoczną, dopóki nie...

– Wystarczy.

Nie odrywałam wzroku od jego oczu aż do momentu, gdy uciekł spojrzeniem.

Niedbale machnął ręką w kierunku wyjścia, a potem uderzył mnie lekko w plecy. Zignorowałam to i ruszyłam przed siebie.

Z każdym kolejnym krokiem wizja opuszczenia tego miejsca stawała się coraz bardziej realna. Wiedziałam, że to za moment nastąpi. A ja nie doświadczę z rąk tego człowieka już żadnej krzywdy.

Kilka minut później było po wszystkim.

Znalazłam się na zewnątrz aresztu śledczego.

Wyszłam na nierówną, zniszczoną ulicę. Przywodziła na myśl zapomniane drogi gminne, którymi nikt już nie jeździ, bo równolegle biegną nowe, szerokie ekspresówki. Nabrałam głęboko tchu i wyprostowałam się. Byłam wolna, ale ponure gmaszysko znajdowało się zdecydowanie zbyt blisko za moimi plecami, bym w pełni mogła to poczuć.

Rozejrzałam się w poszukiwaniu Prokockiego, nigdzie jednak go nie dostrzegłam. Miał na mnie czekać już od dobrego kwadransa.

Przeszło mi przez myśl, że coś się stało. Coś ostatecznie poszło nie po jego myśli, a z więzienia zaraz wyjdzie strażnik i oznajmi, że zaszła pomyłka.

Wyglądałam samochodu, nasłuchiwałam dźwięku silnika, ale nadaremno. Byłam sama.

Niedaleko znajdował się przystanek autobusowy ze zniszczonym siedziskiem i pokrytym napisami pleksiglasem. Bohomazy były w dużej mierze rezultatem wesołej inwencji twórczej wszystkich tych, które opuściły Zamtuz i próbowały dostać się z powrotem do miasta. Z osamotnionego przystanku zresztą nie korzystał chyba nikt inny.

Stanęłam pod wiatą i przesunęłam palcem po rozkładzie. Dojeżdżała tu tylko jedna linia, a najbliższy autobus miał zjawić się za nieco ponad godzinę. Usiadłam na wybrakowanej ławce i zwiesiłam głowę.

Wciąż nie mogłam opędzić się od wrażenia, że zaraz wrócę za kratki.

Kiedy jednak usłyszałam nadjeżdżający samochód, natychmiast się ożywiłam. Podniosłam się, a potem podeszłam na skraj chodnika i starałam się wypatrzeć, kto siedzi za kierownicą.

Od razu rozpoznałam, że to nie Prokocki.

Znieruchomiałam.

Kiedy auto zatrzymało się tuż obok mnie, wciąż nie mogłam się ruszyć. Szyba powoli się opuściła, a ja z niedowierzaniem popatrzyłam na osobę, która siedziała za kierownicą.

– Ewa? – wydusiłam.

ROZDZIAŁ 2

1

Numer, z którego Kas do mnie dzwoniła, należał do jakiegoś mężczyzny. Wybrałem go tylko raz i kiedy nieznajomy oświadczył, że to pomyłka, uznałem, że nie ma sensu o cokolwiek go wypytywać. Może był strażnikiem, a może chłopakiem jednej z osadzonych, który jakimś cudem dostarczył komórkę za mury więzienia. Tak czy owak, w ten sposób z Kasandrą nie mogłem się skontaktować.

Właściwie ani w ten, ani w jakikolwiek inny. Wiedzieliśmy z Klizą, że niebawem opuści Zamtuz, ale nie mieliśmy pojęcia, kiedy dokładnie ma to nastąpić.

Minęło kilka dni od momentu, gdy złożyłem zeznania na komendzie. Prokocki zapewniał, że w zupełności wystarczą, by prokurator uchylił areszt. I jeśli dobrze pójdzie, być może sprawa zostanie umorzona.

Wydawało mi się to nierealne. Jakkolwiek by było, ktoś w Rewalu zginął i nawet jeśli był wyjątkowym zwyrodnialcem, sąd powinien się temu przyjrzeć. Choćby po to, by uniewinnić Kasandrę i raz na zawsze zamknąć tę sprawę.

Czekaliśmy z Klizą na jakiekolwiek wieści, ale te nie nadchodziły. Kiedy zjawiliśmy się na komendzie, jeden z niższych stopniem funkcjonariuszy odesłał nas z kwitkiem, twierdząc, że podkomisarz Prokocki wyjechał. Nie chciał powiedzieć dokąd.

Wyglądało na to, że zapadł się pod ziemię – i gdyby chodziło tylko o niego, nie nabrałbym podejrzeń. To samo jednak stało się z Kasandrą i z moim sąsiadem, od którego wciąż potrzebowałem kilku odpowiedzi.

Ojciec Antoni również znikł, Glazur siedział w areszcie śledczym gdzieś na północy kraju, a Wojtek znów trafił do szpitala przy Witosa. Nie podłączyli go do aparatury, bo organizm radził sobie z utrzymywaniem funkcji życiowych. Nadal jednak nie było z nim żadnego kontaktu, a karmiono go albo dożylnie, albo przez rurkę. Nie chciałem myśleć o tym, co przeżywa, jeśli jest świadomy.

Przez kilka dni próbowaliśmy z Klizą namierzyć księdza opiekującego się niegdyś dzieciakami w Kappie, ale bezskutecznie. Administracja aresztu śledczego twierdziła, że Antoni poprosił o urlop i wyznaczył na swoje miejsce innego duchownego. Ten nie wiedział, gdzie udał się jego poprzednik.

Byliśmy w kropce. Wszystkie tropy się pourywały, a nam pozostały jedynie zdjęcia, które Jola znalazła na parafialnym serwerze.

Przejrzałem je wystarczająco dużo razy, by znać wszystkie na pamięć. Część z nich wykonał niejaki Cauvak, ale ta ksywa – lub nazwa firmy – była jedynym, co wiedzieliśmy na temat fotografa.

Na zdjęciach znajdowało się wiele dzieciaków, najbardziej jednak liczyła się dwójka. Ewa i Blitz.

Nie miałem pojęcia, że bez mojej wiedzy kiedykolwiek choćby przelotnie się spotkali. Tymczasem po jedenastu latach od zaginięcia narzeczonej odkryłem, że przynajmniej raz musieli być w Kappie. Miejscu, o którym również nigdy nie słyszałem.

Jak to możliwe?

O ile Blitzer mógłby mieć przede mną jakieś tajemnice i potrafiłby je ukryć, o tyle Ewa...

Nie, nie było sensu się oszukiwać. Skoro potrafiła zataić fakt, że zeznawała przeciwko gangsterowi kierującemu zorganizowaną grupą przestępczą, to z pewnością równie dobrze poradziłaby sobie w bardziej błahych sprawach.

Tylko po co miałaby to robić? Co takiego działo się w Kappie, że nikt nigdy nawet nie wspomniał mi o tym miejscu?

Wiedziałem jedno: teraz, po latach, było kluczowe.

Wszystkie tropy się tam krzyżowały. Ewa wskazała je w nagraniu, mój zmarły przyjaciel tam bywał, a ojciec Antoni dbał o nie tak, jak w tej chwili o areszt, do którego trafiła Kasandra. W dodatku Prokocki z jakiegoś powodu je obserwował.

Nie miałem jednak pojęcia, co to wszystko znaczy.

Powoli wpadałem przez to w spiralę szaleństwa, nie mogłem skupić się na niczym innym. Doszło nawet do tego, że nocny seans z *Fortnite* wydawał mi się czasem straconym, bo zamiast niego mogłem przecież zastanawiać się nad rozwiązaniem sytuacji i być może na coś wpaść.

Było ze mną coraz gorzej – i dobitnie uświadomiła mi to Kliza, kiedy przyszła do mnie pewnego wieczoru. Przytachała siatkę z indyjskim jedzeniem na wynos, prosto z mieszczącego się kilkaset metrów dalej Tulsi. Omiotła wzrokiem poddasze, które ze względu na wszechobecny nieporządek trudno było dłużej nazywać loftem, a potem westchnęła z politowaniem.

– Kiedy samotny facet przestaje grać w gry sieciowe, wiedz, że coś się dzieje – oznajmiła, stawiając torbę na stole w kuchni.

Usiadłem przy nim i rozczochrałem włosy, czując, że lepią mi się do palców.

– Nadal się zadręczasz? – spytała, wyciągając jedzenie.

– Nie zadręczam, tylko zastanawiam.

– Nad czym tym razem?

Zamknąłem oczy i przywołałem z pamięci zdjęcie przedstawiające Ewę i Blitza.

– Nad fotką.

– Znów?

– Blitzer ma na niej koszulkę z *The Colour and the Shape* Foo Fighters.

Kliza otworzyła opakowania i zupełnie niepotrzebnie rozważała, czy nie przełożyć wszystkiego na talerze. Szybko zreflektowała się, że nie mam żadnych czystych. Umyła dwie łyżki, uznawszy zapewne, że tyle wystarczy do dań curry.

– Znowu ten zespół? – mruknęła.

– Ten album to właściwie ich debiut – powiedziałem, ignorując jej uwagę. – Wcześniejszy był demówką nagraną przez samego Dave'a Grohla i jego producenta, a…

– Obeznałeś się w temacie.

– Musiałem – odparłem dla porządku. – Ale ważne jest to, że płyta wyszła w dziewięćdziesiątym siódmym, więc zdjęcie nie może być starsze od niej.

Jola podsunęła mi jedno z opakowań.

– Tyle wiemy i bez dyskografii Foo Fighters – zauważyła. – Ewa i Blitz wyglądają na licealistów.

– Zgadza się. W dodatku kolejny album, skądinąd znany mi *There Is Nothing Left To Lose*, wyszedł dwa lata później.

– No i?

– Blitz nosiłby już wtedy nową koszulkę.

– Może jej nie kupił i zadowolił się starą.

– Nie, nie. Miał porządnego hopla, na pewno paradowałby w najnowszym T-shircie.

Jola wydawała się nieprzekonana.

– To końcówka lat dziewięćdziesiątych – zauważyłem. – A on był nastolatkiem z obsesją na punkcie rocka.

– Niech będzie – zgodziła się w końcu, odrywając kawałek chlebka naan. – W takim razie zdjęcie zrobiono między dziewięćdziesiątym siódmym a dziewięćdziesiątym dziewiątym, kiedy byliście w liceum.

Pokiwałem głową, marszcząc czoło.

– Ja i Ewa byliśmy wtedy całkowicie nierozłączni.

– Najwyraźniej niecałkowicie.

Położyłem łokcie na stole, potarłem skronie i ukryłem twarz w dłoniach.

– Wern?

– To nie ma sensu – powiedziałem niewyraźnie. – Jeśli miałbym wybrać czas, na który przypadało największe szaleństwo uczuć w naszym związku, to byłyby to te lata. Naprawdę nie odstępowaliśmy się na krok.

Kliza wzruszyła ramionami.

– Co to ma znaczyć? – spytałem.

– Nie wiem.

– Ewidentnie coś chciałaś wyrazić.

– Może tylko to, że twoje hormony szalały, ale to wcale nie musi oznaczać…

– Daj spokój.

Byłem gotów iść w zaparte, choć wiedziałem, że Jola może mieć rację. To na jednej z wycieczek szkolnych przespaliśmy się ze sobą pierwszy raz. Po tym wszystko się zmieniło, a nam wydawało się, że jesteśmy niemal w przededniu ślubu i decyzji o tym, by spędzić ze sobą resztę życia. Nie mogłem wytrzymać chwili bez Ewy, czekałem na każdą przerwę, żeby usiąść z nią na korytarzu, zamiast iść na jedno z przyszkolnych podwórek z kumplami i wypalić tam kilka fajek z rzędu. Wydawało mi się, że ona miała podobnie.

Najwyraźniej się myliłem.

– Nie słyszałeś nigdy, że użalanie się nad sobą jest mniej więcej tak pomocne jak zjadanie własnego gówna?

Spojrzałem na Klizę z dystansem, a potem znacząco wskazałem na jedzenie.

– Wybacz. I tak nie masz apetytu, a mnie nic go nie odbierze – dodała. – Poza tym chodzi mi tylko o to, że to bezproduktywne. Wyrzucasz z siebie coś i zaraz z powrotem to przyjmujesz.

Miałem nadzieję, że na tym jej metafory się skończą. Jola jednak uznała, że musi dokończyć myśl.

– Tworzysz zamknięty obieg swojego żalu, zamiast...

– Więc co proponujesz? – uciąłem.

Spojrzała najpierw na swoje, a potem na moje pudełko z jedzeniem.

– Żebyś spróbował chociaż placka – poradziła, wskazując naan. – Jeśli nie docenisz, znaczy, że to nasz ostatni wspólny posiłek.

– Myślałem, że wolisz sushi – odparłem. – I miałem na myśli raczej to, co dalej robić w sprawie Ewy, *sensei*.

Odłożyła łyżkę i w głębokim namyśle pokiwała głową.

– Wystarczy *senpai-chan*.

– Hę?

– Nieistotne – zbyła temat Kliza. – I jest tylko jedna rzecz, jaką możemy zrobić.

Sięgnęła do niewielkiej torby, wyjęła z niej laptopa, a potem postawiła go na stole. Chwilę przesuwała palcem po gładziku, po czym obróciła do mnie ekran.

– Patrz i analizuj.

Zerknąłem na zdjęcie Ewy i Blitza w Kappie.

– Znam to ujęcie na pamięć, Kliza.

– To naucz się też kolejnych.

– Je też znam.

– I? – spytała, a potem władowała do ust wyjątkowo duży kawałek kurczaka w sosie. – Nadal nie zidentyfikowaliśmy pozostałych osób – dodała niewyraźnie.

– Bo ich nie kojarzę.

Powątpiewanie w jej oczach sugerowało, że powinienem dwa razy się zastanowić przed tak kategoryczną odpowiedzią.

– Nikogo? – jęknęła.

– Nikogo.

– Przecież to miasto wielkości połowy jednej dzielnicy Warszawy – zauważyła. – Tutaj każdy zna każdego. A ty chcesz mi powiedzieć, że nigdy nie widziałeś tych dzieciaków? Wszyscy są w podobnym wieku.

– Ale zdjęć nie ma wiele.

– Tylko tyle było na serwerze. Muszą wystarczyć.

– Nie łatwiej byłoby znaleźć tego Cauvaka?

– Szukałam.

Jeśli ona nic nie znalazła, należało uznać, że najwyraźniej przez lata ślad po tym człowieku albo się rozpłynął, albo rozrzedził na tyle, że nie sposób było go dostrzec. Ewa również nigdy o nim nie wspominała.

– Przyglądaj się, analizuj, sięgaj w najgłębsze odmęty pamięci – poradziła. – I rób to dopóty…

– Mówię ci, że na tych zdjęciach ma na nikogo, kogo bym kojarzył.

– Nie przyjmuję tego do wiadomości.

Wzruszyłem ramionami, czując się całkowicie bezsilny. Zarówno wobec losu, jak i oczekiwań Joli.

– Te dzieciaki pewnie pochodziły z okolicy – odparłem. – Nie miałem stamtąd żadnych znajomych.

– Znasz kogoś, kto miał?

Jeśli kiedykolwiek żałowałem, że w licealnych czasach nie spędzałem więcej czasu w barach zamiast przed komputerem, to właśnie teraz. Nie mogłem złożyć jednak wszystkiego na karb moich preferencji rozrywkowych – winna temu była miłość. Towarzystwo Ewy w zupełności mi wystarczało, właściwie nie chciałem spędzać czasu z nikim innym. Nie potrzebowałem nikogo innego.

– Wern?

– Nie wiem, daj się zastanowić.

Zaklęła cicho, a potem obróciła do siebie laptopa, weszła na Facebooka i zalogowała się na moje konto.

– Skąd znasz…

– Sprawdziłam login i hasło parę dni temu.

Spojrzałem na mojego wysłużonego peceta i uznałem, że dopóki Kliza u mnie bywa, powinienem założyć hasło.

– Sprawdź ludzi z liceum – odezwała się. – Zobacz, czy któryś ze starych znajomych, tych, którzy zdążyli już dziesięć razy zapomnieć o twoim istnieniu, przypadkiem nie mieszka gdzieś w okolicy Kappy. Albo nie mieszkał.

Nie kojarzyłem nikogo takiego, ale nie zaszkodziło sprawdzić. Nawet jeśli nie trafię na żaden konkretny trop, być może uda mi się odświeżyć pamięć na tyle, by przypomnieć sobie, czy ktoś nie dojeżdżał do szkoły ze Szczepanowic czy Wójtowej Wsi.

Po godzinie stało się jasne, że niczego nie znajdę. Jeszcze kilka lat temu z pewnością by mi się poszczęściło. Wtedy każdy wpisywał miejsce urodzenia, zamieszkania, pracy, wymarzonych wakacji i czegokolwiek, co przyszło mu na myśl. W erze RODO wszyscy zdawali się przypomnieć sobie o zaletach anonimowości w sieci.

– Dosyć tego – rzuciła Jola, a potem zabrała mi laptopa.

– Co zamierzasz?

– Wykorzystać broń, którą Kasandra zaatakowała ciebie.

– Czyli?

Zanim zdążyła odpowiedzieć, sam na to wpadłem. Spotted.

Kliza wrzuciła kilka zdjęć na opolską stronę, prosząc o pomoc w identyfikacji któregokolwiek z dzieciaków. Nie zamieściła jedynie fotografii z Ewą i Blitzem, obawiając się nadmiernych kontrowersji.

Niecierpliwie przeglądaliśmy odpowiedzi, które zaczęły pojawiać się właściwie od razu. Większość komentujących pytała, dlaczego interesujemy się tymi konkretnymi osobami, niektórzy wrzucali nostalgiczne komentarze odnoszące się do lat dziewięćdziesiątych, inni wyśmiewali się z październikowych ubrań ówczesnej młodzieży.

Konkretów brakowało. Aż do momentu, kiedy jedna osoba oznaczyła inną, a ta kolejną. Łańcuch zależności poszedł w ruch, a my wiedzieliśmy, że coś jest na rzeczy. Utwierdziliśmy się w tym przekonaniu, kiedy pojawiło się ostatnie ogniwo.

– Ktoś oznaczył Andrzeja Kałwaka – odezwała się Jola.

– Co?

Szybko obszedłem stół i stanąłem obok Klizy. Wbiłem wzrok w hiperłącze do profilu mężczyzny, który wedle wszelkiego prawdopodobieństwa wykonał zdjęcia.

Natychmiast znikło. Nie zdążyłem nawet przyjrzeć się miniaturce.

– Co jest? – spytałem.

Kliza zmarszczyła brwi.

– Ktoś usunął posta.

– Widzę, ale...

– Czekaj – rzuciła, jakby była chirurgiem wykonującym właśnie w pocie czoła niezwykle skomplikowaną operację.

Błyskawicznie wpisała w polu wyszukiwania „Andrzej Kałwak", a potem wyświetliła profil. Nie miałem z nim żadnych wspólnych znajomych, ale z pewnością była to właściwa osoba. W polu „miasto rodzinne" widniało Opole, ale oprócz tego nie było żadnych innych informacji. Brakowało nawet zdjęcia.

Kliza natychmiast wyświetliła listę znajomych.

– Co robisz?

– Szukam – odparła.

– Czego?

W skupieniu przeglądała miniaturki zdjęć, aż w końcu pstryknęła palcami. Wskazała mi jedną z nich, po czym wyświetliła profil. Zrozumiałem, że rozpoznała zdjęcie osoby, która oznaczyła Kałwaka. Była to mocno opalona dziewczyna z agresywnym makijażem.

– Ta kukuryna z jakiegoś powodu powiązała zdjęcie z nim – oznajmiła. – A to znaczy, że…

– Wiedziała, że to on je zrobił.

– Czyli najpewniej tam była.

Kliza obróciła się w moją stronę i miałem wrażenie, że w ostatniej chwili powstrzymała się przed tym, by unieść otwartą dłoń i czekać, aż przybiję jej piątkę.

– Mamy więc dwie osoby, które mogą coś wiedzieć – powiedziała, wracając na profil Kałwaka. – Nawet jeśli jedna nam odmówi, to…

Strona nagle lekko przygasła, a na pierwszym planie pojawił się niewielki prostokąt z napisem „Zawartość, której szukasz, jest niedostępna".

– Sukinsyn… – syknęła Jola. – Skasował konto.

– Żartujesz?

Odświeżyła, ale tym razem wyskoczył już komunikat o tym, że strona, której szuka, nie istnieje.

– Szybko zadziałał – zauważyła. – Niemal od razu po tym, jak został oznaczony.

– Ale… dlaczego?

Pytanie wisiało w powietrzu jak ciemna chmura, z której niechybnie spadnie deszcz. Spojrzeliśmy na siebie, niepewni, co się dzieje, ale przekonani co do jednego. Nie pozostało nam nic innego, jak porozmawiać z dziewczyną, która oznaczyła Kałwaka.

2

Wirtualnych powiązań między mną a Karoliną Falkowską było niewiele, ale właściwie wystarczyło jedno dobre, byśmy z Klizą znaleźli to, na czym nam zależało. Numer telefonu. Dostałem go od mojej sąsiadki z Zaodrza, która nie tylko miała Falkowską w znajomych, ale zamieściła też kilka zdjęć z imprez, na których wspólnie się bawiły.

Nie wiedzieliśmy, czego się spodziewać, kiedy wybrałem numer, ale szybko przekonaliśmy się, że szczęście się do nas uśmiechnęło. Karolina wprawdzie mnie nie kojarzyła, ale nie miała nic przeciwko rozmowie. Wydawała się dobroduszna i raczej prostolinijna, jakby wychodziła z założenia, że skoro ktoś potrzebuje jej pomocy, to powinna przynajmniej wysłuchać, co ma on do powiedzenia.

Oznajmiła, że kończy pracę w McDonaldzie przy Częstochowskiej po południu – i jeśli się tam wtedy zjawimy, chętnie odpowie nam na wszystkie pytania.

Czekaliśmy na nią przy stoliku na zewnątrz już pół godziny przed końcem zmiany. Oboje zdawaliśmy sobie sprawę, że nie możemy pozwolić sobie na to, by wypuścić tę okazję z rąk.

Kiedy Falkowska wyszła z budynku, od razu unieśliśmy ręce. Podeszła do nas i posłała nam lekki, ostrożny uśmiech.

Miała równie mocny makijaż jak na zdjęciu, wyraźnie widoczne odrosty i zbyt duże kolczyki w uszach. Była w moim wieku, może nawet nieco starsza – zdjęcie profilowe na Facebooku musiało pochodzić przynajmniej sprzed kilku lat.

Przywitaliśmy się, a potem Karolina potoczyła wzrokiem dookoła.

– Nie znacie jakiegoś lepszego miejsca? – spytała. – Tego mam trochę dosyć. Chyba że chcecie skorzystać z mojej zniżki pracowniczej, to rozumiem. Ale od razu was uprzedzam, że dupy nie urywa. Choć wbrew pozorom robota nie jest taka zła, jak się mówi. Czytałam ostatnio w necie, że na okresie próbnym wykręcamy dziewięć złotych za godzinę, a potem jedenaście, ale to bzdura. Tak naprawdę to...

– Możemy skoczyć w inne miejsce – odezwałem się.

Fakt, że Karolina mówiła tak chętnie i nie wyglądała na osobę, która potrafiłaby dochować tajemnicy, nastroił mnie dość optymistycznie. Tego samego nie mogłem jednak powiedzieć o Klizie. Sprawiała wrażenie, jakby miała zamiar zaraz się z nami pożegnać.

– No, możemy – odparła. – Byleby gdzieś, gdzie myją ręce. Bo jak pracujesz w Macu, to uczysz się jednej rzeczy: cały czas masz mieć je czyste. Jak przychodzą do nas z innych knajp, dziwią się, że u nas jest taki dryl. Wystarczy, że podrapiesz się po głowie albo przesuniesz pieprzony kosmyk włosów, a musisz zapierniczać do łazienki i szorować łapy. A wiecie, jakie są mity, nie? Że u nas...

– Może coś zaproponujesz? – uciąłem.

– Proponuję, żeby przyjęli nasze zwyczaje. Raz byłam w niby wypasionej restauracji, patrzę, a tam kelner na zapleczu drapie się po dupie, a potem...

– Miałem na myśli propozycję lokalu.

Rozejrzała się i zmrużyła oczy.

– Wy płacicie?

– Jasne – zapewniłem.

– W takim razie...

Zawiesiła głos, zastanawiała się przez chwilę, a potem machnęła ręką.

– Dobra, nieważne – rzuciła i przysiadła się do naszego stolika. – Mówcie, o co chodzi? Co was interesuje?

Odruchowo zamierzałem wymienić z Klizą znaczące spojrzenia, ale Jola zastygła ze wzrokiem wbitym w stół. Nie czuła się przesadnie komfortowo w towarzystwie wygadanej nieznajomej, a ja po raz kolejny pomyślałem, że jest pełna sprzeczności.

– Przez telefon wspominałeś o Antoniówce – dodała Falkowska, nie dając mi czasu na odpowiedź. – Chodziłeś tam?

– O Antoniówce?

– Kappa, Antoniówka, Casa de Antonio... Świetlica miała sporo nazw. Niektórzy mówili na nią Kappuściarnia, Kappturownia, Kappselarnia i...

– Mniejsza z nazwami – przerwałem jej i pomyślałem, że muszę to robić częściej, jeśli chcemy się czegoś dowiedzieć. – Co tam się działo?

– Różne rzeczy. Ale czemu w ogóle pytasz, jak nie bywałeś?

– Moja dziewczyna tam chodziła.

– Serio? Jak się nazywa?

– Ewa.

Falkowska potarła końcówkę ucha i trąciła gigantyczny okrągły kolczyk.

– Żadnej Ewy u nas raczej nie było. Ale może znałam po ksywie? Różne patole się przewijały, niekiedy w ogóle nie chcieli mówić, jak się nazywają.

– Nie miała ksywy.

O ile wiedziałem.

– A o jakie lata ci chodzi?

– Końcówkę dziewięćdziesiątych. Bywałaś tam wtedy?

– No, raczej.

Z tonu głosu wynikało, że uznała to za najgłupsze pytanie, jakie mogłem zadać. Znów popatrzyłem na Klizę, ale ta nadal myślami była w zupełnie innym miejscu.

– Każdy, kto mieszkał w okolicy, ciągnął do Kappy.

– Dlaczego?

– Bo to jeden był powód? – odparła Karolina i prychnęła. – Mieliśmy tam stół do pingla, piłkarzyki, całkiem niezłego peceta z grami dla chłopaków, jakieś komiksy, inne bzdury...

– A alkohol? Coś mocniejszego?

Falkowska roześmiała się i odgięła na ławce.

– Zgrywasz się? – spytała.

– Nie.

– Ojciec Antoni prędzej by się przekonwertował na Araba, niż pozwolił, żeby ktoś zajarał w Kappo Werde. To samo, jeśli idzie o coś mocniejszego. Nie było bata. Nie myśl, że niektórzy nie próbowali, a zapewniam cię, że to byli prawdziwi zawodnicy. Potrafili wyjarać skręta w konfesjonale, ale u ojca Antoniego nie dawało rady. Od razu się z takim czy innym żegnał i tyle.

Słuchałem uważnie, choć nie przychodziło mi to łatwo.

– Wiadomo, że czasem zapaliliśmy przed przyjściem do Antoniówki albo za kaplicą, ale jak tylko wyczuł, był przypał. Z alkoholowymi wyziewami w ogóle nie było co przychodzić, bo jak się ojca Antoniego podkurwiło, to i potrafił do rodziców zadzwonić. W sumie dobry gość, ale tylko dopóki mu nie podpadłeś. Potrafił zrobić ci z dupy wiadro.

Mimo doboru określeń mówiła o nim ze swoistym szacunkiem w głosie, jakby rzeczywiście stanowił duchowe oparcie dla tych dzieciaków. Wyobraziłem sobie to towarzystwo, składające się w dużej mierze z ludzi, z którymi Ewa nie miała wiele wspólnego.

Pochodziła z dobrze sytuowanej rodziny, która znajdowała się na tyle wysoko w hierarchii społecznej, że sam musiałem zadzierać głowę.

– Dochodziło tam do jakichś kłótni? Niesnasek?

– Niesnasek? – spytała i znów prychnęła. – Ja jebe...

Wzruszyłem ramionami.

– Kłóciliśmy się od czasu do czasu, ale gdyby doszło do rękoczynów, ojciec Antoni od razu zrobiłby porządek.

Zamknąłem oczy i nabrałem tchu. Było jeszcze tyle rzeczy, o które chciałem zapytać, że nie wiedziałem nawet, od czego zacząć. Jednocześnie nie mogłem opędzić się od wrażenia, że nawet jeśli poznam całą historię tego miejsca, w niczym mi to nie pomoże.

– Pamiętasz Blitza? – odezwała się w końcu Jola.

Falkowska potrząsnęła głową, jakby dopiero teraz uświadomiła sobie, że przy stole siedzi jeszcze jedna osoba.

Nie udzieliła jednak odpowiedzi. Nie od razu. Milczała, co stanowiło dość niepokojącą odmianę.

– No pewnie, że pamiętam. Blitzer był...

Zawiesiła głos i wbiła we mnie wzrok. Nagle w jej oczach pojawił się błysk zrozumienia.

– No, nie pierdol! – rzuciła. – To ty, nie?

– Ja?

– Kumpel Blitzkriega. Ten gość, co szukał swojej narzeczonej, a ona potem odnalazła się na Bolko. Znaczy jej ciało, nie?

Nie było sensu tłumaczyć, że moim zdaniem tamta osoba nie miała nic wspólnego z moją Ewą. Skinąłem więc głową, pozorując głęboki smutek.

– O w mordę… – jęknęła Karolina. – Sorry, nie pomyślałam. Czasem powiem coś bez namysłu.

– Czasem? – spytała pod nosem Kliza.

Falkowska ją zignorowała i położyła mi dłoń na ramieniu.

– Nie miałam na myśli nic złego.

– Nie ma sprawy – zapewniłem.

– To dlatego pytałeś o tę Ewę? – spytała. – *No way*… Masz jakiś trop?

– Właśnie staram się to ustalić.

Cofnęła rękę i poprawiła się na krześle, jakby właśnie otworzyła się przed nią szansa, by zapisać się w historii.

– Pytaj, człowieku – oznajmiła. – Powiem ci wszystko, co wiem.

Zerknąłem na Jolę, a ta od razu odebrała niewypowiedzianą sugestię. Z plecaka, z którym się nie rozstawała, wyjęła laptopa, a potem pokazała Falkowskiej zdjęcie. Karolina nie musiała długo mu się przypatrywać.

– Na bank Kappa – powiedziała. – No i jest Blitz. Ta obok to Ewa?

– Tak.

– Nigdy jej u nas nie widziałam. Widocznie wpadała, jak mnie nie było. Albo na wakacje? Rzadko zostawałam w mieście, rodzice ciągnęli mnie do dziadków, do Głuchołaz. Lipna sprawa, bo dwa miesiące wyjęte z życiorysu. No i wszyscy siedzieli na dupie, wiadomo, nie było za co ani gdzie jechać. Niektórzy mi zazdrościli, ale ja bym tam oddała…

– Dobra – wtrąciła się Kliza. – To kim jest Kaływak?

– Eee…

Nie brzmiało to jak zapowiedź niczego dobrego.

– Oznaczyłaś go na Facebooku pod postem, który wrzuciliśmy.

– Ano tak, oznaczyłam.

– I zaraz potem usunęłaś znacznik.

– Bo mnie o to poprosił.

– Dlaczego?

Zaczynało to przypominać przesłuchanie, a Falkowska wyraźnie nie była z tego kierunku zadowolona.

– A ja wiem? – odparła. – Wysłał mi wiadomość, czy nie mogłabym go usunąć, więc to zrobiłam.

– Nie zapytałaś, czego się boi?

– A kto mówi, że w ogóle się bał? – rzuciła z miną sugerującą, że uchybiamy elementarnym zasadom techniki śledczej. – I zapytałam, ale już nie odpisał. Olałam sprawę.

– Okej. To skąd w ogóle ten znacznik?

– Bo pamiętałam, że gość robił zdjęcia w Kappie.

– Często pamiętasz ludzi sprzed dwudziestu lat?

– Co to za pytanie w ogóle? – obruszyła się.

– I często masz ich w znajomych?

Nie byłem pewien, czy Jola nie naciska zbyt stanowczo, ale Falkowska zdawała się niezrażona nadmiarem pytań. Może naprawdę lubiła mówić, nieważne, o czym i w jakich okolicznościach.

– Wysłał mi kiedyś zaproszenie – wyjaśniła. – Zanim przyjęłam, sprawdziłam, kto to jest. I przypomniałam sobie, że mieliśmy kiedyś pompę z jego nazwiska.

Oczywiście, dzieciaki nie przepuściłyby tego, że trzy pierwsze litery układały się w takie, a nie inne słowo.

Karolina wskazała na zdjęcia na ekranie.

– Ojciec Antoni wpuścił do Kappy tylko jednego fotografa. I był to chyba jedyny raz, kiedy ktoś w ogóle trzaskał nam fotki.

Kliza zaczęła wyświetlać kolejne zdjęcia, a Falkowska przyglądała im się w milczeniu.

– Skoro był tylko raz, a na tych zdjęciach jest Ewa, to musiałaś ją spotkać – zauważyła Jola.

– Nie za bardzo.

– Co to znaczy?

– Że nie byłam w Kappie, kiedy Kałwak robił fotki.

Widziałem, że Kliza jest coraz bardziej poirytowana.

– Więc skąd cię znał? Dlaczego wysłał ci to zaproszenie?

– Ty chyba nie wiesz, jak działa Fejs, dziewczyno – odparła i rozłożyła ręce.

– Możesz mi to wytłumaczyć.

Karolina nabrała głęboko tchu, a potem przedstawiła nam wszystko od początku. O Kałwaku usłyszała, kiedy znajomi z Kappy opowiadali jej o sesji. Pośmiali się trochę z jego nazwiska, ale potem wszyscy o nim zapomnieli. Po raz kolejny zjawił się jakiś czas później z wywołanymi fotografiami i wtedy Falkowska go poznała.

Brzmiało to dość wiarygodnie.

– I ot tak cię zaprosił do znajomych? – mruknęła Jola.

– Zobaczył, że mamy kilku czy kilkunastu wspólnych znajomych, to nacisnął niebieski kwadracik. Tak to działa, nie?

Z jednego ślepego zaułka w drugi. Wydawało mi się, że nigdy nie ruszymy do przodu.

W końcu jednak się udało.

– Zapamiętałam go, bo mówię wam, że tylko raz były foty. Kręciliśmy raczej filmy niż robiliśmy zdjęcia – powiedziała Karolina.

– Co takiego? – spytałem.

– Ojciec Antoni dostał od jakiegoś parafianina kamerę i mieliśmy z nią trochę zabawy. Żadne pornosy, nie myślcie sobie. Udawaliśmy aktorów, robiliśmy Kappawood, takie tam zgrywy. W sumie nic ciekawego, serwowaliśmy same strasburgery do kamery, bo wszystko na trzeźwo, ale przez tydzień mieliśmy jakieś urozmaicenie.

Tym razem Kliza posłała mi znaczące spojrzenie.

– Mieliście tam jakieś kasety? – spytała.

– Z naszymi wyczynami?

– Nie. Inne.

– No rejczel. W końcu to świetlica, nie?

Jej pytanie wybrzmiało w mojej głowie z wyraźnym echem. Było tak oczywiste, że właściwie powinienem postawić je sobie, już kiedy trafiliśmy na Kappę. Oczywiście, świetlica.

To nie mógł być przypadek.

Spojrzałem na jedno ze zdjęć, starając się ustalić, czy to może być to samo miejsce, które widziałem na nagraniu Ewy. Nie sposób było rozstrzygnąć. Obraz na taśmie „3/15" był zbyt niewyraźny, a w dodatku przecięty i przesunięty w dół.

Ale nie mogłem wykluczyć, że nagranie powstało w Kappie. Nie wtedy, ale lata później.

Kiedy parafia pozbyła się tej nieruchomości? Miss Marvel mówiła, że wprowadziła się tam kilka miesięcy temu. Kupić musiała ją trochę wcześniej, bo elewacja była odnowiona. Choć równie dobrze mogła remontować, mieszkając już w dawnej Kappie.

– Wiedziałaś, że Kościół sprzedał to miejsce? – zapytała Jola.

– Pewnie. Wszyscy wiedzieliśmy, ojciec Antoni sam dał nam wszystkim znać.

Nie uszło mojej uwadze, że wciąż odnosiła się do niego w ten sam, pełen szacunku sposób. Zawsze „ojciec Antoni", nigdy z imienia, nigdy z jakiejś ksywki. Wydawało mi się niemożliwe, by mu jej nie nadali – aż prosiło się o to, by nazywać go Antonio Fa Caldo, Banderas czy jakoś inaczej. A jednak ani razu w głosie Karoliny nie usłyszałem nawet nuty lekceważenia.

– Próbował przekonać parafię, żeby nie sprzedawała gruntu, ale wiecie, jak jest. Po pierwsze kasa się liczy, po drugie Kappa od jakiegoś czasu była już nieużywana, a po trzecie... ojciec Antoni nie ma już takich chodów, jakie miał.

– Dlaczego nie? – zapytałem. – Coś się stało?

– To samo, co zawsze. Nowi ludzie, nowe porządki. Jak w *Pitbullu*.

Rozmawialiśmy jeszcze przez chwilę, ale stało się dla mnie jasne, że niczego pomocnego się z Klizą nie dowiemy. Mimo to słuchaliśmy wywodów Falkowskiej uważnie. Nie musieliśmy nawet specjalnie dopytywać o szczegóły – wszystkie przedstawiała nam z własnej woli.

Kiedy skończyła, podnieśliśmy się z niejaką ulgą i podziękowaliśmy jej za pomoc. Zapewniła, że jak tylko przypomni sobie coś jeszcze, da mi znać. Potem odprowadziliśmy ją wzrokiem i wróciliśmy do samochodu.

– To była gigantyczna strata czasu – mruknąłem, pocierając czoło. – W dodatku jej głos chyba jest migrenogenny.

Jola milczała.

– Nie wydaje ci się?

Spojrzałem na nią i zrozumiałem, że znów odpłynęła myślami. Wbijała wzrok przed siebie, jakby dostrzegała coś w gęstych krzewach przesłaniających nam ulicę.

– Kliza?

– Już.

– Już co?

– Możesz odpalać silnik i za nią jechać.

Wskazała stacyjkę ponaglającym ruchem.

– O czym ty mówisz?

– O tym, że albo w tej chwili wycofasz i pojedziemy za Falkowską, albo prawdopodobnie już nigdy nie dowiemy się, co się stało z twoją narzeczoną.

Spojrzałem niepewnie w lusterko i zobaczyłem, że Karolina wyjeżdża z parkingu. Kliza wyglądała na tak pewną siebie, że nie musiałem zastanawiać się nad tym, co zrobić. Szybko wycofałem i pojechałem za białym fiatem punto.

– O co chodzi? – spytałem. – Co przegapiłem?

– To, że ta bikejka najwyraźniej nosi duże koła od urodzenia.

– Co proszę?

– Bikejka. Od białych kozaczków.

Nigdy nie słyszałem tego określenia, więc uznałem to za jakiś regionalizm. Przyspieszyłem trochę, by nie zgubić Falkowskiej. Przypuszczałem, że nie muszę zachowywać odpowiedniego dystansu. Raczej nie spodziewała się ogona.

– Mniejsza z obuwiem – powiedziałem. – Dlaczego za nią jedziemy?

– Bo kłamała w żywe oczy.

– W którym momencie?

– Jak mówiła, że nie była w Kappie, kiedy Kałwak robił zdjęcia.

Światło przed przejściem dla pieszych zmieniło się na czerwone, a ja czym prędzej zwolniłem i przepuściłem samochód z podporządkowanej, byśmy nie znaleźli się tuż za Karoliną.

– Przecież nie było jej na nich – zauważyłem. – A poza tym dlaczego miałaby kłamać?

– Nie wiem.

– I skąd wiesz, że...

– Stąd – odparła Kliza, wyciągając laptopa.

Kiedy pieszy, który wcisnął guzik i sprokurował chwilowy postój, wszedł na jezdnię, Jola pokazała mi jedno ze zdjęć. Wlepiłem w nie wzrok, ale niczego znaczącego nie dostrzegłem.

– Prawy górny róg – poleciła. – Co widzisz?

Przypatrzyłem się i dopiero wtedy zobaczyłem kawałek jakiejś postaci. Twarzy nie było widać, jedynie część profilu. Akurat tyle, by dostrzec, że osoba ta nosi w uszach wręcz komicznie duże kolczyki.

– Albo mieliście tutaj modę à la Pigmejki, albo to ona – zauważyła Kliza.

Kolor włosów zgadzał się z obecnymi odrostami. Ale dlaczego Karolina miałaby mijać się z prawdą?

– I chyba nie uwierzyłeś w te bujdy o niemalże przypadkowym zaproszeniu do znajomych?

– Sam nie wiem.

– Daj spokój – odparła Jola, kiedy światło zmieniło się na zielone, a ja wrzuciłem jedynkę.

Ruszyliśmy za Falkowską, choć kierujący samochodem przed nami wyraźnie się ociągał. Miałem zamiar zaraz go minąć, by niepotrzebnie nie ryzykować.

– Czasem niewiele trzeba, żeby facet wysłał ładnej młodej dziewczynie zaproszenie – rzuciłem.

– Ta kukuryna jest twoim zdaniem ładna?

Kątem oka zerknąłem na Klizę.

– Masz wyjątkowo duży zasób słów na określenie…

– Landryn?

– I z pewnością dogadałabyś się z Blitzem – mruknąłem.

Zasadniczo nie mogli się bardziej różnić, ale miałem wrażenie, że moja uwaga okazałaby się trafna. Gdyby tylko Blitzer wciąż żył.

– Wątpię – odparła. – Źle układa mi się z ludźmi, którzy skrywają jakieś tajemnice. A twój kumpel najwyraźniej miał przynajmniej jedną.

Nie chciałem rozmawiać o Blitzkriegu, nie teraz. Nawet jeśli intuicja podpowiadała co innego, z mojego punktu widzenia wciąż był ofiarą tej sytuacji, a nie winowajcą. Jego jedynym błędem było to, że w pewnym momencie starał się mi pomóc.

– Dokąd ona jedzie? – zapytałem.

Oboje wiedzieliśmy, że mieszkała na Malince, tymczasem minęła zjazd na osiedle i skierowała się w stronę centrum.

– Nie wiem – odparła Kliza. – Ale jestem pewna, że zaraz poinformuje kogoś, że trafiliśmy na trop tego, co działo się w Kappie.

Pokiwałem głową w zamyśleniu, a potem skorzystałem z tego, że jednopasmowa ulica przeszła w szerszą jezdnię. Minąłem jadący przed nami samochód i znalazłem się za Falkowską.

Ta przejechała przez całe miasto i ostatecznie zaparkowała przed budynkiem, który obydwoje kojarzyliśmy. Po raz pierwszy zobaczyliśmy go, kiedy szukaliśmy informacji o ojcu Antonim i trafiliśmy na miejsce, w którym mieszkał.

Karolina wysiadła z fiata, zadzwoniła domofonem, ale najwyraźniej gospodarza nie zastała. Spróbowała jeszcze kilkakrotnie, a potem wyciągnęła telefon i przez jakiś czas starała się z kimś skontaktować.

Po tym, jak zrezygnowała, pojechała w kierunku Młynówki. Chwilę później zaparkowała naprzeciwko komendy policji. Stanęliśmy kawałek za nią.

– Idzie do Prokockiego? – spytałem.

– Najwyraźniej.

– Więc zaraz wróci z kwitkiem.

Tak też się stało. Po podkomisarzu wciąż nie było śladu, a jego współpracownicy nie mieli zamiaru udzielać żadnych informacji. Ani nam, ani nikomu innemu.

Karolina wyszła z budynku, rozejrzała się z irytacją i znów bezskutecznie próbowała się do kogoś dodzwonić. Pokręciła głową, uderzyła dłonią w maskę samochodu, a potem do niego wsiadła.

– Kogo ona stara się ostrzec? – mruknąłem. – I dlaczego?

Kliza nie musiała odpowiadać. Na drugie pytanie i tak nie sposób było tego zrobić, na pierwsze zaś miała dać nam odpowiedź sama Karolina. Oboje zdawaliśmy sobie sprawę, że któryś z adresów, pod jakie się uda, będzie kluczowy.

Objeżdżała wszystkich zamieszanych w sprawę. I tym samym ostatecznie musiała doprowadzić nas do osoby, od której uzyskamy odpowiedzi.

Kiedy ruszyła w stronę Szczepanowic, serce zabiło mi szybciej.

Zatrzymała się pod jednym z domów przy Wojska Polskiego i zaparkowała na chodniku. Okolica nie była najbardziej reprezentacyjna, większą jej część za torami kolejowymi zajmowały jakby przypadkowo rozrzucone peerelowskie bryły. Pojedyncze szare sześciany, spółdzielnia pracy, stary dworzec... wszystko to stwarzało wrażenie, jakby wkraczało się w inne czasy.

Stanęliśmy tak, by Karolina nie zwróciła na nas uwagi. Wysiadła z samochodu, spróbowała dostać się do domu, pod którym zaparkowała, ale i tutaj nikogo nie zastała. Przez chwilę rozmawiała z kimś przez telefon, żywo gestykulując.

– Dałabym się pokroić na sashimi, żeby móc usłyszeć, o czym gada – odezwała się Jola.

Przypatrywaliśmy się jej aż do momentu, kiedy krzyknęła coś do słuchawki, nerwowo stuknęła palcem w wyświetlacz, a potem wróciła do samochodu i trzasnęła drzwiami. Od razu odpaliła silnik i ruszyła przed siebie.

Miałem wrażenie, że to całe śledzenie jej nigdy się nie skończy. Ostatecznie jednak okazało się, że moje obawy były nieuzasadnione.

Falkowska przejechała tylko kawałek, po czym skręciła w jedną z mniejszych uliczek. Stanęła przy rzędzie zaniedbanych garaży, pod chylącym się ku upadkowi płotem i rozłożystymi koronami starych drzew.

– Nie podjeżdżaj bliżej – poradziła Kliza.

Zaparkowałem na chodniku. Oboje obserwowaliśmy Karolinę, ale nie wyszła nawet z auta. Czas zdawał się płynąć coraz wolniej.

W końcu z naprzeciwka nadjechał jakiś samochód. Zatrzymał się przed fiatem punto, maska w maskę. Nie widziałem, kto siedzi za kierownicą, ale udało mi się na moment zerknąć na pasażera.

– Kliza...

– Co jest?

Wskazałem przed siebie, ale uświadomiłem sobie, że Jola nie ma tak dobrego widoku jak ja.

– Zobacz sama – powiedziałem, robiąc jej nieco miejsca.

Nachyliła się w moim kierunku i wbiła wzrok w auto, które podjechało do Falkowskiej.

– Kasandra? – spytała z niedowierzaniem. – Ale skąd ona...

Urwała, kiedy rozległo się głośne pukanie w szybę. Oboje niemal podskoczyliśmy i natychmiast odwróciliśmy się w kierunku człowieka, który jedną rękę trzymał na broni, a drugą sugerował, żebyśmy natychmiast otworzyli okno.

3

Nie mogłam uwierzyć w to, co widzę. W pewnej odległości od fiata punto stał samochód, który dobrze kojarzyłam. Za kierownicą siedział Wern, a tuż obok niego Kliza.

Jak trafili na właściwy trop? Skąd wiedzieli, że to właśnie tym miejscem powinni się zainteresować?

Zaczęłam pospiesznie analizować wszystko w głowie. Kiedy ostatnio się widzieliśmy, skierowałam Damiana na określoną drogę, polecając mu, by ruszył tropem kaset. Jak ostatecznie doprowadziło go to tutaj, nie wiedziałam.

Spojrzałam na niego, ale nie miałam pojęcia, czy widzi mnie równie wyraźnie jak ja jego. Nagle przesunął się w bok, robiąc miejsce Klizie. Żadne z nich nie zdawało sobie sprawy, że tuż za nimi zaparkował policyjny samochód – ani tym bardziej z tego, że jego kierowca już miał zapukać w szybę.

Kiedy to zrobił, a Wern i Jola natychmiast odwrócili się w jego stronę, skorzystaliśmy z okazji. Odjechaliśmy czym prędzej, bez obawy, że za nami ruszą. Funkcjonariusz z pewnością zrobi to, co do niego należało.

Zamknęłam oczy i starałam się odciąć choćby na moment od wszystkiego, co się działo.

Nie miałam pojęcia, ani jak wiele udało się odkryć Damianowi, ani tym bardziej, jak to wszystko się skończy.

Czy mogłam liczyć na szczęśliwy finał? Być może. Tyle że sama nie byłam do końca pewna, jak chciałabym, by wyglądał.

Wystarczyło, że przez moment widziałam Werna, a nagle poczułam się, jakby to wszystko było gigantycznym błędem. Jakbym opowiedziała się po złej stronie.

Może tak było? Może powinnam wybrać jego?

Nie, to nie miałoby żadnego sensu. Po pierwsze, on nie zdołałby osiągnąć tego, co druga strona. Po drugie, mogłam wprawdzie łudzić się, że jakoś naprawimy nasze relacje, ale z pewnością nie, że posuną się one naprzód.

Zresztą co sobie wyobrażałam? Że zakocha się we mnie tak jak w Ewie lata temu? Tylko dlatego, że upodobniłam się do niej fizycznie i przez jakiś czas udawałam przed nim jego narzeczoną?

Urwałam te nonsensowne rozważania, czując dotyk na ramieniu.

Odwróciłam się i spojrzałam na siedzącego obok mężczyznę.

– Brakuje ci go, co? – spytał.

– Może.

– W takim razie…

– To nie ma znaczenia – ucięłam. – Żadnego. Zrobię to, co postanowiłam.

Wpatrywał się przez chwilę w moje oczy, starając się stwierdzić, czy może ufać moim słowom.

– Jesteś pewna? – spytał.

– Całkowicie.

4

Podobno ci, którzy nie mają nic do ukrycia, nie powinni obawiać się organów ścigania. Problem polegał jednak na tym, że w bezpiecznym, idealnym świecie tak naprawdę byłyby one zbędne. Dobrze funkcjonujące policyjne państwo nie potrzebuje policji, jak twierdził William S. Burroughs.

To z pewnością takie nie było, a dowodziła tego sytuacja, w której wraz z Klizą się znaleźliśmy. Strach wydawał mi się w tym wypadku całkowicie uzasadniony.

Niepewnie opuściłem szybę, odnosząc wrażenie, że całe powietrze stężało i jakikolwiek ruch za moment stanie się właściwie niemożliwy.

Czy to naprawdę Kas siedziała w drugim samochodzie? Jeśli tak, to jakim cudem? Nie znała w Opolu nikogo poza mną, a już na pewno nie dziewczynę, na której trop trafiliśmy.

Nie miała pojęcia o Kappie, to ja odkryłem to miejsce dzięki nagraniu.

To wszystko zdawało się kompletnie bez sensu. A ja nie miałem nawet czasu, by się nad tym zastanowić.

– Coś nie tak? – spytała Kliza, kiedy policjant nachylił się do nas.

Funkcjonariusz zignorował pytanie, skupiając się na mnie.

– Wie pan, gdzie pan zaparkował, panie kierowco?

– Cóż…

– Na chodniku.

– Tak? – spytałem z niedowierzaniem.

– W miejscu, gdzie obowiązuje zakaz zatrzymywania się. Nie widział go pan?

– Obawiam się, że…

Urwałem, słysząc, że samochody przed nami ruszają. Wraz z Jolą spojrzeliśmy w ich stronę i od razu stało się dla nas oczywiste, że cały trop, na jaki trafiliśmy, właśnie znikał nam z oczu.

Punto i drugie auto odjechały.

– To jak? – odezwał się policjant. – Widział pan czy nie?

Patrzyłem mu w oczy i ani przez moment nie łudziłem się, że to pech sprawił, iż akurat teraz zostaliśmy zatrzymani.

– Musiałem przegapić.

– Takie gapiostwo będzie pana trochę kosztować – oznajmił.

Zakląłem w duchu, wbijając wzrok przed siebie. Obydwa samochody skręciły w prawo i znikły nam z oczu.

Była jeszcze jednak szansa, by je dogonić.

– Nie udałoby się ukarać mnie pouczeniem? – spytałem, siląc się na uśmiech.

– A co to byłaby za kara? Zaraz by pan zapomniał i znowu zrobił to samo.

– Zapewniam, że...

– Prawo jazdy i dowód rejestracyjny poproszę.

Służbowy ton przekreślił szansę, by ruszyć za Falkowską i Kasandrą. O ile to rzeczywiście Kas spotkała się z dziewczyną, którą śledziliśmy.

Otrzymawszy w końcu wszelkie możliwe pouczenia i druczek, za pomocą którego miałem uporać się z zapłatą mandatu, pożegnaliśmy policjanta i ruszyliśmy przed siebie. Skręciłem w tę samą ulicę co punto, a potem zjechałem na pobocze. Po samochodach nie było śladu.

Kliza zaklęła cicho.

– Byliśmy tak blisko, Wern.

– Wiem.

– Ale najwyraźniej ci ludzie wiedzą, co robią.

– Istnieje hipotetyczna szansa, że ten radiowóz pojawił się tam przypadkowo – zauważyłem dla porządku.

Zrobiła duże oczy, a potem zatoczyła ręką krąg. Nie musiała nic dodawać, bym zrozumiał, że w tej okolicy patrole często się nie kręcą. A jeśli już, to interesują się nieco poważniejszymi sprawami niż łamanie zakazu zatrzymywania się.

Przez moment siedzieliśmy w zupełnej ciszy. W końcu sięgnąłem w stronę radia i włączyłem dźwięk.

– Udało ci się jej przyjrzeć? – spytałem.

– Niespecjalnie.

– Ale to ona, prawda?

– Nie wiem, ty ją lepiej widziałeś – mruknęła Kliza.

Wyraźnie nie miała ochoty ciągnąć tego tematu – nie lubiła gdybać, a w tej sytuacji właściwie cała rozmowa sprowadzałaby się właśnie do tego. Mimo to nie miałem zamiaru odpuszczać.

– Co ona tam robiła? – odezwałem się.

– Siedziała w samochodzie.

Spojrzałem nią z pretensją.

– Mogłabyś przynajmniej udawać, że się na tym skupiasz.

– Nie muszę, bo ty robisz to bez przerwy.

Minął nas policyjny radiowóz, a siedzący za kierownicą funkcjonariusz ostentacyjnie nas zignorował.

– Co konkretnie? – zapytałem.

– Myślisz o niej.

– Zabrzmiało to jak poważny zarzut.

– Możliwe – odparła.

Zaległa niewygodna cisza. Uznałem, że być może najlepiej będzie, jeśli jej nie przerwę. Rozmowa nie poszła w kierunku, którego się spodziewałem.

Nagle Kliza obróciła się do mnie.

– Słuchaj – rzuciła. – Nie wiem, co dzieje się w twojej głowie, ale musisz pamiętać, co ta kobieta ci zrobiła.

– Raczej trudno zapomnieć.

– To dlaczego sprawiasz wrażenie, jakby tak właśnie było? I jakby ci się wydawało, że coś was łączy? – odparła wyraźnie oskarżycielskim tonem. – Dobrze byłoby, żebyś zrozumiał, że tak nie jest. Cokolwiek robi Kasandra, jest to manipulacją. Cokolwiek mówi, jest kłamstwem.

– Nie przesadzasz?

– Nie. I kiedyś jeszcze wspomnisz moje słowa. Oby nie za późno.

Otworzyłem usta, ale nie dała mi szansy na ripostę.

– A teraz do roboty – zaproponowała. – Bo odpowiedzi same do nas nie przyjdą.

Zmarszczyłem brwi, niepewny, co ma na myśli. Trop się urwał, nie było dalszej drogi, którą moglibyśmy podążyć.

– No, jedziesz?

– Dokąd? – spytałem, rozkładając ręce.

Nadal obrócona w moją stronę, posłała mi długie, wiele mówiące spojrzenie. Poczułem się jak idiota, choć nie do końca wiedziałem dlaczego.

– Ona naprawdę mąci ci w głowie – bąknęła Jola. – Zastanów się, Wern. Falkowska poprowadziła nas od jednej do drugiej osoby i tym samym pokazała, kto jest zamieszany w całą tę sprawę. Dom Antoniego i miejsce pracy Prokockiego nic nam nie dają, ale…

– Komunistyczny klocek tak – dokończyłem za nią.

Miała rację. Ktokolwiek mieszkał w budynku, pod którym zatrzymała się Karolina, musiał coś wiedzieć. Nie bez powodu to do tej osoby w trzeciej kolejności skierowała się Falkowska.

Zostawiliśmy felicię w poprzednim miejscu, a potem podeszliśmy pod dom. Gospodarzy wciąż nie było, ale nie mieliśmy zamiaru odchodzić, dopóki się nie zjawią.

Po półtorej godziny na pobliskim przystanku pojawiła się kobieta w wieku Falkowskiej, po czym skierowała się do domu, który mieliśmy na oku. Kiedy stanęła przed rdzewiejącą furtką, natychmiast do niej podeszliśmy.

– Dzień dobry – odezwałem się głosem, który bardziej pasował do akwizytora niż uprzejmego nieznajomego. – Możemy zabrać pani chwilę?

Obawiałem się, że znów zostaniemy wzięci za świadków Jehowy. Kobieta przypatrzyła się nam, zmrużyła oczy, a potem przechyliła głowę na bok i zaczęła się we mnie wpatrywać. Sprawiała wrażenie, jakby mnie poznała, ale nie przypominałem sobie, żebyśmy kiedykolwiek się spotkali.

– Damian Werner?

Wymieniliśmy z Klizą niepewne spojrzenia.

– Spodziewałam się wielu osób, ale raczej nie ciebie.

– Skąd…

Zanim zdążyłem dokończyć, przekroczyła próg. Skinęła na nas ręką, a potem poprowadziła nas na tył domu. Znajdował się tu niewielki ogródek, w żadnym wypadku niemogący pretendować do konkursu „Opolskie kwitnące", w którym wybierano najokazalsze tego typu miejsca.

Stanęliśmy przed werandą, a nasza przewodniczka po tej zapuszczonej dżungli wepchała ręce do kieszeni zbyt obcisłych dżinsów i znów mi się przyjrzała.

– Electra – przedstawiła się.

Wymieniliśmy uścisk dłoni i nie uszło mojej uwadze, że rozmówczyni ma wyjątkowo mocny chwyt.

– Od tej postaci z *Daredevila*? – spytałem.

– Hę?

Wyraźnie nie wiedziała, o co chodzi.

– Od Electrolux – dodała. – Ktoś kiedyś rzucił, a potem ewoluowało.

Żadne z nas nie wiedziało, jak to skwitować. Electra przewróciła oczami, a potem przesunęła palcem pod nosem, jednocześnie głośno nim pociągając.

– Swojego czasu trochę niuchałam – wyjaśniła. – Komuś skojarzyło się z marką odkurzaczy, przylgnęło i w końcu przerodziło się w obecną wersję. I tak już zostało.

– Niuchałaś? – odezwała się Kliza.

– Wtykałam fetę.

– A…

– Dawno temu. I nie byłam sama, przynajmniej jeśli chodzi o ekipę z Kappy – oznajmiła, jakby nigdy nic.

Żadne z nas nie odpowiadało.

– Coście tacy zdziwieni? – rzuciła. – Przecież po to tu przyszliście, prawda? Żeby pogadać o Kappie?

– Ale skąd…

– Przyznam, że spodziewałam się kogoś innego.

– I ktoś inny rzeczywiście tu był – włączyła się Kliza. – Jakieś dwie godziny temu.

– Kto? Ojciec Antoni?

Miałem wrażenie, że wszyscy ci ludzie egzystują w jakimś innym, zupełnie niedostępnym mi świecie. Powoli zaczynało to przywodzić na myśl nie tyle niewielką konspirację, ile tajemniczą zmowę.

Co działo się w tej świetlicy pod koniec lat dziewięćdziesiątych? I dlaczego Ewa uznała to za tak ważne, by skierować na to moją uwagę?

Zamierzałem się tego dowiedzieć od kobiety, która teraz patrzyła na nas z podejrzliwością.

– Nie, on zapadł się pod ziemię – wyjaśniłem.

– Nic dziwnego.

– Była u ciebie Karolina Falkowska.

Electra zaśmiała się chrapliwie, a potem wyjęła ręce z kieszeni, poklepała się po spodniach i skrzywiła.

– No tak, wiadomo – mruknęła. – Macie fajkę?

Kiedy zaprzeczyliśmy, podeszła do okna i ściągnęła z parapetu paczkę marlboro goldów. Zapaliła jednego i zaciągnęła się głęboko.

– Skąd wiedziałaś, że przyjdziemy? – zapytałem w końcu.

– Bo zaczęliście grzebać w sprawie.

– Jakiej sprawie?

– Tego, co stało się w dziewięćdziesiątym ósmym.

Wreszcie. Ktoś potwierdził, że jakieś zdarzenie istotnie miało miejsce. A zatem nie oszalałem, ci ludzie coś ukrywali.

– A co się stało? – spytała Kliza.

Electra wypuściła dym w naszą stronę.

– Ode mnie się tego nie dowiecie – zastrzegła. – Może i żałuję niektórych rzeczy, szczególnie całego tego gówna z białą mery, ale... są sprawy, z którymi nie mam zamiaru się wychylać. Reszta by mi nie przepuściła.

– Reszta? – zapytałem. – To znaczy kto?

– Ojciec Antoni, Karolajna, cała ta paczka... A raczej ta część, która jeszcze żyje.

Kaszlnęła kilka razy, po czym wymierzyła we mnie palcem.

– Szukałam grobu Blitzkriega na Półwsi, ale nie mogłam znaleźć. Gdzie on leży?

Wydźwięk był jasny. Mój przyjaciel zaliczał się do tej paczki, nie był w Kappie przelotem ani przypadkiem. Czy to znaczyło, że Ewa też?

– Jest pochowany w nowej części – powiedziałem. – Wpisz w wyszukiwarce nagrobków nazwisko, to ci wyskoczy lokalizacja.

– Nie pierdziel. Jest taka opcja?

Skinąłem głową, a Electra wysunęła w moją stronę paczkę, jakby chciała mnie nagrodzić za informacje. Nie przyszedłem tu jednak, by je dawać, ale by je wyciągać – i wiedziałem, że jest na to szansa.

Kimkolwiek była ta kobieta, czymkolwiek się kierowała, było dla mnie jasne, że ma wyrzuty sumienia. Być może przez ostatnie dwadzieścia jeden lat ciążyło jej to, co się stało. I wreszcie musiała się tym z kimś podzielić.

– Na dobrą sprawę myślałam, że zjawisz się wcześniej – odezwała się. – Tuż po tym, jak zaginęła Ewa.

– Jedenaście lat temu? Czego miałbym wtedy u ciebie szukać?

– Odpowiedzi.

Popatrzyłem na Klizę, ale ona była równie zaskoczona jak ja.

– Potrafiłabyś mi wtedy jakichś udzielić? – spytałem ostrożnie.

– Może.

– Co to znaczy?

– Że nie wiem, co się stało z Ewą. Może to ma związek z Kappą, może nie. Zresztą teraz to już i tak nieważne, nie? Rok temu znaleźliście jej ciało.

Jola uniosła lekko dłoń, jakby miała zamiar sprostować, ale szybko zareagowałem.

– No tak – uciąłem, wychodząc z założenia, że szkoda czasu na wykładanie jej mojego oglądu całej sprawy. – Mimo to wiedziałaś, że zjawimy się teraz. Skąd konkretnie?

– Ojciec Antoni nas obdzwonił.

– I?

– Powiedział, że interesujesz się Kappselarnią i że możesz w końcu dotrzeć do każdego z nas.

– Ostrzegł was?

– Nie tylko ostrzegł, ale polecił, żebyśmy nie otwierali gęby.

Nie mogłem opędzić się od wrażenia, że atmosfera robi się coraz bardziej gęsta.

– I nie zamierzam postępować wbrew niemu – dodała Electra. – Nie zająknę się o niczym, co tam zaszło, jasne?

– Przecież...

– Ale nie muszę – dodała z satysfakcją. – Istnieje znacznie lepszy sposób, żebyście się tego dowiedzieli.

– Jaki? – spytała Kliza.

– Wystarczy, że zainteresujecie się tym, gdzie trafiły graty z Kappo Werde.

– Graty?

Electra wzruszyła ramionami z taką lekkością, jakby rzeczywiście nie postępowała wbrew poleceniom ojca Antoniego.

– Jestem pewna, że znajdziecie w nich coś ciekawego.

Przypomniałem sobie, jak Jola pytała Falkowską o to, czy w Kappie znajdowały się jakieś kasety. Ta odparła, że „w końcu to świetlica", i przyznała, że kręcili jakieś materiały.

Trudno mi było sobie wyobrazić, jaki mogłoby to mieć związek z nagraniami Ewy, ale jednocześnie miałem wrażenie, że gdzieś znajduje się punkt styczny. Musiałem tylko go znaleźć.

– To tyle, jeśli o mnie chodzi – odezwała się Electra. – Dalej musicie radzić sobie sami.

– Zaraz...

– Nic więcej nie wiem – dodała, a potem wskazała nam wzrokiem furtkę.

Nie miałem zamiaru tak łatwo odpuszczać. Stanąłem przed Electrą i spojrzałem jej głęboko w oczy.

– Gdzie mamy szukać rzeczy z Kappy? – zapytałem.

Starałem się, by mój głos zabrzmiał stanowczo i sugerował, że jestem gotów na wszystko, byleby wyciągnąć coś z rozmówczyni. Jej niewyraźny uśmiech kazał mi jednak sądzić, że nie wypadło to zbyt przekonująco.

– U nowych właścicieli? – dodałem. – Mają te graty?

– Nie, wszystko zostało stamtąd wyniesione.

– Więc u ojca Antoniego?

– Nie, nie. On tylko nadzorował przygotowanie Kapturowni na sprzedaż, ale... no, część rzeczy rozdał potrzebującym, wiadomo.

Jola zrobiła krok w jej kierunku i stanęła obok mnie.

– A co zrobił z tym, co nie mogło się nikomu przydać? – spytała, a ja odniosłem wrażenie, że ona także doskonale wie, czego szukamy.

– Znaczy? Na przykład z czym?

– Ze starymi kasetami VHS – powiedziałem w końcu to, na co Electra zdawała się czekać. – Bo były tam, prawda?

Skinęła głową z zadowoleniem jak nauczycielka, która wreszcie wbiła coś do głowy opornemu uczniowi.

– Były – potwierdziła. – I trafiły do kościelnego.

Mieliśmy trop. Bezpośredni, obiecujący.

– Kościelnego? – spytałem gorączkowo. – Jak się nazywał?

– Daj mi się zastanowić... – odparła Electra i zmrużyła oczy.

– Okej.

Zachowywałem spokój, przynajmniej na zewnątrz. Miałem jednak wrażenie, że trwa to o wiele za długo i ostatecznie utkniemy w kolejnym martwym punkcie. Electra przez moment przygryzała dolną wargę, aż w końcu wyłowiła z pamięci to, czego potrzebowaliśmy.

– Stefan Bronowicz – oznajmiła.

5

Jechaliśmy na Daszyńskiego szybciej, niż przewidywały to nie tylko przepisy ruchu drogowego, ale chyba także założenia konstrukcje skody. Silnik felicii wył niemiłosiernie, jak katowane zwierzę, ale szkoda mi było choćby sekundy.

– To niemożliwe – odezwała się Kliza. – Facet, od którego kupiłeś mieszkanie, ma kasety z Kappy? I był kościelnym w parafii Antoniego?

Starałem się wcisnąć pedał gazu mocniej, ale dotarł już do podłogi. Zredukowałem bieg i zmusiłem felicię, by weszła na jeszcze wyższe obroty.

– I to on zupełnie przypadkiem miał stary sprzęt VHS, dzięki któremu mogłeś obejrzeć kasetę, którą ktoś ci podrzucił?

– Nie ktoś.

Spojrzała na mnie pytająco.

– Musiał to zrobić Bronowicz – oznajmiłem z pewnością w głosie. – Zostawił ją w lofcie, żebym ją znalazł. To wszystko było przygotowane, Kliza.

– Ale… – zaczęła, urwała i potrząsnęła głową. – Ale jak? I dlaczego? Jak to wszystko się ze sobą wiąże?

Pominęła pytanie o to, dlaczego na kasecie widniał jej nick z RIC. Ten jeden fakt zdawał się stać w sprzeczności z tym, co dotychczas udało mi się zrozumieć.

– Nie mam pojęcia – odparłem.

Kręciła głową, jakby chciała zaprzeczyć tym wszystkim wnioskom, które się nasuwały. Od samego początku coś tutaj było całkowicie nie w porządku. A im dłużej tkwiłem w tej sytuacji, tym wyraźniej to widziałem.

– Kaseta Ewy, trzy-piętnaście, przedstawia ją jako dorosłą osobę – odezwała się pod nosem Jola. – A te inne nagrania mieli wykonać lata temu, bawiąc się kamerą w Kappie.

– Mhm.

– Więc co ma piernik do wiatraka?

Wciąż nie miałem lepszej odpowiedzi niż enigmatyczny pomruk.

– Wern?

– Jakiś związek musi być.

– Jaki?

– Dowiemy się tego od Bronowicza.

– O ile tym razem otworzy ci drzwi.

Nie otworzył. Po dotarciu w rekordowym tempie na plac Daszyńskiego przez kilka minut dobijaliśmy się do jego mieszkania. Wszystko wskazywało jednak na to, że Bronowicza znów w nim nie zastaliśmy.

Przywaliłem pięścią w drzwi, obróciłem się, a potem osunąłem się na podłogę. Usiadłem na wycieraczce i podkuliłem nogi. Nie miałem żadnego pomysłu na to, co robić. Kasety były na wyciągnięcie ręki, odpowiedzi być może także.

Dopiero po chwili uświadomiłem sobie, że stojąca nade mną Kliza podaje mi dłoń. Złapałem ją i pozwoliłem, by Jola pomogła mi wstać.

– Ogarnij się – poradziła. – I otrzep tyłek.

Poklepałem się po spodniach.

– Świetnie, a teraz powiedz mi, jak wielu mieszkańców cię zna?

– Hm?

– Ilu orientuje się, że kupiłeś loft od Stefana?

– A ja wiem? Pewnie większość.

– Idealnie.

Nie miałem pojęcia, w jaki sposób miałoby to nam pomóc, ale Kliza najwyraźniej na coś wpadła.

– Powiesz, że zostawił dla ciebie coś w swoim mieszkaniu – oznajmiła. – I że musisz tylko na moment tam wejść.

Jeśli to miał być jej genialny pomysł, najwyraźniej sytuacja była opłakana. Zachowałem jednak tę uwagę dla siebie, wychodząc z założenia, że sama zda sobie z tego sprawę.

– No, dalej – ponagliła, wskazując drzwi po prawej stronie. – Najbliższa sąsiadka najczęściej ma klucze. Na wszelki wypadek, żeby podlewać kwiatki czy coś.

– Z pewnością.

– Nie zaszkodzi spróbować.

Nie miałem nawet cienia nadziei, że zda się to na cokolwiek, ale zadzwoniłem. Po chwili otworzyła nam podstarzała kobieta w pobrudzonym mąką fartuchu. Popatrzyła nieufnie na Klizę, ale zaraz potem mnie rozpoznała.

– Ach, to pan...

– Tak – przyznałem się. – Próbuję skontaktować się z panem Stefanem, ale od kilku dni...

– Raczej się panu nie uda – ucięła. – Stefan wyjechał może tydzień temu.

Zakląłem w duchu, choć właściwie powinienem się tego spodziewać.

– Dokąd? – zapytała Jola.

– Nie powiedział. Wiem tylko, że to raczej długi urlop. Ale to dobrze, należało mu się. Od lat nigdzie się nie wybierał, a od kiedy jego żona odeszła, to... cóż, zdawało się, że chęć do życia odeszła razem z nią.

Oboje pokiwaliśmy głowami ze zrozumieniem.

– Naprawdę muszę się tam dostać – powiedziałem, wskazując drzwi obok. – Tylko na chwilę. Pan Stefan zostawił dla mnie coś ważnego, ale najwyraźniej o tym zapomniał.

– Ach...

– Nie ma pani może kluczy?

Wiedziałem, że ta chwila jest rozstrzygająca. Albo zaraz pokonam ostatnią przeszkodę i uzyskam dostęp do kaset, albo pożegnam się z tą perspektywą na dobre.

– Kluczy? Na Boga, nie – odparła kobieta. – Mnie nigdy Stefan by ich nie zostawił.

– A komu? – spytała z nadzieją Kliza.

– Właściwie to... chyba żadnemu z nas. Nie żyje z nikim z sąsiadów w komitywie.

Rozmowa trwała jeszcze chwilę, a Jola upewniała się kilkakrotnie, czy nie zjawia się tutaj nikt, by choćby podlewać kwiatki. Kobieta twierdziła, że nie – i wyglądało na to, że możemy jej wierzyć, jako że większość dnia spędzała w domu.

Kiedy nas pożegnała, oboje odnieśliśmy wrażenie, że przeciwko nam działa nie tylko grupa ludzi, ale także los.

– Od początku nie było szans – odezwałem się. – Nawet gdyby nas wpuściła, co byśmy zrobili? Przeszukali przy niej mieszkanie i liczyli na to, że te kasety...

Urwałem, nagle zdając sobie sprawę z tego, jak nielogicznie myślałem. W całym pędzie skupiłem się wyłącznie na tym, żeby dorwać Bronowicza i wyciągnąć z niego informacje. Zignorowałem to, co naprawdę się liczyło.

– Co jest, Wern?

– Jestem idiotą.

Kliza nie zaprotestowała, a kiedy ruszyłem pospiesznie schodami w dół, natychmiast poszła za mną. Zeszliśmy do samej piwnicy, a chwilę później zatrzymaliśmy się przed drewnianymi drzwiczkami komórki Stefana.

Szarpnąłem za kłódkę, a potem wyjaśniłem Klizie, że to w tej klitce Bronowicz trzyma wszystkie rupiecie. I że to właśnie tu znalazłem magnetowid, dzięki któremu odtworzyłem nagranie Ewy.

Pamiętałem doskonale, że były tam także inne szpargały. A w pudle znajdowały się też upchnięte stare kasety.

– Nie masz klucza? – spytała nerwowo Jola.

– Nie. To jego piwnica, nie moja.

– Moim zdaniem w tej chwili należy do ciebie – zauważyła, a potem się rozejrzała.

Wiedziałem, że szuka czegoś, czym moglibyśmy sforsować zamknięcie. Kłódka była zardzewiała, właściwie stanowiła ochronę wyłącznie przed przypadkowymi pijaczkami, którzy zimą szukaliby tutaj schronienia.

Nie mieliśmy żadnego problemu z pokonaniem tej lichej przeszkody. Metal wprawdzie trzymał się całkiem dzielnie, ale od upragnionego celu dzieliła nas tak naprawdę tylko jedna śrubka mocująca zatrzask. W dodatku poluzowana.

Do loftu wróciliśmy z całym kartonem starych kaset VHS. Miałem wrażenie, że ruszenie którejkolwiek z nich spowoduje podniesienie się tumanu kurzu, ale kiedy wyjęliśmy pierwszą, spostrzegłem, że reszta nie wygląda, jakby leżała w pudle dłużej niż tydzień.

Podniosłem kasetę i zerknąłem na etykietę. Część była zamazana czarnym flamastrem, ale tuż obok widniało to, czego się spodziewałem.

„7/15".

A zatem w końcu trafiłem na to, co miałem odnaleźć już na samym początku. Kolejną taśmę z puli piętnastu.

Co na niej było? Nie miałem pojęcia. Ale teraz zyskałem pewność, że niebawem się przekonam.

– To nie ma sensu – rzuciła Kliza, kręcąc głową. – Dlaczego to miałby być ten sam zbiór, w którym było nagranie Ewy?

– Jakiś powód musi być.

– Jaki, Wern? Jaki? – zapytała, coraz bardziej poirytowana tym, że nic nie rozumie. – Kasety, o których mówiła Electra, zostały nagrane ponad dwadzieścia lat temu. Ta od Ewy pochodzi najwyżej sprzed… bo ja wiem? Kilku lat. W dodatku Kasandra twierdzi, że znalazła ją w…

Nie mogąc przypomnieć sobie nazwy miejscowości, posłała mi ponaglające spojrzenie.

– W Obicach pod Kielcami – dokończyłem.

– Załóżmy, że nie kłamie.

– Załóżmy…

– W takim razie co jedna z piętnastu kaset miałaby tam robić? Dlaczego została oddzielona od reszty? I czemu w ogóle znajdowały się w jednej puli?

– Glazur trafił tam lata temu, więc możliwe, że po prostu zmieniały miejsce, a…

– To bez sensu, Wern – uparła się.

Być może miała rację, ale ciągnięcie tej rozmowy było bezproduktywne. Jeśli mieliśmy uzyskać jakiekolwiek odpowiedzi, to mogliśmy to zrobić jedynie po umieszczeniu kolejno wszystkich kaset w odtwarzaczu.

Wsunąłem do magnetowidu pierwszą, a potem włączyłem przewijanie.

Zanim taśma poszła w ruch, rozległ się dźwięk przychodzącego esemesa. Zawahałem się, przypuszczając, że to najpewniej oferta ekspresowego kredytu lub informacja o płatności od operatora. Ostatecznie i tak musieliśmy chwilę poczekać, aż kaseta się przewinie, więc zerknąłem na wyświetlacz.

Wiadomość pochodziła z systemu RIC.

– Kliza...

– Co jest?

– Właśnie dostałem kod dostępu na chat RI.

Były tylko dwie osoby, które mogły uzyskać dostęp do tej platformy. Jedna znajdowała się obok mnie, drugą była Kasandra.

– Niemożliwe – odparła Jola. – Ten chat już dawno przestał działać.

– Najwyraźniej teraz znów zaczął.

Taśma wróciła do początku. Wbiłem wzrok w magnetowid, a potem w komórkę.

Ostatecznie uznałem, że Ewa może poczekać. Kasandra być może nie.

6

Biały kursor tekstowy mrugał na czarnym tle, a ja zastanawiałam się, jak długo będę musiała czekać na Werna. Przypuszczałam, że gdyby był w domu, zapewne zjawiłby się na RIC od razu. O ile jednak wiedziałam, wciąż podążał jedynym tropem, jaki miał.

Szybko uświadomił mi, że się myliłam. Na liście uczestników chatu pojawił się jego nick, a zaraz potem zobaczyłam wiadomość.

[Wern] Możesz mi wytłumaczyć, co się dzieje?

Najwyraźniej czas na uprzejmości dawno się skończył. Pochyliłam się nad stojącym na niewielkim biurku laptopem i nabrałam głęboko tchu.

[Kas] Widziałeś mnie?
[Wern] Dość wyraźnie.

Wątpiłam, żeby była to prawda, biorąc pod uwagę, że przez ponad dwadzieścia ostatnich lat wpatrywał się po ciemku w monitory kolejnych komputerów. Nie ulegało jednak wątpliwości, że mnie rozpoznał.

Wolałam od razu poruszyć ten temat, niż potem sprawiać wrażenie, jakby mnie na czymś przyłapał.

[Wern] Co ty kombinujesz?
[Kas] Staram się pomóc.
[Wern] Komu? Sobie?
[Kas] Tobie.
[Wern] Jakoś na to nie wygląda. Przynajmniej z mojego punktu widzenia.
[Kas] Bo nie widzisz całego obrazu.

Zastanawiał się przez chwilę nad odpowiedzią, a ja pomyślałam, że Kliza na pewno stoi obok niego i kontroluje, co się dzieje. Może robi wszystko, by się mitygował, a może sama podsuwa mu to, co powinien napisać. Tak czy owak, nie mogłam pozwolić sobie na zbyt swobodną rozmowę.

[Wern] W takim razie pomóż mi go zobaczyć. Bo z mojej perspektywy widać tylko twoje kolejne kombinacje.

Zawiesiłam dłonie nad klawiaturą i przez moment się zastanawiałam.

[Wern] Więc? Jak będzie?
[Kas] Nie mogę.
[Wern] Czego nie możesz?
[Kas] Wszystkiego dowiesz się w swoim czasie. Obiecuję.

Nie wiedziałam, czy składana przeze mnie obietnica miała dla niego jakąkolwiek wartość. Zresztą na dobrą sprawę nie miał pewności, czy tak naprawdę nie rozmawia z kimś innym. Mogłam przecież dać dostęp do RIC jednej z osób, z którymi byłam w aucie.

Zastanawiałam się, kogo oprócz mnie zobaczył. Skoro jednak nie wspomniał o nikim innym, zapewne tylko mnie.

[Wern] W takim razie po co mnie tu ściągnęłaś?
[Kas] Bo chcę ci pomóc.
[Wern] Jak?

Zerknęłam na resztkę prosecco w butelce, a potem wlałam ją do kieliszka. Powrót do niegdyś uwielbianego przeze mnie trunku z początku wydawał się błędem, ale już po dwóch porcjach zmieniłam zdanie.

[Kas] Powiedz mi najpierw, skąd wiedziałeś, żeby zwrócić uwagę na Karolinę Falkowską?

Namyślał się nad odpowiedzią. Zapewne wraz z Jolą naprędce starali się przesądzić, czy jestem ich sojusznikiem, czy też przeciwnikiem.

[Wern] Była na zdjęciach z Kappy.

Westchnęłam i opróżniłam kieliszek.

[Kas] Jakich zdjęciach?
[Wern] Zalegających na serwerze parafii.

Odstawiłam prosecco i otarłszy usta, zastanowiłam się nad tym, w jakim kierunku powinnam poprowadzić tę rozmowę.

[Kas] A skąd w ogóle wiedziałeś, żeby zainteresować się Kappą?
[Wern] Ewa zwróciła na nią moją uwagę.
[Kas] Ewa? W jaki sposób?
[Wern] W nagraniu 3/15 mówiła o kapliczce. Potem nietrudno było dotrzeć do całej reszty.

Nie byłam pewna, co powinnam odpisać. Alkohol zaczynał działać, miałam ochotę zdradzić mu coraz więcej, a migający znacznik tekstowy zdawał się mnie do tego zachęcać.

Wiedziałam jednak, że tak naprawdę mogę przekazać mu tylko jedno. I liczyć na to, że zrozumie.

[Wern] Mam też pozostałe kasety.
[Kas] Co takiego?
[Wern] Te z Kappy. Trafiły do kościelnego, a tak się składa, że kupiłem od niego mieszkanie.

Miał podstawowe fakty, ale czy udało mu się z nich ułożyć cokolwiek sensownego? Przypuszczałam, że nie. W przeciwnym wypadku początek tej rozmowy wyglądałby zupełnie inaczej.

[Kas] Masz wszystkie?
[Wern] Całą pulę. Piętnaście starych, rozwalających się taśm VHS.

To był moment, na który czekałam. Napisałam ostatnią wiadomość, a potem od razu wylogowałam się z RIC. Zrobiłam wszystko, co musiałam. I wszystko, co sobie zaplanowałam.

7

Kliza kręciła się nerwowo po kuchni, nie mogąc znaleźć sobie miejsca. Początkowo upierała się, że chce widzieć, o czym rozmawiam z Kasandrą, ale ani przez chwilę nie miałem zamiaru na to pozwolić. W jakiś sposób wydawało mi się to niewłaściwe względem Kas, choć wedle wszelkiego prawdopodobieństwa ona nie siedziała przy komputerze sama.

Jola zatrzymała się dopiero wtedy, gdy usłyszała, że przez chwilę nie uderzałem w klawisze. Zwróciła się w moją stronę i mruknęła podejrzliwie.

– Co jest? – spytała.

– Nic – odparłem, zamykając laptopa. – Kasandra się wylogowała.

– Tak szybko? Nie mogłeś jej zatrzymać?

– Nie dała mi szansy.

Kliza podeszła bliżej, wyraźnie niezadowolona.

– Co ci powiedziała?

– Właściwie to… przede wszystkim pytała.

– A ty posłusznie odpowiadałeś, tak?

W naturalnym odruchu obronnym chciałem zaprzeczyć, ale czy był sens? Rzeczywiście powiedziałem Kas wszystko, co chciała wiedzieć. Z jakiegoś powodu miałem jednak przekonanie, że nie wykorzysta niczego przeciwko mnie.

– Pamiętasz, jak mówiłeś, że jesteś idiotą?

– Jako że było to dość niedawno, to…

– Miałeś absolutną rację – przerwała mi. – Ale to nie twoja wina. W twoim przypadku takie zachowania są genetycznie uwarunkowane.

Nie odpowiadałem, skupiając się nie na słowach Klizy, ale na ostatnim, co napisała mi Kasandra.

– Mówię o przywarach twojej płci.

– Mhm.

– Wystarczy, że dziewczyna jest podobna do Angeliny Jolie, Megan Fox lub… – Zawiesiła głos, jakby znała tylko dwie współczesne ikony kobiecej urody.

– Agnieszki Dygant? – podsunąłem.

Machnęła ręką z irytacją.

– A gotowi jesteście iść za kimś takim w ogień.

– Kas raczej nie przypomina...

– Upodobniła się fizycznie do twojej zaginionej narzeczonej – wyrzuciła z siebie Kliza, a w jej oczach pojawiła się realna pretensja. – I tyle wystarczyło, żebyś stracił dla niej głowę.

Obawiałem się, że jeśli dam się wciągnąć w tę rozmowę, potrwa przynajmniej o godzinę dłużej, niżbym chciał.

– To klon – dodała Jola. – Wydmuszka.

– Daj spokój.

– Oho – rzuciła i uniosła błagalnie dłonie. – Teraz będziesz się obruszał, ilekroć powiem o niej złe słowo? W takim razie posłuchaj tego: ta kobieta nie ma żadnych skrupułów, żadnej empatii, żadnego współczucia dla ciebie czy kogokolwiek innego. Udowodniła ci to w najbardziej wymowny sposób, Wern. A ty ciągle o tym zapominasz.

Westchnąłem i postukałem palcem w zamkniętego laptopa.

– Na dobrą sprawę nie wiem, kim jest – powiedziałem. – Ale niepotrzebne mi to, żeby wiedzieć, że...

– Że co? Że chciałbyś zająć miejsce Glazura?

Wzmianka o nim nie była przypadkowa. Kliza wprawdzie zaprzeczała, że coś między nimi było, ale przypuszczałem, że mija się z prawdą. I że od momentu zatrzymania na placu Wolności nieustannie śledziła jego los. Nie rozmawialiśmy o tym, ale wydawało mi się to całkiem logiczne.

– Nie – odparłem. – Nie mam zamiaru nawet się do niej zbliżać.

– To dobrze, bo ewidentnie działa teraz przeciwko nam.

– Może.

– Może?! – uniosła się. – Ty chyba...

– Zanim się wylogowała, napisała mi, że nie ma piętnastu kaset.

Kliza prychnęła.

– I to ma być pomocne?

– Najwyraźniej – odparłem, marszcząc czoło. – Inaczej nie podkreśliłaby tego w ten sposób.

– Jaki sposób?

– W taki, że wylogowała się zaraz po przekazaniu mi tego.

– Może po prostu poczuła niespodziewany nacisk na pęcherz i musiała skoczyć do kibla.

Na powrót otworzyłem laptopa. Jola mogła mówić, co chciała, ale byłem pewien, że ta ostatnia informacja była w jakiś sposób znacząca.

– Te kasety są podpisane, Wern. Trzy-piętnaście. Siedem-piętnaście. Każdy głupi widzi, ile ich w sumie jest.

– Może ta piętnastka oznacza coś innego.

– Co?

Spojrzałem na pudło, którego nie zdążyliśmy jeszcze dobrze przeszukać. Wyjęliśmy z niego tylko pierwszą kasetę, całkowicie skupiając się na niej, a potem na esemesie z systemu RIC. Założyliśmy, że pozostałe taśmy znajdują się w środku, ale...

Urwałem rozmyślania i szybko zajrzałem do kartonu. Potwierdziły się moje najgorsze obawy. Pozostałe kasety były podpisane zupełnie inaczej.

Na kilku nagrano odcinki starych bajek ze studia Hanna-Barbera, na innych filmowe hity lat dziewięćdziesiątych. Gorączkowo przerzucałem kasety, ale nie znalazłem żadnej, która byłaby podpisana podobnie do pierwszej.

Wyprostowałem się i zakląłem cicho.

– No to masz – odezwała się Jola. – O to jej chodziło. Nie ma piętnastu taśm, jest jedna.

– Nie.

– Nie? – spytała z powątpiewaniem Kliza.

Wbiłem wzrok w zatrzymany obraz na ekranie telewizora. Od poznania, co znajdowało się na nagraniu, dzieliła mnie tylko chwila. Towarzyszyło mi narastające napięcie, ale także obawa. O ile to pierwsze uczucie rozumiałem, o tyle to drugie było dla mnie całkowicie nieuzasadnione.

Bałem się prawdy? Czegoś, przez co zobaczę moją narzeczoną w innym świetle?

– Wern?

– Kas chodziło o coś innego – odparłem bez wahania. – Ona nie wiedziała nawet, że mamy tę paczkę. Mówiła bardziej ogólnie.

Kliza prychnęła i przysiadła na skraju fotela.

– Teraz będziesz udawał, że znasz ją lepiej od jej własnej matki? – rzuciła.

– Nie, ale...

– Powtarzam: nie masz pojęcia, kim jest. Ani tym bardziej, co miała na myśli.

Myliła się, przynajmniej co do tego drugiego. Kasandra nie zaakcentowałaby tego tak mocno, gdyby rzeczywiście nie miało to znaczenia. Zastanawiałem się jeszcze przez moment, po czym w końcu uznałem, że zanim rozwikłam tę zagadkę, sprawdzę kasetę.

Zawahałem się jednak tuż przed wciśnięciem przycisku „play".

– Trzy-piętnaście – powiedziałem. – Siedem-piętnaście.

– No.

– Skoro nie ma piętnastu kaset, to może to wcale nie jest numeracja.

– A co?

Uniosłem wzrok i przez moment się zastanawiałem.

– Przychodzi mi na myśl tylko jedna rzecz.

Jola spojrzała na mnie, czekając, aż wyjaśnię, już po chwili jednak dostrzegłem, że sama na to wpadła. Czym prędzej sięgnęła po laptopa, a ja przysiadłem na podłokietniku fotela.

Kliza wpisała „3/15" w Google – i w ten najprostszy możliwy sposób wszystko stało się jasne. Pierwszy rezultat był automatycznym wynikiem dzielenia. Drugi – linkiem do rozdziału trzeciego, wersu piętnastego w jednej z biblijnych ksiąg.

– To ma sens – zauważyłem.

– Tak sądzisz?

– Wszystko ostatecznie kręci się wokół tej kaplicy, parafialnej świetlicy i ojca Antoniego.

– Może.

Mimo że w jej głosie brakowało pewności, wiedziałem, że intuicja podpowiadała jej to samo co mnie.

– „Wprowadzam nieprzyjaźń między ciebie a niewiastę" – odczytała początek fragmentu. – Czyli że co? Że ta kaseta miała cię z kimś skłócić?

Spojrzałem na taśmę, którą znalazłem na poddaszu jako pierwszą.

– Z Ewą? – dodała.

– Nie wiem. Sprawdź to drugie oznaczenie.

Kliza szybko wpisała, co trzeba.

– Rozdział siódmy, wers piętnasty, Ewangelia według świętego Mateusza – wyrecytowała. – „Strzeżcie się fałszywych proroków, którzy przychodzą do was w owczej skórze, a wewnątrz są drapieżnymi wilkami".

Nie brzmiało to zbyt optymistycznie.

– To ostrzeżenie przed fałszywymi apostołami.

– Tak, słyszałem.

– W sensie, że tak się ten fragment nazywa.

Oboje zerknęliśmy na cicho buczący magnetowid. Lekko migający obraz zdawał się wyzywać nas na pojedynek, jakby na nagraniu czekał ktoś, z kim powinniśmy się zmierzyć.

– I co to twoim zdaniem znaczy? – spytała Kliza.

– Pierwszy podpis wydaje się raczej bez sensu.

– Może jest. Może w ogóle źle to interpretujemy.

– Ale ten drugi...

Zawiesiłem głos, nie chcąc kończyć. Wiedziałem, jaką odpowiedź uzyskam, jeśli zacznę snuć teorię, że Kasandra stara się mnie przestrzec przed kimś lub przed czymś. Fałszywy apostoł właściwie mógł znaczyć wszystko.

– Dosyć tego – rzuciła Kliza. – Jeśli ty nie chcesz włączyć kasety, ja to zrobię.

Podeszła do odtwarzacza, usiadła na podłodze, a potem wcisnęła przycisk „play", nie czekając na moją odpowiedź.

Przez moment widzieliśmy jedynie śnieżenie i słyszeliśmy szumy. Potem obraz przesunął się z góry na dół, niemal jakby był rzucany ze starego projektora. Pojawiła się ucięta w połowie postać i głos tak zniekształcony, że nie sposób było niczego zrozumieć.

– Kurwa mać... – jęknąłem. – To nagranie jest w jeszcze gorszym stanie niż poprzednie.

– Poczekaj, może się poprawi.

Kaseta musiała latami leżeć albo w piwnicy Bronowicza, albo w podobnym miejscu, gdzie kurz i wilgoć zrobiły swoje. Wraz z Klizą wpatrywaliśmy się w niewyraźny, zakłócony obraz, licząc na to, że za moment uda nam się wyłapać coś znaczącego.

W końcu się doczekaliśmy.

Na ekranie pojawiła się Ewa. W takim samym ubraniu jak na poprzedniej taśmie i w tym samym miejscu. Obraz również był podobny – niewyraźny, ucięty w połowie i nieustannie się przesuwający. Głos był jednak czytelny, choć momentami się urywał.

Zdanie, od którego zaczęła, usłyszałem jednak nad wyraz dokładnie.

– Nigdy nie wybaczę sobie tego, co zrobiliśmy – powiedziała.

8

Nawet nie odnotowałem, kiedy Kliza podała mi piwo. Uświadomiłem sobie, że je piję, dopiero gdy puszka okazała się pusta. Odstawiłem ją na podłogę, nie odrywając wzroku od telewizora.

Siedzieliśmy przed nim z Jolą niczym dwójka dzieci, która w końcu doczekała się upragnionego programu. Nie odzywaliśmy się, oglądaliśmy drugie nagranie Ewy niemal w nabożnym nastroju.

– Moim najgorszym grzechem nie są złe rzeczy, których się dopuściłam – mówiła. – Ale te dobre, które zrobiłam dla złych ludzi.

Przysunąłem się do ekranu, jakbym dzięki temu mógł wyraźniej dostrzec Ewę. Chciałem widzieć, co kryje się w jej oczach, kiedy wypowiada te słowa. Jaki ma wyraz twarzy, jak się zachowuje, co przekazuje między wierszami…

Nie było jednak na to szansy. Obraz uniemożliwiał mi stwierdzenie, czy moja narzeczona naprawdę wierzy w to, co mówi. Mogłem sobie wyobrazić wiele scenariuszy, w których byłaby zmuszona mijać się z prawdą.

– Wszystko zaczęło się od czegoś znacznie starszego niż Biblia…

Moja wyobraźnia działała na zwiększonych obrotach. Pole widzenia zdawało się zawęzić jedynie do telewizora i miałem wrażenie, że zaraz zobaczę na nim śnieżący obraz, a potem wyśrodkowany tytuł tego, co Ewa miała zamiar mi przekazać.

Starszy od Biblii

Mam zdecydowanie za dużo czasu, by czytać. Brzmi to jak oksymoron, ale taka jest prawda. Czytam już nie tylko o tym, co mnie interesuje, co jest przydatne i wartościowe. Czytam wszystko. To jedyny sposób, w jaki mogę zabić czas.

Przez to sięgnęłam nawet do Biblii, choć nigdy specjalnie mnie do niej nie ciągnęło. Trafiłam na przypowieść, która… cóż, wyjątkowo nadaje się do tego, o czym chcę powiedzieć. To historia Jonatana, najstarszego syna pierwszego króla Izraela. Chłopak był śmiały, nieco porywczy i z pewnością odważny – pewnego razu porwał się niemal samotnie na kilkudziesięcioosobowy oddział wroga. Odnosił wiele zwycięstw w bitwach, ale to nie one były wyznacznikami jego męstwa.

Kochał swojego ojca i wedle wszelkiego prawdopodobieństwa miał zostać jego następcą, ale najwyraźniej nie uznawał ani jego, ani siebie za odpowiednią osobę na tronie. Znacznie bardziej cenił swojego najlepszego przyjaciela, Dawida – do tego stopnia, że to właśnie w nim widział następnego króla.

Wielu uczonych uważa, że w tej relacji było coś więcej niż męska przyjaźń. Niektórzy mówią wprost o miłości między dwoma mężczyznami, jasno udokumentowanej w Biblii, a homoseksualiści, którzy chcą utrzymać związki z Kościołem, zakładają grupy odwołujące się do tych dwóch postaci.

Jakie to wszystko ma znaczenie? Z mojego punktu widzenia okazało się to o tyle istotne, że przypomniało mi, co działo się w Kappie lata temu.

Starałam się o tym wszystkim zapomnieć, wymazać to z pamięci lub nawet uznać za niebyłe, ale teraz, gdy czasu mam stanowczo zbyt dużo, myśli znów kłębią się wokół tamtych zdarzeń jak ciemne chmury.

Kiedyś w zapomnieniu pomagał mi Damian, ale od kiedy byłam zmuszona się z nim rozstać, musiałam radzić sobie sama. Nie było łatwo. Właściwie coraz gorzej, bo coraz częściej wracałam do tego, przed czym uciekałam. Do dwóch osób, którym los poskąpił szczęścia.

Poza łączącą ich relacją nasi Jonatan i Dawid w niczym nie przypominali tych z przypowieści biblijnych. Nie byli dobrze urodzeni, nie mogli liczyć na świetlaną przyszłość i nie walczyli o nic, co miało taką wagę jak tron Izraela.

A mimo to często sprawiali wrażenie, jakby gra toczyła się o najwyższą stawkę.

Ale powinnam zacząć od początku…

Zawsze wiedzieliśmy, że Jonatana i ojca Antoniego łączyła wyjątkowa więź. Blitz już na samym początku spekulował, że ksiądz niezdrowo interesuje się chłopakiem, ale reszta sądziła raczej, że duchowny miał niegdyś na boku jakąś dziewczynę – i że to właśnie ona wydała na świat Jonatana.

Nie była to oczywiście prawda. Rodzice Jonatana wprawdzie do najporządniejszych nie należeli, ale jego matka nie wikłała się w żadne romanse. A już z całą pewnością nie z księżmi. Byli to ludzie żyjący na marginesie, nieco zdemoralizowani, ale jednocześnie religijni… nie, nie, raczej kościelni. Co tydzień w niedzielę klękali karnie w pierwszych rzędach, głośno śpiewali, gorliwie odmawiali modlitwę i wpatrywali się nabożnie w ołtarz. Przypuszczam jednak, że gdyby ktoś zapytał ich o to, jakiej Ewangelii wysłuchali, mieliby problem z odpowiedzią.

Wychowali Jonatana w sposób, który wydawał im się jedynym właściwym, przez co ze wszystkich chodzących do Kappy był zdecydowanie najbardziej uduchowiony. Przez całą podstawówkę był rzekomo ministrantem – i jeśli faktycznie tak było, to nie byłoby to dla mnie niczym dziwnym. Jako jedyny żegnał się przed posiłkiem, co wszystkich poza ojcem Antonim wprawiało w pewną konsternację.

Początkowo był dla reszty obiektem kpin, potem jawił się jako dziwak, a ostatecznie jako osobliwy element otoczenia. Dzieciaki potrafią być okrutne, ale tylko przez pewien czas. W końcu wszystko im powszednieje. Nawet ich własna pogarda.

Nie powiedziałabym, że Jonatan został kiedykolwiek zaakceptowany przez resztę, ale nauczył się funkcjonować tak, by dobrze żyć w tym niewielkim kolektywie. Ojciec Antoni dbał o to, ale nie narzucał swojej woli innym. Wiedział, że w ten sposób osiągnie efekt odwrotny do zamierzonego.

Wszystko zaczęło się komplikować, kiedy Blitzer zobaczył ich pewnego wieczoru w pokoju z piłkarzykami. Właśnie kończyli grać, nie zauważyli stojącego za progiem Blitza. Ten przypatrywał im się, kiedy usiedli na niewielkiej kanapie pod ścianą, ramię w ramię.

Opowiedział mi potem wszystko dokładnie.

O tym, jak ojciec Antoni położył dłoń na kolanie Jonatana. Jak natychmiast ją cofnął, widząc zmieszanie chłopaka. Jak potem się do niego przysunął, jak nachylał się do jego ucha.

Był to jednak początek tego, co…

Nagranie nagle się urwało, a Ewę na ekranie zastąpiły szumy i inne zakłócenia. Kliza od razu przywaliła w magnetowid, ale przypuszczałem, że usterka to nie wina odtwarzacza.

– W mordę… – rzuciła.

– Spróbuj przewinąć do przodu i z powrotem do tyłu.

Obejrzała się przez ramię.

– To coś dawało? – spytała bez przekonania.

– Tak naprawdę nigdy tego nie ustaliłem. Były różne sztuczki, niektóre działały.

Zrobiła tak, jak poleciłem, ale na podglądzie. Poradziłem jej, by najpierw zastopowała, ale i to nie pomogło. Taśma najwyraźniej była uszkodzona.

– Dobra, wrócimy do tego momentu – powiedziałem. – Spróbuj włączyć w innym miejscu.

Przewinęła w przód, ale to także nic nie dało. Obraz nadal przedstawiał miriady białych mrówek tłoczących się na czarnej przestrzeni. Wyglądało to, jakby nagranie się skończyło, a nie zostało uszkodzone.

Może rzeczywiście tak było? Może ktoś przerwał Ewie, gdy nagrywała, i nie zdążyła powiedzieć nic więcej?

Zamknąłem oczy. Nie miałem zamiaru pozwolić kolejnym pytaniom pojawić się w mojej głowie. W zupełności wystarczały mi te, które wiązały się z krótką wzmianką na mój temat.

Była zmuszona się ze mną rozstać.

Wcześniej pomagałem jej w zapomnieniu tego, co stało się w Kappie.

– Znasz jakiegoś speca od VHS? – spytała Jola.

– Nie, ale zaraz poznam.

Podniosłem jej laptopa i nie tracąc czasu zapuściłem się w meandry internetu, poszukując kogoś, kto w okolicy świadczył usługi naprawy starych kaset. Przypuszczałem, że jeśli taki zawód istnieje, to ma przyszłość równie świetlaną jak zecerstwo czy repasacja.

Okazało się jednak, że się myliłem. Mnóstwo zakładów oferowało przegrywanie materiału z VHS na DVD czy inne formaty, a przy tym w buńczucznych reklamach zapewniano, że ten czy inny spec jest w stanie naprawić każde uszkodzenie.

Wybrałem najbliższy zakład, zapamiętałem adres i oznajmiłem Klizie, że możemy wychodzić.

Chwilę później kierowaliśmy się już w stronę Starego Miasta z kasetą w plecaku. Tylko przez moment szliśmy w milczeniu.

– Resztę zasadniczo możemy sobie dopowiedzieć – odezwała się Jola.

– Tak?

– Klasyczna sytuacja. Ksiądz i ministrant. Co ci to mówi?

– Nic.

– Mnie oznajmia wielgachnymi literami: pedofilia.

Spojrzałem na nią spode łba.

– Rzadko bywasz w kościele, co?

– Właściwie nigdy. Po co miałabym tam chodzić?

– Zazwyczaj robi się to, żeby się pomodlić.

Powiodła wzrokiem po kamieniczkach, które ciągnęły się aż do samego rynku, a potem zerknęła na mnie.

– Chyba żartujesz – odparła. – Przeciętny Polak więcej niż w kościele modli się na kanapie przed telewizorem, kiedy ogląda mecz reprezentacji Polski.

– Trafna uwaga.

– Tak samo jak ta o pedofilii – odparła pod nosem Kliza. – Twój kumpel widział, jak Antoni obmacuje chłopaka. To w zupełności mi wystarczy.

– Może nie powinno.

– Powiedz to ofiarom degeneratów noszących koloratki. Wiesz, ile ich jest, Wern?

– Nie.

– Nie ty jeden – odparła i sprawiała wrażenie, jakby zagotowało się w niej jeszcze bardziej. – Jak zapytasz księży zajmujących się pedofilią w Kościele, powiedzą ci to samo. Nie wiedzą.

– Mhm...

– Mam na myśli tych, którzy mają tępić problem, nie jakichś tam przypadkowych duchownych. Oni chyba powinni coś wiedzieć, nie uważasz?

Najwyraźniej trafiłem na drażliwy temat, choć w przypadku Klizy większość chyba taka była.

– Zasłanianie się niewiedzą prowadzi do bezkarności – ciągnęła. – Wiesz, że Kościół wcale nie musi wypłacać zadośćuczynienia ofiarom? Nawet jeśli zarzuty się potwierdzają, a duchowny zostaje skazany. W Stanach czy Australii już się z tym uporali, my jesteśmy w tym względzie w epoce kamienia łupanego.

– Cóż...

– Hierarchowie umywają ręce. Zrzucają wszystko na konkretnego księdza, a sami się od tego odcinają. Zupełnie jakby żył w jakimś innym świecie, a otoczenie i zasady w nim rządzące nie miały żadnego znaczenia. Absolutnie żadnego.

– Może nie mają – zauważyłem spokojnie.

Szybko tego pożałowałem, bo Jola zapaliła się jeszcze bardziej.

– A kto im na to pozwala? Kto wypina się na doniesienia o nadużyciach? Kto przenosi księży do innych parafii, żeby uniknęli kary? I w końcu kto dba o to, żeby nie istniały żadne mechanizmy wykrywania pedofilii? Nie wspominając już o takich, które mogłyby pomagać ofiarom.

– Kliza...

– Wiesz, ilu według Kościoła jest w Polsce katolików? Powiem ci. Ponad trzydzieści milionów. A wiesz, ilu księży zostało przeszkolonych do pomocy ofiarom? Niewiele ponad stu. W dodatku...

– Kliza!

– No?

Wskazałem na szyld po prawej stronie, naprzeciwko budynku ratusza. Jola dopiero teraz uzmysłowiła sobie, że jesteśmy już niedaleko studia filmowego.

– Pączka? – zapytałem.

– Co?

– Sprzedają tu wyjątkowo wymyślne donuty giganty, kukułki i kilkadziesiąt rodzajów...

– Ja o pedofilii, a ty o pączkach?

Wzruszyłem ramionami.

– To szlachetny przysmak. Smażono je już w starożytnym Rzymie.

Zatrzymałem się przed witryną Wytwórni Pączków i popatrzyłem na obsypane feerią kolorów wypieki.

– Naprawdę powinnaś spróbować tych z nadzieniem waniliowym.

Zanim się zorientowałem, Kliza ruszyła już w kierunku jednej z odchodzących od rynku uliczek. Poszedłem za nią, zadowolony, że udało mi się uciąć temat, nad którym w tej chwili niespecjalnie chciałem się zastanawiać.

Nie miałem pojęcia, co zrobił ojciec Antoni. Nie znałem ani Jonatana, ani Dawida, o których mówiła Ewa, a jej słowa wydawały mi się niewystarczające, by kogokolwiek o coś oskarżać.

Jola była jednak innego zdania. I utwierdziła mnie w tym przekonaniu zaraz po tym, jak oddaliśmy kasetę i oczekując na werdykt, poszliśmy kupić dwa pączki.

– Wiesz, co o wykorzystywaniu nieletnich przez księży mówią statystyki w Polsce? – zapytała z pełnymi ustami.

Usiedliśmy na ławce przed ratuszem, który całkiem słusznie przywodził na myśl ten we Florencji. Opolski zbudowano na przełomie dziewiętnastego i dwudziestego wieku właśnie na wzór pałacu Vecchio i okazał się na tyle trwały, że przetrzymał nawet alianckie bombardowania podczas drugiej wojny światowej.

– Nie wiem – odparłem. – Co mówią?

– Nic.

– To rzeczywiście znaczące.

Odwróciła się do mnie i wskazała mi kącik ust, bym otarł lukier.

– Mam na myśli, że statystyk nie ma. Ostatnie pochodzą sprzed kilku lat i wynika z nich tyle, że za to przestępstwo zostało skazanych raptem kilkunastu księży.

Mruknąłem potwierdzająco.

– W innych krajach takie rzeczy się ujawnia, u nas zamiata się pod dywan – ciągnęła. – Bo nie tylko dziecku wstyd jest się przyznać, ale też rodzicom. Nie wyobrażają sobie, że mieliby oskarżyć księdza, szczególnie na wsi, gdzie ten jest panem i władcą.

– Naprawdę musimy...

– Nadal jesteśmy na etapie zaprzeczania. Upieramy się jak idioci, że w innych krajach rzeczywiście jest problem, ale u nas nie.

– Kliza...

– Faza wyparcia – dodała i machnęła ręką z irytacją. – I to mimo że mamy przed sobą tak naprawdę więcej faktów, niż potrzebujemy.

Skupiłem się na pączku, uznając, że tak będzie najlepiej.

– Ksiądz Roman – rzuciła, jakby to miało wszystko tłumaczyć. – Więził trzynastolatkę przez kilkanaście miesięcy i gwałcił ją jak... – Urwała i spuściła głowę. – Dostał osiem lat, odsiedział cztery, a potem został przeniesiony do innej parafii.

Słyszałem o tej sprawie w mediach, choć najgłośniej zrobiło się o niej chyba dopiero po reportażu Justyny Kopińskiej. Ujawniła, że ksiądz nie tylko dalej pełni posługę, ale też bez trudu kontaktuje się z dziećmi.

Nagle straciłem apetyt.

– Ofiar molestowania są tysiące – dodała Jola. – A tymczasem cała polityka przeciwdziałania patologiom sprowadza się do postawy: módlmy się, a będzie dobrze.

Zawinąłem pączka i schowałem go do plecaka Klizy. Przez moment zastanawiałem się nad tym, czy jej emocje wynikają z empatii, czy może przeszła w dzieciństwie coś podobnego.

Nie miałem zamiaru pytać. Jeśli tak rzeczywiście było, powie mi o tym sama.

Być może popełniałem błąd. Być może właśnie w ten sposób wiele historii pozostawało przez lata nieopowiedzianych.

Kiedy chwilę później szliśmy w kierunku studia filmowego, moje myśli nadal krążyły wokół dawnych traum. Nie miały jednak nic wspólnego z Klizą, ale z Kasandrą. Na dobrą sprawę nigdy nawet nie zapytałem, jak sobie radzi. Czy wzdryga się, czując dotyk jakiegokolwiek mężczyzny? Nie sypia po nocach? Wciąż obawia się, że coś się stanie? Upatruje w każdym napotkanym mężczyźnie potencjalnego agresora?

Wszystko to byłoby całkowicie zrozumiałe. Przypuszczałem, że zespół stresu pourazowego w takich przypadkach niewiele różni się od tego, który występuje u żołnierzy wracających z terenów ogarniętych konfliktami.

Urwałem rozmyślania, kiedy weszliśmy do zakładu. Stojący za ladą mężczyzna w kraciastej koszuli powitał nas wzrokiem, który nie mówił niczego dobrego.

– Zła diagnoza? – zapytałem.

– A można postawić inną VHS-om? – odparł pracownik. – Całe nowe pokolenie wie o ich istnieniu tylko z memów.

Doceniłem tę uwagę krzywym uśmiechem.

– Spoilery w necie to dla nich najgorsza zmora, ale nie mają pojęcia, jaką niespodzianką było włożenie nieprzewiniętej kasety do odtwarzacza i odkrycie, że ktoś zatrzymał ją akurat w kluczowym momencie.

– Mhm – potwierdziłem. – A co z naszą taśmą?

– Cóż... Główny problem polega na tym, że mamy na tej planecie pole magnetyczne – odparł filozoficznie i zatoczył ręką krąg. – Ono samo sprawia, że taśma magnetyczna ulega degradacji, a do tego dochodzi szereg innych czynników. Najczęściej pleśń. Nie wyobrażacie sobie, ile tego trafia tutaj w kasetach.

Zerknął na Klizę, która tradycyjnie unikała spojrzenia kogokolwiek, kogo nie znała.

– Taśmy często są utlenione, zerwane i nie nadają się do klejenia, a końcówki wizyjne głowicy tak zasyfione, że...

– Tak było w naszym wypadku? – uciąłem.

– Nie. Wasza kaseta jest prawie jak nówka.

– Nówka?

Było to ostatnie słowo, którego bym użył. Etykieta odchodziła, obudowa była zniszczona i zakurzona, a rysy na plastiku wyraźnie widoczne.

– Ani śladu pleśni i minimalny kurz – wyjaśnił.

– Jak to? – odezwała się Jola. – Więc skąd te szumy i lipny obraz?

– Z uszkodzeń mechanicznych.

– To znaczy?

– Taśma jest zdeformowana. I wygląda na to, że celowo.

Spojrzeliśmy z Klizą po sobie.

– Z tym niestety nie mogę nic zrobić – dodał. – Może inni zechcą się w to bawić, ale jak dla mnie, nie ma tutaj nad czym się pochylać.

Zrobiłem krok w kierunku lady i położyłem na niej dłonie.

– Dobrze zapłacimy – zadeklarowałem.

– Możecie płacić mi tyle, ile Bayern Lewandowskiemu, czyli mniej więcej… jedenaście tysięcy złotych na godzinę, ale i tak nic z tym nie zrobię – odparł i westchnął. – Normalnie po prostu nie opłaca nam się w tym babrać, ale w tym przypadku nie chodzi o opłacalność. To nie jest przypadkowe uszkodzenie.

– Ktoś umyślnie zdeformował taśmę?

– Na to wygląda.

– I nie da się nic z tym zrobić?

– Całe nagranie jest nie do odzysku.

Zobaczyłem iskierkę nadziei i zrozumiałem, że rozmówca bierze nas za zwykłych klientów, którzy przychodzą do niego, by odzyskać całość materiału. Nam tymczasem nie była ona niezbędna.

– A części? – zapytałem. – Fragmenty? Choćby urywki?

– Nie będą dobrej jakości.

– Nie szkodzi – zapewniłem. – Wystarczy nam cokolwiek.

Byłem przekonany, że tak w istocie jest. Do zrozumienia sytuacji mogło wystarczyć nam kilka wyrwanych z kontekstu słów. Nie musieliśmy słuchać całej opowieści Ewy, by trafić na właściwy trop.

– Mogę spróbować, ale nie gwarantuję, że efekt będzie powalający.

– Nie szkodzi.

Spojrzałem na Klizę, a ta potwierdziła skinieniem głowy.

– Na kiedy moglibyśmy umówić się na odbiór? – spytałem.

Mężczyzna zaczął przerzucać kartki niewielkiego notatnika, a ja czułem, że serce zabiło mi nieco szybciej. Nawet jeśli dostaniemy jedynie strzępki, poskładamy je w całość. I w końcu dowiemy się, co stało się w Kappie i jak rzutowało to na wszystko inne.

– Za tydzień – powiedział w końcu.

Jola zaklęła cicho, zwracając na siebie uwagę.

– Nie udałoby się szybciej? – spytałem.

– Raczej nie.

– Naprawdę nam na tym zależy.

– Mogę spróbować dzień wcześniej, ale…

– A na jutro? – wtrąciła Kliza.

– Cóż…

– Zapłacimy podwójną stawkę.

Rozmówca przez moment drapał się po skroni.

– Potrójną – powiedziała Kliza.

Dzień później odebraliśmy naprawioną kasetę.

Pędziliśmy z nią na Daszyńskiego, jakby ktoś miał ją nam po drodze odebrać. Pracownik studia twierdził, że nie udało mu się odzyskać wiele, ale powinniśmy bez trudu móc obejrzeć kilkanaście minut nagrania.

Oboje wierzyliśmy, że znajdziemy w nich wszystkie odpowiedzi.

I tak się stało.

9

Obraz wciąż śnieżył, a szum utrudniał zrozumienie tego, co mówi Ewa. W ciągu parunastu minut zdołała przekazać jednak wszystko, czego potrzebowaliśmy, by zrozumieć sytuację.

Pierwszy raz zjawiła się w Kappie za sprawą Blitza. Ściągnął ją tam bez mojej wiedzy, nie mam pojęcia dlaczego. Kiedy zaczęła tłumaczyć to na nagraniu, nastąpił przeskok i wyjaśnienie na dobre przepadło.

Pewne było jednak, że bywała w świetlicy dość regularnie. Początkowo wydawało mi się to niemożliwe, bo byłem przekonany, że naprawdę spędzaliśmy ze sobą każdą chwilę. Kiedy jednak Kliza zapytała mnie, ile pełnych dni z czasów szkolnych jestem w stanie sobie przypomnieć, musiałem przyznać, że niewiele.

Widywaliśmy się w szkole, zazwyczaj także po lekcjach. Ale przecież nie zawsze. Czasem szła do domu uczyć się przed sprawdzianem, czasem załatwiała coś z rodzicami, była u lekarza czy na zakupach z matką.

Teraz wiedziałem, że przynajmniej część tych wszystkich rzeczy to były jedynie wymówki. Z jakiegoś powodu jeździła na obrzeża Opola i spędzała czas w Kappie z ludźmi, których nie znałem.

Ludźmi, którzy w dużej mierze wychowywali się w patologicznych rodzinach. Mówiła o tym na nagraniu tylko przez chwilę, ale i bez tego przypuszczaliśmy z Klizą, że ojciec Antoni prowadził tam coś na kształt placówki wychowawczej.

Nie chodziło mu tylko o zabawę i rozrywkę, ale także o to, by wyrwać te dzieciaki z toksycznych środowisk. I udawało mu się to. Tyle że przynajmniej jednemu z nich sam stworzył jeszcze gorsze.

Ten, którego nazywała Jonatanem, nie różnił się wiele od innych. Wychował się w biednej rodzinie, jego ojciec pił i nie powstrzymywał się od podnoszenia ręki ani na żonę, ani na swojego syna. Bywało, że robił to tuż po powrocie z niedzielnej mszy.

Zamiast popaść w złe towarzystwo i powielić grzechy ojca, Jonatan zwrócił się w przeciwnym kierunku. Wychowanie kazało mu poszukać pomocy w Kościele, a kiedy trafił na ojca Antoniego, zyskał w życiu osobę, której mu brakowało.

Chłopak był w Kappie od początku, przynajmniej tak twierdziła Ewa. Był prawą ręką ojca Antoniego i ten ufał mu właściwie bezgranicznie. Często spędzali czas we dwóch i dość długo większość sądziła, że ich bliskość to wynik z jednej strony braku ojca, a z drugiej braku syna.

Na tym kończyła się zborna opowieść Ewy, resztę otrzymaliśmy jedynie w strzępkach. Bez trudu mogliśmy jednak z nich poskładać cały obraz.

Pojawiały się fragmenty o homoseksualizmie Jonatana, podejrzeniach reszty, a potem o kimś, kogo Ewa nazywała Dawidem. Nie udało nam się dowiedzieć niczego na jego temat, ale z kontekstu wynikało, że wiązało się z nim jakieś kluczowe wydarzenie.

Było kilka urwanych zdań, które wydawały mi się znaczące. Wszystkie spisałem odręcznie w niewielkim kajecie, który znajdował się w pudle z gratami Bronowicza.

„...łam powiedzieć Damianowi, kied..."

„...Antoni kazał nam wszys..."

„...natan Falk..."

„...nigdy by nie doszło, gdyby..."

„...iłam się dorei..."

Obejrzeliśmy kasetę dwukrotnie, a potem usiedliśmy na kanapie i przez długi czas wpatrywaliśmy się w moje skąpe notatki. Miałem wrażenie, jakbyśmy starali się odczytać zapis czarnych skrzynek po katastrofie samolotu.

Jola przysunęła do siebie kartkę, przebiegła po niej wzrokiem i nabrała głęboko tchu.

– Puść jeszcze raz – powiedziała.

– Znowu?

– Muszę coś sprawdzić.

– Co?

Nie wyjaśniła, a ja wiedziałem, że dopóki nie obejrzymy całości jeszcze raz, nie powie mi, w czym rzecz. Szybko przekonałem się jednak, że interesował ją tylko jeden fragment. Ten, który odnosił się do ostatniej zanotowanej przeze mnie kwestii.

Obejrzeliśmy tę część kilkakrotnie. Za każdym razem Kliza mrużyła oczy coraz bardziej, a potem nagle klasnęła w dłonie. Złapała za długopis i przekreśliła to, co napisałem.

– Źle ją zrozumiałeś – oznajmiła.

– To znaczy?

– Jest jeszcze wyraźnie „m" na końcu.

Spojrzałem na Jolę z powątpiewaniem.

– I? Co niby nam daje „iłam się doreim"?

– Spróbuj dopasować kilka czasowników do końcówki „iłam".

Skrzywiłem się, bo właśnie to robiłem, od kiedy zacząłem notować te niewiele mówiące urywki.

– Z intonacji pasowałoby mi „zwróciłam" albo „zgłosiłam" – dodała Kliza. – Nie uważasz?

– Równie dobrze może to być cokolwiek innego.

– Ale jeśli nie? Podstaw jedno z nich.

– „Zgłosiłam się dorein". To równie znaczące jak...

– „M" na końcu – poprawiła mnie. – Niknie prawie w szumie, ale tam jest. Jestem tego pewna.

– Okej, w takim razie zgłosiła lub zwróciła się do reim...

Ledwo to powiedziałem, poczułem, jak ciarki przemykają mi po plecach.

– Absolutnie niemożliwe – oznajmiłem. – Ewa nie znała Reimanna. Nigdy się z nim nie spotkała, ich ścieżki nigdy się nie skrzyżowały.

– Więc Kasandra przypadkowo wpadła na jej sprawę?

– Tak – potwierdziłem. – To znaczy nie.

– Aha.

Potrząsnąłem nerwowo głową.

– Chodzi mi o to, że szukała takiej sprawy latami. Kiedy tylko na nią trafiła, rozpoczęła przygotowania. Sama zresztą wiesz.

– Wiem tyle, ile ona sama ci powiedziała.

Spojrzałem na poprawioną przez Klizę kwestię. Rzeczywiście wyglądało na to, jakby dotyczyła Reimanna lub Reimannów. A może po prostu umysł podpowiadał nam coś, co oboje znaliśmy, ale co niekoniecznie miało jakikolwiek związek z prawdą?

Mimo wszystko słowa Joli rozbrzmiewały mi echem w głowie.

– Sam nie wiem, Kliza.

– Nie szkodzi, daj sobie chwilę. Dojdziesz do takiego samego wniosku jak ja.

– Okej – odparłem dla świętego spokoju, a potem popatrzyłem na pozostałe kwestie. Szczególnie na tę, która rozpoczynała się od „natan". Było oczywiste, do kogo się odnosi, ale to jedyna wzmianka, w której pojawiło się także nazwisko. A raczej jego część.

– Jonatan Falkowski? – odezwałem się. – Myślisz, że to możliwe?

– Biorąc pod uwagę, jak rzekomo pomocna była Karolina Falkowska *vel* Tipsiara i jak potem zrobiła sobie rundkę po kilku ciekawych miejscach w Opolu? Tak.

– Więc to jej brat?

– Albo mąż. Nic o niej nie wiemy, mogła mieć wcześniej inne nazwisko.

– Na męża raczej nie pasuje. Przynajmniej jeśli chodzi o tradycyjne małżeństwo.

Jola skinęła głową.

– A więc może ktoś z rodziny – przyznała. – Choć tak czy inaczej, od Falkowskiej niczego się nie dowiemy.

– Ale?

– Nie mówiłam, że jest jakieś ale.

– Wisi w powietrzu.

Kliza podniosła się i przez chwilę chodziła po salonie. W końcu zatrzymała się pod jednym z okien dachowych i wyjrzała w kierunku placu, na którym centralne miejsce zajmowała opolska Ceres – fontanna przedstawiająca figury tej samej płci w nieco wieloznacznych pozach. To właśnie przez nią na plac Daszyńskiego mówiło się niemal od niepamiętnych czasów „plac Pedała".

– Możliwe, że Falkowska zrobiła sobie tournée po znajomych, by upewnić się, że nikt nie puści pary – odezwała się w końcu Jola. – Usilnie stara się coś ukryć. Ale tego samego nie możemy powiedzieć o tym, do kogo nas nieopatrznie doprowadziła.

– Masz na myśli Electrę?

– Aha – potwierdziła Kliza. – Ta dziewczyna ewidentnie chciała mówić.

– To fakt. Tyle że jak sama zaznaczyła, nie mogła tego zrobić.

– Więc pozwoliła kasetom mówić za nią.

Znów spojrzeliśmy na leżący na stole notes.

– Dzięki temu możemy spróbować wyciągnąć z niej resztę, Wern.

– Jak?

– To zależy, czy dobrze radzisz sobie w pokera.

– To jakiś mod do *Minecrafta*?

Spojrzała na mnie z ukosa, a potem złożyła kartkę na pół i wskazała mi wyjście. Po prawdzie wolałbym, żebyśmy zawczasu przygotowali jakąś wspólną strategię blefu, ale nie protestowałem.

Chwilę później jechaliśmy już w kierunku Szczepanowic, licząc na to, że zastaniemy w domu Electrę. I że informacje, które uzyskaliśmy z nagrań, sprawią, że dziewczyna pomoże nam wypełnić luki.

Na miejscu uświadomiliśmy sobie, że byliśmy zbytnimi optymistami. Ktokolwiek sterował całym tym przedsięwzięciem mającym na celu ukrycie prawdy, nie próżnował. I najwyraźniej zadbał o to, byśmy nie posunęli się dalej.

Electry nie zastaliśmy, a jej sąsiad w dość niewybrednych słowach oznajmił nam, byśmy trzymali się z daleka. Swoją determinację potwierdził, trzaskając nam drzwiami przed nosem.

Wróciwszy do samochodu, przez jakiś czas zastanawialiśmy się, co zrobić. Odpaliłem silnik dopiero wtedy, gdy z domu wyszedł sąsiad Electry – tym razem sprawiał wrażenie, jakby miał zamiar bez pomocy słów wytłumaczyć nam, że nie jesteśmy tu mile widziani.

Odjechałem bez namysłu i skierowałem się w stronę centrum.

– Tutaj raczej nie mamy czego szukać – odezwałem się cicho. – Właściwie ani tutaj, ani gdziekolwiek indziej.

Kliza popatrzyła na mnie z zawodem, jakby nie spodziewała się z mojej strony takiego pesymizmu.

– Ewidentnie panuje jakaś zmowa milczenia – dodałem. – I ktoś czuwa nad tym, żeby nikt się nie wyłamał.

– Nie ktoś, ale Antoni.

O ile wcześniej optowałbym za domniemaniem niewinności, o tyle teraz wydawało mi się to nieuzasadnione. Nawet bez szczegółów nagranie Ewy pod tym względem zdawało się dostatecznie obciążać duchownego.

– Żadne milczenie nie trwa wiecznie – odparła filozoficznym tonem Kliza. – Nawet mnisi, którzy składają śluby milczenia, gadają przez sen.

– Coś w tym jest.

– Więcej niż coś. Prawda.

– W takim razie co proponujesz? Ewy o nic nie zapytamy, Blitza podobnie. Zostaje nam kilka osób, które chętniej przyznają się do pokątnego słuchania Nickelback niż do bycia w zmowie.

Jola posłała mi badawcze spojrzenie.

– Wyczuwam w tym trochę autodiagnozy, Wern. Pląsałeś ostatnio do *How You Remind Me*?

– Nie, ale może powinienem. Przy odrobinie szczęścia mogłoby odbić się to pozytywnie na moim zdrowiu psychicznym.

– Mam lepszy pomysł na to, jak je poprawić.

– Wal śmiało – odparłem, skręcając w Niemodlińską. – Przyjmę każdą sugestię.

– Przyciśnijmy Falkowską.

– Świetny pomysł. A potem weźmy frytki do tego.

Znów odniosłem wrażenie, że karci mnie za pomocą samego wzroku.

– Mamy trochę więcej informacji, możemy chociaż spróbować – powiedziała. – W najgorszym wypadku odprawi nas z kwitkiem.

– Albo zawoła kumpli z osiedla.

Zarazem jedna, jak i druga opcja wydawały się dość prawdopodobne, ale zgodziłem się z Klizą, że właściwie nie mamy innego wyboru. Ostatnim razem Falkowska zareagowała zbyt gorączkowo, doprowadzając nas do osób, które były zamieszane w sprawę. Być może teraz uda nam się osiągnąć coś podobnego.

– Ale najpierw zajedźmy na Daszyńskiego – odezwała się Jola.

– Po co?

– To i tak po drodze, prawda?

– W tym mieście wszystko jest po drodze.

Nie przesadzałem. Przejazd z jednego krańca na drugi nawet w godzinach szczytu zabierał najwyżej pół godziny. Stanie w korku oznaczało kilkuminutową obsuwę przy światłach, a wielokilometrowe, znane z dużych miast zatory drogowe tutaj nie występowały. I za to kochałem to miasto.

Zatrzymaliśmy się w lofcie tylko na chwilę. Kliza zabrała kasetę, którą znaleźliśmy w piwnicy, sprawdziła coś w internecie, a potem dała sygnał do wymarszu.

– Wiesz, gdzie tu jest jakiś punkt nadawczy UPS? – odezwała się.

– Wiem.

– Gdzie? – spytała, ale od razu machnęła ręką. – Oczywiście. Po drodze.

Chwilę później w placówce przy Kasprowicza nadaliśmy paczkę z kasetą. W pierwszej chwili rozstanie się z taśmą wydawało mi się błędem, ale ostatecznie musiałem przyznać, że nie ma powodu, byśmy po raz kolejny oglądali nagranie. Oboje znaliśmy je na pamięć, a zdaniem Klizy przy odrobinie szczęścia mogliśmy naszą wiedzę jeszcze rozszerzyć.

Jola zaadresowała kopertę do dawnego znajomego z Reimann Investigations, który zajmował się wszelkimi sprawami sprzętowymi. Nie była pewna, czy uda mu się naprawić taśmę, ale nawet jeśli nie, to według niej bez wątpienia znał kogoś, kto podoła zadaniu.

Po namyśle wydało mi się to zasadne. Mężczyzna z zakładu obok Wytwórni Pączków być może znał się na swoim fachu, ale robił tylko to, co mu się opłacało. Ślęczenie godzinami nad skrawkiem zdeformowanej taśmy z pewnością do takich rzeczy nie należało. A może nawet przerastało jego umiejętności.

Z punktu UPS skierowaliśmy się ku McDonaldowi, w którym spodziewaliśmy się zastać Falkowską. Przypuszczałem, że nie będzie to trudne, o ile godziny pracy w fast foodzie rzeczywiście były zbliżone do tych, o jakich mówiono w mediach.

Weszliśmy do środka i od razu wypatrzyliśmy Karolinę przy jednej z kas. Kiedy nas dostrzegła, drgnęła nerwowo, ale zaraz się zmitygowała. Potem posłała nam poprawny uśmiech.

– Znowu wy? – spytała, gdy stanęliśmy przy ladzie. – Jeśli polujecie na promocyjnego happy meala, muszę...

– Polujemy na prawdę – ucięła Kliza.

Słuszny ruch, uznałem w duchu. Należało od razu pokazać naszą determinację i już na wstępie zasugerować rozmówczyni, że tym razem nie damy się tak po prostu odprawić.

– I tak się składa, że ty możesz ją nam zaserwować – dodałem.

Stanęliśmy ramię w ramię przy ladzie, jakbyśmy byli gotowi siłą wyciągnąć z Falkowskiej to, po co tutaj przyszliśmy.

Ta spojrzała na nas z niedowierzaniem i zaśmiała się krótko.

– Pogięło was? – spytała. – Powiedziałam wam wszystko, co sama wiem.

– Nie licząc tego, że twój brat był stałym bywalcem Kappy – odparowała Jola. – I że wdał się tam w romans nie tylko z Antonim, ale też z kimś innym.

Falkowska rozejrzała się.

– Słuchajcie...

– Chętnie – ucięła Kliza. – Ale tylko jeśli powiesz prawdę.

– Już wcześniej to zrobiłam.

– A, tak. Po prostu pominęłaś kilka tych rzeczy, które mogłyby być dla nas najbardziej istotne.

– Nie wiem, czego chcecie, ale…

– Tylko i wyłącznie prawdy – znów jej przerwała. – Potem damy ci spokój.

Znów kontrolne spojrzenie na boki. Obawiałem się, że Falkowska zaraz da znak któremuś z innych pracowników, że najwyższa pora zadzwonić po ochronę.

– Nie widzicie, że jestem w robocie? – rzuciła z irytacją. – Nie mam teraz czasu na wasze dramy.

– To zajmie nam tylko chwilę – zapewniłem.

– Interesuje nas tylko jedna osoba – dodała Kliza. – Jonatan Falkowski.

– Czyli twój brat.

– O którym zapomniałaś wcześniej wspomnieć.

Czułem, że mamy inicjatywę. Że jesteśmy jak dwójka napastników czołowego europejskiego klubu właśnie rozgrywających swój życiowy mecz w Lidze Mistrzów. Byliśmy nie do zatrzymania.

A przynajmniej tak mi się wydawało, dopóki pozostali klienci pozostawali spokojni.

– Co wy pieprzycie? – spytała Karolina. – Przesuńcie się, ludzie chcą złożyć zamówienie.

Wychyliła się i złapała kontakt wzrokowy ze stojącą za nami kobietą.

– Co będzie dla pani? – rzuciła.

Klientka chciała odpowiedzieć, ale Kliza powstrzymała ją ruchem ręki.

– Zaraz – powiedziała, a potem zwróciła się z powrotem do Falkowskiej. – Najpierw załatwimy nasze zamówienie.

– W takim razie najwyższa pora, żebyście je złożyli i się stąd…

– To ja poproszę informację o tym, co stało się w Kappie – odezwałem się. – Może być z sosem słodko-kwaśnym.

– A dla mnie będzie kilka faktów o Jonatanie – dodała Jola.

Czuliśmy się wyjątkowo pewni siebie, skoro zdobyliśmy się na tak liche żarty. Falkowskiej jednak nie było do śmiechu. Obróciła się do współpracowników, szukając u nich pomocy. Podszedł do nas jeden z jej kolegów, a na zapleczu rozległ się szum głosów. Przypuszczałem, że kierownik zmiany został już powiadomiony.

– W czym problem? – spytał mężczyzna, stając obok Falkowskiej.

– Nie chcą złożyć zamówienia ani zrobić miejsca.

– Hej, dosyć tego! – krzyknął ktoś z tyłu. – Ludzie tu czekają!

– Moment… – zaczęła Jola.

– Proszę państwa o umożliwienie innym złożenia zamówień – odezwał się mężczyzna.

– Wyrzucić ich! – zaproponował jeden z klientów.

Dotarło do mnie, że mamy przeciwko sobie nie tylko niechęć Karoliny, ale także głód większości osób czekających w kolejce. Mimo to nie miałem zamiaru odpuszczać. Położyłem ręce na blacie i wbiłem wzrok prosto w oczy Falkowskiej.

– Mów, gdzie jest twój brat?

Mężczyzna odsunął ją i znalazł się naprzeciwko mnie.

– Proszę odejść albo będę zmuszony…

– Interesuje nas tylko, gdzie możemy znaleźć brata tej pani – uciąłem, niemal oskarżycielskim gestem wskazując Karolinę. –

Wystarczy numer telefonu. I już nas tu nie ma, a wy nie macie problemu.

– Hej! – odezwał się znów krzykacz z tyłu. – Wyrzucić ich stąd!

Pracownik McDonalda wyraźnie szukał na twarzy Falkowskiej gotowości, by dała nam to, czego chcemy, i czym prędzej zażegnała kłopotliwą sytuację. Karolina pokręciła głową, jakby nie miała zamiaru z nami współpracować, ale zaraz potem nachyliła się do mnie.

– Pojebało was – oznajmiła. – Nie mam żadnego brata. A teraz znikajcie stąd, zanim dojdzie do mordobicia.

– Wiemy o Jonatanie.

– Gówno wiecie – odparowała, a ja odniosłem wrażenie, że tym razem nie minęła się z prawdą. – Jonatan to nie mój brat, nie mam żadnego rodzeństwa. Sprawdźcie to sobie.

Kliza drgnęła nerwowo, a ja poczułem na sobie coraz bardziej ponaglające spojrzenie wszystkich wokół.

– A teraz wypad – dodała Falkowska.

W końcu odpuściliśmy, przynajmniej po części. Wyszliśmy z restauracji, żegnani pojedynczymi oklaskami krzykacza, i uzgodniliśmy, że poczekamy, aż Karolina skończy zmianę.

Jola usiadła przy jednym ze stolików na zewnątrz i skorzystała z okazji, by zweryfikować słowa Falkowskiej. Wyjęła laptopa z plecaka i po kilku minutach miała już wszystko, czego potrzebowała. Nie chciałem nawet pytać, do jakiej bazy danych uzyskała dostęp.

– Wern… – zaczęła niepewnie. – Ta festyniara najwyraźniej mówi prawdę.

– Jak to?

Stanąłem za nią i spojrzałem na monitor.

– Naprawdę nie ma brata – wyjaśniła. – W dodatku nie namierzyłam nikogo, kto nazywałby się Jonatan Falkowski.

– Niemożliwe.

– A jednak tak jest – odparła na tyle stanowczo, że nie było sensu, bym dłużej się upierał. – Wygląda na to, że coś opacznie zrozumieliśmy.

– Co? Na nagraniu słychać wyraźnie, że chodzi o Jonatana Falk…

Urwałem w pół zdania z wrażeniem, że serce mi się zatrzymało.

– Wern?

– O kurwa… – zdołałem wydusić.

Kliza rozejrzała się, jakby w okolicy nagle zjawił się ktoś, kto mógłby nam zagrozić. Potem odwróciła się od laptopa.

– Co się dzieje? – zapytała.

– Nie chodzi o Falkowskiego, tylko o Falkowa.

– O czym ty…

– J. Falkow – powiedziałem, a potem zamknąłem oczy. – Jonatan Falkow.

10

Nie miałem wątpliwości, że trafiliśmy na właściwy trop. Funkcjonariusz, dzięki któremu uciekłem przed policją pod hotelem w Chrząstowicach, i człowiek, który był wtyką Kajmana w opolskiej komendzie, okazał się Jonatanem z nagrania Ewy.

Czułem, że ma to kluczowe znaczenie dla zrozumienia całej sprawy, ale wciąż nie potrafiłem go rozszyfrować. Kliza także nie. Przez jakiś czas siedzieliśmy w milczeniu, wbijając wzrok w stare, postpeerelowskie bloki rozciągające się wzdłuż horyzontu jak okiem sięgnąć.

– Okej – odezwała się w końcu Jola i uderzyła dłonią o stół. – Więc mamy Jonatana. Gościa, który prawdopodobnie był molestowany w dzieciństwie przez Antoniego.

– Mhm.

– I który znał twoją Ewę z Kappy.

– Na to wygląda.

– Do tego spotkał tam Blitza.

– I Dawida, z którym się związał.

Początkowo zakładaliśmy, że to imię jest jedynie odniesieniem do biblijnej postaci, ale równie dobrze mogło być prawdziwe, tak jak w przypadku Jonatana.

– Lata później Ewa znika, Blitz ginie, a Falkow jest w to wszystko zamieszany – ciągnęła Kliza. – To nie jest przypadek.

– Nie, nie jest – skwitowałem cicho, jakbym przyznawał się do popełnienia jakiejś zbrodni.

Jola zdawała się skupiona na własnych myślach i nieświadoma tego, że jestem tuż obok.

– Gdzieś w tym wszystkim jest jeszcze Kasandra – ciągnęła. – Włącza się w to z oczywistych względów, żeby wykorzystać cię i uciec od Roberta. Potem jej dziecko zostaje porwane, a ty odnajdujesz w swoim nowym mieszkaniu kasetę z nagraniem Ewy...

Kiedy zawiesiła głos, w końcu przypomniała sobie o mojej obecności.

– Co to wszystko znaczy? – zapytała, zamykając laptopa.

– Tylko jedna osoba może nam odpowiedzieć na to pytanie.

– Falkow.

– Zgadza się.

– Wiesz, gdzie go szukać?

– W tym samym miejscu, z którego narobił nam wszystkim problemów – odparłem, a potem głęboko wciągnąłem powietrze. Zrozumiałem, że w końcu mamy szansę na to, by ktoś odkrył przed nami wszystkie karty.

Tylko jak to osiągnąć? Falkow nie miał powodu, by cokolwiek nam zdradzać. Właściwie miał pod dostatkiem tych, które powinny skłaniać go do milczenia.

– Wiesz, co to wszystko może znaczyć? – odezwała się Kliza.

– Szczerze mówiąc, nie. Nie mam pojęcia.

Położyła dłoń na mojej ręce, a ja wzdrygnąłem się, jakby poraził mnie prąd. Jola też się zmieszała, być może bardziej ode mnie, a ja zrozumiałem, że ten gest współczucia był reakcją bezwarunkową. Poczuła, że za moment będę potrzebował wsparcia, i automatycznie je zaproponowała.

– Być może źle to wszystko interpretowaliśmy od samego początku.

– To znaczy? – zapytałem. – O jakim początku mówisz?

– O ataku na Loży Szyderców.

Pokręciłem głową, z jakiegoś powodu niegotów nawet dopuścić takiej myśli.

– Zastanów się – dodała Kliza. – Co tak naprawdę wiesz o tamtej nocy?

– Wszystko, co powinienem.

– Od Kasandry.

– Ona tylko powieliła to, co Ewa nagrała na kasetach.

– Właśnie. Co Ewa nagrała, a nie powiedziała ci bezpośrednio – zauważyła. – A nie masz pojęcia, w jakich okolicznościach kręciła te taśmy ani co i komu chciała przekazać.

Zaśmiałem się i rozłożyłem ręce.

– Wiesz, jak to brzmi? – spytałem, ale nie miałem zamiaru czekać na odpowiedź. – Jak teoria spiskowa, której zalążek ktoś stworzył jedenaście lat temu, a ja od tamtej pory ślepo w nią wierzyłem.

Kliza nie odpowiadała.

– Co ty konkretnie sugerujesz? – spytałem.

– Konkretnie? Nic. Mówię tylko, że powinniśmy się zastanowić…

– Nad czym?

Znów odniosłem wrażenie, jakby miała zamiar mnie pocieszyć. Tym razem jednak ręka nawet jej nie drgnęła.

– Falkow był w to wszystko zamieszany na długo przed wydarzeniami pod Highlanderem – oznajmiła. – Może chciał w jakiś sposób zemścić się za to, co go spotkało w Kappie.

– To absurdalne.

– Przekonajmy się – odparła stanowczo.

– Jak?

– Jedźmy na komendę, Wern. Wyłóżmy mu wszystko, co wiemy. Dajmy mu do zrozumienia, że mamy dowody, że był molestowany. I że zamierzamy je ujawnić.

Dotknąłem obydwu skroni i zacząłem je masować. Głowa mnie nie bolała, ale gest z jakiegoś powodu wydawał się na miejscu.

– W najgorszym wypadku nas pogoni – kontynuowała.

– Albo postara się zniszczyć dowody.

– Tym akurat nie musimy się martwić.

Miała rację, kaseta najpewniej była już w drodze do jej znajomego na północy kraju. Nie było sposobu, by Jonatan Falkow ją namierzył. O ile w ogóle zależałoby mu na zniszczeniu dowodów. Tak naprawdę wciąż nie mieliśmy pojęcia, co nim kieruje.

– Masz lepszą propozycję? – spytała Kliza.

– Nie.

– W takim razie…

– W porządku – uciąłem. – Spróbujmy.

Jola od razu sięgnęła po telefon.

– Co robisz? – spytałem.

– Dzwonię na komendę.

– Świetny pomysł. Ostrzeż go, że zamierzamy go przesłuchać.

Ignorując moje obiekcje, wybrała numer.

– Zapytam tylko, czy jest dziś na służbie – wyjaśniła. – Czy może nagle zapadł się pod ziemię jak jego przełożony.

Kliza podała dyżurnej fałszywe imię i nazwisko, a potem oznajmiła, że ma coś do przekazania policji. Zaznaczyła, że zrobi to wyłącznie, jeśli będzie miała okazję porozmawiać z Falkowem.

– Może mnie pani z nim połączyć?

Rozmówczyni zaczęła tłumaczyć, że to nie działa w ten sposób, ale słowem nie zająknęła się, że Jonatana nie ma dziś na służbie. Tyle nam wystarczyło.

Pojechaliśmy w kierunku komendy, a im bliżej centrum się znajdowaliśmy, tym bardziej ruch się wzmagał. Po dwudziestu minutach zostawiliśmy samochód na podwórku przy Daszyńskiego, a potem na piechotę skierowaliśmy się ku Korfantego.

Na niebie wisiały ciemne chmury zapowiadające deszcz, ale od celu dzielił nas raptem kilkuminutowy spacer. Oboje byliśmy przekonani, że za góra kwadrans usiądziemy w gabinecie Falkowa i ujawnimy mu wszystko, czego się dowiedzieliśmy, licząc na to, że to okaże się przełomowe.

Pomyliliśmy się. Ledwo opuściliśmy bramę, jak spod ziemi wyrósł przed nami ostatni człowiek, którego spodziewaliśmy się spotkać.

Zagrodził nam drogę i patrzył na nas z zupełnie niezrozumiałą wściekłością. Nie miał na sobie munduru, ale ani przez moment nie wątpiłem, że jest uzbrojony.

Podkomisarz Prokocki stał w lekkim rozkroku i ewidentnie czekał, aż się odezwiemy. Żadne z nas nie wiedziało jednak, co powiedzieć ani jak traktować pojawienie się policjanta.

Śledził nas? Trzymał cały czas rękę na pulsie, przypatrując się naszym posunięciom? Jeśli widział nas, kiedy przejeżdżał przed Kappą, to z pewnością tak. Ale nic wówczas na to nie wskazywało.

Tak czy inaczej, był zamieszany w to, co się tam wydarzyło. Nie wiedziałem jak, ale miałem pewność, że tak było.

– Co wy wyprawiacie? – odezwał się w końcu.

Kliza była równie zdezorientowana jak ja, więc uznałem, że nie muszę przedstawiać jej człowieka, którego do tej pory na żywo nie spotkała.

– Co jest z wami nie tak? – dodał.

Widziałem, że emocje wzbierają w nim tak szybko, że za moment może sobie z nimi nie poradzić. Czułem, że muszę rozładować napięcie, ale jednocześnie przejąć inicjatywę. Właściwie to ja przecież powinienem zgłaszać pretensje, wysuwać zarzuty i obarczać go winą za to, co się działo.

Odwrócił się w stronę podwórka po drugiej stronie ulicy, a potem wskazał je ręką.

– Czas wam przemówić do rozsądku – rzucił.

Miałem wrażenie, jakbym cofnął się do szkolnych czasów i ktoś właśnie wyzwał mnie na solo.

– Nam? – odparłem. – Chyba coś ci się kompletnie…

– Nie tutaj – uciął.

Znów wskazał wejście na podwórko. Szybko uznałem, że nawet jeśli czeka tam na nas cały zastęp jego kumpli, warto zaryzykować. Po raz pierwszy to Prokocki chciał czegoś od nas, a nie odwrotnie.

Weszliśmy przez otwartą bramę, minęliśmy blokujący wjazd szlaban, a potem skręciliśmy w prawo. Dotarliśmy na sam koniec niewielkiego, zapuszczonego placu i zatrzymaliśmy się za ostatnimi zaparkowanymi tu samochodami.

Prokocki oparł się o stary, wyniszczony mur odgradzający nas od kolejnego podwórka w ciągu kamienic. Wyjął paczkę papierosów i nie częstując nas, zapalił.

– Po jaką cholerę pytaliście o Falkowa? – odezwał się.

– A skąd myśl, że to zrobiliśmy? – odparła Kliza.

– Litości….

– Jeśli to ma być wyjaśnienie, to lepiej od razu skończmy rozmowę.

Prokocki zaciągnął się płytko.

– Nic na komendzie nie dzieje się bez mojej wiedzy – oznajmił.

– Jasne – odparła Jola z przekąsem. – I dyżurna dzwoni do ciebie, kiedy tylko ktoś zapyta o jednego z twoich podwładnych. Śledzisz nas?

– Raczej kontroluję, co robicie.

– Na jakiej podstawie?

– Troski o wasze dobro.

Kliza spojrzała na niego z politowaniem, a on wypuścił dym w jej kierunku.

– Naprawdę chcecie tracić na to czas? – odezwał się. – Czy może przejdziemy do rzeczy?

Żadne z nas nie miało pojęcia, czym w istocie miałoby być sedno sprawy. Jeszcze nie. Wydawało się oczywiste, że za moment zrozumiemy nie tylko to, dlaczego Prokocki pilnował Kappy, ale także znacznie więcej o jego roli w całym tym zamieszaniu.

– Przejdźmy do rzeczy – zgodziła się Kliza. – Dlaczego tak cię dziwi, że chcieliśmy skontaktować się z Falkowem?

Zaciągnął się, patrząc na nas jak na dwójkę idiotów.

– Pytasz poważnie?

Jola milczała, ja również nie miałem zamiaru się odzywać.

– Moment... – jęknął Prokocki. – Nie oglądaliście kasety?

– Jakiej kasety? – odparła Kliza.

Policjant znów wciągnął dym do płuc, czekając na naszą reakcję. My zaś robiliśmy wszystko, by nie dać poznać po sobie zaskoczenia. Pytanie zadał takim tonem, jakby naprawdę zależało mu, byśmy zapoznali się z nagraniem.

I jakby był po naszej stronie.

– Zaraz... – odezwałem się. – To ty zostawiłeś tę kasetę w moim mieszkaniu?

Nie odpowiadał, a w jego oczach zobaczyłem podejrzliwość. Zastanawiał się, czy nie próbuję go w jakiś sposób ograć, podczas gdy ja starałem się zrozumieć, czy to możliwe, że to właśnie Prokocki zostawił mi tę taśmę.

– No? – ponagliłem go.

Wypuścił dym nosem, westchnął, a potem znów wyjął paczkę z kieszeni. Tym razem zaproponował nam po papierosie, jakby liczył na to, że to w istocie będzie fajka pokoju. Kliza nie skorzystała, ale zabrała mu paczkę i schowała ją do kieszeni. Policjant posłał jej pełne niedowierzania spojrzenie, a ja poczułem pierwsze krople deszczu na skórze.

– Nie wiem, kto podrzucił ci tamtą kasetę – odezwał się w końcu.

– Ale wiesz, co się na niej znajduje? – zapytałem.

– Oczywiście. I to nie tylko na tej, ale także na drugiej, którą znaleźliście.

Znów przyjrzał się najpierw mnie, a potem Klizie.

– Chociaż wy najwyraźniej jej nie obejrzeliście.

– Była uszkodzona.

– Wiem – przyznał. – Ale dało się ją obejrzeć.

– Tylko urywki – odparłem, a potem streściłem mu to, co powiedział nam spec od VHS.

Prokocki słuchał i nie przerywał. W pewnym momencie dostrzegłem, że jest rozczarowany rozwojem wypadków, jakby naprawdę liczył na to, że poznamy całe nagranie.

– Skoro wiesz, co jest na drugiej kasecie – podjęła Jola – to powinieneś orientować się też, co stało się w Kappie. I jakim cudem ta taśma się tam znalazła, a potem trafiła do kościelnego.

Skinął głową, ale się nie odezwał. Sprawiał wrażenie gotowego, by zdradzić nam więcej, ale jednocześnie niepewnego, od czego zacząć i jak ubrać to wszystko w słowa.

– Ile wiecie? – spytał.

– To zależy, co masz na myśli – odparłem.

– O kasetach.

– Wiemy, że nagrała je Ewa, prawdopodobnie w Obicach pod Kielcami.

Prokocki uniósł brwi.

– Kto ci o tym powiedział?

A zatem trafiłem w sedno. Świetnie, było coś, co udało się potwierdzić.

– Kasandra – odparłem. – Trafili tam z Glazurem na twój trop, dotarli do konkretnej chałupy i znaleźli w niej kasety, które pozwoliły jej przygotować się do roli.

Nie musiałem mu tłumaczyć nic więcej, doskonale pamiętał szczegóły sprawy sprzed roku.

– Jak znaleźli tamto miejsce? – spytał.

– Najwyraźniej niedostatecznie zadbałeś o to, by twoja kryjówka przed Kajmanem pozostała...

– To nie była żadna kryjówka, do kurwy nędzy – przerwał mi, cisnął niedopałek na ziemię i zrobił krok w moim kierunku. – Już rok temu starałem się wbić ci do głowy, że żaden Kajman nie istnieje. Był wymysłem wyobraźni, który miał sprawić...

– Kasandra go nie wymyśliła.

Zacisnął usta, nie odrywając wzroku od moich oczu.

– Masz rację – przyznał. – Nie ona.

– Co ty niby sugerujesz?

– Oglądałeś nagranie Ewy, resztę możesz sobie dopowiedzieć.

– Chcesz mi wcisnąć, że go sobie uroiła?

Znów się cofnął, oparł się o mur i zapalił kolejnego papierosa. Miałem wrażenie, że zatrzęsła mu się przy tym ręka.

– Staram się wytłumaczyć ci to od roku, Werner – odparł.

Pamiętałem doskonale, jak wmawiał mi, że Kajman nie istnieje, że to tylko element manipulacji Kasandry i nikt tak naprawdę nie dybał ani na mnie, ani niegdyś na Ewę. I że to jej ciało zostało znalezione na Bolko.

Przyczynę śmierci zakwalifikowano później jako samobójstwo, ale nie byłem gotów dać wiary czemukolwiek, co mówił ten człowiek.

A mimo to z jakiegoś powodu teraz odnosiłem wrażenie, że nie kłamie.

– Nic z tego nie rozumiem – powiedziałem z irytacją. – Możesz mi to wyjaśnić?

– Ewa rzeczywiście była w Obicach. I nagrała tam kasety, które jakiś czas później przewiozłem do Kappy. Mój błąd polegał na tym, że ich nie sprawdziłem, bo najwyraźniej ktoś od Kasandry przywłaszczył sobie jedną z nich, a może przegrał. Nie wiem, trudno powiedzieć.

– Ale… – Musiałem na moment urwać, by zebrać myśli, i poczułem, że siąpi nieco mocniej. – Co ty w ogóle robiłeś w Kappie?

– Czasem pomagaliśmy tam trudnym dzieciakom.

– My?

– Ochotnicy z komendy.

Obróciłem się do Klizy i spostrzegłem, że ona w tym samym momencie dopowiedziała sobie resztę.

– Ty i Falkow? – zapytałem.

– Zgadza się.

– Ale przecież on…

– Bywał tam od długiego czasu – dokończył za mnie Prokocki. – Jeszcze zanim zaciągnął się do policji. Właściwie to za jego sprawą się zgłosiłem, przekonał mnie.

Boże, wszystko zaczynało układać się jak pasujące do siebie części rozbitej mozaiki. Dotychczas nie miałem bladego pojęcia, co mogłaby przedstawiać, ale teraz powoli wyłaniał się z tego miszmaszu jakiś obraz.

– Nie ma żadnego Kajmana, rozumiesz? – dodał, a potem głęboko się zaciągnął. – Nigdy nie było.

– W takim razie...

– Ewa zniknęła z zupełnie innego powodu.

Ból w jego głosie był wyraźnie słyszalny. I potwierdzał to, co było dla mnie jasne od pewnego czasu – podkomisarz brał w zaginięciu mojej narzeczonej czynny udział. Nie wiedziałem tylko, po której stronie.

– Jedenaście lat temu nieprzypadkowo przydzielili cię do tej sprawy, prawda? – spytałem.

Potwierdził ruchem głowy, unikając mojego wzroku.

Dlaczego wcześniej na to nie wpadłem? Przecież w całym tym zamieszaniu akurat to było logiczne. Nigdy nieznalezieni sprawcy, niejasne okoliczności i policjant, który po latach nie był gotów nawet dopuścić, że trafiliśmy z Blitzem na trop Ewy.

– Zrobiłeś jej coś?

– Nie.

Tym razem to ja się do niego zbliżyłem, ale Kliza nagle złapała mnie za rękę. Dotyk znów podziałał na mnie jak lekkie porażenie prądem. Otrząsnąłem się i uświadomiłem sobie, że tylko zachowanie spokoju pozwoli mi poznać prawdę.

Oprócz niej chciałem jednak wyciągnąć z niego coś jeszcze.

– Gdzie jest Kasandra? – rzuciłem.

Prokocki zdawał się zaskoczony.

– Naprawdę, Werner… – odparł z powątpiewaniem. – Właśnie o to chcesz mnie teraz zapytać?

Zignorowałem niewypowiedziany zarzut i pretensję w jego głosie. I znów musiałem się zmitygować, by nie przesadzić. Miałem zamiar zadać kolejne pytanie, ale uprzedziła mnie Kliza.

– Wystarczy tego błądzenia po omacku – rzuciła. – Nie sądzisz, że pora nam wszystko wyjaśnić?

Podkomisarz nabrał tchu.

– To może chwilę zająć – oznajmił. – W dodatku przełknięcie gorzkiej prawdy może wymagać dobrej popitki.

Żadnemu z nas kącik ust nawet nie drgnął. Prokocki znów kontrolnie się rozejrzał, a potem zaproponował, byśmy poszli do pobliskiego monopolowego. Przystałem bez wahania – zgodziłbym się na wszystko, bo widziałem, że podkomisarz podjął już decyzję. Zamierzał wyjawić nam całą prawdę. Od samego początku. Od momentu, kiedy w Kappie doszło do tego, co położyło się cieniem na przyszłości tak wielu osób.

11

Przypuszczałem, że wrócimy na podwórko za punktem ksero, ale Prokocki twierdził, że po pierwsze to nie jest dobre miejsce na tego typu rozmowę, a po drugie jest coś, co musi nam pokazać.

Nie oponowaliśmy. Wsiedliśmy do felicii, a potem skierowaliśmy się w stronę Wójtowej Wsi. Niedaleko kapliczki podkomisarz kazał mi skręcić w lewo, a chwilę później wjechaliśmy na most nad Kanałem Ulgi. Prowadził na wyspę Bolko, na której znaleziono rzekomo ciało Ewy, ale to nie ona była celem podróży.

Lekka mżawka, która przed momentem była jedynie niewygodą, teraz przerodziła się w uporczywą ulewę, jakby spadł na nas Boży gniew, a Wszechmogący uznał, że najwyższa pora zmyć wszystkie grzechy świata.

Zaparkowaliśmy kawałek za mostem Pajęczym, a potem narzuciliśmy kurtki przeciwdeszczowe i wróciliśmy do niego na piechotę. Mimo że mieszkałem w Opolu całe życie, dotychczas nie miałem pojęcia, jaką nazwę nosi przeprawa nad kanałem Odry. Teraz z jakiegoś powodu wydawała mi się znacząca. I napełniała mnie niepokojem.

Zeszliśmy pod most i skierowaliśmy się na niewielki nasyp tuż pod przęsłami. Za młodu zdarzało mi się wypić tu więcej piw, niż podpowiadał zdrowy rozsądek, ale nie tylko mnie. Miejscówka była swego czasu dość popularna, przynajmniej dopóty, dopóki nie zaanektowali jej bezdomni.

Teraz zalegały tutaj śmieci, które przywodziły na myśl raczej ulubione miejsce narkomanów niż nieletnich i drobnych pijaczków. Potężne elementy konstrukcyjne mostu stwarzały niemal klaustrofobiczne wrażenie, a unoszący się w powietrzu smród moczu i wszechogarniający brud sprawiały, że chciało się jak najszybciej opuścić to miejsce.

Nieprzyjemne odczucia potęgował dźwięk przewalającej się przez tamę, spiętrzonej wody i widok ciemnej piany. Przez nieustanny szum mówiliśmy nieco głośniej, ale nie przypuszczałem, byśmy musieli obawiać się, że ktoś przypadkiem nas usłyszy.

W okolicy nikogo nie było.

A przynajmniej tak sądziłem do momentu, kiedy zza jednego przęsła wyłonił się mężczyzna, który ewidentnie na nas czekał. Kiedy ostatnim razem go widzieliśmy, nosił koloratkę. Teraz ją ściągnął.

Tuż za nim wyszła Karolina Falkowska. Ona także nie przypominała tej butnej, bezpośredniej kobiety, z której niedawno staraliśmy się coś wyciągnąć.

– Co to ma znaczyć? – odezwała się Kliza, patrząc na Prokockiego.

W jej głosie zadrgała nuta obawy, a ja bynajmniej się nie dziwiłem. Sam odniosłem wrażenie, jakbyśmy wpadli w wyjątkowo prostą pułapkę.

– Zabrałeś nas na zjazd Kappy po latach i zapomniałeś o tym wspomnieć? – dodała.

– Spokojnie.

Jola rozejrzała się nerwowo. Nie mogliśmy liczyć na jakąkolwiek pomoc, a przewaga liczebna trzy do dwóch właściwie przekreślała nasze szanse na obronę. Szczególnie że jeden z przeciwników miał broń.

– Zaraz wszystkiego się dowiecie – zapewnił Prokocki, wyciągając butelkę, którą kupił w monopolowym.

Chciałem mu ufać, ale nie potrafiłem zmusić się do choćby szczątkowego optymizmu. Wszystko, co przed momentem wydawało mi się pewnikiem, teraz stanęło pod znakiem zapytania.

– Dlaczego nas tu zabrałeś? – spytała Kliza.

Odkręcił wódkę i pociągnął łyk.

– Do niczego was nie zmuszałem. Sami tu przyjechaliście, prawda?

– Tylko dlatego, że dałeś nam do zrozumienia, że to tutaj wszystkiego się dowiemy.

– I tak będzie – oświadczył matowym głosem.

Skupiając na księdzu i Falkowskiej, nie zauważyłem, że z miejsca, w którym na nas czekali, wyszła jeszcze jedna osoba. Ją także rozpoznałem bez trudu, choć teraz Electra miała na sobie znacznie bardziej wyjściowy strój niż ostatnim razem, kiedy się widzieliśmy.

Jako jedyna posłała nam niewyraźny uśmiech. Reszta sprawiała wrażenie, jakby stawiła się na stypie.

Tylko po czyim pogrzebie?

Zanim zdążyłem odpowiedzieć sobie na to pytanie, cała trójka do nas podeszła. Przywitali się z Prokockim, nam posłali jedynie krótkie spojrzenia. Jedynym, który się odezwał, był Antoni.

– Niech będzie pochwalony – powiedział.

Wraz z Klizą skinęliśmy mu głowami, a on spojrzał na podkomisarza.

– Obejrzeli kasetę? – spytał.

– Tylko częściowo. Okazała się uszkodzona.

Duchowny cmoknął z dezaprobatą.

– I właśnie dlatego próbowali skontaktować się z Jonatanem? – zapytał.

– Tak.

– Więc nie wiedzą, co się wydarzyło...

– Nie – potwierdził Prokocki, a potem wyjął paczkę fajek. – Uznałem, że najlepiej będzie, jeśli ojciec im wszystko wyjaśni.

Antoni przysiadł na nasypie, a potem ruchem ręki zasugerował, byśmy zajęli miejsce obok niego.

– Dzięki – odparła Jola. – Nie będziemy się rozsiadać, bo jak tylko dostaniemy wyjaśnienia, zabieramy się stąd.

– To się okaże.

Kliza uniosła brwi z niedowierzaniem i się uśmiechnęła.

– Grozi ksiądz nam? Poważnie?

– Z moich ust nikt nigdy żadnych gróźb nie usłyszy.

Jola nie wyglądała na przekonaną, może dlatego, że potrójna, kategoryczna negacja „nikt nigdy żadnych" rzadko spełniała swoją rolę. Kliza przyjęła konfrontacyjną pozę, podpierając się pod boki, jakby chciała wyzwać rozmówcę na pojedynek.

– Dajmy spokój tym chrześcijańskim obietnicom – powiedziała. – I niech ksiądz robi to, po co tutaj przyszedł.

– Czyli? – spytał Antoni. – Czym to twoim zdaniem jest?

– Nie mam pojęcia. O wyjawienie prawdy bynajmniej księdza nie podejrzewam.

– Dlaczego?

Kliza zbliżyła się, a Prokocki lekko drgnął. Ten nieznaczny ruch uświadomił mi, że podkomisarz jest w ciągłej gotowości, by interweniować. Być może słusznie, bo od tego, co miał do powiedzenia Antoni, zależało, jak ta sytuacja się potoczy.

– Naprawdę musi ksiądz pytać? – spytała Jola i prychnęła.

– Tak – odparł spokojnie duchowny, a jego opanowanie wyraźnie działało Klizie na nerwy. – Skoro nie obejrzeliście całości materiału, nie wiem, czy w ogóle rozumiecie, co się wydarzyło.

– Rozumiemy, że molestował ksiądz Jonatana.

Antoni otworzył usta i lekko zbladł. Nie mogłem przesądzić, czy to rezultat unoszących się oparów uryny, czy konfrontacji z prawdą.

– Skąd ta myśl? – zapytał.

– Na nagraniu Ewa mówi o waszej relacji – włączyłem się.

– Bliskiej relacji – dodała Jola. – I tym, jak wyglądało to z punktu widzenia reszty.

Falkowska zaśmiała się protekcjonalnie i pokręciła głową. Chciała coś powiedzieć, ale Antoni powstrzymał ją ruchem ręki. Nie protestowała, co pokazywało, jak dużym szacunkiem w Kappie cieszył się ten duchowny.

– Tak... – odezwał się.

– Więc potwierdza ksiądz? – rzuciła Jola. – Przyznaje się do tego?

– Potwierdzam, że moi podopieczni początkowo właśnie tak to widzieli.

Spojrzałem na Electrę i Karolinę. Nie wyglądały na zadowolone, a właściwie odniosłem wrażenie, jakby miały do nas pretensje o to, że w ogóle mogliśmy tak pomyśleć.

– Z Jonatanem łączyła mnie szczególna więź – dodał. – Ale głównie dlatego, że byłem pierwszą osobą, której się zwierzył.

– Co do swojej orientacji? – zapytałem.

Duchowny skinął lekko głową.

– I potem ksiądz to wykorzystał, tak? – dodała Kliza. – Pocieszył młodego, zagubionego chłopaka, który nigdzie nie znajdował zrozumienia? Może powiedział mu, że on też czuje do innych mężczyzn to samo i...

– Nie. To zupełnie nie tak.

– Jasne.

– Proszę mnie posłuchać...

– Nie muszę, żeby wiedzieć, co tam się stało – przerwała mu. – To zawsze działa mniej więcej w taki sam sposób.

Najpierw robicie z siebie aniołów stróżów, wyrywacie nas z toksycznego środowiska, zapewniacie nam opiekę i dajecie poczucie bezpieczeństwa, a potem...

Urwała i zaklęła cicho. Jeśli dotychczas miałem jakiekolwiek wątpliwości, że cały jej ogląd sprawy miał związek z jakimiś przeżyciami z przeszłości, to właśnie je rozwiała.

Przez moment trwała pełna napięcia cisza. Zawiesiłem wzrok na brzegu rzeki, ale ściana deszczu niemal całkowicie przesłaniała widok.

– Jeśli chciałabyś... – zaczął Antoni.

– Co? Porozmawiać kiedyś o tym? – dokończyła za niego. – To co? Mam zwrócić się do ciebie, bo masz doświadczenie w manipulowaniu młodymi, niczego nieświadomymi ludźmi?

Ksiądz patrzył na nią ze współczuciem i gotowością do zaoferowania pomocy, a przynajmniej tak mi się wydawało. Równie dobrze mogła być to jednak ćwiczona latami reakcja.

– Jonatan nie był niczego nieświadomy – odparł po chwili duchowny. – Wiedział o swojej orientacji od dawna, uporał się z nią.

– To nie problem, z którym ktokolwiek musi się uporać – oznajmiła Jola.

– Wyraziłem się nieprecyzyjnie...

– To niech ksiądz się bardziej postara.

Pokiwał głową, niezrażony jej podejściem. Prokocki znów się napił, a ja miałem nadzieję, że na tym poprzestanie. Ostatnim, czego potrzebowaliśmy, był niepotrafiący trzeźwo myśleć facet z bronią.

– Jonatan przyszedł do mnie, bo szukał pomocy. Ale nie takiej, jak sądzicie.

– A jakiej? – spytała.

– Nie wiedział, jak odnaleźć się w Kościele.

– To znaczy?

Ojciec Antoni podciągnął kolana, a potem wbił wzrok w nasyp. Wyglądał jak zagubione dziecko, które właśnie straciło nadzieję na to, że rodzice je odnajdą.

– Żył w kłamstwie, trzymał swoją orientację w tajemnicy przed wszystkimi. Miał świadomość, że nie zaakceptuje go ani rodzina, ani tym bardziej jego wspólnota.

– Był religijny? – zapytałem.

– Owszem.

Nie współgrało to ani trochę z obrazem Falkowa, który miałem w umyśle. Z mojego punktu widzenia był to skorumpowany oportunista, gotowy zrobić wszystko, by wypełnić kieszenie pieniędzmi Kajmana.

Ale być może się myliłem. Jeśli od początku źle rozumiałem tę sytuację, to także rola Falkowa mogła być zupełnie inna od tej, którą mu przypisałem.

– Chciał żyć w związku, chciał doświadczać cudu miłości, jak każdy człowiek – odezwał się Antoni. – Ale jednocześnie pragnął być w Kościele.

– I?

– Poprosił mnie o pomoc w tym, by jakoś połączyć te dwa pragnienia.

Duchowny na moment zrobił pauzę, a ciszę, która zaległa, mącił jedynie szum pieniącej się wody.

– Jonatan prawdziwie kochał osobę, z którą był w związku – dodał po chwili Antoni. – Ale kochał także Boga. I razem szukaliśmy sposobu, by nie musiał wyrzekać się żadnej z tych miłości.

Kliza nie zdawała się przekonana. Ja jednak miałem wrażenie, że ból w głosie księdza nie jest pozorowany.

– Wtedy były inne czasy – ciągnął. – Dziś są takie inicjatywy jak Wiara i Tęcza, a Ojciec Święty zapytany o homoseksualistów odpowiada: a kimże ja jestem, żeby ich oceniać? Nie jest idealnie, ale lepiej. Liczba duchownych, którzy uważają homoseksualizm za chorobę, wciąż maleje, coraz rzadziej proponują terapie, a częściej wyciągają pomocną dłoń. Wtedy żyliśmy jednak w zupełnie innych okolicznościach…

Urwał, podniósł wzrok i zawiesił go gdzieś po drugiej stronie rzeki. Potem spojrzał na mnie, spodziewając się jakiejś odpowiedzi.

– A ksiądz mimo to dobrodusznie próbował mu pomóc? – spytała Kliza, zanim zdążyłem wpaść na to, jak potraktować jego słowa.

– Tak.

– Złoty człowiek – odbąknęła.

– Pomagałem nie tylko jemu – zadeklarował. – Przychodzili do mnie różni ludzie, którzy szukali dla siebie miejsca w Kościele, a ja nigdy… nigdy nie śmiałbym im odmówić.

Albo wyjątkowo źle oceniliśmy tego człowieka, zarzucając mu skłonności pedofilskie, albo był on wyjątkowo dobrym aktorem. Nie sposób było na podstawie samych jego zapewnień przesądzić, która wersja jest prawdziwa.

– Ojciec Antoni zrobił, co mógł, żeby mu pomóc – odezwała się Electra.

Po raz kolejny pomyślałem, że z kimkolwiek rozmawialiśmy, wszyscy odnosili się do niego z takim samym szacunkiem. Może coś w tym było.

– Nie tylko jemu – powtórzyła słowa księdza Falkowska.

– Ojciec odprawiał… i dalej odprawia dla nich msze.

– Dla nich? – spytałem.

– Dla gejów – odparła Karolina, a potem uniosła ręce, jakby chciała zasugerować, że najwyższa pora, by Bóg zesłał na mnie łaskę mądrości. – Na przykład kiedy świętują kolejne rocznice swoich związków. Złażą się ich rodziny, znajomi… W sumie jest prawie tak, jakby byli po ślubie, nie?

– Nie, niezupełnie – zaoponował cicho Antoni. – Ale owszem, celebruję dla nich msze, w których chcą podziękować Bogu za miłość, która ich…

– To jakieś brednie – włączyła się Kliza. – Wykorzystywałeś tego chłopaka.

W jego oczach coś zgasło, jakby otrzymał o jeden cios za dużo. Na jakiś czas znów zaległa cisza, a ja zerknąłem znacząco na Jolę, mając nadzieję, że dzięki temu trochę przystopuje. Im dłużej atakowała duchownego, tym bardziej oddalaliśmy się od tego, co interesowało mnie najbardziej.

Wydało mi się, że w końcu to zrozumiała.

– Był dla mnie jak syn – odezwał się w końcu Antoni. – Nigdy bym go nie skrzywdził.

Karolina i Electra odwróciły wzrok, a ja wyczułem jakiś niewypowiedziany żal, który zdawał się trawić wszystkich zebranych.

– Jonatan był głęboko religijny, chodził na pielgrzymki, spowiadał się regularnie, przyjmował komunię…

– Chyba ksiądz sobie jaja robi – wtrąciła Jola.

Zakląłem w duchu.

– Nikt nie dałby mu rozgrzeszenia – dodała.

– Ja dawałem.

Zmarszczyłem czoło, przypatrując mu się uważnie. Oczywiście wiedziałem o księżach, którzy pomagają gejom na wszelkie możliwe sposoby, także dając im rozgrzeszenie i tym samym pozwalając na inne sposoby uczestnictwa we wspólnocie. Czasem robili to dlatego, że sami mieli taką orientację, czasem wynikało to z bardziej liberalnego podejścia do pełnienia posługi.

– Ksiądz też jest…

Zacząłem, ale nie musiałem kończyć. Antoni spojrzał na mnie ze spokojem i ciepłem, jakby nieco bawiło go, że z jakiegoś powodu nie dokończyłem myśli.

– Tak – potwierdził. – I nie boję się powiedzieć, że w Kościele jest wielu księży, którzy są gejami. Ale czy to ma jakiekolwiek, choćby najmniejsze znaczenie? Równie dobrze moglibyśmy przesądzać o wartości człowieka ze względu na jego wzrost. Ostatecznie to przecież nie orientacja, ale…

– Dajmy spokój tym wywodom – ucięła Kliza. – I całej tej historyjce.

– Chcecie wiedzieć, co stało się w Kappie, a…

– Otóż to – potwierdziła stanowczo.

– Ale to bezpośrednio wynika z tego, co nazwałaś historyjką.

– W jakim sensie? – zapytałem, a potem usiadłem obok księdza.

Czy mu wierzyłem? Tak, chyba tak. Z jakiegoś powodu od samego początku wydawało mi się, że cała ta koncepcja z pedofilią jest jedynie naszym wymysłem. Niestety zbudowanym na wydarzeniach, które rozgrywały się na całym świecie, nie tylko w naszej bezpośredniej okolicy.

Ostatecznie mogliśmy paść ofiarami potrzeby stosowania odpowiedzialności zbiorowej. Nie wiedziałem, z czego wynikała, ale zdawała się wpisana w ludzką naturę. Wystarczyła informacja, że ksiądz położył rękę na kolanie chłopaka. Resztę właściwie sami sobie dopowiedzieliśmy.

– Żadne z dzieci w Kappie nie wiedziało o orientacji Jonatana – odezwał się Antoni.

Bywalcy Antoniówki nie byli żadnymi dziećmi, ale typowymi licealistami, tylko czekającymi na to, by zgnoić każdego, kto przejawiał jakiekolwiek odstępstwo od ogólnie przyjętych standardów. W tym sensie zasady rządzące światem nastolatków nie dyskryminowały – wszelka inność była traktowana równorzędnie.

– Jonatan ukrywał to przed wszystkimi prócz mnie – dodał duchowny.

– I Dawida – dopowiedziałem. – O ile to rzeczywiście jego imię, a nie biblijna parabola.

Ksiądz potwierdził lekkim skinieniem, ale nie wiedziałem, co konkretnie ma to oznaczać.

– Więc tak się nazywał? Jego partner? – dodałem.

– Owszem. Dawid Kalwak.

Kliza otworzyła usta, a ja wbiłem wzrok w Antoniego. Po moście nad nami przejechał jakiś samochód, a dudnienie, które się rozległo, spotęgowało mój szok.

– Zaraz... – jęknąłem.

– To brat Andrzeja Kalwaka, tak – odezwał się duchowny. – Tego, który wykonał zdjęcia w Kappie. Miał wtedy półamatorskie studio fotograficzne, ale zrobił to nieodpłatnie, przez wzgląd na brata.

Starałem się poukładać te elementy w spójną całość, ale wciąż brakowało zbyt wielu części. Przestrzenie między nimi zaczynała gorączkowo wypełniać moja wyobraźnia, obawiałem się jednak, że idzie zbyt daleko.

Głuche dudnienie ustało. Samochód zaparkował gdzieś za mostem.

– Czekamy na kogoś? – zapytałem niepewnie.

Jola drgnęła nerwowo, jakby uznała, że rozmowa poszła w kierunku, który kazał jej zachować najwyższą czujność.

– Pytałem o coś – dodałem bardziej stanowczo, patrząc na Prokockiego.

Ten skrzyżował ręce na karku, a potem obrócił się w lewo, ku ścieżce prowadzącej do wałów przeciwpowodziowych. Wszyscy skierowaliśmy wzrok w tamtą stronę, a po chwili uświadomiliśmy sobie, że w istocie na kogoś czekaliśmy.

Kogoś, kto miał wszystkie odpowiedzi.

Kiedy Ewa wyszła zza przęsła, serce mi się zatrzymało.

12

Nie wyglądała tak, jak pamiętałem. I nie tak, jak sobie wyobrażałem.

Różniła się od…

Od kogo? Od czego? Od mojego własnego wyobrażenia o tym, jak będzie wyglądała po tych wszystkich latach? Od Kasandry, której fizys zacząłem utożsamiać z moją zaginioną narzeczoną?

Na nagraniach nie widać było jej dokładnie, ale z pewnością przypominała na nich bardziej siebie. A przynajmniej tę wersję, którą miałem w pamięci.

Ewa, która pojawiła się nagle pod mostem Pajęczym, była zupełnie inna. Zmieniła kolor włosów, owal jej twarzy różnił się od tego, który znałem, nosiła ubranie zupełnie do niej niepasujące i nie pachniała tak, jak pamiętałem. Jej wzrok wydawał się obcy, mowa ciała zupełnie niezrozumiała, a sposób poruszania się – sztuczny i pozowany.

Jedyne, co rozpoznawałem, to usta. Znałem doskonale ich obrys, każdy szczegół i każdą niedoskonałość.

Podniosłem się powoli, ale zaraz nogi się pode mną ugięły. Ojciec Antoni przytrzymał mnie i mówił coś, czego nie rozumiałem. Dudnienie, które przed momentem słyszałem, teraz zdawało się wrócić z większą mocą i odbijać paraliżującym echem w moim umyśle.

Patrzyłem na Ewę, widziałem, że porusza ustami, ale żadne słowa do mnie nie docierały.

Dopiero po chwili z tego, co mówiła, zaczęło przebijać się to jedno, dobrze mi znane słowo.

Tygrysie.

Intonacja, ułożenie ust, spojrzenie. Wszystko się zgadzało. Wszystko należało do Ewy, którą znałem. Mojej Ewy. Tyle że zdawało się to jedynie maską nałożoną na twarz kogoś, kto tak naprawdę nie jest tamtą osobą.

Antoni pomógł mi na powrót usiąść. Nie byłem w stanie ustać.

Kliza podeszła do mnie, położyła mi rękę na ramieniu i próbowała pochwycić moje rozbiegane spojrzenie. W końcu poklepała mnie lekko po policzku, jakbym rzeczywiście potrzebował cucenia.

– Jak... – wydusiłem.

Popatrzyłem na Prokockiego. Człowieka, który od roku zapewniał mnie, że moja narzeczona nie żyje. Miał kamienny wyraz twarzy, nie zdradzał jakichkolwiek emocji. Podobnie zachowywała się cała reszta, z wyjątkiem mnie i Klizy.

– Nie... nie rozumiem... – szepnąłem.

Co innego mogłem powiedzieć?

Owszem, przez cały ten czas przekonywałem samego siebie, że Ewa żyje, ale dotychczas była to tylko ulotna autosugestia. Teraz mierzyłem się z rzeczywistością. I z faktem, że Ewa naprawdę ukrywała się gdzieś przez jedenaście lat.

Odłożyła parasol, z którym przyszła, a potem zbliżyła się do mnie ostrożnie, jakby obawiała się, że mnie spłoszy. Przykucnęła przede mną i popatrzyła mi prosto w oczy. Odniosłem wrażenie, że stara się przekonać mnie, iż naprawdę tutaj jest. Na wyciągnięcie ręki. W końcu, po tak długim czasie.

Ale dlaczego w takim razie czułem, że dystans dzielący nas jest większy niż kiedykolwiek?

– Damian? – odezwała się niepewnie.

Mówiła jak do szaleńca, któremu nie założono kaftana bezpieczeństwa, choć powinno się to zrobić. Potrząsnąłem głową, uznając, że to porównanie wcale nie jest tak dalekie od prawdy, jak chciałbym.

– Skąd... jak... – wydukałem.

– Wszystko ci wyjaśnię.

– Ale...

– Musisz tylko się uspokoić.

Jej ręka drgnęła, jakby Ewa zamierzała położyć ją na mojej dłoni, ale w ostatniej chwili się rozmyśliła. Byłem jej za to wdzięczny. Gdyby teraz doszło do jakiegokolwiek kontaktu fizycznego, choćby muśnięcia, chyba zerwałbym się na równe nogi i uciekł.

Nie rozumiałem swojej reakcji. Nie spodziewałem się, że będzie tak wyglądała.

Niezliczenie wiele razy rozgrywałem tę sytuację w głowie, marząc o ponownym spotkaniu. Każdy scenariusz wyglądał zupełnie inaczej od tego. W jednym rzucała mi się na szyję, w innym ja brałem ją mocno w ramiona i podnosiłem.

Żaden nie zakładał, że jej bliskość będzie budziła we mnie głęboki niepokój.

To nie było wymarzone spotkanie po latach. Ale nic w tej sytuacji takie nie było.

– Boże… – powiedziałem cicho i zamknąłem oczy. – Musisz… musisz mi wszystko…

– O wszystkim ci opowiem – zapewniła po raz kolejny.

Przesunąłem dłońmi po włosach i potarłem nerwowo kark.

– Co się z tobą działo? – zapytałem. – Gdzie byłaś? Dlaczego nie…

– Dowiesz się wszystkiego, Tygrysie. Obiecuję.

Mogła zapewniać mnie bez końca – i tak nie byłem gotów uwierzyć, że ostatecznie poznam całą prawdę. Po tych wszystkich kłamstwach, manipulacjach i błędnych tropach dotarcie do celu wydawało się po prostu niemożliwe.

A mimo to Ewa znajdowała się tuż przede mną. Gotowa opowiedzieć mi całą swoją historię. Tym razem prawdziwą.

13

Potrzebowałem trochę czasu, by w końcu dojść do siebie. Po moich gorączkowych pytaniach, czy wszystko z nią w porządku, i jej uspokajających zapewnieniach, że tak, w końcu zapanowałem nad emocjami. Przynajmniej na tyle, by wysłuchać, co ma mi do powiedzenia.

Pytań, które cisnęły mi się usta, było zbyt wiele. Gdyby tylko pozwoliła mi przejąć inicjatywę, zalałbym ją nimi i nie dał czasu na to, by odpowiedziała na którekolwiek z nich. Szczęśliwie była tego świadoma.

Pozostali milczeli, ale ich obecność była nieodzowna. Być może to właśnie ona sprawiała, że nie rzuciłem się na Ewę jak na poszukiwany przez całe życie skarb i nie próbowałem przekonać się na wszelkie możliwe sposoby, że istnieje naprawdę.

– Jak wiele mu ojciec powiedział? – zwróciła się do Antoniego.

– Właściwie tylko tyle, że Jonatan ukrywał swoją orientację przed wszystkimi oprócz mnie i Dawida.

– A jeśli chodzi o... – Urwała i rozejrzała się dookoła. – O wydarzenia tutaj?

– Nie zdążyłem.

Odniosłem wrażenie, że z trudem przyszło jej przełknięcie śliny. Patrzyła na okolicę, jakby wiązała się z jakimiś traumatycznymi wydarzeniami.

Ale tutaj przecież nic jej się nie przydarzyło. To, co zniszczyło nasze życie, miało miejsce przy innej odnodze przecinającej miasto rzeki. Niedaleko, w linii prostej może dwa kilometry stąd, ale nie tutaj. Tu w ogóle nie powinno jej być.

Zamrugałem niecierpliwie i nabrałem głęboko tchu.

– Może to i dobrze – odezwał się Antoni. – Lepiej, żebyś ty mu wszystko przedstawiła.

Pokiwała głową w zamyśleniu, a potem przysunęła się nieco.

To był ten moment. Ta jedna chwila, na którą czekałem. Ta, w której dowiem się, co się wydarzyło.

Ewa popatrzyła po wszystkich zebranych, a potem wbiła wzrok we mnie.

– To, co usłyszysz, może okazać się...

– Po prostu mów – uciąłem.

Skinęła głową, a mnie przez moment wydało się, że to ja kontroluję tę sytuację.

– Bywaliśmy tutaj dość często – zaczęła. – Z Kappy to kwadrans na piechotę, a szybkim krokiem znacznie mniej. Miejscówka była dobra jak każda inna, szczególnie dla dzieciaków chcących się napić, zapalić...

Zawiesiła głos, a ja nie mogłem opędzić się od wrażenia, że rzeczywistość właśnie daje mi mocno po dupie. Sam fakt, że Ewa wspomniała o świetlicy jako o Kappie, w zupełności wystarczał, bym uznał, że spędzała tam czas. Bez mojej wiedzy. Nie, właściwie gorzej – ukrywając to przede mną z jakiegoś powodu.

Miałem zamiar pozwolić jej mówić. Nie mogłem jednak tego tak po prostu zignorować i pozwolić jej przejść dalej.

– Dlaczego mi o tym nie powiedziałaś? – spytałem.

Ściągnęła brwi, nie wiedząc, do czego się odnoszę.

– O tym, że bywałaś w Kappie.

– Zaraz do tego dojdę, Tygrysie, ale...

– Nie – uciąłem. – Powiedz mi teraz.

Posłała mi długie, pełne zawodu spojrzenie, jakby rzucała na mnie cień.

– I nie nazywaj mnie tak – dodałem. – Przynajmniej tyle możesz dla mnie w tej chwili zrobić.

Znów potwierdziła zdawkowym ruchem głowy, nie dając po sobie poznać, czy usłyszenie tych słów było dla niej tak samo bolesne, jak dla mnie ich wypowiedzenie. Czułem jednak, że musiałem to zrobić.

– W porządku – powiedziała.

Długo zbierała się w sobie, by kontynuować.

– Nie powiedziałam ci o moich wizytach w Kappie, bo spotykałam się tam z Blitzem.

– Spotykałaś w sensie…

– Mieliśmy romans.

Poczułem, że zaschło mi w gardle.

– O ile można to w ten sposób nazwać, kiedy dwoje ludzi ma kilkanaście lat i…

– Chyba żartujesz.

Spuściła wzrok i westchnęła. Przeszło mi przez myśl, że nie tylko ja, ale także ona rozgrywała to spotkanie w myślach od wielu lat. I z pewnością nie przebiegało teraz tak, jak sobie to założyła.

– Byliśmy głupi – odezwała się. – Młodzi, bezrefleksyjni i po prostu…

Wzruszyła ramionami, ale bez cienia nonszalancji.

– Robiliśmy głupie rzeczy – dodała. – Z pewnością nie byliśmy jedyni.

– Chcesz mi powiedzieć…

– Zdradziłam cię, Damian. Tak.

Nie to chciałem usłyszeć. A ona nie to chciała mi powiedzieć. I może właśnie z tej przyczyny od tego zaczęliśmy.

Czy naprawdę się tego nie spodziewałem? Kiedy tylko okazało się, że spotykała się z innymi w Kappie, a mnie nic o tym nie mówiła, romans zdawał się najlogiczniejszym wnioskiem. Ale nie dopuszczałem go do siebie aż do teraz.

– Ty... ty i Blitz? – zapytałem. – Przecież to... przecież wy...

Uświadomiłem sobie, że całe napięcie w ich relacjach, które miało miejsce po liceum, musiało być rezultatem tego romansu. Być może krótkiego, ale realnego, bez względu na to, ile lat mieli i kiedy się zaczął.

Czy był to pierwszy raz w historii, kiedy wśród trojga dobrych znajomych dochodzi do takiej sytuacji? Nie, z pewnością nie. W świecie nastolatków to właściwie norma i przypuszczałem, że wówczas nikt nie zżymał się na myśl, że Ewa może zamienić mnie na Blitzera.

– To nie trwało długo – dodała. – Skończyło się zaraz po wydarzeniach, które rozegrały się tutaj.

Jej słowa znów coraz słabiej do mnie docierały. Poczucie szoku wracało, ale robiłem wszystko, by się z niego otrząsnąć.

– Blitz przez długi czas miał wyrzuty sumienia, chciał ci o wszystkim powiedzieć.

Nie odzywałem się. Dotarło do mnie, że właśnie ten żal sprawił, iż wbrew wszelkiej logice Blitzkrieg uparcie utrzymywał ze mną kontakt. Przychodził do knajp, w których pracowałem, starał się pomóc mi na wszelkie możliwe sposoby. A potem robił wszystko, by Ewa się odnalazła.

Był babiarzem, nigdy nie miałem co do tego wątpliwości. Był też jednak przyjacielem, lepszym niż ktokolwiek, kogo w życiu spotkałem. Czy fakt, że jako gówniarz wdał się w krótki romans z moją ówczesną dziewczyną, to zmieniał?

– I zrobilibyśmy to, Damian. Przysięgam, że powiedzielibyśmy ci o wszystkim...

– Ale?

– Ale nie mogliśmy przez to, co się tutaj stało – odparła.

Kątem oka dostrzegłem, jak Prokocki kiwa głową.

– A co się stało? – odezwała się w końcu Kliza, tym samym przypominając mi, że nie jestem tutaj sam z Ewą. I że czas najwyższy, by dowiedzieć się konkretów. Nie o tym, kto z kim za młodu, ale o tym, co się naprawdę wydarzyło.

Ewa podniosła się, a potem wepchnęła dłonie do kieszeni jasnych, opinających uda dżinsów.

– Jak mówiłam, przychodziliśmy tu czasem pić – powiedziała, a ja miałem wrażenie, jakbym słuchał zupełnie innej osoby. – Tamtej pechowej nocy, gdy wszystko się zawaliło...

– Kiedy to było? – wtrąciła Jola.

– Pod koniec lat dziewięćdziesiątych.

– I co się zawaliło?

Kliza podjęła decyzję, by przejąć inicjatywę, a ja nie miałem nic przeciwko temu.

– Wszystko – odparła Ewa. – Całe nasze życie, nasza przyszłość. Po tamtej nocy już nic nigdy nie było takie samo.

Ściągnęła ramiona i wsunęła ręce głębiej do kieszeni.

– Byliśmy tutaj w szóstkę – dodała. – Ja, Blitz, Electra, Karolina, Jonatan i Dawid. Piliśmy tanie wino, paliliśmy ohydne papierosy i żartowaliśmy ze wszystkiego, co tylko przyszło nam na myśl. Siedzieliśmy pod mostem, ale czuliśmy się panami świata. Jakbyśmy mogli wszystko.

Zmrużyłem oczy.

– Jonatan pił najmniej, jak zwykle. Może z powodu swojej religijności, a może dlatego, że był po jednej z najszczerszych rozmów z ojcem Antonim.

Razem z Jolą spojrzeliśmy na duchownego, a ten skinął głową.

– Przekonałem go, że nie może dłużej żyć w kłamstwie – podjął temat. – I Jonatan postanowił, że powie swojej rodzinie o Dawidzie. Wyjaśni im wszystko i razem zrobimy, co w naszej mocy, by jego matka i ojciec to przyjęli.

– I? – spytała Kliza. – Udało się?

– Nigdy nawet do tego nie doszło – włączyła się Ewa. – Bo zanim Jonatan poinformował o wszystkim swoją rodzinę, powiedział nam.

Wstrzymała oddech, a potem wskazała ręką miejsce tuż przed stopniem wodnym, przez który przelewały się spiętrzone fale.

– Dokładnie tam – powiedziała. – Początkowo myśleliśmy, że to jakiś żart, w głowie nam się nie mieściło, że Jonatan może być gejem, że oni obydwaj mają inną orientację… i że są razem.

Nie dziwiłem się. Była końcówka lat dziewięćdziesiątych, w telewizji wieczorami kontrowersje budziła *Filadelfia* z Tomem Hanksem w roli chorego na AIDS geja. O produkcjach typu *Współczesna rodzina* czy *Orange Is the New Black* nikt nie śmiał nawet pomyśleć. Ellen DeGeneres dopiero co ujawniła się jako lesbijka, i to w Stanach, gdzie panował zupełnie inny klimat społeczno-polityczny niż w Polsce. Hillary Clinton dopiero myślała o tym, czy w przyszłości nie zaryzykować i jako była pierwsza dama wziąć udział w marszu równości. W Holandii małżeństwa tej samej płci nie były jeszcze legalne, a w Polsce od wybrania pierwszego geja na posła dzieliło nas jeszcze kilkanaście lat.

Dziś na młodzieży oglądającej seriale na Netflixie, w których większa część bohaterów często nie jest heteroseksualna, wyznanie Jonatana nie zrobiłoby żadnego wrażenia. Wtedy jednak było inaczej.

– Kiedy nam o tym powiedzieli, zaczęliśmy sobie kpić, sam rozumiesz... – ciągnęła Ewa. – Byliśmy wstawieni i niegotowi na to, co Jonatan z Dawidem próbowali nam wytłumaczyć. Otworzyli się, a my mieliśmy po prostu używanie. Kiedy złapali się za ręce, zaczęliśmy szydzić sobie z nich jeszcze bardziej.

Na moment urwała i pokręciła głową, patrząc w pianę targaną nurtem rzeki. Potem skierowała wzrok na mnie.

– Wiesz, jak niewiele potrzeba, żeby zniszczyć marzenie kogoś, kto latami je budował? – spytała. – Bo to właśnie robił Jonatan. Nie chciał żyć z tym w tajemnicy przed innymi, czekał na to, aż będzie gotowy wyznać prawdę. I wreszcie tamtej nocy, dzięki ojcu Antoniemu, to zrobił.

– A my zrównaliśmy go z błotem – dodała Electra. – Zrobiliśmy po nich pojazd do woli.

– Szydziliśmy z niego, z Dawida, z ich związku, seksu... ze wszystkiego, co przyszło nam na myśl – ciągnęła Ewa. – Sytuacja szybko wymknęła się spod kontroli. Doszło do przepychanki... szarpaniny...

Znów wbiła wzrok w miejsce tuż nad brzegiem rzeki.

– I? – odezwała się Kliza. – Co konkretnie się stało?

Mogliśmy już odpowiedzieć sobie na to pytanie, przynajmniej oględnie. Potrzebowaliśmy jednak ostatecznego potwierdzenia, z którym nikt się nie spieszył.

– Blitz przesadził z jakimś komentarzem, Dawid próbował mu przypierdolić – zabrała głos Falkowska. – Wymienili parę ciosów, Ewa się w to wszystko wmieszała i... ech.

– I to był kluczowy moment – dokończyła za nią sama Ewa. – Rzuciłam się na Dawida, on mnie odepchnął i stracił kontrolę. W momencie gdy niemal mnie uderzył, Jonatan złapał go za fraki i szarpnął... za mocno... pechowo...

Nie odrywała wzroku od Kanału Ulgi.

– Dawid Kałwak wpadł do rzeki? – upewniła się Jola.

– Tak – potwierdziła Ewa. – Próbowaliśmy go ratować, ale nurt był zbyt silny... Pobiegliśmy wzdłuż brzegu ile sił, a potem...

Widziałem, z jakim trudem mówiła, i nie chciałem zmuszać jej do tego, by ciągnęła to choćby chwilę dłużej.

– Dwa, trzy kilometry dalej jacyś ludzie go zobaczyli – dodała, oddychając nierówno, jakby na nowo to wszystko przeżywała. – Wyciągnęli go z wody, ale było za późno. Dawid już nie żył.

Próbowałem przypomnieć sobie, czy w lokalnych mediach wówczas o tym mówiono. Nie kojarzyłem imienia i nazwiska, nie pamiętałem, bym kiedykolwiek słyszał o jakimś wypadku nad Kanałem Ulgi.

Nie dziwiło mnie to. Ilu nastolatków rzuca się pod pociąg, a potem słuch o nich ginie? Na zdawkowy nagłówek w miejscowych gazetach zwracają uwagę jedynie znajomi i rodzina. Podobnie jest w przypadku utonięć. Na każde sto tysięcy obywateli w Polsce dwie osoby giną właśnie w taki sposób. To plaga, przez którą przypadki takie jak ten Dawida Kałwaka gubią się gdzieś w bezdusznych statystykach.

– Co zrobiliście? – spytała Kliza.

– Jedyne, co mogli – odezwał się Antoni. – Przyszli do mnie.

– A ksiądz kazał im wszystko...

– Niczego im nie kazałem – zastrzegł. – Oprócz tego, by odczekali do rana i poszukali pomocy w modlitwie.

– I? Co to zmieniło?

Ewa obróciła się i zrobiła krok w naszą stronę.

– Rankiem policja znalazła w mieszkaniu Dawida list pożegnalny – odezwała się.

– Spreparowaliście...

– Boże, nie – ucięła. – Napisał go o wiele wcześniej, kiedy przeżywał kryzys i nie mógł poradzić sobie z otaczającym światem. Rok lub dwa przed tym wypadkiem... I nigdy nie miał zamiaru naprawdę odebrać sobie życia. Ale to nie miało znaczenia.

– Więc śledczy zakwalifikowali to jako samobójstwo? – spytała Jola.

– Tak. Uznali, że skoczył z mostu Pajęczego.

– Przecież to...

Zawiesiła głos i nagle zrozumiała, że obecność Prokockiego nie jest przypadkowa. Spojrzeliśmy na niego, a on nabrał głęboko tchu. Było jasne, że pomógł im w uniknięciu odpowiedzialności.

Znał Jonatana Falkowa prawdopodobnie lepiej, niż sądziłem. Być może łączyły go z księdzem więzi, o których nie wiedziałem. Czekałem, aż to wyjaśni, ale podkomisarz najwyraźniej nie miał zamiaru tego robić. Ja zaś nie planowałem naciskać, bo jego motywacje były dla mnie w tej chwili sprawą drugorzędną.

– Co stało się potem? – zapytałem.

– A jak myślisz? – odparła Electra. – Każdy wrócił do swojego życia.

– Przynajmniej na tyle, na ile potrafił – dodała Ewa. – Ja zakończyłam to, co było między mną i Blitzem, i...

– I wróciłaś do mnie.

– Nigdy od ciebie nie odeszłam, Tygrysie.

Skrzywiłem się zarówno z powodu tej deklaracji, jak i określenia, którego użyła. Przez głowę przemknęła mi natrętna, absurdalna myśl, że bardziej naturalnie brzmi, kiedy pada z ust Kasandry.

Ewa uniosła przepraszająco dłonie.

– Wtedy może rzeczywiście nie odeszłaś – przyznałem. – Ale później najwyraźniej tak.

– Nie miałam wyjścia.

– Bo?

Znów przykucnęła przed nami, a potem spojrzała z niepokojem na zegarek. Zrozumiałem, że zagrożenie, z powodu którego ukrywała się przez te wszystkie lata, może wciąż istnieć. A ona ryzykuje, zostając tutaj tak długo.

– Spieszy ci się gdzieś? – rzuciła Kliza.

– Nie. Ale obawiam się, że nie mamy już wiele czasu.

– W takim razie wygospodaruj go więcej – odparowała Jola i wskazała na mnie. – Jesteś mu winna znacznie więcej niż kwadrans wyjaśnień.

– Wiem.

Chciałem zasugerować, że nie pora na utarczki słowne, ale nie było potrzeby. Widziałem, że Ewa miała zamiar kontynuować.

– Wszyscy jakoś ułożyliśmy sobie życie, w pewien sposób pogodziliśmy się z tym, co się stało. Latami jednak ciągnęło się to za nami jak upiorne widmo...

– Niektórzy bali się, że prawda wyjdzie na jaw – dodała Karolina.

– A inni stopniowo odchodzili od zmysłów – uzupełniła Ewa. – I tak właśnie stało się z Jonatanem. Widzieliśmy, że jest z nim coraz gorzej, ale... nikt nie przypuszczał, że aż tak.

– Mów za siebie – wtrąciła Electra. – Ja od początku mówiłam, że tak będzie. I na jego miejscu pewnie skończyłabym tak samo. Zabrałaś mu wszystko, co miał, i to w momencie gdy...

– Ja?

– Gdybyś się wtedy nie włączyła w tę szarpaninę, do niczego by nie doszło.

Ojciec Antoni podniósł się, skupiając na sobie uwagę wszystkich.

– To nie była jej wina – odezwał się. – Ani jej, ani żadnego z was. Doszło do nieszczęśliwego wypadku, a tym, co później zrobił Jonatan, nikogo nie można obarczać.

– Oprócz niego – zauważyła Falkowska.

Miałem wrażenie, że w końcu docieramy do sedna.

– Co zrobił? – zapytałem.

Nie musiałem nawet patrzeć na twarz mojej narzeczonej... nie, byłej narzeczonej... by wiedzieć, że to, co zaraz mi przekaże, będzie najtrudniejszym wyznaniem w jej życiu.

– Stopniowo zaczął tracić kontrolę... – podjęła. – Przyszłość, którą miał w zasięgu, nagle wymknęła mu się z rąk. W jednej chwili stracił wszystko, ale był to tylko początek jego drogi do szaleństwa...

– Co zrobił? – powtórzyłem.

Zanim Ewa zdążyła odpowiedzieć, rozległ się dwukrotny dźwięk klaksonu. Prokocki zbliżył się do nas, podciągnął rękaw i postukał nerwowo w zegarek.

– Czas na nas – oznajmił.

14

Nie zastanawiając się nad tym ani chwili, złapałem Ewę za rękę i lekko przyciągnąłem do siebie. Wzdrygnęła się jak oparzona, a potem wbiła wzrok prosto w moje oczy. Nie miałem zamiaru puszczać, dopóki nie wyjaśni mi wszystkiego do końca.

– To on za wszystko odpowiada? – zapytałem.

– Tak – odpowiedział za nią podkomisarz. – Zupełnie mu odbiło.

– Tak nagle, po tylu latach?

– Staczał się systematycznie, Wern – dodała Ewa.

Mimo woli ją puściłem i machinalnie cofnąłem się o kilka kroków.

– Co się stało? – zapytała, marszcząc czoło.

Sam mogłem zadać sobie to samo pytanie. Dopiero po chwili zorientowałem się, że była to reakcja na określenie, którego użyła. Nigdy nie mówiła do mnie w ten sposób, skrót od nazwiska wymyśliła Kliza podczas naszej pierwszej rozmowy na RIC, potem przejęła go Kasandra. A teraz z jakiegoś powodu zupełnie bezwiednie użyła go Ewa.

Coś było nie w porządku. I to pomijając wszystkie te rzeczy, o których usłyszałem, a także i te, które mogłem sobie dopowiedzieć. Było coś jeszcze.

– Kompletnie mu odjebało – dodała z przyganą w głosie Falkowska. – Zaczął obwiniać Ewę za to wszystko, co się tutaj wydarzyło.

– Ją i Blitza – dodała Electra.

Wciąż patrzyłem na moją byłą narzeczoną, starając się stwierdzić, co tak naprawdę się dzieje. Milczała, dostrzegając, że coś jest nie tak.

– Musimy iść – rzucił Prokocki, rozglądając się. – Każda chwila tutaj to...

– Poczekaj – przerwała mu Ewa, a potem wyciągnęła do mnie dłoń.

Zignorowałem to, a ona po chwili cofnęła rękę.

– Wern...

– Dlaczego tak mnie nazywasz? – spytałem tak wrogim tonem, że zaskoczył nawet mnie samego. – Nigdy wcześniej tego nie robiłaś.

Wgłębienie między jej oczami stało się jeszcze bardziej wydatne, jakby coś sprawiało jej fizyczny ból.

– Bo oni wszyscy tak na ciebie mówią – powiedziała cicho. – A ja od pewnego czasu wiem o tobie tylko dzięki nim. Poznaję ciebie na nowo dzięki nim. To oni są moim oknem, przez które mogę spojrzeć na twój świat i...

– To znaczy? Kogo masz na myśli?

Potrząsnęła głową, wyraźnie niezadowolona z tego, że rozmowa meandruje. Upomniałem się w duchu, że jeśli będę skupiać się na detalach, nie poznam całego obrazu. A to na nim mi teraz najbardziej zależało.

– Mniejsza z tym – rzuciłem. – Więc to wszystko, co się stało... wszystko, co nas spotkało, było zemstą Falkowa?

Ewa lekko pokiwała głową.

– Stracił nad sobą kontrolę – powiedziała. – Sam nie rozumie już nawet, co jest moralne, a co nie. Dawno zatarła się w nim granica między dobrem i złem. I przez to...

– Co? To on najął tamtych ludzi na Loży Szyderców?

Cios był dotkliwy, Ewa wyraźnie go odczuła.

– Tak – przyznała. – Chciał odpłacić mi za to, co go spotkało. To we mnie przez te wszystkie lata widział główną winowajczynię...

I najwyraźniej jego narracja przeniknęła do grupy, bo przed momentem odniosłem wrażenie, że Karolina i Electra podzielają podejście Jonatana.

– Nie wiem, co zaplanował wcześniej, a co realizował naprędce, targany emocjami, z którymi nie potrafił sobie poradzić...

– Mówisz, jakby to nie była jego wina.

– Poniekąd nie była.

Odwróciłem się do niej plecami i spojrzałem na Klizę. Jej twarz wyrażała jedynie bezradność. Chciała mi pomóc – w zrozumieniu, w wyciągnięciu z Ewy kolejnych informacji, we wszystkim – ale nie miała pojęcia jak.

– Postaw się w jego sytuacji.

– Stawiam się, ale...

– Ale nigdy do końca ci się to nie uda – przerwała mi Ewa. – Bo musiałbyś najpierw przeżyć lata w negacji, potem równie długo walczyć o to, by jakoś sobie z tym poradzić, a w końcu doświadczyć upragnionej, wewnętrznej akceptacji i nadziei na to, że wszystko się ułoży.

Może rzeczywiście tak wyglądała droga Jonatana. I może pod mostem Pajęczym nagle zakończyła się niczym czołowe zderzenie z pędzącą wprost na niego ciężarówką. To jednak nie usprawiedliwiało szaleństwa, w które popadł. Nic nie mogło.

– Chciał mnie ukarać – dodała matowym głosem Ewa, a jej spojrzenie stało się puste. – Od tego zaczął. Dziś nie wydaje mi się, żeby był gotów posunąć się dalej, ale wtedy… Boże, byłam pewna, że to dopiero początek. Że zabije najpierw ciebie, a potem mnie.

– I dlatego uciekłaś?

Jeszcze godzinę temu wydawałoby mi się to nie do uwierzenia. Moja Ewa miałaby ot tak uciec? Bo się bała? Niezmuszana przez nikogo, miałaby po prostu mnie zostawić? Z własnej woli?

Mnie? Człowieka, bez którego nie wyobrażała sobie życia? Z którym była związana od lat i całkowicie przez ten czas mu oddana?

Teraz musiałem zweryfikować tamte założenia. Od początku były błędne.

– Nie potrafiłam wrócić do dawnego życia – powiedziała. – Po prostu nie potrafiłam.

Czułem, że chciałaby rozwinąć i opisać mi to, co musiała wtedy odczuwać. Irracjonalny, zupełnie absurdalny wstyd, który pojawiał się u wielu zgwałconych kobiet. Przemożne poczucie zagrożenia. Obawę, że to dopiero początek zemsty Falkowa.

Nie powiedziała mi jednak o żadnej z tych rzeczy. Mając świadomość nieubłaganie uciekającego czasu, zaczęła szybko opowiadać, jak zwróciła się o pomoc do Antoniego, a ten skontaktował się z Prokockim.

Podkomisarz ostatecznie poznał całą historię. Czuł się odpowiedzialny za swojego podkomendnego, ale nie zamierzał działać zbyt pochopnie. Dowodów właściwie nie było, a rzucanie bezpodstawnych oskarżeń nie mogło skutkować niczym dobrym.

Słuchałem jej relacji, ale miałem wrażenie, że wypowiada słowa ułożone przez rzecznika policji. W mediach nie raz i nie dwa pojawiały się podobne formułki – zazwyczaj, kiedy było już za późno, ktoś ocknął się po fakcie i pozostało jedynie próbować jakoś się usprawiedliwić.

W rzeczywistości opisywała mi nic innego jak modelowy przykład krycia swoich i zamiatania brudów pod dywan.

Prokocki zadbał o to, by Ewa znikła, zaczęła nowe życie i nigdy nie zagroziła żadnemu policjantowi swoimi zeznaniami. Wmówił jej, że tak będzie najlepiej, że dzięki temu ją ochroni. Dodał zapewne, że i tak nie ma żadnych dowodów, więc ostatecznie wszystko sprowadzi się do słowu przeciwko słowu. A te wypowiadane przez człowieka w mundurze będą miały większą wartość.

Dlatego trzymał ją z daleka od wszystkiego, a ostatecznie upozorował odnalezienie zwłok na wyspie Bolko. Nie chronił jej przed żadnym zagrożeniem ze strony Kajmana, bo takie zwyczajnie nie istniało.

To ona była zagrożeniem dla nich.

Kiedy to zrozumiałem, dotarło do mnie, że Ewa tak naprawdę nie znikła z własnej woli.

Była ofiarą, tylko sama o tym nie wiedziała.

– Skurwysyny... – szepnąłem, a potem popatrzyłem na podkomisarza. – To wszystko...

– Owszem, popełniliśmy błędy – uciął Prokocki, odkładając butelkę na skarpę. – Ale teraz chcemy je naprawić.

– Naprawić? – syknąłem. – Mój przyjaciel przez ciebie zginął.

Funkcjonariusz stanął obok Ewy i dopiero kiedy położył jej rękę na plecach, w jej oczach znowu pojawiła się iskra świadcząca o tym, że do nas wróciła.

– Wern… – szepnęła. – Tygrysie…

– To wy sprowadziliście to wszystko na Blitza – dodałem. – To wszystko wasza wina…

Najgorsze było to, że żadne z nich nie wydawało się przyjmować tego do wiadomości. Na ich twarzach nie widziałem nawet cienia wyrzutów sumienia.

– To nie tak… – odezwała się Ewa. – Wszystko byłoby dobrze, gdyby tylko…

– Co? Gdybym cię nie szukał?

– Nie. Akurat to nie mogło doprowadzić do żadnych kłopotów.

Oczywiście, że nie. Prokocki czuwał nad tym, żeby przez dziesięć lat nikt nie dotarł do konkretów. Pilnował, by nikt nie wpadł na trop tego, co naprawdę się wydarzyło.

– Problem pojawił się dopiero rok temu – odezwał się policjant. – Kiedy Kasandra postanowiła wykorzystać tę sytuację.

Kliza stanęła obok mnie, jakby uznała, że przyda mi się wsparcie. Ona rozumiała już wszystko, ja dopiero składałem to w logiczny obraz.

– To ona wyzwoliła całą lawinę zdarzeń – dodała Ewa. – Znalazła kasety w Obicach i…

– Na których opowiadasz o Kajmanie.

– To była wersja dla ciebie – powiedziała, uciekając wzrokiem. – Miała przekonać cię, że...

Nie potrafiła dokończyć, a ja nie chciałem, by to robiła. Cały czas pamiętałem, co Prokocki powiedział mi za punktem ksero. Sugerował, że Ewa uroiła sobie Kajmana. Może żeby poradzić sobie z traumą z Loży Szyderców, a może z innego, bardziej pragmatycznego względu.

– Kasandra wykorzystała moje nagrania. Wmówiła ci, że to wszystko prawda. Zmanipulowała cię i pokierowała tobą tak, żebyś pomógł zrealizować jej cele.

Nie byłem gotowy w to wszystko uwierzyć, ale jednocześnie wiedziałem, że powinienem. Nie miałem powodu, by ufać Kasandrze. Ewie na tym etapie również nie – tyle że w głębi ducha czułem, że to jej wersja jest prawdziwa.

Los dołożył mi dwukrotnie. Najpierw za sprawą jednej, a potem drugiej kobiety. Obydwie pokazały mi, jak łatwo sterować okrętem, który w żaglach ma tęsknotę i dążenie do prawdy.

– Blitz wiedział, co się stało lata temu – kontynuowała Ewa. – I Falkow zdawał sobie sprawę, że niewiele czasu minie, zanim odkryje, że moje zaginięcie miało związek z wydarzeniami nad Kanałem Ulgi.

– To on go zabił? – spytałem, choć tak naprawdę nie musiałem.

Prokocki potwierdził skinieniem głowy.

– Zatarł wszystkie ślady – dodał. – Niczego nie mógłbym mu udowodnić. Ale teraz sytuacja jest inna.

– Dlaczego?

Zerknął na Klizę, a potem z powrotem na mnie.

– Na kasecie, której nie udało wam się odtworzyć, jest wszystko to, co Ewa wam przed chwilą powiedziała – oświadczył. –

Całe zeznanie. Potwierdzą je osoby, do których dotarliście na własną rękę.

Obrzuciłem wzrokiem wszystkich, którzy znajdowali się pod mostem.

Nie odzywaliśmy się. Z oddali znów doszedł dźwięk klaksonu.

– Macie wszystko, czego potrzebujecie – dodał podkomisarz.

– Oprócz bezpośrednich dowodów.

– Nie są wam potrzebne.

– Nie? – spytałem z powątpiewaniem. – A moim zdaniem…

– Nie interesuje mnie twoje zdanie – uciął. – Jak tylko dostaniecie naprawioną taśmę, zacznijcie działać.

– To nie wystarczy do skazania.

– Tym się nie przejmuj. Zadbaliśmy o to, by wystarczyło.

W jego głosie nie brakowało pewności, ale wydawało mi się, że jest ona kompletnie nieuzasadniona. Nie miałem jednak czasu na kłótnie, bo kiedy Ewa znów zerknęła na zegarek, wiedziałem, że nasz czas dobiegł końca.

Zrobiła krok w moim kierunku, ale powstrzymałem ją ruchem ręki. Jakikolwiek kontakt fizyczny, choćby podanie jej dłoni, wciąż wydawał mi się najgorszym, do czego mogłoby w tej chwili dojść.

– Może następnym razem – powiedziałem jak największy idiota.

– Nie będzie następnego razu, Tygrysie.

– Co?

– Muszę zniknąć jeszcze dzisiaj. Tak jak wtedy.

– Ale…

Ktoś z góry znów zatrąbił.

– Nie mamy czasu – powiedział Prokocki, a potem ruszył w kierunku schodków prowadzących na wał.

Ewa szybko poszła za nim, a ja uświadomiłem sobie, że to naprawdę ostatni raz, kiedy ją widzę. Zrobiłem krok w jej stronę, ale Kliza złapała mnie mocno za rękę i zatrzymała. Odwróciłem się ze złością w oczach.

– Nie idź za nią, Wern – powiedziała. – Robiłeś to już o wiele za długo.

– Muszę.

– Nie – odparła stanowczo. – Wystarczy.

Wyrwałem dłoń, obróciłem się w kierunku Ewy, ale nie ruszyłem się ani o centymetr. Zrozumiałem, że Kliza miała rację.

Zbyt długo goniłem za widmem czegoś, co wydawało mi się szczęściem. Zbyt długo łudziłem się, że mogę odbudować coś z gruzów, którymi stało się moje życie. Zbyt długo żyłem w przekonaniu, że straciłem coś wyjątkowego.

Dopiero teraz przejrzałem na oczy.

W momencie gdy Ewa znikła mi z pola widzenia, zrozumiałem, że to koniec. Nigdy więcej jej nie zobaczę, nigdy więcej nie będę się łudził, że to, co mieliśmy, było czymś najcenniejszym.

W rzeczywistości stanowiło tylko jeden z etapów w moim życiu. Teraz go zamknąłem.

I otwierałem zupełnie nowy.

ROZDZIAŁ 3

1

– Ewa? – spytałam z niedowierzaniem, patrząc na osobę siedzącą za kierownicą samochodu, który zatrzymał się obok zniszczonej wiaty autobusowej.

Mimowolnie cofnęłam się o krok w kierunku aresztu, choć nawet minimalne zbliżenie się do Zamtuza jeszcze moment wcześniej wydawało mi się ostatnim, co byłabym gotowa zrobić.

Teraz jednak miałam przed sobą ducha. Mój instynkt samozachowawczy wziął górę.

Wlepiałam w nią wzrok z powątpiewaniem, próbując wmówić sobie, że to nie ona. Nie miała prawa tutaj być. Byłam umówiona z Prokockim, to on miał odebrać mnie po wyjściu z więzienia. Tymczasem zamiast niego zjawiła się ona. I patrzyła na mnie, jakby nigdy nic. Jakbym powinna była się jej spodziewać.

– Wsiadasz? – zapytała. – Najbliższy autobus masz za godzinę.

Podeszłam do otwartej szyby.

– Zaskoczona? – dodała Ewa.

– To... to raczej gigantyczne niedomówienie.

– W takim razie jestem ci winna wyjaśnienia?

– Chyba sama możesz sobie odpowiedzieć.

– Masz rację, mogę – odparła i zerknęła kontrolnie w lusterko. – Nie jestem ci winna niczego, bo to nie ja ukradłam twoje życie, tylko odwrotnie.

Z samochodu dobiegała cicha gitarowa muzyka, a ja uświadomiłam sobie, że to nowa płyta Foo Fighters. Jakże adekwatnie. I jakże nieprzypadkowo. Nie miałam wątpliwości, że Ewa z premedytacją wybrała akurat ten album.

– Zapytam jeszcze tylko raz: wsiadasz?

– Miałam czekać na Prokockiego.

– Nie mógł się zjawić.

– I wysłał ciebie w zamian? – spytałam z niedowierzaniem. – Nie byłby tak lekkomyślny.

Ewa cmoknęła z dezaprobatą, a potem wskazała dłonią okolicę.

– Nikogo tu nie ma – oznajmiła. – Uznaliśmy, że zaryzykujemy. Ale jeśli wolisz zostać, nie ma sprawy.

Wiedziałam, że nie odjedzie beze mnie. Gdyby miała taki zamiar, dawno by to zrobiła. Poza tym byłam im niezbędna – tylko dlatego Prokocki pomógł mi opuścić więzienie.

Wsiadłam do auta, a Ewa od razu wcisnęła pedał gazu, jednocześnie zamykając okno.

– Dokąd jedziemy? – spytałam.

– Dowiesz się niedługo.

– Wolałabym teraz.

– A ja teraz wolałabym robić wiele innych rzeczy niż…

– Więc dlaczego po mnie przyjechałaś? – spytałam.

Ewa nie miała zamiaru odpowiadać. Uśmiechnęła się półgębkiem, jakby realizowała jakiś przebiegły plan. W rzeczywistości jednak była tutaj, bo ona również mnie potrzebowała, a ja pytałam tylko po to, by to przyznała. Wyraźnie jednak nie zamierzała tego zrobić.

– I po co ta ścieżka dźwiękowa? – dodałam.

– Lubię Foo Fighters. Tak jak ty.

– Szczerze mówiąc, znam tylko kilka kawałków.

– Tak? A na ich koncerty chętnie chodzisz.

Spojrzałam na nią z ukosa i nie skomentowałam. Miałam nadzieję, że nie jedziemy w zbyt odległe miejsce, bo ta podróż z pewnością nie mogła należeć do najprzyjemniejszych. Wodziłam wzrokiem po mijanych zabudowaniach i starałam się stwierdzić, gdzie się kierujemy. Znałam dobrze okolice Opola, ale tereny w pobliżu Zamtuza jedynie oględnie.

– Muszę ci oddać, że aktorką jesteś świetną – odezwała się Ewa. – Długo się przygotowywałaś do swojej życiowej roli?

Wbiłam w nią wzrok i poczekałam, aż na mnie spojrzy.

– Od kiedy mąż zaczął mnie bić.

– Ach…

– Ale właściwe przygotowania zaczęłam, kiedy uświadomiłam sobie, że na mnie się to nie skończy. I że następny będzie mój syn.

Nie odpowiedziała, a jeśli poczuła jakiś żal, to nie dała tego po sobie poznać. Zbliżałyśmy się do rogatek miasta, a ja w końcu zaczęłam lepiej orientować się w okolicy.

– Nie mogłaś wybrać kogoś innego? – odezwała się po chwili.

– Nie.

– Dlaczego?

– Z różnych względów.

Na moment obróciła głowę w moją stronę.

– To nie wystarczy – rzuciła ostro.

– Musi – odparłam. – Bo nie zamierzam się przed tobą tłumaczyć.

– Jeśli nie przede mną, to przed kim? To moją tożsamość ukradłaś.

– Sama się jej zrzekłaś.

– Jasne.

– I nie zasługujesz na prawdę. Jest tylko jedna osoba, której byłam ją winna – odpowiedziałam i na powrót skupiłam się na widoku za oknem. – I ta osoba już ją usłyszała.

Ewa zaśmiała się cicho.

– Naprawdę masz czelność... – Urwała i prychnęła. – Przecież Damian nie ma nawet pojęcia o tym, że to ty kazałaś podłożyć tę pierwszą kasetę w jego nowym mieszkaniu.

Nie odzywałam się.

– Swoją drogą, jak to osiągnęłaś?

Wciąż milczałam.

– Mamy jeszcze trochę czasu – dodała. – Równie dobrze możesz mi powiedzieć to wszystko, co wcześniej mówiłaś Tomkowi.

Potrzebowałam chwili, by zreflektować się, że mówi o Prockim.

– Zakładam, że już ci wszystko przekazał – odparłam.

– Nie miał okazji. Ma pełne ręce roboty.

– No tak.

– Przez ciebie – dodała, a potem ściszyła muzykę.

Nie mówiłam prawdy, kiedy wspomniałam jej, że znam tylko kilka kawałków Foo Fighters. Słuchałam ich zarówno podczas przygotowywania się do mojej roli, jak i później. Teraz rozpoznałam *The Line* z ostatniego albumu. Dave Grohl śpiewał o tym, że prawda jest jak ciemna, brudna chmura nagle wyłaniająca się znikąd.

– Więc? – spytała Ewa. – W jaki sposób podrzuciłaś tę kasetę? Zrobiłaś to sama?

– Nie.

– Fakt, nie było cię wtedy w Opolu. Przekupiłaś kogoś? Może samego Bronowicza po tym, jak dowiedziałaś się, że Damian chce kupić od niego mieszkanie? Na pewno trzymałaś rękę na pulsie, wiedziałaś, co robi.

Skinęłam głową.

– To potwierdzenie?

– Tak – przyznałam.

– Czego konkretnie?

– Tego, że zapłaciłam Bronowiczowi. I zafundowałam mu miesięczne wakacje w Funchal.

– Gdzie?

– Na Maderze.

– Oczywiście – odbąknęła. – Musiałaś zadbać o to, żeby Werner go nie znalazł. Przynajmniej przez jakiś czas. Aż do momentu, kiedy osiągniesz to, co sobie zamierzyłaś.

Zrobiłam głośniej, sądząc, że w ten sposób dam jej do zrozumienia, jak małą ochotę miałam, by prowadzić dalej tę rozmowę.

– Bronowicz zgodził się bez problemu? – zapytała.

– Przekonałam go, że cała sprawa z VHS to taki żart na powitanie w nowym miejscu.

– Uwierzył?

– W to? Nie wiem. W opłacenie przelotu i miesięcznego pobytu na Maderze tak.

Ewa zaśmiała się, jakby rzeczywiście doceniała to, w jak szybki i niekłopotliwy sposób uporałam się z Bronowiczem. Prawda była taka, że nie wymagało to ani wielkich nakładów, ani inwencji. Stefan całe życie spędził w Opolu, nie trzeba było wiele, bym przekonała go, że najwyższa pora, by zobaczył kawałek świata.

Zostawienie kasety i wpuszczenie Werna do piwnicy było śmiesznie małą ceną.

– Gdzie ją nagrywałaś? – zapytała Ewa, wyrywając mnie z zamyślenia.

– Hm?

– Gdzie zarejestrowałaś ten materiał? Gdzie po raz kolejny mnie udawałaś, co? – sprecyzowała, jakby ta myśl w jakiś wynaturzony sposób sprawiała jej satysfakcję.

– W Niemczech.

– Tuż przed wyjazdem?

Potwierdziłam skinieniem głowy.

– Damian cię nie rozpoznał? Nie domyślił się, że to ty, a nie ja?

– Nie – odparłam, wciąż skupiając się na widokach za oknem. Krótki pobyt w Zamtuzie wystarczył, bym doceniła nawet największą ruinę, zarośnięty trawnik czy nierówno ułożoną kostkę chodnikową.

– Brawo.

W końcu spojrzałam na Ewę.

– Jak to osiągnęłaś? – spytała.

– Na nagraniu niewiele widać. Kazałam zniekształcić obraz i zakłócić dźwięk. Na dobrą sprawę trudno rozpoznać, kto się wypowiada.

– Chyba że działa siła autosugestii.

– Mhm.

– Ułożyłaś jakąś nową, zgrabną historyjkę? – rzuciła, wciąż z lekkim uśmiechem. – Czy trzymałaś się poprzedniej wersji?

– Trzymałam się poprzedniej.

Ewa okazała teatralny podziw, choć nie było w tym ani cienia realnego uznania. Zagwizdała cicho, a potem zjechała z głównej drogi. Nie przekraczała dozwolonej prędkości, przez co jechałyśmy wolniej od innych uczestników ruchu.

– Naprawdę masz tupet – odezwała się. – Nie dość, że znów się pode mnie podszyłaś, to jeszcze przekonałaś Damiana, że to nagrana przeze mnie kaseta, zostawiona na jakimś zadupiu. Brawo. Naprawdę.

– Wern uwierzył w to tylko dlatego, że...

– Wern, Wern, Wern – ucięła i przewróciła oczami. – Kto wpadł na to określenie? Damian chce, żeby teraz tak do niego mówiono?

– Może.

Nie dała mi dokończyć, ale sama doskonale wiedziała, że gdyby tylko od początku Werner znał prawdę, żadnego elementu mojego planu nie mogłabym zrealizować. Owszem, to ja go wykorzystałam. Ale to ona stworzyła do tego warunki.

– Nieważne – odparła po chwili. – Teraz liczy się tylko to, żebyś zrobiła, czego od ciebie wymagamy.

Nie miałam ochoty potwierdzać, tym bardziej że widziałam, iż tego właśnie oczekuje.

– Jasne?

– Mhm – znów mruknęłam.

– Tylko dlatego wyszłaś z aresztu. I tylko dzięki temu możesz dostać syna z powrotem. Zdajesz sobie z tego sprawę?

– Tak – odparłam.

Zaparkowaliśmy pod starym peerelowskim budynkiem, bezpłciową bryłą, która stanowiła przypomnienie tego, jak przyćmioną egzystencję wiedliśmy w poprzednim ustroju.

Wyszłam z auta i przywitałam się z kobietą, która czekała przed bramą.

– Electra – przedstawiła mi się. – Wchodź. Nie mamy wiele czasu.

2

Tym razem to nie ja stworzyłam scenariusz. Wszystko, co miałam powiedzieć do kamery, ustalili Prokocki i Ewa. Zadbali o to, by tło było zbliżone do tego, na którym nagrywałam materiał znajdujący się na kasecie „3/15". Zaproponowałam, byśmy ten nowy nazwali „7/15", a reszta się zgodziła.

Poprzednio też działałam w pośpiechu, ale szło mi znacznie lepiej. Głównie dlatego, że wówczas powtarzałam większość rzeczy, które już kiedyś Wernowi przedstawiłam. Teraz miałam stworzyć zupełnie nową narrację.

Wciąż podając się za Ewę, miałam mówić o Kappie, Jonatanie i Dawidzie, wydarzeniach pod mostem Pajęczym, a potem o wszystkich skutkach tamtego pechowego dnia. Po kilku próbach w końcu udało mi się nagrać większość materiału tak, jak oczekiwała tego trójka przypatrujących mi się osób.

Ewa, Prokocki i Electra byli wyraźnie zadowoleni z efektu. Ja znacznie mniej.

– To się nie uda – powiedziałam.

– Musi – odparł podkomisarz. – I zrobisz wszystko, żeby tak było.

– Nie rozumiesz...

– Ty nie rozumiesz, że jeśli to nie pójdzie po naszej myśli, zadbam o to, żebyś straciła prawa rodzicielskie. Twój syn spędzi na Witosa nie kilka dni, ale parę lat.

Nie miał pojęcia, o czym mówił, ale w niczym nie umniejszało to powagi sytuacji. Wiedziałam, że jeszcze wiele dzieli mnie od tego, by zabrać Wojtka do domu. I na razie nie chciałam o tym myśleć.

Robiłam wszystko, by nie wyobrażać go sobie leżącego na szpitalnym łóżku, pod opieką zupełnie obcych osób. Racjonalna część mnie wiedziała, że nic mu nie grozi i ma najlepszą możliwą opiekę. Ta matczyna, nieracjonalna część była gotowa zrobić wszystko, bym jak najszybciej sama mogła się nim zająć.

– Nagraj do końca – odezwała się Electra.

– Tak zrobię, ale…

– Bez żadnych ale – wtrącił Prokocki. – Po prostu to zrób. I niech to wypadnie przekonująco.

Postarałam się tak samo jak poprzednio. Ostatecznie jednak wciąż byłam pewna, że nawet wspięcie się na wyżyny zdolności aktorskich nie załatwi sprawy.

Nagrania trwały kilka dni. Po tym, jak w końcu na dobre wyłączyliśmy kamerę, Prokocki przyniósł mi butelkę prosecco. Popatrzyłam na nią ze wstrętem, ale dobrze wiedziałam, że to jedynie przejściowe. Odmówiłam, a on rozlał dwóm pozostałym kobietom. Ledwo zobaczyłam, jak alkohol dotyka ich ust, zmieniłam zdanie.

A po kilku łykach moja pewność siebie nagle wzrosła.

– Wern tego nie kupi – powiedziałam bez wahania.

– Poprzednio kupił – zauważyła Ewa.

– Bo dałam nagranie komuś, kto potrafił nałożyć na to efekty zakłóceń, artefaktów ze starego VHS i tak dalej… Teraz Damian dostanie czysty obraz, na którym od razu rozpozna po pierwsze inne miejsce, a po drugie mnie.

Widziałam, że w końcu coś do nich trafiło.

Wszyscy byli tak skupieni na swoim planie, że przestali choćby dopuszczać możliwość jakiejkolwiek zmiany. Arogancja by ich zgubiła, gdyby w porę się nie ocknęli.

– W takim razie to samo zrobimy z tym materiałem – odrzekł podkomisarz. – Znajdę kogoś, kto będzie w stanie ponakładać te efekty.

– W ostateczności możemy po prostu uszkodzić kasetę – podsunęła Electra.

Prokocki wydawał się sceptyczny.

– W ostateczności – zgodził się.

Od kilku dni bacznie obserwowali Damiana, śledzili każdy jego krok. Wszyscy zdawaliśmy sobie sprawę, że nie będzie próżnował i mimo że w tej chwili tak naprawdę gonił za własnym ogonem, sytuacja szybko mogła się zmienić.

I tak się stało.

To Ewa odkryła, że wraz z Klizą wrzucili na jeden z profili spotted zdjęcia wykonane w Kappie. Pytali o to, czy ktoś rozpoznaje przedstawione tam osoby, ale w morzu durnych komentarzy nie pojawił się ani jeden pomocny.

Potem nastąpił przełom. Karolina Falkowska, którą znałam jedynie dlatego, że kazali mówić mi o niej na nagraniu, oznaczyła Andrzeja Kałwaka.

Zamarłam na widok tego imienia i nazwiska.

Oczami wyobraźni zobaczyłam wnętrze Zamtuza. Niewielkie pomieszczenie, w którym rozegrał się mój osobisty horror. I człowieka, który mi go zgotował.

– Co to ma znaczyć? – zapytałam Ewy.

Siedziałyśmy same przy komputerze w piwnicy. Byłam pewna, że jeśli nikt mnie nie powstrzyma, wyciągnę z niej prawdę.

Ona jednak obróciła się przez ramię i krzyknęła:

– Tomek!

Prokocki zjawił się natychmiast, zbiegając po schodach. Tuż za nim przybiegła Electra. Oboje wyglądali na zaniepokojonych, jakby spodziewali się, że rzuciłam się z pięściami na Ewę. Kiedy zobaczyli, że nic jej nie grozi, odetchnęli.

Przynajmniej do momentu, kiedy pokazała im to, co widniało na profilu.

– Niech ją chuj... – wycedziła Electra. – Co ta durna pinda odstawia?

– Najwyraźniej ma zaćmienie umysłu – rzuciła Ewa.

– Od kiedy się urodziła.

– Uspokójcie się – polecił Prokocki, nachylając się nad komputerem. – I niech ktoś do niej zadzwoni i każe natychmiast to usunąć. Do Andrzeja też. Niech skasuje konto, jeśli nie chce mieć problemów.

Problemów? Na Boga, byłam gotowa zgotować temu człowiekowi piekło na ziemi, a tymczasem przebywałam w jednym pomieszczeniu z osobami, które zamierzały go chronić.

– Zaraz... – zaczęłam.

– Poczekaj moment – rzucił Prokocki. – Zaraz ci wszystko wyjaśnię.

Do Karoliny Falkowskiej nie udało im się dodzwonić, znacznik wisiał na profilu jak burzowa chmura, która zaraz się nad nami wszystkimi oberwie. Udało im się jednak szybko skontaktować z Kałwakiem. Ten od razu usunął konto.

Czekałam na wyjaśnienia, wbijając wzrok w Prokockiego. Po zażegnaniu kryzysu przysiadł na skraju biurka i powoli zaczął mi tłumaczyć, że Kałwak to brat Dawida.

Fotograf amator, który kiedyś zgodził się wykonać sesję dzieciakom z Kappy, a obecnie strażnik, który jakiś czas temu poprosił o przeniesienie do konkretnego oddziału w Zamtuzie.

Nie musiał dodawać nic więcej. Wiedziałam, że jeśli Prokocki przedstawił mu przynajmniej część swojego planu, miał w nim gotowego do współpracy pomocnika. Może obiecał mu, że po latach wyjawi prawdę o tym, co stało się z Dawidem. Może przedstawił mu jakąś inną wersję.

Jasne jednak było, że to Prokocki odpowiada za to, co mi się przydarzyło.

To on dokonał tego gwałtu na mnie. Nie czynem, ale słowem.

Nie miałam jednak zamiaru słuchać jego wyjaśnień ani zaprzeczeń. Prędzej czy później z pewnością sformułowałby te drugie i próbował przekonać mnie, że nie miał z działaniami Kałwaka nic wspólnego.

Wiedziałam lepiej.

Zamiast na słowach Prokockiego, skupiłam się na rozmowie Electry z Falkowską. Kiedy podkomisarz zorientował się, że w końcu udało się skontaktować z Karoliną, szybko uciął temat Kałwaka.

– Usunęła znacznik? – zapytał nerwowo.

– Tak.

– Werner się z nią skontaktował?

Electra skinęła głową i zacisnęła usta.

– Dlaczego ta kretynka w ogóle oznaczyła Kałwaka? – syknął.

– Nie pomyślała.

– Daj ją na głośnik – polecił Prokocki, pocierając nerwowo kark.

Przez lekkomyślność Falkowskiej sprawy wymykały mu się z rąk. Jego plan nie był jeszcze gotowy, a to jedno oznaczenie na Facebooku mogło wszystko wykoleić. Szczęśliwie dla niego ci ludzie mu ufali. I byli gotowi zrobić wszystko, co polecił.

– Halo? – spytała Falkowska.

– Gdzie jesteś? – rzucił podkomisarz.

– W pracy. Mam…

– Spotkałaś się z Wernerem? Rozmawiałaś z nim?

– Jeszcze nie – odparła posłusznym, choć jednocześnie rozkapryszonym tonem. – Ma przyjechać tutaj, do Maca. Chce, żebym opowiedziała mu o Kappo Werde i… – Urwała i zakaszlała. – Nic mu nie powiem, wiadomo.

– Nie – uciął Prokocki. – Powiesz mu, co wiesz.

– Ale… że co?

Jedno musiałam mu oddać – potrafił działać naprawdę szybko, przystosowując się do zmieniającej się sytuacji. Doświadczenie policyjne być może nie robiło wielkiego wrażenia w CV, ale w życiu sprawdzało się wzorowo.

Kazał Falkowskiej powiedzieć, że zapamiętała Kałwaka, bo miał śmieszne nazwisko.

– Na tych zdjęciach cię nie ma, więc powiesz, że nie było cię wtedy w Antoniówce.

– Dobra.

– I dodasz, że kręciliście tam raczej filmy. Zdjęcia robiliście tylko raz. Zapamiętasz?

– No tak, ale…

– Ale co?

– Co mam powiedzieć, jak zapytają, czemu mam Kałwaka w znajomych?

– Że nie wiedzą, jak działa Fejs – odparł przez zęby Prokocki, a ja odniosłam wrażenie, że miał ochotę uderzyć pięścią w komórkę. – Dodaj, że to on wysłał ci zaproszenie, a ty przyjmujesz wszystkie jak leci. Cokolwiek.

– Dobra – mruknęła. – Co potem?

– Wieczorem przyjedź do mnie na komendę.

– I?

– Poinstruuję cię.

Nie miał zamiaru dodawać nic więcej. Rozłączył się, a potem rozłożył bezradnie ręce. Nawet bez tych gestów, znaczących spojrzeń wszystkich zebranych i tonu, w jakim wypowiadali się o Falkowskiej, dobitnie odczuwałam, że jest czarną owcą w grupie.

Kolejną godzinę lub dwie spędziliśmy na pracy nad nagraniami. Electra starała się znaleźć kogoś, kto mógłby nałożyć na nie odpowiednie efekty, ale jej starania nie przyniosły żadnego skutku. Wyglądało na to, że sami będziemy musieli uszkodzić taśmę i liczyć na to, że uchowa się wystarczająca część materiału, by Wern mógł zrozumieć całą sytuację.

Kiedy rozległ się dzwonek do drzwi, wszyscy zamarliśmy.

– Spodziewasz się kogoś? – spytał Prokocki.

Electra pokręciła głową, a podkomisarz przez moment się namyślał, po czym ruszył na górę. Reszta poszła w jego ślady, ja również. Kiedy podeszliśmy do okna, Prokocki zaklął.

– Co ona tu robi? – syknął.

Zerknęłam przez firankę i zobaczyłam Falkowską, która z telefonem w dłoni kręciła się tuż przed płotem.

– Najwyraźniej panikuje – rzuciła Electra.

– I dzwoni do kogoś – dodała Ewa.

Prokocki sprawdził komórkę i skwitował sytuację siarczystym określeniem najstarszego zawodu na świecie.

– Rozładowała się – oznajmił, a potem spojrzał na Electrę. – Sprawdź, czy ta tępa strzała nie dzwoniła do ciebie.

Jak na zawołanie chodząca nerwowo przed domem Karolina przyłożyła telefon do ucha, a zaraz potem rozległ się dzwonek Electry. Odebrała od razu i znów włączyła głośnik. Trzymając przed sobą komórkę, jakby ta budziła w niej wstręt, z niepokojem obserwowała Falkowską.

– Halo! – krzyknęła Karolina.

– Co ty tu robisz, do cholery?

– Nie mogę czekać do wieczora, tych dwoje wie za dużo.

– To znaczy?

– Powiem ci wszystko, jak się zobaczymy. Gdzie jesteś?

– W domu.

– To weź mi, kurwa, otwórz!

Electra ruszyła w kierunku drzwi, ale Prokocki natychmiast złapał ją za rękę i zatrzymał. Szarpnął ją mocno, jakby miał zamiar się na niej wyładować, a potem jeszcze raz wyjrzał za okno.

– Co jest? – spytała. – Coś nie tak?

– Rzecz w tym, że nie wiem.

– Podejrzewasz ją o…

– O nic poza brakiem roztropności – uciął.

Spojrzała na niego z powątpiewaniem, ale po chwili także do niej dotarło, jak tragiczne w skutkach mogłoby być to, gdyby ktoś trafił na trop Electry. W jej domu znajdowały się wszak dwie osoby absolutnie kluczowe dla realizacji planu.

Prokocki skinął na mnie ręką, a potem bez słowa ruszył w stronę wyjścia na taras na tyłach budynku.

– Powiedz Falkowskiej, żeby podjechała w jedną z bocznych uliczek – rzucił. – Tam się z nią rozmówimy.

Moment później znaleźliśmy się w samochodzie Electry, a on wezwał jednego z funkcjonariuszy, który patrolował okolicę. Nie miałam wątpliwości, że ściągnął go tutaj już wcześniej, na wszelki wypadek.

– Nie przesadzasz? – zapytałam, kiedy zapuścił silnik.

– Nie.

– Ona nie stanowi żadnego zagrożenia – zauważyłam. – Może nie jest przesadnie rozgarnięta, ale z pewnością nieszkodliwa.

– To się okaże.

Ruszyliśmy w kierunku jednej z mniejszych uliczek, po czym skierowaliśmy się ku rzędowi starych, zapuszczonych garaży. Punto Falkowskiej już na nas czekało. Podjechaliśmy bliżej, zatrzymaliśmy się maska w maskę, a Prokocki chwycił za klamkę. Zawahał się.

– Niech ich chuj – rzucił.

Potrzebowałam tylko chwili, by zrozumieć, kogo ma na myśli. Kawałek za fiatem stała charakterystyczna skoda felicia. W środku dostrzegłam Werna, ale nie przypuszczałam, by z takiej odległości, zasłonięty innym autem, mógł mnie dojrzeć.

– I? Nie mówiłem? – rzucił nerwowo podkomisarz. – Ta idiotka ściągnęła tutaj ogon.

Podkomisarz wydał kilka krótkich komend czekającemu na nie podwładnemu, a ja starałam się jakoś oswoić z sytuacją. Kiedy pierwsze emocje opadły, poczułam, że lekko się uśmiecham. Natychmiast się jednak zmitygowałam.

Nie wiedziałam, co kazało Damianowi nie spuszczać Falkowskiej z oczu, ale najwyraźniej dostrzegł więcej, niż Prokocki zakładał. To nieco komplikowało plan, zarazem jednak dostarczało mi pewnej satysfakcji.

Sprawiło też, że serce zabiło mi szybciej. Mogłam wyjrzeć przez okno i zobaczyć Werna. Był kilkadziesiąt metrów ode mnie, niemal na wyciągnięcie ręki. Jednocześnie miałam świadomość, że dzieli nas o wiele, wiele więcej.

Kiedy funkcjonariusz wezwany przez Prokockiego przystąpił do działania, podkomisarz natychmiast dał znak Karolinie, że pora odjeżdżać. Wycofał, wcisnął mocno pedał gazu, a ona szybko pojechała za nami.

Zerknęłam jeszcze w tylne lusterko. Nie byłam przekonana, czy słusznie postępuję.

Na tym etapie niewiele już mogłam zmienić, ale może na początku podjęłam złą decyzję? Stałam właściwie przed prostym wyborem: albo oni, albo Wern. Mogłam wybrać tę drugą opcję i próbować wspólnie z nim jakoś wybrnąć z tej sytuacji.

Może nawet udałoby nam się wszystko ułożyć.

I być razem? Nie, to była zwykła utopia. Po pierwsze, nie potrafiłam związać się z kimkolwiek, po drugie, byłam ostatnią osobą, do której Wern mógłby coś czuć. Prócz żalu i nienawiści.

W pewnym momencie Prokocki położył mi rękę na ramieniu. Wzdrygnęłam się, jakby ktoś przytknął mi rozgrzany metal do skóry.

Tyle wystarczyło, by natychmiast zrobiło mi się niedobrze. Każdy, nawet najmniejszy dotyk powodował, że przypominałam sobie horror, który przeżywałam z Robertem. I to, co później spotkało mnie w więzieniu.

Zamknęłam oczy, ale szybko je otworzyłam, kiedy nudności się nasiliły.

Podkomisarz patrzył na mnie z obojętnością, a ja uświadomiłam sobie, że z punktu widzenia większości ludzi jestem tylko elementem w statystykach. Jedną z wielu zgwałconych lub wykorzystanych seksualnie kobiet.

Nigdy nie mogłam zrozumieć, dlaczego to właśnie na nas pada akcent w tych mrożących krew w żyłach zestawieniach. Dlaczego zamiast o nas nie mówi się o mężczyznach, którzy gwałcą? Mężczyznach, którzy wykorzystują seksualnie? Dlaczego statystycy podliczają ofiary, a nie sprawców?

– Brakuje ci go, co? – spytał Prokocki z przekąsem.

– Może.

– W takim razie…

– To nie ma znaczenia – przerwałam mu. – Żadnego. Zrobię to, co postanowiłam.

Przez moment lustrował mnie uważnie, a ja poczułam, że podaje w wątpliwość moją determinację.

– Jesteś pewna? – odezwał się.

– Całkowicie.

Po powrocie do domu Electry nie musieliśmy dłużej się nad niczym zastanawiać. Fakt, że Werner tutaj dotarł, kazał nam wszystko przyspieszyć. Tym bardziej że jakiś czas później znów zjawili się z Klizą pod budynkiem. Zaparkowali w tym samym miejscu i czekali. Zapewne na to, aż zjawi się gospodarz.

My tymczasem przystąpiliśmy do dzieła.

3

Electra odczekała około półtorej godziny, zanim opuściła dom. Skorzystała z tylnego wyjścia, skierowała się na pobliski przystanek i ruszyła z powrotem, jakby właśnie wysiadła z autobusu. Kluczowe było, by dała Wernowi jasno do zrozumienia, że istnieje jakaś tajemnica z przeszłości, której nikt z Kappy nie może zdradzić. By naprowadziła go na trop, ale nie dawała mu zbyt wiele. Resztę musiał odkryć sam, by nasz plan wypalił.

Prokocki w tym czasie pojechał na Daszyńskiego z kasetą. Nie mieliśmy czasu odpowiednio jej przygotować, ale po pobieżnym sprawdzeniu zakłóceń on i Ewa uznali, że są wystarczające.

Podkomisarz nie miał klucza do piwnicy, ale z dostaniem się do niej nie było problemów. Odkręcił kilka śrubek, zdjął zatrzask, a po podłożeniu taśmy do pudła zostawił jedną ze śrub poluzowaną, by Damian i Kliza nie mieli problemu ze sforsowaniem zabezpieczenia.

Wiedzieliśmy, że udadzą się tam jakiś czas po rozmowie z Electrą. Miała im oznajmić, że Stefan Bronowicz był kościelnym w parafii ojca Antoniego. Była to oczywista bzdura, ale nie miało to żadnego znaczenia. Liczyło się to, że tym sposobem skierujemy Werna na odpowiedni trop.

Byłam zadowolona z faktu, że pozwolili mi opatrzyć kasetę etykietą „7/15". Oprócz niej Damian znajdzie w pudle kilkanaście innych i w pierwszej chwili z pewnością pomyśli, że to cała historia, którą Ewa dla niego nagrała.

Tyle że nie było żadnej historii, a mój napis na kasecie był tylko wskazówką. Nie wiedziałam, czy słusznie robię, umieszczając ją tam – ani tym bardziej, czy Werner ją zrozumie. Czułam jednak, że muszę podjąć jakieś kroki. Nawet jeśli działałam przeciwko samej sobie.

Po powrocie na Wojska Polskiego Prokocki polecił, bym skontaktowała się z Damianem.

– Zwariowałeś? – zaoponowała Ewa. – Już raz prawie nas tu znalazł, a ty chcesz ponownie ryzykować?

– To nie będzie wiązało się z żadnym ryzykiem.

– Tak się tylko wydaje.

– Nie – wtrąciłam. – Bo użyjemy RIC.

Podkomisarz pokiwał głową z zadowoleniem, a potem wskazał mi miejsce przed komputerem. Nalał mi kieliszek prosecco i ponaglił mnie ruchem ręki. Poczułam się osobliwie, jakbym zatoczyła koło i znów znalazła się na poddaszu willi w Rewalu.

Mimo to zrobiłam wszystko, co polecił Prokocki. Wypytałam Werna o to, skąd ma wszelkie informacje, udawałam, że sama nie wiem zbyt wiele, a na koniec zapewniłam go o tym, że robię wszystko jedynie po to, by mu pomóc.

Nie skłamałam. Może i nasz plan był skierowany przeciwko niemu, ale ostatecznie on także na nim korzystał. Tyle że nigdy nie będzie tego świadomy, bo nigdy nie pozna całego obrazu.

Chyba że zrozumie, co znaczy napis na kasecie. Uświadomi sobie, że nie ma ich piętnastu, a więc oznaczenie musi odnosić się do czegoś innego.

Do ostrzeżenia przed fałszywymi apostołami.

4

Uważnie śledziliśmy, co robią Wern i Kliza. Spodziewaliśmy się, że po obejrzeniu taśmy przystąpią do działania, i mogliśmy przewidzieć, do czego będzie się sprowadzało. Woleliśmy jednak nie spuszczać ich z oczu nawet na chwilę.

Wprawili nas w konsternację, kiedy postanowili wrócić na Wojska Polskiego. Zaparkowali tam, gdzie ostatnio, nieopodal wejścia do domu Electry, a potem opuścili felicię.

– Co oni tu robią? – spytała z niepokojem Ewa.

Skupiłyśmy wzrok na Prokockim, przyzwyczajone, że to on ma wszystkie odpowiedzi. Tym razem wyglądał jednak na równie zbitego z tropu.

– Nie wiem – odparł, a potem zerknął na Electrę, nerwowo się zastanawiając. W końcu na coś wpadł. – Nadal masz dobre relacje z sąsiadem?

– Którym?

– Tym, co wygląda, jakby ktoś zostawił go w oknie życia na siłowni.

– Dość dobre.

– To poproś go, żeby pogonił tę dwójkę – polecił podkomisarz. – Powiedz, że nie chcą dać ci spokoju.

Mówił na tyle rozgorączkowanym tonem, że Electra nie zwlekała. Szybko zadzwoniła do sąsiada, a ten zapewnił, że wytłumaczy wszystko dobitnie dwójce namolniaków.

Przyglądaliśmy się sytuacji z okna na piętrze i zgodnie z zapewnieniami sąsiada Kliza i Damian szybko musieli zrezygnować z prób skontaktowania się z Electrą. Wrócili do samochodu, ale odjechali dopiero wtedy, kiedy sąsiad ruszył w ich stronę.

– To bez sensu – odezwałam się.

Ewa i Electra popatrzyły na mnie pytająco.

– Co oni tu robili? – dodałam, kręcąc głową. – Jeśli obejrzeli kasetę do końca, powinni...

– Może chcieli upewnić się, że to prawda – zauważyła Electra.

– Jeśli tak, to w następnej kolejności spróbują skontaktować się z Falkowską.

Znów popatrzyłyśmy na Prokockiego, ten jednak stał bez słowa przy oknie i się zastanawiał.

– To może być problem – dodała Ewa. – Niewiele trzeba, żeby coś chlapnęła.

– Więc co robimy? – spytała Electra.

Żadne z nas nie miało dobrej odpowiedzi, więc uznaliśmy, że najroztropniej będzie poczekać. Nie trwało to długo. Wern i Kliza rzeczywiście skierowali się prosto na Częstochowską, do McDonalda.

Karolina zrelacjonowała nam tę przepychankę zaraz po tym, jak wyszli z restauracji. I od razu zrozumieliśmy, że cały nasz plan wziął w łeb.

– Kaseta musiała być uszkodzona bardziej, niż sądziliśmy – odezwałam się. – Inaczej nie pomyliliby Falkowa z Falkowskim.

Spojrzałam z pretensją na pozostałych, choć na dobrą sprawę nikt nie powinien od nich wymagać, żeby w tak krótkim czasie udało im się dokonać tego, za co zapłaciłam niemałe pieniądze specjaliście w Norymberdze.

– Sprawdzaliście w ogóle to nagranie? – spytałam.

– Tak – potwierdziła Ewa. – I było dość zniekształcone, ale dało się coś zrozumieć.

– Coś?

– Nie mieliśmy za wiele czasu, żeby sprawdzić całość… wybraliśmy tylko fragmenty.

– Na chybił trafił?

Skinęła lekko głową, a ja pomyślałam, że taśma być może przeskakiwała przez najbardziej zniszczone miejsca i zatrzymywała się tam, gdzie obraz i dźwięk były najlepsze. Nie pamiętałam już, czy taka prawidłowość zachodziła na starych VHS-ach, ale wydawało mi się to logiczne.

– Jeśli rzeczywiście nie odtworzyli całości nagrania, to mamy kłopot – odezwała się Ewa.

– Spokojnie – uciął Prokocki. – Wszystko da się uratować. Takie kasety także.

– Pytanie, czy uda im się w porę?

Policjant jeszcze przez moment nas uspokajał i wyglądało na to, że sam nie pozoruje swojego opanowania. Zniknęło jednak natychmiast, kiedy tylko otrzymał informację z komendy, że jakaś kobieta starała się dowiedzieć, czy Jonatan Falkow jest dziś na służbie.

– A więc zrozumieli, że nie chodzi o żadnego Falkowskiego – mruknęła Electra.

– Tyle że wygląda na to, jakby nic więcej nie wiedzieli – skwitowała Ewa. – A to może być problematyczne.

– Bo?

– Bo pytali o Falkowa nie bez powodu. Zamierzają z nim porozmawiać.

Podeszła do Prokockiego i spojrzała mu głęboko w oczy.

– Musisz ich powstrzymać – powiedziała. – Inaczej wszystko przekreślą.

– Wiem.

Spokój znów wrócił na jego oblicze.

– Masz jakiś pomysł?

– Całkiem prosty. Zatrzymam ich przed komendą.

– I?

– Ustalę, jak wiele udało im się odkryć, a resztę dopowiem.

– To nic nie da – włączyła się Electra. – Możesz gadać do woli, ale ostatecznie Damian ci nie uwierzy. Przez ostatni rok wmawiałeś mu, że Ewa nie żyje.

Główna zainteresowana zrobiła głęboki wdech.

– Zabierz ich pod most Pajęczy – zaproponowała. – Niech Antoni wszystko im wyjaśni.

– Jemu też mogą nie uwierzyć.

Electra miała rację i żadne z nas w najmniejszym stopniu w to nie wątpiło. Za moją sprawą Wern przejechał się już tak bardzo na słowach innych, że nie będzie gotów dać wiary historii przedstawianej przez księdza.

– Musisz sama to wszystko potwierdzić – rzuciłam.

Ewa popatrzyła na mnie niepewnie. Zaoponowała, sprzeczałyśmy się przez chwilę, ale ostatecznie przyznała, że faktycznie nie ma innego wyjścia. Prokocki zaakceptował plan, po czym pojechał do centrum, by powstrzymać Werna przed najgorszym błędem, jaki mógł w tej sytuacji popełnić.

Umówiliśmy się w miejscu, gdzie lata temu wpadł do wody Dawid Kałwak, mimo że Ewa wciąż zdawała się nieprzekonana, czy to dobry pomysł. Miałyśmy wyjść zaraz po Prokockim, ale im więcej czasu mijało, tym mniej racjonalnie się zachowywała. Zaczęła panikować, twierdziła, że to błąd, że spotkanie z Damianem doprowadzi do tragedii i wszystko, na co pracowała przez te wszystkie lata, obróci się wniwecz.

Dostała ataku paniki, który znałam z autopsji zbyt dobrze.

– Zostaw nas – odezwałam się do Electry. – Jedź po Karolinę, a potem czekajcie na nas na Bolko.

– Ale…

– Zacznijcie bez Ewy – uparłam się. – A ona potem do was dołączy.

Dostrzegałam w jej oczach wahanie i brak zaufania, ale w końcu udało mi się ją przekonać, że to jedyne sensowne rozwiązanie. Wyszła z domu, a ja i Ewa zostałyśmy same. Czułam się nieswojo, ona zapewne też.

Stopniowo udało mi się ją nieco uspokoić – głównie dzięki zaufaniu, jakim darzyła Prokockiego. Zapewniłam ją, że skoro on zaakceptował tę taktykę, to nie ma się czym przejmować. Potem przez kilkanaście minut tłumaczyłam jej, że jeśli tylko coś pójdzie nie tak, zabiorę ją stamtąd.

– Będę czekała z włączonym silnikiem tuż za mostem. Wystarczy, że wejdziesz po wale, i odjedziemy.

Kręciła się po kuchni, szukała czegoś w lodówce, potem otwierała szafki i szuflady. Nie wiedziałam, czy naprawdę próbuje coś znaleźć, czy poddaje się kompulsywnym, nieracjonalnym zachowaniom. W końcu przestała i odwróciła się w moją stronę.

Uspokoiła się, ale nadal patrzyła na mnie w sposób, którego nie mogłam rozszyfrować. Coś pobłyskiwało w jej oczach. Złość? Niewypowiedziany wyrzut? Nie mogłam przesądzić.

– Na ile mogę ci ufać? – spytała.

– Na tyle, na ile robi to Prokocki.

Miałam nadzieję, że to wystarczy.

– Skąd mam wiedzieć, że nie odjedziesz, jak tylko się nas pozbędziesz? – dodała.

– Dobrze wiesz, że nie mogę.

– Możesz. Wyszłaś z aresztu, Tomek załatwił już wszystkie formalności. Jesteś wolna.

– Ale mój syn nie.

– Nikt ci go nie zabierze – zauważyła. – Możesz po prostu pójść do szpitala i go wypisać.

W teorii być może rzeczywiście nie było to skomplikowane. W praktyce oznaczało, że w oczach Prokockiego stałabym się wrogiem numer jeden. Nie, nie mogłam ryzykować. Musiałam doprowadzić tę sprawę do końca. Dla Wojtka. I dla Werna.

Wytłumaczyłam jej to na tyle, na ile potrafiłam. I wyglądało na to, że koniec końców moje zapewnienia okazały się wystarczające.

Wsiadłyśmy do samochodu Electry, tego samego, którym Ewa przyjechała po mnie pod Zamtuz. Tym razem jednak ja prowadziłam.

Skierowałyśmy się na wyspę. Do kluczowego miejsca było stąd niedaleko i przypuszczałam, że na moście Pajęczym znajdziemy się za niecałe dziesięć minut.

Niewiele czasu. Przynajmniej w teorii.

W praktyce okazało się to niemal wiecznością. Dopóty, dopóki starałam się przemówić Ewie do rozsądku, żadna z nas nie była do końca świadoma, że zostałyśmy same. Na dobre uzmysłowiłyśmy to sobie dopiero w samochodzie.

Ona spojrzała na mnie bez słowa, ja zrobiłam to samo. Mimo że nasze twarze nie wyrażały absolutnie żadnych emocji, obie czułyśmy, że te w nas buzują.

Kiedy z głośników dobiegł dźwięk tej samej piosenki, którą słyszałyśmy podczas podróży z aresztu śledczego, wzdrygnęłam się. Miałam wrażenie, że atmosfera stała się gęsta jak stopiony ołów.

– Powiesz mi jedną rzecz? – odezwała się Ewa.

– Jasne.

Mój lekki ton głosu wydał mi się niemal komiczny. Zdawałyśmy sobie doskonale sprawę z tego, że kiedy dotrzemy na Bolko, nasze relacje nie będą już takie same. W tym kontekście dziesięć minut rzeczywiście było wiecznością.

– Twój plan zawsze zakładał ucieczkę z Glazurem?

– Tak – odparłam bez wahania.

Pokręciła głową, jakbym źle ją zrozumiała.

– Wiem, że starannie ułożyłaś to wszystko na długo, zanim przystąpiłaś do realizacji... – powiedziała, wpatrując się przed siebie. – Ale mam na myśli to, czy później... no...

Zawiesiła głos, licząc na to, że dokończę.

– Nie zmieniłaś zdania? – wydusiła. – Nawet na moment?

– W jakim sensie?

– No wiesz...

– Nie.

– Uciekłaś z Damianem od męża, mieliście ze sobą Wojtka, zabraliście pieniądze... – kontynuowała. – Nie przeszło ci przez myśl, żeby go ostrzec?

– Przed sobą?

Zaśmiała się, ale nie było w tym ani trochę wesołości.

– Przed tym, co miało go spotkać – powiedziała.

– Innymi słowy, pytasz, czy nie rozważałam, żeby wystawić Glazura i uciec z Wernem?

– Tak. Właśnie tak.

Czułam, że nawet najbardziej stanowcze zaprzeczenie jej nie przekona. Ułożyła już w głowie swoją własną interpretację tego, co się stało.

– Nie – odparłam po chwili. – Wtedy o tym nie myślałam.

– Ale później tak? – spytała i ożywiła się. – Żałowałaś tego, co zrobiłaś?

Brzmiało to, jakby to pytanie stawiała sobie, a nie mnie.

– Żałowałam wielu rzeczy – odparłam oględnie.

– Tego też, prawda? Z perspektywy czasu zrozumiałaś, że to był błąd?

Spojrzałam na nią badawczo.

– Dlaczego tak ci zależy na tym, żeby to wiedzieć? – zapytałam.

– Jestem po prostu ciekawa.

– Może nie powinnaś być.

Wrogość w moim głosie zaskoczyła nawet mnie. Owszem, nie pałałam do Ewy sympatią, ale potrafiłam przecież trzymać nerwy na wodzy. Tym razem jednak niewiele było trzeba, bym straciła równowagę.

– Chyba trafiłam w czuły punkt – odezwała się.

– Wygląda na to, że tak.

Na moment zamilkłyśmy, oddając głos Dave'owi Grohlowi. Leciała właśnie tytułowa piosenka z albumu *Concrete and Gold*. Psychodeliczna, przywodząca na myśl najlepsze numery Pink Floyd. Wielogłos wokalu wprowadzał zamęt w umyśle słuchacza, niemal jak mnogość myśli kłębiących się w mojej głowie. Sam kawałek w dodatku zaczynał się od przyznania się do utraty rozumu.

– Zmieniłabyś coś? – odezwała się Ewa. – Gdybyś mogła cofnąć czas?

– Zapytaj raczej, czy jest coś, czego bym nie zmieniła.

– Rozumiem.

– Przeceniłam swoją siłę – rzuciłam nagle, choć zupełnie nie planowałam się przed nią otwierać. – Wydawało mi się, że jakoś poradzę sobie z tym, co zrobił mi Robert.

Dlaczego jej o tym mówiłam? Może podświadomie chciałam wzbudzić w niej współczucie? Podjąć próbę przekonania jej, że nie jestem taka zła, jak sobie to wyobraża? Szukałam jej akceptacji?

Najpewniej wynikało to po części z każdej z tych rzeczy. Wprawdzie nie znałam prawdziwej Ewy, ale dogłębnie zaznajomiłam się z własnym wyobrażeniem o niej. Tak naprawdę przecież na jakiś czas stałam się właśnie tą wersją niej.

– Zespół stresu pourazowego? – zapytała wprost.

– Chyba tak. Choć niezdiagnozowany.

Nie musiałam dodawać, że nie szukałam nigdzie pomocy, bo byłam przekonana, że nikt nie będzie w stanie mi jej udzielić. Ewa doskonale o tym wiedziała. Z pewnością znała to z autopsji.

– Ilekroć Glazur choćby próbował się do mnie zbliżyć, dotykał mnie…

Urwałam i potrząsnęłam lekko głową, starając się skupić na drodze. Rozpadało się jeszcze bardziej i musiałam włączyć wycieraczki na najwyższy tryb. Ewa milczała, jakby uznała, że nie powinna mnie ponaglać.

– Nie byłam w stanie tego znieść – dodałam. – Każdy dotyk był jak przypomnienie razów Roberta.

– Domyślam się.

– Długo próbowałam się z tym uporać, ale ilekroć się do mnie zbliżał, ilekroć choćby patrzył mi w oczy, miałam wrażenie, jakbym znów miała przed sobą Roberta. Udającego, że jest normalnym, kochającym mężem. Czekającego tylko, by zapadł zmrok i by mógł pokazać swoją prawdziwą twarz.

Nabrałam tchu i uświadomiłam sobie, że oddycham nierówno. Potem zerknęłam na Ewę.

– Wiesz, jaką funkcję zdaniem wielu naukowców pełnią sny? – spytałam.

Pokręciła głową.

– Mają odrzeć nasze wspomnienia z emocji. Sprawić, że nasz umysł będzie pamiętał o tym, co nam się przydarzyło, ale nie będzie tym obciążony.

– Sensowne.

– Bardzo, jeśli uświadomisz sobie, że ilekroć zasypiasz z jakimś problemem, rankiem wydaje ci się on przynajmniej o połowę mniejszy – odparłam. – Przy zespole stresu pourazowego ta funkcja szwankuje.

– Coś o tym wiem.

– W normalnej sytuacji koszmar pełni więc rolę oczyszczającą – ciągnęłam. – W moim nie.

W naszym? Chyba tak powinnam to ująć.

– Mózg próbuje to jakoś naprawić, więc powtarza cały proces. Wyświetla koszmarne obrazy, które mają sprawić, że dojdzie do oczyszczenia, ale rezultat jest zupełnie odwrotny.

– Tak jakby system włączał się cały czas na nowo z nadzieją, że się zresetuje?

– Coś w tym stylu.

Ile nocy w trakcie ostatniego roku mogłam zaliczyć do udanych? Niewiele. Większość kończyła się albo tym, że nie spałam wcale, albo pobudką w mokrej od potu pościeli. Glazur również ciężko to znosił. Miałam wrażenie, że mój krzyk w nocy wyrywał go nie tylko ze snu, ale także z marzeń. Ze złudnego przekonania, że możemy mieć normalne życie.

Nie mogłam znieść ani jego obecności, ani świadomości tego, co mu zabieram. Długo próbowałam poradzić sobie z jednym i drugim, ale ostatecznie dałam za wygraną. Skupiłam się wyłącznie na Wojtku, całą swoją egzystencję sprowadziłam do dbania o niego. I byłam przekonana, że tak będzie wyglądało moje życie – aż do momentu, kiedy porwano mojego syna.

– Kasandra?

Uświadomiłam sobie, że moje myśli zdryfowały w niepokojącym kierunku.

– Tak? – odezwałam się i odchrząknęłam. – Pytałaś o coś?

– Nie, ale minęłaś zjazd.

Spojrzałam w lusterko, zaklęłam, a potem zjechałam na pobocze. Zamierzałam od razu zawrócić, ale jadący z naprzeciwka samochód mi to uniemożliwił. W tej sytuacji powinnam pochwalić się za to, że w ogóle go dostrzegłam.

– Myślisz, że z Damianem byłoby inaczej? – odezwała się Ewa.

– Nie wiem.

Przyjrzałam jej się uważnie i odniosłam wrażenie, że powinnam zadać jej dokładnie to samo pytanie. Zmarszczyłam czoło, przegapiając moment, w którym mogłam włączyć się do ruchu.

– Sama się nad tym zastanawiasz, prawda? – odezwałam się. – Co by było, gdybyś z nim została?

– Czasem.

– Potrafisz znaleźć odpowiedź?

Ewa uśmiechnęła się lekko.

– Wydaje mi się, że obydwie ją znamy – odparła.

Teoretycznie mogło to znaczyć właściwie wszystko, ale nie dla nas. Wydawało mi się, że w tym momencie rozumiałyśmy się lepiej niż ktokolwiek inny na świecie. Życie każdej z nas legło w gruzach z innych przyczyn, ale rezultaty były podobne. Pogorzelisko, na którym dogasała nasza przyszłość, było terenem dobrze nam znanym.

Uśmiechnęłam się przewrotnie w duchu na tę myśl. W końcu jakimś cudem znalazłyśmy wspólny język.

Zawróciłam, a potem skierowałam się w stronę mostu łączącego wyspę Bolko z Wójtową Wsią. Przejechałyśmy przez niego w milczeniu, a potem zgodnie z planem zatrzymałam się tuż za nim.

W okolicy nikogo nie było, pogoda nie nastrajała do spacerów. Nieliczni być może kręcili się po drugiej stronie wyspy, w okolicach zoo lub parku linowego.

– Odjedź może jeszcze kawałek – poradziła Ewa.

– Nie wolisz, żebym…

– Nie – ucięła. – Lepiej, żeby Damian cię przypadkowo nie zobaczył.

Zgodziłam się, a potem postawiłam samochód nieopodal małego parkingu na wałach przeciwpowodziowych. Ewa złapała za klamkę, ale nie otworzyła drzwi. Zawahała się i spojrzała na mnie.

– Będziesz czekać? – upewniła się.

– Tak – zapewniłam, a potem sięgnęłam do tyłu i podałam jej parasolkę.

– Dzięki – rzuciła. – I to nie powinno długo potrwać.

– Prokocki z pewnością tego dopilnuje – odparłam, rozglądając się. – Gdyby ktoś was tutaj zobaczył, wszystko poszłoby w łeb.

Nie mieli wiele czasu, ale przypuszczałam, że Wern i Kliza poznali już wszystkie najważniejsze fakty. Teraz Ewie pozostało jedynie uzupełnić luki i potwierdzić to, co mówiła reszta.

Usłyszałam, jak otwiera drzwi, i obróciłam głowę w jej kierunku.

Wtedy zdarzyło się coś, czego się nie spodziewałam. Czego nie mogłam się spodziewać.

Zobaczyłam błyszczący, metalowy przedmiot w ręce Ewy. Zanim zrozumiałam, że to nóż, który musiała wyciągnąć z jednej z kuchennych szuflad przeglądanych przez nią przed wyjściem, było już za późno.

Wykonała szybki, zdecydowany ruch, a ostrze wsunęło mi się w brzuch. Obraz przed oczami zaszedł mi mgłą, ręce nagle zwiotczały, a z ust wydobył się zduszony krzyk.

Natychmiast ścisnęłam ranę i zobaczyłam krew przelewającą mi się przez palce.

Ewa zadała drugi cios.

Nóż wszedł tak samo gładko tuż obok moich dłoni. Widziałam, jak metaliczne ostrze niknie w moim ciele, a potem się z niego wysuwa.

– Sprawiedliwość w końcu cię dosięgnęła, suko – odezwała się. – Tak samo potraktowałaś męża, prawda?

Umysł przywołał obraz, kiedy wbijałam kawałek szkła w ciało Roberta.

Otworzyłam usta, ale nie potrafiłam wydobyć głosu. Osunęłam się na fotelu kierowcy, głowa opadła mi bezwładnie na bok.

Przez głowę przemknęła mi niejasna myśl, że to wszystko stało się na moje życzenie. Ewa uśpiła moją czujność, a potem to wykorzystała.

– Chciałaś być mną? – zapytała przez zęby, wycierając dłoń w chusteczkę. – To proszę bardzo. Zapomniałaś tylko, że ja nie żyję.

Zabrała moją komórkę i kluczyki ze stacyjki, otworzyła drzwi, a potem, jak gdyby nigdy nic, rozłożyła parasol i wyszła na zewnątrz. Nie zamknęła drzwi i patrzyła na mnie, napawając się widokiem tego, co zrobiła. Zmuszałam się, by również na nią spojrzeć i w jakiś sposób do niej dotrzeć. Przekonać, że popełniła błąd, że może mi pomóc, że nie jest jeszcze za późno.

Że wciąż może uratować mi życie.

Nie dostrzegałam jej twarzy. W padającym deszczu widziałam jedynie sylwetkę – i to tylko jak przez mgłę.

Krew wylewała mi się z brzucha, ostrze za jednym lub drugim razem musiało trafić w newralgiczne miejsce.

– Liczyłaś na to, że się nie domyślę? – dodała. – Za kogo ty mnie masz?

Próbowałam wyciągnąć rękę w jej kierunku, ale nie miałam siły. Zawisłam na pasie bezpieczeństwa.

– Naprawdę sądziłaś, że nie zobaczę związku między dwoma tak podobnymi do siebie słowami? – dodała. – Reimann i Kajman?

Trzasnęła drzwiami, zostawiając mnie w samochodzie na śmierć.

5

Czas zdawał się płynąć w zupełnie niezrozumiały sposób. Raz wydawało mi się, że od wyjścia Ewy minęło kilka sekund, zaraz potem byłam przekonana, że zostawiła mnie na pastwę losu parę godzin temu.

Uświadomiłam sobie, że na przemian tracę i odzyskuję świadomość. Wciąż wściekle lało, więc uznałam, że nie minęło zbyt dużo czasu. O tej porze roku tak intensywne deszcze nie mogły trwać długo.

Próbowałam odwrócić się i sięgnąć po torebkę, ale nie byłam w stanie się ruszyć. Po chwili uprzytomniłam sobie, że Ewa zabrała mój telefon. Nie mogłam wezwać pomocy, zresztą nie wiedziałam, czy ktokolwiek byłby gotów mi jej udzielić.

Może to wszystko było zaplanowane?

Prokocki dostał ode mnie to, czego tak naprawdę potrzebował: nagranie i wyjaśnienia. Miałam jeszcze uwiarygodnić wszystko podczas rozmowy z Wernem, ale podkomisarz mógł uznać, że to nie jest konieczne.

Czy pozwoliłby Ewie na zabójstwo?

A dlaczego nie? Jej ostatnie słowa dowodziły, że niczego nie pragnęła bardziej. Oficjalnie i urzędowo faktycznie już nie żyła – Prokocki zadbał o to, by z formalnego punktu widzenia ciało na Bolko naprawdę należało do niej.

Policja nigdy nie znajdzie sprawczyni, bo z punktu widzenia organów ścigania ta już nie istnieje. Odnajdą jedynie mnie, z dwiema ranami kłutymi, w samochodzie na uboczu. Czy uznają to za próbę samobójczą? Może. Niewiele trzeba, żeby dowiedzieli się, co spotkało mnie w Zamtuzie. Istniały lepsze sposoby, by odebrać sobie życie, ale ostatecznie mogą złożyć wszystko na karb szaleństwa.

Nóż. Gdzie jest nóż?

Rozejrzałam się, ale wciąż nie mogłam skupić wzroku. Dostrzegłam jednak zakrwawiony przedmiot na siedzeniu obok.

A więc taki był plan. Być może od samego początku.

Ewa nie panikowała przed wyjazdem. Chciała jedynie, byśmy zostały same i by mogła zrobić to, na co tak długo czekała.

Kaszlnęłam i poczułam, jak coś wypływa mi z ust. Zobaczyłam czerwień na desce rozdzielczej i uświadomiłam sobie, że to moja krew. Głowa znów mi opadła, jakby mięśnie karku odmówiły mi posłuszeństwa.

Robiłam wszystko, by odpiąć pas, ale nie miałam siły. Udało mi się jednak podnieść rękę, a potem złapać za kierownicę. Z wielkim wysiłkiem wcisnęłam klakson.

Jego dźwięk był jak zbawienie. Zdawał się obiecywać, że ktoś zwróci na mnie uwagę, zainteresuje się samotnym samochodem na niewielkim parkingu, z którego nikt już nie korzystał.

Nikt jednak nie nadchodził.

Zanim udało mi się zatrąbić po raz kolejny, minęło zdecydowanie zbyt wiele czasu. Czułam, że zostało mi jedynie kilka minut życia. Krew lała się z mojego brzucha niemal jak deszcz z nieba.

Wcisnęłam klakson jeszcze raz.

Nie słyszeli mnie? Czy uznali, że po prostu ich ponaglam?

Wiedziałam, że jeśli nie zwrócę na siebie uwagi, nie skierują się w moją stronę. Pójdą w przeciwną, ku dużemu placowi, na którym parkowała większość osób przyjeżdżających na wyspę.

Może już tam poszli?

Zatrąbiłam jeszcze jeden raz, odnosząc wrażenie, że tym razem pękają mi wszystkie wnętrzności. Jęknęłam z bólu. Był tak dotkliwy, że odebrało mi dech.

Nie, to nie skutek bólu, przemknęło mi jeszcze przez głowę. Umierałam. Mój organizm po prostu się wyłączał.

6

Silne opady wciąż nie ustawały i z trudem mogłem dostrzec cokolwiek zza ściany deszczu. Stałem pod mostem, odprowadzając wzrokiem Ewę. Chciałem się ruszyć, pobiec za nią, zatrzymać ją i w jakiś sposób sprawić, że wszystko się zmieni.

Powstrzymałem się być może w ostatniej chwili, przemawiając sobie do rozsądku. To nie była osoba, z którą się związałem. Tamta dawno przestała istnieć.

A zatem w ten sposób żegnałem Ewę. Oglądając jej powidok niknący w kroplach deszczu.

Z zamyślenia wyrwało mnie szturchnięcie łokciem pod żebra. Obróciłem się do Klizy i zobaczyłem, że wyciąga w moim kierunku paczkę papierosów.

– Nie palę – oznajmiłem.

– Nie szkodzi.

Podała mi marlboro goldy, a ja zerknąłem na zdjęcie i ostrzeżenie ministerstwa. Trafiło mi się wyjątkowo nieadekwatne. Jeśli ustawodawca chciał przekonać mnie do tego, bym jednak nie sięgnął po papierosa, powinien bardziej się postarać.

Białe litery na czarnym tle wyglądały jak drwina. „Rzuć palenie – masz dla kogo żyć".

Jola mi podpaliła, a ja zaniosłem się tak dotkliwym kaszlem, jakbym miał wypluć płuca. Usiedliśmy na nasypie i oboje wbiliśmy wzrok w mąconą kroplami deszczu rzekę.

Znów rozległ się dźwięk klaksonu. Przypuszczałem, że ktokolwiek czeka na Prokockiego i resztę, domaga się, by się pospieszyli.

– Nie zapytałeś jej o jedną rzecz, Wern – odezwała się w końcu Kliza.

– Tylko jedną? – odbąknąłem.

– Najważniejszą. O to, dlaczego uciekła.

Obróciłem dymiącego papierosa między palcami.

– Nie musiałem.

– Bo?

– Bo doskonale to rozumiem – odparłem ciężko, rozganiając obłoczek ręką. – Falkowowi jedenaście lat temu w końcu totalnie odbiło. Nasłał na nią tych ludzi pod Hajem i dał jej do zrozumienia, że to dopiero początek.

Jola wyciągnęła papierosa dla siebie, ale potem rozerwała go na pół i zaczęła wysypywać tytoń na ziemię.

– Zwróciła się do Prokockiego, a ten kazał jej uciekać, zapewniając, że wszystko załatwi.

– I zajął się tym tak, że zamiótł sprawę pod dywan.

– Nie on pierwszy i nie ostatni – rzuciłem, przyglądając się temu, co robiła Kliza. – Zresztą to nie ma znaczenia. On nigdy się do tego nie przyzna.

– Pewnie nie – zgodziła się. – Ale co stało się potem? Ulokował Ewę w bezpiecznej kryjówce w Obicach, odczekał trochę, Falkow w tym czasie się uspokoił i… i co?

Wzruszyłem ramionami, słysząc przejeżdżający mostem samochód.

– Dlaczego nie wróciła? – dodała Jola.

– Przez strach.

– Nie, to by nie wystarczyło.

Wiedziałem, do czego zmierza. Chciała żebym zamknął tę sprawę w umyśle raz na zawsze. A żeby to osiągnąć, musiałem spojrzeć prawdzie w oczy.

– Ona nie chciała wracać, Wern – kontynuowała. – W pewnym momencie musiała uznać, że to idealna okazja, żeby zacząć nowe życie. Nagrała dla ciebie te kasety jako pożegnanie, ale najwyraźniej wydarzyło się coś, przez co do ciebie nie trafiły.

– Coś? – spytałem przez zęby. – W jakiś sposób wpadła na ich trop Kasandra. I słuch po nich zaginął.

Jola skinęła głową, ale nie wyglądała na przekonaną.

– Tak czy inaczej, to była jej decyzja – podkreśliła. – Nikt jej nie zmusił do ucieczki, wybrała ją z własnej nieprzymuszonej woli.

Nie potrafiłem zrozumieć, dlaczego miałaby to zrobić. Wszystko nam się układało, nie mogliśmy być ze sobą szczęśliwsi. Planowaliśmy przyszłość, snuliśmy dalekosiężne marzenia i mieliśmy wrażenie, że może być tylko lepiej.

Tak wtedy myślałem. Teraz miałem już świadomość, jak złudne to było.

– Wciąż mi w tym czegoś brakuje – odezwała się Jola.

– Czego?

– Mocniejszej motywacji. Czegoś, przez co Ewa ostatecznie się na to zdecydowała.

– Jak na przykład...

– Nie wiem – odparła Kliza, znęcając się nad kolejnym papierosem. – Ale odpowiedz sobie na pytanie: co jest najmocniejszym motorem napędowym ludzkiego zachowania?

– Chęć bogacenia się?

– Wern...

– Zazdrość? Nienawiść? Strach?

Pokręciła głową, pozorując współczucie.

– Chuć?

– Naprawdę nie podejrzewałam cię, że w takiej sytuacji będziesz próbował wykazać się humorem.

Uśmiechnęła się blado, a ja wyrzuciłem marlboro i otrzepałem ręce.

– Ale byłeś blisko, bo od pożądania seksualnego do miłości w sumie niedaleko – dodała.

– Myślisz, że Prokocki był dla niej kimś więcej?

– Nie.

Odpowiedziała bez wahania, ale nie wiedziałem, czy jej pewność siebie jest uzasadniona. W ciągu jedenastu lat rozegrało się tyle rzeczy, że właściwie każde wyjaśnienie mogło okazać się słuszne.

– Widziałam, jak na niego patrzy – dodała. – A wierz mi, wiem, jak kobieta zerka na kogoś, kogo kiedyś kochała. W tym wypadku nie może być o tym mowy.

– Więc spotkała kogoś innego?

– Nie – odparła z równie dużą stanowczością. – Myślę, że Blitz wiedział o jej ucieczce.

Uniosłem brwi, czekając, aż w jakiś sprytny sposób Kliza przekształci to w żart. Nie otwierała jednak ust, skupiając się na dalszym wysypywaniu tytoniu.

– Powiedz mi, jak często się z nim widywałeś po zaginięciu Ewy?

– Cóż…

– Rzadko, prawda?

– Przychodził dość często do knajp, w których pracowałem.

– Ale byłeś kiedyś u niego w domu? Chodziliście gdzieś razem? Spotkaliście się choć raz wtedy, kiedy ty to zaproponowałeś?

Odwiedziłem go zaledwie raz – i gdybym tylko mógł, najchętniej bym o tym zapomniał. Nasze spotkania zawsze odbywały się w miejscach, w których pracowałem, to fakt. I bywały okresy, w których Blitzer się nie pojawiał.

– Wern?

– Nie – odparłem w końcu. – Widywaliśmy się wtedy, kiedy on postanowił przyjść.

– Dlaczego w ogóle to robił?

Dobre pytanie, uznałem w duchu. Zawsze zakładałem, że popycha go do tego resztka jakiejś dawnej sympatii i chęć wspierania starego kumpla, który stracił nie tylko dziewczynę, ale całą swoją przyszłość.

Ostatecznie jednak musiałem zadać sobie pytanie: czy to byłoby wystarczającą motywacją przez dekadę? Znacznie mocniejszą były przecież wyrzuty sumienia.

Kliza popatrzyła na mnie, szukając w moich oczach zrozumienia. Znalazła je. I nie musiała dodawać nic więcej. Wyjęła kolejnego papierosa i potraktowała go tak samo jak poprzednie.

– Po co to robisz? – spytałem. – To jakaś metoda, by powstrzymać się przed paleniem, czy…

– Nie.

Podniosła się, rzuciła marlboro na ziemię i z impetem zmiażdżyła całą paczkę.

– Po prostu chciałam zniszczyć coś, co należało do niego.

Jej słowa odbiły mi się echem w głowie. Wstałem, spojrzałem na zmiażdżony kartonik i rozsypany wokół tytoń, a potem skinąłem głową z wdzięcznością. Narzuciliśmy kaptury na głowę i ruszyliśmy przed siebie.

Dudnienie kropel deszczu o nieprzemakalny materiał właściwie uniemożliwiało prowadzenie rozmowy, więc szliśmy w stronę parkingu w milczeniu. Nie mogłem uwierzyć, że to koniec.

Dowiedziałem się wszystkiego, co starałem się odkryć jedenaście lat temu. Zobaczyłem zarówno tamto zdarzenie nad Młynówką, jak i całe moje życie w zupełnie nowym świetle. Niepokojącym, ale prawdziwym.

I dzięki temu mogłem zacząć wszystko na nowo.

Wsiedliśmy do felicii, a ja odpaliłem silnik. Powiodłem wzrokiem po okolicy, jakbym jeszcze gdzieś tutaj mógł dostrzec Ewę. Przypuszczałem, że przynajmniej na jakiś czas będę musiał przywyknąć do takich irracjonalnych reakcji.

Z jednej strony była ostatnią osobą, którą chciałbym widzieć. Z drugiej oddałbym wszystko jeszcze za moment rozmowy.

Parking był jednak pusty. Ci, którzy wybrali się na Bolko w taką pogodę, po oberwaniu chmury poszli po rozum do głowy. Byliśmy ostatnimi, którzy to zrobili.

Wyjechałem na asfaltową ścieżkę biegnącą wzdłuż wałów. W dobry dzień pędzili tędy rolkarze i rowerzyści, a na nasypie towarzyszyli im biegacze, spacerowicze i ludzie z psami. Fakt, że teraz było tutaj całkowicie pusto, w jakiś sposób przynosił mi satysfakcję. Jakby była to tylko moja scena. Moje przedstawienie, które się tutaj rozegrało, niczyje inne. I mimo że inni w nim uczestniczyli, zagarnąłem całe to wspomnienie dla siebie.

Ewa, Prokocki i reszta być może będą wracać do niego przez kilka dni lub tygodni. Ja będę przeżywał je na nowo przez następne lata. Być może do końca życia.

Popatrzyłem na zejście z nasypu, kiedy wjeżdżaliśmy na most Pajęczy. Potem wbiłem wzrok przed siebie i wcisnąłem mocniej pedał gazu.

Wydawało mi się, że gdzieś za nami znów rozległ się dźwięk klaksonu.

Zignorowałem go.

– Spieszy ci się gdzieś, Wern? – spytała Kliza.

– Do nowego życia.

– W takim razie uspokój swojego wewnętrznego szybkiego i wściekłego, bo daleko nie zajedziemy.

Zdjąłem nogę z gazu. Miała rację, felicia była pozbawiona wszystkich tych zaawansowanych systemów kontroli trakcji, które pozwalałyby na szaleństwa w deszczu. Prawda była jednak taka, że chciałem jak najszybciej oddalić się od wyspy.

Minęliśmy Kanał Ulgi i zejście na wały po drugiej stronie i skierowaliśmy się ku Wójtowej Wsi.

Coś jednak nie dawało mi spokoju. Zupełnie jakbym o czymś zapomniał, zostawił coś pod tym przeklętym mostem.

Zatrzymałem się przed skrzyżowaniem z główną drogą i spojrzałem kontrolnie w lewo. Żaden samochód nie jechał, mogłem spokojnie skręcać. Mimo to nie wrzuciłem nawet jedynki.

– Coś nie tak? – zapytała Jola.

– To trąbienie…

– Co z nim?

Włączyłem kierunkowskaz, a potem przesunąłem drążek skrzyni biegów.

– Nie miałaś wrażenia, że dochodzi od strony kamionki?

– Hę?

– Jak odjeżdżaliśmy…

Urwałem i upomniałem się, że rozmawiam z osobą, która nie miała pojęcia o topografii wyspy Bolko ani przylegających terenów.

– Nie wydawało ci się, że dźwięk klaksonu dochodził nie od strony parkingu?

– A ja wiem?

Jeszcze raz spojrzałem w lewo. Minął nas samochód dostawczy, za nim droga znów była wolna. Przeszło mi przez myśl, żeby zawrócić i sprawdzić to, co nie dawało mi spokoju. Nie stracilibyśmy wiele czasu.

Nie, przesadzałem. Dopatrywałem się komplikacji tam, gdzie ich nie było. Trąbienie dochodzące ze złej strony nie było wystarczającym powodem, by wracać na wyspę. Ewa dawno odjechała, nie miałem tam czego szukać.

– Jedziemy? – zapytała Kliza.

Skinąłem głową i w końcu wcisnąłem gaz. Tym razem spokojniej, widząc wodę w koleinach jezdni. Przypuszczałem, że przy odpowiedniej prędkości zapewniłaby nam wrażenia jak na lodowisku.

Pojechałem w kierunku centrum. Nie mogłem opędzić się od wrażenia, że zostawiam za sobą znacznie więcej niż tylko przeszłość.

7

Ile mogłam mieć czasu?

Pięć, dziesięć minut? Krew wypływała mi z brzucha nie strużką, ale strumieniem. Nie miało to nic wspólnego z tym, co widywałam w filmach i serialach. W nich ranny miał czas, by zrekapitulować życie, wygłosić jakiś górnolotny monolog czy postarać się wezwać pomoc.

Ja nie byłabym w stanie zrobić żadnej z tych rzeczy. Krew lała się jak pod ciśnieniem, a ja nie miałam już nawet siły odpiąć pasa. Próbowałam jednak uporczywie, jakby to mogło cokolwiek zmienić.

W końcu mi się udało. Wcisnęłam blokadę, a taśma cofnęła się ze świstem. O otwarciu drzwi i wyjściu na zewnątrz nie było mowy, ale mogłam zmienić pozycję. Wydawało mi się, że jeśli nie będę siedziała zgięta, krwotok nie będzie tak intensywny.

Udało mi się osunąć nieco na fotelu, ale niczego to nie zmieniło. Nie byłam już w stanie nawet sięgnąć do klaksonu.

Trąbienie nie miało zresztą żadnego sensu. Werna dawno tu nie było, pozostałych także nie. Nikt nie mógł mi pomóc.

Przez jakiś czas walczyłam z opadającymi powiekami, ale w końcu się poddałam. Poczułam nadchodzącą błogość, jakby ktoś nagrodził mnie za to, że zaprzestałam beznadziejnej walki.

Pomyślałam o Wojtku. Kto się nim zajmie?

Co będzie z Glazurem? Wypuszczą go, wychodząc z założenia, że tak naprawdę nic złego nie zrobił? Czy postawią mu zarzuty za utrudnianie pracy wymiarowi sprawiedliwości?

A Wern? Uwierzy w to, co Ewa mu przedstawiła?

Chciałabym wszystko mu wyjaśnić. Zasługiwał na to, żeby poznać prawdę, od początku do końca. Za długo był oszukiwany właściwie przez wszystkich w swoim otoczeniu.

I wciąż będzie. Byłam jedyną osobą, która znała całą prawdę i była gotowa mu ją wyjawić.

Co teraz zrobi? Rozpocznie nowe życie? Zapomni o niej i o mnie?

Ta ostatnia myśl niespodziewanie uderzyła mnie najbardziej. Zdawała się dotkliwsza niż poniesione rany.

Nie chciałam umierać. Nie z tą świadomością.

8

Jechałem powoli, nie mając zamiaru ryzykować poślizgu. Zbliżaliśmy się już do stacji Orlenu przy rozwidleniu Krapkowickiej, a ruch od strony centrum nieco się nasilił. Wciąż zastanawiałem się nad tym, co nie dawało mi spokoju, ale te myśli zachowywałem dla siebie. Kliza też chciała jak najszybciej oddalić się od Bolko i zapomnieć o wszystkim, czego doświadczyliśmy w ostatnim czasie.

Poza tym mieliśmy trochę spraw do załatwienia. Po tym, jak dostaniemy naprawioną kasetę, będziemy mogli zająć się Falkowem. W głowie powoli układały mi się scenariusze tego, co zrobimy.

Przejechałem jeszcze kawałek, starając się skupić właśnie na tym, ale zanim skręciłem w stronę śródmieścia, ostatecznie dałem za wygraną. Wbiłem kierunkowskaz i zjechałem na stację benzynową.

Jola zerknęła na kontrolkę poziomu paliwa.

– Benzyny mamy sporo – zauważyła. – Więc przypuszczam, że problem nie leży w baku, ale w pęcherzu?

Nie słyszałem nawet, co mówiła. Starałem się przebiec w głowie wszystko, co nurtowało mnie, od kiedy opuściliśmy wyspę.

– Wern? – spytała z rozdrażnieniem Kliza.

Popatrzyłem na nią i zmrużyłem oczy.

– Ten dźwięk na pewno dochodził z przeciwnego kierunku – powiedziałem w końcu.

– Jezu... – jęknęła. – I co z tego?

– To, że Ewa i reszta wyszli spod mostu w stronę parkingu.

– I?

– Ten, kto trąbił, ewidentnie nie czekał na nich. To nie ich ponaglał.

– Więc może był entuzjastą klaksonów. Albo czekał na kogoś innego.

– Na kogo? – zapytałem, oglądając się w stronę, z której przyjechaliśmy. – Tam było pusto jak w Czarnobylu po osiemdziesiątym szóstym.

Jola machnęła ręką.

– Daj spokój – powiedziała, a potem wskazała wąską ulicę odchodzącą na prawo od stacji. – Wracajmy do centrum. Po tym wszystkim muszę wsunąć porządne uramaki.

Poprawiła się na fotelu i posłała mi ponaglające spojrzenie.

– Wern.

– Daj mi się zastanowić…

– Nie ma nad czym. Ktoś trąbił, wielka mi rzecz.

– Normalnie przyznałbym ci rację, ale w tej sytuacji…

Zawiesiłem głos i ściągnąłem brwi. Zrozumiałem już, co mi nie pasowało. Klakson klaksonem, ale było coś jeszcze, co się nie zgadzało. Gdyby nie to, że byłem nieco oszołomiony, z pewnością od razu zwróciłbym na to uwagę.

– Błagam cię… – jęknęła bezradnie Kliza.

Wrzuciłem wsteczny.

– Nie żartuj.

– Słyszeliśmy tylko jeden samochód – odparłem, czym prędzej wycofując. – Kiedy zostaliśmy we dwójkę pod mostem.

– Co?

– Zastanów się, Kliza. Tylko jedno auto przejeżdżało przez most, a przecież przyjechali dwoma. Słyszeliśmy samochód, kiedy wszyscy oprócz Ewy byli już na miejscu.

Obróciła do mnie głowę i już otwierała usta, by zaprotestować, ale w ostatniej chwili uświadomiła sobie to co ja.

– Masz rację – przyznała. – Ale może drugie auto odjechało w innym kierunku?

– To znaczy? Druga droga wzdłuż wałów jest zamknięta.

– W takim razie...

Nie dokończyła, wiedząc, że nie musi.

Tym razem nie zwracałem uwagi na to, że możemy wpaść w poślizg. Wcisnąłem gaz do dechy i skierowałem się z powrotem do miejsca, w które jeszcze przed momentem nigdy nie miałem zamiaru wracać.

Miałem wrażenie, że droga powrotna zajmuje więcej czasu. W końcu jednak minęliśmy most Pajęczy, a ja skręciłem w prawo.

Deszcz w końcu odpuścił, dzięki czemu już z daleka dostrzegłem samotny samochód postawiony tam, gdzie niegdyś mieścił się jedyny po tej stronie wyspy, prowizoryczny parking. Kiedy infrastrukturę rozbudowano, zaprojektowano przestronny plac na tyłach zoo, ale kiedyś to tutaj zatrzymywali się wszyscy ci, którzy dotarli na Bolko od strony podopolskich wsi.

Podjechaliśmy do auta i oboje dostrzegliśmy kobietę bezwładnie osuniętą na fotelu kierowcy. Nie widać było twarzy, włosy całkowicie ją zasłaniały.

– Śpi? – zapytała Jola.

Obawiałem się, że nie w tym rzecz. I że kimkolwiek jest ta osoba, musi być zamieszana w sprawę.

Narzuciliśmy kaptury i opuściliśmy felicię. Ledwo podeszliśmy do stojącego samochodu, zobaczyliśmy plamę krwi rozlewającą się na ubraniu kobiety i na tapicerce. Natychmiast doskoczyłem do auta i pociągnąłem za klamkę. Drzwiczki ani drgnęły.

Nie zastanawiając się ani chwili, rozejrzałem się za czymś, czym mógłbym wybić szybę. Kiedy podbiegłem do sterty kamieni leżących na skarpie, Kliza zaczęła uderzać w okno od strony kierowcy.

– Halo! – krzyknęła. – Słyszysz mnie?

Wróciłem z największym kamieniem, jaki udało mi się znaleźć, a potem zrzuciłem z siebie kurtkę.

– Hej! – nie dawała za wygraną Jola. – Żyjesz?

Owinąłem dłoń i z całej siły przywaliłem kamieniem w tylną szybę. Szczęśliwie nie był to nowy samochód wysokiej klasy, bo w takich okna są niemal pancerne. Szkło ustąpiło od razu, a ja natychmiast wybiłem sterczące z drzwiczek kawałki. Sięgnąłem do klamki, otworzyłem auto i wsunąłem się do środka. Odwróciłem delikatnie kobietę i zamarłem.

– Kas? – wyrwało mi się z ust.

Jej ciało było zwiotczałe i wydawało mi się, że Kasandra nie oddycha.

Byłem jak sparaliżowany. Zgubiłem się w natłoku myśli, tak naprawdę nie rozumiejąc, co się dzieje. Wiedziałem, że została zaatakowana, najwyraźniej jakimś ostrym narzędziem. Nasunął mi się irracjonalny wniosek, że ludzie związani z Robertem w końcu ją dorwali i wymierzyli sprawiedliwość. Oko za oko.

– Wern!

Uświadomiłem sobie, że Kliza próbuje dostać się do środka. Otrząsnąłem się i czym prędzej sięgnąłem do blokady przednich drzwi. Otworzyłem je, a Jola od razu wskoczyła do auta. Nachyliła się nad Kasandrą, przyłożyła dwa palce do szyi i czekała.

Miałem wrażenie, że czas się zatrzymał.

– Boże... – jęknęła.

– Nie żyje?

Mój głos zabrzmiał obco, jakby dochodził nie z ust kogoś innego, ale z innego świata.

– Nie, nie... jest słaby puls – powiedziała słabo Kliza.

Była całkowicie blada, niemal jak Kas. Żadne z nas nie potrafiło poradzić sobie z szokiem, w jaki wprawił nas widok Kasandry. Przez to nie pomyśleliśmy nawet, by zadzwonić po karetkę, choć powinniśmy zrobić to natychmiast.

– Boże... – powtórzyła z niedowierzaniem Jola. – Ile krwi...

Czerwona kałuża zbierała się już na dywaniku – i być może właśnie ten druzgocący widok sprawił, że zacząłem racjonalnie myśleć. Natychmiast wyjąłem telefon i trzęsącymi się rękoma wybrałem numer alarmowy.

– Słucham, ratownictwo.

Spokojny, niemal znudzony głos dyspozytora sprawił, że poczułem się, jakbym znalazł się w jakiejś surrealistycznej rzeczywistości.

– Ratownictwo – burknął bez emocji mężczyzna.

– Potrzebuję.... – zacząłem i urwałem, czując, jakbym tracił głos.

– Halo?

– Potrzebna karetka – powiedziałem w końcu.

– Co się dzieje?

Gardło miałem tak suche i ściśnięte, że z trudem przełykałem ślinę. Nie łatwiej było cokolwiek z siebie wydusić.

– Rany kłute – rzuciłem hasłowo.

– Jest pan ranny?

– Nie, nie ja. Ona… się wykrwawia…

– Gdzie pan jest?

W duchu podziękowałem temu człowiekowi za to, że nie upewniał się, nie dopytywał o szczegóły, nie próbował zmusić mnie do jakiegokolwiek opisu sytuacji. Chciał najpierw załatwić to, co najważniejsze, by wiedzieć, gdzie wysłać pomoc – a dopiero potem zająć się resztą.

– Wyspa Bolko – powiedziałem. – Obok… obok… od strony Winowa.

– Niedaleko mostu?

– Tak, tak – rzuciłem nerwowo, patrząc na Klizę. – Za mostem w prawo. Szybko, proszę przyjeżdżać, ona… ona długo nie wytrzyma.

Brzmiałem jak szaleniec, a przynajmniej tak mi się wydawało. Opadł mnie irracjonalny strach, że ostatecznie dyspozytor weźmie mnie za wariata i odmówi udzielenia pomocy.

– Szybko – powtórzyłem, patrząc na zamknięte oczy Kasandry. – Ona długo nie wytrzyma…

– Karetka już jedzie – zapewnił rozmówca.

Jego głos stał się bardziej czujny, ostry i rzeczowy. Odniosłem wrażenie, że los Kas spoczywa w rękach kogoś, kto wie, co robi.

Po chwili dyspozytor zaczął wypytywać mnie o szczegóły, starając się ustalić jak najwięcej przed przybyciem ratowników. Niewiele mogłem mu powiedzieć. Nawet jeśli byłbym w stanie stosownie ocenić sytuację, miałbym problem z wyartykułowaniem tego.

Rozmówca próbował mnie uspokoić i wyciągnąć kolejne informacje, ale bezskutecznie. Wciąż nie byłem w stanie zebrać myśli.

– Zna ją pan? – zapytał w końcu.

– T-tak...

– Jak się nazywa?

– Kasandra.

– Widzi pan ranę?

– Nie – odparłem niepewnie, patrząc na zakrwawione ubranie. – Ale wygląda na to, że... nie wiem, może dostała w brzuch.

– Proszę podciągnąć Kasandrze bluzkę.

Nieznoszący sprzeciwu ton sprawił, że zrobiłem to, co polecił dyspozytor.

– Są dwie głębokie rany – wydukałem. – Od noża...

– Nóż jest wciąż w którejś z ran?

– Nie.

Mimowolnie przyglądałem się ciemnoczerwonym smugom na nagim brzuchu Kas, czując, że zaczyna mi się robić słabo.

– Jest pan w samochodzie, tak?

Potwierdziłem cichym mruknięciem.

– Proszę wyciągnąć apteczkę – polecił mężczyzna. – A potem założyć rękawiczki i spróbować gazą lub innym kawałkiem materiału zatamować krwawienie.

– Ale...

– Może być cokolwiek sterylnego. Proszę pamięć o ryzyku infekcji.

Mówił tak spokojnie, jakby nie rozumiał powagi sytuacji.

– Słyszy mnie pan?

– Tak.

– Proszę robić, co mówię.

– Ale ja…

– Niech pan po prostu zastosuje ucisk. Karetka już jedzie, zaraz tam będą, ale Kasandra może do tego czasu się wykrwawić. Jeśli ma więcej niż jedną ranę, proszę zająć się tą poważniejszą. Rozumie mnie pan?

Kurwa mać, powinienem sam o tym pomyśleć. Szybko oddałem telefon Klizie, a potem zacząłem szukać apteczki. Kiedy ją znalazłem, nerwowo rozerwałem woreczek z opatrunkiem, umieściłem go tak, by obejmował obydwie rany, a potem przycisnąłem. Kas jęknęła półprzytomnie.

Kiedy Jola odbierała od rozmówcy kolejne instrukcje, ja robiłem wszystko, by ani na moment nie poluzować ucisku. Nie odrywałem wzroku od Kasandry, tak jakby choćby pobieżne rozejrzenie się za karetką mogło sprawić, że pogorszę jej sytuację.

Krwotok zdawał się nieco ustać, ale w apteczce nie było niczego, czym mógłbym na dobre go zatamować. Oddałbym wszystko za kawałek taśmy lub czegoś, co nie przepuszczałoby krwi.

– Gdzie oni są?! – krzyknąłem.

– Jadą, Wern.

– Powinni już tutaj być, do kurwy nędzy.

– Na pewno robią, co mogą.

Kasandra znów cicho, niemal niesłyszalnie jęknęła. Nie mogłem przestać myśleć o tym, że gdybym zawrócił wcześniej lub pomyślał przed opuszczeniem parkingu, zyskałaby cenne minuty.

Jeśli ich zabraknie, nigdy sobie tego nie wybaczę. Wiedziałem o tym równie dobrze jak Kliza, która wyszła z auta i zaczęła nerwowo wyglądać erki. Nie słyszeliśmy jednak jeszcze nawet sygnału.

– Zapytaj go, gdzie są! – rzuciłem, wciąż wpatrując się w opływające krwią ręce.

Jola zrobiła, co poleciłem, a potem uderzyła dłonią o dach. To nie mogło znaczyć nic dobrego.

W końcu oderwałem wzrok od Kasandry i spojrzałem na Klizę. Nachyliła się nad otwartym oknem.

– Za moment będą.

– Pytałem, gdzie są.

– Dyspozytor mówi, że przebijają się przez Niemodlińską.

– Kurwa... – syknąłem i przycisnąłem mocniej.

– To daleko stąd?

Na warunki opolskie nie było daleko. Tyle że teraz porównania do wielkomiejskiego ruchu ulicznego nie miały żadnego znaczenia. Nawet odległość kilkuset metrów mogła okazać się dla Kas tragiczna.

Nagle znów jęknęła, a potem jej ciało zdawało się zwiotczeć jeszcze bardziej. Opadł mnie blady strach, bo odniosłem wrażenie, jakby z Kasandry właśnie uleciało życie.

– Kliza...

– Co jest?

– Sprawdź jej puls.

– Przed chwilą przecież...

– Sprawdź!

Wsiadła do środka, znów przyłożyła palce do tętnicy szyjnej i natychmiast posłała mi przerażone spojrzenie. Nie musiała nawet się odzywać.

Serce Kasandry się zatrzymało.

– Wyciągamy ją! – rzuciłem. – Już!

– Ale…

– Kliza!

– Ale co z krwotokiem?

Miała rację, na Boga, miała stuprocentową rację. Podziękowałem jej w duchu za to, że ma głowę na karku, i natychmiast użyłem kurtki, by przewiązać Kasandrze brzuch. Ścisnąłem najmocniej, jak potrafiłem, a potem gorączkowo skinąłem ręką na Jolę.

Wyciągnęliśmy Kas z samochodu i położyliśmy na pochyłym asfalcie, po którym spływały strugi wody. Momentalnie zrobiliśmy się cali mokrzy, ale deszcz był teraz moim najmniejszym zmartwieniem. Najważniejsze, by brudna woda nie dostawała się do rany.

– Sprawdź, czy oddycha – rzuciłem do Klizy, a sam natychmiast ułożyłem dłonie na klatce piersiowej Kasandry.

Jola przyłożyła policzek do jej ust, a potem pokręciła głową.

– Nic nie czuję – oznajmiła.

Zacząłem masaż serca, modląc się o to, bym tym samym nie spowodował większego krwawienia. Nie wiedziałem, co robię. Nie potrafiłem przypomnieć sobie nawet, ile wdechów i ile uciśnięć powinienem wykonać.

Trzydzieści tych drugich. Tak mi się wydawało. Ale ile wdechów? Dwa? Trzy? Chyba dwa.

Robiłem, co mogłem, żeby utrzymać Kas przy życiu. Walczyłem o nią aż do momentu, kiedy rozległ się ogłuszający sygnał karetki, a ta zatrzymała się w strugach deszczu tuż obok.

Ratownicy zjawili się szybciej, niż się spodziewałem. Dopiero po chwili dotarło do mnie, że nadjechali od strony centrum, a więc skorzystali z zamkniętej drogi. Dzięki Bogu.

Jeden z nich przejął resuscytację, drugi otworzył tylne drzwi karetki i wyjął nosze. Po chwili dostrzegłem, że Kasandra sama nabiera tchu – płytko, nie jak osoba wyciągnięta z wody, która po metodzie usta-usta chwyta łapczywie haust powietrza.

Obserwowałem, jak układają ją na noszach, i wydało mi się, że patrzę na to wszystko przez mgłę – że widzę jakąś sztucznie wygenerowaną symulację zdarzeń, a nie prawdziwy świat.

Zamrugałem, ale obraz się nie wyostrzył. Deszcz znów na dobre się rozpadał.

Przyklęknąłem tuż przy noszach, otarłem czoło i spojrzałem na Kas. Wydawało mi się, że poruszyła ustami, ale równie dobrze mogło być to jedynie złudzenie. Mimo to machinalnie sięgnąłem do jej policzka. Przyłożyłem do niego dłoń, samemu nie rozumiejąc, co robię, a potem nachyliłem się jeszcze bardziej.

Miałem rację. Poruszała ustami, próbowała coś mi powiedzieć.

Coś, co miało dla mnie gigantyczne znaczenie.

– Pan z rodziny? – zapytał jeden z ratowników w czerwonej kurtce.

– N-nie…

Skinął głową, jakby odbębnił jakąś formalność, po czym obaj podnieśli nosze. Ruszyłem za nimi, ale natychmiast mnie powstrzymali. Umieścili Kasandrę w karetce, a jeden z nich coś do mnie powiedział. Nic nie zrozumiałem i chciałem poprosić, by powtórzył, wtedy jednak drugi zamknął drzwi.

Nie miałem zamiaru ich zatrzymywać. Miałem świadomość, że każda sekunda może być na wagę złota.

Poza tym Kas powiedziała mi wszystko, co musiałem wiedzieć.

9

Czasem jedna sekunda wystarcza, by się zakochać, jeden nabój, by odebrać życie, a jeden uśmiech, by zrozumieć, czym jest szczęście. W moim przypadku jedna krótka, niewyraźna wypowiedź okazała się wystarczająca, żebym znów wziął sprawy w swoje ręce.

Nie rozumiałem do końca, co chciała przekazać mi Kasandra, ale nie musiałem. Wystarczyło mi oględne pojęcie. I mocne postanowienie, że tym razem nie odpuszczę.

Miałem dosyć.

Dosyć trwania w niewiedzy i dosyć bycia marionetką w przedstawieniach, które wystawiał ktoś inny. Nadeszła pora, żebym przejął inicjatywę. I żebym to ja w końcu był tym, który pociąga za sznurki.

Decyzję podjąłem tak naprawdę jeszcze w strugach deszczu na Bolko. Utwierdziłem się w niej jednak, kiedy wieczorem razem z Klizą usiedliśmy w miejscu, w którym tak naprawdę wszystko to się zaczęło. Moim nowym, niegdyś wymarzonym, a teraz przeklętym mieszkaniu na poddaszu.

Kiedy Jola próbowała dowiedzieć się, jaki jest stan Kasandry, ja wracałem myślami do tamtych chwil. Do znalezienia pierwszej kasety i do tego wszystkiego, co potem się stało.

Wydarzenia były jak rozrzucone na podłodze klocki, które dało się złożyć na kilka różnych sposobów. Każdy z nich jawił się jako właściwy, ale każdy prowadził też do zupełnie innego rozwiązania.

Projektant zdawał się nie przewidzieć jednego ostatecznego, obowiązującego kształtu. Tylko ode mnie zależało, co uznam za poprawną, a co za nieprawdziwą wersję.

Tyle że prawda nie występuje w wariantach. Musiał istnieć jeden właściwy sposób, w jaki powinienem złożyć te wszystkie elementy w całość.

I wydawało mi się, że go poznałem.

– Dobra – odezwała się Kliza, wyrywając mnie z zamyślenia. – Ustaliłam co nieco.

Usiadła na kanapie obok mnie. Przed nami na stoliku telewizyjnym leżały plastikowe opakowania po sushi, zabrudzone pałeczki i resztka wasabi.

Spojrzałem na Jolę, zastanawiając się, w jaki sposób wyciągnęła od personelu szpitala informacje. A może to nie stamtąd czerpała wiedzę? Pamiętałem, że ma w opolskiej policji „osobowe źródło informacji", które zwała niemal pieszczotliwie OZI-m.

– Więc? – spytałem.

– Jest na chirurgii ogólnej.

– Domyślam się, że nie na neonatologii – odparłem cicho. – Co z nią?

Już kiedy Kliza rzuciła „dobra", wiedziałem, że nie jest źle. Nie znaliśmy się może jak łyse konie, ale miałem o niej wystarczająco dobre pojęcie, by wiedzieć, jak zachowałaby się, gdyby Kasandry nie udało się uratować.

– Doszło do perforacji żołądka – powiedziała Jola.

Nie brzmiało to najlepiej.

– To poważne?

– A jak ci się wydaje? – odparła, wrzucając do jednego z opakowań na stole nieotwarty sos sojowy. – Słyszałeś w ogóle kiedyś o… niepoważnym ciosie nożem w brzuch?

Nie odpowiedziałem.

– Ale mogło być o wiele gorzej – dodała po chwili. – Wprawdzie napastnik uszkodził jej tętnicę, ale nie ucierpiała aorta brzuszna. Mówili coś o którymś odgałęzieniu.

W tym względzie obawiałem się najgorszego. Wydawało mi się, że ilość straconej przez Kasandrę krwi była zatrważająca.

– Miała szczęście, że ją znaleźliśmy, Wern.

– Trudno w jej sytuacji mówić o szczęściu.

– Wykrwawiłaby się tam, gdyby nie my. Gdyby nie ty, bo ja chciałam przecież…

– Daj spokój – uciąłem.

Przez moment wpatrywała się beznamiętnie przed siebie, a potem skinęła lekko głową. Przypuszczałem, że tak łatwo nie pozbędzie się wyrzutów sumienia, ale nie był to z pewnością dobry moment, by się nimi przejmować.

– Straciła prawie dwa litry – dodała Jola. – To już na granicy zapaści.

– Ale wyjdzie z tego. To jest najważniejsze – podkreśliłem. – Jest już po operacji?

– Tak, była na stole trzy godziny. Zrobili też tomografię jamy brzusznej, ale nic więcej nie wiem.

– Ile ma tam zostać?

– Co najmniej trzy, cztery tygodnie.

To powinno wystarczyć, uznałem w duchu. W tym czasie zrobię wszystko, co sobie zamierzyłem – i jeśli dobrze pójdzie, Kas ze szpitala wróci do całkowicie innego świata. Przynajmniej w pewnym sensie.

– Wiedzą cokolwiek o napastniku? – zapytałem.

– Nie. Znaleźli narzędzie zbrodni, ale nie ma żadnych odcisków palców.

– Jak to możliwe?

Kliza wzruszyła ramionami, a ja pomyślałem, że możliwych powodów właściwie jest dość sporo. Napastnik mógł mieć oczywiście rękawiczki, mógł wytrzeć uchwyt noża, a oprócz tego mógł mieć kogoś w policji. Kogoś, kto albo zatarł ślady, albo podmienił narzędzie zbrodni.

– Sprawdzili auto? – spytałem. – Wiadomo, do kogo należy?

– Pewnie tak, ale nie chcą mi niczego zdradzić.

Zasadniczo nie miało to większego znaczenia. Właściciel samochodu byłby ostatnią osobą, która zostawiałaby w nim ofiarę. Jeśli kogoś mogliśmy wyjąć z kręgu podejrzeń, to właśnie jego.

– Kto mógł to zrobić, Kliza?

– Przypuszczalnie ktoś z tych, którzy zabawiali nas pod mostem swoimi opowiastkami.

Spojrzeliśmy na siebie, nie chcąc wyartykułować tego, co wydawało się najbardziej oczywiste. Prawda była jednak taka, że to Ewa nasuwała się jako główna podejrzana. To ona zjawiła się jako ostatnia.

Nie, nie było żadnych dowodów na to, że to ona. A domysły to za mało, żebym podejrzewał ją o próbę odebrania

Kasandrze życia. Być może zdolna była do gorszych rzeczy, niż dotychczas sądziłem, ale do zabójstwa? Nie, raczej nie.

– W końcu do tego dojdą – odezwała się Jola. – A jeśli nie, to Kasandra niebawem się obudzi i wskaże sprawcę.

– Tak sądzisz?

– Raczej nie znalazła się w tym samochodzie przypadkiem. I raczej nie napadł na nią człowiek bez twarzy.

– Nie to miałem na myśli…

– Wiem – odparła i westchnęła. – Miałeś na myśli to, że ktoś może próbować ją szantażować. I ostatecznie zmusić do milczenia.

– Albo gorzej.

Nieprecyzyjne słowa, eufemizmy, niejasne określenia. To wszystko zdawało się nam niezbędne, by zachować równowagę. W istocie jednak było dla nas jasne, że jeśli to rzeczywiście Ewa próbowała ją zabić, to tylko jedna osoba będzie ją chroniła. Prokocki.

– Pomożemy jej – zadeklarowałem.

Jola popatrzyła na mnie, jakbym właśnie zobowiązał się do podpisania paktu z diabłem.

– Jesteś pewien, że tego właśnie chcesz?

– Tak.

– Nawet jeśli to będzie wymagało wystąpienia przeciwko Ewie?

– Ewa nie żyje – odparłem, starając się, by mój głos zabrzmiał spokojnie. – Rok temu odnaleziono jej ciało na Bolko.

Wyraźnie dostrzegłem wahanie Klizy. Nie rozumiała, w jaki sposób zamierzam pomóc Kas, jednocześnie zakładając, że nie można pociągnąć Ewy do odpowiedzialności.

Nie musiała rozumieć.

– Nie jestem pewna, czy to wykonalne, Wern.

– Po prostu mi zaufaj – odparłem. – W tej i drugiej sprawie.

– Drugiej?

W końcu dotarliśmy do tego, co interesowało mnie najbardziej. Do przejęcia inicjatywy.

Podniosłem się z kanapy i podszedłem do lodówki. Przez chwilę zastanawiałem się, czy nie lepiej byłoby zrezygnować z piwa i zachować trzeźwy umysł. Potem stwierdziłem, że w tej chwili mi on niepotrzebny. Przyda się rano, teraz niekoniecznie.

– Chodzi mi o Falkowa – powiedziałem.

– Co z nim?

Usiadłem z powrotem obok Joli, otworzyłem dwie puszki heinekena i jedną podałem jej.

– Przede wszystkim potrzebujemy kontaktu do kogoś z BSWP.

– Policyjnego Biura Spraw Wewnętrznych? – spytała, a potem pociągnęła pierwszy łyk.

– Znasz tam kogoś?

– Nie, ale mogę poznać.

– Świetnie – odparłem i skinąłem głową, jakby temat był zamknięty.

Jola przypatrywała mi się pytająco.

– Chcesz ugryźć to od tej strony? – spytała. – Nie lepiej dać kasetę prokuratorom i poczekać, aż zrobią swoje?

– Nikomu nie dam kasety.

– Co?

– Jak przyjdzie z naprawy, zamierzam wcisnąć ją do kartonu razem z pierwszą i zamknąć.

– O czym ty mówisz?

Odłożyłem puszkę i się uśmiechnąłem. Wiedziałem, co Kliza sobie myśli: odbiło mu. Oberwał od losu zbyt mocno i stracił kontakt z rzeczywistością.

– Nie zamierzam donosić na Falkowa – powiedziałem. – Ani do prokuratury, ani do Biura Spraw Wewnętrznych Policji.

– Ale…

– Planuję zrobić coś dokładnie odwrotnego. Zadbać o to, by został w policji tak długo, jak to możliwe.

Liczyła, że wszystko jej wyjaśnię, ale nie miałem zamiaru. Tym razem to ja miałem być jedyną osobą, która wiedziała, co tak naprawdę się dzieje.

10

Prognoza lekarzy była dobra. Dwa ciosy padły obok siebie, a nóż przebił jedynie żołądek. Gdyby Ewa trafiła w inne organy lub uszkodziła aortę brzuszną, z pewnością nie wytrzymałabym do przyjazdu karetki. Od razu stwierdzono by zgon.

Tymczasem jednak wystarczyła kilkugodzinna operacja, by ustabilizować mój stan. Po tygodniu spędzonym na drugim piętrze szpitala przy Witosa czułam się już znacznie lepiej. Właściwie byłabym gotowa opuścić oddział chirurgiczny, a najlepiej i budynek, ale lekarże twierdzili, że to niemożliwe.

Na obserwacji miałam zostać jeszcze minimum przez dwa tygodnie. Mój stan miał być ściśle monitorowany, co brzmiało dość niepokojąco, ale lekarze zapewniali mnie, że nie mam powodów do obaw – nie doszło do żadnej infekcji, nie miało miejsca zapalenie otrzewnej.

Wyglądało na to, że zatrzymują mnie tu dla bezpieczeństwa. Przypuszczałam, że prędzej czy później ktoś mnie odwiedzi, ale nikt się nie zjawił. Ani Wern, ani Kliza, ani Prokocki. Wizyty tego ostatniego spodziewałam się najbardziej. Wydawało mi się oczywiste, że będzie chciał się przekonać, czy zamierzam milczeć.

Nie musiał jednak tego robić. Wystarczyła mi w zupełności świadomość, że dopóki trzymają tutaj Wojtka, tak naprawdę mają wszystkie mocne karty. Próbowałam namówić ordynatora, by pozwolił mi zobaczyć syna, ale był nieugięty. Zaręczył mi jednak, że zapewniają mu najlepszą opiekę.

Nie rozumiałam, dlaczego Damian się nie pojawił. Ratownicy przekazali mi, że to właśnie dzięki niemu przeżyłam do ich przyjazdu. Robił resuscytację aż do momentu, gdy przejął ją jeden z nich. Wtedy miałam na moment się ocknąć, mamrotać coś. Nic z tego nie pamiętałam.

Spodziewałam się, że sam mi to prędzej czy później wyjaśni, ale minęło już siedem dni, a ja nie miałam od niego żadnej wiadomości. Może domyślił się, co zaszło w samochodzie? Jeśli tak, to należało uznać, że stanął murem za Ewą. Być może początkowo się wahał, ale ostatecznie to właśnie jej dobrem się kierował.

Nietrudno byłoby jej po raz kolejny go zmanipulować. Wystarczyłoby, żeby przedstawiła mu zgrabną historyjkę o tym, że to ja ją zaatakowałam, a ona jedynie się broniła.

Nożem kuchennym, który zawczasu zabrała z domu Electry.

Tak, to zdecydowanie nie trzymałoby się kupy. Ale zdawałam sobie sprawę, że Wern nadal kocha byłą narzeczoną, a miłość to nic innego jak rozpuszczalnik – owszem, usuwa problemy, ale kiedy tylko bezpośrednio dotknie tego, kto go używa, powoduje szereg zagrożeń. W tym wypadku nie doprowadzi do podrażnień skóry, zatrucia organizmu czy stanów zapalnych, ale do porażenia racjonalności. Damian będzie gotów uwierzyć we wszystko, co powie Ewa.

Kiedy w końcu uznałam to za najbardziej prawdopodobny scenariusz, rozległ się dźwięk mojej komórki.

Znaleziono ją tuż po tym, jak przyjęto mnie do szpitala. Znajdowała się w sali, w której leżał Wojtek, a pracownicy uznali, że najwyraźniej musiałam ją tam zostawić podczas jednej z wizyt u syna.

Bzdura. W istocie było to dobitne przypomnienie mi, że Prokocki może zaszkodzić Wojtkowi. To podkomisarz zostawił ją w tym konkretnym miejscu. I w określonym celu.

Być może dlatego, kiedy tylko usłyszałam znajomy dźwięk, wzdrygnęłam się. Niechętnie sięgnęłam po telefon, ale przekonałam się, że to nie Prokocki stara się ze mną skontaktować. Zobaczyłam wiadomość od automatu, którego numer doskonale pamiętałam.

Kod dostępu na RIC. Mogła go wysłać tylko jedna osoba.

Wbiłam wzrok w otwarte drzwi na korytarz, myśląc o tym, że natychmiast potrzebuję laptopa. Nie miałam pojęcia, dlaczego Wern kontaktuje się przez RIC, ale musiał istnieć dobry powód. I z pewnością Damian nie miał wiele czasu.

Wypatrywałam nerwowo którejś z pielęgniarek, ale jak na złość na korytarzu nikogo nie było. Kiedy zaczęłam z bólem się podnosić, zobaczyłam, że ktoś wychyla się zza drzwi.

Otworzyłam usta, chcąc ściągnąć na siebie uwagę, ale ugryzłam się w język. Jak zwrócić się do pielęgniarki? Siostro? Nie, tak chyba mówiły do nich tylko starsze osoby, a poza tym pamiętałam, że kiedyś pielęgniarki urządziły akcję, w której przekonywały, że w ten sposób powinni zwracać się do nich jedynie… ich bracia.

Wydawało mi się, że nie ma w tym nic dziwnego ani lekceważącego. Wręcz przeciwnie, było to podkreślenie zaufania, jakim cieszyła się wśród pacjentów ta część personelu medycznego.

Jezu, o czym ja w ogóle myślałam?

– Siostro – odezwałam się. – Czy byłaby możliwość, żebym skorzystała z komputera?

– Hmmm… – rozległ się pomruk zza drzwi.

Głos należał do mężczyzny. I właściwie tyle wystarczyło, bym poczuła niepokój. Wstrzymałam oddech, czekając, aż nieproszony gość się pokaże, i jednocześnie byłam gotowa, by zerwać się z łóżka.

– Z tym może być problem – dodał przybysz.

Wbiłam wzrok w korytarz, niedowierzając. Rozpoznałam jego głos bez trudu, ale musiałam go zobaczyć, by mieć stuprocentową pewność.

W końcu ją zyskałam. Wern wyszedł zza progu i posłał mi lekki uśmiech, unosząc komórkę.

– Ale przypuszczam, że to przeżyjesz, skoro tak naprawdę nie musisz wchodzić na RIC, żeby ze mną pogadać – dodał, zbliżając się do łóżka.

Nie mogłam powstrzymać unoszących się kącików ust. Odpowiedziałam na jego powitanie uśmiechem zbyt szerokim jak na takie okoliczności. Poczułam jednak tak niespodziewaną i tak wielką ulgę, że było to silniejsze ode mnie.

On sprawiał wrażenie, jakby miał podobne odczucia, ale może tylko dostrzegałam to, co chciałam widzieć.

– Poza tym poradziłaś sobie ze znacznie większymi trudnościami – rzucił, wskazując na mój brzuch.

– Miałam niewielką pomoc.

Przysiadł na łóżku i na chwilę położył dłoń na mojej ręce, jakby chciał się przywitać, ale nie do końca wiedział, w jaki sposób powinien to zrobić.

– Niewielką? – spytał, cofając rękę. – Najwyraźniej nikomu nigdy nie robiłaś RKO.

– Tak się złożyło, że nikt warty ocalenia nigdy nie umierał na moich rękach.

– Racja – przyznał. – Na moich za to tak.

– Ciekawe... – odparłam, mrużąc oczy. – Udało ci się tę osobę uratować?

– Na szczęście tak.

– Odwdzięczyła ci się jakoś?

– Nie miała jeszcze okazji – przyznał. – Ale cały czas mam nadzieję, że niebawem to zrobi.

Mruknęłam cicho, namyślając się.

– Masz jakiś pomysł na to, jak miałaby wyrazić swoją wdzięczność?

– Myślałem o kolacji gdzieś nad opolską Wenecją.

Uniosłam brwi.

– Niekoniecznie w Highlanderze – zastrzegł szybko. – Może raczej w którejś knajpie przy Szpitalnej. Rozciąga się tam całkiem niezły widok na Młynówkę. Nie sądzisz?

– Sądzę, że to intrygujący pomysł.

– Mam jeszcze jeden.

Położył rękę na szpitalnej pościeli, a potem nachylił się nade mną i spojrzał mi prosto w oczy.

– Jaki?

– Że ta uratowana osoba odwdzięczy się, mówiąc mi całą prawdę.

Jego twarz nagle stężała, a ja poczułam się, jakbym zderzyła się czołowo z twardą rzeczywistością. Zamrugałam nerwowo, a Wern się wyprostował. Wyraźnie się zmieszał i chyba uświadomił sobie, że to nie wyszło tak, jak powinno.

– Kas, nie chciałem…

– Nie ma o czym mówić – ucięłam szybko.

– Przepraszam.

Machnęłam lekko ręką, jakby rzeczywiście nic się nie stało. Wern za to sprawiał wrażenie, jakby dopiero teraz uświadomił sobie, że wcześniejsza część tej rozmowy nie była z mojej strony zgrywaniem się.

– Słuchaj… – zaczął.

– Jestem jeszcze na lekach, lekko otumaniona – przerwałam mu. – Nie jestem nawet pewna, czy naprawdę tu jesteś, Wern.

– Jestem.

– Bo chcesz odpowiedzi?

Skinął lekko głową, wciąż nieco skonfundowany.

– Ewa z pewnością wszystko ci wyjaśniła – powiedziałam, przyglądając się jego reakcji.

Wydawało mi się, że na samej jej podstawie będę potrafiła ustalić przynajmniej kilka istotnych faktów.

Po pierwsze, dlatego że wspomniałam o Ewie, a on dotychczas nie wiedział nic o naszych kontaktach.

Po drugie, dlatego że jeśli wszystko poszło zgodnie z planem, Damian powinien otrzymać spójną i wiarygodną wersję zdarzeń. Wersję, której także ja powinnam się trzymać.

– Tak, wyjaśniła – odparł. – Tyle że prawdy w tym wszystkim było jak na lekarstwo.

– To znaczy?

Westchnął i podniósł się z łóżka. Podszedł do okna, a potem przez moment wyglądał na zewnątrz, obrócony do mnie plecami.

– Wiesz dobrze, co to znaczy – odezwał się. – Bo brałaś w tym wszystkim udział.

– W tym?

Obejrzał się i popatrzył na mnie z ukosa.

– Nie ma sensu, żebyś mnie dłużej okłamywała – powiedział stanowczo.

Uświadomiłam sobie, że zaszła w nim jakaś zmiana. Nierzucająca się w oczy, ale przy dłuższej rozmowie coraz lepiej widoczna. Wydawało mi się, że jest znacznie pewniejszy siebie, jakby to on wreszcie przejął kontrolę nad sytuacją.

Ale czy to w ogóle możliwe?

Prokocki i Ewa przygotowali wszystko dość precyzyjnie. Werner miał na tym etapie po prostu odpuścić. Tymczasem wyglądał, jakby zamierzał postąpić dokładnie odwrotnie.

– Szczególnie że potrzebuję twojej pomocy – dodał.

– Jakiej?

– Musisz na jakiś czas przenieść się do innej sali.

Spodziewałam się wszystkiego, ale z pewnością nie tego.

– I w czym ma ci to pomóc?

– W ostatecznym zamknięciu kilku spraw.

Zbliżył się do łóżka i tym razem usiadł po drugiej stronie. Patrzył na mnie bez wyrazu, nie potrafiłam wyczytać niczego z jego oczu.

– To raczej nietypowa prośba – zauważyłam. – I właściwie nie do mnie powinieneś ją kierować.

– Załatwię to bez problemu z ordynatorem. Chcę mieć tylko twoją zgodę.

– W porządku – odparłam bez namysłu, bo wydawało mi się to zupełnie trywialne.

Najwyraźniej jednak takie nie było, inaczej Wern nie przykładałby do tego tak dużej wagi. Już miałam zapytać go, dlaczego to istotne, ale to on odezwał się jako pierwszy.

– Wszystko ci wyjaśnię – zapewnił. – Ale najpierw ty musisz powiedzieć mi o kilku rzeczach.

– Jakich?

– Właściwie „kilku" to niedomówienie…

– Mhm – mruknęłam cicho, licząc na to, że mój głos nie zdradzi towarzyszącego mi zdenerwowania.

Jak wiele wiedział? Do czego dotarł? I dlaczego nie przyjął wersji Ewy?

– Zacznijmy od tego, dlaczego nagrałaś te kasety.

– Ja?

– Nie rób ze mnie idioty – odparł i na sekundę spuścił wzrok. – Wystarczająco długo tak mnie traktowałaś.

Nie było w tym wyrzutu ani pretensji, raczej głębokie rozczarowanie. I być może to ono sprawiło, że poczułam ukłucie prosto w serce.

Nie powinien zorientować się, że to ja jestem na obydwu nagraniach.

Były dostatecznie uszkodzone, by zmysł wzroku zawiódł oglądającego, a wszelkie wątpliwości wypełniła wyobraźnia. Przesunięcie obrazu sprawiło, że na dobrą sprawę nie było tam nawet widać mojej twarzy.

Wern czekał na odpowiedź, ale nie wiedziałam, jakiej powinnam mu udzielić. W jednej chwili mogłam przekreślić wszystko to, co starali się zrobić Ewa i Prokocki. I ja od pewnego czasu.

– Wiem, kto porwał twojego syna – odezwał się w końcu Damian. – I ty też zdawałaś sobie z tego sprawę od samego początku. Dlatego nagrałaś tę pierwszą kasetę.

Nabrałam głęboko tchu. Potem skinęłam powoli głową.

Nie było sensu dłużej ukrywać prawdy. Szczególnie że Werner najwyraźniej sam odkrył przynajmniej jej część.

11

W gruncie rzeczy nie przeszkadzały mi kłamstwa. Nie same w sobie. Problem stanowiło to, że ilekroć ktoś je wypowiadał, pokazywał, że nie jestem wart prawdy.

Wpatrywałem się w oczy kobiety, z ust której usłyszałem najwięcej nieprawdy w życiu, zastanawiając się, czy w końcu się to zmieni. Kasandra mogła brnąć w wersję, której dotychczas się trzymała, ale wiedziałem, że w głębi duszy nie chciała tego robić.

Udowodniła to, kiedy po resuscytacji z trudem przekazała mi krótką wiadomość. Byłem pewien, że tego nie pamięta, ale nie miało to żadnego znaczenia – liczyło się to, co nią kierowało.

– W porządku... – odezwała się wreszcie. – Co mam ci powiedzieć?

– Wszystko. Od momentu, kiedy zorientowałaś się, że Wojtek zaginął.

Przesunęła dłonią po włosach i zamknęła oczy. Mimo że miała na sobie szpitalne ciuchy, lusterka nie widziała od tygodnia i nie nosiła ani grama makijażu, wyglądała cudownie. Nie bałem się tego przed sobą przyznać. Wystarczyło, że okłamywali mnie wszyscy inni – ja sam nie miałem zamiaru tego robić.

– Uznałaś, że to ja go porwałem, prawda? – spytałem.

Otworzyła oczy i popatrzyła na mnie w milczeniu.

– Kiedy dowiedziałaś się, że znaleziono go w Opolu, właśnie tak założyłaś – dodałem. – Czy się mylę?

– Nie, nie mylisz się – przyznała. – Ale nie myślałam logicznie, Wern. Wydawało mi się, że przez ten rok złość czy nawet nienawiść powoli w tobie wzbierała, a w końcu…

– Zdecydowałem się porwać twoje dziecko w akcie zemsty?

Pokiwała lekko głową.

– Wiem, że to…

– Właściwie to całkiem racjonalne – uciąłem. – Niejednemu porzuconemu facetowi w historii świata odbijało znacznie bardziej.

Zanim zorientowałem się, jak żałośnie to zabrzmiało, było już za późno. W oczach Kas pojawiło się współczucie, na które wcale nie liczyłem. Uznałem, że najlepiej szybko uciąć ten temat.

– Ale nie miałaś stuprocentowej pewności, że to ja.

– Nie, nie miałam.

– I to, co mówiłaś o Kajmanie, kiedy pierwszy raz się spotkaliśmy, było prawdą.

Skinęła zdawkowo głową. Dobrze, była gotowa wszystko mi wyznać. Nie miała zamiaru dłużej zaprzeczać, tworzyć nowych scenariuszy ani trzymać się tego, który stworzyli Ewa i Prokocki.

– Zanim przyjechałam do Opola, brałam pod uwagę różne możliwości. Raz skłaniałam się ku tobie, raz ku ludziom Kajmana – podjęła. – Kiedy w końcu poszłam po rozum do głowy, uznałam, że to najprawdopodobniej oni porwali Wojtka.

Poczułem, że nie mówi mi całej prawdy. Tym razem robiła to jednak tylko po to, by mnie nie ranić. Tak naprawdę nawet po przyjeździe tutaj musiała przecież zakładać, że to ja jestem najbardziej prawdopodobnym kidnaperem.

– Więc nagrałaś tę pierwszą kasetę... – odezwałem się.

– Tak. Jeszcze w Niemczech.

– Po co?

Znów zamknęła oczy, jakby czuła wstyd z powodu tego, co zrobiła.

– Wiedziałam, że jeśli Kajman za tym stoi, to jest tylko jedna osoba, która może mi pomóc. Ty – odezwała się, nie podnosząc powiek. – Ale miałam też świadomość, że nie będziesz gotów tego zrobić.

– A zatem należało mnie zmanipulować. Znów.

– Tak – przyznała otwarcie. – Ta pierwsza taśma miała uświadomić ci tylko, że są inne. Zamierzałam je nagrać już tutaj, reagując na bieżąco na to, co się działo...

Miałem po raz kolejny stać się marionetką. A ona, na bieżąco analizując postępy naszego małego śledztwa, miała pociągać za odpowiednie sznurki.

Bez trudu mogłem sobie wyobrazić, jak je zmienia. Jak tworzy kolejne nagrania, by zmusić mnie do takiego czy innego działania. Nie, nie zmusić. Robiłbym wszystko z własnej nieprzymuszonej woli, szukając kolejnych kaset.

Chciała powtórzyć to, co zrobiła z pendrive'ami.

Nie potrafiłem jej za to winić. Próbowała znaleźć swojego syna i uznała, że wykorzysta do tego narzędzie, które już się sprawdziło. Każda matka na jej miejscu byłaby gotowa na podobny krok. Może nawet bardziej drastyczny.

– Chciałaś mną sterować – rzuciłem. – Po raz kolejny.

– Tak.

Starała się, by w jej głosie nie zadrgała nuta wstydu, ale bez powodzenia.

– Miałaś świadomość, że ludzie Kajmana mają mnie na oku.

– Zgadza się – powiedziała, a potem odetchnęła głęboko, jakby miała zamiar zrzucić ciężar, który zbyt długo nosiła na swoich barkach. – Trafili na mój trop w Niemczech i od razu zrozumieli, że dzięki temu mogą wreszcie zrobić to, na co czekali.

– Znaleźć Ewę.

– Tak. Dla Kajmana to nie tylko punkt honoru. To przez nią resztę życia spędzi w więzieniu, to ona zniszczyła swoimi zeznaniami jego organizację. Przypuszczam, że od kiedy je złożyła, zemsta stała się dla tego człowieka jedynym celem jego egzystencji.

Trudno było temu zaprzeczyć. Choć Prokocki i Ewa robili wszystko, by przekonać mnie, że nic z tego nie jest prawdą, a zagrożenie ze strony Kajmana jest urojone.

– Szukali jej latami – ciągnęła Kas. – Ale bezskutecznie. Jedyną osobą, której udało się kiedykolwiek wpaść na trop Ewy, byłam ja.

– Mówisz o kasetach w Obicach?

– W Obicach nie było żadnych taśm, Wern.

Potrząsnąłem nerwowo głową. Wydawało mi się, że wszystko zrozumiałem i że Kasandra wyjawia mi teraz całą prawdę. Ale jej ostatnia deklaracja z tym nie współgrała.

– W takim razie skąd wiedziałaś o tych wszystkich faktach z naszego życia?

– Z notatek Ewy.

– Notatek?

– Nie nagrała żadnych filmów, to ja wpadłam na pomysł, żeby to zrobić – wyznała. – Ale kiedy była w Obicach, spisywała swoją historię. Nie wiem dlaczego. Może chciała zabić czas, może uznała, że Prokocki przekaże to kiedyś tobie, a może po prostu potrzebowała podsumować poprzednie życie, zanim zacznie nowe…

Kiedy Kas zawiesiła głos, wyobraziłem sobie tę sytuację. Ewę siedzącą w jakimś starym, zapuszczonym domu w podkieleckiej wsi. Pełną obaw, walczącą z niepewnością jutra. Musiała mieć świadomość, że Kajman może w każdej chwili trafić na jej trop. Prokocki z pewnością zrobił wszystko, by tak się nie stało, ale nie mógł dać jej stuprocentowej gwarancji bezpieczeństwa.

– Wszystko, co ci powiedziałam o tamtym miejscu, było prawdą – dodała po chwili Kasandra.

– Tyle że nie było kaset, ale zapiski.

– Tak.

Wstałem z łóżka i przeszedłem się po sali. Miałem wreszcie prawdziwy początek tej historii, teraz potrzebowałem reszty.

– Jak wiesz, ludzie Kajmana w końcu odkryli, że jako jedyna trafiłam na trop Ewy – odezwała się Kas.

– Trudno było nie zauważyć, kiedy uciekałem przed nimi przez pół Polski.

Kasandra potwierdziła ruchem głowy.

– Od tamtej pory mnie szukali – odezwała się. – I kiedy udało im się mnie znaleźć, porwali Wojtka. Dzięki temu chcieli zmusić mnie, bym doprowadziła ich do Ewy.

Tyle że sama nie wiedziała, gdzie jej szukać. Miała jednak świadomość, że jakaś poszlaka może być w zapiskach z Obic. Nagrała je na kasetę, bym przyjrzał się oryginalnemu materiałowi i coś z niego wyłowił. I wyłowiłem.

Oparłem się plecami o ścianę obok łóżka.

– Porywacze się z tobą kontaktowali? – spytałem.

– Nie, wtedy nie. Zrobili to dopiero później, kiedy mieli świadomość, że rozumiem powagę sytuacji.

A zatem mimo tego, co mówiła, na początkowym etapie najpewniej zakładała jeszcze, że to ja jestem porywaczem. Nie chciałem sobie wyobrażać, co wtedy przechodziła. Miała świadomość, że może mną posterować, ale musiała wytrwać na tyle długo w swojej grze, by móc to zrobić.

– Dlaczego umieściłaś na kasecie nick Klizy?

– Uznałam, że to zbije cię z tropu, gdyby przyszło co do czego.

– Chciałaś upozorować jej udział?

– Gdyby zaszła taka potrzeba.

Oczywiście, gdyby tylko coś poszło nie po jej myśli, wciągnęłaby w to wszystko Klizę. Tyle że ona sama zjawiła się w Opolu, autentycznie zaniepokojona tym, co dzieje się z Kasandrą i Wojtkiem. Gotowa pomóc.

– Gdybyś odkrył zbyt wiele, planowałam…

– Co? – przerwałem jej. – Wrobić kogoś innego?

– Nie. Udać, że to Jola przysłała ci kasetę, bo przez ostatni rok zmaga się z wyrzutami sumienia – odparła spokojnie. – W kryzysowej sytuacji odezwałabym się do niej i poprosiła ją o...

– Wzięcie udziału w twojej kolejnej grze.

Skinęła lekko głową. Założenie było słuszne i przypuszczałem, że Kliza przystałaby na propozycję, wiedząc, jak wiele jest na szali.

– Ale Wojtek trafił do szpitala – zauważyłem. – A Jola sama się zjawiła.

– Ona i Glazur.

– No tak.

– Zabrali go ze szpitala, jak pamiętasz. Obawiali się, że coś mu zagraża, stąd ta decyzja.

– Czemu w ogóle tam trafił?

Widziałem, że nie chce o tym mówić. A może sama nie zna odpowiedzi.

– Nie wiem, Wern – powiedziała cicho. – Naprawdę nie wiem. Coś musiało pójść nie tak, kiedy porywacze go zabrali. Może doszło do jakiegoś wypadku, może próbował uciec, może stało się coś pechowego... Ostatecznie liczy się tylko to, że nie zostawili go tam, gdzie to się stało, ale umieścili w szpitalu.

– Z którego zabrał go Glazur, a potem zostawił notatkę w drzwiach mojego mieszkania, bo nie był pewien, czy może mi ufać. Dlatego chciał, żebyś sama spotkała się z nim na placu Wolności...

– Gdzie zatrzymała nas policja.

A chwilę później ja spotkałem czekającą na Glazura i zajadającą sushi Klizę.

Wszystkie te zdarzenia tworzyły spójną układankę, której elementy widziałem od samego początku. Bez ostatecznego obrazu nie mogłem jednak umieścić ich w odpowiednich miejscach. Oderwane od siebie, tak naprawdę mogły prowadzić do zupełnie innych wniosków.

Złożone przez Kas, wreszcie miały sens.

– Krzyknęłaś wtedy, żebym zaopiekował się Wojtkiem – zauważyłem. – A zaraz potem, że jest więcej kaset. I żebym je znalazł.

Na jej twarzy zarysował się wyraźny żal. Nie rozumiałem, z czego wynika, dopóki nie przypomniałem sobie, że żadnych kaset wtedy nie było. Nie nagrała ich.

– Chciałam po prostu, żebyś nie przestawał szukać... – odezwała się.

– Tyle że nie nagrań, ale Ewy.

Z trudem przełknęła ślinę.

– Wszystko, co nagrałam na pierwszej taśmie, było w jej notatkach, Wern – powiedziała, a ja znów odniosłem wrażenie, że zrzuca z siebie jakiś ciężar. – Oddałam to wszystko słowo w słowo. Wiesz dlaczego?

– Nie – odparłem, choć oczywiście doskonale wiedziałem.

– Bo liczyłam na to, że jest w tych zapiskach coś, czego ja nie widzę. Coś, co mi umknęło, ale co ty zobaczysz.

Było. Wspomnienie o kapliczce, które naprowadziło mnie na konkretny trop. Kapliczce, którą Ewa kojarzyła tylko dlatego, że przebywała w Kappie. Kas pominęła to w nagraniach na pendrive'ach i w internecie, bo w niczym jej to nie pomagało, ale ostatecznie okazało się kluczowe.

– Chciałam, żebyś dalej drążył… żebyś oglądał to nagranie do skutku, szukał jakichś wskazówek, grzebał w przeszłości i…

– I trafił na trop Ewy – dokończyłem za nią. – Bo miałaś świadomość, że ludzie Kajmana mnie obserwują. I że ich do niej doprowadzę.

Nie miała zamiaru zaprzeczać. Zakładała, że jeśli wspomni o pozostałych kasetach, których nie będę mógł znaleźć, zajmę się wyłącznie tą, którą posiadam. I będę oglądał ją na tyle długo, by znaleźć jakąś poszlakę. Ostatecznie się nie pomyliła. Właśnie tak się stało.

– Życie mojego dziecka było na szali – odezwała się z przekonaniem, że to wszystko tłumaczy i usprawiedliwia.

I może w istocie tak było. Oboje daliśmy sobie chwilę, by oswoić się z tą świadomością.

– Kiedy trafiłam do więzienia, zgłosili się do mnie ludzie Kajmana – podjęła.

Miałem wrażenie, że to gigantyczne niedomówienie. Nie wiedziałem, co działo się z nią w Zamtuzie, ale jeśli choćby połowa opowieści o tym miejscu była prawdziwa, nie mogło być to nic dobrego.

– Trafiłam do celi z trzema kobietami, które… cóż, były gotowe zrobić to, co Kajman im polecił czy za co im zapłacił… A ja…

Urwała, szukając odpowiednich słów. Mimowolnie położyłem dłoń na jej ręce, ale natychmiast cofnęła swoją, jakby się oparzyła.

– Przepraszam – rzuciłem szybko.

– Nie, to… po prostu…

– Nie musisz o tym mówić.

Skinęła głową z wdzięcznością, a ja sam mogłem dopowiedzieć sobie resztę. Jeśli Kajman opłacił więźniarki, z którymi Kas była w celi, efekt mógł być tylko jeden. Zyskał przecież doskonałe narzędzia, by zmusić ją do współpracy.

– Dały ci jakieś ultimatum? – zapytałem.

Pokiwała głową, wlepiając puste spojrzenie w sufit.

– Te dziewczyny postawiły sprawę jasno – dodała. – Albo pomogę Kajmanowi, albo będzie o wiele gorzej.

– I? Zgodziłaś się?

– Byłam gotowa to zrobić...

– Ale?

– Ale w porę zgłosił się do mnie Prokocki z inną propozycją – odparła ciężko. – Pierwszy raz przyszedł tylko, by się czegoś dowiedzieć. Chciał ustalić, ile wiem, po co nagrałam tę pierwszą kasetę i co w ogóle robię w Opolu...

Mruknąłem potwierdzająco.

– Sprawdzał też okolice Kappy – odezwałem się. – Kiedy z Klizą znaleźliśmy kapliczkę, widzieliśmy, jak przejeżdża obok.

– Bał się, że ktoś trafił na trop Ewy. Sprawdzał wszystkie luźne końce.

– Na to wygląda – przyznałem. – Ale jaką propozycję ci złożył?

– Właściwie on jedynie zasugerował, że jakaś się pojawi, a w jego imieniu zrobił to później ojciec Antoni. Przyszedł do mnie po tym, jak zacząłeś go szukać. On także starał się ustalić, ile wiem... i czy jestem gotowa pójść z nimi na współpracę.

– I zgodziłaś się.

– A miałam wyjście?

Nie, nie miała.

– Prokocki zapewnił mnie, że nie tylko wyjdę z Zamtuza, ale że prokuratura umorzy postępowanie.

– Ot tak? Bez udziału sądu?

– Bez – potwierdziła. – Nic nie stoi na przeszkodzie, jeśli śledczy uznają, że nie została przekroczona granica obrony koniecznej.

W tym wypadku Prokocki nie musiał nawet uciekać się do manipulacji czy wykorzystywania przysług w prokuraturze. Sytuacja była jasna i właściwie jedynym problemem były moje zeznania, a także to, że Kas uciekła za granicę. Zrobiła to jednak z obawy nie przed odpowiedzialnością, ale zemstą środowiska jej męża.

– Dzwoniłam do ciebie jakiś czas później, kiedy wszystko było już załatwione i dogadane.

– I pytałaś o to, czy jestem pewien, że mogę ufać Klizie.

– Bo sama nie miałam pewności – przyznała. – Zresztą…

– Namieszanie mi w głowie działało na twoją korzyść.

Nie potwierdziła, ale nie musiała tego robić. Na tamtym etapie właściwie wszystkich musiała traktować jako potencjalnych przeciwników. I być może zaczęła podawać w wątpliwość powody, dla których Jola zjawiła się w Opolu. Z jej punktu widzenia Kajman mógł dotrzeć właściwie do wszystkich.

Podczas tamtej rozmowy poleciła mi złożyć zeznania, które ostatecznie doprowadziły do tego, że wyszła z aresztu. Zrobiłem to, a potem cały plan Prokockiego poszedł w ruch.

– Ewa odebrała mnie z Zamtuza – oznajmiła. – Wyobraź sobie moje zdziwienie.

– Wyobrażam sobie.

– Zaszyliśmy się później u Electry, gdzie nagrałam drugą kasetę. Z nową wersją Ewy.

Zmrużyłem oczy, myśląc o tym, że albo się minęliśmy, albo obydwie były tam wtedy, kiedy z Klizą próbowaliśmy coś wyciągnąć z Electry. Odsunąłem ten wniosek i stwierdziłem, że najwyższa pora poruszyć to, co najważniejsze.

– Czemu to wszystko miało służyć? – zapytałem.

– Oszukaniu cię.

– Tak, to dobitnie do mnie dotarło – odparłem pod nosem. – Ale dlaczego?

– Z dwóch powodów. Po pierwsze, Ewa i Prokocki uznali, że to jedyny sposób, żebyś w końcu przyjął wersję podkomisarza i odpuścił. Chcieli przekonać cię, że cała ta sprawa z Kajmanem to wyłącznie mój wymysł.

– Ale…

– Zrozumieli, że to ty zawsze byłeś i wciąż jesteś dla niej największym zagrożeniem, Wern. Nigdy byś nie odpuścił, gdybyś był przekonany, że naprawdę przed kimś uciekła. Drążyłbyś do skutku, a im bliżej byłbyś Ewy, tym większe niebezpieczeństwo byś na nią sprowadzał.

Nie musiałem długo się nad tym zastanawiać, żeby pojąć, iż tak właśnie by się stało. Być może nawet działo się tak od samego początku. W tym sensie wszystko, co robiłem, tak naprawdę służyło Kajmanowi.

Co by było, gdybym kiedyś przypadkiem trafił na trop związany z Kappą? Sam, bez kontrolującego wszystko Prokockiego? Mogłoby skończyć się to tragedią.

– Potrzebowali wiarygodnej historyjki, którą całkowicie kupisz… Musieli mieć pewność, że raz na zawsze odpuścisz. A jak lepiej to osiągnąć, jeśli nie poprzez złamanie czyjegoś serca? Jeśli uznałbyś, że Ewa uciekła z własnej woli, a wcześniej zdradziła cię z twoim przyjacielem, szukałbyś jej dalej?

– Może i nie – przyznałem. – A ten romans z Blitzem...

– To naprawdę miało miejsce.

Nie chciałem dać po sobie poznać jakichkolwiek emocji, ale poniewczasie zorientowałem się, że spuściłem wzrok. Uznałem, że najlepiej będzie, jeśli pociągnę ten wątek dalej i nie będę skupiał się na tym konkretnym aspekcie.

– Wypadek pod mostem Pajęczym zdarzył się naprawdę? – spytałem.

– Tak. Cała ta historia była prawdziwa. I to jest drugi powód, dla którego zdecydowali się na jej użycie.

– Bo była wiarygodna.

– Nie. Nie dlatego – odparła bez wahania Kasandra. – Bo chcieli upiec dwie pieczenie na jednym ogniu. Z jednej strony przekonać cię, że nie warto szukać dalej Ewy, z drugiej sprawić, że Falkow wyleci z policji.

– Nie rozumiem.

Kas wpatrywała się we mnie z powątpiewaniem. Zdawała się sugerować, że tak naprawdę wszystko pojmuję, ale chcę zmusić ją, by pewne rzeczy powiedziała wprost.

– Druga kaseta wróciła już z naprawy? – spytała.

– Tak.

– W takim razie wiesz, że jest tam wszystko, co usłyszałeś pod mostem. Samo zdarzenie to prawda, ale wszystko to, co działo się później, nie.

– No tak... – przyznałem. – Bo nigdy nie doszło do żadnej zemsty Falkowa.

– Nie. Ale był i jest jednym z ludzi na usługach Kajmana. Rozumiesz? – Zrobiła pauzę, ale nie dała mi czasu na odpowiedź. – To on go o wszystkim informował, być może to nawet on zabił Blitza. A z pewnością w mniejszym lub większym stopniu przyłożył do tego rękę. Zatarł jednak po sobie wszystkie ślady.

– I Prokocki o tym wiedział.

– Tak. Zdawał sobie sprawę, że nie dorwie go tradycyjnymi metodami – odparła, a ja zobaczyłem, że ma suche usta. Należało kończyć tę rozmowę. – Materiał na tej kasecie nie wystarczy na skazanie go w sądzie, ale Falkow z pewnością pożegna się z pracą w policji.

Zrozumiałem, że podkomisarz robił to wszystko z jednego powodu. By Ewa była bezpieczna. Chciał spacyfikować mnie i pozbyć się Falkowa, wychodząc z założenia, że tym samym usunie wszystkie zagrożenia.

I najgorsze było to, że miał rację. W jednym i drugim wypadku.

– To nagranie było kluczowe – dodała Kas. – Tylko wszystko stanęło pod znakiem zapytania, kiedy okazało się, że jest zbyt uszkodzone, byś je odtworzył.

I mogło prowadzić do całkowicie błędnej interpretacji, dodałem w duchu. Podobnie jak w przypadku wszystkich faktów, które mi podsuwano, także strzępki tego nagrania powodowały niebezpieczeństwo błędnej interpretacji.

Był tam nawet fragment „iłam się dorei", który Kliza błędnie odczytała z „m" na końcu i uznała, że chodzi o próbę skontaktowania się z Reimannem. W rzeczywistości był to fragment frazy „zmusiłam się do reinkarnacji", którą Kas wypowiadała, tłumacząc, dlaczego Ewa rzekomo miała zacząć zupełnie nowe życie.

Tak niewiele było trzeba, by ujrzeć rzeczywistość w błędnym świetle.

Prokocki i Ewa doskonale zdawali sobie z tego sprawę. I wykorzystali to przeciwko mnie.

– Bez tej kasety…

– Wszystko by przepadło – dokończyłem za Kasandrę. – Wpadli więc na pomysł ze spotkaniem pod mostem Pajęczym.

Kas wypuściła z ulgą powietrze, jakby właśnie skończyła długi, męczący maraton. W pewnym sensie tak było. Dotarliśmy do miejsca, w którym wszystko spinało się mocną klamrą. Tyle że dla mnie nie był to koniec. Dla niej też nie.

Przyniosłem jej wody, zostałem z nią jeszcze chwilę, a potem opuściłem szpital.

Kliza czekała na mnie przed głównym wejściem. Kiedy tylko zobaczyła, jak schodzę po schodach, wyjęła paczkę marlboro goldów.

– Przyznała się do wszystkiego? – zapytała.

– Tak.

Wyciągnąłem papierosa i obróciłem go między palcami.

– Więc możemy zacząć działać?

– Jak najbardziej – zapewniłem ją, a potem uśmiechnąłem się i złamałem marlboro w połowie. Wysypałem tytoń, po czym z satysfakcją wyrzuciłem papierosa do kosza. – Najwyższa pora – dodałem.

12

Stan pacjentki był stabilny, rany dobrze się goiły, ale lekarze nie mieli wątpliwości, że wymaga dalszej obserwacji. Za jej zgodą podjęto jednak decyzję, że nie musi przebywać na oddziale chirurgii ogólnej i może zostać bezpiecznie przewieziona do centrum medycznego kilkanaście kilometrów od Opola.

Mężczyzna śledzący informacje na ten temat ustalił, że karetka będzie poruszała się bez żadnej obstawy. Słuszna decyzja. Obecność policji ściągnęłaby na pacjentkę niepotrzebną uwagę, a na tym etapie służbom zależało na tym, by nikt nie znał jej tożsamości.

Tyle że mężczyźnie udało się dotrzeć także do innych informacji, których potrzebował. Wiedział, kto jest przewożony w erce, a także którędy przebiegać będzie jej trasa: opuści rogatki miasta Luboszycką, wjedzie na obwodnicę Opola, a potem skieruje się albo ku Dobrzeniowi, albo w stronę Krzanowic.

Kierowca srebrnego lanosa jechał za karetką, czekając na to, jaką decyzję podejmie prowadząca ją osoba. Wolałby wersję z Krzanowicami. Znajdowały się tam mniejsze, położone bardziej na uboczu drogi.

Uśmiechnął się, widząc, że wszystko idzie po jego myśli. Samochód pogotowia skręcił z obwodnicy w prawo, a potem nie przekraczając dozwolonej prędkości, skierował się ku Czarnowąsom.

Mężczyzna przez jakiś czas podążał za erką, a kiedy ta minęła parę wsi, zdecydował się ją wyprzedzić. Miał już pewność, że w drodze do centrum medycznego nie zboczy z trasy – i wiedział, gdzie na nią czekać.

Dziesięć minut po zjeździe z obwodnicy minął tabliczkę z polską nazwą Świerkle i niemiecką Horst. Wjechał na niewielką, popękaną drogę prowadzącą przez las, która była tak wąska, że właściwie powinna być jednokierunkowa.

Asfalt był stary, nie wymalowano na nim nawet linii, a o poboczu nikt chyba nawet nie pomyślał. Było to idealne miejsce, by zatrzymać karetkę.

Mężczyzna zahamował mniej więcej w połowie drogi między dwiema wsiami, po czym wyszedł z samochodu i zostawił otwarte drzwi. To, co zamierzał zrobić, nie było przesadnie skomplikowane.

Uśmiechnął się na myśl o tym. Wszystkim wydawało się, że mogą tak po prostu go oszukać. Werner łudził się, że kontroluje sytuację, Ewa, że może się ukryć, a Kasandra, że to jedynie ją stać na prawdziwy makiawelizm.

Tak naprawdę nie mieli jednak pojęcia, jak osiągać swoje cele. Nie rozumieli, jak daleko trzeba się posunąć. Mężczyzna czekający na karetkę zdawał sobie z tego sprawę doskonale.

Kiedy zauważył, że samochód pogotowia opuszcza Świerkle i powoli zmierza w jego stronę, przygotował się. Broń była na swoim miejscu, jego auto stało tak, by uniemożliwić przejazd.

Nie miał zamiaru zatrzymywać kierowcy siłą, wręcz przeciwnie. Wystarczyło tylko przypomnieć jadącym w erce osobom, jakie są ich obowiązki.

Dostrzegając już ich twarze, złapał się jedną ręką za klatkę piersiową, a drugą uniósł w rozpaczliwym geście. Skrzywił się, jakby poczuł przemożny ból, a potem zatoczył się w kierunku swojego samochodu.

Kiedy oparł się o dach, karetka zatrzymała się tuż obok niego.

Usłyszał, jak kierowca gasi silnik, a potem otwierają się drzwi z obydwu stron. Nie mogło być inaczej. Ci ludzie działali jak zaprogramowani i z łatwością można było przewidzieć ich reakcje.

W okamgnieniu do niego podbiegną, ale zamiast potrzebującego pomocy mężczyzny zobaczą człowieka z bronią. Dwa strzały wystarczą.

Trzeci będzie przeznaczony dla pacjentki.

Wszystko się skończy. Po tylu latach, staraniach i ofiarach ostatecznie sprawa zostanie zamknięta. Życie ratowników będzie niewielką ceną, jaką przyjdzie za to zapłacić.

Mężczyzna słyszał, że zatrzymali się za jego plecami. Nabrał tchu, położył dłoń na rękojeści pistoletu, a potem na moment zamknął oczy. Czas działać.

Obrócił się, gotów wyciągnąć pistolet i od razu strzelić. Przypuszczał, że sam widok glocka sprawi, że reszta będzie jedynie czystą formalnością.

Zamarł jednak, widząc zupełnie nie to, czego się spodziewał.

Obaj ratownicy mierzyli do niego z broni. Mężczyzna od razu rozpoznał policyjny model, który sam posiadał. I którego nie zdążył nawet wyciągnąć.

– Biuro Spraw Wewnętrznych Policji! – krzyknął jeden z nich. – Rzuć broń!

Zanim Jonatan Falkow zdążył zrozumieć, co się stało, drugi mężczyzna natychmiast znalazł się obok niego, a trzeci wyskoczył z karetki. Sprowadzili go na ziemię, krzycząc, by nie stawiał oporu.

Poczuł, jak jeden z nich wyrywa mu broń z kabury. I wiedział, że razem z nią stracił także wszystko inne.

– Jak... – jęknął.

– Morda, skurwielu!

Próbował spojrzeć na tego, który krzyczał najgłośniej. Uniósł głowę, ale ktoś natychmiast złapał go za kark i przycisnął do ziemi.

Jonatan nie rozumiał, co się stało. Informacje, które dostał, pochodziły z pewnego źródła.

Sam Kajman zadbał o to, by znalazł się w tym konkretnym czasie i miejscu. I zapewniał, że dzięki temu raz na zawsze wszystko się skończy.

13

Leżałam na drugim piętrze opolskiego szpitala, czekając na Werna. Miałam wrażenie, że znam już każde zagłębienie łóżka, każdą niedoskonałość na suficie i każdy element widoku za oknem.

Kiedy Damian zapytał, czy zgodzę się na przenosiny, sądziłam, że naprawdę zamierza mnie stąd zabrać. Szybko okazało się jednak, że była to jedynie zasłona dymna. Miałam dopełnić wszystkich formalności, jakbym rzeczywiście opuszczała szpital, ale w rzeczywistości zostać dokładnie tam, gdzie byłam.

Nie wiedziałam, czemu ma to służyć. Obiecał, że zjawi się u mnie, kiedy wszystko będzie skończone. I wówczas wytłumaczy mi, w czym tak naprawdę wzięłam udział.

Czekałam na niego kilka dni, myśląc o tym, że już się nie zjawi. Coś mogło przecież pójść nie tak, a oprócz tego istniało pewne prawdopodobieństwo, że Wern zmieni zdanie. Właściwie wystarczyło, by przypomniał sobie, co mu zrobiłam.

Po paru dniach od naszej rozmowy w końcu jednak przyszedł. Ledwo przekroczył próg, dostrzegłam w nim kolejną zmianę. Wyglądał na… pogodzonego z życiem? Nie, może nawet więcej. Na odprężonego.

– Zrobiłeś sobie kilkudniowy urlop, Wern? – spytałam.

Uśmiechnął się niemal beztrosko.

– Wręcz przeciwnie. Harowałem jak wół.

– A sprawiasz wrażenie wyjątkowo wypoczętego.

– Bo wreszcie czuję, że mam do tego prawo.

Jedną rękę trzymał za plecami, a ja uświadomiłam sobie, że przyniósł mi kwiaty. Mina musiała mi zrzednąć, bo nagle nerwowo odchrząknął.

– Nie martw się, to nie są irysy – powiedział, wyciągając zza pleców niewielką czarną orchideę.

Postawił ją na szafce obok łóżka, a potem przysiadł na jego skraju.

– Storczyk tygrys – oznajmił, wskazując na kwiatek. – Od razu mi się spodobał, a nazwa też nie najgorsza.

Uniosłam lekko kąciki ust i potwierdziłam ruchem głowy. Popatrzyłam na Werna, ale on całą uwagę skupiał na orchidei. Podobała mi się, w jakiś sposób do mnie pasowała. Uznałam, że dobrze wybrał, nie tylko przez wzgląd na nazwę.

– Wszystko poszło po twojej myśli? – zapytałam.

– Tak – przyznał, a potem potrząsnął głową, jakby upomniał się, że przyszedł tutaj w określonym celu. – Na jakiś czas znów stałaś się Ewą.

– Co takiego?

Na jego twarzy znów pojawił się uśmiech. Tym razem jednak nie odpowiedziałam tym samym. Nie miałam nic przeciwko trzymaniu mnie w niewiedzy, jeśli tego wymagała sytuacja, ale ostatnim, czego chciałam, były kolejne manipulacje.

– I właściwie tylko dla jednej osoby – dodał.

– Możesz mi to wyjaśnić?

– Po to przyszedłem – przyznał, a ja wyczułam w jego głosie satysfakcję.

W pierwszej chwili ogarnęła mnie złość, ale szybko upomniałam się w duchu, że to bodaj pierwszy raz, kiedy Wern ma przede mną jakieś tajemnice, a nie odwrotnie. Jeśli czerpał z tej sytuacji nieco przyjemności, trudno było się dziwić.

– W końcu komu, jak nie tobie, należą się wyjaśnienia? – spytał. – To ty wprawiłaś wszystko w ruch, Kas.

– Ja?

– W momencie gdy po resuscytacji zdołałaś przekazać mi krótką wiadomość.

– Wiadomość?

– Właściwie tylko dwa słowa.

– Nie pamiętam tego.

Zadowolenie na jego twarzy było coraz wyraźniej dostrzegalne.

– Nie wiem, co ci powiedziałam – dodałam.

Nachylił się do mnie, a potem szepnął mi do ucha:

– Siedem. Piętnaście.

Kiedy się wyprostował, posłałam mu długie spojrzenie. Czy rzeczywiście właśnie to udało mi się wydusić, kiedy balansowałam na granicy ponownej utraty przytomności? Nie mogłam tego wykluczyć. W końcu sama w ten sposób podpisałam kasetę.

Wiedziałam, jakie to dla mnie istotne. I może podświadomość kazała mi zrobić wszystko, by przekazać to Wernowi.

– Gdybyś tego nie zrobiła, z pewnością zapomniałbym o tym napisie na kasecie – podjął. – Ale uznałem, że skoro w sytuacji zagrożenia życia mi o tym przypominasz, coś jest na rzeczy. I że naprawdę ostrzegasz mnie przed fałszywymi prorokami.

Skinęłam głową w milczeniu.

– Zrozumiałem, że umieszczenie tego na kasecie było twoją ostatnią próbą wyciągnięcia do mnie ręki – kontynuował. – I że właściwie było to wyjątkowo przebiegłe. Prokocki ani nikt inny nie zorientował się, że dałaś mi jakąkolwiek wskazówkę. Wszyscy uznali, że to po prostu kolejne oznaczenie jednej z rzekomych piętnastu kaset.

Podciągnęłam się do wezgłowia, choć zmiana pozycji wciąż wiązała się z dotkliwym bólem. Miałam wrażenie, że im więcej czasu mija od operacji, tym dyskomfort jest większy. Nie bez znaczenia z pewnością było to, że stopniowo zmniejszano podawane mi dawki środka przeciwbólowego.

– W końcu na dobre z Klizą zrozumieliśmy, że w jedyny możliwy sposób ostrzegłaś mnie przed Prokockim, Ewą, Antonim i resztą. Przed fałszywymi prorokami. Dałaś mi do zrozumienia, żebym im nie wierzył.

Raczej zasygnalizowałam. I przeszłoby to bez echa, gdyby nie to, że wskazałam ten fragment o prorokach, niemal umierając. W przeciwnym wypadku Wern po prostu by o tym zapomniał lub zupełnie to zbagatelizował.

Nie połączyłby tego z informacją, którą napisałam mu na RIC w przypływie… cóż, uczucia do niego. Poinformowałam go wtedy, że nie ma piętnastu kaset, ale bez dodatkowych wskazówek nie zrozumiałby, co to oznacza. Najprawdopodobniej uznałby, że zostały zniszczone.

Była jakaś sprawiedliwość w tym, że to Ewa doprowadziła do innego efektu. Gdyby nie dźgnęła mnie nożem, nie wyszeptałabym nic Damianowi, a on nigdy nie poszedłby drogą, którą ostatecznie wybrał.

– Więc co zrobiłeś? – spytałam.

– Uznałem, że mam dosyć bycia okłamywanym przez wszystkich.

– A potem?

– Zwróciłem się do jedynej osoby, która gotowa była przedstawić mi prawdę.

Czekałam, aż wyjaśni, o kogo chodzi. Miałam kilka typów, ale żaden z nich nie wydawał się dobry. Moi kandydaci albo nie wiedzieli wszystkiego, albo nie byliby gotowi podzielić się tym z Wernem.

Chyba że…

Poczułam ciarki na samą myśl, że mógłby wpaść na tak niebezpieczny pomysł. Ale był pod ścianą, zdesperowany i gotowy na wszystko.

– Spotkałeś się z Kajmanem? – zapytałam.

– Nie – odparł od razu. – Ale zrobiła to Kliza.

– Co?

– Już jakiś czas temu złożyła wniosek o widzenie, choć wtedy zrobiła to po to, byśmy spróbowali coś z niego wyciągnąć. Teraz cel był inny.

Otworzyłam usta, ale się nie odezwałam.

– W pierwszej chwili nie chciałem się zgodzić, ale przekonała mnie, że to dobry pomysł. W końcu nie musieliśmy przecież mówić Kajmanowi całej prawdy. I moglibyśmy przedstawić mu bardziej wiarygodną, choć mniej… rzeczywistą wersję zdarzeń.

– O czym ty mówisz?

– Kazaliśmy mu wierzyć, że Ewa wróciła, żeby pozamykać wszystkie niedokończone sprawy.

– To akurat w pewnym sensie prawda.

– Otóż to. I tym łatwiej udało nam się go przekonać – przyznał Wern. – A jego reakcja mówiła sama za siebie. Ewidentnie wciąż na nią polował, więc…

– Więc zrozumieliście, że Prokocki kłamał.

– Tak. Uzyskaliśmy ostateczne potwierdzenie, że twoje ostrzeżenie było zasadne. Że padliśmy ofiarami zmowy.

Spojrzałam na czarną orchideę, a potem na Damiana.

– W co kazaliście wierzyć Kajmanowi?

– W to, że Ewa próbuje się pozbyć Falkowa i mnie. Czyli w gruncie rzeczy w to, co miało miejsce – odparł, również przenosząc wzrok na kwiat. – Tyle że dodaliśmy do tego coś jeszcze.

– Co?

– To, że ucierpiała fizycznie w całej tej sytuacji, bo między tobą a nią doszło do… różnicy zdań.

W tym względzie właściwie też dalece nie rozminęli się z prawdą. Jak każde dobre kłamstwo, to także było na niej zbudowane.

– Poinformowaliśmy go, że trafiła na Witosa, oczywiście pod zmienionym nazwiskiem.

– Moim.

– Tak, w naszej wersji Prokocki miał o to zadbać. A także o to, żeby została przeniesiona do centrum medycznego niedaleko stąd. Dla bezpieczeństwa.

Spojrzałam mu prosto w oczy. Nie wykorzystał kaset, by pogrążyć Falkowa. Użył znacznie większego kalibru. Zamiast ściągać na niego konsekwencje służbowe za to, co wydarzyło się lata temu, wplątał go w intrygę, po której spadną na niego skutki prawnokarne.

– Kajman nie mógł przepuścić takiej okazji – ciągnął Wern. – A my wiedzieliśmy, że poleci komuś zasadzić się na karetkę.

– Nie komuś, tylko swojemu człowiekowi w opolskiej policji.

– Tak – przyznał.

– Więc co? Złożyłeś Prokockiemu propozycję nie do odrzucenia? Przekonałeś go, że załatwi dwa problemy za jednym zamachem?

– Nie, on nic o tym nie wiedział.

Na miejscu Damiana zwróciłabym się do podkomisarza. Może i ich interesy nie były do końca zbieżne, ale Prokocki najprawdopodobniej przystałby na tę propozycję. Wszak raz na zawsze pozbyłby się kreta w policji.

– Woleliśmy nie ryzykować – dodał Wern. – Poza tym wyobraź sobie, że nasz podkomisarz poszedł na dwutygodniowy urlop.

– Coś takiego...

– Najwyraźniej uznał, że musi sam zadbać o to, by Ewa po raz kolejny na dobre znikła. Ale nawet gdyby był na miejscu, nie mieliśmy z Klizą zamiaru się do niego zwracać. Zamiast tego zainteresowaliśmy sprawą BSWP.

Uniosłam pytająco brwi.

– Biuro Spraw Wewnętrznych Policji – wyjaśnił Damian. – I okazało się, że bardzo chętnie pomogą nam w przygotowaniu tej prowokacji.

Obrócił storczyk, jakby usytuowanie kwiatka pod odpowiednim kątem stawiało kropkę nad i.

– Umieścili w karetce trzech funkcjonariuszy, na wszelki wypadek w odwodzie był pełny oddział. Przypuszczaliśmy, że Kajman wyśle samego Falkowa, ale nie mieliśmy pewności.

Nie mogłam powstrzymać uśmiechu. Werner ostatecznie okazał się górą. Po tym wszystkim, co przeszedł, to on wymanewrował wszystkich pozostałych graczy. Mnie trzymał w niewiedzy, Prokockiego zupełnie odsunął, a Falkowa wysłał do więzienia.

– Ile dostanie? – spytałam.

– Dostatecznie dużo, żeby przegapił kilkanaście nowych modeli iPhone'a.

– Udowodnią mu zabójstwo Blitza?

– Nie wiem. Wszystko zależy od tego, czy Kajman pójdzie na układ z policją – odparł ciężko Wern. – A jest na to szansa, bo dość łatwo będzie udowodnić, że Falkow był jego człowiekiem i to na jego zlecenie miał usunąć Ewę w trakcie przewozu.

Skinęłam głową, zadowolona z tego, że tak się to skończyło.

– Zastanawiam się tylko, czy od początku robił to wszystko dla kasy, czy ze względu na to, co wydarzyło się pod mostem Pajęczym – dodał Damian, patrząc na mnie z oczekiwaniem.

– Mnie nie pytaj – odparłam. – Nie znam odpowiedzi.

– Ale gdybyś miała zgadywać, powiedziałabyś, że…

– Że skorzystał z okazji, żeby zemścić się za to, co się wtedy stało.

Wydawało mi się to dość logiczne, przynajmniej po tym, czego dowiedzieliśmy się od Ewy i reszty. Tamten tragiczny wypadek rzeczywiście zniszczył Jonatanowi życie. Nigdy nie wrócił po tym do siebie, a kiedy pojawił się Kajman, Falkow zrozumiał, że mają wspólnego wroga.

Być może same pieniądze nie wystarczyłyby do przekupienia oficera policji. W tym wypadku Kajman miał jednak znacznie cenniejszą walutę.

– Co teraz będzie, Wern? – spytałam.

– Jeśli dobrze pójdzie, rozbiją siatkę przestępczą Kajmana. Falkow był w jego otoczeniu dostatecznie długo, by wiedzieć to i owo na temat konkretnych ludzi.

– Zgodzi się mówić?

– Jeśli nie, wyląduje w więzieniu z łatką skorumpowanego policjanta. A to do niczego dobrego nie doprowadzi.

Wzmianka o dotkliwej rzeczywistości za kratkami sprawiła, że cały mój dobry nastrój znikł. Wern zauważył to bez trudu.

– Jest jeszcze coś – powiedział szybko, jakby to dostrzegł.

– Co takiego?

– Postawią też zarzuty Andrzejowi Kałwakowi – rzucił, a ja wstrzymałam oddech. – Ustalili, że Falkow z nim współdziałał. Utrzymywali sporadyczny kontakt, a Kałwak od dawna wiedział, co spotkało jego brata.

Zamknęłam oczy.

– I kiedy trafiłaś do Zamtuza, był gotów…

– Urządzić mi taki sam horror, jaki zgotowały mi Migota, Ciotka i Kamikaze – dopowiedziałam, nie podnosząc powiek. – Wszystko, bylebym poszła na układ i doprowadziła ich do Ewy.

Kajman winił ją za zeznania, a Jonatan i Kałwak za to, że sytuacja pod mostem wymknęła się spod kontroli. Wszystkim trzem zależało na tym, by ją dorwać.

– Szczęśliwie wybrałaś drugą opcję.

Otworzyłam oczy i zerknęłam na swój brzuch.

– Tak szczęśliwie, że Ewa próbowała mnie wypatroszyć.

Usiłowałam narzucić lekki ton, ale widziałam, że Wern albo tego nie wyłapał, albo nie chciał tego zrobić. Ktoś przeszedł korytarzem, a my w milczeniu odczekaliśmy chwilę, aż się oddali.

– Powinnaś się tym zająć – zauważył Damian.

– Lekarze radzą sobie całkiem nieźle.

– Nie mówię o ranach, tylko o tym, że ona próbowała cię zabić... I powinna za to odpowiedzieć.

– Nie – odparłam od razu.

Miałam nadzieję, że to zakończy temat, ale Wern nie zamierzał odpuszczać. Widziałam to w jego oczach, ale byłam pewna, że uda mi się go przekonać. W końcu to ode mnie zależało, czego dowie się policja. A ja po kilku dniach uspokoiłam się na tyle, by zrozumieć, że być może należało mi się to, co mnie spotkało.

– Ona jest w tej chwili bezpieczna, Kajman stracił swoją jedyną wtykę w policji, a mi zależy tylko na tym, żeby...

– Kałwak też trafi do więzienia – przerwał mi Werner, jakby chciał oszczędzić mi konieczności mówienia o tym.

Doceniłam to lekkim uśmiechem, choć każda myśl o strażniku więziennym była jak kolejny cios nożem w brzuch.

– Nie to chciałam powiedzieć – odparłam.

– A co?

– Że w tej chwili zależy mi tylko na tym, żeby zająć się Wojtkiem.

Damian przez chwilę zastanawiał się nad odpowiedzią. A może nie nad nią, ale nad tym, czy naprawdę wszystko w tej chwili sprowadza się właśnie do tego.

– Rozumiem – przyznał w końcu. – I cokolwiek by się działo, możesz na mnie liczyć.

Miałam tego świadomość, ale nie spodziewałam się, że usłyszę od niego taką deklarację. Wydawało mi się, że zaskoczyła nawet jego. Zmieszał się nieco i odchrząknął.

– Dlaczego Ewa w ogóle cię zaatakowała? – zapytał.

Wzruszyłam ramionami i westchnęłam.

– Ukradłam jej tożsamość, Wern. To niewystarczający powód?

– Może.

– W dodatku ubzdurała sobie, że... właściwie sama nie wiem co. W każdym razie tyle wystarczyło, żeby coś w niej pękło.

Damian nie odpowiadał.

– Ale czy mogę jej się dziwić? Z jej punktu widzenia byłam złem wcielonym – przyznałam. – Na dobrą sprawę z twojego też powinnam nim być.

– Jesteś – odparł cicho, a potem wskazał orchideę. – A mimo to przyniosłem ci kwiaty.

– Bo?

– Bo zło jest fascynujące, pociągające.

– To jeden z najgorszych komplementów, jakie kiedykolwiek usłyszałam, Wern.

Potarł kark i na powrót zobaczyłam tego samego Damiana, który pędził przez pół kraju w pogoni za okruchami informacji na temat swojej narzeczonej. Nieskażonego tym wszystkim, co go później spotkało.

– Zastanawiałaś się kiedyś, dlaczego zło tak się wszędzie wyróżnia? – odezwał się. – Dlaczego elektryzują nas bardziej nagłówki o brutalnych mordercach niż o wolontariuszach w ubogich afrykańskich krajach?

Pokręciłam lekko głową, nie odrywając od niego spojrzenia.

– Bo dobro jest wszechobecne – wyjaśnił i się uśmiechnął. – Tkwi w nas i nas otacza. To banalne, ale tak jest. Zło natomiast stanowi odstępstwo od normy, wyjątek. I dlatego jest takie ciekawe.

Odpowiedziałam mu bladym uśmiechem.

– To wciąż niezbyt udany komplement.

– Dążę do tego, że jesteś wyjątkowa – odparł, patrząc mi prosto w oczy. – I doprawdy nieodgadniona.

Gdyby jego spojrzenie uciekło choć na chwilę, mogłabym sądzić, że w jego słowach jest drugie dno. Ukryty sens, który miał prowadzić do jakiegoś niezrozumiałego dla mnie celu.

Tak jednak nie było. Wern patrzył na mnie ze szczerością. I z wyczekiwaniem zupełnie nowej przyszłości.

Zaczynała się dla nas obojga właśnie teraz.

Bez względu na to, czy Damian dojdzie do takiego samego wniosku jak Ewa.

POSŁOWIE

Pisanie książek w narracji pierwszoosobowej ma tyle samo zalet, ile wad. Zazwyczaj pozwala wsiąknąć głębiej w psychikę postaci, ale zawęża też perspektywę opowieści. Sprawia, że łatwiej się ją snuje, ale tworzy niebezpieczeństwo zbytniej potoczności – wszak pisarz posługuje się wówczas tą formą wypowiedzi, której używa w codziennym życiu.

Największym atutem jest dla mnie jednak zawsze to, że sam narrator może okazać się niewiarygodny. Zawsze bowiem wiemy tylko tyle, ile osoba, z punktu widzenia której obserwujemy rozwój akcji. A przecież może ona kłamać.

Jak było w przypadku Kasandry? I czy podobieństwo słów „Kajman" i „Reimann" jest przypadkowe?

Na te pytania każdy musi odpowiedzieć sobie sam. Kasandra w obydwu książkach przedstawiła nam swoją historię. Mamy więc wszystkie fakty przed sobą i – tak w jak w życiu – na ich podstawie pozostaje nam podjąć decyzję: wierzymy jej czy nie?

Jej obawa, która pojawia się na końcu opowieści, może wynikać z tego, że coś rzeczywiście jest na rzeczy. Równie dobrze jednak może być zwyczajnym niepokojem o to, czy Wern sobie czegoś nie ubzdura.

Jeśli o mnie chodzi, nie mam wątpliwości, która wersja jest tą prawdziwą.

A Ty?

Jakakolwiek jest Twoja odpowiedź, w tym miejscu należą Ci się podziękowania za to, że wspólnie się nad nią zastanawiamy. Nad tą i wieloma innymi, od lat tworząc wspólnie kolejne światy, postacie i opowieści.

Podziękować chciałbym też wszystkim tym odważnym kobietom, które po lekturze *Nieodnalezionej* zdecydowały się zadzwonić pod podany na jej końcu numer. Wraz z organizatorami akcji „Kocham. Szanuję" nie spodziewaliśmy się tak ogromnego odzewu – a każdy taki telefon to dla mnie potwierdzenie, że to, co robię, ma sens. Gdybyśmy żyli w idealnym świecie, nikt nigdy nie musiałby go wykonywać. Ale tak nie jest. Prawie milion kobiet rocznie w Polsce doznaje przemocy domowej, a co czterdzieści sekund dochodzi wobec nich do aktu przemocy.

Cokolwiek zrobicie, jakąkolwiek decyzję podejmiecie, pamiętajcie, że nie jesteście same. Jeśli potrzebujecie pomocy, pod numerem **801 109 801** zawsze czeka ktoś, kto jest gotów wyciągnąć pomocną dłoń.

Jak zawsze dziękuję także moim Rodzicom, przyjaciołom, znajomym i współpracownikom, którzy pomogli mi przy tworzeniu tej powieści. Mimo że pisanie to dość samotna robota, bo trzeba zamknąć się w gabinecie (i swoim świecie) na parę godzin każdego dnia, żaden autor nie tworzy w pustce. Sam akt przelewania myśli na papier jest tylko ostatnim elementem kreatywnego procesu, który w dużej mierze zachodzi poprzez interakcje z otoczeniem.

W wypadku historii Kasandry to nabrało dla mnie szczególnego znaczenia, bo interakcje te dotyczyły poznawania historii kobiet, które doświadczyły przemocy domowej. Dziękuję Wam za to, że zdecydowałyście się o nich opowiedzieć, i za to, że swoją odwagą wyznaczacie drogę innym.

Remigiusz Mróz
Opole, 23 lipca 2018

PS Większość miejsc opisanych w książce istnieje naprawdę. W Kaiseki i w Tulsi właściwie nie da się źle zjeść, a loft Wernera mieści się w kamienicy przy placu Daszyńskiego, w której mieszkałem przez całe dzieciństwo (o ile wiem, tamtejszy strych nie jest zaadaptowany). Kappa stanowi wytwór mojej wyobraźni, sama kapliczka zaś istnieje naprawdę – wygląda nieco inaczej i znajduje się kawałek dalej, ale związana z nią legenda jest prawdziwa.

„CAŁY ŚWIAT CZYTAŁ STIEGA LARSSONA, POTEM JO NESBØ, A TERAZ NADSZEDŁ CZAS NA REMIGIUSZA MROZA".
TESS GERRITSEN
NIEODNALEZIONA
REMIGIUSZ
MRÓZ
FILIA

CENSORSHIP AND CONFLICT IN SEVENTEENTH-CENTURY ENGLAND

The Subtle Art of Division

RANDY ROBERTSON

THE PENNSYLVANIA STATE UNIVERSITY PRESS
UNIVERSITY PARK, PENNSYLVANIA

Library of Congress Cataloging-in-Publication Data

Robertson, Randy, 1969–
Censorship and conflict in seventeenth-century England : the subtle art of division /
Randy Robertson.
p. cm.—(Penn State studies in the history of the book)
Includes bibliographical references (p.) and index.
Summary: "Examines censorship in seventeenth-century England. Focuses on authors
whose concerns and commitments were equally political and aesthetic, including
William Prynne, Richard Lovelace, John Milton, Andrew Marvell, John Dryden, and Jonathan Swift.
Analyzes both the mechanics of early modern censorship and the poetics that the
licensing system produced"—Provided by publisher.
ISBN 978–0–271–03466–9 (acid-free paper)
1. Censorship—England—History—17th century.
2. English literature—Early modern, 1500–1700—History and criticism.
3. Politics and literature—Great Britain—History—17th century.
I. Title.

Z658.G7R63 2009
363.310942'09032—dc22
2008041063

Printed in the United States of America
Published by The Pennsylvania State University Press,
University Park, PA 16802-1003

The Pennsylvania State University Press is a member of
the Association of American University Presses.

It is the policy of The Pennsylvania State University Press
to use acid-free paper. This book is printed on
Natures Natural, containing 50% post-consumer waste,
and meets minimum requirements of American National Standard for
Information Sciences—Permanence of Paper for
Printed Library Material, ANSI Z39.48-1992.

FOR JOHN KROHN ROBERTSON, 1972–2001

In Memoriam

CONTENTS

ACKNOWLEDGMENTS

ANYONE WHO HAS WRITTEN a book appreciates that the final fruit is the product of many hands. As I was writing my dissertation, on which this book is based, Steven Zwicker and Derek Hirst provided models of collaboration and colloquy, both in their teachings and in their writings. This monograph owes more to their guidance and their work than footnotes and acknowledgments can convey. Steve shared ideas, research, and advice with me at every point in the process—he even shared books from his library. Derek kept me grounded in the particulars of seventeenth-century history without binding me to traditional notions of historiography.

Early on in the project, Stuart Sherman offered useful comments on the Prynne chapter. Jason McElligott generously shared several chapters of his book on royalism during the English Civil Wars before it was published, and he read the introduction, the conclusion, and the Milton chapter, offering incisive remarks and correcting several embarrassing mistakes. Susan Bowers brought her editorial expertise to the manuscript just before I sent it off to the press, reading the entire script and correcting lingering errors, acts for which I am profoundly grateful.

Working with the readers and editors of Penn State Press has been a genuine pleasure. I am deeply sensible of the debt I owe to Laura Knoppers and an anonymous reviewer, both of whose reports were constructive and extremely helpful. Thanks are due as well to Sanford Thatcher, Patrick Alexander, Suzanne Wolk, and especially James West, whose guidance throughout the process was invaluable.

To my partner, Beth Robertson, I owe more than anyone: her love, support, and conversation have made this book possible.

ABBREVIATIONS

Arber, *Transcript*	Edward Arber, ed., *A Transcript of the Registers of the Company of Stationers of London; 1554–1640*, 5 vols. (1877; reprint, Gloucester Mass.: Peter Smith, 1967).
Bawcutt, *Herbert*	*The Control and Censorship of Caroline Drama: The Records of Sir Henry Herbert, Master of the Revels, 1623–73*, ed. N. W. Bawcutt (Oxford: Clarendon Press, 1996).
Blagden, *Stationers*	Cyprian Blagden, *The Stationers' Company: A History, 1403–1959* (Stanford: Stanford University Press, 1977).
CHBB	John Barnard and D. F. McKenzie, eds., *The Cambridge History of the Book in Britain*, vol. 4, *1557–1695* (Cambridge: Cambridge University Press, 2002).
Chronology	D. F. McKenzie and Maureen Bell, *A Chronology and Calendar of Documents Relating to the London Book Trade, 1641–1700*, 3 vols. (Oxford: Clarendon Press, 2005).
CJ	*Commons' Journals*. http://www.british-history.-ac.uk/catalogue.aspx?type = 2&gid = 43.
Clegg, *Elizabethan England*	Cyndia Clegg, *Press Censorship in Elizabethan England* (Cambridge: Cambridge University Press, 1997).
Clegg, *Jacobean England*	Cyndia Clegg, *Press Censorship in Jacobean England* (Cambridge: Cambridge University Press, 2001).
Clyde, *Struggle*	William Clyde, *The Struggle for the Freedom of the Press: From Caxton to Cromwell* (1934; reprint, New York: Burt Franklin, 1970).
CSPD	*Calendar of State Papers, Domestic*. http://www.british-history.ac.uk/catalogue.aspx?type = 3&gid = 104 (Charles I); http://www.british-history.ac.uk/

	catalogue.aspx?type=3&gid=105 (Interregnum); http://www.british-history.ac.uk/catalogue.aspx?type=3&gid=103 (Charles II).
DNB	Leslie Stephens and Sidney Lee, eds., *Dictionary of National Biography,* 66 vols. (London: Smith, Elder, & Co., 1885–1901).
EEBO	Early English Books Online. http://www.eebo.chadwyck.com/home.
English Historical Documents	Andrew Browning, ed., *English Historical Documents, 1660–1714* (Oxford: Clarendon Press, 1953).
Eyre and Rivington, *Transcript*	G. E. B. Eyre and C. R. Rivington, eds., *A Transcript of the Registers of the Worshipful Company of Stationers 1640–1708* A.D., 3 vols. (1914; reprint, Gloucester Mass.: Peter Smith, 1967).
Firth and Rait, *Acts and Ordinances*	C. H. Firth and R. S. Rait, eds., *Acts and Ordinances of the Interregnum, 1642–1660,* 3 vols. (London: H. M. Stationery Office, 1911).
Freist, *Opinion*	Dagmar Freist, *Governed by Opinion: Politics, Religion, and the Dynamics of Communication in Stuart London, 1637–1645* (London: Tauris Academic Studies, 1997).
Greg, *Companion*	W. W. Greg, ed., *A Companion to Arber* (Oxford: Clarendon Press, 1967).
Haller, *Tracts*	William Haller, ed., *Tracts on Liberty in the Puritan Revolution, 1638–1647,* 3 vols. (1934; reprint, New York: Octagon Books, 1965).
Hamburger, "Seditious Libel"	Philip Hamburger, "The Development of the Law of Seditious Libel and the Control of the Press," *Stanford Law Review* 37 (1985): 661–765.
Hart, *Index*	W. H. Hart, *Index expurgatorius anglicanus* (1872; reprint, New York: Burt Franklin, 1969).
HMC	Historical Manuscripts Commission. http://www.british-history.ac.uk/catalogue.aspx?type=3&gid=117.
Hughes, *Gangraena*	Ann Hughes, *Gangraena and the Struggle for the English Revolution* (Oxford: Clarendon Press, 2004).

Johns, *Nature*	Adrian Johns, *The Nature of the Book: Print and Knowledge in the Making* (Chicago: University of Chicago Press, 1998).
Keeble, *Nonconformity*	N. H. Keeble, *The Literary Culture of Nonconformity in Later Seventeenth-Century England* (Athens: University of Georgia Press, 1987).
Kitchin, *L'Estrange*	George Kitchin, *Sir Roger L'Estrange: A Contribution to the History of the Press in the Seventeenth Century* (1913; reprint, New York: Augustus M. Kelley Publishers, 1971).
Knights, *Politics*	Mark Knights, *Politics and Opinions in Crisis, 1678–1681* (Cambridge: Cambridge University Press, 1994).
Knights, *Representation*	Mark Knights, *Representation and Misrepresentation in Later Stuart Britain* (Oxford: Clarendon Press, 2005).
Levy, *Blasphemy*	Leonard Levy, *Blasphemy: Verbal Offense Against the Sacred, from Moses to Salman Rushdie* (Chapel Hill: University of North Carolina Press, 1993).
LJ	*Lords' Journals.* http://www.british-history.ac.uk/catalogue.aspx?type=2&gid=44.
Love, *Clandestine Satire*	Harold Love, *English Clandestine Satire, 1660–1702* (Oxford: Clarendon Press, 2004).
Love, *Scribal Publication*	Harold Love, *Scribal Publication in Seventeenth-Century England* (Oxford: Clarendon Press, 1993).
Nelson and Seccombe	Carolyn Nelson and Matthew Seccombe, *Periodical Publications, 1641–1700: A Survey with Illustrations* (London: Bibliographical Society, 1986).
Norbrook, *Writing*	David Norbrook, *Writing the English Republic: Poetry, Rhetoric, and Politics, 1627–1660* (Cambridge: Cambridge University Press, 1999).
OED	*Oxford English Dictionary.*
Patterson, *Censorship*	Annabel Patterson, *Censorship and Interpretation: The Conditions of Writing and Reading in Early Modern England* (Madison: University of Wisconsin Press, 1984).

Peacey, *Politicians and Pamphleteers*	Jason Peacey, *Politicians and Pamphleteers: Propaganda During the English Civil Wars and Interregnum* (Aldershot: Ashgate, 2004).
POASY	George de Forrest Lord, ed., *Poems on Affairs of State*, 7 vols. (New Haven: Yale University Press, 1963–75).
Plomer, *Dictionary*	Henry R. Plomer, *A Dictionary of the Booksellers and Printers Who Were at Work in England, Scotland, and Ireland from 1641 to 1667* (London: Blades, East and Blades, 1907).
Raymond, *ITN*	Joad Raymond, *The Invention of the Newspaper: English Newsbooks, 1641–1649* (Oxford: Clarendon Press, 1996).
Raymond, *MTN*	Joad Raymond, ed., *Making the News: An Anthology of the Newsbooks of Revolutionary England, 1641–1660* (New York: St. Martin's Press, 1993).
Raymond, *Pamphlets*	Joad Raymond, *Pamphlets and Pamphleteering in Early Modern Britain* (Cambridge: Cambridge University Press, 2003).
Rose, *Authors*	Mark Rose, *Authors and Owners: The Invention of Copyright* (Cambridge: Harvard University Press, 1993).
SC A	Stationers' Company Court Book A. Housed in Stationers' Hall, London.
Schwoerer, *Henry Care*	Lois G. Schwoerer, *The Ingenious Mr. Henry Care, Restoration Publicist* (Baltimore: Johns Hopkins University Press, 2001).
Shuger, *Censorship*	Debora Shuger, *Censorship and Cultural Sensibility: The Regulation of Language in Tudor-Stuart England* (Philadelphia: University of Pennsylvania Press, 2006).
Siebert, *Documents*	Fredrick S. Siebert, ed., *Documents Relating to the Development of the Relations Between Press and Government in England in the XVIth and XVIIth Centuries* (Urbana: University of Illinois Press, 1951).
Siebert, *Freedom*	Fredrick S. Siebert, *Freedom of the Press in England, 1476–1776* (Urbana: University of Illinois Press, 1952).

SR	*The Statutes of the Realm,* 3 vols. (London: Dawsons of Pall Mall, 1965).
St. Clair, *Reading Nation*	William St. Clair, *The Reading Nation in the Romantic Period* (Cambridge: Cambridge University Press, 2004).
Thomas, *Long Time Burning*	Donald Thomas, *A Long Time Burning: The History of Literary Censorship in England* (New York: Praeger, 1969).
Weber, *Paper Bullets*	Harold M. Weber, *Paper Bullets: Print and Kingship Under Charles II* (Lexington: University Press of Kentucky, 1996).
Zaret, *Origins*	David Zaret, *Origins of Democratic Culture: Printing, Petitions, and the Public Sphere in Early-Modern England* (Princeton: Princeton University Press, 2000).
Zwicker, *Lines*	Steven N. Zwicker, *Lines of Authority: Politics and Literary Culture, 1649–1689* (Ithaca: Cornell University Press, 1993).

INTRODUCTION

In the 1600s, Britain witnessed a civil war, the judicial execution of a king, the restoration of his son, and an unremitting struggle among Crown, Parliament, and people for sovereignty and the right to define "liberty and property." This contest entailed a battle, sometimes subtle, sometimes bloody, for the control of language and representation. The succeeding chapters offer a portrait of the "censorship contest" joined in seventeenth-century England, and, more particularly, of the art that emerged from this affray. The portrait spans several panels; the subjects include figures whose concerns and commitments were equally political and aesthetic: William Prynne, Richard Lovelace, John Milton, Andrew Marvell, John Dryden, and Jonathan Swift.[1]

In this introduction I offer an overview of censorship's workings in early modern England, along with a picture of the licensing system's gaps and loopholes. I want to begin more broadly, however, to furnish a larger context for the work. In the first section, "1450 and All That," I provide an aerial view of censorship's history from the inception of printing to the early eighteenth century. I then narrow my focus to seventeenth-century England: I address the methods of censorship available to the Stuart governments, the policies and practices of the licensing machinery's agents. Finally, I take up the author's view of such constraints: I look at the artistic, rhetorical, and political strategies that writers used to evade or even to exploit the censorship regulations. Although I separate the two strands of this dialectic—government controls and writers' resistance—for the purposes of introduction, it should be understood that they are very difficult to disentangle in the warp of history. Indeed, it is the textual knots created by censorship's loom and the penman's needle that figure centrally in the chapters that follow.

"1450 and All That": A Brief History of Censorship

The invention of the printing press circa 1450 revolutionized what John Milton was to call "knowledge in the making."[2] Revolutions are complex affairs, however: "science" and the Bible could now be standardized, but the development of printing seems to have fostered political, religious, and scholarly conflict rather than consensus.[3] It also complicated censorship. Before the advent of printing, the suppression of books was a relatively simple matter; with the invention of the printing press, censorship became byzantine.[4] The anonymous author of *The London Printers Lamentation* expounded the reason for this in a succinct couplet: "In one dayes time a Printer will Print more, / Than one man Write could in a Year before."[5]

Clerical and lay controls of the printed word—mechanisms of both prepublication and postpublication censorship—existed as early as 1479, but many printers and booksellers ignored them.[6] In England, Henry VIII assumed a virtual monopoly on the privilege of printing, offering patents to favored printers and regulating the trade.[7] To the king's chagrin, however, controversial works seeped in from abroad. Henry therefore drew up a list of forbidden books in 1529, some fifteen years before the first continental index. Among the texts that Henry proscribed were "the chapters of Moses called Genesis."[8]

English monarchs and clergymen had a nearly continuous dialogue with the rest of Europe: in the 1520s Henry answered Luther's works and banned them, receiving from the pope the title of "Defensor Fidei" for his efforts. His desire for Anne Boleyn wrought religious change—not in Henry, but in England.[9] His reformation was a matter of convenience; but vernacular translations of the Bible were now permitted—until 1543, at least, when the fickle king, perhaps fearing a reincarnation of Wycliffe, reimposed a partial ban on religious expression.[10]

England's national church brought religion within the precincts of government: the lines between heresy and sedition became increasingly blurred.[11] Queen Mary shepherded England back into the Catholic fold (and burned the black sheep who disobeyed her), but she retained control over the press. In 1557 Mary gave the Stationers' Company its charter: in exchange for their assistance in checking the production of seditious books, she awarded the stationers a monopoly on the print trade.[12] The symbiotic relationship between the company and the Crown continued under Elizabeth and the Stuarts.

Although Elizabeth renewed the stationers' charter, she reversed the vectors of Marian policy. Instead of suppressing Protestant books, she suppressed Catholic ones, and indeed all works that challenged her position as "Supreme Governor of the Church," the title conferred on her by the Acts of Supremacy and Uniformity (1559).[13] The widely loathed High Commission, an ecclesiastical court formed by letters patent, was supposed to be Elizabeth's enforcement arm, but the archbishop of Canterbury and the bishop of London came to govern the press as her reign wore on. While the press controls that the queen detailed in her 1559 injunctions seemed systematic, the execution of censorship proceeded on an ad hoc basis.[14]

Over Puritan objections, James I enhanced the power of the High Commission and took a more personal interest in the press than had his royal predecessor. Though his administration too censored offensive works on a more or less ad hoc basis, James skillfully wielded the press as a propaganda tool and created bonfires out of books that crossed him or his international allies.[15] Indeed, James censored works twice as frequently as had Elizabeth. Cyndia Clegg observes that over the course of her forty-five-year reign, the queen and her minions took "23 actions to suppress objectionable books, bring court cases against their authors, or order a search for illegal materials; during the 22 years of James I's reign, there were 25 instances."[16]

James's son Charles, together with Archbishop Laud, exercised a still more stringent control over printing, engaging in "70 acts of [postpublication] censorship" between 1625 and 1640.[17] Moreover, the licensing regime of the 1630s was stricter than that of any other decade in the seventeenth century.[18] Charles and Laud used the notorious Star Chamber to enforce their political and religious agenda and to control the dissemination of print. Their controversial Arminian program aroused considerable resistance, but for much of Charles's personal rule, authors and stationers were forced to toe the line.[19]

By the end of 1640, however, the press had become unmanageable. Political and religious debates spurred the demand for polemical pamphlets; the act dissolving the courts of Star Chamber and High Commission in 1641 gave another impetus to the press. In 1642, on the cusp of the English Civil War, the king's printer Robert Barker struggled to reestablish the status quo ante bellum by drawing a parallel between print and coin: "*Printing* is as inherent a *Preroga-*

tive to the *Crowne* as *Coining of Money.*"[20] The flip side of this is that for stationers and patent holders, print *was* coin in a certain sense. Barker's analogy proved long-lived: when William Ball presented his *Brief Treatise Concerning the Regulation of Printing* to Parliament in 1651, sovereignty had changed hands more than once; yet Ball still likened the state's control over printing to its control over coin:

> For prevention (as much as may be) of . . . dangerous extravagancies, the most regular Christian Potencies (or Republicks) and Illustrious Potentates have thought fit to comprehend the liberty of Printing, (even as of Coyning) within the sphere of their severall Powers: Wherein (amongst others) the late Q. Elizabeth, and her successors have (not without mature deliberation, and sage presidents in this point) been most vigilant, well perceiving that the Eye of understanding might be subject to be deceived by erroneous principles in Print, as may the bodily Eye by counterfeit Coyne; In Regard whereof they propagated wholsome Orders, and Decrees for the Regulating of Printing, and Printers; which rightly considered, cannot be defaced, no not blemished by the notion of Tyranny.[21]

The analogy between coin and print is striking: by insisting that it is the government's job to distinguish the true from the counterfeit, Ball is suggesting that truth is a monopoly of the state.

After the chaos of the stationers' trade during the Civil War, Charles II's administration worked with Parliament to shore up the printing regulations. Shortly after he was restored, the king signed an act against "tumultuous petitioning"; a treason act that included clauses against treasonous speaking, writing, printing, and thinking; and a Licensing Act modeled on the 1637 Star Chamber decree. Moving beyond his predecessors, Charles created the office of the "Surveyor of the Imprimery," to which he appointed the doggedly loyal Roger L'Estrange. In L'Estrange, the king found a tireless opponent of sedition and nonconformity.[22]

Toward the end of the seventeenth century, England's Licensing Act expired, but other forms of censorship filled the vacua that the licensers left—the laws of blasphemy, seditious libel, and obscene libel all restricted the flow of print.[23] The truth of one's assertions offered no defense against a libel charge, especially in cases of seditious libel.[24] In 1704 Lord Chief Justice Holt maintained that "if people should not be called to account for possessing the people with an ill opinion of the government, no government can exist."[25] Respect for authority was all-important: if Noah was naked, one simply pretended not to see it.

To a certain extent, censorship was privatized in the eighteenth century.[26] Societies for the reformation of manners cropped up; Jeremy Collier and George Ridpath fulminated against the theater. Moral censors thus replaced government censors, ushering in an "age of sensibility." In *The Tatler,* Richard Steele observed, "In a Nation of Liberty, there is hardly a Person in the whole Mass of the People more absolutely necessary than a Censor."[27] The vicissitudes of censorship are many and complicated, but censorship itself never disappears. As one commentator put it recently, "Censorship never really goes away: it just changes form."[28]

"Broken Contracts": Censorship in the Seventeenth Century

If censorship exists at all times and in all places, the seventeenth century was "censorship's great moment," at least in England.[29] The government had a battery of legal instruments available in its campaign against seditious writers, printers, and booksellers.[30] The topic of censorship in Stuart England is so vast and so complex that generalizations founder quickly, but a few remarks by way of background can be offered here. The first is that censorship in the period was more rigorous than is sometimes allowed. D. F. McKenzie, for instance, argues that it was practically nonexistent:

> [T]he [London] trade's total production for, say, the years 1641 to 1700 was 75,285 titles or editions of them, excluding serials. Allowing a loss rate for the period of something like 25 per cent, the total output of the trade would have been about 100,000 titles or editions of them over those years. For precisely that same period, I have recorded every book mentioned in the journals of the Lords and the Commons, the State Papers (Domestic), and the court books of the Stationers' Company. There are some 800 items, of which 400 are entirely innocent and 400 in some degree suspect. Those 400 represent 0.4 per cent of the output of the trade. Of those 400 the number which led to a charge, let alone a conviction, let alone punishment, was only the tiniest fraction.

He concludes that "fear of the courts had virtually no impact on the economy of the book trade."[31] But despite the surface persuasiveness of the data he presents, there are several flaws in McKenzie's analysis. To start with a relatively minor point, he posits a "loss rate" for books of 25 percent, but he assumes that the loss rate for state papers and stationers' court records was zero—an unwarranted assumption, as such papers often existed in unique copies, making them particularly vulnerable to the drift of time and chance. The stationers' original charter "perished" in the London fire of 1666; it is anyone's guess how many other records were destroyed.[32] McKenzie assumes further that the sources he consulted comprehend all cases of censorship during this time, yet not all of the books to which Parliament objected, for instance, are noted in the House journals, nor is every volume in a pursuivant's quarry recorded in the state papers.[33] Indeed, many journal entries and government documents refer to the seizure of "scandalous and seditious books and pamphlets" without specifying either number or title.[34] And how many manuscripts did the licensers blot or alter rather than suppress?[35]

McKenzie did more than perhaps any other scholar has done to trace the contours of the seventeenth-century book trade, but he underestimated the depth of censorship's impact. A complete tally of works that came under official scrutiny from 1641 to 1700 would need to include not just those that appear in the stationers' records, the House journals, and the State Papers, Domestic, but also those named in the Historical Manuscript Commission reports, the state trial transcripts, the King's Bench judgment roll, the *Proceedings of the Old Bailey*, the Middlesex County records, the sessions files in London, the State Papers of Scotland and Ireland, and myriad other documents. Numerous works appear in the latter sources that do not appear in the former. For example, early in 1649 John Lilburne was charged with treason for his part in writing *The Second Part of England's New Chains Discovered.* In his trial later that year, however, Lilburne was taxed with writing several other pamphlets that do not appear in the state papers, the House journals, or the stationers' records: *A Salva Libertate; A Preparative to an Hue and Cry after Sir Arthur Haslerig;* and *The Legal fundamental Liberties of the People of England, Revived, Asserted, and Vindicated.*[36]

On a related note, McKenzie seems not to have counted discrete editions of suppressed works. "Charles I'"s *Eikon Basilike,* which caused even greater concern than Lilburne's pamphlets, appears only once in the House journals, but all thirty-eight editions printed in England in 1649 were undoubtedly banned.

The wording of the Commons' order implies as much: "*Ordered,* That the Serjeant at Arms be appointed to make Stay of, and seize at the Press, all those Books now printing or printed under the Name of the Book of the late King"; the news writers reported a vigorous search for the books and their printers.[37] The "king's book" was adapted, excerpted, and versified; Charles's prayers, included in some versions of the *Eikon,* were also published separately.[38] Altogether, the various *Eikons* printed in England in 1649—full editions and derivative works—number around forty-eight.[39] It seems unlikely that McKenzie included these forty-eight editions in his total of "suspect" works, which he calculated at four hundred, yet in computing the total number of books produced in the period (100,000), he counted different editions as distinct titles. It is worth noting as well that the government succeeded in checking publication of the *Eikon Basilike:* between 1650 and 1660 only four editions of the book were published in Britain, all by the devoted loyalist Richard Royston.[40]

Also off McKenzie's charts are important treatises like Filmer's *Patriarcha* and Hobbes's *Behemoth,* books that for decades left no trace in the official records but that were nevertheless blocked outright by the two monarchs for whom they were written—Charles I and Charles II, respectively.[41] To be sure, they were published eventually (*Behemoth* illegally), but not without significant delays. Finally, McKenzie's exclusion of serials and periodicals from his study artificially deflates the percentage of works suppressed, as the government's efforts to curtail the publication of news were on the whole quite successful.[42] Indeed, in his essay "Trading Places? England 1689—France 1789," McKenzie arrives at a higher percentage of "suspect" works than he does in "Printing and Publishing, 1557–1700," because in "Trading Places?" he looks at "all printed works" of the period, including serials and periodicals.[43]

In the magisterial three-volume *Chronology and Calendar of Documents Relating to the London Book Trade, 1641–1700,* Maureen Bell notes that McKenzie relied on indexes of the House journals and the Calendar of State Papers, Domestic, when he started the project some years ago; but the indexes, as Bell observes, are imperfect, a problem she has redressed by sifting through the entirety of the Calendar of State Papers, the House journals, the Stationers' Company court records, and the Historical Manuscript Commission reports for the years covered in her study. I have consulted the Bell-McKenzie volumes, Howell's *State Trials,* the *Proceedings of the Old Bailey,* the Middlesex County session rolls, the Stationers' Company *Wardens' Accounts,* the *Thurloe State Papers,* the *Register* of the Scottish Privy Council, royal proclamations, and

W. H. Hart's *Index expurgatorius anglicanus*, as well as the writings of Roger L'Estrange, messenger of the press Robert Stephens, dissident bookseller Francis Smith, and sundry others for instances of censorship during the period 1641–1700. In most cases I have checked the Bell-McKenzie *Chronology* and Hart's *Index* against the original documents, a task made easier by the House journals' availability online. From the sometimes fragmentary evidence that appears in these sources, I have pieced together and catalogued the full titles of the vast majority of the works censored; the list, entitled *The British Index*, is being published online. By my count, the number of works intended for print publication that the government deemed "suspect" was at least 2,600 titles and editions of them, excluding serials and periodicals.[44] The number of extant titles published in Britain and the North American colonies during the same period is approximately 90,607.[45] If we assume a loss rate of documents relating to censorship of 25 percent, a conservative figure that matches McKenzie's estimate of entire impressions lost, the total number of suspect titles comes to 3,467 (4/3 × 2,600) out of 120,809 (4/3 × 90,607), or 2.87 percent. McKenzie's figure of .4 percent was, therefore, off by a factor of seven.

What is more, all books needed to be vetted by a licenser before they were printed.[46] Authors and stationers did not always abide by this rule, yet scholars have likely underestimated the percentage of authorized works. From 1622, stationers were supposed to enter all of their "copies" in the guild's register; such entries, certified by one of the company's wardens, provided proof of ownership. The clerk, who had custody of the register, also recorded the licenser who approved each work, so in theory the register should provide a comprehensive list of authorized titles. Entrance, however, was erratic and declined steadily in the second half of the century.[47] A stationer might obtain a censor's license for a book, along with a warden's company "license," thus ratifying his ownership of the copy, but decline to have the title registered to avoid the four pence fee. Indeed, toward the end of the seventeenth century, booksellers rarely entered their works, as the growth of partial shares in copies rendered the system of registration impracticable.[48] The Stationers' Court of Assistants probably did not help matters when in 1687 it ordered the clerk to keep a "Waste Book" in which to record the purchase and sale of copies; although the court instructed him to transfer the transactions of which it approved into the register, he may not have bothered to enter many of the titles.[49] In the early 1690s someone apparently tore several leaves out of the register-book so that he or she could more easily pirate another stationer's literary property, further truncating the official record.[50] Moreover, none of the books legally printed in Oxford, Cambridge, York, Edinburgh, or Dublin required registration; neither did those printed by royal patent. The stationers' register is, therefore, a radically incomplete list of licensed publications.

Robert Clavell's *General Catalogue of Books Printed in England* throws some light on how many books were licensed, as Roger L'Estrange, chief censor during the Restoration, authorized Clavell's *Catalogue;* presumably he would have refused to allow it if it had advertised any illicit works, yet some unlicensed titles doubtless slipped through.[51] One might inspect the books and pamphlets themselves for seals of approval, but such a course is from one vantage an idle exercise, as only a fraction of licensed works displayed their imprimaturs.[52] It should be stressed, however, that quite a few works that were *not* entered in the stationers' register bear valid licenses, underlining once again the register's inadequacy as an index of precensorship. In 1676, for instance, at least 148 unregistered books display authentic licenses.[53] To complicate matters further, it is theoretically possible for a work to have been duly authorized but to bear no imprimatur and to be unregistered, so, as N. H. Keeble remarks, "the actual amount of unlicensed printing . . . is impossible to compute."[54]

Some have urged, however, that the licensing system was not strictly enforced. In his posthumously published article "The Stationers and the Printing Acts at the End of the Seventeenth Century," Michael Treadwell observes that "[d]uring the entire period that the [1662] Act was in force no charges seem to have been brought against any printed matter which was not considered seditious as well as unlicensed."[55] Occasionally, messengers of the press seized publications simply because they were unlicensed, but on the whole, Treadwell's assessment that the government did not bother to suppress publications that were merely unlicensed seems just.[56] Yet, as Treadwell notes, such a strategy made the censorship machinery more efficient, not less: if an inoffensive work lacked a license, why should messengers waste time and money pursuing the matter? To concede that royal administrations seldom pursued authors or publishers *merely* for failing to obtain an imprimatur is not to admit censorial laxity—it is simply to acknowledge the censors' pragmatism in narrowing the scope of their targets to obnoxious material. As Treadwell puts it, "the government . . . used the easily proven offence of failure to obtain a licence as its preferred weapon against those publications to which it objected on quite other grounds."[57]

McKenzie is right that "commerce compromised censorship," a dynamic to which I shall return in a moment, and it is certainly true that the licenser's trawl was not always effective; but in July 1664 Roger L'Estrange remarked that he and his deputies had recently seized upward of thirty-one thousand pamphlets from dissenting booksellers, a figure that suggests the extent to which censorship could affect "the economy of the book trade."[58] As for the number of titles L'Estrange censored, in 1670 he claimed that he had "suppressed above 600 sorts of seditious pamphlets" since his appointment as surveyor.[59] Even if the figure is grossly exaggerated—if L'Estrange's vaunted total is, say, double the actual number—the suppression of three hundred different pamphlets in such a short span is still an impressive achievement. Indeed, three hundred titles represents three-quarters of McKenzie's estimate for the entire period.

Perhaps most seriously, however, McKenzie fails to consider the psychological impact of censorship, the "chilling effect" that licensing and exemplary punishment undoubtedly had. One wants to know what part self-censorship played in the literature of the period. Some writers were willing to write, and some stationers to publish, unlicensable work, yet given the barbaric punishment meted out to the likes of William Prynne, John Twyn, and Stephen College on the public stage, surely many more were loath to do so. In 1639, for example, Sir Henry Wotton concluded a letter to his nephew by admitting, "my lodging is so near the Star Chamber that my pen shakes in my hand."[60]

Wotton was right to worry. Postmasters had a licensed curiosity—they could intercept and open letters at will—which permitted the government to eavesdrop on letter writers. Charles I's Privy Council ruled that "in times of war or danger the Secretary of State, if he required it, was to be 'made acquainted' with the letters and despatches which the messenger[s] carried."[61] Secretary Coke opposed the merchants' practice of using their own carriers; he predicted chaos "if every man may convey letters, under the covers of merchants, to whom and what place he pleaseth," noting further "how unfit a time this is to give liberty to every man to write and send what he list."[62] By the proclamation of 1635, which founded the new letter office, "[t]he State messengers were alone to be permitted to carry letters, and all other foot messengers and posts on post routes—except certain common carriers carrying letters with goods—were to be rigidly suppressed."[63] In 1637 Secretaries Coke and Windebanke assumed control of the inland post. Such governmental control was crucial because of the stationers' increasing dependence on the post to distribute books, pamphlets, and newspapers. Any packet suspected of containing subversive literature or seditious correspondence could be opened without ado.[64]

Authors, printers, and publishers of seditious matter feared more than just "the courts," as Parliament and king could consign offenders to prison "at their pleasure." Indeed, writers and stationers feared not only "conviction" but indictment: bail could be denied, and, despite the petition of right, writs of *habeas corpus* were hard to come by. One could spend weeks, months, or years in prison before being charged with a crime.[65] To be sure, when it came to sentencing, not everyone was pilloried, whipped, or mutilated—though plenty suffered corporal punishment—and only a handful of writers and stationers were executed, but conditions in an early modern jail were singularly unpleasant: not a few died in English prisons.[66] In one especially pitiful case, Thomas Delaune, his wife, and their two children died in jail after Delaune was convicted of writing and publishing *A Plea for the Non-conformists* (1684). According to a reader's note in the Union Theological Seminary copy of *A Narrative of the Sufferings of Thomas Delaune, For Writing, Printing and Publishing a late Book, Called, A Plea for the Nonconformists* (in Early English Books Online), Delaune and his family survived for less than fifteen months in prison.[67]

To determine, then, whether "fear of the courts" had any effect on the book trade, rather than simply estimating how many books were produced and how many censored, we would need to reckon how many works *would have been produced* had it *not* been for government censorship.[68] In his account of the matter, McKenzie begs this and other questions. For instance, what kinds of works would have been published in the absence of licensing laws (partisan newspapers, political cartoons, and so on)? What subjects would authors and their publishers have broached? Would writers have treated contentious topics, as seems likely, in a less circumspect style?

One way to gauge the efficacy of preventive censorship is to compare the number and kind of works published under a licensing regime with the number and kind of works published in an era free of prior censorship. Even a cursory review of the British book trade's evolution and expansion after the Licensing Act's expiry (1695) indicates the degree of censorship's chilling effect when the act was in force. In the four-year period before the Licensing Act lapsed, 1691–94, the average yearly output of the British press was 1,536 titles, an unusually high number that owes much to the "Glorious Revolution" of 1688–89. The average for the years spanning 1695–1700, however, was still higher than that for 1691–94: 1,896 titles per year, excluding serials and periodicals. To provide another touchstone, the mean for the period between the Licensing Act's enactment in 1662 and the law's expiration in 1679 was a mere

992 titles per year.[69] Once the Commons abandoned the act for good in 1695, neither the government nor the stationers had any legal mechanism with which to limit the number of printers and presses in Britain. Treadwell remarks on the consequent rise in the number of printing houses: "In 1695 there were about forty-five printing houses in London. Ten years later there were close to seventy."[70] Indeed, the number of printing presses in London grew by 400 percent in the eighteenth century.[71] The growth of provincial printing was even more impressive, and the book trade began to flourish in Scotland and Ireland.[72] Mark Knights observes that "[t]hose who distributed print, the hawkers, pedlars, and mercuries (many of whom were women) rose to record numbers. . . . Just over 2,500 hawkers and pedlars were licensed 1696–97 when an act required it; only about a fifth of these were based in London."[73] As for the kinds of works published, newspapers and magazines treating current affairs exploded in 1695, and though controversial religious books—deistic tracts and other works on "natural religion," for instance—had grown more numerous after the Act of Toleration (1689), once the Licensing Act expired, their numbers rose still more sharply.[74]

Furthermore, systems of licensing nursed a poetics of opacity and indirection. As L'Estrange observed, "*they that write in fear of a* Law, *are forc'd to cover their Meaning under* Ambiguities, *and* Hints."[75] In the fraught political atmosphere of 1651, Thomas Stanley—ardent royalist and intimate friend of Richard Lovelace—addressed the issue of stylistic indirection in his *Excitations Vpon Anacreon.* In one stretch of dialogue between Apollonius and Demetrius on Anacreon's Ode 63, Stanley glances at midcentury censorship by using the trope of the grasshopper as a carefree Cavalier poet, perhaps alluding to Lovelace's emblematic "Grasshopper" ode of 1649.

> *As* Demetrius *and* Apollonius *were sitting under a tree, the Grassehoppers incited by the heat of the day, chirpt round about them; to whom* Demetrius, *O happy and truly wise; You sing the song the Muses taught you subject to no censure. . . .* Apollonius, *though he knew well whereto these words tended, gently reprov'd him, as more cautious then the time requir'd; Why, saith he, desiring to praise the Grassehoppers, dost thou not do it freely and openly, but even here seemest to fear, as if there were an Act against it;* Demetrius *replyed, I did not this so much to shew their happinesse, as our own misery, They are allowed to sing, but we not to whisper our thoughts: Wisdome as a crime is laid to our charge.*[76]

Discussing even grasshoppers, Stanley implies, required a muted style and a hushed tone. The state understood the power of fabular imagery in the wrong hands; the censor knew that a poetic blade of grass might be a blade indeed.

Taking a different tack from McKenzie's in her seminal book *Censorship and Interpretation,* Annabel Patterson argues that while censorship exerted a powerful influence over early modern literature, the surprising incidence of "noncensorship" implies that the state was generally tolerant of political criticism so long as that criticism was artfully rendered. Patterson's thesis that censorship pervaded early modern consciousness is borne out by both numeric and archival evidence, at least from the Caroline period forward, and the connection that she draws between self-censorship and artistic indirection is well founded. Indeed, Patterson's insight that authors deployed "functional ambiguity" in their writings is of lasting value.[77]

Her contractual model, however, presents certain difficulties. Patterson contends that writers struck a "cultural bargain" with the government outlining the appropriate bounds of criticism; changing figures slightly, she maintains that subjects abided by a "social contract" with the state that defined the forms and limits of opposition.[78] In many cases, however, the truth is more prosaic. Take, for instance, Thomas Middleton's *A Game at Chess,* produced in London in 1624. Patterson interprets the long run of Middleton's play, which was bitterly critical of the Spanish and tacitly critical of James's recent pro-Spanish policy, as a sign of the Crown's connivance: "James I 'allowed' Middleton's *Game at Chess* . . . to play for almost two weeks to packed audiences, before acceding to the protests of the Spanish ambassador and closing the play down."[79] But the king was not in London when the play was performed—indeed the first he heard of it was from the Spanish ambassador Don Carlos, at which point he suppressed it. Far from "allowing" *A Game at Chess,* James had simply been unaware of its production.[80]

Too often literary scholars bracket such material details as unworthy of their attention.[81] Inefficiency in censorship's operation explains far more cases of "puzzling noncensorship" in early modern England than does administrative tolerance. This is true even of such periods of apparent freedom as the Civil Wars: after the collapse of the Star Chamber and the High Commission in 1641, Parliament hauled authors, printers, and publishers of obnoxious material before their examination committees and consigned many to jail.[82] Parliament restricted not only the producers but the consumers of literature, sequestering royalist libraries, for example, and making it illegal to own seditious texts.[83]

The Commons brooked criticism of the king's advisors—they dissolved the prerogative courts, in part, to permit such criticism and printed the Grand Remonstrance to amplify it—but they did not brook strictures on Parliament.[84] The 1640s witnessed more measures against "licentious" printing than any other period in English history.[85] The limited success of many of these edicts owes more to a lack of resources than to a lack of resolve: Parliament, after all, had to prosecute a war.

The "social contract" model that Patterson espouses is particularly problematic, as the very idea of a social contract provoked controversy in early modern England. Contractual models of governance—whether Hooker's, Lilburne's, Hobbes's, or Locke's—were anathema to the Stuarts, and the notion of a "contract" permitted various constructions even in the heady 1640s.[86] As power shifted hands from king to Parliament, Parliament to army, and army to Council of State, censorship changed complexion to match the new-modeled regime; but all who reached positions of power were highly sensitive to criticism and sought to stymie it.[87]

Indeed, even indirect political commentary fell within the sweep of the censorship laws. Debora Shuger, endorsing Patterson's position, has recently argued that "[f]rom the mid-sixteenth to the mid-seventeenth century English defamation law operated with the hermeneutic rule known as *mitior sensus* (literally, the milder sense). The rule stipulated that if a statement can be construed in both a defamatory and an innocent sense, the latter should be considered the true meaning, for, Coke explains, 'where the words are general or ambiguous, the more favorable reading should take precedence.' "[88] In practice, however, and even in theory, Stuart law was rarely consistent. If Coke suggested the rule of "charity" for many hermeneutical contexts, he also made clear that judges had a responsibility to see through the various "literary" forms of ambiguity. In his landmark opinion of 1606, *De libellis famosis,* he notes that "L. P." (Lewis Pickering) was rightly tried in Star Chamber "for composing and publishing an infamous libel in verse, by which John Archbishop of Canterbury (who was a prelate of Singular piety, gravity, and learning now dead) *by descriptions and circumlocutions, and not in express terms;* and Richard Bishop of Canterbury who now is, were traduced and scandalized."[89] To take another example, in *Histrio-mastix* William Prynne attacked Charles and Laud indirectly but suffered nonetheless; the judges did not abide by the *mitior sensus* rule. While Prynne was scarcely a subtle critic of the Caroline regime, Shuger seems to me to reduce the complexity of both Prynne's book and his trial by assuming, with the justices of Star Chamber, that *mitior sensus* did not apply because Prynne's intentions in the tract were everywhere transparent. On the contrary, reading *Histrio-mastix* entails no small amount of hermeneutical work, and even his judges were sensitive to the book's multiple layers of meaning.[90]

The legal tendency to read through hints and innuendos became more pronounced after 1640. John March repeated Coke's maxim on the *mitior sensus* in his textbook *Actions for Slander,* which was published in 1647 and again in 1674.[91] Yet Richard Baxter was convicted of seditious libel and Algernon Sidney of treason by judges and jurors who read between the lines of their writings. Finally, although L'Estrange noted that allusive works that reflected on the government were less dangerous than controversial works written in a "Popular Stile," as "popular" literature reached a wider audience, he is unequivocal about the culpability of even an artful writer: "*they that write in the fear of a Law, are forc'd to cover their Meaning under Ambiguities and Hints, to the greater Hazzard of the Libeller, than of the Publique.*"[92] Many judges and censors, therefore, did not bind themselves to the kind of contract that Patterson and Shuger envision.

I want to suggest that the signal "cultural bargain" was struck not between writers and the state but between the state and the Stationers' Company. As we have observed, the company received a monopoly on print in exchange for its assistance in carrying out the censorship decrees; together, the government and the company determined what people could read. It is unclear whether the Crown or the loosely knit guild of printers and booksellers was the prime mover in incorporating the stationers, but both parties stood to benefit from the contract they devised. Arber maintained that the stationers pushed for a charter to prevent copyright infringement and that "trade control" was the main reason for their incorporation, but the evidence he cites supports a different conclusion. He notes that in 1583 Christopher Barker and Francis Coldock, wardens, wrote to Edmund Grindal, bishop of London, on the "occasion of the Company": "[T]he printers and Stacioners of [London] obteined a ch[art]re for Corporacon by reason of the disorders in the pryntinge did soe greatlie encrease to the ende we might restrayne manye evilles which would have happened in the saide profession." Arber contends that "by 'disorders' the writers chiefly intended trade control and copyright arrangements, and not the religious or political power of books, [which] is clear from the next sentences" in the letter: "By vertue of which corporacon we haue verye good and charitable ordynaunces, also verie prouident to avoide the disordered behauior of pryntersand suche troubles that mighte growe by printinge. Notwithstandinge all which yet is yt an enles toile to withstand the lewde attemptes of manie of our profession beinge even within our citie and at our elbowes and daielie looked vnto."[93] In fact, these "next sentences" militate against Arber's thesis, as does the gist of the entire passage: "lewde," for example, meant "vile, evil, wicked, base" (*OED,* def. 5); the term appears frequently in indictments for seditious libel and in royal proclamations. As the language of the letter implies, the two wardens were helping Grindal to draft a new Star Chamber decree by tracing the company's origins.[94] In the same letter, Barker and Coldock asked the bishop to prevent a printer from setting up at Cambridge, but they added that while "Yt maie be thought we speake this for oure pryvate profette . . . yt is not soe"; they stressed that a printing press far from London, and hence out of their jurisdiction and oversight, would be "daungerous bothe for matters of state and religion."[95] The stationers, of course, had their own designs in their dealings with the government, but they were careful to cast their petitions in the language of public interest.

What is more, the stationers' charter reinforced the mercantilist economy that the Crown had been cultivating, offering the company a monopoly on the book trade in exchange for state regulation.[96] As a consequence of the charter, the print trade was concentrated in London, which behooved both the state and the company.[97] The 1586 Star Chamber decree expressly limited printing to London, "in the eye of gov'mt."[98] The stationers often petitioned the Crown or the Parliament for new measures to eliminate competition and to secure their rights, but the government was itself a shrewd customer, using economic principles to its own advantage. The language of the various printing measures evinces an acute sensitivity to the economic conditions that encouraged illicit printing. In the years leading up to the Star Chamber decree of 1637, Dean of the Arches John Lambe surveyed the printing trade, articulating the government's interest with that of the Stationers' Company in his analyses.[99] Both the 1637 Star Chamber decree and the 1662 Licensing Act limit the number of master printers and presses; they also provide for the employment of apprentices and journeyman printers, who might otherwise have been forced to print illicit material for want of regular work.[100] John Locke later made fun of the 1662 act's minute regulation of "joiners, carpenters, and smiths"—tradesmen who could assemble a printing press—but such clauses demonstrate the government's appreciation of the printing trade's material aspect.[101]

The Stationers' Company enjoyed two monopolies that served the government's interest. As William St. Clair has shown in his magnificent study *The Reading Nation in the Romantic Period,* the stationers' monopoly on the book trade and its members' perpetual copyrights in individual works acted as brakes on the press from the company's incorporation in 1557 through most of the eighteenth century.[102] Queen Mary and her successors surely appreciated that the guild's dual monopoly restricted the flow of print. The stationers may have "procured [the] charter for the establishing of a corporation," as Barker suggested in 1582, but they evidently did so by appealing to the Crown's interest.[103] The question of whether the state or the stationers drafted the company's charter is, therefore, a red herring: the crucial point is that the bargain they struck was to their mutual advantage.[104]

Both sides violated the contract on occasion. In April 1643 Henry Parker addressed a petition to Parliament on the stationers' behalf: urging forward a printing bill then under consideration, Parker alludes to the cultural bargain between stationers and the government but hints that Parliament is not holding up its end of the deal. He observes that members of the company are uniquely situated to enforce printing regulations, but he adds that "if Stationers at this present do not so zealously prosecute [the laws] as is desired, it is to be understood, That it is partly for want of full authority, and partly for want of true encouragement."[105] The phrase "true encouragement" here plainly imports financial incentive, the securing of the stationers' monopoly that had broken down in the turmoil of war. Although Parker is writing in wartime, the tacit contract to which he refers applies to the entire Stuart period.

Stationers too fell afoul of the bargain between the Crown and the company: indeed, in the Restoration, the censor Roger L'Estrange fingered stationers as the main obstacles to a well-regulated press.[106] As Parker had noted, company members constituted a nexus of "Informers," but they were in a position not only to inform the government of illegal activity but also to apprise one another of impending searches. As always, profit corrupted: illicit texts commanded handsome sums of money, tempting stationers to defy their own ordinances. In 1642, for instance, the House of Commons ordered that Sir Edward Dering's collection of printed speeches, which favored episcopacy and broached parliamentary privilege, be publicly burned; as one Kent gentleman observed, Parliament's order raised the price of Dering's book: "The book I could have bought for 14 pence last night, but now [after the order to burn it] a crown cannot buy it."[107] When in 1668 Samuel Pepys wanted to purchase

Hobbes's *Leviathan,* now banned, he observed that it "is now mightily called for; and what was heretofore sold for 8*s* I now give 24*s* at the second hand, and is sold for 30*s*, it being a book the Bishops will not let be printed again."[108] Stationers even paid printers more money to produce unlicensed books than they did to produce licensed ones.[109]

The wardens, who were supposed to help regulate the company, were often the worst culprits. In Charles II's reign, even putative loyalists like Samuel Mearne and Richard Royston took advantage of their positions, winking at the seditious publications of their allies within the company, and seizing the illicit copies of their nemeses only to sell them themselves. On one occasion, Mearne's agents carried off fifteen hundred copies of *A Treatise of Baptism,* published by the nonconformist bookseller Francis Smith. When Secretary Arlington subpoenaed these copies from Mearne, the warden claimed (falsely) that he had deposited the impression at the bishop of London's. Though he finally gave the bulk of Smith's copies to the bishop, Mearne appears to have withheld some copies for himself and his friends, using his seeming compliance as a screen, for his "favorites" Thomas Sawbridge and Randall Taylor had the work printed a short while later; presumably Mearne received a share of the profits for the copies and his connivance.[110] Sawbridge and Taylor deviously used Smith's "name and sign" in their imprints in case the authorities discovered this "seditious" impression abroad. Mearne and his colleagues had managed to pirate both the copies and the "copy" (the copyright) of *A Treatise of Baptism* and to lay the blame for this offensive publication with the dispossessed copyright owner.[111]

Although L'Estrange encountered some difficulty in curbing these abuses, he was more successful than any who preceded or followed him (with the possible exception of John Thurloe, Cromwell's secretary of state).[112] Paul Seaward points out that "by the mid-1660s fewer works were coming from the presses than at any other time between 1649 and 1684," a dip that he attributes to L'Estrange's "energetic assault on unauthorized printing."[113] As surveyor of the press, L'Estrange exercised a rigorous surveillance over authors, publishers, printers, and printing houses. He sometimes relied on a network of spies in the Stationers' Company; sometimes he went undercover himself to gather information about seditious printers. In his *Considerations and Proposals In Order to the Regulation of the Press,* L'Estrange even canvassed the details of printing house architecture: "let no Printing-House be permitted with a Back-dore to it."[114] A panoptician of paper, he conducted a survey of printing houses in 1668 similar to the one conducted by John Lambe before the 1637 Star Chamber decree.[115] He sought to regulate the public space of the coffeehouse and the private space of the study, and he tried to bring manuscripts under his purview.[116]

L'Estrange took advantage of the "general warrants" granted by the secretaries of state, and he put pressure on the Stationers' Company throughout his tenure in office; the king himself promoted stationers who dutifully exposed "disorderly printing" to coveted positions in the company.[117] Among the most potent weapons in the government's arsenal was the threat of *quo warranto* proceedings to revoke the company's charter.[118] In 1678 L'Estrange forced the guild to issue a series of orders, one of which made it a punishable offense to "neglect to inform of a secret press," and another of which required the stationers to compile a "day-book of unlicensed books, their printers, etc."—a book of the company's sins—"which . . . shall be shown to Sir Roger L'Estrange, Esq., when he shall think fit."[119]

L'Estrange communicated often with the secretaries; Arlington and Williamson shared intelligence with him, and he with them. Centralization was critical to the entire process: the secretariat had a monopoly on the news, controlled the post, carried on an extensive correspondence with intelligence agents, and strove to coordinate the several arms responsible for enforcing censorship.[120] With a team of deputies and delators, L'Estrange pried into every corner of the book trade.

"Poets Have More Success Because More Wit": The Politics and Poetics of Censorship

Censorship told profoundly upon the writing of early modern England, but resourceful writers and publishers found ways around the licensing regulations, sometimes by exploiting the inefficiencies surveyed in the previous section, sometimes by employing "art" and artifice strategically, and sometimes by a fruitful combination of the two. By emphasizing the material aspect of the printing trade, I do not mean to suggest that aesthetics are epiphenomenal to the problem of censorship, mere "superstructure." Indeed, Freud and Foucault have articulated the ways in which censors produce art rather than repressing it—whether by design or not, censorship is not merely destructive, it is generative. Comparing psychological censorship to political censorship, Freud observes:

> A similar difficulty confronts the political writer who has disagreeable truths to tell to those in authority. If he presents them undisguised, the authorities will suppress his words—after they have been spoken, if his pronouncement was an oral one, but beforehand, if he had intended to make it in print. A writer must be aware of the censorship, and on its account he must soften and distort the expression of his opinion. According to the strength and sensitiveness of the censorship he finds himself compelled either merely to refrain from certain forms of attack, or to speak in allusions in place of direct references, or he must conceal his objectionable pronouncements beneath some apparently innocent disguise: for instance, he may describe a dispute between two Mandarins in the Middle Kingdom, when the people he really has in mind are officials in his own country. The stricter the censorship, the more far-reaching will be the disguise and the more ingenious too may be the means employed for putting the reader on the scent of the true meaning.[121]

Censorship leads to self-censorship—the internalization of the censor—which in turn produces art.

Annabel Patterson adopts this line of thinking and argues, as we have seen, for a "social contract" model of censorship, a model that is still widely cited.[122] In Patterson's view, the "artfulness" and indirection to which authors resorted in criticizing rulers was a form of diplomacy, of "playing by the rules." The censor discerns the adverse nature of the writer's remarks but allows them because they are tactfully oblique. The benefit of subscribing to such a code—for both parties—was a purer harmony in the state, *concordia discors* in the public sphere; indeed, on Patterson's account, the "contract" or "cultural bargain" was the "*joint project* [of] writers and political leaders," a quasi-Lockean covenant binding the government and its critics.[123] But the contractual model implies—erroneously—that political parties always strove for consensus and that monarchs endorsed the notion of a "contract" with their subjects. As we noted in the last section, the idea of a "social contract" was very much at issue in early modern England, and political factions often aimed to promote discord rather than harmony, employing a subtle divide-and-conquer strategy against their opponents. Even the lines that Patterson cites from Quintilian's *Institutes,* which would have been familiar to the lettered men and women of seventeenth-century Europe, tell against the notion of a cultural bargain: "You can speak as openly as you like against . . . tyrants, as long as you can be understood differently, *because you are not trying to avoid giving offence, only its dangerous repercussions.* If danger can be avoided by some ambiguity of expression, everyone will admire its cunning."[124] Though Quintilian is optimistic about the magistrates' willingness to adhere to the rule of *mitior sensus*—a rule that in Stuart Britain was honored more often in the breach than in the observance—his model is contestatory, not contractual. In these pages I argue that "discursive contest" better describes some aspects of licensing in early modern England than does the idea of a social contract. In certain battles, words were foot soldiers, and censors (including the king himself) were the field marshals governing them; indeed, skirmishes frequently erupted among the licensers themselves, undermining any notion of a monolithic state. In other struggles, where artists sought to outflank or outwit the censors, the "artifice" that they deployed was not simply tactful, it was tactical; in fine, the aim of art was not always concord, or even "concordia discors," but victory.

William Prynne deployed various forms of art and artifice in his infamous treatise against the stage, *Histrio-mastix* (1633). He and his publisher managed to get an imprimatur for the book, manipulating the licensing system to their own (short-term) advantage. *Histrio-mastix* proffers a cardinal instance of the art of division: in his tract Prynne divorces Protestants of his own stamp from the rest of the body politic; in punishing Prynne, the court mirrored his gesture, "cutting him off" from the commonwealth, in the words of one justice.[125] In my first chapter, I offer a detailed reading of Prynne's play-hating book, his subsequent trial for it, and the literary aftermath of his brutal punishment. I argue that Prynne's struggle with Charles and Laud was neither an aberration nor the product of a cultural bargain gone awry, but a symptom of deep-seated conflict in the Caroline state, the tip of a berg that moved ominously beneath the surface. While many in the 1630s considered Prynne a marginal figure, the Prynne episode found its way into the drama, the newsletters, and the memoirs of the period. The contest between Prynne and the Crown for control over the public sphere evolved into a debate of central importance as the decade wore on: ultimately, the war over censorship shaded into the Civil War itself.

With Richard Lovelace's *Lucasta* (1649), we change both key and pitch. Lovelace's book of poetry was more artful than Prynne's sonorous (and sometimes tedious) sermon; and the poet's artistic brilliance elevated *Lucasta* above the ruck of loyalist squibs that littered the streets. The censorship contest that surrounded Lovelace's volume of poetry was far subtler than other debates of the period. From a distance, the publication of *Lucasta* would appear to confirm Patterson's contractual model of censorship: here is printed opposition indirectly and artfully expressed, licensed and registered. Though it has some royalist tinges, the work seems moderate in its politics. But in 1647–48, when *Lucasta* was first assembled, the smoke of war had not settled—a host of parties were still competing to define and occupy the political center at this time, and moderate rhetoric was often a ruse. On a close reading of the text and context of the poems, it becomes clear that Lovelace's aim was to divide the king's opponents along cultural lines: the poet hoped to siphon the Independent literati from Presbyterian philistines and hence to fracture the parliamentary coalition. In his commendatory piece—omitted from the 1649 edition of *Lucasta*—Alexander Brome hints at the royalists' poetic project. Although he dubs Charles's enemies "Schismatick *Goths* and *Vandals,*" he stresses the theme of concord throughout:

> Why mayn't we hope for *Restauration,* when
> As ancient *Poets* Townes, the new rais'd men,
> The tale of *Orpheus* and *Amphion* be
> Both solid truths with this *Mythology?*
> For though you make not stones & trees to move,
> Yet men more senceless you provoke to love.
> I can't but think, spite of the filth that's hurl'd
> Over this small *Ench'ridion of the World,*
> A *day* will break when we again may see
> Wits like themselves, club in a harmony.
> Though *Pulpiteers* can't do it, yet 'tis fit
> *Poets* have more *success,* because more *wit.*
> Their *Prose* unhing'd the State; why mayn't your verse
> Polish those souls, that were fil'd rough by theirs?[126]

Brome, like Lovelace, masks polemic with poetry, adversarial politics with "harmony." *Lucasta*'s delicate "art" was, then, not simply tact, it was deceit.

In Chapter 3 I turn to Milton's handling of censorship during the war and interregnum. Milton was capable of attaining the soft tones and airy quality of

Lovelace's lyrical verse, but during the civil wars he famously renounced poetry for prose. Like Prynne, Milton clamored for change in both church and state, yet he was a far more dexterous writer and a far more radical reformer than Prynne. It was Milton, after all, who cut at "Marginal Prynne's ears" and Presbyterian intolerance in the same breath.[127] In *Areopagitica* (1644) he addresses Parliament with apparent deference, but in his strictures on the newly straitened press he glances at the Presbyterian majority in the Commons. Like Lovelace, therefore, Milton tried to sunder Presbyterian philistines from political and religious Independents, though he did not, of course, share Lovelace's royalism.

Milton's career during the 1640s and '50s traces a sinuous curve: in his essay of 1644 he castigated the censors; in 1649 he became a licenser himself. But underneath this seeming oscillation lay a constancy of spirit and belief; indeed, there is some evidence that Milton was terminated from his licensing post for approving a Socinian text. In *Areopagitica* he attempts to throw off the patriarchal yoke of licensing; he argues that preventive censorship infantilizes authors, despoiling them of both their dignity and their authority. Moreover, he likens censors of all stripes to miniature popes, who pretended "infallibility" in their judgment. Milton's strategy of pairing censorship with popery, licensing with infallibility, was brilliantly calculated to galvanize his countrymen's anti-Catholic bigotry. What made the discourse of *Areopagitica* so volatile, however, is that the language of "fallibility" was also the language of skepticism, an idiom that from Pyrrho and Sextus to Montaigne and Walwyn threatened to corrode the old religious and constitutional verities. In Chapter 3 I argue that Milton, along with a cluster of his contemporaries, exploited the discourse of anti-popery for skeptical ends; his skepticism, while not Pyrrhonian, fuelled a potent iconoclasm. Milton contended that censorship impedes reformation by quashing doubt and debate, fostering instead an easy idolatry and the worship of custom; only a vibrant public sphere, primed by skepticism and free speech, could spark a genuine revolution. As a lenient, not to say permissive licenser in the 1650s, he tried to uphold his image of the public sphere, only to find his hero Cromwell backsliding into monarchy, Erastianism, and dogma. Once retired as censor, Milton was forced to censor himself.

In the Restoration, the figure of the author assumed an unprecedented importance, though not in the way that Milton had hoped: after the spate of anonymous publications in the 1640s and '50s and the "innovations" they had wrought, the Carolean government did its best to pin works on particular writers.[128] Anonymity was hardly a new phenomenon by 1660, as Marcy North shows in her splendid monograph *The Anonymous Renaissance*, but anonymous publications appear to have risen steadily over the course of the seventeenth century, reaching a peak during the Restoration.[129] The chief censor Roger L'Estrange sedulously hunted down authors of anonymous books and pamphlets. During the exclusion crisis, Lord Chief Justice Scroggs remarked at a trial for unlicensed news, "It is hard to find the author, it is not hard to find the printer: But one author found is better than twenty printers found."[130] So pervasive were anonymous "libels" that one Restoration dictionary defined the word "libel" as "a defamatory scroll, or slanderous writing or invective written against one, without any known name of the Author."[131] As anonymity came to threaten the state, authorship became an indispensable legal category. Catalogues of books naming authors became more common: these lists served as advertisements, but they also functioned as wheels in the licensing machinery—no unlicensed titles were to be advertised in the *Term Catalogues*.[132]

As with all works designed to evade censorship, anonymous writings were as a rule contentious; indeed, division was the primary aim of many unsigned pieces. McKenzie's attempt to "normalize" anonymous publications is unconvincing: his assertion, for instance, that of the large number of anonymous works produced in 1644 and 1688 "only a very small proportion . . . could possibly have been influenced by censorship" is questionable, as 1644 puts England right in the midst of civil war, and 1688 places it on the eve of the Glorious Revolution, flashpoints that called for discretion.[133] Indeed, Joad Raymond's study of anonymity in the Civil War and interregnum contradicts McKenzie's analysis: "During the 1640s and 1650s, a 5 per cent sample of the non-periodical items in [bookseller and book collector George] Thomason's collection show that while 55 per cent of controversial literature bore the author's name or initials, 75 per cent of non-controversial writings . . . carried the same signs of authorship."[134] In the sequel to the Civil Wars and interregnum, the fault lines between parties remained latent—anonymous writings exploited the cleavages in Restoration Britain.[135]

In my fourth chapter I address two anonymous pieces, Marvell's *Second Advice to a Painter* (1666) and Dryden's *Absalom and Achitophel* (1681), written from opposite political perspectives. Marvell took refuge in anonymity for most of his career. In publishing his oppositional work without signing it, Marvell may have been expressing (tacitly) his disdain for Charles's system of intelligence, something he did explicitly on occasion. When in early 1668 Marvell was appointed to examine the intelligence failures during the Second Dutch War, he castigates the secretaries in tones that echo the *Last Instructions to a Painter:*

> Mr *Marvell,* reflecting on Lord *Arlington, somewhat transportedly said*] We have had *Bristols* and *Cecils* Secretaries, and by them knew the King of *Spain*'s Junto, and letters of the Pope's cabinet; and now such a strange account of things! The money allowed for intelligence so small, the intelligence was accordingly—A libidinous desire in men, for places, makes them think themselves fit for them—The place of Secretary ill gotten, when bought with 10,000 *l.* and a barony—*He was called to explain himself; but said,* The thing was so plain, it needed not.[136]

Marvell appears to have wagered that a bumbling intelligence service would be unable to track his anonymous writings to their source.

Yet Marvell's anonymity has several other dimensions. In his *Second Advice to a Painter,* for instance, Marvell does not simply refuse to sign his own name, he signs somebody else's. (Under the rubric of "anonymity" I include cases of partial anonymity—deliberate misattributions, false or fictive imprints, et cetera.) As I show in Chapter 4, his ascription of the poem to John Denham is wonderfully and ingeniously arch, of a piece with the deadly satire of the poem itself. He chooses Denham in part because James, Duke of York (one of the poem's targets), was having an affair with Denham's wife, thus giving him just grounds for complaint and a colorable title to the *Second Advice.* The gambit paid off: though Denham was an ardent loyalist, many believed the attribution. With the *Second Advice,* Marvell turned anonymity into an art form. Once again, "art" served the design of deception and division rather than tact: Marvell used Denham's name to divide the administration at a critical moment in the Second Dutch War.

Whiggish writers did not have a monopoly on the art of anonymity. In the incipient stages of the "Popish Plot" crisis, a defender of the court published *A Letter from Amsterdam to a Friend in England* (1678), a mischievous, searing, and brilliant piece that parodies not only the "Letter to a Friend" genre flourishing at the time, but also the terse, cryptic style of machinating spies. As he unfolds a strategy for upending the king, the anonymous author takes oblique aim at Marvell (to hilarious effect): "Bring on new accounts of Growth of Popery and Arbitrary Government. Charge them on evil counsellors; be sure to lift 'em. Then burn the Pope again, that will draw together the rabble; but forget not cakes and ale for 'em. . . . I am sorry we have lost the prime pen [Milton?], therefore make sure of Andrew [Marvell]. . . . 'Tis well he is now transposed into politics, they say he had much ado to live on poetry."[137] The author concludes with a glance backward at the Civil War: "If you will hatch somewhat like a Remonstrance, I like it well; go back to '41. There's your perpetual pattern, matter enough to deal with any king in Europe. But do not call it [a] Remonstrance, a new name will do better to cover the purpose."[138] The pretension that "Amsterdam" was the letter's source was apposite: Puritans of Marvell's stripe regarded the Dutch as their political and spiritual kindred, and "Amsterdam" was the false imprint of choice among London printers (Marvell's *Account of the Growth of Popery* bore an Amsterdam imprint). The *Letter*'s very anonymity was parodic, a satiric jab at the shady politics of anonymous publication.

Charles's laureate John Dryden also deployed anonymity in an arch fashion. It is seldom remembered that Dryden published *Absalom and Achitophel* without "subscribing his name" to it, as he puts it in the "Preface." The poet's use of the forensic term "subscribe" underscores his awareness of the legal implications of signing one's work in 1681: Charles's opponents, the Whigs, still controlled the juries. But there is an aesthetic component to Dryden's anonymity as well. In the final section of Chapter 4 I argue that Dryden treats anonymity as a literary device, a conceit by which he can both capture and parody the Whig cause. Dryden points out that Whigs too publish their writings anonymously despite their dominance of the juries, and he suggests that their use of anonymous libels punctuates the illegitimacy of their cause. He manages to avoid hypocrisy by making his authorship of *Absalom* only an official secret: the laureate basked in a nominal anonymity that permitted him to secure his title to his work and to enjoy lasting renown. He strove for canonicity even as he shielded himself from his adversaries.

By the end of the seventeenth century, authors assumed a centrality that fostered a biography industry. Gilbert Burnet's *Life* of Rochester, John Toland's *Life* of Milton, William Winstanely's and Gerard Langbaine's *Lives* of the English poets, and the biographies of Aubrey and Wood all reflected and contributed to this process of canonization. Modern authors earned a critical renown comparable to the ancients': in Sir Thomas Pope Blount's *De rerum poetica: Or Remarks Upon Poetry,* Donne, Denham, Waller, and "Mrs. Katherine Philips" mix freely with Hesiod and Sophocles. Authorial style distinguished great writers—indeed, style was a seal of authenticity. In his preface to

Rochester's epistles, the bookseller Sam Briscoe observed that "the Letters . . . have something so happy in the Manner and Stile, that I need not loose my Time to convince the World they are genuine."[139] The figure of the writer was coming into his own.

The Copyright Act of 1710, though of special import to booksellers, was a half-step forward for authors as well. The measure replaced the Licensing Act, which had previously secured copyright and which had expired in 1695. The decline of licensing coupled with the (re-)emergence of authorial copyright wrought enormous change in the book trade.[140] Scriblerians like Pope and Gay studied the 1710 act and deployed it against literary pirates, retaining control over their own canons. Yet the Scriblerians deplored the government's renunciation of licensing, arguing that without rules, writers took intolerable liberties: they wrote on subjects beyond their proper sphere and beyond their ken; their very style ran berserk.

Jonathan Swift addressed this complex of topics in his twin works, *A Tale of a Tub* and *The Battle of the Books* (written 1696–97, published 1704, revised 1710). In my fifth chapter I canvass the relationship between these texts and the new cultural contexts in which they were embedded. Themes and figures from previous chapters—art and censorship, anonymity and authorship, Prynne and Dryden, competition and canonicity—reappear in this chapter, though in different form, like characters in the fifth act of a play. Like his fellow Scriblerians, in fact well before them, Swift took aim at Grub Street and the cultural anarchy that obtained after the Licensing Act's demise. In the *Tale* and the *Battle,* he attacks a web of figures who, he suggests, are poisoning the well of letters; in both texts, he adopts the role of censor. But residual censorship molded the *Tale* and the *Battle* as well. In part because of the astringency of his satire, Swift published the two works anonymously; indeed, he took the "arts of disguise" to new heights, concealing his authorship from all but his bookseller. Yet even though he never "owned" the two pieces publicly, behind the scenes he asserted his ownership of the book—he artfully manipulated the new culture of copyright to his own ends. The art of Swift's anonymity is so intricate that it requires its own hermeneutics: though he shrouds himself in mystery, Swift holds a fair claim to the title of being the first modern author. Paradoxically, the modern author was born from an anonymous womb.

What binds all of these writers together is their political and aesthetic arithmetic: despite their divergent politics, in their various forays into the public sphere these authors engaged in the *subtle art of division*—the artful insinuation of divisive polemic into a discourse ruled by the rhetoric of consensus. In the Stuart period, statesmen, laureates, and revolutionaries all tried to divide their opponents in order to conquer them. Indeed, authors, publishers, and licensers engaged in a subtle "censorship contest" with one another that, however often it was glossed over with the language of harmony, betrayed serious conflict beneath the surface.

A Note on "Censorship"

Some scholars question the practice of applying the term "censorship" to early modern restrictions on speech and the press, insisting that the term is anachronistic; these critics maintain that the words "censor" and "censorship" meant something rather different in the seventeenth century from what they mean today. Such objections are dubious for at least two reasons. First, they involve an overly nice nominalism: even if the philological claims were true, early modern writers had other words at their disposal to express the concept of "censorship" as we understand it. It is undoubtedly important to study, even pore over, the texture and evolution of language, as linguistic nuances can point to cultural and conceptual differences, but the finical dissection of words can clearly be taken too far.[141]

Second, seventeenth-century writers did use "censor" and "censorship" in recognizably modern ways. In early modern England, the term "censor" often lies on the border between moral and literary categories: "censor" imports both the ancient Roman censor who superintended public morality and the early modern licenser. The first use of "censor" with a modern valence that I have come across occurs in Prynne's *Histrio-mastix* (1633).[142] A decade later Prynne refers to "George Colvenerius Chancellour of the University of Doway," who "approved" a certain Catholic text, as a "Censor of Books."[143] Milton uses both "censor" and "censorship" in his writings: he conjoins the classical and modern senses of these terms in his idiolect. In the royalist news-book *The Man in the Moon* (1649), John Crouch refers to Gilbert Mabbott as the state "Lye-Censer," which may be a pun not only on "licenser" but on "lying censor" as well.[144] In 1688, some ten years before the diatribes of Collier and Ridpath, John Evelyn proposed "that the stage and filthy interludes be reformed and under severe censor and indulged but at certain times and seasons of the year only."[145]

In 1693 Charles Blount called the licenser Edmund Bohun a "Censor at the Press."[146]

The words "censure" and "censorious" appear to be cognates of "censor" and "censorship."[147] In 1605 Francis Bacon used the term "censure" in something like the modern sense of the verb "censor." In 1649 Marvell used the term "barbed Censurers" to glance at the Presbyterian licensers.[148] A decade later an impish royalist dedicated *The Honest Ghost, or A Voice from the Vault* to his bookseller: "Health and then Wealth unto my Stationer / and Heavens preserve him from a Censurer." In the same work, he addressed another dedicatory poem to "the ingenuous State-Censor"—the concluding lines give point to the epistle's irony: "But who stalks too neer Truths heels (under favour) / May have his teeth quite struck out for his labour." Blount refers to Bohun not only as a "Censor," but also as "Mr. Censurer."[149]

The words "censor" and "censure" frequently occupy a gray area between "correct" and "criticize," and a "censor" could be both a critic of morals and a literary critic. Thus in his preface to *Ovid's epistles,* Dryden observes of Ovid that "the most severe Censor cannot but be pleas'd with the prodigality of his wit."[150] Swift used the word "censor" in a similar fashion.[151] The ambiguity of the term "censor" is perhaps best captured in John Fell's *Life of the most learned reverend and pious Dr. H. Hammond* (1662), for which reason I will quote from the work at length:

> From [Dr. Hammond's] opinion of his [own] mediocrity . . . and the resolution of not making any thing in Religion publick before it had undergone all Tests, in point not onely of truth but prudence, proceeded his constant practice of subjecting all his Writings to the *censure* and correction of his friends, engaging them at that time to lay aside all their kindness, or rather to evidence their love by being rigidly *censorious.* There is scarce any Book he wrote that had not first travail'd on this errand, of being severely dealt with, to several parts of the Nation before it saw the light; nay so scrupulous was the Doctor herein, that he has frequently, upon suggestion of something to be changed, return'd his papers the second time unto his *Censor,* to see if the alteration was exactly to his minde, and generally was never so well pleas'd as when his Packets return'd with large accessions of objectings and advertisements.[152]

And so to Prynne—censor, critic, and prude.

I

"CONSIDER WHAT MAY COME OF IT": PRYNNE'S PLAY AND CHARLES'S STATELY THEATER

"Had not *Prynn* lost his *Ears,* K. *Charles* would never have lost his Head."
—The *Boston Gazette,* 2 June 1755

THE MOST FAMOUS INSTANCE of censorship in the seventeenth century involved William Prynne, utter barrister of Lincoln's Inn and Puritan pamphleteer. In 1634 Prynne had his ears cropped for writing *Histrio-mastix,* a tract against the stage. But while the Prynne case is well known, it is ill understood: indeed, the book itself is "more often cited than read," to borrow a line from Kevin Sharpe.[1] It is, however, an important tract, and it deserves a more sustained reading than it has received. In what follows I treat Prynne's book, his trial, and his punishment in some detail; my aim is to plot this segment of Prynne's career onto the geography of prewar England. I argue that the controversy surrounding the Prynne episode not only foreshadows the political crises of the late 1630s, but that a dark line—albeit a jagged one—connects the Prynne affair with the larger political conflicts of the period and the ensuing civil war. The issue of censorship is vital to this discussion, for the central question to emerge from Prynne's treatise is who had the right to censor whom.

Censorship and Conflict in the Reign of Charles I

A few words about the theory and practice of censorship during Charles's personal rule are in order. Censorship before the Civil War was the province of the Crown, the church, and the Stationers' Company. Generally, publications were supposed to be licensed by the archbishop of Canterbury, the bishop of London, or one of their underlings; but news-books and serial histories were licensed by the Latin secretary, Georg Weckherlin, and playbooks by the master of the revels, Henry Herbert.[2] The bishops delegated much of the licensing work to their chaplains. All titles printed in London, save those that carried a royal patent, needed to be entered in the stationers' register with the approval of a warden.[3] In 1628 Charles's Privy Council even began to regulate the secondhand book trade.[4] Collectively, such requirements afforded the government a several-tiered system of surveillance.

In theory, the regulations were watertight; in practice, however, much slipped through the sieve. Maureen Bell has deduced that less than three-quarters of all first editions were printed legally from a business standpoint, an issue that is, moreover, distinct from that of licensing proper.[5] Books could be registered but not licensed: while registration conferred or recorded copyright, licensing conferred official approval, though entry in the stationers' book was indeed one step in the licensing process.

Sheila Lambert has challenged Fredrick Siebert's portrait of a stringent licensing regime under the early Stuarts, noting the inefficiency of government machinery, but she seems to have overestimated its extent.[6] Even if licensers were overburdened, the government's *will* to restrict print is manifest; and postpublication censorship provided a net beneath the licensing system—as Prynne learned, punishment for offensive materials could be swift and severe.[7] Anthony Thompson observes that the king himself occasionally intervened in the licensing process; interestingly enough, he seems to have blocked Robert Filmer's *Patriarcha* in 1632.[8] Publishing even such a pro-monarchy work as *Patriarcha* would have conceded, at least indirectly, the need to justify kingship; it would have invited debate and created the discursive space necessary for a public sphere.

In his methodical study of early Stuart censorship, S. Mutchow Towers demonstrates that press controls became increasingly rigorous between 1607 and 1637.[9] Censorship was at its most stringent during Charles's personal rule. Franklin B. Williams observes that by the end of the 1630s, "Laud managed to get his imprimatur into a maximum of 35 per cent. of the books," yet as Lambert herself notes, Laud's "imprimatur" campaign became more effective, not less, over the course of the 1630s.[10] She admits as well that licensing, an activity usually recorded in the stationers' register, and the printing of an imprimatur on the work itself are two separate issues—a work could be licensed but bear no imprimatur.

Greg points out that the 1630s witnessed a dramatic increase in the licensing of registered copies: by 1638, the year after the new Star Chamber decree on printing, almost all registered copies had been licensed. The licensing of ballads, which were often riddled with news, became especially strict: as Greg notes, "[a]fter 1633, the curve for unlicensed copies [of ballads] sinks to zero."[11] Charles brooked neither news-books nor petitions, issuing a ban on "corontoes" from 1632 to 1638 and threatening a Scottish nobleman with execution "merely for possessing a petition against his actions."[12] Indeed, Charles's failure to call a parliament was itself a subtle form of censorship: not only was Parliament the voice of the people but sitting parliaments generated news; Charles could abide neither.[13] Moreover, fear of the censor, though it is unquantifiable, doubtless had a chilling effect on political discourse. As I noted in the introduction, in 1639 Sir Henry Wotton concluded a letter to his nephew by admitting, "my lodging is so near the Star Chamber that my pen shakes in my hand."[14] In short, if Siebert's account of Caroline censorship is overdrawn, Lambert's is inadequate.

Debora Shuger approaches the question of Caroline censorship rather differently from previous scholars. In her fascinating and timely study, *Censorship and Cultural Sensibility,* Shuger contends that Tudor and Stuart censorship targeted mainly defamation, especially language that we would call "hate speech."[15] Yet Shuger's argument that Laudian censorship was a positive development, that it instilled "civility" in Charles's subjects, is a bit one-sided. Civility may, as Shuger suggests, be a sine qua non for the public sphere—Habermas maintains that it is—but it is important to stress that codes of "civility" can also be used as instruments of coercion, and that in practice "consensus" can translate into conformity.[16] If the ranting of hot Puritans is not to our taste, dissenters frequently voiced a principled resistance to the established church and to the political and religious hierarchy.[17] Thus, while I do not share Christopher Hill's nostalgia for the Puritans' revolutionary fervor, neither do I share Shuger's evident nostalgia for Laudian "civility." Shuger rightly point outs that censorship in Britain was less sweeping than that on the Continent, yet by drawing a distinction between Stuart libel law and ideological containment, as she does throughout her book, she risks anachronism.[18] Both the law and the courts in Stuart England were "respecters of persons": they discriminated among people of different ranks. As Coke himself remarked, "If [a libel] be against a private man it deserves severe punishment . . . if it be against a magistrate, or other public person, it is a greater offence."[19] In a status society, defaming a laborer carried few penalties; lampooning a bishop, however, could land one in the High Commission Court or Star Chamber; insulting an MP could land one in jail; reproaching a judge or a peer left one vulnerable to the law of *scandalum magnatum;* and criticizing the king put one at risk of corporal punishment or worse.[20] The notion of "degree" is thoroughly ideological: dividing early modern libel law from Stuart ideology, therefore, seems untenable—particularly in a "personal" monarchy that equated criticism of the king and his ministers with sedition.

Moreover, as Anthony Milton and others have shown, Caroline censorship had an explicit, if sometimes subtle, ideological component. In his nuanced portrait of early Stuart licensing, Milton argues compellingly that licensers often "massaged" the writings of authors to whom they were sympathetic, softening passages whose rhetoric or ideology might have been judged extreme or offensive.[21] The aim of such licensers was to lend more radical writers a patina of moderation, while allowing them at the same time to engage in a (muted) debate with their counterparts at the opposite pole. This operated at both ends of the religious spectrum: a Puritan-leaning licenser would tone down a radical Puritan's writings; a High Anglican licenser would moderate a Catholic author's work. In addition to the muted contest to which this kind of "benign censorship" gave rise, a more heated battle took place among the licensers, "both sides . . . seeking to silence their opponents."[22]

The licensing of Prynne's book conforms roughly to Milton's model.[23] It is not that Prynne's case was typical, exactly, yet it is continuous with much that was going on beneath the licensing system's glassy surface. In 1626 Prynne brought the rudiments of *Histrio-mastix* to Dr. Goade for his imprimatur, but Goade declined to license the book; the following year, Prynne brought the book to Dr. Harris, but Harris, appointed licenser for the press at the outset of Charles's reign, also refused to allow it.[24] In 1630 Michael Sparke, Prynne's longtime Puritan publisher, met with greater success when he submitted the tract to Thomas Buckner, one of Archbishop Abbot's chaplains.[25] Abbot had himself been appointed to the see of Canterbury under James, and, like James, he had Calvinist leanings. He was to resist Charles on occasion: in 1627 he was suspended from office for refusing to license a book that argued the legality of prerogative taxation.[26] He resumed office late in 1628, but he lost much of his power to Laud, bishop of London from 1628 to 1633; the two clashed over licensing among other things.[27] Their differences were programmatic and not merely occasional: from as early as 1610–11 Abbot had objected to Laud as "Popish."[28] Starting in July 1628, in an effort to counter Abbot's influence, "Laud . . . vetted in advance the sermons preached at St. Paul's Cross, the most public pulpit in the land." Nicholas Tyacke notes that after this date, "Calvinist sermons disappeared."[29] What is more, Anthony Milton demonstrates that Abbot and Laud conducted "rival licensing policies" with respect to the press.[30] It is probably not a coincidence, then, that Sparke brought the book to Buckner for official approval; Sparke knew that it would get a more sympathetic reading from one of Abbot's chaplains than it would from one of Laud's.[31]

Buckner had licensed a number of Puritan and anti-Catholic works; he was also to approve *An apologie for Daniel Featley* (licensed 1633, registered 1634).[32] Featley—like Buckner, an Abbot appointee—had himself been a licenser with Puritan sympathies and had gotten into trouble for allowing books with a sharp Puritan edge. He had, furthermore, been embroiled in the Arminian controversy ignited by Richard Montagu; although Parliament sided with Featley against Montagu, Charles and Laud ultimately vindicated Montagu and terminated Featley's appointment as licenser. It is significant that "one of the last works" Featley licensed was Prynne's *Perpetuitie of a Regenerate Man's Estate* (1627), an attack on Montagu that landed Prynne in legal trouble.[33] Even Archbishop Abbot was stung in an episode relating to Prynne: "in a letter of May 1631 [Abbot] instructed one William Page not to publish his treatise in defence of bowing at the name of Jesus, written in response to the earlier polemical exchanges of Prynne and Giles Widdowes. . . . Yet Abbot found himself overruled by Laud and the king."[34] Buckner thus formed part of a nexus of licensers and authors that had Prynne as one of its nodes.

In sum, the Prynne case of 1634 represented an extension of the licensing war that had raged over the previous several years: Buckner's sympathies probably lay with Sparke and Prynne, and the clergyman altered a number of passages to make the book viable, though of course he did not revise nearly enough. In the event, the Star Chamber justices punished Sparke and Buckner along with Prynne: the court fined Sparke five hundred pounds, sentenced him to the stocks, and ruled that a note be pasted to his forehead describing his offense—publishing his shame, as it were; the Stationers' Court of Assistants suspended Sparke from the company lest his ill conduct redound upon them.[35] Buckner was fined fifty pounds, a heavy fine for a licenser. In December 1634 the license for *Histrio-mastix* was canceled from the stationers' register.[36] As contemporaries noted, Laud and his chaplains had spearheaded the effort against Prynne and company;[37] Laud had been gaining power steadily in Charles's regime, and by the time the case against Prynne *et alia* was tried, Abbot was deceased and Laud was archbishop of Canterbury. As Kevin Sharpe observes, "[i]t did not escape Laud's notice that in 1630 *Histriomastix* had received a licence from Archbishop Abbot [that is, from one of his chaplains]."[38] Hence the Prynne case was the last battle between Abbot and Laud; it signaled the advent of Laud's licensing dynasty.

It should be noted that Milton's account of censorship challenges not only the arguments of historians like Lambert but also those of literary critics like Annabel Patterson. Patterson has argued that the "famous puzzling incidents of *noncensorship*" in early modern England suggest that writers negotiated a "social contract" with the state, an agreement of which both parties were "fully . . . conscious": "what we are here considering was essentially a joint project, a cultural bargain between writers and political leaders."[39] She insists that this tacit contract outlined the appropriate boundaries of political discourse and permitted criticism (within rather capacious limits) of the English monarchy and English monarchs. But the idea of a deliberate social contract assumes that the government embraced difference, that Charles's myth of *concordia discors* was a reality; as we have seen, Prynne's case reflects the wider contest among licensers "to silence their opponents" that Milton has described so adroitly. Indeed, Charles himself entered the lists by helping Laud and his chaplains to victory over Abbot and his chaplains. Even when licensers blunted the edge of partisan polemics that they found congenial—"massaging them," in Milton's apt phrase—they nurtured subtler forms of contest; some of the cleavages might have been papered over, but they were there nonetheless. The *appearance* of *concordia discors* and of a "social contract" between writers and the state was, therefore, an illusion underwritten by the licensing system; the keynote was conflict.

Prynne's Play and Charles's Stately Theater: Prynne Versus the State on Censorship

> "Is it nothing for a private man, to take upon him to be *Censor morum,* in matters both *Civil,* and *Ecclesiastical?* If these things should be suffered, every *Jack Straw* would be giving Laws to his Prince."[40]

Of course few writings were so divisive or so dramatic as Prynne's. While Puritans were voicing opposition to Charles's "Popish" government in increasing numbers by the 1630s, most of them were doing so quietly;[41] Prynne's tome brought the civil and religious debate to a new decibel level. Behind the thin scrim of an assault on stage plays, Prynne masks a sharp attack on Caroline government and Laudian episcopacy: as his accusers were quick to observe, his work is concerned as much with the issues of church and state as it is with the stage. Yet the issue of stage plays was not merely a convenient disguise: plays both represented and embodied a host of political and religious issues that aroused Prynne's distaste. On these issues Prynne was at loggerheads with the court; he sought to censor what the court had given its imprimatur. Prynne was thus engaged in the same sort of censorship contest as the licensers of his day.

Histrio-mastix, written over the course of seven years and published late in 1632, is, on its surface, an *omnium gatherum* of objections to the theater—ancient and modern, legal and religious, Latin and English. It bulks to over a thousand pages of crabbed prose, its style an unlikely compound of acid and lead. Prynne works himself into a fit of holy rage against both plays and players in his treatise, but in Star Chamber the prosecution argued that his primary targets were not common actors. The king and queen participated in court masques, and at the opening of the trial, the attorney general suggests that it was they who bore the brunt of Prynne's attack.[42] On this reading, Prynne's invectives lay at the intersection of stage and state, for the king and queen were not merely actors, they were "*royal* actors."

With heavy-handed irony, Prynne fashions his tract as a drama. He breaks it down into acts and scenes, supplies it with a chorus, and even gives it the subtitle "Actors Tragedie." From one perspective *Histrio-mastix* is only nominally dramatic—it is not even dialogical, for instance, and Prynne himself disavows any genuinely dramatic intent: "here is neither Tragicke stile, nor Poeticall straines, nor rare Inuention, nor Clowne, nor Actor in it, but onely bare and naked Truth."[43] But his accusers argued, with justice, that Prynne used historical "characters" as placeholders for contemporary figures; for example, Prynne sticks Charles through the sides of Nero and other rulers enamored of stage plays. This was a conventional tactic to circumvent the censor in literature of all sorts; dramatists were especially fond of the strategy. Tellingly, late in the work Prynne comments that "it is lawfull to compile a Poeme in nature of a Tragedie, or poeticall Dialogue, with severall acts and parts, to adde life and luster to it, especially, in cases of necessitie when as truth should else be suffocated." The truth is "suffocated" in politically repressive regimes; in such circumstances writers "covertly vent and publish sundry truthes, yea censure sundry Errors, and interpret divers scriptures in Rimes, in Comedies, Tragedies, & Poems like to Playes under the names, the persons of others" (832–33). Here Prynne gives the game away: despite his pretension to "bare and naked Truth," this is precisely what he is up to in his own "Tragedie."

To amplify the dramatic tenor of the work, Prynne recites supposedly real-life "tragedies" on the model of Beard's *Theatre of God's Judgments* (1631) to cure theatergoers of their "sinful" addiction.[44] While he contrasts the episodes he recounts with the "lying" fictions of the playwrights themselves, the tales are obviously apocryphal: how many persons in England could have died bizarre deaths in the theater? "It is storied" becomes a litany in these sequences. Prynne deploys such fictions in the service of his censorship project, marshalling dramatic episodes against the drama.

Along similar lines, in his opening remarks Prynne casts himself as a protagonist in an amphitheater, a gladiator against the combined forces of "Citie, Court and Country": "Players and Stageplaies, with which I am now to combate in a publike Theatre in the view of sundry partiall Spectators";[45] and in the concluding line of his "Argument," which precedes the first scene of his play, he declares that his book "will giue no doubt a fatall, if not a finall ouerthrow, or Catastrophe to Playes, and Actors, whose dismall Tragoedie doeth now begin" (9). His denial of any dramaturgical influence, therefore, rings hollow: as we noted a moment ago, it was Prynne's willingness to use dramatic devices that allowed him to argue for the suppression of stage plays—the king's favorite brand of entertainment—while masking his animus against the state.

Indeed, Prynne's fictive drama (or antidrama) begins right in the tract's dedication: Prynne himself is the cagiest of all the play's actors. He addresses *Histrio-mastix* to the "Law Society of Lincolnes Inn."[46] This was not only apposite—his argument has a legal character—but shrewd, for the society would be a powerful ally if his tract got him into trouble. Lincoln's Inn had already defended Prynne from the prerogative courts. When in 1627 Prynne had published his attack on Montagu, *The Perpetuity of a Regenerate Man's Estate,* "Laud dropped on him at once . . . but Prynne's fellow lawyers came to his rescue and saved him by a prohibition."[47] Indeed, Prynne's affinity for Lincoln's Inn was not merely professional but cultural and religious: they, like Prynne, had a reputation for severe Puritanism. James Shirley had in 1632 satirized the "Innes a Court Gentlemen'"s qualms about "women . . . actors";

and, as Hugh Trevor-Roper observes, the society's Puritan bent "is reflected in the names of their preachers . . . [f]or with the exception of John Donne, they were a series of distinguished Puritans, from the Elizabethan Field . . . to Dr. Preston, 'the greatest pulpit-monger in England in man's memory'."[48] Prynne likely assumed that if he got into any trouble for *Histrio-mastix*, his colleagues would once again come to his aid.

In his epistle dedicatory to Lincoln's Inn, Prynne evinces some uneasiness about his project, despite his remonstrance to the contrary: "[I] commend this *Histrio-mastix* to your worthy Patronage; which being wholly compiled within your Walls, implores no other Sanctuary but your Protection; of which your former Play-oppugning Actions promise it good assurance," noting a bit later that the book, "being brought forth into the world in such a Play-adoring age, that is like to bid defiance to it, I here bequeath it to your pious Patronage, to whom it was first devoted, not caring how it fares abroad, so it may doe good and please at home."[49] If Prynne genuinely felt no anxiety about how his book "fared abroad," why did he feel the need to ask for "Protection"—especially from a body of lawyers? Moreover, from whom would he need such protection?[50]

Prynne's invitation to Lincoln's Inn, an institution that embodied and symbolized the law, to condemn plays was bad enough; his attempt in *Histrio-mastix* to arrogate the responsibility of censorship, a prerogative supposed to be in the demesne of the Crown, was still more provocative. In Prynne's rather crude calculus, he and the law line up against their opposite numbers, the theater and the king. Relatively early in the book, he expounds the following syllogism on the immorality of stage plays:

> That whose very action is obscene, lascivious, amorous and unchaste,
> must needs be hatefull and unlawfull unto Christians.
> But such is the very action of Stage-playes.
> Therefore they must needs be hatefull and unlawfull unto Christians.
> (161)

This argument is one of many that implicitly chide the censors. Here as elsewhere Prynne hides behind the guise of generality, but the subtext is clear: why were plays not "hatefull and unlawfull unto" Charles and his magistrates, given that they professed to be Christians?

Prynne comes still nearer his mark at those moments when, ironically, he seems to be lauding kings and queens—yet another example of Prynne's "playing." Take, for instance, his plaudits on Elizabeth's act to regulate the stage, a statute that he interprets (rather willfully) as a royal salvo against the theater:

> This memorable Act of suppressing Play-houses by our London Magistrates, by Authority from our vertuous Queen Elizabeth and her most Sage Privy Counsell, as intolerable grievances and annoyances to our chiefe Christian Metropolis, is an infallible argument that they all reputed them, unsufferable corruptions in a Christian State. Now as these pious Magistrates demolished Play-houses, and thrust all Players from within their Liberties, which now have taken sanctuary in some privileged places, without their Jurisdiction; so diverse sage and pious Justices of Peace, and Magistrates in sundry Citties and counties of our Realme, have from time to time, punished all Wandring Stage-players as Rogues, notwithstanding the Master of the Revels, or other mens allowance, who have no legall authority to license vagrant players: and in cases where they have had Commissions to act, they have often denied them liberty so to doe, within their Jurisdictions, lest their lascivious, prophane, and filthy Playes should corrupt the people, and draw them on to vice. (492–93)

He ends his tirade by citing a congeries of statutes against stage plays. In the foregoing passage, Prynne is more precise than he was in his second epistle dedicatory, where he claimed that Elizabeth's "Lawes and Statutes . . . brand all Stage-playes for unlawfull pastimes; *all* common Actors, for notorious Rogues" (fol. 4, recto, emphasis added)—a remark for which Attorney General Noy later took him to task; here he rightly restricts the designation "Rogues" to "*Wandring* Stage-players." But in the same breath Prynne challenges the authority of the master of the revels, claiming that he has no jurisdiction over strolling or "vagrant" companies, and therefore no power to license them. Neither Elizabeth's act nor "The Statute I. Jacobi. c. 7," however, explicitly bars the master from exercising such jurisdiction;[51] and the warrants issued to the masters of the revels explicitly grant such powers.[52] As scholars have noted, the revels office was instituted to centralize control over the drama and to concentrate this control in the Crown.[53] Moreover, both Elizabeth and James had countenanced the theater. In a tendentious reading of the statutes, however, Prynne opposes the law to the practices of Elizabeth, James, and Charles, tacitly delineating a theory of parliamentary sovereignty by citing acts of the realm against the Crown. Prynne's reference to the players who "now have taken sanctuary in some privileged places" is equally invidious, aimed as it is at the monarchs who provided such sanctuary. As Prynne himself notes, under an act of Parliament in James's reign, not even noblemen could countenance players any longer (496), so Prynne must have been glancing at the king here, as the stage was now under his auspices—and his alone.[54]

Prynne mentions King Charles by name only once in the entire book: "[O]ur owne most gracious Soveraigne Lord King Charles; who together with the whole Court of Parliament, in the first yeare of his Hignesse Raigne, enacted this most pious Play-condemning Law, (intituled, An Act for publishing of divers abuses committed on the Lords day, called Sunday)."[55] "King Charles" is the subject of his main clause, while "the whole Court of Parliament" is tucked into a prepositional phrase; yet despite the syntax and despite Prynne's seeming deference toward the king, his emphasis is on Parliament. Scanning Prynne's other references to the Caroline statute makes this clear: on the six other occasions that he refers to the statute, he neglects to mention Charles, citing only the act itself (241, 243, 495, 506n, 715, 781n), a tacit tribute to Parliament and a tacit snub of the king.

Moreover, Prynne alludes to the statute elsewhere in a way that reflects poorly upon Charles:

> Leo and Anthemius, two worthy Christian Emperours, made this most pious Edict. 'All Feast-dayes, or Holy-Dayes dedicated to the most high God, shall not be taken up or solemnized with any pastimes. . . . If any person shall ever hereafter presume to be present at Stage-playes on this Holy-day [Prynne glosses this marginally: "Viz. on the Lords-day"]; or if the Apparitor of any Iudge under pretext of any publike or private businesse shall violate those things which are decreed by this law, he shall undergoe the losse of his office, and the sequestration of his Patrimony.' O that this godly Law were now in force with Christians! then Playes and Pastimes on Lords-day evenings, would not be so frequent. (469–70)

Prynne has said a good bit out of both sides of his mouth here: as his last sentence makes plain, he is speaking of his native land; and yet as Prynne himself had observed previously, there *was* such a law in England. What he is saying is that it was quite literally not "in force." But it was Charles's job as chief magistrate to enforce the laws; ergo Charles was an indolent king, and—perhaps—a play-loving, un-Christian one.[56] Prynne is equally devious when he argues that the Sabbath extends from Saturday at noon to Monday morning, suggesting that the court agrees with him: "And hence perchance it is that we have seldome any Playes or Masques at Court upon Saturday night" (642). "Seldome" is not never, and Prynne was evidently keeping track.

By once again opposing the law to the king's practice, Prynne anticipates the pitting of Parliament against king a short while later, and it cannot be a coincidence that he was to write voluminously on Parliament's right to oppose Charles in the early 1640s.[57] Although most of his writing during the 1630s centered on religious and cultural matters rather than constitutional ones, Prynne did write a "lecture" on the petition of right at this time; moreover, political, religious, and cultural issues interpenetrated in Caroline England.[58] While the battle he waged in *Histrio-mastix* was over the right to control the stage, not, as in 1642, over the right to control the militia, such censorship was to prove a crucial weapon in the civil wars. The closing of the theaters—an act that must have made Prynne ecstatic—was to form part of Parliament's campaign against the royalists, as royalism and drama were near allied. Prynne's attempt to enlist monarchs in his attack on the theater was, therefore, a thoroughly disingenuous gesture. Indeed, as Prynne refers to them, Elizabeth, James, and Charles are not real persons, but constructs, characters in his play. Those close to Charles rightly regarded Prynne's attempt to censor the drama as an incursion on the king's prerogative; in their view, only the king could regulate the stage.

It is worth noting here that Prynne had little ground for complaint about Caroline drama itself (as opposed to the public playhouses, which were infamous sinks of debauchery): for the most part the plays produced in Charles's reign were immaculate.[59] Indeed, Henry Herbert, Charles's master of the revels, was almost as prudish as Prynne himself. Herbert, who carried on a friendship with the ardent Puritan Richard Baxter, was more offended by religious oaths in plays than he was by political commentary.[60] He applied stringent standards of decorum to the plays he edited, often scratching out indelicate passages with a violent hand; he even insisted on vetting the manuscripts of old plays revived in Charles's reign, noting in his records that he was a more rigorous licenser than his predecessors had been.[61]

Herbert's emphasis on decency and propriety dovetailed with Charles's efforts to burnish the image of the court, an image that had been tarnished by his father. (Although he was a skilled politician, James had spent lavishly on male favorites and had routinely defecated in public; he habitually pottered his codpiece no matter the audience). Despite Prynne's outrage at the cost of court entertainments (and they were heavy), according to John Adamson Charles was more continent in every sense than his father had been: "The accession of the impeccably chaste Charles I in 1625 did much to redress the moral and financial deficiencies of the Whitehall court. Royal expenditure was reined in, and the new king embarked on a reordering of the royal household, treating it as a microcosm of the 'order and decency' that he wished to impose on the macrocosm of the realm."[62] Masques featured prominently in Charles's effort to instill "order and decency" in his courtiers; as Kevin Sharpe observes, the king was Inigo Jones's "chief collaborator" for the masques of the 1630s.[63] The performances were usually staged at Whitehall, a palace that Charles had grand plans to refurbish.[64] The public playhouses might have been moral sumps, but Charles's Whitehall was a pristine and stately theater. Small wonder then that Charles took umbrage at Prynne's assault on the stage: Prynne's charge that plays and masques were vitiating the commonwealth was an attack on the court's manners, which Charles had worked so assiduously to refine.

But if Prynne had little ground for complaint about Caroline drama, he had still less basis for judgment. Prynne cites no modern plays in his tract,[65] and he admits that he has frequented the theater a total of four times.[66] It is the *idea* of theater that is at issue for Prynne—its immorality in the abstract, its conflation with statecraft and church liturgy. In their sermons, Episcopalians like Edward Boughen celebrated the scripted nature of the liturgy: "Here is nothing at all left to our discretion; nothing may be left undone, when and where we please." Boughen also remarked on the pastor's appropriate costume, the surplice: "the minister like an angel of light appears in his white vestment."[67] The king's emphasis on ceremony and spectacle found its parallel in the Laudian church; indeed, much to Puritans' dismay, Laud helped to stage " 'liturgical' masques and plays . . . before Charles."[68] Prynne, therefore, gummed church and stage together throughout *Histrio-mastix*.[69]

Although he had not the least conversancy with the drama of his day, Prynne insisted that censors were ineffective in the battle against the "wickedness" of the stage—that the only answer was total suppression:

> Many are the Lawes which have been enacted; much the care that hath beene taken by sundry States, and Censors in all Ages, to loppe off the

> enormities, allay the poyson, purge out the filth, and grosse corruptions of these Stage-Playes, and so reduce them to a laudable, and inoffensive use: but yet these Aethiopians, still retain their blacke infernalle hue: these Vipers keepe their Soule-deuouring poyson still. . . . [N]o Art, no Age, no Nation could euer yet abridge, much lesse reforme, theire exorbitant corruptions, and enormities: their hurt doeth farre transcend their good; their abuses ouerpoyse their vse: they are so crooked, and distorted in themselves, that no Art can make them straite: there is no other means left to reforme them, but vtterly to abolish them. (38–39)

Prynne's invectives are redundant, but his figures are pregnant: in likening stage plays to the supposedly uncivilized Ethiopian, Prynne points up the distance between Charles's image of drama as a civilized form and a civilizing force, and the Puritan view of drama as barbarous. Prynne intimates in his simile that drama is an art form worthy not of white Protestant Europe but of "pagan" Africa; he insists further that any attempt to "reforme" it—a term that connotes religious reformation as much as it does textual revision—would be otiose.

In a monarchy such as England, this sort of abuse would hit home: Elizabeth, James, and Charles did not merely enjoy the theater, they mingled stagecraft and statecraft in their various expositions on government. Queen Elizabeth remarked on the theatricality of the monarchy, "We princes, I tell you, are set on stages, in the sight and view of all the world and duly observed." Following her, James noted that "[a] King is as one set on a stage, whose smallest actions and gestures, all the people gazingly doe behold," insisting further (in theory if not in practice) that as protagonist of state the king must embody virtue: "The monarch must not only impose good laws, he must exemplify them 'with his vertuous life in his owne person,' and the person of his court and company; by good example alluring his subjects to the love of virtue, and hatred of vice. . . . Let your owne life be a law booke and a mirrour to your people, that therein they may read the practise of their owne Laws; and therein they may see, by your image, what life they should leade."[70] Charles was neither the scholar nor the orator that his father was (Charles stuttered), but as Stephen Orgel and Kevin Sharpe argue compellingly, the theater formed an integral part of Caroline statecraft. Charles quite literally enacted James's theory in his masques and in his life, which were in any event difficult to prise apart. The masques generally took place in the banqueting house at Whitehall, the site where the king conducted his daily business; Charles performed in his masques in the same place that he performed the offices of kingship.[71] The drama of Charles's reign, therefore, braided stage and state together to an even greater extent than had the drama of previous reigns. Prynne intuited as much; he pronounces at one point in *Histrio-mastix*, "None delight in common Spectacles but such as would be Spectacles." And if we take the Nero-Charles equation seriously (as Prynne's judges did, and as I think we should), Prynne's comment that Nero was "playerlike" is another stab at Charles. In the same "scene" of his mock-play, Prynne remarks even more audaciously that "an emperour dancing or acting a part in Playes or Masques even in his own private pallace is infamous."[72] Charles was the first king (save perhaps Henry VIII) to have performed in masques—his father had viewed them but had not acted in them.[73] For Prynne, then, the real theater that needed to be quashed was Whitehall. On this reading, Prynne's massive treatise against the stage is, *au fond*, an effort to censor the Caroline masque of state: according to Prynne, both Charles's government and its underpinning, Laudian High Anglicanism, were shot through with profane histrionics.

Histrio-Mastix as Anti-Masque

The book was also, perhaps, an effort to enact a royal divorce. Prynne's campaign to censor plays and masques was an attempt to wrest control over expression from the king and his court; his effort to censor masques in particular was a task of Promethean daring, for it constituted an attempt to arrogate control over the royal image itself. As Ann Coiro and others have argued, the royal image included the image of the queen: the figure of the hyphenated "Mary-Charles" in *Albion's Triumph* emblematizes this royal diptych.[74] To assail one of the royal pair was, therefore, to assail them both.

Prynne's attitude toward the queen burst out after the monarchical censorship collapsed in the 1640s:

> Queen Mary her selfe [is] in the King's own bed and bosome for [Catholics'] most powerfull Mediatrix, of whom they might really affirme in reference to his Majesty, what some of their popish Doctors have most blasphemously written of the Virgin Mary in rellation to God and Christ, That all things are subject to the command of Mary, even God himselfe:

> That she is the Empresse and Queen of Heaven, and of greatest Authority in the Kingdome of Heaven, where shee may not only impetrate [obtain by request] but command whatsoever shee pleaseth; That shee sitteth as Chauncellor in the Court of Heaven, giveth Letters of Grace and Mercy to whom she pleaseth. . . . That if any (Roman Catholike) doth finde himselfe aggrieved in the Court of Gods (or the Kings) Justice, (for being prosecuted for this Recusancy or seducing the Kings people) he may safely appeale to Maries Court of mercy for reliefe, shee being the Throne of Grace.[75]

Concern about Henrietta's "Popish" influence over Charles was not unique to Prynne, even in the 1630s: the language of Mariolatry in court circles worried many.[76] To attack Charles's Romish queen was to strike the king at a pressure point, as he had come to adore her (especially after Buckingham's death), and as they had both introduced an iconography into court culture that savored of popery. Inigo Jones's masques casting the royal pair as gods, Rubens's and Van Dyck's paintings depicting Charles as St. George, Henrietta's patronage of various dramatists and their fawning panegyrics on her—all reminded Charles's subjects of the ceremony and idolatry incident to their queen's religion.[77] Prynne takes up these issues directly and indirectly in his book against stage plays. The contest between Prynne and the court over censorship thus included a contest over royal representation: the king's image (and the queen's) was at issue long before 1649.

The capital insult in *Histrio-mastix* is Prynne's infamous remark "Women Actors, notorious whores," which appears in the book's "Table" or index. Many construed this as a scurrilous libel of Queen Henrietta Maria, who performed a part in Montagu's Neoplatonic marathon, *The Shepherd's Paradise* (reportedly eight hours in length), right around the time that *Histrio-mastix* was published. Was Prynne glancing at the queen here? The murkiness of the evidence has given rise to centuries of critical controversy. Bulstrode Whitelocke, no friend of Prynne's,[78] maintains nevertheless that Laud and his prelates deliberately distorted the evidence:

> It happened that about six weeks after [Prynne's tract was published], the queen acted a part in a pastoral at Somerset house, and then the archbishop Laud, and other prelates, whom Prynne had angered by some books of his against Arminianism . . . the next day after the queen had

> acted her pastoral, shewed Prynne's book against plays to the king, and that place of it, *women-actors, notorious whores,* and they informed the king and queen that Prynne had purposely written this book against the queen and her new pastoral, whereas it was published six weeks before that pastoral was acted.[79]

Most critics have taken this as definitive proof that Prynne's book was innocent in this particular. Yet matters are not so simple. For one thing, Justinian Paget observed that Prynne's "book was published the day *after* the queen's pastoral at Somerset House," a dating quite at odds with Whitelocke's.[80] For another, news of Henrietta's pastoral was abroad nearly three months before the event,[81] so Prynne might have caught wind of the play and of the queen's involvement in it before *Histrio-mastix* went to press—or while it was in press.

Even with this information, critics have been inclined to dismiss the idea that Prynne deliberately libeled the queen. G. E. Bentley, for instance, contends that "[t]he close proximity of the publication of *Histrio-mastix* and the queen's performance in *The Shepherd's Paradise* was a coincidence"; indeed, he contends even more strongly that the putative offense was "certainly unintentional on Prynne's part."[82] Sir Walter Greg hedges, admitting that "the offensive allusion which appears in the index ['Women actors . . .'] could have been a late addition," but he finally concludes that "[i]t is, indeed, most unlikely that any personal reference was meant."[83] Greg, however, overlooked a suggestive bit of bibliographical evidence. At the trial, Prynne's attorney claimed that Prynne had given the dedicatory epistle, the book's first and second parts, and "two sheets of the index"—all in printed form—to the licenser Thomas Buckner for his perusal (Howell, 3:564). Since the book was produced in quarto format, and the index reaches to some twenty leaves, "two sheets" would not have been enough for the entire index; two sheets would, in fact, make only eight leaves. The remark that got Prynne into trouble appears on the final—that is on the twentieth—leaf. It is possible, therefore, that Buckner did not review the final sheets of the index—that Prynne and his publisher, Michael Sparke, had the printer run off the final pages in a separate run. Prynne's inflammatory comment would have been egregious to a licenser, especially since Prynne dilates at length beyond the phrase itself ("Women Actors . . .")—it is an unusually expansive entry even for his copious index: "And dare then any Christian women be so more then whorishly impudent, as to act, to speake publikely on a Stage, (perchance in mans apparell, and cut haire, here proved sinfull and abominable) in the presence of sundry men and women? *Dij talem terris aversite pestem.* O let such presidents of impudency, of impiety be never heard of or suffred among Christians." The "Table" announces that it contains "some briefe Additions" to the text itself: this entry is one of them.

Henrietta Maria had, moreover, acted in at least two masques long before *Histrio-mastix* was printed: *Chloridia* (22 February 1631) and *Tempe Restored* (14 February 1632).[84] She had also played a speaking part in a pastoral, *Artenice*, which caused a stir among her subjects.[85] Given that there were few women actors in England at this time—they were barred from the public stage, and only a select coterie of aristocrats, along with the queen herself, participated in masques—the question arises: just whom could Prynne have been squinting at in his scandalous remark? The only actresses to whom he refers in the entire work are the "French-women Actors, [who acted] in a Play not long since personated in Blacke-friers Play-house to which there was great resort" (215); the rest of his references to actresses are general in their extension. Considering Henrietta Maria's French origins, Prynne's adverting to "French-women Actors" might be read as a sly hit at the queen.[86]

One of Prynne's chief objections to the drama is the effeteness and enervation that it engenders. His strictures on "love-lockes," on cross-dressing, indeed on anything that smacked of "Effeminacy"—all of which he expressly associates with popery, sodomy, and the theater—appear in close proximity to his strictures against the French actresses who had visited England (206–15). Prynne's lumping together of popery, drama, effeminacy, and France compounded his various insults to the queen. Indeed, given Prynne's numerous references to the Catholic service as a "mass-play," his calling women actors "notorious whores" could be read as an attempt to cast Henrietta as the "Whore of Babylon" (the popish chancre corrupting the church, gendered female). But if Prynne was attainting Henrietta here, he was tarring Charles with the same brush: the king too loved the theater, and he loved his wife, so much in fact that many thought him uxorious; the royal couple usually appeared on stage together. In Prynne's view, both king and queen were effeminate "royal actors."

In fact, many in England worried about the king's "effeminacy": those inclined to be sympathetic to the Crown regarded Charles's marriage as redeeming his masculinity; he had proved his virility by producing heirs to the throne.[87] Many if not most Caroline masques celebrated the royal marriage as a source of harmony in the commonwealth—the union of Charles and Henrietta was the cement holding the realm together. Masques even celebrated the king's potency: in his dedication to *The Triumph of Peace,* James Shirley refers to those "great pledges of their parents virtue, our native princes";[88] in contemporary usage, "virtue" carried seminal overtones. But those less sympathetic to the Crown bracketed their concern about the king's masculinity together with their concern about the queen's leverage over her husband: in their view, Charles's deference to his royal wife had emasculated him.[89] In deriding plays and masques as papist and feminizing, Prynne is not simply yoking the queen and the theater metonymically, he is suggesting as well that Henrietta has infected the king with a fondness for popish and effeminate entertainments—that, like Eve, the queen has corrupted her husband.

Perhaps he is suggesting further that the king of England needed once again to divorce Rome, the original "Whore of Babylon"; recall that the Reformation in England dated to Henry VIII's divorce from his Catholic wife. There is evidence that the councilors in Star Chamber construed his remarks in this fashion: Prynne's tirades against effeminacy and popery aroused the councilors' indignation and even their chivalry. They went out of their way to defend "the sexe" in general and Charles's Catholic queen in particular. The earl of Dorset, for instance, declared, "Her heart is full of honour; her soul of chastity"; he added, "were all such Saints as she, I think the Roman church were not to be condemned," a bold comment indeed in Protestant England.[90] If Dorset had anything to say about it, Henrietta would not be another Catherine.

This reading of the text would be founded on little more than educated conjecture had not Prynne provided rather direct evidence for it. Late in his book, Prynne, changing tack rather dramatically, recites a short list of playwrights to whom he would award his imprimatur: he allows into his canon the ancient Greek tragedians Sophocles, Euripides, Aeschylus, Menander, and Seneca, and he approves of the English poets Langland, Skelton, and Chaucer—never mind that the latter were not playwrights. These authors are acceptable because of their moral earnestness and because their "plays," he insists, were meant to be read and not acted. Reading a play did not involve the popish spectacle of the theater.

In a passage we touched on earlier, he also permits the drama when government censorship blocks other outlets of expression:

> [I]t is lawfull to compile a Poeme in nature of a Tragedie, or poeticall Dialogue, with severall acts and parts, to adde life and luster to it, espe-

> cially, in cases of necessitie when as truth should else be suffocated. . . . Hence divers pious Christens likewise in King Henry the 8. and Queene Maries bloudy raigne, being restrained by Superiour Popish powers to oppose received errores or propagate the truth and Doctrine of the Gospell in publike Sermons, or polemicall positiue treatises, did covertly vent and publish sundry truthes, yea censure sundry Errors, and interpret divers scriptures in Rimes, in Comedies, Tragedies, & Poems like to Playes under the names, the persons of others. (832–33)

As I remarked earlier, Prynne gives the game away here: we can descry his own designs in *Histrio-mastix* just beneath the text's surface. I would suggest, however, that this passage provides not only a window onto his strategy but a key to his play: Henry VIII is likely a stand-in for Charles, and Queen Mary is (even more likely) a stand-in for Henrietta Maria. In Prynne's view, Charles leaned too far toward Rome, as had Henry VIII before he divorced Catherine of Aragon and instituted the English Reformation. For her part, Henrietta Maria was, like Queen Mary, a Catholic. As we observed at the outset of this section, because of her name ("Maria") Charles's royal consort was often equated with the Virgin Mary, a Catholic icon;[91] in an arch inversion of that equation, Prynne likens her instead to the popish Bloody Mary. Given the context of Henry VIII, the solution to "Queen Mary's" rule that Prynne seems to be suggesting is divorce and reformation.[92]

Prynne's play is at root an antimasque. The chaos unleashed in an antimasque threatens to undermine the harmony of the realm; in Caroline masques, as I have noted, the wedlock of Charles and Henrietta staved off such disorder. In his play, however, Prynne sought to stop the very spring of such harmony, the royal marriage as it was portrayed in the royal masques. Such a reckless attempt to tear the royal image asunder could not go unanswered.

Prynne's Trial: A Harbinger of '41

For libeling the royal couple, Prynne found himself in the Tower in February 1633. He was by all accounts surprised by his arrest,[93] which raises a crucial question: given that Prynne was not terribly artful in rendering his criticisms of the king and queen, how did he expect to get the book past censors at all levels of government? He had, to be sure, won the licensing game, securing

Buckner's imprimatur; yet his very mention of the fact in his epistle dedicatory (fol. 3, verso) may signal his uneasiness about publishing the work: few other publications of the period advertise their licenses in this fashion. In the body of his book he cites several English antidramatic works and observes pointedly that they were "Published by Authority," thus placing himself in a distinguished tradition (358, 437n, 485, 486, 698—though he is in error about Leighton's pamphlet); he notes that antidramatic tracts on the Continent, by contrast, were placed on the pope's *Index expurgatorius* (115). Prynne is concerned, nevertheless, that he will be reviled as an enemy of state for his opposition to stage plays: "whosoever is but displeased, and offended with them, is presently reputed for a common Enemie: he that speakes against them, or comes not at them, is forthwith branded for a Scismaticall, or factious Puritan: and if any one assay to alter, or suppresse them, he becomes so odious unto many; that did not the feare of punishment restraine their malice, they would not only scorne, and disgrace; but even stone, or rent him to pieces" (3–4).

Prynne, therefore, took precautions beyond the licensing of his manuscript, erecting several bulwarks to protect himself against hostile readers. For one thing, he designed the work with a select audience in mind, and in his epistle dedicatory he expresses the hope (masked as a fear) that he will not enjoy a wide readership: "most . . . will hardly brooke the sight, much lesse the reading of this Play-Scourging Discourse, whose very title will be a sufficient warrant for many to condemne it, if not a Supersedeas to them to peruse it." Many will condemn *Histrio-mastix* out of hand, but many more will not even read it—the very title, Prynne suggests, will repel them. It was not just the book's title that would have alienated Prynne's contemporaries, however: the volume's bulk would have deterred all but the most persevering reader. Perhaps Prynne thought that only the diligent Puritan would bother to peruse his book; perhaps indeed he hoped to bury his offensive remarks in a cataract of prose. Who else but a "Precisian" would have the patience to wade through more than a thousand pages of more or less artless polemic? On this reading, Prynne strove for a fit, narrow audience, though his notion of the elect, the "fit though few," was diametrically opposite Milton's. While Milton imagined an aesthetic and spiritual élite for his readership, Prynne seems to have imagined an audience of austere Puritans, those impatient with "artifice" of any kind: they alone could digest the moral roughage that he offered. Artlessness thus provided a sort of armor for Prynne.

Yet this does Prynne scant justice, for he could be politic, even artful: he pays homage to "our owne most gracious Soveraigne Lord King Charles," for instance, and he uses historical characters as types for contemporary figures. Art, then, appears to have been another strategy that Prynne employed to negotiate Caroline censorship; *Histrio-mastix* was a ponderous, monotonous drama, but it was a drama nonetheless. The glimmers of artistry in *Histrio-mastix* do not, however, suggest adherence to a "social contract" that Prynne gauchely violates elsewhere in the book. To the contrary, it is precisely at those moments of seeming tact that Prynne's aims are most polemical. Recall that in the very same passage where he addresses the king with ceremony, he cites a law that restricted Sunday revels—a law, Prynne points out obliquely elsewhere, by which Charles and his court did not always abide. The effect is to divide the ideal king from the actual one, the immortal crown from the mundane Charles, the spirit of lawful kingship from the body of the king. In other chapters, Prynne tries to divide the king from his wife (in railing at "women actors"), from his ministers and bishops (in his oblique assaults on both), from his lawyers (in his dedication to Gray's Inn), and from his beloved theater (not just on the Sabbath). Patterson's contractual model of writing, in which the author proffers artful criticisms of the state within a framework of consensus, does not apply to Prynne's text act. *Histrio-mastix* was an essay in the art of *divide et impera:* its goal was to fracture both church and state, to sort the elect from the damned. The "art" that Prynne deployed was not so much tact as deceit, a tactic to outmaneuver Crown intelligence.

If Laud had not been lying in wait for Prynne, the book's various defenses—its license, its size, its cumbersome prose, its occasional art—might well have protected it from legal challenge. Laud, however, who had collided with Prynne before, directed his chaplain Peter Heylin to scrutinize the book upon publication; Heylin culled numerous passages to secure an indictment for seditious libel.[94] In 1634 the attorney general Sir William Noy prosecuted the case against Prynne in the Star Chamber. Noy was not a fideistic supporter of divine right or of Charles's regime: according to Kevin Sharpe, he "never shrank from criticisms of policies he thought ill-conceived or of doubtful legality";[95] but he tried the case against Prynne with method and vigor, teasing out Prynne's allusions with the skill of a literary critic. Over the course of the trial, he highlights several passages in *Histrio-mastix* that he finds particularly obnoxious. He admits that Prynne's comments on the church fall outside the court's purview, yet he proceeds to cite a number of them anyway, among them the common Puritan exception to church music, which Prynne voices in particularly strident tones: "The Music in the church . . . is, not to be a noise of men, but rather a 'bleating of brute beasts; Choristers bellow the tenor, as it were oxen; bark a counter point, as a kennel of dogs; roar out a treble, like a sort of bulls: grunt out a bass, as it were a number of hogs'" (Howell, 3:566). After listing a clutch of Prynne's strictures on the church, including his remark on "modern innovators," a clear reference to Laud, Noy asks pregnantly: "I wonder what the man means to bring these things under the title of Stage Plays; Pluralities under the title of Stage Players. He had an end in it; he had an end in it" (Howell, 3:567). In a sensitive reading of Prynne's tract, Noy shrewdly suggests that Prynne's smuggling a discussion of the church into a treatise ostensibly directed against the stage is itself a form of blasphemy. On Noy's interpretation, Prynne is insinuating that the Laudian church is just another form of theater, the liturgy a heathenish ritual.

Noy sums up the church's case against Prynne thus:

> Mr. Prynn had a purpose, not only in this to fall upon Stage Plays, but upon the body of the Commonwealth; and to infuse it into men's minds, that we are now running into Paganism. He falleth upon those things that have not relation to Stage Plays, Music, Music in the Church, Dancing, New-year's Gifts, whether Witchery, or not. Witchery, Church Ceremonies, &c. indistinctly he falleth upon them; then upon Altars, Images, Hair of Men and Women, Bishops and Bonfires, Cards and Tables do offend him, and Perukes do fall within the compass of his theme. . . . all this to bring a belief among the people, that we are returning back to Paganism. His end is therefore to persuade men to go and serve God in another country, as many are gone already, and set up new laws and fancies among themselves. (Howell, 3:567–68)

Noy concludes this segment of his argument by remarking pointedly (and prophetically): "Consider what may come of it," auguring the bloody conflict at midcentury.

The attorney general then has the clerk of the court read aloud several passages in *Histrio-mastix* "as were scandalous to king and government" (Howell, 3:570). In his tract Prynne excoriates the nation for the "prodigall vayne expenses" associated with plays, which he deems "alltogether intollerable in a Christian frugall State"—"Thereby," Noy insists, "castinge an imputacion vppon the State and Magistrates, as not beinge Christian or frugall in that they tollerate Playes" (Gardiner, 5). In light of Prynne's remarks on Caroline taxation—according to his accusers, Prynne had "infinitely abused the Commonwealth, hee would have them thinke that those Contributions and Subsidies which have been graunted upon Speciall occasion have been ill bestowed"[96]—his remarks on the theater can be seen to have a broad application. To Prynne and others, the nation's resources ought to have been used for nobler ends: while Charles and Henrietta were playing Greek gods at Whitehall, pinching their subjects to pay Inigo Jones, the elector palatine, for instance, a Protestant martyr, was wandering Europe nomadically, an exile from his own land. Because of the king and queen's extravagance—redolent, to Prynne, of the Catholic Church—England could not afford to offer him succor.

Implicit comparisons of popish excess and Protestant austerity imbue the pages of Prynne's book. At various points in his text, Prynne applauds that Protestant avatar, Queen Elizabeth, in Charles's teeth. Offering Elizabeth as a paragon in comparison with whom the current monarch was found wanting proved an irresistible technique to malcontents in the reigns of James and Charles—indeed, Prynne had used it in a speech before the 1628 Parliament; the device permitted writers to criticize the state obliquely.[97] Noy, however, saw right through the stratagem (Gardiner, 5–6).

More disturbing to the attorney general than Prynne's tacitly comparing Charles with Elizabeth was his tacitly comparing Charles to Nero. In his epistle dedicatory Prynne notes that there had been fewer playhouses in Nero's day than there were in contemporary London; Prynne later suggests that Nero's affinity for the theater "made him soe execrable to some noble Romanes, that they . . . conspired his distrucion" (Gardiner, 13). Noy had no doubt that the author of *Histrio-mastix* was inviting his readers to draw the appropriate analogy here: given that Charles, like Nero, had a weakness for the drama, did he not deserve to suffer Nero's fate? The attorney general is delicate in rendering such an interpretation, however: he does not mention the king by name to round out Prynne's elliptical analogy, as the idea of mentioning Charles and regicide in the same sentence is simply too horrifying. Indeed, so appalling are some of the messages encoded in *Histrio-mastix* that Noy censors the text even in the courtroom: "I am very sorry I am to speak anything wherein the king should be named . . . some of the words are so nasty that I will not speak them" (Howell, 3:569).[98] In certain of its aspects, Prynne's crime is literally unutterable.

Prynne's defense against these charges is threefold. He humbly apologizes—

especially for the caustic style of his writing (Howell, 3:572)—but insists that he did not have the court in his sights when he drew his bead on stage plays (his lawyer suggests that "what his intentions are, they are best known to his own heart" [Howell, 3:571] and implies that the attorney general's readings are "strained" [Howell, 3:573]); he argues that in many of the passages cited by the court, he had merely been quoting respected authorities; and he observes that his book had been licensed.

Yet Prynne's defenses did not bear up under pressure: the sheer number of his references to play-loving kings and bishops, not to mention the violence of his prose, undermined his protestations of innocence. From the dedication to the index, *Histrio-mastix* is steeped in the spirit of political opposition. As Noy put it, "though not in expresse tearmes, yet by examples and other implicite meanes, hee laboures to infuse an opinyon into the people, that for acteinge or beinge spectatours of playes or maskes it is just and lawfull to laye violent handes uppon kinges and princes" (Gardiner, 13). Elsewhere, the prosecutor remarks: "Yf hee had possitively named his Majestie in theis places his meanynge would have been to[o] playnne, therefore he names other princes and leaves the application to the reader" (Gardiner, 10). A later episode offers an illustrative case study in Prynne's failed "arts of disguise." In 1637 Prynne was still publishing tracts against church and state from prison; his printer, Gregory Dexter, was examined about a peculiarity in the font of a book he had printed. Evidently Prynne had sent Dexter a boxwood type with a "curious" letter "C" on it to use for the book's opening initial: "it was a new letter, not known amongst any of the printers here in London, but was cut of purpose for his use, it being a very complete letter as ever you saw, for to look upon it the usual way it seemed a complete and perfect C but turn one side of it and it appeared a pope's head, and then turn it another way and there appeared an army of men and soldiers."[99] This rudimentary visual illusion is of a piece with the literary devices Prynne had used in *Histrio-mastix* to cloak his real meaning. In the end, though, Prynne and his printer failed to disguise what they were up to: Prynne's examiners in this later case proved as apt at textual criticism as Noy and the justices had proved at literary criticism. Of course, many of the disguises were threadbare; Prynne had not anticipated such a hostile audience.

Indeed, Prynne drops the masquerade at several moments in the text: "That playes and players are suffered still (as many condempned [*sic*] sinnes and mischeiffes are) it is onely the ffaulte of Magistrates, whoe maye, whoe should, supresse them, not of our lawes, which are most severe against them." Of this remark Noy observes, "This needes noe exposicion, for he speaketh with open mouthe against the State" (Gardiner, 6). Unlike Prynne's previous comments, which required an exegetical gloss, Prynne's stricture here is a bald plaint against magistrates, including the chief magistrate Charles; Prynne is explicitly rating the censors.

Given the wealth of evidence against him, it is somewhat puzzling that Prynne vehemently maintained his innocence as late as 1641. In *The Several Humble Petitions of Dr. Bastwicke, M. Burton, M. Prynne,* Prynne insists that he was "prosecuted by Mr. Noy . . . for some misconstrued passages, inoffensive in themselves, and in your Petitioners true intention, being for the most part the words of other approved Authors, in a Book stiled *Histriomastix,* written by the petitioner against common Interludes, and licensed by *M. Thomas Buckner,* household Chaplaine to then Arch-Bishop of *Canterbury,* authorized by the State to license Bookes."[100] The solution to this puzzle may reside in what is arguably the central issue that separated Calvinists from Laudians: the two groups' very different concepts of human will and human agency.

We need not take on board Nicholas Tyacke's controversial thesis that Laudian Arminianism was the principal cause of the Civil War to appreciate the centrality of free will and predestination to Calvinist-Anglican debate.[101] On the one hand, Laud maintained that predestinarian "theology made of God 'the most unreasonable tyrant in the world' "; on the other hand, as Peter Lake remarks, "The master division which separated the sacred from the profane was that between the godly and the ungodly, a division which was underwritten for the godly by the doctrine of predestination."[102] In a fiery letter to Laud, written after the execution of his sentence, Prynne touches on the dual issues of predestination and human agency. At one point he objects to the archbishop's reading of a passage on the murder of Roman tyrants: "These Emperors' stage delights being the just occasions of theyr untimely deaths." In Star Chamber, Laud had apparently argued that Prynne was here justifying regicide, but in his letter Prynne insists that he "stile[s] these Emperors' stage-delights the just occasions of theyr untimely deaths in respect of God's avenging justice only." Thus, while the emperors' respective deaths "may be truly called just in regard of God . . . yet theyr murders be most impious in respect of those which slew them" (Gardiner, 43–44). Although Prynne calls this distinction "scholarly" and expresses surprise that Laud had rejected it during the trial (Gardiner, 46), the distinction also suggests a worldview in which God's agency is all-important. The murderers themselves do not bear mention in *Histrio-*

mastix because history is merely the unfolding of the divine plan; the Roman actors were simply pawns, doomed to hell long before they had unsheathed their knives.

Laud, however, emphasized the role of human agency in both history and worship. Though Arminians were careful to distinguish themselves from Pelagians, they regarded human will and human agency as vital components in history and soteriology. In their various exchanges on Prynne's intentions, therefore, Laud and Prynne spoke past each another: Prynne was merely voicing God's will; Laud insisted on holding Prynne accountable.[103]

At trial the councilors, following Laud, dismiss Prynne's "Puritan defense"—his insistence that both his heart and his intentions were pure—as disingenuous, as continuous with other forms of "Puritan hypocrisy." "Intention!" one councilor cries in indignation, "Good Mr. Prynn, you are a lawyer," essentially giving him the lie (Howell, 3:579).[104] The councilors conclude with the attorney general that "This Book . . . it is the witness, it doth testify what was his intention, and by the Book he is to be judged" (Howell, 3:567). Such comments run counter to Annabel Patterson's reading of the Prynne case: Patterson suggests that Prynne's intentions were irrelevant to the court's decision. As evidence, she adduces Lord Cottington's remark to that effect: "Itt is said, hee had noe ill intencion, noe ill harte, but hee maye be ill interpreted. That must not bee allowed him in excuse, for hee doth not accompanye his booke, to make his intencion knowne to all that reades it."[105] Patterson omits the passages that sandwich this one, however; immediately preceding these two sentences, Cottington declares, "The truthe is, Mr. Pryn would have a newe churche, newe government, a newe kinge, for hee would make the people altogether offended with all thinges att the present" (Gardiner, 16). Immediately after the two lines that Patterson quotes, Cottington expresses surprise at the king's leniency: "When hee considers those thinges of high nature in his booke against the kinge, the Queene, and the state, hee cannott but admyre his Majesties mercye in bringinge him to soe easye an accompt for it" (Gardiner, 17). The justices were quite sure that they knew Prynne's intentions: Cottington himself, perhaps responding to Prynne's apology for his "bitter" writing style, observes that "the very style doth declare the intent of the man" (Howell, 3:572, 574).[106]

Not surprisingly, then, Prynne stood accused not only of seditious libel but also of perjury—of acting in the courtroom. One councilor, Rudolfis Gualter, notes the dramatic structure of Prynne's book: "Mr. Prynne maketh himselfe a judge over the Kinge and all the kingdome, devideth his booke into severall actes, the sceene is the world, but there is but one actour, and hee plaieth the devill and the foole" (Gardiner, 28). Justice Richardson suggests, however, that Prynne is not alone, that he forms part of a larger plot: "I do not think that Mr. Prynne is the only *actor* in this book" (Howell, 3:577–78, emphasis added).[107] The earl of Dorset likens Prynne to a common performer engaging in a cheap trick, a stunt: "you are like a tumbler, who is commonly squint-eyed, you look one way and run another way: though you seemed by the title of your Book to scourge Stage-Plays, yet it was to make people believe, that there was an apostacy in the Magistrates" (Howell, 3:583). Prynne had railed against the "hypocrisie" inherent in acting, in saying things one does not mean (from the Greek *hupokrisis,* "playacting"), but in his judges' eyes, he was no less a hypocrite than the common actor.[108] And for Prynne, the stakes were higher: by casting Charles as Nero in his "Tragedie," Prynne had trenched on treason.

Prynne's attempt to triangulate what he was saying by quoting others failed; Cottington avers: "that which he doth apply of any author is his own" (Howell, 3:576). The defense attorney's contention that "there were never any brought here in judgemente but for bookes unlycenced" (Gardiner, 14) was perhaps his most cogent legal claim. A prerogative court, the Star Chamber had extended its jurisdiction to cover an increasingly broad swath of offenses, a development that worried contemporaries—including one of the court's judges.[109] Before the Prynne case, there is no record of an author's being tried *in camera stellata* for a licensed book. The closest parallel had occurred in Elizabeth's reign, when the queen's Privy Council sent author John Hayward to prison for *The First Part of King Henry IIII* (1599), even though the book had been licensed.[110] Yet the court did not cite this precedent—or any other.[111] Prynne's trial for *Histrio-mastix*, then, suggests the ways in which Charles's government was using the prerogative courts more aggressively than had his predecessors. In the end, the court answered Prynne's claim with a counterclaim: while the judges finessed the issue of the book's license, one councilor pointed out Prynne had no license to censor others: he had "no invitation nor office" to do so (Howell 3:581).[112]

After dismissing Prynne's various defenses, the councilors proceed to sentencing. Lord Chief Justice Richardson, like the other members of the court, opines that *Histrio-mastix* should be burned by the common hangman, a dramatic form of literary suppression; he suggests further that Prynne should be incarcerated for life and deprived of writing materials—perhaps the consummate form of prepublication censorship:[113] "perpetual Imprisonment I do think fit for him, and to be restrained from writing, neither to have pen, ink, nor paper; yet let him have some pretty Prayer-Book, to pray to God to forgive him his sins; but to write, in good faith I would never have him: For Mr. Prynn, I do judge you by your Book to be an insolent spirit, and one that did think by this Book to have got the name of a Reformer, to set up the Puritan or Separatist faction" (Howell, 3:580). It is worth remarking that Richardson's licensing certain books for Prynne's perusal is also a form of censorship—doubtless a particularly odious form in Prynne's view, as the "Prayer-Book" (the Book of Common Prayer) was anathema to Puritans of his vein. On a related note, in accusing Prynne of trying to "set up [a] Puritan or Separatist faction," Richardson, like the attorney general Noy, portends the civil and religious strife of ten years hence. The author of *Histrio-mastix* had invited such a reading. In his "Table" or index, Prynne takes the term "Puritan"—ordinarily an opprobrious epithet—and turns it on its ear: "Puritan, an honourable nickname of christianity and grace"—a tendentious, not to say incendiary definition. In his entry under "Puritans," he writes: "condemners of Stage-playes and other corruptions stiled so. . . . the very best and holiest Christians called so, even for their grace and goodnesse. . . . Christ, his Prophets, Apostles, the Fathers, and Primitive Christians, Puritans as men now judge . . . hated, and condemned only for their grace yea holiness of life . . . accused of hypocrisie and sedition, and why so." In a lengthy excursus Prynne defends Puritans against the latter two charges, "hypocrisie and sedition" (816–28). The court had proved to its own satisfaction the charge of hypocrisy; as for "sedition," Prynne notes that unlike papists, Puritans had never raised a mutiny or participated in "treasons, insurrections or rebellions" (825–26). Given the gross historical irony of this remark, it is just possible that Prynne was protesting too much.

In the upshot, Prynne was fined, disbarred, imprisoned, and condemned to lose his ears. In another turn of this corrugated affair, the queen respited part of Prynne's sentence:[114] the gesture was likely designed to give the unmarried Prynne some appreciation of feminine ruth. Prynne's reprieve was not long-lived, however: the government made sure that for his attack on the theater of state and on the royal actors who were its protagonists, Prynne was made a spectacle in the pillory.

The ear cropping was a form of talion punishment: Prynne had attacked the body politic, and vengeance was visited on his body. Milton was to say a decade later that "Books are not absolutely dead things."[115] The state evidently agreed:

Prynne's book and his body were conflated in the carrying out of his sentence—copies of *Histrio-mastix* "were burnt under his nose" while he was in the stocks; Garrard noted that the smoke "almost suffocated him."[116] Prynne's attempt to censor the drama had failed utterly (or so it seemed in 1634).[117] The scene of his punishment was an arresting reminder that the prerogative of censorship lay solely in the Crown.

"Publish the Temper of the People"

> [W]hen were our days more halcyon? When did the people of this land sing a more secure Quietus?
>
> —The Earl of Dorset at Prynne's trial

A distinguished authority on Caroline England contends that "Prynne received . . . little public attention or sympathy" for his trial and punishment.[118] There is, however, abundant evidence to the contrary. As for "public attention," the playwrights rained venom on Prynne in the theater—poetic justice in a public forum. The Prynne drama had a long literary half-life; the contest with Prynne continued well after his imprisonment.

Thomas Heywood scourged Prynne in at least three of his plays: *The English Traveller, A Mayden-head Well Lost,* and *Love's Mistress.* Because Heywood had earlier published a tract defending the stage (*A defence of drama,* 1608), Prynne attacked him by name in *Histrio-mastix.*[119] The playwright's most scathing bit of revenge took the form of *Love's Mistress, or the Queen's Masque.*[120] The main character, Midas—actually a composite of Prynne, the philistine king of legend who preferred Pan's music to Apollo's, and a simple rustic—fulminates against poetry in general and Heywood's masque in particular. At the outset he is merely a spectator along with Apuleius (Heywood's nod to Lucius Apuleius), who vows to "make [Midas] . . . ingeniously confess [his] treason 'gainst the Muses Majestie."[121] A short while later, Midas cries out: "I'le hang my self e're I'le see out thy Play" (30), but in typical Puritan (read "hypocritical") fashion, he stays to the end. In fact, about halfway through the play Midas jumps into the action (in a sort of inverted metalepsis) and, true to myth, decides a contest between Pan and Apollo in Pan's favor.[122] He is awarded a pair of ass's ears for his poor judgment—a palpable hit both at Prynne's disfigurement and at his philistinism. At another point in the action, Midas voices his preference for country dancing over masquing, a gibe calculated to skewer Prynne on the sword of irony

(Prynne of course despised dancing) and country folk everywhere on the sword of disdain (only a rube would prefer a country dance to a masque).[123] *Love's Mistress* ends with the uniting of Psyche and Cupid, who likely represent Henrietta Maria and Charles. It was first produced in 1634, printed in 1636, and reprinted in 1640—significantly, on the eve of the Civil War.[124]

Far darker than Heywood's satire is William Strode's *The Floating Island*.[125] In 1636 the king and queen visited Oxford; Strode had been "specially requested" to write the play to entertain the royal couple and the court (Introduction, xx). Laud, chancellor of the university, was also in attendance.[126] The play, whose full title was *The Passions Calm'd, or the Settling of the Floating Island: A Tragi-comedy,* was written and produced like a masque: Anthony à Wood described the designs as "sumptuous";[127] and the plot unfolds like an allegory, each character dominated by a reigning humor.

The sole source of virtue is the court (the king's name is "Prudentius"); the subjects, on the other hand, are a tempestuous lot (they include Anger, Malevolence, Melancholy, etc.). The inhabitants of the Floating Island are weary of the rule of "Justice [and] Temperance" (1.2) and plot the king's overthrow. To compress the story rather drastically, Prudentius abdicates, and the Passions run riot in consequence. In the end, they implore Prudentius to return to the throne to restore order. The whole is an uncanny prediction of the Civil War (though as Bertram Dobell points out, the first printed text dates from 1655, so we cannot rule out editorial revision). The Prologue "To the King and Queenes Majestie," for instance, notes the welter of current events, and fears for the future:

> Whatever Element we light upon,
> (Great *Monarch* & bright *Queen*) 'tis yours alone.
> Shook from my station on that giddy Shore,
> That flotes in Seas, in wretchedness much more,
> I hardly scap'd to tell what stormes arise
> Through rage of the Inhabitants: mine eyes
> Behold a wonder; Blustring Tempests there,
> Yet Sun and Moon fair shining birth so neer.
> Should your Land stagger thus, I wish the Age,
> Might end such acting sooner then the Stage:
> Yet in these Tumults you shall onely see
> A tottring Throne held firme by Majestie.

It was not too early in 1636 to predict the collapse of government and the closing of the theaters. Strode evidently thought that the principal threat to stage and state was Prynne, for in the play, the chief instigator, Malevolo, clearly represents the former barrister. At one point in the action, Malevolo alludes to *Histrio-mastix* and to Prynne's punishment for having written it:

> For my part, if I broach
> Some biting libel, venomous word or book
> Against some prosprous Object which I hate,
> My Eares are questioned. Locks which I have scorn'd
> Must hide my Eare stumps.
>
> (I.ii)

A bit later, Malevolo—who may derive his name from the puritanical steward of *Twelfth Night*—complains that he has been lampooned in a court play:

> *Malevolo.* Sir you and we were acted at the Court.
> We loosers are made laughing-stocks, and sport
> For open Stages.
> *Irato.* Tell my Sword the Author;
> That it may write his doome upon his flesh.
> *Malevolo.* This Creature can informe us. Who I pray
> Were your late witwrights in the Masque?
> *Concupiscence.* Hope pen[ne]d it,
> My Father Amourous (without offence)
> Contriv'd the Shew.
> *Melancholico.* This trick *Malevolo*
> Was chiefly meant to you, because your pen
> Hath scourged the Stage.
>
> (3.8)

The passage is reflexive, as Strode's play is at this very moment skewering Prynne before the court. As in several of the comedies of the 1630s, Strode's play wreaks dramatic vengeance on Prynne's character, essentially laughing him off the public stage; but the tenor of *The Floating Island* is altogether more serious than that of the comedies that preceded it—Strode even classified the play as a "Tragi-Comedy."[128]

As a postscript to all this, it is worth remarking that the squeamish Henry Herbert (master of the revels) became even more sensitive to issues of dramatic decency than he had been. On 3 July 1633 he observes that "the quality [i.e., the acting profession] . . . hath received some brushings of late," a clear reference to *Histrio-mastix*.[129] N. W. Bawcutt discerns an increased vigilance on Herbert's part in the wake of the Prynne affair: "It can hardly be a coincidence that several major examples of dramatic censorship date from 1633 and 1634, and are more concerned with blasphemy and indecency than with political issues"; he concludes that Herbert's goal was to render the drama "less vulnerable to Puritan objection."[130] Indeed, there is evidence that by 1633 Herbert was making the playhouse bookkeepers monitor their own playwrights: he apparently mandated that they censor the company's scripts in preliminary fashion before passing them along to him.[131] As we noted above—and as Bawcutt himself concedes—Herbert had always been more concerned with decorousness than with politics in his role as censor; but it is striking that he should have taken Prynne's strictures as seriously as he did. Herbert evidently took some of Prynne's suggestions to the censors to heart.[132] The king, however, was unmoved: in October 1633 the Privy Council took up the petition of Blackfriars residents who considered the theater there a public nuisance; they asked that it be closed down. The councilors compromised by limiting traffic around the playhouse to mitigate public disturbances, but in December Charles attended a council meeting personally to overturn their decision.[133]

The theater was not the only forum in which Prynne's name was bandied about; newsletters—a semipublic medium—also referred to the Prynne drama. An exchange of letters between Ralph Verney and James Dillon centers on the barrister's crime and punishment. Verney begins his note to Dillon by jesting, "Wee country clowns heare various reports of Mr. Prinn's censure," and asks his correspondent for details (notice Verney's locution: the first person plural "Wee country clowns," coupled with the phrase "various reports," implies that the story was widely discussed, even in the countryside). Dillon obliges with a relatively lengthy letter, but at one point his prose becomes deliberately cryptic:

> [Prynne's] booke was, you may remember, against playes, whereupon the archbishop of Canterbury tooke occasion to saye that though he was noe enemie to the lawfull use of them, yet he never was at any in his life, howbeit others of his coate could gett under the dropps of waxed candle at a play, to be observed there, and therefore counted noe puritans. This

> I observed spoken upon the bye, and therefore I take notice of it to you, because I am persuaded that you understand whom it is that this concernes.[134]

It is impossible to decipher this last sentence definitively, but it shows that canvassing issues that fell within the orbit of Prynne's treatise called for some discretion; letters, after all, could be intercepted.[135] Prynne's story was not only bruited about—discussing several of its chapters required a measure of self-censorship.

Other correspondence about Prynne abounds. On 28 January 1633 Justinian Paget wrote to James Harrington to tell him of Prynne's book and of the government's reaction to it; on 31 January and again on 6 February 1633, Sir George Gresley sent tidings of Prynne to Sir Thomas Puckering; Edward Rossingham updated Puckering on 31 December 1633;[136] John Pory's newsletter of 24 January 1632/33 included a paragraph on *Histrio-mastix* and its author's incarceration;[137] by 1 April 1633 John Rous of Suffolk had learned of Prynne's detainment in the Tower;[138] and on 7 February 1634, the very date on which Prynne's trial began, Anthony Mingay asked Framlingham Gawdy to send him word of the case's outcome.[139] Apparently it was a juicy story.

News of Prynne even spread to the Continent. Vincenzo Gussoni, Venetian ambassador to England, wrote home about *Histrio-mastix*, "A book of a kind has issued from the English press, no one knows how, with scandalous and biting remarks about the civil and ecclesiastical government of this kingdom. The author has been summoned to Star Chamber to abjure it publicly, after a heavy sentence."[140] Even the Venetian ambassador knew that Prynne's book was not simply about stage plays. Thomas Windebank sent the following missive to Robert Reade from Orléans: "The gazettes . . . apprise [me] that a Lord 'Cabriole' of England, after having been a month in disgrace, was restored to the favour of their Majesties by a ballet which he danced at court during the last carnival; also that Mr. Prynne, the enemy of dancing, had become so enamoured of it, that he was to dance a gaillarde on the loss of his ears, and after that to make a pilgrimage to the prison, where he would pass his time in waiting till the King should make him dance the brawl '*De Sortie*'."[141] Evidently the English dramatists had no monopoly on satires against Prynne.

In short, Prynne's trials attracted copious "public attention." Did Prynne receive any "sympathy"? Here we must distinguish public from private reactions. Few commiserated with Prynne openly: people were too discreet to voice their sympathy for him in the public square.[142] But Simonds D'Ewes observes in his private papers that "most men were affrighted to see that neither his academical nor barrister's gown could free him from the infamous loss of his ears; yet all good men generally conceived it would have been remitted, and many reported it was, till the sad and fatal execution of it the Midsummer Term."[143] Gardiner quotes part of this passage and concludes that the only complaints came from the "privileged classes"; but in his commonplace book William Whiteway noted that Prynne "took his punishment patiently and was generally pitied *of all sorts.*"[144] One "sympathetic" observer of the former barrister's ear cropping, Nehemiah Wallington, noted that he accepted his penalty like "a harmless lamb";[145] Henry Burton used the identical figure to describe Prynne's meekness in the face of punishment.[146] Even G. Garrard, in a newsletter to Thomas Wentworth, seemed struck by the pathos of the scene: "No Mercy shewed to *Prynne,* he stood in the Pillory and lost his first Ear in a Pillory in the Palace at *Westminister* in full Term, his other in *Cheapside;* where while he stood, his Volumes were burnt under his Nose, which had almost suffocated him."[147] Clearly the Prynne drama not only occupied the public eye, it preoccupied the national conscience as well.

Just as clearly, the Prynne "Tragedie" served to polarize political debate: dramatists generally lined up with the king; Puritans generally lined up against the theater and all that it represented. "Generally" does not mean "invariably," as Martin Butler has shown; yet Butler's insistence that "*Histriomastix* did *not* initiate a new wholesale onslaught on the stage, for there were no more antidramatic treatises,"[148] is at best half true. After Prynne's grisly punishment, we should hardly expect Puritans to launch a frontal attack on the theater. But in the unsigned *Newes from Ipswich,* Prynne—or someone who shared his religious and political outlook—complains of the "prophane vulgar" who "dance, play, revell, drink, and prophane Gods Sabbaths."[149] In *A Divine Tragedie Lately Enacted,* Henry Burton marshalls "tragedies" against plays acted on the Sabbath and against other Lord's day entertainments detailed in the newly reissued book of sports—the technique is reminiscent of *Histrio-mastix.* In his "Epistle to the Reader," Burton cites Cardinal Robert Bellarmine against "mummeries" and "maskes," and in the four-page appendix on Prynne he defends *Histriomastix* as a "book which learnedly manifested the unlawfulnes of . . . severall sports and pastimes," adding "especially [not "exclusively"] on the Lords own sacred day."[150]

Butler himself notes that "Richard Baxter disapproved of the court's Sunday plays, and another godly lecturer wished in 1640 that 'the Parliament would reform two things: 1. The sitting of the Council on Sunday afternoon. 2. The having plays on Sunday night'."[151] Here the state and the drama are linked almost expressly. Indeed, in the root-and-branch petition, fifteen thousand Londoners complained of the "swarming of lascivious, idle, and unprofitable books and pamphlets, play-books and ballads."[152] The petitioners sought to extirpate genres that the court held dear; they compounded their offense by lumping popish writings with plays, claiming, as Prynne would claim, that Catholic and Arminian works were "publish[ed] and vent[ed]," while "godly books" were "blott[ed] out or pervert[ed] if they were not hinder[ed]" altogether.[153] Where Prynne was directly involved, Charles's government struck back: as David Cressy observes, "one Yorkshire minister, William Brearcliffe, who commended Prynne's book [*Histrio-mastix*] for its 'show of much reading and multiplicity of quotations,' soon found himself under investigation for nonconformity." William Clyde notes that "One man was detained in prison for nine months for having in his possession a copy of *News from Ipswich*"; Nehemiah Wallington was questioned for his ownership of the same pamphlet.[154] Butler is, of course, right that after 1633 no one published tracts bearing threats to "scourge players" in their titles, but considering the example made of Prynne and his sympathetic readers, the acerbity with which Puritans continued to assail the drama is remarkable.

Even actors worried about the suppression of the theater a year before the event. When the playhouses were temporarily closed because of the plague (September 1641), the players "issued the well-known *Stage-Players Complaint. In A pleasant Dialogue between Cane of the Fortune, and Reed of the Friars.*"[155] Cane voices a degree of pessimism about the stage's survival: "Monopolers are downe, Projectors are downe, the High Commission Court is downe, the Starre-chamber is downe, & (some think) Bishops will downe; and why should we then that are farre inferior to any of those not justly feare least we should be downe too?"[156] Cane's tacit alignment of acting companies with the bodies of Star Chamber and High Commission highlights the ideological continuity between the stage and (other) instruments of Charles's prerogative rule. The theaters did reopen, but on 4 February 1642 *The True Diurnall Occurrences* reports that "there was a great complaint made against the Play-houses, and a motion made for the suppressing of them."[157] The one "complaint" answered the other.

For the "godly party," the already permeable line between the state church and the theater became still more porous. While in jail, Prynne, more recalcitrant than ever after his trials in the stocks, wrote several tracts against the bishops, whom he implicitly cast as mummers in a pantomime. In *A Breviate of the Prelates Intollerable Usurpations . . .* (London, 1637), for instance, Prynne, attacking the *jure divino* pretensions of Laud and company, uses an analogy "which he drew from a sermon by Bishop Jewel. One Pompeius had built a theatre contrary to the magistrate's orders, but he set a place of religion over it, and called it the Temple of Venus: 'Whereby hee provided that if any would overthrow it because it was a Theatre, they might yet spare it for the Temples sake; for to pull down a Temple was sacriledge.' "[158] Lamont concludes that in Prynne's view, "[t]he bishops were building on the Royal Supremacy and were using the *iure divino* claim to avoid retribution. *Iure divino* was their Temple of Venus."[159] We might say that in this passage Prynne builds an argument from the church's theatricality on the same site that he builds an argument against Laud's claim to divine right. For Prynne, the Caroline theater, Laud's church, and the doctrine of divine right were thoroughly fused.

As a consequence of his writing activities Prynne found himself in the Star Chamber again, this time with his partners in Puritanism, Henry Burton and John Bastwick (1637). William Haller remarks aptly that the three "went to their trial, not expecting justice, but seeking publicity."[160] If they could not publish their pamphlets, they would publish their sufferings; indeed, in a final gesture of defiance, they managed to publish their own words in Star Chamber through an underground press.[161] The court's sentence was severe: the three were to be pilloried, mutilated, and imprisoned. The executioner sheared away what remained of Prynne's ears and branded his cheeks with the initials "S. L.," for "Seditious Libeler." We noted earlier that in 1634 Prynne's body and his text were conflated in punishment; in 1637, the state made Prynne's body itself into a text. It was a text capable of different readings, however: in some verses he wrote on his branding, Prynne suggested that "S. L." stood for "Stigmata Laudis." Thomas Fuller remarked that "[s]o various were men's fancies in reading the . . . letters, imprinted in his face, that some made them to spell the guiltiness of the Sufferer, but others the cruelty of the Imposer."[162] Even Laud's chaplain Peter Heylin, the clergyman who had helped to glean offensive passages from *Histrio-mastix* in 1633, observed that the trio's punishment "was a very great trouble to the spirits of many very *moderate and well-meaning men,* to see the three most eminent professions . . . to be so wretchedly dishonoured."[163]

Sixteen thirty-seven was a watershed year, providing a sort of simulacrum of the 1640s: Charles imposed the English Book of Common Prayer on Presbyterian Scotland, as Lord Chief Justice Richardson had imposed it on the Presbyterian Prynne in 1634; riots broke out in Edinburgh in consequence. By way of response, the bishop of Brechtin "read the prayer book over loaded pistols pointed at his congregation."[164] This was licensing with a vengeance, foreshadowing the violence of the following decade. In 1637 Heylin noted the proliferation of seditious pamphlets, many "applauded" by the multitude, as he put it.[165] The Star Chamber issued its infamous printing decree of 1637, for which Prynne and his cohorts were partly responsible; it was the most severe press restriction theretofore on record.

Sheila Lambert contends that the 1637 decree was due almost solely to the lobbying of the Stationers' Company, whose interests lay in securing its monopoly, not in tightening state censorship.[166] Yet the state had an interest in the 1637 order apart from the company's, as is clear from a draft of the decree among the state papers: it consists of "eighteen clauses which omitted much of what the Stationers particularly wanted"—the final version comprises thirty-three clauses.[167] It is true, as Kevin Sharpe points out, that Laud claimed to have endorsed the decree, in part because he feared "that by little and little printing would quite be carried out of the kingdom."[168] But not a page later the archbishop observes that "the end of [the decree] was to suppress Seditious, Schismatical and Mutinous Books; as appears in the First Article"; in the same paragraph he notes that the "Church [had been] almost Pressed to Death by the Liberty of Printing." At one point Laud even rails against stationers who "oppose all Regulating of the Press, that opposes their Profit."[169] In Laud's view, the primary aim of the 1637 decree was to strengthen the institution of censorship—any benefit that accrued to the Stationers' Company was secondary.

Lambert also errs in contending that "no one was ever whipped through the streets of London for breach of the decree of 1637": John Lilburne was whipped at cart's end in April 1638 for just such a violation.[170] In the 1630s, Lilburne regarded Prynne as an avatar, invoking his name in the pillory; among the charges against "Freeborn John" was that he had printed Prynne's, Burton's, and Bastwick's books abroad and that he had helped to import them into England. Even while he was in the stocks, Lilburne distributed copies of Bastwick's writings and "preached" to the crowd—until he was gagged by the hangman.[171]

Contemporary historians awarded Prynne, Burton, and Bastwick a pivotal role in the lead-up to the war. Clarendon, for instance, goes out of his way to buffet the three figures in his *History:* after a series of *ad personam* attacks against them, he comments on their libels against church and state, their martyrdom, and their ultimate exoneration; they returned to London after serving only three years of their life sentences and were received there with great éclat (1640).[172] Hyde maintains that the "phrensy of the people" upon the trio's release from prison, a reaction that he also designates by the loaded term "insurrection," was an orchestrated attempt to "publish the temper of the people"—it was, in his estimation, a defiant piece of political theater choreographed by the Puritan martyrs' allies.

Clarendon dates to this period the "licence" of the press, a license foreshadowed by Prynne's unlicensed pamphleteering: "[F]rom this time, the licence of preaching and printing increased to that degree, that all pulpits were freely delivered to the schismatical and silenced preachers, who till then had lurked in corners, or lived in New England; and the presses at liberty for the publishing the most invective, seditious, and scurrilous pamphlets, that their wit and malice could invent." Hyde proceeds to draw a straight line from the government's failure to stanch the press to the bloodshed that followed; he casts most of the blame on Prynne, Burton, and Bastwick:

> [I]f either the privy-council, or the judges and the king's learned council, had assumed the courage to have questioned the preaching, or the printing, or the seditious riots upon the triumph of these three scandalous men, before the uninterruption and security had confirmed the people in all three, it had been no hard matter to have destroyed those seeds, and pulled up those plants, which neglected, grew up and prospered to a full harvest of rebellion and treason.[173]

On Clarendon's account, Prynne had helped to sow the seeds of revolution. The steady flow of pamphlets from Scotland, which echoed Prynne's complaints about the "innovations" of the Caroline church, brought such seeds to fruition.[174]

Shortly after the press opened up, the stage was suppressed. The closing of the theaters was itself an act of war: as I have shown, for Prynne as for Charles, suppressing the stage and combating the state were one and the same. Indeed, the parliamentary ordinance shutting up the theaters preceded the Battle of

Edgehill, the first significant battle of the war, by one month. The first salvo in this war against stage and state was *Histrio-mastix*. Indeed, the events of 1637 and beyond constitute a chapter of English history tightly bound up with that of 1633–34. There is no better emblem of this than the portrait of Prynne, limned c. 1641; it contains the following hagiographic block of text:

> Mr. William Prynne, for writing a booke against Stage-players called Histrio-mastix was first censured in the Starr-Chamber to loose both his Eares in the pillorie, fined 5000.# & perpetuall imprisonment in the Towre of London. After this, on a meer suspition of writing other bookes, but nothing at all proved against him, hee was again censured in the Starr-chamber to loose the small remainder of both his eares in the pillorie, to be Stigmatized on both his Cheekes with a firey-iron, was fined again 5000.# and banished into ye Isle of Iersey, there to suffer perpetuall-Closs [*sic*] imprisonment: no freinds [*sic*] being permitted to see him, on pain of imprisonment.[175]

This caption serves to link the events of the early 1640s with the signal events of Prynne's career. Although Prynne was never a republican—he later opposed Charles I's execution and pushed for Charles II's Restoration—he was a stalwart parliamentarian during the war, espousing a theory of parliamentary sovereignty according to which legal ordinances did not require the king's approval. With such authority, Parliament dismantled the king's chief organ of propaganda, the stage.[176] The concatenation of events, from the publication of *Histrio-mastix*, to the quashing of the theater, to the outbreak of war thus represents a continuous chain.[177]

2

LOVELACE AND THE "BARBED CENSURERS"

THE MIDDLE OF THE seventeenth century saw England rent asunder by civil war; beleaguered, the Cavalier poet Richard Lovelace sought with his exquisite lyrics to brace the tottering royalist cause. Though his style is radically different from Prynne's, his work has a quietly polemical thrust—its smooth surface is deceptive, a product of the censorship that fell athwart royalist writers of the period. In this chapter I canvass the ways in which Lovelace's curved style in *Lucasta* (1649), as well as his strategic alliance with select parliamentarians, allowed him to circumvent the Puritan censorship that stood in his way. The text and context of *Lucasta* illustrate the methods that early modern writers used to negotiate censorship and to forge political consensus in times of crisis.[1]

Although royal censorship had collapsed in 1641, a new licensing regime soon took its place. Parliament introduced a modicum of order into the licensing system by passing a series of printing measures from 1641 to 1643, culminating in the famous printing ordinance of 14 June 1643—the ordinance to which Milton objected in *Areopagitica.* Fredrick Siebert summarizes the edict this way: "Parliament substituted itself and its appointed committees for the Star Chamber and High Commission. . . . The old alliance with the Stationers Company whereby that body agreed in return for the protection of its monopolies and property in copies to assist in the enforcement was continued. The licensing system was revived although with Parliamentary and Presbyterian licensers in place of the royal and Episcopal censors."[2] The licensing machinery was not always very efficient, but at certain junctures the government was able to derail the royalist press. In 1649, the year of the King's execution and of *Lucasta*'s publication, the young republic's Council of State implemented a severe censorship.[3]

Lovelace's modern editor C. H. Wilkinson claims that the poet "is often careless and obscure because of his carelessness"; a moment later Wilkinson claims that "his elliptical style is difficult."[4] The two statements jar with each other somehow: surely ellipsis can lead to obscurity, but an elliptical style requires care. Considering the censorship that royalists faced in the 1640s, we need to entertain the possibility—indeed the likelihood—that Lovelace's obscurity was deliberate, a stylistic choice rather than an unhappy accident or a glitch in his art. After all, the poet had six months in prison to ruminate on his work and refine it for the press.[5]

Despite William Rudyerd's compliment in his commendatory piece that Lovelace's poetry is unmarred by "*Metaphors packt up and crowded close*" (a6), *Lucasta* is neither straightforward nor predominantly literal. John Needler's remark in his commendatory poem that "*The world shall now no longer mourne, nor vex / For the obliquity of cross-grain'd sex*" (a6^{v}) is apropos here.[6] As Needler's hermaphroditic figure suggests, *Lucasta* is part "Amazon," part soft and retiring beauty: her weapons, and Lovelace's, are not "Armes" but paper bullets shot obliquely at the enemy.

From a distance, then, the publication of Lovelace's poetry would appear to confirm Annabel Patterson's contractual model of censorship: in *Lucasta,* we find printed strictures on the Parliament indirectly and artfully expressed, licensed and registered. The work seems moderate in its politics, diplomatic in its aims. But where the political center lay was still unclear—there was a nest of "parties" in the late 1640s—and there was evidently a fight to get *Lucasta* past the censors. Lovelace, in conjunction with his printer, added commendatory verses by outspoken Independents as if to protect the work *after* it had received official approval; several of the prefatory pieces refer to problems with the licensers. We must be wary, therefore, of the poet's studied moderation: the volume's temperate rhetoric and delicate artistry camouflage a royalist agenda.[7]

Lucasta's moderate complexion was, in other words, the product of literary cosmetics, an artful "war paint" that covered the ugliness of faction and dispute—without, however, expunging it. Even with a store of literary devices, Lovelace needed to join forces with a staunchly royalist printer and a diverse set of relatives and friends—including moderate members of the opposite party, who used the poet to further their own goals even as they paid tribute to him—to shield his work from hostile censors. Lovelace and his printer were thus brokering a "cultural bargain" far more complex than Patterson's, as conflict suffused their project from writing through publication.

In what follows I trace Lovelace's campaign to publish his poems, from his struggle with the licensers, to the production of the preface, to the creation of *Lucasta* itself. As we shall discover, the book had many "authors," from the licenser who authorized it, to the printer-publisher who underwrote it, to the commendatory writers who hedged it about, to Lovelace himself. Because each of these players had a somewhat different stake in *Lucasta*'s publication, the book is a latticework of aims and meanings. Exploring how and why these figures came together reveals something crucial about coalition building at this and other volatile political moments; canvassing how their views quietly jostle with one another reveals a depth and complexity in *Lucasta* that have hitherto escaped critical notice.

Nathaniel Brent licensed *Lucasta* on 4 February 1648, but the volume was not entered in the stationers' register until 14 May 1649, more than fifteen months later. Lovelace was imprisoned for part of the intervening period, but he was not thrown in jail until October 1648, so he may have run into trouble with the volume before then. It is not that the Stationers' Company refused to approve it: George Latham, warden of the company through June 1648, had signed off on the book during his tenure as warden, so unless the clerk of the company refused to enter the volume, some other explanation must be sought.[8] The delay may have had something to do with Lovelace's royalist printer, Thomas Harper. It was unusual for printers to acquire the copyright of a work; Harper did so in this instance probably because of his political loyalties. As Henry Plomer remarks, "During the early years of the Rebellion [Harper] was more than once in trouble for printing pamphlets against the Parliament"[9]—perhaps his sponsorship of *Lucasta* tainted it and delayed its registration.

In 1641 the House of Commons had summoned Harper as a "delinquent" for printing the *Defence* of Charles's closest advisor, Thomas Wentworth, earl of Strafford.[10] Later that year, the bookseller Thomas Walkley gave evidence that Harper was "printing passages of the House"; once again the Commons called for his examination.[11] On 19 July 1643 Harper was in trouble yet again for printing "false and scandalous pamphlets ag^{t} the Parliament."[12] The Committee for Examinations ordered the Stationers' Company wardens to seize Harper's printing presses and materials.[13] Harper evidently printed all of the "scandalous" pamphlets anonymously or pseudonymously, as no surviving 1643 publication with either his name or his initials in the imprint would have been the least bit objectionable. One of the pamphlets for which Parliament censured Harper seems to have been the *Anti-Covenant,* which appeared with a false Oxford imprint on or around 14 July 1643—five days before Parliament ordered the stationers to confiscate Harper's press.[14] The title page of this edition has the same ornamental border that appears in several tracts bearing Harper's imprint, including *Horrid and Strange News from Ireland* (1643), *The Irish Treaty* (1643), and *Divine Passions* (1643). In addition, the ornate initial "D" that opens the 14 July edition of the *Anti-Covenant* is identical with that in a pamphlet we know to be from Harper's press, John Apsley's *Speculum Nauticum.*[15] It is surely more than a coincidence that on 19 July 1643, the same day that Parliament ordered the seizure of Harper's printing materials, the House of Commons appointed a committee to "consider of some Vindication of the late Vow and Covenant."[16] The Stationers' Company, like Parliament, tilted toward Presbyterianism during the war—if, as I suspect, the *Anti-Covenant* was among the "false and scandalous pamphlets" for which the government cited Harper, the printer incurred the displeasure of the Westminster Assembly, both Houses of Parliament, and his own guild.[17]

Later in the 1640s, Harper maintained a low profile, printing books and pamphlets from all parts of the political spectrum, but a few of his works stand out. In 1646 he printed the royalist Thomas Browne's *Pseudodoxia epidemica.* In 1647 he printed a brace of Independent pamphlets for Thomas Fairfax and the army: *Vox populi* and *The desires of his Excellencie Sir Thomas Fairfax, and the Generall Councell of the Army, held at Putney Octob. 21, 1647.* It seems plausible, then, that in 1647 or 1648 a Presbyterian member of the Stationers' Company learned of *Lucasta,* a joint royalist-Independent effort, and sounded the alarm.[18]

It is somewhat surprising, however, that the book received an imprimatur in the first place. Brent, the licenser, had in 1620 translated Paolo Sarpi's *Historie of the Councel of Trent,* on which Milton had based parts of *Areopagitica;* he was probably more lenient than the average censor. Brent's complex personal and political allegiances are also telling: he had, for instance, been a faithful licenser under Laud, and though he turned against his former master to appease Parliament, he later opposed the abolition of monarchy (1649), refusing even to sign the "engagement" of 1650; he resigned his wardenship of Oxford in consequence.[19] He had, moreover, been warden of Oxford during

Lovelace's own time there in the 1630s: the two undoubtedly became acquainted then, which may explain Brent's willingness to license *Lucasta* despite its author's royalist sympathies. It is significant that Brent licensed a number of royalists' works during the 1640s, including Edmund Waller's, Sir Kenelm Digby's, Francis Quarles's, William Davenant's, John Suckling's, Henry Vaughan's, William Cartwright's, and Thomas Stanley's.[20] Certainly the Puritan censor John Langley—another licenser appointed to vet "Books of Philosophy, History, Morality and Arts" under the 1643 ordinance—would have given Lovelace and Harper more trouble than did the moderate Brent. Indeed, before the war Brent had "suspended" Langley "as 'puritanicall'."[21]

Lovelace was by this point a shrewd player of the licensing game. Long before he encountered problems in publishing *Lucasta,* he had become intimately familiar with the constraints of censorship: in the early 1640s, his play *The Soldier* could not be staged owing to the suppression of the theater,[22] and in 1642 Lovelace ran into more (and graver) difficulty as Kent's justice of the peace. In the early months of that year he shredded a "disloyal" (Puritan) petition in the session house at Maidstone; he then presented what became known as the "Kentish petition" to the Commons, a petition questioning Parliament's right to control the county militias and its effort to do away with the prayer book. Edward Dering, by this time persona non grata in the House, had with several others preferred a substantially similar petition to the Commons just weeks before; the paper had been consigned to the "Hands of the Common Hangman," and then to the flames, a common fate for such petitions.[23] While in custody, Lovelace testified that he had known of the former application and of its ill-starred reception in the House, heightening the audacity of his gesture.[24] He was imprisoned in the gatehouse for two months (April–June 1642).

Parliament agreed to release Lovelace on bail, but six years later they consigned him to prison for a second time and sequestered his estate. In a letter dated 26 October 1648, James Thompson relates to Henry Oxinden the story of Lovelace's brush with parliamentary soldiers:

> News to you I believe it may bee that Colonell Lovelace is sent to Peterhouse. The reason and manner of it, (as I am told) thus. Search was made for Franke Lovelace in his lodging, who not being found instantly, the Colonell that was imployed imagined hee might bee concealed (I thinke) in his brother's Cabinet, and commanded the violation of that, where a discovery was made of divers Delinquent Jewells. Them they forthwith

> seized on as Prisoners. Dicke, incensed at so great a loss, takes upon him stiffly to argue property, a note which it must be supposed they could not digest when it was in order to disgorging a prize and therefore instantly packed him to Peterhouse, upon pretence of answering some matters contained in papers of his; but his Treasure was ordered to a more private prison. When the day of redemption for either will dawne, wee are yet to expect.[25]

The tone is satirical throughout: Thompson laughs at the idea that the "Jewells" were themselves "Delinquent" and hence needed to be imprisoned; he laughs too at the piety of a Puritan state concerned far more with "prizes" than with the "redemption" of its citizens.

Thompson suggests, however, that the soldiers' allegation about Lovelace's seditious "papers" served merely as a "pretence" to steal his goods. Perhaps, but as Thompson himself makes clear, the men would not brook any discussion of property rights: they curbed Lovelace's freedom of speech by tossing him in jail. At issue, then, was not merely money but freedom of expression; the army was responsible for enforcing censorship at this juncture. The soldiers had evidently gotten their hands on some "malignant" manuscripts or correspondence in the poet's possession; perhaps the poems were among them and the officer in charge took a different view of them from Brent, the licenser. The army's seizure of Lovelace's writings may of course have been a pretext for despoiling his estate, but it is worth remembering that the most valuable "prize" to emerge from the king's cabinet was his writings.[26] Indeed, the colonel who invaded the Lovelace household checked Richard's cabinet, evidently scouring it even when he did not find the poet's brother, the ostensible reason for his search.

Whether or not the authorities confiscated any of his poetry, the seizure of his manuscripts surely made Lovelace even more acutely aware of censorship and of the dangers of writing than he had been before. As I have suggested, in *Lucasta* Lovelace combats the censorship not only with a host of artistic strategies but with a reserve of commendatory writers, at least part of whose function is to convey the work past the authorities who would suppress it.

The front matter in *Lucasta* accounts for a substantial portion of the book, twenty closely lined pages in all; the commendatory poems and the uses to which Lovelace and Harper put them repay close study. On the basis of cogent bibliographical evidence, Lovelace's editor suggests that the commendatory verses were added after the first print run; at the very least, they were not included in all runs.[27] It was a common tactic to add such textual apparatus after the censors had vetted a work, and this would seem to be the case with *Lucasta.*[28] Despite such precautions, Alexander Brome's commendatory poem did not find its way into the 1649 edition—it was evidently too stridently royalist for even Harper to risk printing. Brome alludes transparently to the bellicose sects of his own time when he refers to "the Schismatick *Goths,* and *Vandals* ire"; lamenting "these verseless times," he asks: "Why mayn't we hope for Restauration"—a restoration of learning, but also of the king. Brome picks up this thread a few lines later:

> Though *Pulpiteers* can't do it, yet 'tis fit
> *Poets* have more *success,* because more *wit.*
> Their *Prose* unhing'd the State; why mayn't your verse
> Polish those souls, that were fil'd rough by theirs?[29]

Other commendatory writers—those who got their verses published—were more delicate in entertaining hopes of restoration.

Not all of the contributors, however, lined up behind the king. While many in the group shared a distaste for the Presbyterian dogma and philistinism that had settled in Parliament and the Westminster Assembly, cleavages among their positions surface on a close reading of their poems. *Lucasta*'s preface became a theater for two contests: one between the commendatory writers and the Presbyterian party, the other among the contributors themselves. The latter struggle entailed a quiet contest over the meaning of Lovelace's poems: as I will show, each author presents a slightly different reading of *Lucasta,* appropriating the work for his own political ends. Because they are situated up front, the commendatory verses form a wall protecting *Lucasta,* but they also form a prism, a set of partisan lenses through which we must read Lovelace's poetry.

Richard Lovelace's brother Colonel Francis Lovelace best represents the royalist end of the spectrum. In his verses, Francis presents a miniature of *Lucasta:* he trains us how to read its politics and poetics. Referring to his brother's book, he predicts that "*a discerning age*"—not, apparently, this one—"*shall set / th[is] chiefest jewell in her Coronet.*" The reference to a "Coronet" adumbrates the Restoration that will presumably usher in a more "discerning age." Confident of such an age's advent, Francis then turns his attention to the garrison of writers defending his brother's volume, asking:

Why then needs all this paines, those season'd pens,
That standing lifeguard to a booke, (kinde friends)
That with officious care thus guard thy gate,
As if thy Child *were illegitimate?*
Forgive their freedome, since unto their praise
They write to give, not to dispute thy Bayes.

(a3)

The answer that Francis proffers in the last two lines is not quite satisfactory, but much is happening between the lines in this passage. *Freedom* and *dispute,* for instance, have multiple valences: on a literal level "dispute" here means something like "debate," or "weigh the merits of," but it also suggests contest generally; the poet's status, and that of his volume, was for a long time in "dispute." On another level, Francis and company did indeed need to dispute, in the common contemporary sense of "defend," Richard's "Bayes." For its part "freedom" denotes the forwardness, the presumption of the commendatory writers in pretending to protect Lovelace's work; but it also alludes, against the grain of its literal and more charitable meaning, to the freedom of speech by which Lovelace had lost his freedom. It was the poet's freedom, after all, that needed "forgiving": Lovelace had taken considerable liberties in defending the king. Francis artfully displaces this "freedom" onto the commendatory writers themselves in an effort to shore his brother up, to make him appear above the fray; in these lines, Richard is crowned with laurel, untouchable on Parnassus. Significantly, though, Francis and company guard Richard's "gate," probably a reference to the latter's imprisonment—and a stark reminder of the poet's actual circumstances.[30]

If taken literally, then, the final couplet of this stanza is unpersuasive as an answer to the question posed in its first four lines—why the set of sentinels around Lovelace's work? The sly reference to "freedom" in the context of "dispute" is, as I have suggested, telling: freedom of speech needed to be disputed, fought for; yet as Francis demonstrates adroitly, it also needed the protection that only obliquity and allusion could afford, an artistic "cover" protecting the work from enemy eyes. One such strategy that Francis deploys is to reduce real issues (war, imprisonment) to mere figures.

He continues to deploy it in the paragraph following. Drawing a simile that he hangs on the previous stanza, Francis compares Lovelace to a fruitful queen and the eulogies to oblations, managing in the process to cloak what would seem in another setting a blatant and ill-advised expression of royalism:

Why then needs all this paines, those season'd pens,
That standing lifeguard to a booke, (kinde friends)
That with officious care thus guard thy gate,
As if thy Child *were illegitimate?*
Forgive their freedome, since unto their praise
They write to give, not to dispute thy Bayes.

As when some glorious Queen, *whose pregnant wombe*
Brings forth a Kingdome, with her first borne Sonne;
Marke but the Subjects joyfull hearts, and eyes,
Some offer Gold, and others Sacrifice;
This *slayes a Lambe,* That *not so rich as hee,*
Brings but a Dove, This *but a bended knee;*
And though their gifts be various, yet their sence
Speaks only this one thought, Long live the Prince.

(a3)

This passage proves once again that Francis possessed some of his brother's talent for indirection. Even the banner "Long live the Prince," which seems a glaring infraction against prudence (blazoned as it is in roman clarity amid a crush of italics) is couched in a softening context: both the syntax and the simile mitigate what the font thrusts onto the reader—a bold expression of loyalty to the "Prince." Figuratively, the prince is Lovelace's offspring, his volume of poetry and the subjects' gifts are the commendatory poems; indeed, perusing the lines rather than skimming them makes this figurative meaning the more obtrusive one. Somewhat ironically, it would have taken a trained eye to notice that underneath this hull lay seeds of sedition, a *cri de coeur* for Charles—I or II, depending upon when the poem was written. And to back up a step, this complicated series of maneuvers serves to distract us, or rather Lovelace's enemies, from the protective nature of the commendatory poems themselves: Francis transforms the figure of "guard[ing]" into a conferral of "Bayes," which he in turn transforms into the tenor of a new figure whose vehicle is a gift offering to the queen. At the bottom of all this rhetorical overlay are the royalist officers and prominent parliamentarians who have espoused Lovelace's cause, the garrison guarding his gate.

Such elusiveness is literally and figuratively an attempt to avoid capture; it is the hallmark of writing produced under a regime of censorship. Not only does art in such contexts airbrush reality, it conceals the violence of its own lines and the evasive tactics to which authors resort. The project of such a poetics is to raise questions that are answered only indirectly, through divagation and evasive maneuvering.[31] In his commendatory poem, Francis turns what was itself a red herring—an artful but spurious answer to a serious question about the deployment of "guards"—into another ruse (an elaborate simile), taking us still further from the original question. In fine, if a poem's meaning is hard to apprehend, it is difficult to indict its author.

Francis's poem acts as both a shield and a lens for *Lucasta;* his piece defends his brother's poetry and teaches the fit reader how to decode its royalist subtext. Yet each contributor read and defended Lovelace in his own way. In a wry turn on the convention of literary praise, Colonel John Jephson, a parliamentary officer, flatters Lovelace that he will protect Jephson's own verse; at first he notes ironically, "*I write so well that I no Criticks feare; / For who'le read mine, when as thy booke's so neer, / Vnless thyself?*" He concludes:

then you shall secure mine
From those ["Criticks"], *and Ile engage my selfe for thine;*
They'd do't themselves, thé this allay you'l take
I Love thy book, and yet not for thy sake.

(a4^{v})

The last line cutely suggests that Jephson is self-interested in "engaging" himself for Lovelace's poetry, for only if Lovelace's work survives can Jephson's own verse take cover underneath it—only then will the "Criticks" not savage him. The conceit, however, elides the real meaning of Jephson's engagement for Lovelace: it was the poet who needed a strong defense against his critics, critics of a political rather than an aesthetic cast. Jephson, like Francis Lovelace, generously reverses the real order of affairs; as a parliamentarian, it is he who is sticking his neck out for Lovelace.

Nonetheless, the line "I Love thy book, and yet not for thy sake" bears a less benevolent meaning. Jephson may be suggesting (consciously or not) that he is using Lovelace as much as Lovelace is using him, that the alliance is to their mutual advantage. All factions sought to build coalitions in the late 1640s; no one could afford to dismiss the moderates of any party.[32] The two writers could offer each other protection from their respective "criticks." What is more, Jephson stamps a rather different meaning on *Lucasta*'s preface, and on *Lucasta* itself, from the one that the loyalists present. In what appears to be an answer to Francis Lovelace's poem, Jephson devises his own figure of offering, one in which royal offspring and royalist excess are conspicuously absent:

> *But as the humbler tenant that does bring*
> *A chicke or egges for's offering,*
> *Is tane into the buttry, and does fox*
> *Equall with him that gave stalled oxe*
> *So, (since the heart of ev'ry cheerfull giver*
> *Makes pounds no more accepted than a stiver,)*
> *Though som thy prayse in rich stiles sing, I may*
> *In stiver stile write Love as well as they.*
>
> (a4^{v})

These lines impart a ninety-degree turn to the trope that Francis had used: the humbler presents that Jephson offers symbolize, of course, his more modest poetic gifts, the relative poverty of his "stile," but they also serve as a tacit critique of courtly ostentation. Moreover, Jephson adopts the role of "tenant" in his poem; he will not play "Subject" to Lovelace's "Queen," as Francis did. These differences point subtly to political distinctions: though the commendatory writers were moderates, they approached the political center from different directions.

The cagey Marvell, who stood on the fence politically in the late 1640s, strikes a royalist stance in his commendatory poem. His piece is consonant with his elegies on Villiers and Hastings, and with his mock elegy on May. We may surmise that Marvell's "Modest ambition" is to surpass his fellow commendatory writers, for in the past age "*Who best could prayse, had then the greatest prayse*" (a7). Perhaps unwittingly, perhaps indeed coincidentally, Marvell echoes Francis Lovelace's line on giving the "Bayes" to Lovelace—though Marvell's version contains a clearly competitive wrinkle: "*Twas more esteemd to give, then weare the Bayes*" (a7). Conveniently for him, conferring the laurel crown is the humble duty of the commendatory writer, his "modest ambition."

Yet there is generosity in Marvell's gesture. During the "*Civill Wars,*" the poet laments, England has "*lost the Civicke crowne*": "*He highest builds, who with most Art destroys, / And against other Fame his own employs*" (a7). Marvell takes the opposite tack, adding his voice to the chorus of voices supporting Lovelace—"*I / . . . in his cause would die*" (a7^{v}). This, of course, begs certain questions, including a variant on the question that Francis Lovelace had raised: why did this motley band of writers, Marvell among them, agree to defend Lovelace's "gate"? Their aim, I would contend, was to project *concordia discors* over the "shrill noise of drums" that accompanied the war.[33] As we have observed, the choir offering paeans to Lovelace included both royalists and parliamentarians; what better way to cement the once warring factions together than to render them one voice?

Yet not even an artist as skillful as Marvell could paper over the conflict inherent in the exercise in which he was engaged. Nor did he want to: conflict drove his poetry, and ambiguity filled its every fold. David Norbrook argues cogently that Marvell espoused the idea of a royalist-Independent alliance against the Presbyterians, a position the poet shared with Marchamont Nedham—the Nedham of 1647, that is, when that consummate political actor was in the middle of turning his royalist coat outward.[34] On the other hand, numerous Presbyterians had joined with royalists to combat the Independents, making a muddle of "party" and allegiance.[35] The terms of any potential consensus were unclear, and there was an attempt on all sides to marginalize the third term, not to mention the fourth, fifth, and sixth terms—other more radical groups like the Levellers, Diggers, and Ranters. Marvell thus endeavors to construct a fragile, papier-mâché consensus, a poetic essay to get royalists and Independents to coalesce around high culture; excluded are Presbyterian philistines and radicals of all stripes.

At the outset of his poem's second verse paragraph, Marvell alludes to the critics and censors who have begun to take issue with Lovelace's volume: "*The Ayre's* already tainted *with the swarms / Of Insects which against you rise in arms*" (a7, emphasis added, in roman). Notice that the critics are no ordinary insects: they rise "in arms," as soldiers in battle, underscoring the context of war; notice too that the word "already" implies that the "swarm" of critics have emerged before the book's publication, that the critics are in fact licensers loath to give the poems their imprimatur.[36]

Marvell then takes aim more expressly at those who would censor Lovelace's writing: "*The barbed Censurers begin to looke / Like the grim consistory on thy Booke*" (a7). The term "Censurers" straddles the line between *critics* and *censors*; Marvell is here skewering the Presbyterian licensers in the Westminster Assembly (the "grim consistory") as Milton did in *Areopagitica*.[37] Though his use of "Like" in the second line hedges on his target, the poet continues his onslaught against the Presbyterians in the next couplet: "*And on each line cast a reforming eye / Severer than the yong Presbytery*" (a7ᵛ). This hit at the "yong Presbytery" supplements his attack on the elders of the "consistory": young or old, Presbyterians are grim and bowdlerizing.

Shifting to the future tense, Marvell adds: "*Some reading your* Lucasta *will alledge / You wrong'd in her the Houses Priviledge*" (a7ᵛ).[38] His prediction was not groundless; indeed it was likely rooted in his own reading of the poems (the disclaimer "Some . . . will allege" is equivocal: Marvell nowhere avers that the "allegation" is false). Annabel Patterson ingeniously suggests that in these two lines Marvell "alludes to the privilege of freedom of speech *within* the Commons, a privilege limited, however, to Members of Parliament, and denied to the rest of society specifically by the 1643 Printing Ordinance."[39] Such a reading has the advantage of tying the lines tightly to the issue of censorship. More prosaically, however, the couplet may mean simply that Lovelace has upheld the king's prerogative against Parliament in his poetry.[40] Notice that Lovelace is said to have "wrong'd" the "Houses Priviledge," not to have wronged them *of* it as Patterson's reading implies (see *OED*, s.v. "wrong"). "Privilege" had a wider extension than the traditional freedoms of the House (freedom from arrest, freedom of speech, free access to the monarch and to the upper chamber, freedom to correct mistakes "prejudicial to the Commons"); it could also have a wider intension than the discrete liberties that each house enjoyed: especially at flashpoints in the seventeenth century, the term imported parliamentary power more generally.[41] During the Civil War, "Privilege" was the banner under which Parliament marched; for commoners, it was a rallying cry against the king, an espousal of parliamentary sovereignty. To "wrong" the houses' privilege was thus to do it—and the Parliament itself—violence.[42] Little wonder, then, that Marvell worried the question of censorship at such length: Parliament would doubtless take umbrage at Lovelace's lines.

In the couplet following, Marvell laces the sequestration of the poet's estate with the writing of *Lucasta:* "*Some* [will allege] *that you under sequestration are, / Because you write when going to the Warre*" (a7ᵛ). As Patterson notes (and as we noted earlier), Parliament had passed a bill confiscating the property of "'delinquen[ts]', or [those] taking up arms against the Parliament."[43] Satiric as the couplet seems—the confounding of writing and fighting is the stuff of mock epic, a point with which Marvell is sticking the censors here[44]—it is from one vantage literally true: recall that in October 1648 parliamentary soldiers had raided Lovelace's cabinet, seizing his "Delinquent Jewells" and a sheaf of his writings. Possibly Marvell is hinting here that Lovelace's poetry supplied Parliament with a rationale to break into his house and take his things: Patterson notes the echo of the couplet's second line—Marvell is citing (allusively) the titular phrase in Lovelace's song "To Lucasta, *Going to the Warres*"—it is as if Marvell is pinning the blame on the poems themselves.[45] In short, he provides a summary of Lovelace's censorship career in the compass of one verse paragraph, even referring to the poet's involvement in the Kent petition of 1642 ("*And one the Book prohibits, because* Kent / *Their first Petition by the Author sent*" [a7^v]).

In the final verse paragraph, Marvell clouds over political issues and licensing problems with the topic of love, as Lovelace does throughout *Lucasta.* Here he presents us with Lovelace the gallant; Lovelace the poet and warrior-polemicist recedes into the background. The one eruption through the cover is the striking line—already treated—"I . . . / in his cause would die." The remark that Lovelace "rudely grasps the steely brand" also disturbs the surface somewhat, as does the notion of "beauteous Ladies" in "mutiny" on the poet's behalf—they, like Marvell, "would in his defense contest" (a7^v). The ladies, however, sally forth "yet undrest"; this image grabs the eye more than does the paragraph's political undercurrent. Even nakedness could serve the purposes of disguise.

In his contribution to *Lucasta* John Hall picks up on a thread that Marvell had spun: the binding power of high culture. Though a parliamentarian, Hall was a lover of the arts and even opposed the closing of the theaters.[46] In July 1648, he mourned the death of the royalist Francis Villiers in prose, as Marvell did in verse.[47] Norbrook contends that Hall followed both Marvell and Nedham in hoping for an Independent-royalist pact against the Presbyterians; Hall too centers his argument on "cultural politics."[48] Marvell suggested that Lovelace had restored the "*Civic Crown*"; Hall places both "*th' Delphick wreath and Civic Coronet*" on the poet's "*happy temples*" (a8). Moreover, Hall insists, he can do so "*safely*"—perhaps because Lovelace has (putatively) refused martial verse for amorous poetry:

> [Thou] *melt those eager passions that are*
> *Stubborn enough t'enrage the God of war,*
> *Into a noble Love, which may aspire*
> *In an illustrious Pyramid of Fire*

> *. . .This is the braver path, time soone can smother*
> *The dear-bought spoils & tropheis of the other.*
> *How many fiery Heroes have there been,*
> *Whose triumphs were as soone forgot as seen?*
>
> (a8–a8v)

Hall contrasts kinds of fire—the mortal fire of martial heroes and the immortal pyramid of fire that Lovelace has lighted: warriors flicker and fade; *Lucasta* is an enduring "*lustre bright.*" But the distinction occludes the bellicose edge of Lovelace's poetry, not to mention the permanence of Homeric epic, an omission that Hall is forced to redress in the poem's final couplet. His ignoring the delicately combative strain in *Lucasta* is likely deliberate: Hall opposed not only the suppression of the theater but also censorship of the word; he had read *Areopagitica* with approval.[49] He was therefore playing his part in securing *Lucasta*'s publication despite its royalist edge.[50]

Moreover, the classical republican states on which writers like Hall modeled their ideal polity, and from which both he and Milton reconstituted the principle of intellectual freedom, shared certain canons with contemporary European monarchies: canons of taste, for one, the cultivation of art and drama. Indeed, Hall had exchanged commendatory pieces with other royalist writers in recent years—Thomas Stanley and James Shirley, for example; he had a habit of reaching across the political divide.[51] Hall's connivance at the royalism of *Lucasta* was thus not only principled but strategic: culture offered Hall a plot of common ground with the enemy, an area where at least some of the factions could converge. Although we cannot agree on the subject of regal crowns, he seems to suggest, we can at least agree on the twin subjects of "*Delphick wreaths*" and "*Civic Coronets.*" By concurring with royalists on the theater and by highlighting that aspect of Lovelace's poetry that "melts" the warlike passions, Hall is making a last stab at consensus. Consensus at this point could not be assumed—it needed to be achieved.

Hall's spin on Lovelace's poetry is capable of a more cynical reading, however. He might be fashioning *Lucasta* as a book of love poetry to negate its political and martial undercurrent, to strip it of its polemical charge ("[Thou] *melt those eager passions that are / Stubborn enough t'enrage the God of war, / Into a noble Love, which may aspire / In an illustrious Pyramid of Fire*"). On this interpretation, Hall is wrapping a tendentious reading of the poems in the guise of flattery, hoping that readers will regard Lovelace's work as innocent of politics and remote from the battlefield. Perhaps Hall was balancing two conflicting imperatives: to seek comity and alliance with moderate royalists, on the one hand, and to thwart Lovelace's political message, on the other.

Indeed, in *The Advancement of Learning* (1649), Hall suggests that by supporting "Literature," Parliament might win over its most trenchant royalist critics. In making his case, he alludes to Lovelace's *Lucasta:*

> What better means have you to confute all the scandals and imputations of your deadly adversaries, who have not spared to speake you worse than *Goths and Vandalls,* and the utter destroyers of all Civility and Literature, then by seriously composing your selves to the designe of cherishing of either. What directer caus-way could you finde to the aggrandization of your owne glory, then entertaining the celebrated care of so many Kings, the onely splendour of so many Republicks . . . ? That which is certain to make all brave men for the future, your admirers and followers. . . . What better way to your profit, then to command abundance of fruitful wits . . . ?[52]

Hall is here citing, and urging Parliament to answer, Brome's censored commendatory poem, in which the poet had derided "the Schismatick *Goths,* and *Vandals*" who waged war against Charles. Hall goes on to align "Kings" and "Republicks" under the banner of learning, and even to propose that Parliament's sponsorship of letters would attract royalist writers to their side. His participation in *Lucasta* is thus not merely a placating gesture but an attempt to win the royalists' most eloquent pens to the parliamentary cause. Such diverse imperatives, some of which were conciliatory and some contestative, made any notion of consensus byzantine.[53]

Hence the intricate emotional field in which *Lucasta* is embedded. The body of *Lucasta* is the site of several passions, love foremost among them. But as Arthur Marotti has taught us, in poetry "love is not love"; love is always entangled in other emotions, in ethics, in politics.[54] Even Lovelace's alliance with parliamentarians is strategic: while Independents like Hall, Marvell, and Jephson sought to conciliate various factions, including royalists, to fill out their slender ranks and thus to lend their party an air of legitimacy, royalists needed to employ the ancient tactic of "divide and conquer" against their victorious but heterogeneous enemy. Lovelace's ultimate aim in embracing select Independents was to divide the opposition along cultural lines: the poet hoped to rescue the Independent literati from Presbyterian boors and hence to fracture the parliamentary coalition.

The twining of love, alliance, and war evinces itself in Lovelace's poetry as it does in the commendatory verses, but the way in which Lovelace weaves these strands differs subtly from the ways in which Hall and Jephson weave them. The parliamentarians pretend that love is *Lucasta*'s regnant theme; indeed, labored puns on love and Lovelace dot the commendatory verses. Yet in the well-known song "To Lucasta, *Going to the Warres,*" Lovelace's speaker tells his beloved upon departing for the battlefield:

> a new Mistresse now I chase,
> The first Foe in the Field;
> And with a stronger Faith imbrace
> A Sword, a Horse, a Shield.

Famously, he concludes by defending himself against the charge of "Inconstancy":

> Yet this Inconstancy is such,
> As you too shall adore;
> I could not love thee (Deare) so much,
> Lov'd I not Honour more.

(3)

Lovelace's persona threads love together with military honor, and honor takes pride of place. With ordnances sounding around them, Britons would have sympathized. Faith and fidelity translated readily into political and martial allegiance.

Thus while love seems uppermost throughout much of the volume, the pith of Lovelace's work is political. The following poem, entitled simply "Sonnet," affords another eloquent example of this dialectic:

> I
>
> Depose your finger of that Ring,
> And Crowne mine with't awhile;
> Now I restor't—Pray do's it bring
> Back with it more of soile?

Or shines it not as innocent,
As honest, as before t'was lent?

II

So then inrich me with that Treasure,
Will but increase your store,
And please me (faire one) with that pleasure
Must please you still the more:
Not to save others is a curse
The blackest, when y'are ne're the worse.

The shrewd juxtaposition of virginity and jewelry is a classic metaphysical conceit, and Hall and his party would no doubt have us read the "Sonnet" as a straight seduction piece, but the poem's language suggests that it has several layers. The poem's first word, "Depose," was highly charged in the late 1640s; crowning and restoration were similarly charged terms. The sonnet, I would contend, has two currents that run in opposite directions. On one level, the speaker makes an apparently compelling case that the innocent give up her "treasure." *Lucasta,* however, has taught us to be sophisticated readers of love and honor. Even the "metaphysicals" surely knew how disingenuous was the argument that the loss of virginity changed nothing: the preservation of chastity was, after all, the proof of female honor. For his part, Lovelace's poetic persona insists that he could not love Lucasta did he not love honor more; indeed, in "To Lucasta" he becomes a male version of Petrarch's Laura, pursuing "virtue" rather than gratifying his lover. Presumably he could not love the mistress of the "Sonnet" if she were denuded of her "honor."[55] It is as if Lovelace is subtly pointing the oiliness and expediency of his persona's reasoning in the "Sonnet"—and the dishonorable nature of his intentions. Not only does the analogy of the untarnished "ring" (also a term for the female pudenda) founder on the historical reality of chastity's importance, but the tenor of Lovelace's volume points to a different conclusion from the one that the speaker insinuates.

Yet it is the flaw in the speaker's argument that forms a portal to the political level of the sonnet. Knowing readers slip from the poem's "metaphysical" layer to a political bedrock, where notions of a suitor's dishonor make sense in conjunction with the idiom of "deposition" and "recrowning." If, as we just noted, the architectonic of *Lucasta* implies that the sonnet's speaker is unreliable—that his intentions are at root "dishonorable"—then the lines

> Depose your finger of that Ring,
> And Crowne mine with't awhile;
> Now I restor't—Pray do's it bring
> Back with it more of soile?
> Or shines it not as innocent,
> As honest, as before t'was lent?

invite contradiction; the answers to the questions are "yes" and "no," respectively. And if we complect the poem's amatory strand with its political one, this stanza suggests that the king's "Crowne" would indeed be tarnished by someone who borrowed it—that is, it would be corrupted by a usurper. On such a reading, the speaker is not merely a rakish court wit but a Satanic-Cromwellian seducer, and the note of "deposition" on which the piece begins would have permitted a literal and not just a metaphorical interpretation.[56] Though a fallen Cavalier might try to violate a woman's honor, Cromwell and his cohort were violating the ancient constitution.

Even if Lovelace set out to write a Donnean seduction poem, he drew on political tropes quick in the ether, tapping into the political unconscious of many royalists, and managing in the narrow space of his lyric a penetrating critique of republican power. In sum, the poem has two aspects, one "metaphysical" and one political, each the mirror image of the other; to return to where we began, in the political reading love is secondary, honor primary.[57] Indeed, honor is itself the bridge between the poem's two levels. Throughout *Lucasta,* Lovelace connects love and fidelity with politics, loyalty and martial honor with royalism—recall once again that in "To Lucasta," the poet's persona could only justify leaving his mistress by trumpeting his love of "honor," his allegiance to the king's cause.[58] The links among these various terms are harder to spot in the sonnet because they are more artfully rendered, but they are there nonetheless.

Our receptiveness to the sonnet's deeper meanings depends, however, on whose version of the poems we are reading: Frank Lovelace's or John Hall's. These writers—who are also readers of the poetry—offer competing versions of *Lucasta,* one primarily political, the other shorn of political valences. Frank Lovelace's *Lucasta* is lined with subtle polemics; Hall's *Lucasta* is riddled with beautiful but impotent love poetry. Thus the commendatory writers, who respond to Lovelace and to one another in their poems, participate in constructing *Lucasta*'s meaning.

As we have observed, Francis Lovelace's reading of the poems prevails through much of *Lucasta*. In "To Lucasta. *From Prison.* An Epode," for instance, Richard Lovelace makes a vocal plea for Charles, one that scarcely needs a royalist gloss.

I

Long in thy Shackels, liberty,
I ask not frome these walls, but thee;
Left for a while anothers Bride
To fancy all the world beside.
. . .

III

First I would be in love with *Peace,*
And her rich swelling breasts increase;
But how alas! how may that be,
Despising Earth, will she love me?

IV

Faine would I be in love with *War,*
As my deare Just avenging star;
But War is lov'd so ev'ry where,
Ev'n He disdaines a Lodging here.

V

Thee and thy wounds I would bemoane
Faire thorough-shot *Religion;*
But he lives only that kills thee,
And who so bindes thy hands, is free.

VI

I would love a *Parliament*
As a maine Prop from Heav'n sent;
But ah! Who's he that would be wedded
To th'fairest body that's beheaded?

VII

Next would I court my *Liberty,*
And then my Birth-right *Property;*
But can that be, when it is knowne
There's nothing you can call your owne?
. . .

XI

Since then none of these can be
Fit objects for my Love and me;
What then remaines, but th'only spring
Of all our loves and joyes? The KING.

XII

He who being the whole Ball
Of Day on Earth, lends it to all;
When seeking to ecclipse his right,
Blinded, we stand in our owne light.

(49–52)

In "To Lucasta, *Going to the Wars,*" Lovelace's persona loves "honor" more than he loves his mistress; but while his mistress in this former poem is Lucasta, in the above "Epode" the king himself becomes his love, the "Sun" whose light provides sustenance for his subjects. In such an aesthetic calculus, love and honor are the same.

Wilkinson suggests that "thee" in the poem's second line refers to Lucasta (that it is she whom Lovelace's persona is taking leave of). It may—the poem is addressed to her—but the syntax suggests that "thee" refers to "liberty," from whose "Shackels" the speaker is unbinding himself. It is of course possible that "liberty" is meant to be synonymous with Lucasta in these lines; if so, then in the stanzas that follow the speaker casts about for a brighter light source than even Lucasta can provide. But perhaps personified liberty and Lucasta are different entities; perhaps the speaker takes leave of liberty and not of Lucasta. Indeed, there is warrant for thinking that Lucasta, whose name means *holy light,* is the king himself, the great "Ball of Day on Earth" which stands over against misguided liberty.[59] Beams of light are what the speaker prays for—a star to guide him—and Lucasta's very etymology promises to answer his prayer; *liberty* is what the "rebels" most wanted—hence the (potential) opposition between the two figures.[60] On this reading, Lovelace's Lucasta, his source of light in a dark prison cell, the one for whom he has abandoned his liberty, is Charles.[61] The titular address "To Lucasta" is, then, a coded address to the king.

The subtlety of Lovelace's art sorts oddly with the bluntness of the poem's message, however. The poet ticks off various targets and runs them through—the italics, quite possibly Harper's, render his marks still easier to discern: rebellion (in the figure of *War*), religious zealotry (in the figure of *Reformation*), et cetera; the word "KING" is capitalized for emphasis. Yet perhaps Lovelace needed one moment of perfect clarity to throw light on the other Lucasta poems in the volume (this piece appears in the dead center of the book). It is as if the poet is intervening in the commendatory writers' debate over *Lucasta*, reinforcing his brother's loyalist reading of the poetry. Elsewhere in the lyric Lovelace is not as blunt as he has seemed to some critics: the figure of a headless parliament, for instance, is not necessarily a reference to the king's decollation, as some have suggested; it may well refer to his absence from Parliament. Britons took the body politic metaphor quite seriously—many of the "Rump Songs" written in the early 1640s observe that the Parliament lacked a head, though of course royalist writers in the early forties may have been predicting which way the current course tended.

It is difficult to know Lovelace's referent here, as dating the poem's composition—which is essential to understanding its meaning—has proved almost impossible. The problem has excited much debate: some have followed Margoliouth in dating the poem to Lovelace's first imprisonment in 1642 (Margoliouth notes the parallels between the poem and the Kentish petition of 1642); others have followed Wilkinson in dating it to the poet's second imprisonment in 1649. If Margoliouth is right, then Lovelace cannot have been referring to the king's execution; if Wilkinson is right, then he must have been.

But both of these readings might obtain. It is notoriously difficult to date most of Lovelace's poems, yet whenever they were written, they took on a new significance when *Lucasta* was published in June 1649 (Thomason's date). *Lucasta* is a sort of palimpsest: meanings accrued to the volume over the long life of its composition, publication, circulation, and reception. A headless parliament meant one thing in the early to middle 1640s, when at least part of "To Lucasta. *From Prison*" may have been written, but it meant something else entirely when Lucasta was published in June 1649. Lovelace surely appreciated this: he spent his time in prison "fram[ing] his poems for the press," and it would be strange if the king's fate had not occurred to him as he reread his line on "th'fairest body that's beheaded."[62]

The insight has a broad application. The poems in *Lucasta* were mulled over, written, and rewritten for years (some date to the period before the wars); and as Lovelace edited the volume in prison it seems likely that his love for a mistress gradually gave way to his love for the king, who was martyred before the poet's release in 1649. The figure of Lucasta is not merely a shill for Lovelace, distracting us from the poems' "real" political meaning—lovers did miss their mistresses during the war, husbands their wives[63]—but meanings become sedimented in Lovelace's poetry; and in the end, the political meaning is uppermost, if still buried. The political elements of the poetry are periodically updated, rendered "news" of a sort, and the poems are bound together not only textually but thematically. By the end of the 1640s the Cavalier topoi of love and honor had converged, and the divisive cultural and political issues of a long decade had telescoped: this convergence, and this telescoping, find expression in *Lucasta,* where Lovelace's mistress is both lover and king. In 1649 *Lucasta* was thus a cohesive, though of course not a simple, "text act."

Such a reading helps to illuminate the final two pieces in the volume.[64] The penultimate poem, "*Calling* Lucasta *from her Retirement,*" calls Lucasta not so much from "Retirement" as from a dark grave:

I

From the dire Monument of thy black roome
Wher now that vestal flame thou dost intombe
As in the inmost Cell of all Earths Wombe,

II

Sacred LUCASTA like the pow'rfull ray
Of Heavenly Truth passe this Cimmerian way,
Whilst all the Standards of your beames display.

III

Arise and climbe our whitest highest Hill,
There your sad thoughts with joy and wonder fill,
And see Seas calme as Earth, Earth as your Will.

. . .

VII

Shrill Trumpets now doe only sound to Eate,
Artillery hath loaden ev'ry dish with meate,
And Drums at ev'ry Health Alarmes beate.

VIII

All Things LUCASTA, but LUCASTA call,
Trees borrow Tongues, Waters in accents fall,
The Aire doth sing, and Fire's Musicall.

IX

Awake from the dead Vault in which you dwell,
All's Loyall here, except your thoughts rebell,
Which so let loose, often their Gen'rall quell.

X

See! She obeys! by all obeyed thus;
No storms, heats, Colds, no soules contentious,
Nor Civill War is found—I meane, to us.

(142–44)

If "To Lucasta. *From Prison*" serves as a key to other poems in the volume, then we may read "Calling Lucasta from her Retirement" as fusing the king and Lucasta, literal and metaphorical death. The "black roome" from which the speaker invites his mistress to emerge is both Lucasta's cold "retirement" and the king's sepulcher. The first triplet adumbrates the mistress's current frigidity, a state beyond the mere "chastity" of stanza VI: Lucasta "intombe[s]" her "vestal flame" as if in the "Earths Wombe," a fusion of death and virginity redolent of Marvell's "Coy Mistress." But she is also figured as a "ray" that shines "Heavenly Truth" on earth—once assured that "All's Loyall here" she answers the speaker's invocation and arises from a grave (a "dead Vault") that seems more literal than metaphorical; she is then "by all obeyed." The martyred king seems a fit candidate for such a vision. James I noted to Charles's brother Henry that the monarch was "a little God . . . rul[ing] over other men":[65] Lucasta consorts perfectly with James's image and with royalist iconography equating the king with the sun. Lovelace's Lucasta thus forms part of a royalist fantasy about the Christlike resurrection and restoration of Charles: the king thought of himself as married to his subjects as Christ was married to the church, so the conflation of lover, Christ, and king in Lovelace's poetry coheres from both a political and a theological perspective. Indeed, on the scaffold, Charles uttered "Remember," which many interpreted as an allusion to his son and namesake; so fused were Charles I and II in the royalist imagination that in his coronation sermon for Charles II, George Morley, bishop of Worcester, compared the Restoration to a Christic "*Resurrection* from the *Dead.*"[66]

In 1649, however, the idea of such a restoration was mere fantasy. In the black room of poetry Lovelace might pretend that "Shrill Trumpets now doe only sound to Eate," that "Artillery hath loaden ev'ry dish with meate," and that "Drums at ev'ry Health Alarmes beate"—all within the same stanza. Each line of this triplet opens with a salvo and softens into a scene of conviviality, but the war continued even after 1649, and the Cavaliers could revel only in private. "No storms, heats, Colds, no soules contentious, / Nor Civill War is found——I meane to us": the dashes are a break with reality (144).

Yet the fantasy endured. At the conclusion of "*Calling* Lucasta from *her Retirement*" is the note, "*The end of* LUCASTA: *Odes, &c.*"; but Lucasta—both the volume of poetry and the eponymous figure within it—lived on in a lengthy pastoral that begins on the following page (*Aramantha. A Pastorall*).[67] This textual oddity suggests the transcendence of death—an end that is not an end—and *Aramantha* itself addresses the topic of resurrection. The pastoral begins with "Faire Aramantha" alone, the trees and flowers paying homage to her "As to their Queen their Tribute pay"; "The noble *Heliotropian* / Now turnes to her, and knowes no Sun," as does the "loyall golden *Mary.*" Lovelace concludes the nymph's saunter in the garden with the following politically charged passage:

> So all their due Obedience pay,
> Each thronging to be in her Way:
> Faire *Aramantha* with her Eye
> Thanks those that live, which else would dye:
> The rest in silken fetters bound
> By *Crowning* her are *Crown* and *Crown'd.*
>
> (149)

Aramantha is clearly not only "Sun" but royalty.

When Aramantha repairs to the forest, Lovelace notes: "This is the Pallace of the Wood, / And Court oth' Royall Oake, where stood / The whole Nobility, the Pine." Here she overhears a pining lover, Alexis, who resents aloud the blithe beauty of foliage indifferent to his mistress's death:

> Ah can there ought on earth rejoyce!
> Why weares she ['earth'] this gay Livery
> Not black as her dark entrails be?
> . . .
> Can dayes triumph in *blew* and *red,*
> When both their *light,* and *life* is fled?
> Fly Joy on wings of *Popinjayes*
> To Courts of fools, there as your playes
> Dye, laught at and forgot; whilst all
> That's good, mourns at this Funerall.
> Weep all ye *Graces* and you sweet
> Quire, that at the Hill inspir'd meet:
> *Love* put thy tapers out that we
> And th' World may seem as blind as thee:
> And be, since she is lost (ah wound!)
> Not *Heav'n* it self by any found.
>
> (154–55)

These lines, especially the lines after the ellipsis, refer to the generic incongruity of the scene: after a death so momentous (we learn later that his lover is Lucasta herself), "playes" can only be enjoyed by "Courts of fools" transported on "wings of *Popinjayes*" (the term *popinjay* itself denotes a fop, and the courtier was a type of the fop: see *OED,* s.v. popinjay, def. 4b). Alexis thus dismisses the drama in language reminiscent of the 1642 act suppressing the theater: plays did not "well agree with . . . [the] Exercise of sad and pious Solemnity."[68] Elegy was more apposite: the graces are bid to "weep," Love to extinguish his "tapers"; we are reminded that plays themselves "Dye."

Drama lives on, however, in the pastoral itself, and Aramantha hears Alexis's words "as a Prisoner new cast / Who sleeps in chaines that night his last / Next morn is wak't with a repreeve, / And from his trance not dream bid Live; / Wonders (his sence not having scope) / Who speaks, his friend, or his false Hope" (155)—she recognizes him but can scarcely believe her ears. Before revealing herself to Alexis, she tests him as Rosalind tests Orlando in Shakespeare's pastoral *As You Like It.* Her disguise is a thicket (she pretends to be a "sacred spirit"); she speaks to him with a voice both disembodied and sardonic about his mistress:

Is she that Virgin-star a Maid
Except her prouder Livery,
In beauty poore, and cheap as I?
Whose glory like a Meteor shone
Or aery Apparition
Admir'd a while but slighted known.

(159)

She is here playing on Neoplatonic love conventions current in royalist circles: to Alexis Lucasta is an ethereal and elevated being, but Aramantha suggests that had he "known" Lucasta, had he stripped her of the clothes that made her beautiful (her "prouder Livery"), he would have shunned her, for she would have been no more glorious than Aramantha herself, a being devoid of body. He responds with fury, "Thinking to answer with a Speare" as if in the midst of a "warre intestine," apparently forgetting her supposedly spectral nature. Upon spying Aramantha, however, he "discover[s] / *Lucasta* in this Nymph," an epiphany that has dawned on the reader a short while before (160). The dramatic irony of events comes home to Alexis, and the discernment of Lucasta's identity through her double disguise—the thicket and the pseudonym of "Aramantha"—staves off tragedy. After a tight and silent embrace ("Onely the Rhet'rick of the Palm / Prevailing pleads, until at last / They chain'd in one another fast" [161]), Lucasta tells him of her recent trials with a translucent reference to Britain's own "warre intestine":

LUCASTA to him doth relate
Her various chance and diffring Fate:
How chac'd by HYDRAPHIL, and tract,
The num'rous foe to PHILANACT,
Who whilst they for the same things fight,
As BARDS Decrees, and DRUIDS rite,
For safeguard of their proper joyes,
And Shepheards freedome, each destroyes
The glory of this Sicilie;
. . . From this sad storm of fire and blood

She fled to this yet living Wood;
Where she 'mongst savage beasts doth find
Her self more safe then humane kind.

(161–62)

The pastoral veers close to allegory here. Wilkinson notes that "Philanact must stand for 'Cavalier', and 'Hydraphil'—the lover of the many-headed beast, the multitude, the 'num'rous foe' to the Cavalier—for the 'Puritan' or 'Parliamentarian'. The 'Bards Decrees, and Druids rite' are Law, supposed to be given by the bards, and Religion, their championship of which was constantly and confidently asserted by both parties. The meaning of 'Caelia', a few lines below, is more obscure. Possibly she is the 'Heavenly', the Anglican Church. Spenser uses the word in the same sense" in the *Faerie Queen.*[69] Gerald Hammond rounds out this interpretation by observing that "Philanact" means "lover of the Prince."[70] Yet the pastoral is no mere allegory: after all, the identities of the characters shift within the pastoral, rendering them intractable to one-to-one equations.

Dating too complicates this intricate piece: much of the poem may have been written in the early 1640s. During that time Alexis's fear that he had lost his mistress may have been just that—the war disrupted relationships between lovers, spouses, and friends. But in 1649, when *Lucasta* was published, another death loomed large: the king's.[71] The lines in which Alexis mourns Lucasta inconsolably, lines that seem overwrought when applied to the loss of a mistress, fit the national mood perfectly in 1649. I would suggest that Lovelace was highly conscious of this when he published the poem in 1649; indeed, he may have revised the passage to render it more dramatic, infusing the piece at the same time with the language of royalism. It is significant that he concluded the volume with this pastoral after a false stop with "*Calling* Lucasta *from Retirement*"—in doing so, he gave *Aramantha* a special place in *Lucasta;* the poem contained parting words of comfort to a party that had lost nearly everything.

In the pastoral's final paragraph, Lovelace's persona points the moral of his tale:

But the true joy this pair conceiv'd
Each from the other first bereav'd;
And then found after such alarmes
Fast pinion'd in each other armes:

Ye panting Virgins that do meet
Your Loves within their winding-sheet,
Breathing and constant still ev'n there;
Or souls their bodies in yon' sphere,
Or Angels men return'd from Hell,
And separated mindes can tell.

(164)

The notion that lovers could find each other "in their winding-sheet, / Breathing and constant even there" amounts to a denial of death; politically, it may amount to a hope for the king's resurrection and restoration, perhaps in the form of young Charles II. (*Amaranth,* incidentally, is the "fadeless flower" of poetic lore: see *OED,* def. 1, from Greek and Latin, "everlasting.") The cloistered nature of the lovers' reunion implies that before such an event, royalists would need to spend some time in the wilderness together. The happy ending that met the characters in *As You Like It*—a return to the court—was further off: in this hybrid poem, part pastoral drama, part romance, part comedy (complete with the marriage of Alexis and Lucasta), there remains an ambient sadness, an elegiac strain.

It may seem perverse or Shandean to focus so intensely on the king and his execution in reading Lovelace's poetry, but these themes were national obsessions. More than two hundred years later in *David Copperfield,* Mr. Dick broaches the subject of "King Charles's head" whenever possible, such was the longevity of the king's execution in the national imagination.[72] It is of course true that in poetry suitors commonly addressed their mistresses in grand political terms: doing so was conventional, in no way peculiar to the literature of the Civil Wars. The idiom's very conventionality, however, would have made it suitable as a cover; we need, moreover, to interrogate the convention itself. Arthur Marotti, among others, has already done so with Sidney and Donne, studying the confluence of politics and love in their biographies and in their work; Lovelace, the evidence would suggest, adapts the convention to his own political ends. His imprisonment for political reasons, his staunch royalism, and the times themselves rendered his political language—however airy and figurative it seems—concrete and literal.

Unlike Prynne, whose style forms a nearly impenetrable crust over his prose, Lovelace writes obscurely but artfully; the obscurity that is his formal signature is in fact an aesthetic code, decipherable by the initiated.[73] Such an aesthetic strategy galvanizes partisan allies and galls partisan enemies who are able to decrypt it (but who are unable to seize on anything concretely treasonous—the poet's indirection and allusiveness are elusive, wispy). Lovelace's ambiguity may have left a purchase for Hall, Jephson, Marvell, and others to wrest *Lucasta* to their own ends, but Lovelace left clues about his intentions for the sympathetic reader.[74]

The danger of overreading is of course ever present, but with art constrained by censorship, "underreading" poses the greater danger. As Christopher Hill observes, reading only "the words on the page" risks ignoring what the writer only dared to hint.[75] Censorship, like surgery, leaves marks, scars, traces; it also creates a curious beauty, a bittersweet, unheard melody, so long as our ears are sensitive enough to hear it.

Lovelace was a "gentleman writer" in spite of his penury,[76] but his notorious "obscurity" was not the product of careless casualness or failed *sprezzatura;* his style was considered and carefully wrought. Indeed, it was what the age would have called "feminine" in its delicacy, in its indirection, and in its refusal of direct confrontation. Recall Needler's compliment that "*The world shall now no longer mourne, nor vex / For the obliquity of cross-grain'd sex*" (a6^{v}) and Francis Lovelace's simile comparing his brother to a pregnant queen; pregnancy was a common trope for art *in ovo,* but the metaphor was particularly apt in Lovelace's case, and Needler's couplet captures the poet's beauty and his obliquity at once.[77] In the first poem of the 1659 *Lucasta: Postume Poems of Richard Lovelace Esq,* Lovelace paints Lucasta as having two aspects; her Janus face alternates depending on the perspective of the viewer. Such paintings apparently did exist; in his notes to the poem, Wilkinson helpfully refers us to a couplet in Cleveland's great Civil War poem, "The Rebel Scot":

> As in a picture, where the squinting paint
> Shewes Fiend on this side, and on that side Saint.[78]

From at least one vantage, the *Lucasta* of 1649 shot a darting glance at those, the so-called saints, who sought to stop Lovelace's tongue.

3

FREE SPEECH, FALLIBILITY, AND THE PUBLIC SPHERE: MILTON AMONG THE SKEPTICS

ROYALISTS WERE OF COURSE not the only ones to complain of censorship during the Civil War and interregnum. In November 1644 Milton published *Areopagitica,* a now canonical text in the history of Western liberalism. Modern scholars often dwell on the tract's shortcomings: *Areopagitica* denies freedom to Roman Catholics and perhaps even to royalists, and it allows for the suppression of books that prove "monsters" upon publication.[1] Yet the pamphlet's plea for the "Liberty of unlicenc'd Printing" was radical enough in context: many parliamentarians believed that they were fighting against the king and his "popish" advisors, not to mention the Irish papists; Milton could scarcely have addressed a tract to Parliament that supported their enemies' right to vent war propaganda. As for Milton's endorsement of postpublication censorship, it is well to note that as late as 1769 the Whig jurist William Blackstone defined "free speech" as freedom from precensorship, not total liberty.[2]

In his tract against licensing Milton was responding to the printing ordinance of 14 June 1643. The ordinance had reinstalled the Laudian system of censorship on a new foundation, appointing "Parliamentary and Presbyterian licensers in place of the royal and Episcopal censors."[3] Milton deplored the hypocrisy inherent in such an act, denouncing the measure as the "immediat image of a Star-chamber decree" (39). While Milton addresses Parliament politely in *Areopagitica,* he trains much of his fire on Presbyterians, the dominant party in 1644; he thus deploys the classical technique of *divide et impera,* dividing the Parliament in an effort to win worthy members to his side. Milton spoke for many when he quipped that "*New Presbyter* is but *Old Priest* writ

Large": quite a few came to regard the Presbyterian "consensus" as tantamount to popery.[4] Indeed, Milton's contest with the Westminster Assembly formed part of a larger contest between authors and licensers that shaped public debate in the 1640s.

As scholars have noted, part of Milton's agenda in *Areopagitica* is personal. Milton set aside poetry for pamphleteering in the 1640s, an activity that made him particularly vulnerable to the censor's critical gaze. His divorce pamphlets brought him into conflict with the Presbyterian Assembly and with Parliament; in his tract against licensing, therefore, he criticized both bodies.[5] Yet while Milton's animus against the Presbyterians had a personal tinge, his strictures against them were not only principled but also quite public, aired as they were in the embryonic public sphere of Civil War London. Indeed, in *Areopagitica*'s exordium, Milton addresses Parliament in terms that anticipate Habermas on the bourgeois public sphere: "it could not but much redound to the lustre of your milde and equall Government, when as private persons are hereby animated to thinke ye better pleas'd with publick advice, then other statists have been delighted heretofore with publicke flattery" (2).[6]

Throughout the 1640s Milton criticized the Presbyterian platform on a wide range of issues: marriage, monarchy, church discipline, and the proper limits of the press. Not surprisingly, he was castigated for several of his writings; he was even called before Parliament. Worse still, many ignored him. Few deigned to answer his polemical tracts, even his divorce pamphlets. In fact, many adopted Thomas Fuller's haughty attitude toward the pamphlet form itself: "the Presse, like an unruly horse, hath cast off his bridle of being Licensed, and some serious books, which dare flie abroad, are hooted at by a flock of Pamphlets."[7] Unfazed, Milton stressed the importance of the pamphlet war in which he was engaged and the dangers of censorship. Inscribed in one copy of *Areopagitica* is the following note in Milton's hand: "Qui libellos suppresserut iidem suppressere literas" (The same men who have suppressed little books have suppressed literature).[8] In Milton's estimation, pamphlets were not a debased genre but a significant literary form.

Many scholars, however, endorse Thomas Fuller's assessment that "hooting" pamphlets eclipsed "serious books" at this time. Indeed, Sheila Lambert and D. F. McKenzie argue that there was no "explosion" of print at the outset of the decade: they observe that the total page count of printed works did not increase from the 1630s to the 1640s and that paltry, catchpenny pamphlets replaced more "substantial" treatises.[9] Even Michael Mendle, otherwise a shrewd commentator on the press of the period, derogates the pamphlets as "trash."[10] Such snobbery, however, yields questionable scholarship. As other critics have remarked, the number of pamphlets accessible to the middling sort and the "lower orders," as they were called, rose dramatically during the 1640s; the polemical tracts and broadsides of the period were cheaper, more widely available, and easier to read than books.[11] To insist that depth matters more than breadth—that philosophical depth matters more than breadth of readership—is to miss how profoundly the explosion of "minor" works altered the political landscape.

It is of course possible for scholars to exaggerate the degree of change. Christopher Hill, for instance, has argued that the 1640s witnessed the flourishing of press freedom among other flowers of liberty; the truth, no doubt, is more complicated.[12] The licensing system during the decade from 1640 to 1650 was a mix of tolerance and intolerance, censorship a war on several fronts. In what follows I canvass the workings of the licensing machinery in the 1640s. The problem I want to address is whether a genuine public sphere emerged during this period. Among the questions that we will need to consider is whether a public sphere can be authentic if even the threat of censorship exists. On a Habermasian model, the aim of reasoned debate, of "communicative reason," is social and political consensus "unconstrained by external pressures."[13] Was debate in the 1640s genuinely "unconstrained"?

In the first section I address the many layers of public debate in the 1640s, both licensed and illicit, placing Milton in the wider context of political and religious controversy. A complex picture of the public arena during this period emerges: while debate was robust, it was not "free" in any straightforward sense. Even for so-called radicals, religious speculation could go only so far; though less dogmatic than the Presbyterians, most Independents, for example, set clearly demarcated limits to acceptable speech. Thus, while some writers enjoyed an unprecedented degree of freedom during the Civil Wars, they did not inhabit a full-blooded public sphere. In the next section I examine the role of skepticism in the public sphere. Appealing to his countrymen's anti-Catholic prejudice, Milton brilliantly twins skepticism with antipapist rhetoric in *Areopagitica,* casting all licensers as miniature popes who claim "infallibility" of judgment. He urges that because ultimate truth is not attainable in this world, skepticism, free speech, and (within limits) religious toleration are moral and political imperatives.

In the third section of the chapter I argue that this articulation of skepticism, free speech, and toleration is just what conservatives feared. The pairing of press freedom and liberty of conscience was common in polemical exchanges of the period; many averred that skepticism made such freedoms even more combustible. For the Presbyterians, skepticism and toleration threatened the religious consensus they were trying to build. Indeed, the reactionary Thomas Edwards, among others, predicted that skepticism, religious tolerance, sectarianism, or indeed heterodoxy of any kind, would lead inevitably to atheism. Cataloguing the "heresies" of the time, Edwards argued tirelessly for uniformity, and he called for a stringent censorship to buttress religious orthodoxy. While he lost the uniformity debate in the short run (despite the creation of a directory of worship), I argue in the final section that Edwards's antiskeptical attitude prevailed in the 1650s, much to Milton's chagrin. The commonwealth that Milton had done so much to defend betrayed the "Good Old Cause" of religious toleration, refusing, ultimately, to espouse the skepticism that would have allowed such tolerance to thrive. With the demise of skepticism came the near collapse of public debate.

The "Public Sphere" in the 1640s

"Public spheres" are bubbling up everywhere these days; indeed, the term is defined so variously that it threatens to become meaningless. It pays to revisit Habermas's original treatment of the subject and to trace some of the redactions that other scholars have offered. Habermas argues that in England, commerce, along with the decline of licensing in 1695, created a space between the state and the "private sphere," a space, that is, between the "police" and the court, on the one hand, and the "private realm" of commodity exchange and the family, on the other. The public sphere emerged into this open space from the private realm: in Habermas's celebrated formulation, the "authentic" public sphere comprises those "private people [who] come together as a public." The political public sphere evolved from "the world of letters," the coffeehouse conversations, and the salon debates that defined bourgeois culture. Civility and equality characterized the discourse in this new public arena.[14]

Yet while Habermas argues that commerce gave rise to civil society and in turn to the public sphere—the news industry, for example, grew organically out of merchants' needs for market information—he maintains that the world of "necessity" and the "rule of capital" cannot encroach on the sphere of "reason" without polluting it. According to Habermas, the commercialization of print inevitably devolves into "culture consumption," a private exchange of goods rather than a free exchange of ideas. In short, the private consumption of culture "hollows out" the public sphere.[15]

David Zaret has recently qualified Habermas's account of civil society. Zaret dates the public sphere's appearance to the Civil Wars at midcentury, another period in which censorship seems, at least, to have lost some of its bite, and he contends that the market for print was inextricably bound up in public discourse. Far from vitiating free debate, Zaret argues, the marketplace nurtured it; the erosion of censorship cleared a space for what the jurist Oliver Wendell Holmes famously called the "free trade in ideas."[16] Zaret thus moves the emergence of the public sphere back fifty years and changes its basis.[17]

Milton would certainly have agreed with Zaret that the free commerce in ideas cultivates that "richest Marchandize, Truth" (29). Milton pitched his argument against monopoly, not against commerce (23).[18] From a Habermasian perspective, however, there are other problems with Zaret's formulation. For one thing, debate was hardly civilized during the Civil Wars; for another, participants in the public conversation did not enjoy an equal status.

Zaret is right, of course, that opportunities for political discourse expanded during the 1640s. Parliament dissolved the Star Chamber and the High Commission in the summer of 1641, collapsing the twin pillars of the Laudian regime. But even before that, various committees were charged with clamping down on the London presses. On 13 February 1640/41, the House of Commons carved a printing committee from the ranks of the "Grand Committee on Religion."[19] On 3 August 1641, just after the abrogation of the prerogative courts, the House combined the printing committee with the Committee for Examinations, which Michael Mendle dubs a "star chamber for the government of the press."[20] Ironically, the enlarged Committee for Printing often met in Star Chamber to draft press legislation and to discuss strategies of containment.[21] Thus Milton's remark that the June 1643 licensing ordinance was the "immediat image of a Star Chamber decree" misses the point that Parliament had borrowed Laudian tactics well before adopting the 1643 measure.

The repeated complaints in the House journals of "scandalous" and "seditious" books and pamphlets suggest, however, that Parliament's efforts to curb obnoxious publications met with considerable resistance.[22] Indeed, the preamble to the June 1643 printing ordinance acknowledges the difficulty of restraining the press amid the confusion of war.[23] To give some idea of the chaos that prevailed in the licensing system, when Edward Dering, chairman of the Committee for Printing, published a collection of his speeches, the book affronted a majority in the House; Dering was consequently relieved of his duties, his book burned by the common hangman.[24]

Mendle argues convincingly that from 1640 to the ordinance of 14 June 1643, "the threat of ex post facto action was substituted for the older course of prior restraint."[25] Moreover, enforcement of the various parliamentary orders proved difficult even after 1643. D. F. McKenzie has detailed the networks of radical writers and stationers who defied the authorities during the Civil War.[26] Sometimes the master and wardens of the Stationers' Company blinked at seditious publications; at other times stationers fell out with their own wardens and even threatened constables who invaded their printing houses.[27] As Zaret observes, the market became an engine for the public stage of print.[28] In the aftermath of the June 1643 ordinance, press output declined somewhat: 2,034 titles in Donald Wing's *Catalogue* survive from 1641, and 3,666 titles survive from 1642; but only 1,835 titles survive from 1643, 1,206 from 1644, and 1,174 from 1645, after which production seems to have risen once again until 1649. Nevertheless, even the lowest of these figures, 1,174 titles, represents nearly double the average yearly output of the 1630s.[29] Thus, despite Parliament's efforts to curb unauthorized publications, a de facto public sphere emerged at intervals in the 1640s.

The question, then, is why Milton railed so vehemently against an ordinance that worked only intermittently and that he himself gave little chance of success (3–4, 15, 17–19). By 1645, the year after *Areopagitica* was published, writers as diverse as John Saltmarsh and Thomas Edwards concurred on the unprecedented freedom of speech that England enjoyed. In his *Reasons for Unitie, Peace, and Love,* Saltmarsh, an Independent, praises Parliament in lavish terms: "When did England see so much liberty before?"[30] In his *Gangranea,* Edwards, an ardent Presbyterian, laments Parliament's failure to enforce the printing measures they had enacted.[31]

Milton, however, takes up the issue of press freedom by a somewhat different handle. He insists that to construct an authentic public square, a polity must sanction freedom of speech de jure and not merely de facto. The Commons had connived at some of the radical literature produced in London, but for Milton, freedom should not depend on parliamentary "grace" or the licenser's good will any more than it should depend on the king's prerogative. The bare *threat* of censorship cast a pall over public discourse.

Milton himself felt this threat acutely. The Commons had called him before them to answer for his divorce writings, and, a bit later, the Lords subpoenaed him about *Areopagitica*—not exactly the "accesse" to the "High Court of Parliament" that Milton had envisioned in the pamphlet's opening line.[32] In the upshot, Milton was not punished, but presumably he was warned, and he was scarcely Parliament's only target.[33] Discouraged by the stationers' lax enforcement of the 1643 printing ordinance, the Commons threatened to sequester the estates of those who published seditious texts.[34] The Committee for Examinations continued to ratchet up the pressure on stationers, admonishing them that if they did not enforce the licensing measures of the 1643 act, it would rescind "the orders of Parliament made in favour of the Company," thus threatening their monopoly and their copyrights.[35]

The government's inconsistency—its tendency to alternate periods of laxity with periods of severity, as well as its tendency to wink at some texts while suppressing other, similar texts—reeked of arbitrary rule. The "system" of licensing rendered England a nation of men and not of laws, as different licensers applied the printing acts in disparate ways. Indeed, Presbyterian licensers were little better than Catholic priests, granting indulgences to their favorites and to those who could afford a fee.[36] As Milton observed, "Bishops and Presbyters are the same to us both name and thing" (25).

If the licenser was at root a papist, the imprimatur was his popish badge. G. Frederick Nash observes that the 1643 ordinance did not require imprimaturs as had the 1637 decree, yet licensers and stationers continued to print them anyway.[37] With one eye on Rome and the other on England, Milton remarks that thanks to the Inquisition, "Sometimes 5 Imprimaturs are seen together dialogue-wise in the Piatza of one Title page, complementing and ducking each to other with their shav'n reverences, whether the Author, who stands by in perplexity at the foot of his Epistle, shall to the Presse or to the spunge" (8). Buried under a pile of licenses, the author is pushed to the margins of his or her own work.

Such a picture seems overdrawn, however, when applied to England in the 1640s. Most works bore only one licenser's imprimatur, if that, not the "ducking reverences" of Milton's inset satire. A draft of the 1643 ordinance had mandated that two or more licensers approve a publication, but the bill's final language is more lenient, allowing for the signature of just one licenser.[38] Indeed, Milton cites a version of the "*Order which* [Parliament] *have ordain'd to regulate Printing*" that, on his reading of it at least, requires the approval of only one censor: "[*N*]*o Book, pamphlet, or paper shall be henceforth Printed, unlesse the same be first approv'd and licenc't by such,* or at least one of such as shall be thereto appointed" (3).

The one-licenser requirement left an opening for radical writers. With the requirement of two signatures, a censor like John Bachiler—notorious for his endorsement of the period's most "innovative" authors—would have been forced to find an ally in the Westminster Assembly to usher a progressive work into print. Naturally, few in the relatively conservative assembly shared Bachiler's political and religious views. Since only one signature was necessary for a license, however, Bachiler could sponsor authors as radical as John Saltmarsh, John Goodwin, William Walwyn, and John Lilburne without consulting anyone else.[39] A vigorous public sphere of sorts thus emerged despite the parliamentary system of licensing. What is more, the censors themselves figured prominently in public debate.

Licensers entered the public sphere both as censors and as authors. Indeed, the imprimaturs frequently amounted to works in their own right, in some instances taking on the character of a brief book review or puff piece. Licensers, like everyone else, tended to form allegiances; they defended some writers and took aim at writers of different sects. Coteries of censors and authors thus participated in a form of political and religious discourse unknown through most of the 1630s: *authorized* debate.

The Bachiler-Saltmarsh alliance epitomizes one side of this debate. Saltmarsh preached love as a binding force: he exalted love above uniformity and even above reason. The public sphere he fostered was, therefore, not strictly rational; it was based on *caritas.* In 1646 he published his *Reasons for Unitie, Peace, and Love, with An Answer . . . to a Book of Mr Gataker one of the Assembly.* The blurb preceding Bachiler's imprimatur amounts to an advertisement: "Reader, In this Answer to Master Gataker, I conceive thou hast a taste of the true Notion both of the sweetnesse and glory of the Gospell. Imprimatur, John Bachiler."[40] Gataker was himself a licenser, but he was also an author; a Presbyterian minister and member of the Assembly of Divines, he wrote copiously against the Independent party. By licensing Saltmarsh's answer to Gataker, Bachiler was authorizing, and in a sense co-authoring, a response to a fellow licenser. This episode and others like it demonstrate that, far from suppressing public discussion, some licensers engaged in it themselves.

Bachiler, like Saltmarsh, emphasized the pacific and conciliatory tendency of civilized, open debate. In his imprimatur for Saltmarsh's *Smoke in the Tem-*

ple (1646), a tract dedicated to Cromwell, Bachiler remarks: "Let this Way of Peace and Reconciler among Brethren, intituled, The Smoke in the Temple (more then ordinarily usefull in these times be printed. Imprimatur." In the spirit of tolerance, Bachiler even licensed works whose arguments clashed with his beliefs. For example, he approved John Tombes's *Two Treatises . . . concerning Infant Baptism* (1645), remarking that "the author was a godly man 'and of the Presbyterian judgement, [and] though [he was] not of opinion with him', he agreed to the publication of the treatises to encourage further contributions to the debate on infant baptism."[41] Such openness nursed a more broadly tolerant public sphere than had hitherto been allowed.

In the particularly lengthy imprimatur that he attached to John Goodwin's *Twelve Considerable Cautions* (17 February 1646), Bachiler offers a fuller justification of his permissive attitude toward the press:

> Impartial Reader:
>
> Although these ensuing *Cautions about Reformation,* may seeme to give occasion of distaste to such spirits as are wont to be presently tossed in a tempest of prejudice, and their own unquiet passions, before they have read and considered, or have given any leisure to their own reason to debate matters within themselves, yet for mine own part, after the perusal of them, I find nothing expressed therein, contrary to sound judgment and good manners, therefore allow them to be printed: Ingenuously professing, that as I have been, and still shall be carefull, that nothing may be authorized under my hand, which rationally appeare to me, to be prejudiciall to the Propagation of the Gospel, the Authority of Parliament, or the publique peace; for in this discussing and Truth-searching age, I hold it my duty (whatever the censures of some may be) even as a man, much more as a Christian, (in all sober and calm disputes from Scripture and reason, where the contention seems to be for the Truth, and not for Victory) to suffer faire-play on all sides, and to yeeld that liberty to every free borne subject, which (I humbly conceive) the Law of God, of Nature, and this Kingdome gives.[42]

Many of these propositions are Miltonic in their flavor. Milton too regarded the 1640s as a "discussing and Truth-searching age," having remarked on the "generall and brotherly search after Truth" in *Areopagitica* (32). Indeed, Bachiler's waving aside "unquiet passions" in favor of judicial "reason," while allowing "faire-play on all sides," once again squares with the Enlightenment vision of a rational and tolerant public sphere.

Yet the context of war is often visible in the background of these licensing debates. Even in the dulcet passage just quoted, Bachiler cannot avoid using the word "contention" to describe the quest for "Truth." The licensing *contest* in which Bachiler was engaged is still more pronounced in his imprimatur for Saltmarsh's *An end of One Controversie: Being an Answer or Letter To Master Ley's large last Book, called Light for Smoke,* where Bachiler compares the author's right to defend himself in print to the natural right of self-defense: "The Law of Nature giving a man leave to speak fairly in his owne just defence, and the law of Grace requiring him to speak zealously in the defence of Truth, I think it equal that this answer to Mr. Ley should be printed." In this rich, telling sentence, Bachiler is mediating Saltmarsh's "natural right"; a one-man equity court, he judges it "equal" that Saltmarsh be allowed to answer Ley. Under any definition of the "public sphere," all participants need to be treated as equals, an idea that Bachiler endorses here, but adumbrated in this passage are also the Hobbesian notion of self-preservation and the idea of Christian warfare.[43] In a state of nature, every man has the right to defend himself; in a state of grace, every believer has the duty to "speak zealously in the defence of Truth." Thus, while Bachiler appears to have supported a public sphere, the Hobbist tenet of "self-preservation" underwrites it, rendering it a state of nature and hence a state of war. Saltmarsh writes to "end" the controversy, as his title promises; while technically such a goal is consonant with a public sphere based on rationality—reasonable debates should move toward a conclusion—the titular stance is far different from the open one that Saltmarsh's professed toleration seems to require. In sum, victory rather than consensus is Saltmarsh's object, as well as Bachiler's. The "brotherly search after Truth" has devolved into a censorship contest.[44]

At times, of course, Milton too regards the search for truth as a "war": one thinks immediately of his celebrated passage on the "wars of Truth" (36).[45] Yet the boundaries of Milton's public sphere are more expansive than Bachiler's. In the imprimatur attached to Goodwin's *Twelve Considerable Cautions* (17 February 1646), part of which we have already examined, Bachiler defends himself against charges of laxity by citing works that were clearly out of bounds: "the Books which meet harshest censure, such as the Bloudy Tenent, the Treatise about Divorce, and others that have Affinity with these, I have been so farre from licensing, that I have not so much as seene or heard of them, till after they have been commonly sold abroad; and how many such like I have refused to license, some scores can witness."[46] For Bachiler, Milton's divorce tracts lay beyond the limits of reasonable discourse.

Perhaps more to the point, for Milton, even Bachiler's tolerance of divergent views would probably have amounted to little more than enlightened despotism. Indeed, Milton assails Joseph Caryl in his *Colasterion* even though Caryl was among the most compliant of licensers, second only to Bachiler himself in the mid-1640s. Caryl licensed Bachiler's book on free grace, and he licensed responses to the reactionary Edwards, adding comments of his own to at least one of them.[47] He made the mistake, however, of approving an *Answer* to Milton's first divorce tract: "To preserve the strength of the Mariage-bond and the Honour of that estate, against those sad breaches and dangerous abuses of it, which common discontents (on this side Adultery) are likely to make in unstaied mindes and men given to change, by taking in or grounding themselves upon opinion answered, and with good reason confuted in this Treatise, I have approved the printing and publishing of it."[48]

Milton accuses Caryl of co-authoring as well as licensing the text, suggesting that the line between author and licenser was a perforated one. Milton directs as much ire toward Caryl as he does toward the anonymous author; the licenser's is the only name on the tract. Furthermore, the writer, Milton argues, is so obviously uneducated that he has little authority—no wonder he needed a licenser's backing.[49]

This brings us to Milton's principal objection to licensing: it infantilizes authors and readers. Milton had recently set up as a teacher, and he would not endure the indignity of the state's treating him as a pupil:

> [S]o far to distrust the judgement & the honesty of one who hath but a common repute in learning, and never yet offended, as not to count him fit to print his mind without a tutor and examiner, lest he should drop a scism, or something of corruption, is the greatest displeasure and indignity to a free and knowing spirit that can be put upon him. What advantage is it to be a man over it is to be a boy at school if we have only scapt the ferular, to come under the fescu of an Imprimatur? (20)

Such "tuition," moreover, detracts from the author's authority: "And how can a man teach with autority, which is the life of teaching, how can he be a Doctor in his book as he ought to be . . . whenas all he teaches, all he delivers, is but under the tuition, under the correction of his patriarchal licencer to blot or alter what precisely accords not with the hidebound humor which he calls his judgement" (21). This critical passage engages not just the ongoing licensing controversy but current political theory. Robert Filmer's *Patriarcha,* which Charles I had refused an imprimatur in the early 1630s, had been circulating in manuscript for some time; the notion of the king as patriarch had proved enormously attractive to royalist thinkers. Milton, however, contemned the idea that political leaders were the fathers of their people. In the *Defensio,* for instance, he ridicules the notion of the king as *pater patriae:* "Our fathers begot us, but our kings did not."[50] Still earlier, in *Areopagitica,* Milton suggests with a glance at Filmer that the "patriarchal licencer" is no better than a patriarchal king, implying further that the licenser is a corrupt vestige of Charles's paternalistic monarchy.[51]

Quentin Skinner and Martin Dzelzainis have foregrounded the "neo-roman" aspect of Milton's political thinking. Skinner observes that neo-Roman republicanism calls for vigilance against any form of political "slavery."[52] At the opposite pole, Filmer follows biblical precedent and Roman law in granting patriarchs the power of life and death over their children; he argues as well that kings are the fathers of their people.[53] For Milton, however, to grant fathers such absolute authority is to make slaves of children; to equate "monarchs" with "patriarchs" is to make slaves of subjects. Indeed, enslavement is the inevitable result of a patriarchal system of government, no matter how indulgent the father/king. As Skinner observes, even if a slave has a forbearing master, even if a child has a generous and beneficent father, until he is independent, he will never be a citizen—he will never be free.

> [T]he *Digest* [of Roman law] makes it clear that, if we wish to understand the essence of servitude, we need to take note of a further distinction within the law of persons: the distinction between those who are, and those who are not, *sui iuris,* within their own jurisdiction or right. A slave is one example—the child of a Roman citizen is another—of someone whose lack of freedom derives from the fact that they are 'subject to the jurisdiction of someone else' and are consequently 'within the power' of another person.
>
> This resolves the apparent paradox of the slave who manages to avoid being coerced. While such slaves may as a matter of fact be able to act at will, they remain at all times *in potestate domini,* within the power of their

masters. They accordingly remain subject or liable to death or violence at any time.[54]

For Milton, who refers to the suppression of an edition of books as a "massacre" (493), a regime of "patriarchal licensers" entails the threat of just such violence. Though "massacres" of this kind might be dismissed as merely figurative, Milton draws an explicit link between the power that a censor exerts over an author's text, and therefore over the minds of a people, and the absolute power of a patriarchal king. Warning Parliament against political backsliding, he remarks: "That our hearts are now more capacious, our thought more erected to the search and expectation of greatest and exactest things is the issue of your own vertu propogated in us; ye cannot suppresse that unlesse ye reinforce an abrogated and mercilesse law, that fathers may dispatch at will their own children" (34). His recourse to the term "vertu" in the context of England's reformed, freethinking citizenry aligns him with the republican thought of Machiavelli and against the tenets of ancient Roman law, the canons of the Roman church, and the politics of royalists like Filmer. In a patriarchal monarchy, a political "subject" was a child, not a citizen; a writer was a pupil under the licenser's tutelage, not an author in his or her own right.

Dzelzainis amplifies Skinner's argument by observing that even when the author is "prepared to take full responsibility for his work by 'standing to the hazard of law and penalty', he will not be allowed to do so." He must instead "'appear in Print like a punie with his guardian', bearing a licence from the censor to prove 'that he is no idiot'."[55] Without the right to take responsibility for his or her work, the author will never be able to enter a "state of maturity" (21); he or she will always be dependent on the licenser. As Dzelzainis remarks, even in the absence of censorial interference, "the danger is that such a condition of dependency will inevitably constrain [one's] behavior, leading to self-censorship."[56] The bare threat of censorship deprives the writer of freedom.

Readers too resent the censor's encroachment on authorial liberty. Milton describes the shadow that an imprimatur casts over a text: "When every acute reader upon the first sight of a pedantick licence, will be ready with these like words to ding the book a coits distance from him, I hate a pupil teacher, I endure not an instructer that comes to me under the wardship of an overseeing fist" (21–22). Readers will not credit an author who is still under his master's rod. On the other hand, should a reader endorse the argument of a licensed publication, even if the argument is cogent and the censor's interventions modest, he or she runs the risk of believing what is true "in the wrong way." As Milton remarks, cryptically but famously, "A man may be a heretick in the truth" (26). Sirluck explains, "Truth has a subjective as well as an objective aspect. Let a doctrine be never so true objectively, it is not truth in its professor if he believes it in the wrong way. The wrong way is to believe because of external authority."[57]

Indeed, the idea that the licenser has access to the truth, that his imprimatur is the seal of some higher authority, is a form of idolatry. Achsah Guibbory puts it well: "Licensing forces people to bow down to a false God (the licenser), imprisoning their conscience and judgment in [a] form of idolatrous bondage."[58] The twin issues of maturity and freedom are paramount. Without the unconditional freedom to read, to judge, and to debate, a genuine public sphere is impossible.

Guibbory notes further that the censor's claim to authoritative knowledge is on all fours with Roman Catholic claims of papal infallibility: "Like the Pope, the licenser usurps God's authority in presuming 'the grace of infallibility'."[59] Here we reach the crux of Milton's argument, for *Areopagitica* is nothing if not a salvo against certainty. A skeptical strain runs through his tract on free speech, a strain seldom noted by critics. In essence, Milton contends that the elusiveness of truth enjoins the toleration of diverse viewpoints. In the next section, I take up this skeptical thread of Milton's argument.

Milton Among the Skeptics

Skepticism is a necessary ingredient of the public sphere, for if the public arena were governed by "infallible" referees, debate could scarcely be open or open-ended. The problem for the early modern state, however, was that allowing skepticism destroyed the *appearance* of political and religious consensus that magistrates worked so hard to promote. Skepticism led to conflict; uniformity and the quelling of doubt required censorship. Yet as Milton and several of his radical confreres observed, such policy was indistinguishable from popery.

The fusion of skepticism and antipopery proved a potent compound for many in the 1640s. In *Areopagitica* Milton traces the ways in which residual popery garrotes public discussion; even during the revolution, he argues, England was setting up infallible judges in the form of censors, miniature popes who jealously guard the lines of acceptable discourse. I now want to refine the question I raised at the outset of the last section, the question of whether a genuine public sphere existed in the 1640s. In what follows I address the problem of religion's place in early modern public discourse. Habermas's public sphere, we should recall, is secular; it is founded on earthly reason. The public arena of the seventeenth century was, however, suffused with religious debate. Can Habermas's definition of the public sphere be expanded to include the problem of belief? Can religion consist with reason, with skepticism? More particularly, how does Milton reconcile reason, religion, and doubt in his vision of the public sphere?

In discussing these issues, we will be considering questions that survive to this day. To what extent can religion inhabit the public square? Can belief be debated in a public forum? Can unbelief? What is the relationship between faith and reason? Can individuals live in religious uncertainty? Can a nation? For England in the 1650s, the answer to the last question was "no," as Milton discovered to his dismay. As we shall see toward the end of this chapter, the new republic's failure to endorse religious toleration and to allow a robust public sphere stemmed from its unwillingness to espouse skepticism in any form.

In his otherwise superb book *Writing the English Republic,* David Norbrook tends to neglect the religious aspect of early modern discourse. Norbrook deftly teases out the classical republican elements of *Areopagitica,* underlining the extent to which Milton's image of the public sphere is modeled on that of ancient Athens. He observes that Milton's blueprint for free expression is Greek *parrhesia,* "open, bold speech" in a public forum.[60] In London as in Athens, citizens have not just a right but a duty to participate in the political process. In accenting such classical influences, however, Norbrook diminishes the importance of Milton's plea for "Liberty of the Sects."[61] Between the lines of Milton's early prose tracts we can discern an inchoate republicanism, and Norbrook, Skinner, and Dzelzainis are right to draw our attention to it. Nevertheless, religion stood at the center of the paper war and of the Civil War itself. The printing committee's origins in the "Grand Committee on Religion" highlight Parliament's determination to regulate specifically religious books. Indeed, Cromwell later remarked that although "religion was not the thing at the first contested for . . . at last it proved that which was most dear to us."[62] Because most debates of the period hinged on confessional questions, controls on religious discussion hindered political discourse as well; yet in 1644 the issue of toleration and its proper limits was more pressing than was the idea of a republican polity.

Thomas Fulton recognizes as much, focusing on the more "liberal" strain of Milton's thought in his reading of *Areopagitica.* In his article "*Areopagitica* and the Roots of Liberal Epistemology," Fulton emphasizes the connection between Enlightenment reason and religious toleration in Milton's prose. Fulton, like Guibbory, observes that Milton equates reason with freedom: "knowledge derives only from rational choice. God gave humanity 'the gift of reason to be his own chooser'."[63] As another Independent, Henry Robinson, had earlier remarked in a tract against uniformity, "mans reason cannot be forced by outward violence."[64] Furthermore, as Fulton notes, in devising his argument for toleration "Milton experimented with new forms of reasoning. This self-authenticating method of ethical reasoning followed the influential work of the Arminian philosopher Hugo Grotius, whom Milton had met in Paris. Writers such as Selden and Hobbes appealed to the models of Grotius in formulating the new language of ethics and politics, which, like Descartes and Bacon, favored a method of argument which did not use fallible and pre-established authorities. . . . Milton strives toward a method akin to the 'mathematically demonstrative' arguments that he praises in Selden."[65] Milton, then, anticipates Habermas in lifting free, reasoned debate above arguments from authority.

Fulton is surely right that Milton regarded all worldly authorities as fallible. Yet as Milton makes clear in *Areopagitica,* human fallibility casts a shadow over all forms of human reasoning. Even with the "gift of reason," we see through a glass darkly: "While the Temple of the Lord was building, some cutting, some squaring the marble, others hewing the cedars, there [were] a sort of irrationall men who could not consider there must be many schisms and many dissections made in the quarry and in the timber, ere the house of God can be built. And when every stone is laid artfully together, it cannot be united into a continuity, it can but be contiguous in this world" (32). The temple figure works at multiple levels. Sirluck notes that Milton is here "reversing a damaging received inference from a scriptural text [1 Kings 5–6] by enlarging the scope of the reference. In building the Temple, Solomon had the stones cut to size before being brought to the construction site, so that the quiet of the holy place would be undisturbed. This became one of the arguments for religious conformity." In his adaptation of the scriptural passage, Milton brings the "necessary cutting operations to the fore," emphasizing schism rather than uniformity.[66] The temple trope also works lexically, as "building" and "education" are related etymologically (through the German word *Bildung*). But while the quest for truth is constructive, Milton makes clear that the temple's sundry stones are "contiguous," not "continuous": the structure's faults reveal that perfect knowledge is unattainable "in this world." Given our epistemological limits, Milton suggests, we should not presume to prescribe a set of beliefs to others. Thus, while he draws links among reason, choice, and toleration, Milton also draws connections among fallibility, skepticism, and toleration. Indeed, in Milton's calculus, reason itself leads invariably to a measured skepticism.

Throughout *Areopagitica* Milton raises skeptical objections to Catholic epistemology, puncturing all claims to infallibility. The celebrated temple image is, without doubt, a constructive one; but the earthly fabric that reformers cast is, Milton concedes, imperfect, an approximation of the true heavenly church. After the Reformation, the pope no longer served as Godlike architect for the English tabernacle, but while Milton hails the dismantling of papist shrines, he urges reformers not to erect fixed, falsely perfect idols in their stead. Against such hollow certainty, he exhorts his readers to adopt what Richard Popkin has called a "constructive skepticism" in the field of belief.[67] Licensing, on the contrary, is backsliding. Although they stamp the publications they approve with the marks of authority, English licensers are as fallible as their popish counterparts: "how shall the licencers themselves be confided in, unlesse we can confer upon them, or they assume to themselves above all others in the Land, the grace of infallibility, and uncorruptednesse?" (14).

It is a nice question where Milton derived his skeptical philosophy. His classical reading points to an answer. Folded into his account of the Catholic origins of modern licensing is a defense of "pagan" authors. Noting that Paul himself had invoked classical writers in his teachings, Milton cites a host of classical republican authors in *Areopagitica* (5–6). Hobbes blamed the availability of ancient republican texts for the Civil War, yet I would suggest that Milton cites Cicero and others not merely for their republican politics but for their skeptical epistemology as well.[68] Milton defends Cicero against those who would censor him; he also chides "Cato the Censor" for banishing the skeptic Carneades from Rome (5–6, 10). Both Cicero and Carneades adhered to a form of academic skepticism with which Milton was evidently sympathetic.[69]

The humanist tradition in which Milton was steeped had revived both the academic and Pyrrhonian varieties of skepticism.[70] The adherents of academic skepticism, following Cicero and Carneades, renounced the search for certain truth as an impossible quest, relying instead on probability in their evaluation of religion and the world around them.[71] In Pyrhonnian skepticism, reason discovers the *aporias* that undermine it. Every claim can be countered by an equal and opposite claim; the resulting balance, known as "equipollence," leads to a suspension of judgment. The Pyrrhonian brand of skepticism is thus more rigorous than its academic cousin: for the Pyrrhonian skeptic, no claim is more probable than any other.[72] It would be a mistake, however, to view the renascence of skepticism as purely negative in its impact. Richard Popkin argues persuasively that both Pyrhonnian and academic skepticism were constructive as well as destructive forces, though, as we shall see presently, skepticism often eluded the control of those who brandished it in debate.[73]

Montaigne and the *nouveaux Pyrrhoniennes* helped to disperse skepticism across Europe; their influence was so pervasive that Milton could scarcely have avoided it. In his "Apology for Raymond Sebond", Montaigne famously espouses Pyrrhonism, arguing that philosophy requires a new vocabulary to overturn dogmatism: "I see the Pyrhonian Phylosophers, who can by no manner of speech expresse their General conceit: for, they have neede of a new language. Ours is altogether of affirmative propositions, which are directly against them. So that, when they say, I doubt, you have fast by the throte to make them avow, that at least you are assured and know, that they doubt."[74] Montaigne denies this "fact," noting that the skeptics liken their claims to rhubarb, a purgative that washes away with what it purges: "So have they been compelled to save themselves by this comparison of Physicke, without which their conceite would be inexplicable. . . . When they pronounce, I know not, or I doubt, they say that this proposition transportes it selfe together with the rest, even as the Rewbarbe doeth, which scowred ill humours away, and therewith is carried away [itself]. This conceipt is more certainly conceived by an interrogation: What can I tell?"[75] "Que scais-je?" became Montaigne's motto. The question had a corrosive effect on all traditional forms of knowledge. Indeed, although Montaigne claimed to use skepticism to shore up faith in Christianity, his *Essais,* along with the writings of his disciples, precipitated a crisis of belief.[76]

Milton may have adopted his modified skeptical outlook from Montaigne, though he does not mention him in his writings of the period, or from his readings of Diogenes Laertius and Cicero, both of whom he cites in *Of Education.* At the very least, he caught glimpses of Montaigne in reading other authors who had studied him: for example, Milton clearly read Walwyn, who himself cites Montaigne, Charron, and Lucian.[77] Walwyn used Montaigne's skepticism to advocate a broad toleration, and, like Milton, he inveighed against notions of infallibility: "Now . . . what spirit are they of . . . that would have al men compelled to submit to their probabilities and doubtfull determinations[?]"[78]

In the dialogue between *The Compassionate Samaritane* and *Areopagitica* we have some evidence of a de facto public sphere, albeit a limited one, at work in early modern England: the first edition of Walwyn's pamphlet clearly influenced Milton's *Areopagitica,* which in turn influenced the second edition of *The Compassionate Samaritane.*[79] In his tract Walwyn argues throughout for freedom of the press in terms uncannily similar to Milton's. Walwyn, moreover, shares with Milton an ardent support for the sects and a fine appreciation of their philosophical methods. "One Custome," Walwyn observes, "[that the so-called separatists] have amongst them . . . is either an use of objecting against any thing delivered amongst them, or proposing any doubt, whereof any desires to be resolved, which is done in a very orderly manner, by which meanes the weakest becomes in a short time much improved, and every one able to give an account of their Tenets, (not relying upon their Pastors, as most men in our congregations doe)." He goes on to stress "The uncertainty of knowldg [*sic*] in this life," declaring that "no man, nor no sort of men can presume of an unerring spirit," and echoing an earlier Miltonic text, *Of Prelatical Episcopacy:* "'Tis knowne that the Fathers, Generall Councells, Nationall Assemblies, Synods, and Parliaments in their times have been grossly mistaken: and though the present times be wiser then the former, being much freed from superstition, and taking a liberty to themselves of examining all things, yet since there remaines a possibility of errour, notwithstanding never so great presumptions of the contrary, one sort of men are not to compell another, since this hazard is run therby, that he who in an errour, may be the constrainer of him who is in the truth."[80] The instruments of such "compulsion" were censorship, dogma, and uniformity, all of which Walwyn and Milton opposed.

Milton's great achievement in *Areopagitica,* an achievement he shared with a handful of Independent and Leveller authors, was to smuggle a principled skepticism into his writing under the guise of antipopery. If neither Walwyn nor Milton is, strictly speaking, Pyrrhonian, sparks of Montaigne's Pyrrhonian brand of skepticism are most clearly visible in Milton's radical iconoclasm. As Lana Cable argues, for Milton, fixity of belief amounts to idolatry.[81] In *Areopagitica* he insists that innovation, questioning the past, is the antidote and not the disease. Against the licensers, who "let passe nothing but what is vulgarly receiv'd already" (22), he argues that "new invention . . . betok'ns us not degenerated, nor drooping to a fatall decay, but casting off the old and wrincl'd skin of corruption to outlive these pangs and wax young again" (33). Milton perceives on the horizon "some new and great period in the Church, ev'n to the reforming of Reformation itself" (31), a striking image of knowledge in flux. His deployment of the Osiris myth is especially illuminating:

> a wicked race of deceivers . . . took the virgin Truth, hewd her lovely form into a thousand peeces, and scatter'd them to the four winds. From that time ever since, the sad friends of Truth, such as durst appear, imitating the carefull search that *Isis* made for the mangl'd body of *Osiris*, went up and down gathering up limb by limb still as they could find them. We have not yet found them all, Lords and Commons, nor ever shall doe, till her Masters second comming. (29)

The "body of Truth" (30) will not be whole until the millennium. Thus, despite the constructive aspect of Milton's idea of "knowledge in the making" (31), his epistemology has a skeptical edge. To be sure, Milton sharply contrasts the "body of Truth" with the figure of Proteus: while Proteus pronounces oracles only when he is held fast, Truth, if bound by the censors, "turns herself into all shapes, except her own" (36). Nevertheless, Milton concludes on a more cautious note, directing a pointed remark to dogmatists of all stripes: "Yet is it not impossible that she [Truth] takes more shapes than one" (36). Once again, Milton's main target is the censors. Paradoxically, by seeking to eradicate relativism, licensers corrupted the truth.[82]

Enlightenment thinkers wrestled with skepticism in its various guises, but many recognized the power and cogency of the skeptics' arguments. Descartes, for instance, famously confronted the skeptical threat using doubt itself as a weapon. Descartes inherited a culture of doubt from Montaigne and Charron, but he does something a little different with the proposition "Je doute." In the course of chipping away at the world around him, he makes a discovery: "I noticed that while I was trying thus to think everything false, it was necessary that I, who was thinking this, was something." He concludes, "I saw . . . that from the mere fact that I thought of doubting the truth of other things, it followed quite evidently and certainly that I existed."[83] Descartes's *Cogito* was primarily a *Dubito*—"I doubt, therefore I am." Indeed, his method is so indebted to skepticism that, as Popkin has argued, Descartes is a "skeptic *malgré lui*."[84] The same could be said of Bacon, Selden, Grotius, Hobbes, and many of the other figures with whom Fulton compares Milton: although they believed in the power of reason, they appreciated the potency of doubt.[85]

Montaigne's skepticism and Descartes's argument that the self is the source and ground of truth had a profound impact on seventeenth-century religious debates. Milton clearly felt the influence of the new philosophy: as we have seen, the skeptic's method of systematic doubt fueled his iconoclasm. He is not yet Samson (if he ever was), leveling the temple entirely, but even at this early date, the temple for Milton resided largely in the heart—hence his reference in *Areopagitica* to "spirituall architecture" (32). *Areopagitica* represents Milton at his most attractive: supple, skeptical, and tolerant. Although Milton had, and still has, a reputation for dogmatism, in his tract of 1644 he vehemently opposed brittle, ossified forms of knowledge. Indeed, it was probably the skeptical tendency of Milton's thought that alarmed his contemporaries. Many feared that skepticism provided a trapdoor to something far worse. Without dogma and its twin, censorship, what was left to ground religious belief?

The Threat of Atheism

Many recognized the threat to religious faith that skepticism engendered.[86] If all that we could be sure of is that we exist—and the Pyrrhonists denied even this much—then God was certainly on shaky ground. Montaigne, for his part, embraced fideism to ward off the bogey of unbelief, or at least to appease the censors.[87] Yet while he decried sectarianism and urged conformity to both church and state, he attended school with "heretics"—George Buchanan was an admired teacher—and most of his immediate family converted to Protestantism. Indeed, he came to champion toleration while penning his *Essais*.[88] Montaigne was riddled with tensions and contradictions: he was a humanist who maintained that men were inferior to animals, a tolerationist who advocated submission to authority, a Catholic fideist who suggested that the natives of Brazil, who lived "without . . . religion," were on a par with Christians.[89] What are we to make of this family of ironies and paradoxes? Was Montaigne, ultimately, a Socratic ironist? What were his religious beliefs?

At one time or another, Montaigne, Charron, and Descartes were all accused of atheism.[90] For the first two figures at least, the charges were not wholly implausible. In his "Apology for Raymond Sebond," Montaigne observes with equanimity that "Diagorus and Theodorus, flatly denyed, that there were any Gods"; he draws repeatedly on the "atheistic" Lucretius; and he agrees with Plato that "it is unpossible by mortall nature to establish any certainty of the immortall."[91] Charron hedges in *Les trois veritez*, as Richard Tuck observes, anticipating Pascal's celebrated "wager": "There is no danger in believing in a God, or providence. For if one has miscalculated, what harm will come to one? Who will make us repent of our error, if there is no sovereign power over the world to whom we must render an account, or who cares about us? But if there is, then what a risk he runs who does not believe, and what a horrible punishment will come to him for it?"[92] Such reasoning was a far cry from the supposed fideism of many skeptics. While Descartes constructed an argument for God's existence, some charged him with forging an argument so weak that it practically invited readers to draw a different conclusion.[93] Moreover, because of the sharp dualism inherent in most forms of skepticism—skeptics conformed to society's dictates outwardly while reserving judgment inwardly—many regarded skeptical theory as window dressing for atheism. What were skeptics really thinking?

Unsurprisingly, skeptics met not only with suspicion but also with censorship. Montaigne's *Essays* were selectively censored before their first publication; they were placed on the Index in 1676.[94] The first edition of Charron's *La Sagesse* narrowly avoided suppression; as Tullio Gregory notes, "a revised edition that appeared in 1604 was censured by the Sorbonne; and in 1605 it was put on the Index."[95] Descartes's *Oeuvres* were put on the Index in 1663.[96] On the other side of the channel, Milton and Walwyn too ran into trouble with the licensers. It was, perhaps, the authors' "mitigated skepticism" that drew the critical attention of the Presbyterian censors.

Milton's and Walwyn's skepticism also provoked the censorial ire of the Presbyterian Thomas Edwards. For zealots like Edwards, the rhetoric of doubt was merely a carapace for unbelief. Like all avowed dogmatists, Edwards maintained that freedom and skepticism were an explosive combination. He feared that liberty—liberty of conscience, liberty of the press—led to debate, which led in turn to doubt, and finally to atheism. Thus, for Edwards, freedom was a slippery slope.

Edwards's major work, *Gangraena* (1646), catalogues the "heresies" that infected England. Like the Milton of *Areopagitica*, Edwards dedicates his tract to Parliament; unlike Milton, he proudly displays a license for his work.

Reader,

That thou mayest discern the mischief of Ecclesiasticall Anarchy, the monstrousnesse of the much affected Toleration, and be warned to be wise to sobriety, and fear and suspect the pretended New Lights, I approve that this Treatise, discovering the Gangrene of so many strange Opinions, should be imprinted.

JAMES CRANFOR[D].

Whereas Milton claims that a competent author would not suffer a licenser to be his co-author, Edwards takes great care to show that "authority" is on his side. Cranford had impeccable credentials, as he was himself a distinguished heresiographer.[97] For Edwards, the licenser's imprimatur anchored texts in the truth; to change figures, it was a talisman warding off the twin specters of skepticism and atheism.[98] Indeed, in 1641 Edwards had joined a group of Presbyterian ministers in petitioning Parliament for the renewal of licensing.[99] Yet in the epistle dedicatory of *Gangraena,* Edwards warns Parliament that in tolerating dissent, they abuse their authority: "God accounts all those errours, heresies, schisms, &c . . . suffered without punishment by those who have authority and power, to be the sins of those who have power, and he will proceed against them as if they were the authours of them."[100] Authorities who connive at dissent are themselves the authors of heresy; God would prosecute them in his own Star Chamber.

Edwards blasts the liberty of the press throughout *Gangraena.* Although he does not scruple to buy unlicensed books himself (I.ii.27–28), he excoriates both the authors who write them and the stationers who sell them (I.ii.38; II.7–8).[101] He complains that "the Ordinance about printing" is not "put into execution" (I.i.51) and laments that "the Committee of Examinations [is] jeared, by way of comparing it to the Court of Inquisition, and to the High Commission" (I.i.34). He vigorously defends Gataker, Calamy, and Sedgwick (I.i.61, 65; I.ii.6; II.22), all Presbyterian licensers, but he attacks Bachiler without mercy (I.i.38–39; II.113–15; III.102–5). Toward the end of *Gangraena*'s first part, he provides an index of books that he offers up to the fire, a list that includes both licensed and unlicensed works (I.ii.97–98, 108). Like many who wrote in favor of censorship, however, he claimed freedom of speech (in the sense of *parrhesia*) for himself (I.iii.92).

His various assaults on the doctrine of free speech may be aimed at Milton, but they are more probably directed at Lilburne and Walwyn, whom he chides by name throughout. Edwards mentions Milton only twice, both times in the context of divorce (I.i.29; II.9). The author of *Gangraena* evidently considers divorce a serious heresy, as he first lists it on the same page on which he cites the political "heresies" of popular sovereignty and communism: "the Parliament having their power from, and being entrusted by the people, the people may call them to account for their actions. . . . All the earth is the Saints, and there ought to be a community of goods, and the Saints should share in the lands and Estates of Gentlemen, and rich men. . . . '[T]is lawfull for a man to put away his wife upon indisposition, unfitnesse, contrariety of minde arising in cause from a nature unchangeable; and for disproportion and deadnesse of spirit" (I.i.29). The second time that he addresses Milton's divorce pamphlet, he does so in the context of a woman preacher, whom he smears as a libertine. Libertinism was evidently a half-step away from atheism; Edwards frequently mentions them together.[102]

In *Gangraena,* Edwards treats the varieties of "atheism" that, he suggests, are spreading across England like a disease. Of course, in early modern Europe "atheist" was an elastic term; it was more often a designation of contempt than a precise description. Yet as Nicholas Davidson points out, nebulous as the term was, "It would hardly have been effective as an insult unless it had conveyed some sort of agreed meaning."[103] Edwards imputes the rise of atheism to the increase in liberty and Independency, which he yokes together in all of his writings. As early as 1641 he had warned that "Independencie will bring againe what it would cast out, namely libertinisme, prophanenesse, errors, and will by some removes bring many men to be of no religion at all."[104] As Ann Hughes observes, Presbyterians and Independents called a truce in the wake of the Irish rebellion, but by the middle of the decade the controversy between the two camps had erupted once again.[105]

In *Gangraena,* Edwards levels sectarians with "Scepticks," those who are "against certainty of faith" (I.i.41). On a similar note, he predicts that sectarianism, like polytheism among the "Heathen[s]," will usher in atheism (I.iii.58). Religious tolerance too leads to unbelief: witness *Toleration Justified,* in which Walwyn "plead[s] for Toleration of Blasphemy, of denying a Deity and the Scriptures" (I.iii.57). Indeed, Edwards warns that the discourse of freedom was sending shivers all the way down the body politic. He records the story of a servant who wanted to "leave hi[s Master] and go into another Service; his Master asking the reason, he said, *He would have the liberty of his Conscience:* What's that? Replied his Master: The Servant made this answer, *I would have the Liberty of my Conscience, not to be Catechized in the Principles of Religion*" (I.ii.46). The servant's flippant, witty response borders on atheism, a particularly dangerous idea among the "lower orders." With this anecdote Edwards implies that free speech and liberty of conscience are a volatile mixture, threatening not only religion but the social hierarchy.[106]

Few in the 1640s were willing to tolerate explicit atheism. Even the remarkably tolerant John Goodwin opined that "it was legitimate for the magistrate to punish atheism"; so did Roger Williams.[107] It appears that only William Walwyn and Thomas Collier, the new model army chaplain, were willing to brook open unbelief.[108] What were Milton's views on the subject? Immediately after his argument for toleration reaches its climax, Milton makes clear that he would not tolerate "impiety": "that also which is impious or evil absolutely either against faith or maners no law can possibly permit, that intends not to unlaw it self" (37). He does not define "impiety," but presumably he would stop short of tolerating atheism. *Areopagitica*'s section on the history of censorship may also indicate Milton's views:

> In *Athens* where Books and Wits were ever busier then in any other part of *Greece*, I finde but only two sorts of writings which the Magistrate car'd to take notice of; those either blasphemous and Atheisticall, or Libellous. Thus the Books of *Protagoras* were by the Judges of Areopagus commanded to be burnt, and himselfe banisht the territory for a discourse begun with his confessing not to know whether there were gods, or whether not. . . . And this course was quick enough to quell . . . the desperate wits of other Atheists. Of other sects and opinions though tending to voluptuousnesse, and the denying of divine providence they tooke no heed. Therefore we do not read either *Epicurus*, or that libertine school of *Cyrene*, or what the *Cynick* impudence utter'd, was ever question'd by the Laws. (5)

In referring to the "Areopagus," the judicial body that figures in his tract's title, Milton might have been suggesting the limits that Parliament should set to free speech—atheism, and perhaps even Protagorean "agnosticism," were beyond the pale.[109] And yet Milton's use of the word "confessing" is striking: Protagorus was condemned for "*confessing* not to know whether there were gods, or whether not"; the wording suggests a sympathy with Protagorus.[110] My point is not that Milton was a closet atheist but that he recognized how free speech, coupled with sincerity ("confession"), might give rise to a discourse of skepticism. Indeed, Milton goes out of his way to remark that Epicureans and others who denied Providence were *not* subject to censure. In *Areopagitica,* then, Milton evinces a religious openness extraordinary for his day, a tolerance rooted in his desire to cultivate an early modern public sphere.

Skepticism and Toleration

The career of toleration in the 1640s and 1650s, however, was a sinuous one. At the time of *Gangraena*'s publication, Presbyterians still had a majority in Parliament. But many Independents attacked Edwards's book, including prominent members of the army;[111] the prospects of a broad toleration seemed brighter still as the army gained political power during the second Civil War. Parliament, however, remained obstinate, setting clear limits to religious publications in the Blasphemy Act of 1648:

> For the preventing of the Growth and Spreading of Heresy and Blasphemy: Be it Ordained, by the Lords and Commons in this present Parliament assembled, That all such Persons as shall, from and after the Date of this present Ordinance, willingly, by Preaching, Teaching, Printing, or Writing, maintain and publish that there is no God, or that God is not present in all Places, doth not know and foreknow all Things, or that He is not Almighty, that He is not perfectly Holy, or that He is not Eternal, or that the Father is not God, the Son is not God, or that the Holy Ghost is not God, or that They Three are not One Eternal God; or that shall in like Manner maintain and publish, that Christ is not God equal with the Father, or shall deny the Manhood of Christ, or that the Godhead and Manhood of Christ are several Natures, or that the Humanity of Christ is pure and unspotted of all Sin; or that shall maintain and publish, as aforesaid, that Christ did not die, nor rise from the Dead, nor is ascended into Heaven bodily, or that shall deny His Death is meritorious in the Behalf of Believers; or that shall maintain and publish, as aforesaid, that Jesus Christ is not the Son of God; or that the Holy Scripture; . . . is not the Word of God; or that the Bodies of Men shall not rise again after they are dead; or that there is no Day of Judgement after Death: All such

> maintaining and publishing of such Error or Errors, with Obstinacy therein, shall, by virtue hereof, be adjudged Felony.[112]

As felonious offenses, they were capital. Doubt could issue in death.

During the commonwealth years, Cromwell promised greater leniency for tender consciences.[113] Indeed, as he pushed for a religious settlement, he underlined the hypocrisy of the current persecutors. "What greater hypocrisy than for those who were oppressed by the bishops, to become the greatest oppressors themselves so soon as their yoke is removed?" he lectured the members of the first protectorate parliament.[114] Yet even Cromwell, who well understood the intimate link between religious toleration and freedom of the press, ultimately maintained order by tamping down on both. The construction of an established church, the Blasphemy Act of 1650, and the revival of a strict system of licensing signaled the return to an older era of church government.

To be sure, the blasphemy measure of 1650 was far milder than that of 1648.[115] Indeed, David Loewenstein reminds us that in 1659 Milton looked back favorably on the act of 1650. Yet as Loewenstein observes, "Milton goes on to note that those authorities that adjudicate blasphemy may not be 'unerring always or infallible'," another gibe at the censors' pretensions to papal infallibility.[116] Moreover, as Janel Mueller remarks, in praising the Blasphemy Act Milton essentially cordons off religion from the civic sphere: "Milton retrospectively praises a parliamentary act of August 1650 for defining 'blasphemie against God, as far as it is a crime belonging to civil judicature' while passing over in silence the same act's proscriptions against heresy, as presumably exceeding any civil—or, indeed, any human—power."[117]

Although many have skewered Milton for his *volte-face* in becoming a licenser for the commonwealth, the press was at its most free under Milton's stewardship (1651–52).[118] Strictly speaking, Milton's accepting a licensing post violated his neo-Roman principles, but his conduct as licenser argues the continuity rather than the mutability of his convictions. As Masson and Parker have noted, Milton helped to temper the language of the 1649 act—the "Act against Unlicensed and Scandalous Books and Pamphlets, and for better regulating of printing"—which became effective 20 September 1649.[119] Despite the ordinance's dour tone and apparent rigor, a clause providing for the printing of the author's or licenser's name on the work suggests that the new licensing system was far from comprehensive in its scope: "[The printer or printers] shall also to every Book, Pamphlet, Paper or Picture prefix the Authors name, with his quality and place of Residence, or at least the Licensers names where Licenses are required."[120] Plainly the dependent clause, "where Licenses are required," implies that they were not required in every case. A close reading of the act suggests that only news-books required a license; offending works in other genres were to be suppressed after publication.

The 1649 act is thus consonant with *Areopagitica.* In his essay of 1644 Milton urged Parliament to replace the licensing machinery with a system of authorial responsibility (39), yet he fretted about the circulation of the royalist news-book *Mercurius aulicus* (18). Even though he mentioned that "Court-libell against the Parlament and City" to show how ineffective was the current licensing system, he evidently did not oppose a tight rein on the news.[121] Not coincidentally, perhaps, he licensed the news starting in 1651.[122] He also provided for the suppression of books that prove "monsters" upon publication (9). All of these suggestions are registered in the new printing measure: the act restricts licensing to the genre of news, calls for the printing of the author's name on his work, and represses seditious books *after* publication. Samuel Hartlib's comment on the 1649 act cinch the connection to Milton. In his diary ("Ephemerides"), Hartlib has the following entry on the printing act of 1649: "There are no Licensers appointed by the last Act so that everybody may enter in his booke without License. puided [provided] the Printers or Authors name bee entered that they may bee forth coming if required." Hartlib concludes the entry with the two-word sentence: "Mr. Milton"—the name of his friend and, presumably, the source of the information.[123] Though *Areopagitica* had caused only a mild stir upon publication, the fit reader could trace the 1649 statute back to Milton.

What is more, when his views did not coincide with the council's, Milton engaged in a "censorship contest" with the fledgling state. He awarded his imprimatur, for instance, to a book that fell afoul of the Blasphemy Act, the *Racovian Catechism.*[124] Dutch ambassador Leo de Aitzema reported on the incident as follows: "London, March 5, 1652. There was recently printed here the Socinian *Racovian Catechism.* This was frowned upon by the Parliament; the printer says that Mr. Milton had licensed it; Milton, when asked, said Yes, and that he had published a tract on that subject, that men should refrain from forbidding books; that in approving of that book he had done no more than what his opinion was."[125] The *Catechism,* however, was condemned as "blasphemous and scandalous" and burned by the hangman.[126] After this, Milton seems to have stopped licensing. Stephen Dobranski surmises plausibly that this was owing to his blindness, but Milton had assistants to help him read and write (including the able "Areopagitick" John Hall),[127] so it is possible that the council stripped him of his licensing privileges in consequence of the *Catechism* affair. It is worth noting that in the *Second Defense* (1654) he expresses a continued distaste for censors and censorship at a moment when press control in Cromwell's republic was becoming more severe.[128]

Milton was, therefore, at odds with the administration for which he worked. Indeed, as the 1650s progressed, Cromwell evinced a bias toward Presbyterianism that ultimately alienated Milton and his fellow Independents. The Presbyterian censors appointed by the 1643 ordinance, against whom the poet had penned *Areopagitica,* retained their licensing posts in the 1650s long after Milton was forced to abandon his liberal construction of the 1649 Printing Act.[129] Indeed, to prevent "faction" and conflict, Cromwell and his secretary of state John Thurloe tightened press controls as the decade drew on, as had Charles and Laud in the 1630s.[130] For all of his lip service to toleration, Cromwell's religious policy was essentially Erastian.[131] During his reign, the Protector amplified harmony and boxed dissent, containing it within a modified state church. By Milton's lights, the revolution had failed.[132]

It must have galled Milton that the poetic counsel he offered to Cromwell went unheeded:

> peace hath her victories
> No less renownd then war, new foes arise
> Threatning to bind our souls with secular chains:
> Helpe us to save free Conscience from the paw
> Of hireling wolves whose Gospell is their maw.[133]

Though he never criticized Cromwell directly, Milton did license a paper that was tacitly critical of him: Nedham's *Mercurius Politicus.*[134] David Loewenstein maintains that, contrary to some critics' assertions, "there is not a shred of evidence that Milton came to envision Cromwell himself as [the] 'false dissembler'" of *Paradise Lost.*[135] Yet if he did not criticize Cromwell openly, after the *Second Defense* he did not praise him either.[136] Indeed, when he was retired as censor, Milton likely censored himself.[137] The increasingly kingly Protector had, after all, collapsed the incipient public sphere in which such political criticism might be voiced. By conjoining church and state, Cromwell placed both above reproach, thereby banishing all forms of skepticism, the marrow of debate, from public discourse.

Perhaps the greatest historical irony of the Restoration is that Britain put an end to the religious and political revolution by restoring a skeptical king—a king who was skeptical not in the manner of Milton and Walwyn, figures who embraced skepticism to counter religious dogma, but rather in the manner of Machiavelli, Hobbes, Spinoza, and Rochester, thinkers who doubted the whole enterprise of religion. In his diary, Pepys notes that when Charles landed in Dover, the mayor "presented [the king] . . . a very rich Bible, which he took and said it was the thing that he loved above all things in the world." The irony here seems unintentional, though Pepys's continuation is oddly appropriate: "A Canopy was provided for [the king] to stand under, which he did."[138]

Indeed, Pepys himself had but ten days earlier confessed his religious skepticism to his diary: "my Lord [Sandwich] and I walked together in the Coach two houres, talking together upon all sorts of discourse—as Religion, wherein he is I perceive wholly Scepticall, as well as I, saying that indeed the Protestants as to the Church of Rome are wholly fanatiques. He likes uniformity and form of prayer."[139] Skepticism could lead either to toleration or to Erastianism: if it led to the former, then doubts about orthodoxy and about religion generally could be publicly expressed; if it led to the latter, then such doubts were relegated to private discourse. At the Restoration, Sandwich's brand of skepticism prevailed. Although Charles had vowed to tolerate religious differences, Parliament decided to legislate uniformity, constructing a state church along Laudian lines. Indeed, the king signed the Act of Uniformity and the Licensing Act on the same day in 1662.[140] The twin measures were a double-barreled attack on the public sphere. Although the public arena did not collapse at the Restoration—far from it—it did change character: the acts of licensing and uniformity ensured that public discourse became increasingly anonymous. As Joad Raymond points out, the occurrence of anonymity in the Restoration was still higher than that in the 1640s and '50s.[141]

Even before the acts' passage, however, Milton found himself the victim of both persecution and censorship.

4

THE DELICATE ARTS OF ANONYMITY AND ATTRIBUTION

Censorship and Oblivion During the Restoration

On 29 August 1660, exactly three months after he had arrived in London, Charles II signed the "Act of Indemnity and Oblivion," a measure that absolved all who had committed crimes against "his Majesty or his Royal Father"; some thirty-three "traitors," however, were wholly exempted from this "free and general pardon."[1] Milton teetered on the edge of this act, barely escaping the ultimate punishment (with the help, apparently, of D'Avenant and Marvell). As Burnet put it, "*Milton* had appeared so boldly . . . upon that Argument of putting the King to death, and had discovered such violence against the late King and all the Royal family, and against monarchy, that it was thought a strange omission, if he was forgot, and an odd strain of clemency, if it was intended he should be forgiven. He was not excepted out of the act of indemnity."[2] As an author, however, he was held accountable for his actions: on 16 June 1660 the House of Commons moved to condemn two of his books to the flames—the first *Defense* and *Eikonoklastes*—and called for Milton's capture. A proclamation of 13 August 1660 charged the owners of these books with bringing them in to be destroyed.[3]

As the proclamation of 13 August observed, however, Milton himself had remained safely hidden for some months.[4] He ventured out of doors once he learned that he had not been excluded from the Act of Indemnity (29 August), but sometime between September and the end of November, he was attached by the Commons' sergeant-at-arms and imprisoned for several weeks. The Act of Indemnity, it seems, did not obliterate the original House order mandating that Milton be apprehended for writing books against the late king.[5] "Oblivion" in the 1660s was far from total.

Milton's battle crystallizes the struggle between forgetting and remembering that marked the Restoration. Although Milton was finally released in December, many pressed Charles to punish him severely; the king is supposed to have silenced them by observing that being "old, blind, and, destitute" was punishment enough.[6] Charles understood that drawing and quartering a blind old Puritan would do little to reconcile "dissenters" to his reign.[7]

"Oblivion" for Charles meant not only mercy but censoring certain words from the political lexicon, slurs like "malignant" and "roundhead." Aware that "keeping the peace" meant barring the use of names and epithets that dredged up memories of the late war, the king approved a clause in the Act of Indemnity whose aim was to keep the invective of all parties to a minimum. The article is worth quoting at length:

> And to the intent and purpose that all names and termes of distinction may likewise be putt into utter Oblivion Be it further Enacted by the Authority aforesaid That if any person or persons within the space of three yeares next ensueing shall presume malitiously to call or alledge of, or object against any other person or persons any name or names, or other words of reproach any way tending to revive the memory of the late Differences or the occasions thereof, That then every such person soe as aforesaid offending shall forfeit and pay unto the party grieved in case such party offending shall be of the degree of a Gentleman or above ten pounds, and if under that degree the summe of forty shillings to be recovered by the party grieved by Action of Debt to be therefore brought in any of His Majestyes Courts of Record.[8]

Plainly the ultimate object of such censorship was to avert another civil war; indeed, many believed that the rebellion (or "revolution," depending upon one's perspective) had begun with words. Oblivion thus had two aspects: forgetting and suppression.

But suppression, ironically, required that censors be alive to the past. While the Act of Indemnity professed to bury the names of seditious authors in oblivion, Roger L'Estrange, "surveyor of the press," was paid not to forget. The 1661 Treason Act blames the Civil War and regicide, in part, on "seditious Sermons Pamphlets and Speeches." The 1661 "Act against tumultuous petitioning" observes that "petitions, complaints, remonstrances and declarations and other addresses to the king, or to both Houses of Parliament . . . have been a great means of the late unhappy wars."[9] In the entry for 10 May 1662, the *Commons' Journal* records that "Mr. Secretary *Morice* acquaints the House from his Majesty, That, next to the Bill for settling the Forces of the Kingdom, his Majesty held, that the Bill, now depending, for regulating the Press, and to prevent the Printing of Libellous and seditious Books, did most conduce to securing the Peace of the Kingdom, and Schisms in the Church: And therefore his Majesty did recommend it to the House, to take it especially into their Care; and to give a speedy Dispatch to that Bill."[10] And the 1662 Licensing Act notes that in the "late times, many evil disposed persons have been encouraged to print heretical schismatical blasphemous seditious and treasonable Bookes Pamphlets and Papers and still doe continue such theire unlawfull and exorbitant practice to the high dishonour of Almighty God the endangering the peace of these Kingdomes and raising a disaffection to His most Excellent Majesty and His Government."[11] L'Estrange was appointed surveyor of the imprimery on 24 February 1662, independently of the Licensing Act, but he and the secretaries took full advantage of the general warrant clause of the licensing measure.[12] He also adhered to the spirit of the 1662 act by keeping the memory of civil war constantly before his mind.

L'Estrange pursued seditious authors, printers, and publishers—many of them vestiges of the old regime—doggedly, unremittingly. As surveyor, he reduced press production to levels not seen since the 1630s.[13] Nonetheless, in his *apologia* of 1662, L'Estrange notes that many "*Proceed as if the Act of* Oblivion *had only* Bound *the Hands of his Majesties* Friends, *and left his* Enemies Free."[14] In his work of a year later, *Considerations and Proposals In Order to the Regulation of the Press. Together with Diverse Instances of Treasonous, and Seditious Pamphlets, Proving the Necessity thereof,* L'Estrange glances at the Act of Indemnity and Oblivion once again: he notes that some will object that he "Looks too farr back" in his work—that he cites pamphlets that date to the Civil War and interregnum, thus violating the Act of Oblivion—but he responds proleptically that "*Persons* are Pardon'd, but not *Books.*"[15] He goes on, however, to list works whose authors would have been obvious to most in the government and to many outside of it: *The Tenure of Kings and Magistrates,* for example, and *Mercurius Politicus*—the first of course written by Milton and the second licensed by him. Indeed, he mentions several authors by name—his old nemesis Bagshaw, Richard Baxter, and a brace of lesser-known preachers—

along with a host of "treasonous" printers and publishers.[16] L'Estrange, imprisoned during the Civil War and almost executed for his loyalism, was not in a forgiving mood.

In his capacity as "surveyor" L'Estrange dealt with all members of the book trade, surveying not only authors but publishers, printers, correctors, and hawkers; but as Harold Weber observes, L'Estrange imputes to the author "an originary responsibility and power."[17] When L'Estrange comes to suggest penalties for offenders in his *Considerations and Proposals,* he remarks that "[t]he *Grand Delinquints* are, the *Authors* or *Compilers,* (which I reckon as all One) the *Printers* and *Stationers.* For the *Authors,* nothing can be too *Severe,* that stands with *Humanity,* and *Conscience.* First, 'tis the Way to cut off the *Fountain* of our Troubles. 2dly. There are not many of them in an Age, and so the *less work* to do. The *Printer,* and *Stationer,* come next."[18] Yet L'Estrange highlighted an obstacle that often baffled his attempts to track down authors: many writers published their works anonymously. "Touching the *Adviser, Author, Compiler, Writer,* and *Correcter,* their Practices are hard to be Retriv'd, unless the One Discover the Other."[19] The 1662 Licensing Act had mandated that the author's name be "declared," so long as the licenser required it, but the clause was frequently ignored or abused: publishers and printers sometimes attributed a book to the wrong author or masked his or her name with a pseudonym. Among L'Estrange's recommendations, therefore, is the following: "Let no *Printer . . . knowingly . . . put any mans Name to a Book as the* Author *of it, that was* not *so,*" a proposal that indicates how widespread were the problems of anonymity and misattribution.[20]

I have collated anonymity and "oblivion" because they were close cousins in the Restoration. Throughout the period books, poems, and pamphlets that referred (or alluded) nostalgically to the upheavals of the 1640s and '50s emerged, ghostlike, without names or identities attached. L'Estrange sought to suppress these works and to hold their authors responsible, but writers were often protected by a shield of anonymity which they and their publishers had forged. Authors were thus able to invoke the ideas that had figured largely in the Civil War and the republic, and to grant themselves an "Act of Oblivion" that washed away the evidence of their crimes.[21]

In this chapter I want to explore the uses to which authors put anonymity during the Restoration. In a superb essay on the topic, Paul Hammond (following Foucault) asks an incisive critical question: "instead of regarding anonymity as a problem, can we not see it as a functional device, as a resource which enabled certain kinds of writing and reading, rather than a tiresome puzzle which obscures the real canon of those named poets in whom we are primarily interested?"[22] Like Hammond, I canvass the "positive" aspects of anonymous publication, its deployment as a rhetorical device. Anonymity was more than a missing integer in Restoration writing. Yet I also want to recover the "problem" of anonymity as it existed for L'Estrange and the Restoration censors. Because "seditious" authors often cloaked themselves in anonymity, censors found themselves in a position similar to that of modern editors constructing a canon—they needed to attribute a given title to its proper author.[23]

Indeed, the "author function" worked in myriad ways during the Restoration. When in 1664 Richard Baxter tried to get the manuscript of *A Christian Indeed* approved, the licenser refused his imprimatur, less because of the text's content than because of its authorship.

> I offered [*A Christian Indeed*] to Mr. *Thomas Grigg*, the Bishop of *London*'s Chaplain, to be licensed for the Press, (a man that but lately Conformed, and professed special respect to me); but he utterly refused it; pretending that it [s]avoured of Discontent, and would be interpreted as against the Bishops and the Times. And the matter was, that in several Passages I spake of the Prosperity of the Wicked, and the Adversity of the Godly, and described Hypocrites by their Enmity to the Godly, and their forsaking the Truth for fear of Suffering, and described the Godly by their undergoing the Enmity of the wicked World, and being stedfast whatever it shall cost them, *&c.* And all this was interpreted as against the *Church or Prelatists.* I asked him whether they would license that of mine which they would do of another man's against whom they had not displeasure (in the same words): And he told me No: because the words would receive their interpretation with the Readers from the mind of the Author.[24]

N. H. Keeble puts the point succinctly: "The prejudice of Baxter's name was sufficient to lend a sinister implication to whatever he should seek to publish."[25] A hermeneutics of censorship thus needs to include the author's name as part of the context and even the transformational grammar of his or her work; the name of the author helps to form the meaning of the text.

Yet the concept of authorship in Restoration England is more complex than it is in Foucauldian "discourse." Later in *Reliquiae Baxterianae,* Baxter tells us that after *A Christian Indeed* was refused an imprimatur, he managed to get a few other sheets licensed by submitting them anonymously.

> Having [in 1664] almost finished a large Treatise, called, *A Christian Directory, or Sum of Practical Divinity,* that I might know whether it would be Licensed for the Press, I tried them with a small Treatise of *The Characters of a Sound Christian* [i.e., *A Christian Indeed*], as differenced from the *Weak Christian* and the Hypocrite: I offered it Mr. *Grig* the Bishop of *London*'s Chaplain, who had been a Non-conformist, and profest an extraordinary respect for me: But he durst not Licence it. Yet after, when the Plague began I sent three single Sheets to the Archbishop of *Canterbury*'s Chaplain (without any Name that they might have past unknown, but accidentally they knew them to be mine) and they were Licensed: The one was *Directions for the Sick:* The second was *Directions for the Conversion of the Ungodly;* and the third was *Instructions for a Holy Life.*[26]

So important was authorship to the Restoration censors that they allowed Baxter to publish certain of his works *only if* they were anonymous. The licensers knew, "accidentally," that the manuscripts were Baxter's, but if the works were published *ignoto,* most readers would be in the dark. The licensers in effect censored Baxter's name so that it could not serve as a running gloss to his texts.[27] This case shows that oppositional writers did not have a monopoly on anonymity: those who occupied positions of authority—licensers and, as we shall see, laureates—could also wield anonymity as a weapon.[28]

In the sections that follow, I offer case studies of two anonymous (or semianonymous) works, the authors of which employed anonymity both positively and negatively—as offensive strategy and defensive disguise: Marvell's (?) *Second Advice to a Painter* and Dryden's *Absalom and Achitophel.* The author of the *Second Advice* falsely attributed the poem to John Denham, a tactic that not only deceived the censors but added bite to the satire. James, duke of York, was the poem's principal target, and "Denham" was well poised to lash out at Charles's royal brother, as James was at the time having a very public affair with Denham's wife. Dryden's *Absalom* differs from the *Advice* in its ostentatious use of anonymity: in the poem's preface, Dryden calls attention to his anonymity, and nearly everyone surmised his authorship of the work. It is as though Dryden, Charles's poet laureate, wanted his contemporaries to father the poem upon him; *Absalom and Achitophel* subtly foregrounds its author and proffers a quasi-public statement of his political views. Anonymity was thus a tessellate cloak: different authors used the guise of anonymity in very different ways. The two poems nevertheless share several formal and thematic properties: both works negotiated censorship using anonymity as a ruse, and both raised the specter of civil war. Despite "oblivion," and despite the censorship that Charles imposed upon his subjects, the past refused to be buried in a legislative urn.

Marvell, Censorship, and Strategic Attribution

At the height of the Second Dutch War, the diarist and naval administrator Samuel Pepys contemplated writing a poetic "lampoon" on state affairs. He never did so; true to form, he declined to publish his views on so sensitive a topic, even anonymously. He did, however, read a clutch of satires on the war, including the *Advice to Painter* poems now attributed to Andrew Marvell.[29]

The *Advice to Painter* satires were parasitic on Waller's glozing portrait of the English engagement with the Dutch, *Instructions to a Painter* (1665). Pepys was an avid reader and collector of the pieces, as they touched not only upon the court but also on the navy. On 14 December 1666 Pepys "met with, sealed up, from Sir H. Cholmly the Lampoone or the Mocke = advice to a Paynter, abusing the Duke of York and my Lord Sandwich, Pen, and everybody, and the King himself, in all the matters of the Navy and Warr. I am sorry for my Lord Sandwich having so great a part in it."[30] This was apparently a manuscript version of the *Second Advice to a Painter.*[31] On 26 December 1666 the diarist heard of "a most bitter Lampoone now out against the Court and the management of State from head to foot, mighty witty and mighty severe."[32] The editors of the *Diary* suggest that this was the *Third Advice,* which Pepys later transcribed: "to Whitehall towards night, and there [Mr. Brisband] did lend me the *Third Advice to a paynter,* a bitter Satyr upon the service of the Duke of Albemarle the last year. I took it home with me and will copy it, having the former—being also mightily pleased with it" (20 January 1667).[33] In July 1667, in the privacy of their coach, he and his colleague John Creed "fell to reading of the several *Advices to a Painter,* which made us good sport; and endeed, are very witty."[34] At the Pearse household in September, he "met with a fourth *Advice to the painter,* upon the coming in of the Dutch to the River and end of the war, that made my heart ake to read, it being too sharp and so true."[35] Even Pepys, a naval administrator and (ostensibly at least) the king's loyal subject, had to admit that the satires were right on the mark.

The *Advices* were printed secretly and, in many cases, published anonymously to evade the censors, but most readers ascribed the poems to John Denham. Indeed, several printed editions of the *Second Advice* announce his authorship.[36] In the 1667 printed edition of the *Second Advice*, the title page notes that it was "the last work of John Denham"—presumably the last poem he wrote before he slipped into insanity in 1666, for the poet did not die until 1669.[37] There were, nevertheless, a knot of sequels attributed to him, and several manuscript versions of the poems bear his name.[38] Although there is now unanimous agreement that Denham did not write any of the *Painter* poems, the spurious attribution of the *Second Advice* to him was both pervasive and lasting. Few have paused to consider the reasons for this. In what follows, I will explain why the poem's attribution to Denham proved credible to some, and why the author(s), printers, or publishers of the piece attributed it to Denham in the first instance.

In the final lines of the *Second Advice*, "Denham" observes that historians will have two versions of the mid-1660s to compare with each other, his own and Waller's:

> Now may historians argue con and pro:
> Denham saith thus, though Waller always so.[39]

While "Denham's" speaking of himself in the third person here may give the game away even as it purports to suggest his authorship of the piece, the attribution of the *Second Advice* to Denham is not quite as implausible as it seems. His wit did have a satirical edge: indeed, *Cooper's Hill* aside, it was this vein of wit that he was known for. Anthony Hamilton observes that "[h]e was one of the brightest stars that England ever produced, for wit and humour: satirical and relentless in his poems, he spared neither husbands nor wives."[40] Aubrey remarks that "He was satyricall when he had a mind to it."[41] As we noted above, the poem was ascribed to Denham even in manuscript; in fact, the *Poems on Affairs of State* volumes attribute a few of the *Advice* poems to Denham as late as 1705.[42]

Denham, moreover, had a motive to target the court: Charles II's brother James, the hero of Waller's *Instructions*, had adopted Lady Denham as his mistress; the event was rumored to have led to the poet's madness.[43] The portrait of a lovelorn Denham condemning the court in a fit of poetic rage had a certain playful probability. Indeed, the author of the *Second Advice* saves some of his most incisive lines for the duke of York, painting his military bungling in light but unflattering tones:

> Now all conspires unto the Dutchman's loss:
> The wind, the fire, we, they themselves, do cross,
> When a sweet sleep the Duke began to drown,
> And with soft diadem his temples crown.
> But first he orders all beside to watch;
> That they the foe (whilst he a nap) should catch.
>
> (233–38)

After a decisive victory at the Battle of Lowestoft, the English had an opportunity to destroy what remained of the Dutch fleet, but York nodded and his ship broke off the chase. As the prince was the subject of this portrait, the poet maintains a tone of mock deference, refusing to maul York's character outright. Yet "Denham" manages a remarkable satiric range in this passage despite his singular, and seemingly benign, attention to James's succumbing to sleep, hitting off the duke's incompetence as a naval commander (he is "drowned" by sleep) and the inherited fecklessness of the entire Stuart line. In a change of metaphor, sleep adorns James's head like a "diadem," imputing a similar laziness to all Stuarts who wear the crown; indeed, the "drown/crown" rhyme pair lends the painting a darker hue. In a deft coup de grace, "Denham" observes that his highness delegated the responsibility of pursuit to others (lines 237–38), "That they the foe (whilst he a nap) should catch." With this sharp zeugmatic line, the poet skewers James (quietly, in parentheses) for shirking his responsibility as high admiral of the fleet, gesturing, as Pepys did, toward the ease, enervation, and vice that undermined the Stuart cause.[44] The passage as a whole implies that the bed and not the battlefield was James's proper domain.

"Denham" addresses the problem of James's debauchery more directly in the poem's final verse paragraphs. In a passage the opening couplet of which we studied earlier, the poet suggests that the next *Painter* poem should take James's mistress Lady Denham ("Madam l'Édificatress") as its subject:

> Now may historians argue con and pro:
> Denham saith thus; though Waller always so;

> But he, good man, in his long sheet and staff,
> This penance did for Cromwell's epitaph.
> And his next theme must be o' the Duke's mistress:
> Advice to draw Madam l'Édificatress.
>
> (335–40)

Though the dig at James is clear enough, parsing these lines contains certain difficulties. Lady Denham's sobriquet derives from her husband's office, "surveyor of the king's works," essentially royal architect. But it is unclear from the syntax whether "Denham" is proposing a new *Advice* for Waller or for Denham himself. The ironic "he, good man" (337–38) clearly refers to Waller, as Waller needed to do "penance," i.e., the first *Instructions,* for writing an elegy on Oliver Cromwell.[45] The personal possessive "his" in "his next theme must be o' the Duke's mistress" (339) is harder to pin down, as the antecedent is unclear. I am inclined to think that "his" refers to Denham. It seems likely that the anonymous author is suggesting that the accounts of *both* Waller and Denham are biased: the former had offered a truckling panegyric to the court merely to apologize for his past lip service to Cromwell, and the latter will render an unflattering painting of the court because the duke has cuckolded him. This reading would preserve the passage's symmetry: the final couplet on Denham balances the middle couplet on Waller. As George deF. Lord observes, the attribution of the *Second Advice* to Denham breaks down at this point: the idea that even a madly jealous Denham would propose a lampoon on his own wife is highly unlikely (though Monck was supposed to have joked about his own wife's humble origins and her dowdiness). Indeed, if my reading of the above lines is right, the poetic narrator distances himself from both Waller and Denham by the poem's conclusion. That said, we must distinguish our own interpretation of the poem as critics from the response of contemporary readers: many readers may well have skimmed over the poem's final lines and therefore believed that Denham wrote the *Advice.* The mock epic is a relatively long one, the closing lines are somewhat obscure, and not all seventeenth-century readers would have scrutinized the piece with a modern bibliographer's care. Alternatively, given how common were multiply authored works at this time, perhaps readers assumed that a different writer was responsible for the poem's conclusion: both the topic and the perspective, after all, shift abruptly in the final lines. Indeed, in the *Second, and Third Advice to a Painter,* these lines appear in the envoy to Charles, which seems a separate work from the poem proper. It is even set off from the *Advice* with its own subtitle, "To the King," in large type.[46] Readers might have construed the envoy as an editorial intervention rather than a continuation of the poem by the author himself.

We are now in a position to appreciate the ingenuity of the "Denham" ascription. Conditions of censorship encouraged anonymity and false attributions on the part of authors, printers, and publishers. Not only did the producers of the *Second Advice* throw the authorities off the scent, but they pinned it on someone who was, for a time, incapable of defending himself from the charge. Disputing Denham's authorship, Lord makes the amusing observation that "Denham would have been mad indeed to publish such poems under his own name."[47] It is of course true that no one in his right mind would have owned such a piece given the severe penalties for seditious publication, but there precisely lay the rub for some readers, as Denham was "mad indeed." The government inquired after those responsible for the *Painter* poems; in the upshot, the intelligence system was able to trace both the *Second* and *Third Advice* to Francis ("Elephant") Smith, a nonconformist bookseller.[48] What happened to him on this occasion is not clear, but Wood later noted that the printer of the *Directions to a Painter,* which included the *Second* and *Third Advices,* was caught and sentenced to the pillory.[49] As is common in such cases, however, both printer and bookseller preserved the author's anonymity; the false ascription thus proved successful.[50] Although there is nothing in the state papers to indicate that either L'Estrange or the secretaries were gulled into believing the attribution to Denham, they never tracked down the poem's real author.

Lord's contention that the attribution was merely a "blind," however, underestimates its strategic value.[51] Whoever wrote the poem seized the opportunity to undermine the court from within: what better way to deploy the strategy of "divide and conquer" than to have loyal Denham, a poet who had abandoned poetry to serve Charles I during the war and who faithfully served his son at the Restoration, attack the flaws of the Carolean regime in verse?[52] Indeed, it bears repeating that many seem to have believed the attribution to Denham, so compelling was the poet's case against James. The author, therefore—Marvell or someone of his kidney—brilliantly exploited the conditions of censorship to his own and his party's advantage: forced to remain anonymous, he employed "strategic attribution" to add pungency to his already caustic satire, weakening the bonds between courtier and prince by pitting one (Denham) against the other (York).

Christopher Wase, who boasted friendships with both Denham and Waller, offered a manuscript answer to the *Second Advice* entitled simply *Divination* (1666). In it Wase feels obliged to refute the charge that Denham had any part in the *Advice;* in the process, as Lord notes, "he makes some interesting points about the ethics of anonymous attacks on the administration."[53] The titular "divination" refers to Wase's mock interview with the astrologer Lilly: instead of offering advice to a painter, in this poem Wase asks Lilly to divine the real author of the *Second Advice.*[54] It is striking how closely Wase's methods resemble those of modern bibliographers: he pores over the evidence and even identifies the stylistic "fingerprints" of various authors to make his case.

Although Wase is clearly outraged that Denham and Waller have been abused in the satirical *Advice,* he pays a certain deference to the forger of the piece. After exonerating D'Avenant, Dryden, and Wither (referring to them only periphrastically), he admits that the author of the poem is an accomplished artist:

> Against the court this [poet], with worse-meaning art,
> Levels a polish'd but a poison'd dart.
> Suggest the work of well-contriv'd and high,
> A master-builder speaks in poetry.[55]

Like Denham, the author is a skilled draftsman, an architect of marmoreal verse; in the last line Wase is playing on Denham's office, surveyor of the king's works. But Wase detects and exposes the forgery with the help of a rudimentary stylistics:

> Go, fond imposter! Cheat some ruder age!
> This sober malice is not Denham's rage—
> Denham, whose wit and candor stand alone,
> Or brooking to be rival'd but by one.
> Waller, thou art too patient; right thy friend!
> So shall the present age thy worth defend.
>
> (63–68)

Though the author of the *Second Advice* is a skillful versifier, Wase insists that he does not compare with either Denham or Waller, both of whom were renowned for their lacquered lines of poetry. In his awkward imitation of the celebrated Thames couplets—"Though deep, yet cleare, though Gentle, yet not dull, / Strong without rage, without 'ore-flowing full"[56]—Wase argues that the *Advice*'s roiling, muddy lines could not have come from Denham's hand:

> Deep is the stream, and broad, yet clear and still,
> Nor chides aloud, that runs from *Cooper's Hill.*
>
> (65–66)

Denham practices a poetics of moderation: indeed, the project of *Cooper's Hill* was to stave off civil war. The traitorous anger of the *Second Advice* overflows the banks of the poem, distorting its form and revealing itself as trumpery to the discerning eye:

> Thus when two gems their emulous light display,
> That in a true, this in a glist'ring ray,
> Vulgar spectators with distracted eyes
> Gaze, or more highly the false jewel prize,
> Till, to a skilful lapidary shown,
> He parts the diamond from the Bristol stone.
>
> (79–84)

On a close inspection of the poems' structure, style, aim, and tone, the two pieces are seen to be the work of different artisans. As Wase had put it a few lines earlier, "Plead not both poets terse, both full and free, / When in the better part they disagree" (63–64).

It is remarkable how much time Wase spends on the poems' stylistic facets, for at first glance, his most compelling argument against Denham's authorship is logical rather than aesthetic:

> Produce me in whose pressure sign'd by us,
> Waller said always so, or Denham thus?
> These credibilities lose credit: none
> That treason speaks thus labors to be known.
>
> (47–50)

The first couplet echoes and answers the following lines from the *Second Advice:* "Now may historians argue con and pro: / Denham saith thus, though Waller always so."[57] The "us" in the first line thus refers to "historians." Wase counted himself one: in 1668 he was nominated for the position of historiographer royal "to write the official account of the Second Dutch War."[58] The next couplet proffers both a trenchant analysis of anonymity and a succinct refutation of the idea that Denham authored the *Second Advice:* "none / That treason speaks thus labors to be known." But since Denham was known to be "daft," logic did not apply—perhaps the poet was now capable of such rashness. The couplet asserting Denham's fealty in the thick of madness, "[His] brains, though strong, by stronger passions rack'd, / May yield, but 's loyalty was never crack'd," perversely suggests precisely the opposite: Denham was "racked" by "strong passions" because James had stolen his young wife from him, a circumstance that would test anyone's loyalty. Wase, therefore, does not rely on reason alone to dispute Denham's authorship; he employs what bibliographers call "internal evidence" to clinch his argument.

After disproving the notion of Denham's authorship, Wase attempts to divine the real author of the piece, again using an inchoate stylistics and the astrologer Lilly as his twin guides ("Good Lilly, one thing more, for thou of face / As well as hands the crooked lines can'st trace" [177–78]). His instincts lead him to Buckingham, though he is wise enough not to name the duke outright:

> Wot ye the man that blemishes his friend,
> Reviles his Prince, scarce any can commend?
> Nothing his froward humor satisfies:
> The Duke that conquers or the Earl that dies.
> . . .
> Who thus can at a venture hate, doth hate
> Not this nor that commander but the State:
> At variance with himself, whose youth and age
> Confronted in a mortal feud engage,
> A court-spy and an evil counsellor,
> A soph-divine, a mock-philosopher,
> Many in one, one from himself another,
> Two States, two Churches in the same false brother.
> For him saints, poets, princes to revile,
> And wound their glories with unhallow'd style.
>
> (91–94, 103–12)

Wase's character sketch anticipates Dryden's Zimri in *Absalom and Achitophel.* Indeed, Dryden is doubly concerned in this rendering of Buckingham, for the line "poets, princes to revile" includes the laureate himself in its compass.[59] The duke had already written *The Rehearsal,* though it was not produced until 1671, and Wase makes a couple of sardonic allusions to the play in the verse paragraph following.[60] Wase seems to suggest that only someone with Buckingham's knack for changing forms, for imitating the characters of others, could have penned *The Second Advice to a Painter.*[61] The author of the *Second Advice* imitated Denham imitating Waller (the "friend" of line 91). The duke had the résumé for such a performance, as he had "taken off" Howard's, D'Avenant's, and Dryden's style in *The Rehearsal.* He was reputed an excellent mimic: he imitated Puritan preachers to hilarious effect despite his sympathy for their cause.[62] The idea that Buckingham's imitative style is "unhallowed" is thus quite fitting, and the rhyme pair "revile/style" is a telling one. Indeed, the paragraph concludes by comparing Buckingham to a demonic Prometheus, who steals the inspiration of others to hellish artistic ends:

> Prometheus, when he would dull clay inspire,
> Mounts up aloft, brings down celestial fire;
> This Angelo sticks not, that he may well
> Limn a despair, to fetch a coal from Hell—
> Ill scholars, that can speak in trope and scheme,
> Methodically treason and blaspheme!
>
> (113–18)

The "limner" of the *Second Advice* rhymes his way into the habits of Denham and Waller, borrowing their style to utter treason and blasphemy; the punning "scheme/blaspheme" rhyme pair reinforces this idea, linking Buckingham's art and his love of intrigue with his putative sacrilege.

Wase clearly based his attribution to Buckingham on internal evidence, but not all of this evidence was stylistic; he also considered the duke's rivalries, the personal and political disputes that would have motivated him to write the *Second Advice.* In the same line that Wase has Buckingham revile poets, he has him revile "princes" as well (111)—the enmity between Buckingham and Prince James at this point was well known.[63] He spends a considerable portion of his poem, therefore, defending James from the charges that had been leveled against him in the *Second Advice:*

> Slanders at random flying don't impeach
> That noble breast which Opdam could not reach.

What cares Detraction, planted in the dark,
Having selected out the fairest mark,
Whether it true or seeming crimes object?
Nor highest birth nor merit shall protect
Him that great James's courage dares deny;
The same may question his loyalty,
Then follow the Dutch justice with applause
And in the end revive the Good Old Cause.

(151–60)

Wase admonishes Buckingham that not even his status—he was first peer of the land—can preserve him from the charge of seditious libel in blackening York as a coward. In the passage's final lines, Wase alludes to Buckingham's rumored affiliation with various commonwealthmen, men and women who espoused the "Good Old Cause" of republicanism; the duke was an ardent champion of religious toleration and gave encouragement to factious Puritans and even Levellers. The poet thus raises the specter of civil war, casting Buckingham as lead rebel in such a catastrophe.

In the same verse paragraph that he defends York, Wase defends Clarendon from the onslaughts of the *Second Advice.* Buckingham and Clarendon were bitter enemies: Buckingham viewed the earl as his only formidable rival for the post of chief minister, vigorously opposed his position on uniformity, and regarded him as a prudish and insufferable bore. Burnet noted that "the duke of Buckingham, as oft as he was admitted to any familiarities with the king, studied with all his wit and humour to make lord Clarendon and all his counsels appear ridiculous."[64] The duke led the fight to impeach Clarendon in Parliament. The *Advice* paints Hyde as a "burden of the earth" (115), adverts to his corpulence and greed (116–17), blames him for the war (145–52), and excoriates him for designing to set his issue on the throne:

And that he yet may see, ere he go down,
His dear Clarinda circl'd in a crown.

(153–54)

James married Clarendon's daughter Anne Hyde ("Clarinda") when he learned that she was carrying his child. Gossipmongers bruited about the rumor that Clarendon had fetched a barren queen for Charles, Catherine of Braganza, to ensure that his own daughter succeeded to the throne. Unhappily for Clarendon, when Charles declared to Parliament his resolution to marry "the daughter of Portugal . . . who, I doubt not will bring great Blessings with Her to Me and You," he presently concluded, "I will add no more but refer the rest to the Chancellor [Clarendon]."[65] Some versions of the "plot" implicated James, the heir presumptive to the crown. Hence the need to defend James and Clarendon together as Wase does: not only did Buckingham despise them both, but common opinion had it that the two were involved in a conspiracy to insinuate themselves and their progeny into the throne.[66]

Wase finesses the issue of James's cavorting with Lady Denham, refusing even to touch on the subject, as he wishes to solder together a court that the Dutch war (and the author of the *Second Advice*) had pulled asunder. Like Waller in the *Instructions to a Painter,* Wase airbrushes the dalliances that were creating royal bastards (but no legitimate heirs) and the duke of York's sympathy toward Catholics (widely known at this early date), problems that were to hang like thunderclouds over the Crown in the following decade.[67] Not only does he defend Denham and James together—a delicate task—but he suggests that the real source of division was Buckingham and his train of dissenters, those who opposed York, Charles, and harmony in church and state.

Buckingham made a tempting target for loyalists: because he headed the Puritan "faction" at various moments of crisis, attacking him was convenient shorthand for attacking republicans, nonconformists, indeed almost anyone who questioned Charles's divine right to rule. Wase's attribution of the *Second Advice* to Buckingham was clearly more than a scholarly exercise: Wase seems to have sincerely believed that the duke wrote the *Advice,* but he knew as well that Buckingham's reputation as a "popular" figure made him a potent threat to the regime.[68] By attributing the *Second Advice* to Buckingham, Wase had an excuse to check him; the ascription was thus every bit as strategic in its own way as the ascription of the *Advices* to Denham.

Dryden's Anonymous Masterpiece: The Case of *Absalom and Achitophel*

> Let ignoramus juries find no traitors,
> And ignoramus poets scribble satires.
>
> —The Duke of Guise

It is an open question whether Marvell wrote the *Second Advice:* until the late 1670s, at least, he coyly disavowed his anonymous publications, including the

Last Instructions.[69] It is conceivable that he and Buckingham worked together on the *Advice,* considering their later political rapport.[70] Both became vigorous opponents of "popery and arbitrary government"; Buckingham may have kept Marvell informed of the court's Romish policies. Although the duke was a blinkered pawn in the machinations that surrounded the "Treaty of Dover" (1670–72)—a secret treaty that guaranteed French money in return for English military support and Charles's conversion to Catholicism—he was ultimately made privy to the "Catholicity" clause (York himself told him of it).[71] Buckingham was thus perfectly placed to broach a Catholic conspiracy even before Judge Godrey's murder. Indeed, Marvell appears to have been Buckingham's and Shaftesbury's mouthpiece in his *Account of the Growth of Popery and Arbitrary Government* (first published in 1677)—though of course Marvell was never a mere puppet. He applauds the two peers' conduct in Parliament, belabors the Dover treaty as a "work of darkness" (5–6, 10, quotation at 6), and praises Buckingham as a courageous patriot. It is perhaps no coincidence that the *Second* and *Third Advices* were republished at this time: the *Growth of Popery,* with its gallery of heroes and goats, was in many ways the sequel to the *Painter* poems of the previous decade.[72]

On 23 August 1678, a week after Marvell's death, Roger L'Estrange predicted that a string of recent libels against popery and the state would be "cast . . . on Mr. Marvell, who is lately dead, and there the enquiry ends."[73] Marvell's "canonization" (the surveyor's term) thus served the purposes of occlusion: while Marvell wrote many of the works ascribed to him, the origin of others laid at his door is uncertain; some ascriptions may, as L'Estrange implies, have provided a shroud for living authors.[74] L'Estrange decided to respond not only to Marvell in the *Growth of Knavery,* but to the gauntlet of anonymous libelers who had attacked him and the government. In his *Short Answer to a Whole Litter of Libellers* (1680), he censures the nameless authors who steal into print only to asperse those loyal to the state:

> *For a matter of Two Months last past, I have been pelted with* Libells, *at the rate of two or three Libells a* Week. . . . *But* Who, What, *or* Where *the* Libellers *are, is only known to their Own Good Lord, the Father of Lyes and Calumnies, that sets them awork. For they ly lurking in the Dark, like Poysonous Serpents, stinging what falls within their Reach, and blowing about their Venom, but there is no finding of their Holes. So that where there appears no* Adversary, (*unlesse a man will contend with a*

> Phantome) *there is no* Place *for a Competent* Reply. . . . *No sooner is there a Pique taken up against the Government, or against Any man that according to his Duty, Endeavours to support it; but presently That Malevolence yields matter for a* Libell, *and is popp'd into the world by stealth, (as an Authority to the Rabble) by some Little Mercenary Scribler that sponges for his very bread, and commonly cousens the Printer too, into the Bargain.*[75]

As we noted at the outset of the chapter, to a censor like L'Estrange, anonymous publication was an exasperating dodge.

The flurry of anonymous publications alarmed Charles's judiciary as much as they nettled the surveyor. In a speech from the king's bench, Lord Chief Justice Scroggs castigates the "hireling Scriblers . . . who write to Eat, and Lye for Bread," and observes that "they are onely safe whilst they can be secret; but so are Vermine, so long onely, as they can hide themselves."[76] He concludes his speech with a defense of state censorship and offers a parting fusillade against anonymous authors: "For if men can with any safety Write and Print whatever they please, the Papists will be sure to put in for their share too, so that what between them, and the Factious, and the Mercenaries . . . we shall be infected with the French Disease in Government, and be overrun with Lies and libels, which agrees neither with English mens honesty nor Courage, who were wont to scorn to say what they durst not own."[77] The censors worked hand in hand with the courts on these cases: L'Estrange, the king's beagle, hunted down innominate writers and fed them to Scroggs and his colleagues on the bench.

It is something of an irony, then, that Tories like L'Estrange needed to resort to anonymity in the years that followed.[78] As in the Civil War period, to which many likened the "exclusion crisis" of 1679–85, authors on both sides published their works furtively, namelessly. By the time L'Estrange published *A Seasonable Memorial in some Historical Notes upon the Liberties of the Press and the Pulpit* (January 1680)—a caveat that looked back to the liberties of the war years—the surveyor was already publishing his work anonymously.[79]

Indeed, authors and their enemies often remained nameless in the exchanges between Whig and Tory. The emergence of party politics stemmed from a fairly equal division of power between Crown and Commons, Yorkists and exclusionists; despite the climate of bitter vituperation, writers exhibited a certain chariness about attacking their opponents "in proper person," as the danger of reprisal was quite real.[80] As Wase kept his targets anonymous (or semianonymous) in *The Divination,* so the exclusion polemicists frequently attacked their marks under cover of correlative types, exploiting the shadowy parallels between the biblical past and the sacralized present.[81] The most famous "argument" to use this stratagem is *Absalom and Achitophel.*[82]

Dryden's typological Tory poem was published anonymously in November 1681.[83] In his preface to *Absalom,* Dryden insists that his poem is meant to persuade "the more moderate sort," and he tacitly links moderation, impartiality, and anonymity. He admits that some will "return upon me that I affect to be thought more impartial than I am" (451)—and indeed the remainder of the preface supports such a view—but anonymity afforded him at least the veneer of objectivity. Anonymous publication also fostered impartiality in the reader, as Dryden later observed in his introduction to the *Life of Lucian:* "most [critical] malice is levelled more at the person than the thing; and as a sure mark of their judgment, [critics] will extol to the skies the anonymous work of a person they will not allow to write common sense."[84] Richard Whitlock had remarked in 1654 that "[i]t were . . . wisdome it selfe, to read all Authors as Anonymo's, looking on the Sence, not Names of Books."[85]

A bit later in the preface, Dryden confronts the "malicious [Whig] reader" and suggests another reason for his anonymity: "You cannot be so unconscionable as to charge me for not subscribing my name, for that would reflect too grossly upon your own party, who never dare, though they have the advantage of a jury to secure them."[86] Notice that the phrase "your own party" implies that the author is a member of a different party, thus belying Dryden's pretended "impartiality."[87] Dryden intimates that his "own" party affiliation makes him vulnerable to the censure of a Whig jury, as Whigs controlled the shrievalty and could therefore pack the juries with fellow Whigs; by swathing himself in anonymity, Dryden provided himself with a measure of protection. Contest, censorship, and anonymity were thus bound up together.

Yet the reasons for Dryden's anonymity appear to go deeper still. Indeed, his published defense of anonymity is itself a complicated gesture. The language of his sentence is strangely curved: "You cannot be so unconscionable as to charge me for not subscribing my name, for that would reflect too grossly upon your own party, who never dare, though they have the advantage of a jury to secure them." The idea that criticism of Dryden's anonymity, raised here as a hypothetical, would "reflect" on the Whig party itself suggests the sinuous rhetoric of which the poet was capable. Dryden ventriloquizes his opponents' criticism before the fact and then makes it "reflect" punningly on the critics themselves.

Further inflecting this sentence is the elliptical character of his argument for anonymity: he nowhere says explicitly that he declined to publish the poem under his own name for fear of the Whig juries—we are left to infer that as readers. And though his (implicit) rationale for withholding his name makes perfect sense—it was a dangerous time to publish one's political views—authors did not usually highlight their anonymity in this fashion; underlining his anonymity complicated (and may even have compromised) his anonymous stance. It is as if Dryden was laying down the gauntlet to the opposition, daring them to trace *Absalom*'s lines to their source. Many would-be Whig censors rose to the challenge, and news of Dryden's authorship quickly spread abroad. Who else but Dryden, they concluded, could have written such a brilliant poem (for even his detractors admitted the brilliance of the piece)? Who else but Charles's laureate would have taken the time to do so? In effect, Dryden attained the recognition he merited for his poem (the celebrity and the notoriety) without having to pay the price in a London courtroom.

I want to suggest that this result was the residue of design. In what follows I consider the question of Dryden's "pseudo-anonymity" from several different perspectives. I first canvass the role that censorship played in Dryden's decision to publish the poem anonymously. I then chart the contemporary attribution of *Absalom* to Dryden along with the Whig reaction. Whig versifiers parodied Dryden's poem, not only by imitating his rhetorical maneuvers—the strategic use of typology, the heroic couplets—but by publishing their own works anonymously. There is an even more interesting rhetorical feature in these poems, however, a more conspicuous absence: though the Whiggish authors well knew that Dryden was behind *Absalom and Achitophel,* as evidenced by their transparent allusions to him in their replies, they had a peculiar reticence about naming the laureate outright. I want to explain this reticence and to suggest that the Whig responses, no matter how styptic, ended up exalting rather than demeaning Dryden. Finally, I trace the kinship between anonymity and bastardy that lay beneath *Absalom*'s surface.

Censorship between 1679 and 1685 was a complicated business. Dryden's concern about signing his partisan poem, vested though it was in moderate dress, was itself quite reasonable, as censorship during this time did not always favor loyalists. In May 1679 Parliament allowed the Licensing Act to expire, opening the locks on the opposition press.[88] On the day after the act's expiry, the Privy Council met to consider extraparliamentary means to stop the flow of print. The council enlisted the aid of L'Estrange and the Stationers' Company; Charles asked his justices to write an opinion on the matter. The judges proposed that the Crown prosecute writers, printers, and publishers of obnoxious material using the common-law crime of seditious libel and the statutory crime of *scandalum magnatum* ("slander of magnates")—Benjamin Harris, Francis Smith, and Jane Curtis fell victim to one or both of these charges.[89] The judges, however, could not figure out a way to "prevent" printing without an act of Parliament.[90]

As Charles well understood, once sedition had been released into the environment, the damage was hard to undo: trying to suppress the ideas emanating from offensive pamphlets was like trying to get ink out of a lake. The king wanted prepublication censorship, and he "put out" judges who did not agree that licensing formed part of his prerogative. On 14 April 1680 Charles's judges issued a new opinion: "Wee doe most humbly & unanimously certifye that your Matie may by Law prohibit the printing & publishing all News Bookes & Pamphletts of News whatsoever not licenced by your Authority as Manifestly tending to the Breach of the Peace & Disturbance of the Kingdome."[91] Lord Chief Justice Scroggs and Recorder Jeffreys construed "News" broadly over the next several years, securing numerous convictions.[92]

One obstacle that the bench had not counted on, however, was a spate of hostile grand juries. From the summer of 1680 to the summer of 1682, Whig sheriffs selected the juries (Slingsby Bethel and Henry Cornish were elected to the shrievalty in 1680, Thomas Pilkington and Samuel Shute in 1681), making it "impracticable," as Tim Harris observes, for the Crown to pursue seditious authors and stationers in court.[93] The packed "ignoramus juries," as they came to be known, dispatched cases against their fellow Whigs by returning the bills "ignoramus." Anonymous publication made such decisions easy—indeed, anonymity lent legal color to the findings of "ignoramus juries": even partisan jurors could claim with some plausibility that they "did not know" who were the authors, printers, and publishers of unsigned works.

It was to these biased juries that Dryden referred in his preface to *Absalom and Achitophel.*[94] When Shaftesbury, Dryden's "Achitophel" and the leader of the Whig party, was presented for high treason on 24 November 1681, his acquittal was considered a fait accompli.[95] As Reresby noted in his *Memoirs,* Secretary of State Leonine Jenkins had found a treasonous "paper" in Shaftesbury's study that laid the plans for an "association" against the duke of York. But as the paper was "unsigned, and not in Shaftesbury's handwriting," the Crown's attorneys could not pin the work on him.[96] Although Dryden's magnum opus was published a week before the trial, Phillip Harth has decisively refuted the notion that it was published to sway the grand jury: the Whig jurors were unmovable. Indeed, it seems more likely that the laureate produced *Absalom and Achitophel* to present (in advance) a different verdict from that of the "ignoramus" jury—to render poetic judgment against Shaftesbury proleptically.

Yet Dryden needed to be careful. While the packed grand juries let off Whig members of the book trade from 1680 to 1682, Tory polemicists and stationers came in for rougher treatment.[97] In his mock epic, Dryden pronounces sentence not only on Ashley but on Oates, Bethel, and Buckingham—powerful figures who might strike back, and who still had London juries to support them.[98] Hammond points out that by November 1681 the political tide had begun to turn in favor of the king, yet the waters were still murky: the exclusion parliaments had been dissolved, but the battle for London was far from over.[99] In late 1680 Shaftesbury tried to present James twice as a recusant; only Scroggs's timely dismissal of the grand juries preserved York from the embarrassment of an indictment.[100] For this and other perceived injustices, including the chief justice's treatment of the press, Parliament impeached Scroggs twice, and although "Charles II's dissolution of the Oxford Parliament [in March 1681] aborted the . . . proceedings" against him, the Whigs succeeded in chasing him from office.[101] The Whig party continued to have legal clout in 1681 and beyond: on the same day that Stephen College was executed in Oxford (31 August 1681), three Tory stationers were presented by a London jury.[102] Even after his trial, Shaftesbury proved a formidable enemy: he brought a suit of *scandalum magnatum* against one Mr. Cradock, "who had called him a rebel and a traitor."[103] In fact, Shaftesbury tried to organize an armed uprising after his acquittal; if he had succeeded, Dryden might have been in grave trouble.[104] Since the laureate was writing under conditions of uncertainty, he needed to conceal himself and to veil his targets.[105]

Despite Dryden's anonymous façade, many recognized his hand in the piece. While some Tory writers feigned ignorance of his authorship—the anonymous commendatory writers whose verses were published in an early edition of the poem, for instance, pled "ignoramus" to preserve the secret—other readers fathered the poem on Dryden right away.[106] Naturally enough, Luttrell noted Dryden's authorship on his gift copy from Tonson, *Absalom*'s publisher, but others more remote from the poem's production knew (or surmised) the author as well. Along with a letter to "someone in the Duke of Ormond's household," Richard Mulys encloses "Mr. Dryden's poem Absalom and Achitophel wherein is honourable mention of my Lord Lieutenant [Ormonde] and also of my late Lord [Ossory, Ormonde's son]. This piece was writ as I am credibly informed at the instance of our great Minister, Mr. Seymour, but that is a secret to yourself." The letter was dated 19 November 1681, just two days after *Absalom*'s appearance.[107] A host of other newsletter writers name Dryden as the poem's author without hesitation.[108]

The case is altered somewhat when we look at printed responses to the poem. Although Whig versifiers knew that Dryden had written *Absalom and Achitophel,* they were gingerly about naming him as the author of the piece. Censorship infected the Whig imagination as well, and few writers dared to attack Dryden—the court's poetic champion—unguardedly. Even with Whig juries safely ensconced in London, Whiggish authors were not immune to charges of treason: the London trial of Fitzharris and the Oxford trial of Stephen College are cases in point. The first poetic rejoinder to *Absalom and Achitophel* was a short squib entitled "Towser the Second, A Bull-Dog" (Luttrell dates his copy 10 December 1681): "Towser" was the nickname of Roger L'Estrange, "bloodhound of the press"; L'Estrange and Dryden were often leashed together during this period. The anonymous writer of "Towser the Second" opens the poem with a brutal hint about *Absalom*'s authorship:

> In pious time when Poets were well bang'd
> For sawcy Satyr and for Sham-Plots hang'd.

The couplet not only parodies *Absalom*'s first couplet, it alludes to Dryden's beating for putatively writing the *Essay on Satire*—the "Rose Alley" satire.[109] (The terrible irony, of course, is that Dryden was not the primary author of the *Essay;* his patron Mulgrave penned the bulk of the piece.)[110] Yet attribution coupled with *ad personam* attack was now a dangerous business: in 1681 Dryden had the backing of the entire court. Whoever wrote "Towser"—it is sometimes attributed to the Whig journalist Henry Care—thought better of attacking Dryden by name.[111]

The next poetic retort to *Absalom* appeared on 14 December 1681: "Poetical Reflections on a Late Poem Entitled *Absalom and Achitophel*"; it was published anonymously, but the title page notes that it was written "By a Person of Honour."[112] One reader of the poem attributes it to Buckingham.[113] Like the author of "Towser," the anonymous author of "Poetical Reflections" attacks Dryden without quite naming him: he refers to Dryden's authorship of an elegy on Cromwell, republished around this time to stigmatize the laureate, and he calls him "John" (p. 2); but he refuses to name Dryden outright. Even a "Person of Honour" chose obliquity over bluntness in dealing with Dryden—a marked change from 1679 and the Rose Alley affair. Anonymous satire rather than the bastinado or the rapier was now the weapon of choice for a dishonored peer.

Other Whig poets used Dryden's own voice against him, deploying a combination of imitation and parody. The author of *Azaria and Hushai,* now thought to be either Samuel Pordage or Dryden's old rival Elkanah Settle, echoes Dryden throughout his preface and his poem, even complimenting him in the epistle "To the Reader":

> I shall not go about, either to excuse, or justifie the Publishing of this Poem; for that would be much more an harder Task than the Writing of it: But however, I shall say in the Words of the Author of the incomparable Absalom and Achitophel, That I am sure the Design is honest. If Wit and Fool be the Consequence of Whig and Tory, no doubt, but Knave and Ass may be Epithets plentifully bestowed upon me by the one party, whilst the other may grant me more favourable ones, than perhaps I do deserve.[114]

In the rabidly partisan "Epistle to the Whigs" which he prefixed to *The Medall,* Dryden accuses his opponents of plagiarism, and indeed the author of *Azaria and Hushai* quotes liberally from Dryden here and throughout the work. In a gesture of mock generosity, Dryden donates the fruit of his labors to the impoverished poetasters who would steal from him.[115] Yet the author's design was not simply to borrow from Dryden but to appropriate his voice to mischievous ends; his threefold goal, in fine, was to impersonate Dryden, to disguise himself thereby, and to outdo the laureate in the art of studied moderation:

> But as very few are Judges of Wit, so I think, much fewer of honesty; since Interest and Faction on either side, prejudices and blinds the Judgment; and the violence of Passion makes neither discernible in an Adversary, I know not whether my Poem has a Genius to force its way against prejudice: Opinion sways much in the World, and he that has once gained it writes securely. I speak not this any ways to lessen the merits of an Author, whose Wit has deservedly gained the Bays; but in this I have

> the advantage, since, as I desire not Glory or vain applause, I can securely wrap myself in my own Cloud, and remain unknown, whilest he is exposed through his great Lustre. (*Azaria,* 1)

The force of Dryden's art, the writer implies, exposes his authorship of *Absalom and Achitophel:* Pordage, Settle, or whoever wrote *Azaria* can cloak himself in Dryden's mantle by imitating his poem; but the laureate cannot camouflage himself. His brilliant style renders the "Cloud" of anonymity transparent.

While the writer of *Azaria* is more modest than Dryden about the "Genius" of his poem—and more cynical about the prospect of appealing to "moderates" (a nearly nonexistent body in his view)—he is able to tailor Dryden's Tory poem to Whig purposes, altering it at critical moments in his piece. Indeed, he pretends to a greater moderation than Dryden because he is himself *unrecognizable:* he is neither a luminary nor (he claims) a party writer. Successful anonymity, the author suggests, gives one both a rhetorical and a legal "advantage." It is significant, however, that even this poet—whoever he was—refuses to cite Dryden by name: he refers to him only by circumlocution, as someone who "has deservedly gained the Bays." The poem itself is much harsher than the preface, and, considering the litigious atmosphere that prevailed at this time, the writer probably decided not to take any chances; during the Popish Plot scare, the dockets bristled with libel suits.[116]

Of Dryden's political adversaries, only the dissenting minister Edmund Hickeringill—author of *The Mushroom,* yet another answer to *Absalom*—challenged the laureate's claim to renown and recognition. In the "Conclusion" to his *Scandalum Magnatum,* a tract on the author's own censorship, Hickeringill observes that although "he is not willing to put his name to his book, yet . . . there is in some men's *Styles* as in *Faces* and Features, such *peculiar Idioties* [i.e., Idiosyncrasies?] and distinguishing Ayrs *from all others,* that it is needless to write the Authors = name (as was, over dull painting, accustomed of old)—*This is Cock,* This is Bull."[117]

Though it is of course not his central aim in the preface, the anonymous writer of *Azaria and Hushai* hints at the ways in which readers surmised Dryden's authorship: he contends that a poet as skilled and as prominent as Dryden could not conceal his formal signature. As for his prominence, he was the subject of critical discussion as early as 1668, the year he was appointed laureate, a public role in itself.[118] The patent for his laureateship noted his "elegant Style both in Verse & prose."[119] He had achieved canonicity of a sort by the early

1670s, and the sundry readings of his work—both sympathetic and hostile—attuned readers to its inflections.[120] Even when writers criticized Dryden they were not simply dissecting him but studying him, sifting his style: *The Rehearsall,* for instance, like *Azaria,* parses the laureate's voice even as it parodies it.[121] Indeed, Dryden was quite self-conscious about his poetics: he wrote a sheaf of essays on literary subjects. By the time *Absalom and Achitophel* was published, Dryden had made his views on poetry and prosody widely known, providing readers with a key to his style.[122] From his defense of rhyme in the *Essay of Dramatick Poesy* (1668) to his evaluation of imagery in the "Apology for Heroic Poetry" (1677), Dryden had taken pains to construct a recognizable architectonic.

To be sure, the satirical cast of Dryden's later political poetry lent his art a somewhat different complexion, but it did not substantially reshape his verse.[123] In fact, when Dryden published a clutch of anonymous pieces in the late 1670s and early 1680s, readers were able to detect his hand in the work. *Mac Flecknoe,* a poem that itself centers on the issue of "succession," presents perhaps the signal example of this attribution process.[124] In the *Advice to Apollo,* Rochester and his coterie ascribed *Mac Flecknoe* to Dryden in late 1677:

> Next with a gentle dart strike Dryden down,
> Who but begins to aim at the renown
> Bestow'd on satirists, and quits the stage
> To lash the witty follies of our age.
> Strike him but gently that he may return,
> Write plays again, and his past follies mourn.
> He'd better make Almanzor give offence
> In fifty lines without one word of sense
> Than thus offend and wittily deserve
> What will ensue, with his lov'd muse to starve.[125]

Though the writers of this *Advice* note Dryden's departure from the stage, in doing so they attend to the nuances of genre and form.[126] As Christopher Wase had scanned the *Painter* verses for stylistic fingerprints and personal allegiances, so Rochester and others studied anonymous poetry for clues about the author—formal earmarks and ideological biases. Once *Mac Flecknoe* had been attributed to Dryden, deducing the author of *Absalom* could not have been a difficult task: the two poems share not only the theme of succession but an arch use of biblical language and an urbane satirical style couched in exquisite heroic couplets.[127]

Dryden's name was thus coded in *Absalom*'s genetic material; Dryden surely understood this. He may not have sought fame in the manner that his poetic father and fellow-laureate Ben Jonson had, ostentatiously publishing his works in folio, but he seems to have desired a different sort of distinction, more discreet but in its own way just as lambent. By his enemies' admission, Dryden enjoyed a reputation powerful enough to penetrate the "cloud" of anonymity, a brilliance that could not help being recognized. I would suggest that this was precisely the fantasy that Dryden entertained in publishing *Absalom* anonymously. By spotlighting his anonymity in the preface, Dryden poses a riddle about the poem's authorship that he wants his readers to solve. Although poets often promised lasting fame to the patrons they delineated in their verse, Dryden seems to have appreciated that readers, not writers, confer canonicity and poetic immortality. Indeed, in the preface to *Absalom,* he betrays a desire to impress even the "malicious reader" of his work, noting that "if a poem have a genius it will force its own reception in the world: for there's a sweetness in good verse which tickles even while it hurts; and no man can be heartily angry with him who pleases him against his will. The commendation of adversaries is the greatest triumph of a writer, because it never comes unless extorted" (451). Despite the invective that marked several polemical responses to *Absalom,* and despite the Whigs' mirroring of the laureate's anonymous stance (Whigs named neither him nor themselves in their work), Dryden's "adversaries" offered him not only recognition in the form of unflattering allusions, but praise of his craftsmanship.

The Tory eulogizers of *Absalom and Achitophel* participate in the charade of Dryden's anonymity in an altogether different manner. Somewhat surprisingly, the commendatory writers point the awkwardness of the poet's double gesture—the tension between Dryden's apparent unwillingness to "own" his piece and the obtrusive quality of his anonymous pose—but they also gloss and elucidate a crucial aspect of the poem's satire: the arch connection that *Absalom* draws between anonymity and illegitimacy. In his commendatory poem "To the Unknown Author of this Admirable Poem," "R. D." (Richard Duke) likens Dryden's piece to a beautiful bastard child, not unlike Monmouth himself:

> Sure thou already art secure of fame,
> Nor want'st new glories to exalt thy name:

What father else would have refused to own
So great a son as godlike Absalon?

(25–28)

In his paean to Dryden, "To the Concealed Author of this Incomparable Poem," "N. T." (Nahum Tate) delineates a similar relationship between poet and poem:

O! if unworthy we appear to know
The sire to whom this lovely birth we owe
Denied our ready homage to express,
And can at best but thankful be by guess,
This hope remains: may David's godlike mind
(For him 'twas wrote) the unknown author find;
And having found, shower equal favours down
On wit so vast as could oblige a crown.

(31–38)

Many praised and attacked the author "by guess"; indeed, as we have noted, most readers fathered the poem on Dryden without much ado. Tate, who co-wrote *The Second Part of Absalom and Achitophel* with Dryden, could scarcely have failed to know of Dryden's authorship. The laureate's opponents commonly cast him as a mercenary pen; hence Tate's delicate closing lines on the debt that the king owes *Absalom*'s author—Tate subtly nurtures the twin fictions that Dryden is yet "unknown" to the king and that he did not write the poem for pay, even though he deserves a rich reward. In both commendatory pieces, Dryden's ties to the king are indirect; even though Dryden wrote his poem "for" the king, the two figures are related more by analogy than by any crass notion of service: Dryden is a "father," the "sire" of *Absalom and Achitophel,* as Charles is a benevolent patriarch in the poem itself. Both, in a sense, are the fathers of Absalom: the lines "Sure thou already art secure of fame, / Nor want'st new glories to exalt thy name: / What father else would have refused to own / So great a son as godlike Absalon?" apply equally to the king and his laureate.[128]

By implication, Duke and Tate limn a parallel between the state of anonymity and the state of bastardy. It is surely no coincidence that Dryden's anonymous poem begins with the subject of David's fruitful concubinage:

In pious times, ere priestcraft did begin,
Before polygamy was made a sin,
When man on many multiplied his kind,
Ere one to one was cursedly confined;
When nature prompted, and no law denied
Promiscuous use of concubine and bride;
Then Israel's monarch, after heaven's own heart,
His vigorous warmth did variously impart
To wives and slaves: and wide as his command
Scattered his maker's image through the land.

(1–10)

These famous—indeed infamous—lines have been variously described as "embarrassed," "defensive," and "daring." They were certainly daring. Phillip Harth argues that Dryden "deflect[s] the force of an awkward admission by focusing attention on the comic incongruity of a modern history set in biblical times. The effect is much the same as that of his later witticism about the Popish Plotters, 'Some thought they God's Anointed meant to Slay / By Guns, invented since full many a day' (130–31). Charles cannot be exonerated by the more tolerant standards of an earlier age, but he benefits all the same from Dryden's reminder that it is only the accident of having been born at the wrong time that makes him culpable for the same behavior that carried no stigma for the biblical David. . . . With these lines Dryden begins to divert attention from the illicitness of Charles's relationships."[129]

I want to suggest that far from "diverting attention" from Charles's sportive sexuality and the "illicitness of [his] relationships," Dryden emphasizes them both to make his case. As Whigs rallied around Monmouth during the exclusion crisis, they pretended that he was the king's legitimate heir; indeed, Shaftesbury and his followers claimed that Charles had secreted a marriage certificate attesting his union with Lucy Walter, Monmouth's mother, in a "Black Box."[130] When we remember that the primary goal of *Absalom and Achitophel* was neither to defend Charles's probity nor to "deflect" attention from his promiscuity, but to end the crisis over succession, the poem's opening passage runs far more clearly: Dryden's opening lines are a salvo against the "Black Box" theory, an essay (at times delicate, at times indelicate) to delegitimize Monmouth. Brazen as the lines seem, they were the right metal for the purpose: by foregrounding Charles's almost lawless sexual appetite, Dryden exposes Monmouth as illegitimate. Viewed in this light, Dryden's remark in the preface that he "favors" Absalom in his poem because "of the respect I owe his birth" can be read as deeply ironic.[131]

The genesis of *Absalom and Achitophel*—its curiously anonymous publication, its seeds in genealogy and succession—thus bears a tight if complex relationship to the exclusion crisis. In a way, Dryden's dilemma mirrored the king's: the question for both was not so much *whether* to own their issue but *how*. Charles owned Monmouth/Absalom as his son, but he would not let him inherit the crown; Dryden, awarded the laurel crown for his poetry, published *Absalom* anonymously but spotlighted his anonymity in a fashion that suggested he would be known as its author and "sire." Recall Richard Duke's lines on the poet: "Sure thou already art secure of fame, / Nor want'st new glories to exalt thy name: / What father else would have refused to own / So great a son as godlike Absalon?" (25–28). The fame/name rhyme pair is a pregnant one. It was a dangerous time to cultivate celebrity, to blazon one's name on one's work, but Dryden seems to have wanted it both ways: he published his poem anonymously to avoid legal repercussions, but he also courted recognition for his effort. Ironically, as we noted above, it was the Whig readers of the poem who canonized Dryden, not only by "martyring" him in the press but by extolling his poetry and (almost) naming him as the author—their writings conferred a kind of legitimacy on Dryden's printed offspring. The commendatory writers fashion a markedly different response: though they collate Dryden with Homer, Virgil, and Milton ("As if a Milton from the dead arose; / Filed off his rust, and the right party chose"), they decline to name him as the author of the poem; they compare the piece to a bastard child, a royal foundling.

By linking bastardy and anonymity in this explicit fashion, these writers draw out a connection between the two topics that is implicit in *Absalom* itself. Indeed, it is the kinship between anonymity and illegitimacy that gives *Absalom* some of its satirical power. Neither Tate, nor Duke, nor Dryden himself was the first author to hyphenate anonymity and bastardy in this manner, but their exploitation of the motif is peculiarly apt in the context of the exclusion crisis. Remember the passage in which Dryden defends (and highlights) his decision to elide his name; addressing himself to the Whig party, he remarks: "You cannot be so unconscionable as to charge me for not subscribing my name, for that would reflect too grossly upon your own party, who never dare, though they have the advantage of a jury to secure them." There is an element of imitation here—"if you can do it, I can do it"—but if my ear is right, there is a note of parody as well.[132] Just after he extenuates his anonymity, Dryden excuses his favorable portrait of Monmouth by citing "the respect which I owe his birth," a mordantly ironic remark in light of *Absalom*'s opening lines, as we observed a moment ago. Given the propinquity between anonymity and bastardy in contemporary readings of *Absalom,* and given the irony that imbues the poem's preface, the juxtaposition of the two topics here ought to raise an eyebrow. The practice of anonymous publication allows authors to dodge legal responsibility for their printed issue, but Dryden seems to suggest as well that the promiscuity of nameless Whig copy matches Charles's promiscuity in siring James Scott (alias James Croft)—that the fruit of both the Whig press and the English monarch are misbegotten, spurious. Dryden thus catches Monmouth's supporters at their own game: by parodying the Whigs' use of anonymity, he insinuates that their cause, like their hero, is illegitimate.[133]

The end of the poem provides a counterpoise to the beginning. If *Absalom*'s opening lines portray the king (affectionately) as a libertine, the closing lines restore Charles to the position of lawful arbiter. Dryden's strategy in his closing argument is to depersonalize the case against exclusion, to elevate the law above the actors. Listen, for instance, to a pivotal couplet from the king's concluding oration:

> The Law shall still direct my peacefull Sway,
> And the same Law teach Rebels to Obey.
>
> (991–92)

A formal and prosodic analysis of this dense passage underscores its judicial rhetoric. *Law* is the most prominent word in these lines: it is a long syllable; it is heavily stressed; and it is the subject of a sentence in which even the king himself is object. Law directs Charles's "peacefull Sway," and the "same Law" (an emphatic spondee) teaches "Rebels to Obey." Contra Shaftesbury and his retinue of Whig pamphleteers and poets, Dryden suggests (in his syntax and his use of stress) that Charles is a dispassionate jurist: the king, Dryden observes, must obey the same law as the rebels.

The king's guise of impartiality rhymes perfectly with Dryden's façade of anonymity, as Charles's legal language voids the loyalist argument of all personal character. Dryden peoples his poem with Old Testament types, leaving his marks partially anonymous; the old dispensation stressed law and not charity. *Absalom and Achitophel* thus inverts traditional monarchical theory: kings normally stood for the spirit and not the letter of the law; the king's prerogative usually stood above the law rather than beneath it. Filmer's *Patriarcha,* published in 1680, places the king in a familial context, outside the juridical system altogether.[134] In Dryden's piece, law comes to eclipse not only the king's prerogative powers (including the lenity for which Charles was famous), but the personal vendettas that fueled the exclusion crisis.[135] *Absalom*'s opening lines portray Charles the father, the "personal monarch" who helped to populate England with subjects; the lines are instinct with Charles's sexuality and paternity. By the poem's closing lines, however, law reigns above the king. At the conclusion of *Absalom and Achitophel,* the gavel comes down like an axe: Charles metes out justice impersonally.

Dryden thus steals his opponents' political thunder. Exclusionist discourse accentuated the law; veiling himself in anonymity, Dryden takes on a Whiggish persona and at times even casts Charles as a Whig. By appropriating Whiggish rhetoric, Dryden tries to split moderate Whigs from radical ones—to divide and conquer Charles's unruly enemies. Moreover, by blurring Whig and Tory, Dryden puts the king above party.

5

THE BATTLE OF THE BOOKS: SWIFT'S *LEVIATHAN* AND THE END OF LICENSING

As Dryden predicted, the king won the battle over exclusion, and upon Charles's death in 1685 James acceded to the throne without incident. Dryden converted to Catholicism and played the laureate's part under James as he had under his former master, writing stridently in support of tolerance for Roman Catholics in *The Hind and the Panther.* James's first (and only) Parliament renewed the Licensing Act, but anonymous publications like Halifax's *Letter to a Dissenter* undermined the new regime: Halifax warned dissenters that James's ostensibly broad-based policy of toleration was a ruse to divide Protestants; the alliance of Catholics and nonconformists would leave Anglicans exposed. The king's fumbling over the Seven Bishops case and the threat of another Catholic heir precipitated a new crisis. In 1688 James abdicated, and William of Orange, who had landed on 5 November (Guy Fawkes Day) with the help of a "Protestant wind," ascended the throne with James's daughter Mary.[1]

William tried to enhance the power of the central government, founding the Bank of England to finance his wars with Louis and building an extensive bureaucracy. Several aspects of the royal administration attenuated, however. In the financial settlement and the Bill of Rights, Parliament distrained much of the king's fiscal and political power.[2] More was to come: in 1695 the Commons allowed the Licensing Act to expire, this time for good. On 17 April 1695 the Commons listed its reasons for declining to renew the act: "1st, Because it revives, and re-enacts, a Law which in no-wise answered the End for which it was made; the Title and Preamble of that Act being to prevent seditious and treasonable Books, Pamphlets, and Papers: But there is no Penalty appointed for Offenders therein; they being left to be punished at Common Law, as they may be without that Act; whereas there are great and grievous Penalties imposed by that Act for Matters wherein neither Church nor State is in any ways concerned," and on and on, to the number of eighteen.[3]

Many have read this first article to mean that the act was not only redundant but ineffective, yet there is something misleading in the House's language. It is true that the 1662 measure provided no specific penalties for producing "seditious and treasonable books"; the statute addressed those who printed and sold unlicensed books regardless of their content, thus making it possible for the judiciary to inflict "great and grievous Penalties"—the forfeiture of bonds and the loss of printing privileges, for instance—"for Matters wherein neither Church nor State is in any ways concerned."[4] As John Locke observes in his essay on the Licensing Act, "a man [might] be undone for printing . . . Tom Thumb unlicensed."[5] But the state seldom prosecuted authors or stationers merely for failing to secure an imprimatur. For the government to take action, the "Matter" at issue needed to be sufficiently serious; *Tom Thumb* did not reach the critical threshold. As Michael Treadwell points out, the administration used the licensing code as a pragmatic legal tool: it was simply easier to prove that an offending publication was unlicensed than to prove that it was "seditious."[6] The evidentiary standards for a seditious libel trial were stringent; a case that turns on whether a work has been licensed is open and shut.

In their first reason for declining to renew the Printing Act, the Commons not only misconstrue the act, ignoring its practical application, but they pass over its principal means of deterrence, what Milton called the "lett of licensing." By suggesting that the act draped a superfluous layer of legislation over the common law ("Offenders [are] left to be punished at Common Law, as they may be without that Act"), the House elides the distinction between prepublication and postpublication censorship that the measure was designed to uphold. The distinction is critical: it was far easier to block the ventilation of noxious books and papers than it was to suppress such works once they began to circulate.[7] Under the 1662 act, messengers of the king's chamber were allowed to force entry into suspect printing houses, to "examine" whether works in press were licensed, and to arrest offenders.[8] The king's agents took full advantage of this clause.[9]

There is thus some sleight of hand in the Commons' demurral: I would suggest that their misreading of the statutory language was deliberate, that it represented another stratagem in the "censorship contest" between Crown and

Parliament. By pretending that the 1662 act was idle, the House was able to divest the Crown and the stationers of their control over printing, or at least to strip them of the power of "prior restraint." (Although Parliament itself had provided the statutory basis for licensing in 1662, licensers were appointed by the king, and the enforcement of censorship was managed by the secretaries' office, an organ of the Crown.)[10] A clear indication of the Commons' double-speak is their plaint that the "Act prohibits printing and importing not only heretical, seditious, and schismatical Books, but all offensive Books; and doth not determine what shall be adjudged offensive Books: So that, without Doubt, if the late King James had continued in the Throne until this time, Books against Popery would . . . have been deemed offensive Books."[11] One cannot worry the question of who gets to control the press under the statute and then urge, as the Commons did, that the act was ineffectual or extraneous.[12]

There were many reasons why the House of Commons abandoned the 1662 statute, but, as uncomfortable as we are with Enlightenment narratives, it must be admitted that there was an element of "pure Whiggery" in the Commons' refusal to revive the act. Ironically, in his *History of England* the grand Whig Macaulay laments that the Commons "knew not what they were doing, what a revolution they were making" when they refused to renew the Licensing Act: "all their objections will be found to relate to matters of detail. On the great question of principle, on the question whether the liberty of unlicensed printing be, on the whole, a blessing or a curse to society, not a word is said."[13] A close reading of the debate suggests otherwise.

Locke's influence over the decision is well established: Locke circulated a memorandum against the Licensing Act among his Whig friends in Parliament.[14] He opens his plea by declaring, "I know not why a man should not have liberty to print whatever he would speak, and to be answerable for the one just as he is for the other if he transgresses the law in either. But gagging a man for fear he should talk heresy or sedition has no other ground than such as will make [it] necessary, for fear a man should use violence if his hands were free, . . . [to imprison] all whom you will suspect may be guilty of treason, or misdemeanor."[15] He was not alone in despising the licensing system. Indeed, in a note to Locke dated 14 March 1695, John Freke and Edward Clarke gesture toward a pervasive hostility to the licensers: they observe that those who favored the continuation of the 1662 act shrewdly emphasized the issue of literary property rather than censorship, for while "property [is] a very popular word . . . Licenser is not."[16] Locke helped to defeat the act's renewal by exploiting the widespread resentment of licensing. Even watered-down licensing bills—those, for instance, that restricted licensing to religious, political, and legal books, thus excluding the arts and sciences—failed in the Commons.[17] Although the Commons' argument against continuing the act was not so explicit as Locke's about the evils of a bridled press, it was discreetly progressive in tenor.

Michael Treadwell argues that the House's action (or deliberate inaction) had less to do with freedom of the press than with dissolving the stationers' monopoly, but, as Treadwell observes, the dissolution of monopolies was itself Whiggish in tendency—something, ironically, that Macaulay overlooked.[18] In fact, many protested the stationers' monopoly and the licensing system in the same sentence: as one set of petitioners put it, "Were it not for their Mammon-Monopoly, the Master, Wardens, &c of the Stationers' Company, would cry out against the Slavery and Charge of Licensing as much as any of their Brethren."[19] It would not be much of an exaggeration, then, to say that Whig contract theory, the Toleration Act of 1689, and the House's "Reasons" for pocketing the licensing laws were branches of the same tree.

Both houses drafted new licensing bills between 1695 and 1714. For one reason or another, they all failed.[20] The Stationers' Company petitioned for the Press Act's revival for more than a decade after it had lapsed—the act had underwritten the guild's monopoly and its system of copyright as well as government censorship—but others objected to the resuscitation of licensing with equal vigor. Defoe, like Milton, argued that preprinting censorship was unnecessary so long as the author's or printer's name appeared on his work: anonymous publications had become a greater threat than unlicensed ones.[21] Indeed, a group of peers had raised Milton's idea of substituting mandatory imprints for licensing during the renewal debate of 1692–93.[22] Two decisive objections were raised, however, to the proposal that authors be made to sign their work. Tindal quipped that "requiring authors to put their names to their book will hinder a most useful class of publications, that designed to remedy abuses"; and printers objected that such a requirement would "very much discourage the publication of many very excellent treatises, through the excess of modesty in some who will rather stifle their performances, than suffer their names to appear in print, though to a work deserving the greatest applause," both crucial points when we come to consider such a "modest" author and patriot as Swift.[23]

Shortly after the Licensing Act expired, pamphlets, newspapers, and religious treatises (including Deistic tracts) multiplied; the print trade expanded in London and struck root in the provinces.[24] Despite the democratic implications of the new freedom, many were less than sanguine about the climate that press liberty created. Swift, Pope, and their Scriblerian kindred regarded the new conditions as creating a cultural swamp, one that teemed with lesser literary species. Referring to the Licensing Act's demise and to the new atmosphere of religious tolerance under William, Pope remarked:

> The following License of a Foreign Reign
> Did all the Dregs of Bold *Socinius* Drain;
> [Then *first* the *Belgian Morals* were extoll'd;
> We their *Religion* had, and they our *Gold:*]
> Then Unbelieving Priests reformed the Nation,
> And taught more *Pleasant* methods of Salvation;
> Where Heav'n's Free Subjects might their *Rights* dispute,
> Lest God himself shou'd seem too *Absolute.*
> *Pulpits* their *Sacred Satire* learn'd to spare,
> And Vice *admir'd* to find a *Flatt'rer there!*
> Encourag'd thus, Witts' *Titans* braved the Skies,
> And the Press groan'd with Licens'd *Blasphemies*[.][25]

The *Dunciad* was in many ways the sequel to these lines: Pope's epic dunces are the rightful heirs to the prolific "heathens" in this passage. Both issued from the same fount—the loosening of regulations and standards.

Swift had reached this conclusion about the new literary culture long before Pope. In *A Tale of a Tub,* Swift makes all manner of fun of the current book trade: the satiric advertisements at the front of his book, the ungainly introductions that follow them, and the vermiculate narrative of the *Tale* itself—all are designed to burlesque the prevailing style.[26] The *Tale* was composed primarily in 1696–97, just after the collapse of preprinting censorship, and published in 1704. Among Swift's principal targets is the "swarm" of writers that hatched after the collapse of printing regulations. It is telling that on the *Tale*'s final page, Swift's "Grubaean" narrator imputes his success to the Licensing Act's recent downfall: "since . . . the liberty and encouragement of the press, I am grown absolute master of the occasions and opportunities to expose the talents I have acquired."[27] This acutely ironic line punctuates the link between the fall of licensing and the rise of a grubby brood of prolific writers, all confreres of the *Tale*'s narrator—storytellers, newspapermen, nonconformists, and others afflicted with logorrhea.

In this chapter I want to look at the joint publication of *A Tale of a Tub* and *The Battle of the Books.* The *Battle* was attached to the *Tale* as an appendix of sorts, and the two were bound together for a reason: they both protest the rise of parvenu writers and critics. The immediate occasion for both pieces was an attack on Swift's patron William Temple; in the 1690s, Richard Bentley and William Wotton sharply criticized Temple's "Essay upon the Ancient and Modern Learning." They demonstrated that his account was shot through with inaccuracies, arguing cogently that some of the "ancient" texts that Temple had lauded (Philaris's *Epistles,* Aesop's *Fables*) were forgeries. They not only defended modern learning from Temple's charges of effeteness and decay, they deployed philology and other "modern" techniques to dismantle his argument.[28]

Although Swift is concerned to defend his patron, his engagement in the ancient-modern *querelle* is wide ranging. The fifth edition of the *Tale* is particularly rich, not only because Swift and his bookseller expanded the work—adding footnotes, engravings, and an "Apology"—but because the year in which he published it (1710) was a watershed: the "Copyright Act" went into effect in April, and Swift changed parties sometime between August and October, joining Oxford and the Tories to write the partisan *Examiner.* The 1710 edition thus emerged at the intersection of several cultural and biographical vectors; the work is a crazy quilt whose patches (and here a Swiftian catalogue seems apposite) include Dissenters and papists, Whigs and Tories, ancients and moderns, hacks and booksellers, venerable classics and modern miscellanies.

I can only touch on this constellation of pairings. My argument centers on censorship and the "modern" author. Censorship runs through Swift's dual work in two different directions. Swift plays the censor throughout the *Tale* and *Battle;* the twin texts are a concerted effort to eliminate the plague of hacks and dunces loosed by the decline of press controls. The relative freedom of the press, Swift argues implicitly, makes modern authors run amok: after 1695 writers lacked limits, but their imaginations did not so much soar as sink; without boundaries, their prose lacked form, like bilge. His argument is both cultural and political—he brackets modern writers, the starving artisans of Grub Street, with Puritan preachers and a host of other "innovators" who threaten the commonwealth.[29] The Civil Wars continued to haunt the national imagination, and many, Swift included, believed that censorship was the only way to preserve the peace. Indeed, in his "Apology" for the *Tale,* inserted into the fifth edition, he observes that if his work had "met with a more candid Interpretation . . . he might have been encouraged to an Examination of Books . . . by those Authors [who wrote] openly . . . against all Religion, [and] whose Errors, Ignorance, Dullness and Villany, he thinks he could have detected and exposed in such a Manner, that the Persons who are most conceived to be infected by them, would soon lay them aside and be ashamed" (5–6). As a clergyman, Swift might have been a censor under the old regime; as a satirist, he was determined to lash writers into conformity and to shame readers into submission.

In the first half of the discussion, I will highlight the ways in which Swift censors the moderns, containing them within certain taxonomic, textual, and geographical bounds. At the same time, I will demonstrate Swift's kinship with Thomas Hobbes. While the two writers differed markedly in their metaphysics, they were more nearly allied in their politics than many critics have recognized: they shared a visceral hatred of political conflict, and they endorsed religious uniformity. What is more, on the question of censorship, Swift was a downright Hobbist. In many respects, *A Tale of a Tub* is Swift's *Leviathan.*

Yet Swift not only exercised censorship, he suffered it as well. He negotiated censorship throughout his career: the press, of course, was never completely free, even after 1695, and various constraints shape and scar the *Tale* and the *Battle;* both texts are riddled with blanks and holes. Swift published them anonymously—indeed he never acknowledged them. Given the daring, rebarbative nature of both pieces, his anonymity is unsurprising; but the lengths to which he went to conceal his authorship are astonishing. In the second half of the discussion, I peel back his multiple layers of disguise and explore the reasons that he donned them to begin with. A complicated portrait of the dean emerges: Swift avowed that he desired celebrity as a writer, and while he took pains to hide his authorship of the *Tale* and the *Battle,* his use of anonymity was both "ernest" and "game," a protective cloak and a playful ruse that enhanced the *Tale*'s artistic value and stimulated a lively debate about the work's authorship. Swift stood back from the fray amused (at least until he was prematurely discovered), awaiting the right moment to reveal his hand, and confident that Prince Posterity would award him his deserved place in the Temple of Fame. Like his cousin Dryden, he contrived to overcome and even to exploit the conditions of censorship to attain canonicity. I conclude by remarking on the pungent irony at the crux of the *Tale:* in sending up the modern style by imitating it, Swift produced a modern masterpiece; indeed, he was in many ways the first modern author.

A Tale of a Tub

In the guise of his bookseller, Swift dedicates *A Tale of a Tub* to his Whig patron Lord Somers. Until he became a Tory, Swift looked to Somers for advancement in the church.[30] The dedication is a virtuoso piece of irony in the service of genuine praise—Swift had picked his dedicatee carefully. Somers had distinguished himself in James II's reign by defending the "Seven Bishops" in their dispute with the king. James had instructed the bishops to announce his declaration of indulgence, which many feared would bring in popery; Archbishop Sancroft and six of his brethren wrote a formal letter to the king requesting that he rescind the order. For their defiance, they were charged with seditious libel, but Somers successfully defended them in a case that marked a turning point in James's rule.[31] By aligning himself with Somers, Swift was proving his bona fides as an orthodox Anglican. The *Tale* sprayed its satiric fire in a way that seemed to invite accusations of atheism, and in the upshot many thought the book made a mockery of religion. The duchess of Marlborough, for instance, concluded that Swift had "turned all religion into a Tale of a Tub and sold it for a jest."[32] Swift's dedication to Somers was thus an apt plea for "protection" against such charges (22).

The dedication of the *Tale* to Somers made sense for still another reason: Somers had supported the renewal of licensing in 1695. During the deliberations in Parliament he steered a middle path between Locke's allies in the lower house and the clergymen who sought more stringent controls, but he clearly favored some sort of licensing mechanism.[33] Indeed, Somers arraigned the licentiousness of the press as late as 1708 and warned Parliament to take measures against it.[34] Although Swift does not mention the Printing Act expressly in his epistle dedicatory, the ignorant writers and booksellers whom he skewers in its pages stemmed directly from the act's expiry; both patron and client appreciated this.

In the period between 1695 and 1710 Swift was vocal about the need for stricter press controls. In the dryly ironic *Argument against Abolishing Christianity,* written in 1708, he ascribes the current vogue of religious "freethinking" to the liberty that the press enjoyed: "Is not every body freely allowed to believe whatever he pleases, and to publish his belief to the world whenever he thinks fit . . . ?"[35] Even the laws were of little use, as they were seldom administered: the "old dormant statute[s]" against blasphemy presented no obstacles to the likes of "Asgill, Tindal, Toland, Coward, and forty more" who stripped religion of its teeth, its virtue, and its mystery.[36] Although the Toleration Act did not protect anti-Trinitarianism, it went further than William had intended, leading ultimately to the lax enforcement of the blasphemy laws.[37] In the dry and unironic *Project for the Advancement of Religion, and the Reformation of Manners* (1709), Swift again calls for tighter censorship. He proposes an "Office of Censors" to monitor public conduct, a closer scrutiny of the stage, and a "Law . . . for Limiting the Press."[38]

Considering his preoccupation with the press at this time, it comes as no surprise that one of Swift's express aims in *A Tale of a Tub* is to silence the mob of scribblers who emerged after 1695. Even in the playful *Tale,* Swift suggests that such an object had implications for church and state, not just for literary culture: more was at stake than the etiolation of English letters. In the preface, Swift's narrator likens the new "commonwealth of learning" (64, 101) to Hobbes's *Leviathan,* and he outlines the measures that the government "grandees" have taken to hold the polity together:

> The Wits of the present Age being so very numerous and penetrating, it seems the grandees of *Church* and *State* begin to fall under horrible Apprehensions, lest these Gentlemen . . . should find leisure to pick holes in the weak sides of Religion and Government. . . . [T]he Danger hourly increasing, by new Levies of Wits, all appointed (as there is Reason to fear) with Pen, Ink, and Paper, which may at an hours Warning be drawn out into Pamphlets, and other Offensive Weapons, ready for immediate execution, it was judged of absolute necessity, that some present Expedient be thought on.

Swift then reveals the government's plan of counterattack—a diversionary strategy, a tale of a tub:

> To this End, at a Grand Committee, some Days ago, this important Discovery was made by a certain curious and refined Observer; that Sea-men have a Custom when they meet a *Whale,* to fling him out an empty *Tub*

> by way of Amusement, to divert him from laying violent Hands on the Ship. This Parable was immediately mythologiz'd: The *Whale* was interpreted as *Hobs*'s *Leviathan,* which tosses and plays with all other Schemes of Religion and Government, whereof a great many are hollow, and dry, and empty, and noisy, and wooden, and given to Rotation. . . . The *Ship* in danger, is easily understood to be its old Antitype, the *Commonwealth.* But how to analyze the *Tub,* was a Matter of difficulty; when after long Enquiry and Debate, the literal Meaning was preserved: And it was decreed, that in order to prevent these *Leviathans* from tossing and sporting with the *Commonwealth* . . . they should be diverted from that game by a *Tale of a Tub.* And my Genius being conceived to lie not unhappily that way, I had the Honor done me to be engaged in the Performance. (39–41)

Although Swift takes a satirist's freedom with political theory in this passage—Hobbes never separated the "Leviathan" from the ship of state, and the idea of "rotation" was not Hobbes's but Harrington's—the narrator's suggestion that the republic of letters needs a binding force is nevertheless clear.[39] The severest threat to a stable constitution lay in the "new Levies of Wits, all appointed (as there is Reason to fear) with Pen, Ink, and Paper, which may at an hour's Warning be drawn out into Pamphlets, and other Offensive Weapons, ready for immediate Execution." Because hired pens—journalists and pamphleteers—promised "to pick Holes in the weak sides of Religion and Government . . . it was judged of absolute necessity, that some present Expedient be thought on." So numerous were the penny pamphlets and periodicals that in 1704, the date of the *Tale*'s first appearance, Anne's ministry contemplated a stamp tax, but it dropped the proposal for the time being.[40] The queen herself issued a handful of proclamations against seditious and blasphemous writings, but these had little effect.[41] Swift's "Grand Committee," therefore, resolves to divert the new colony of writers with a yarn of their own fabric; as insurance, the ancients are later enlisted to fight a rearguard action against the moderns in *The Battle of the Books.* Pat Rogers astutely observes that "[n]o other great writer, surely, can have made his name by producing a deliberately bad book: a work whose content, structure and style alike reproduced the worst features of contemporary Grub Street writing."[42] Yet even the *Tale*'s narrative chaos is in the service of national order: its digressive style is intended to distract and amuse the multitude, to beguile the people into a seemly silence. Swift was in his own puckish way prosecuting a censorship campaign against the many-headed hydra on Grub Street.[43]

Swift's references to the *Leviathan* are intriguing. Hobbes had come back in vogue by the 1690s; indeed, the engagement controversy that took place in the aftermath of William's landing gave the *Leviathan* the kind of immediate relevance it had had in 1651.[44] Most of the attention it received was negative, however.[45] In 1693 Edmund Bohun was dismissed as licenser for approving the work *King William and Queen Mary Conquerors,* whose de factoist argument drew directly on Hobbes's infamous treatise.[46] Hobbes had fared no better in previous reigns: his political tracts, like Milton's, had been destroyed in the Oxford book-burning of 1683; the *Leviathan* was censored throughout the Restoration.[47] Considering the uproar that the work caused, Swift may be referring as much to the book itself as the figure within it when he voices concern about the "Leviathan."

Swift could abide neither Hobbes's materialism nor his absolutist theories of government, aligning "the atheist of Malmesbury" with the ignoble moderns in *The Battle of the Books.* Many critics have concluded that the *Tale* too is anti-Hobbist, yet Swift's texts are always more nuanced than his opinions. The passage I have quoted on the *Leviathan* suggests ambivalence: while Swift despised Hobbes's natural philosophy, he apparently took his political philosophy somewhat more seriously—he seems to have believed that collectively the Grub Street writers were a monster that threatened both the culture and the commonweal. In his poem *On Poetry,* he cites Hobbes with a blend of irony and seriousness: "*Hobbes* clearly proves that ev'ry Creature / Lives in a State of War by Nature."[48] The locution "clearly proves" may smile at the idea of a "human science," but the rest of the verse paragraph, which highlights the nastiness of poetic competition, testifies to Hobbes's claim. Swift owned at least two editions of the *Leviathan,* along with sundry other of Hobbes's works; indeed, he jotted notes on the *Leviathan* in a separate manuscript, now lost.[49] Owning a work does not, of course, amount to endorsing it, but the two figures agreed in their Erastianism, their strict line on uniformity, and their conservative anxiety about the "mobile."

Crucially, Hobbes condemned free speech in terms similar to Swift's, though Swift had no traffic with "absolute power": "the Liberty of Disputing against absolute Power, by pretenders to Pollliticall Prudence; which though bred for the most part in the Lees of the people; yet animated by False Doctrines, are perpetually medling with the Fundamentall Lawes, to the molestation of the

Common-wealth; like the little Wormes, which Physicians call *Ascarides.*"[50] Hobbes's "Wormes" and Swift's Grubs are close kin, though Hobbes, it should be noted, was as concerned about classical republican authors as he was about modern innovators.[51] Newcastle, one of Hobbes's patrons, had warned Charles at the Restoration that "[e]very man is now become a state man." He suggested that the king censor the news and dazzle the people with plays and other frivolous entertainments: "These divertissements will amuse the people's thoughts, and keep them in harmless action which will free your Majesty from faction and rebellion."[52] The similarity to the *Tale*'s project is striking: both Newcastle and Swift propose that the politically engaged "multitude" be pacified with tales and plays. Indeed, the *Tale*'s engraved frontispiece depicts the idea visually: instead of attacking the "ship of state," the whale is "diverted" by an enormous tub.[53] The engraver's image is likely an answer to the notorious frontispiece of the *Leviathan;* though not visible in the print, Swift's modern readers make up the whale.[54]

Swift, like Hobbes, is for moderation, centrism, and Anglicanism; his opponents, the Grubaeans, are for extremism, party writing, dissent, and recusancy. Dryden and L'Estrange come in for harsh abuse: Swift regarded them both as partisan timeservers. Dryden, like the brothers in the *Tale,* changed his creed to fit the prevailing fashion; the story of Peter, Martin, and Jack essentially inverts *The Hind and the Panther.* But, as the "Leviathan" figure suggests, Swift is most concerned about the anonymous mass of writers who debouched from basements and garrets upon the expiration of the Licensing Act. The last time the act had lapsed, plot scares convulsed England; the time before that, a civil war had erupted. Hobbes had said flatly that the "Soveraignty" possessed the power to circumscribe the public sphere: "it is annexed to the Soveraignty, to be Judge of what Opinions and Doctrines are averse, and what conducing to Peace; and consequently, on what occasions, how farre, and what, men are to be trusted withall, in speaking to Multitudes of people, and who shall examine the Doctrines of bookes before they be published . . . therby to prevent Civill Warre."[55] But such preventive censorship no longer existed.

The "great rebellion" lingered in the national memory: Swift makes several references to it in the *Tale* and sublimates it in *The Battle of the Books.*[56] Clarendon's *True History of the Rebellion* was published in 1702–4, coinciding with the *Tale* and the *Battle*'s first edition; Swift owned a copy of the *History* and inked copious notes in its margins.[57] In his "Sermon upon the Martyrdom of King Charles I," Swift declares that "If [a man's] religion be different from that of his country, and the government think fit to tolerate it, (which he may be very secure of, let it be what it will) he ought to be fully satisfied, and give no offence, by writing or discourse, to the worship established, as the dissenting preachers are too apt to do." The "furious zeal" of the "ancient Puritan fanatics," he continues, had made "their country a field of blood, to propagate whatever wild or wicked opinions came into their head, declaring all their absurdities and blasphemies to proceed from the Holy Ghost."[58] In a more satirical vein, he observes in the *Tale* that "The Two Principal Qualifications of a Phanatick Preacher are, his Inward Light, and his Head full of Maggots, and the Two different Fates of his Writings are, to be burnt or Worm eaten" (62n.). The fanatic's books are fit only for Grubs or fire.

"Grub Street" thus became an emblem not only of literary mediocrity but of writing's polarizing power. Swift lumps several different groups of writers and orators together under the rubric of Grub Street: mercenary scribblers, modern critics, freethinkers, papists, and Puritan preachers, all of whom, in Swift's jaundiced eye, endeavored to disturb and divide the commonwealth. Rogers points out that Puritans, like Grubaeans, swarmed in Cripplegate during the Civil War and for decades afterward; both groups had a similar odor in early modern England.[59] Swift attacks them with his usual weapon: levity. The threat of war, after all, was hardly so immediate that Swift could not indulge his habit of making light of a serious issue.

A divine obsessed with the body, he reduces hacks, dunces, and dissenting ministers to various body parts, a fitting use of synecdoche given the fragmented character of modern writing. One trait that critics, priests, and Puritan "saints" share is their outsized ears. The "true critic," Swift assures us, is an "ASS," and both critics and priests have asses' ears: the modern critic is a tin-eared pedant; the priest needs to listen to "auricular confession," as the pedantic Wotton put it (107n), so his ears are unnaturally large. For the roundheads, an ear is more than an ear:

> [I]t is held by Naturalists, that if there be a Protuberancy of Parts in the *Superiour* Region of the Body, as in the *Ears* and *Nose*, there must be a Parity also in the *Inferior* . . . . [T]he devouter Sisters, who looked upon all extraordinary Dilations of that Member, as Protrusions of Zeal . . . were sure to honor every Head they sat upon, as if they were the *Marks of Grace*. . . . Such was the Progress of the *Saints*, for advancing the size of that member; And it is thought, the Success would have been in every

> way answerable, if in Process of time, a cruel King had not arose, who raised a bloody Persecution against all *Ears*, above a certain Standard; Upon which, some were glad to hide their flourishing Sprouts in a black Border, others crept wholly under a Perewig; some were slit, others cropt, and a great Number sliced off to the Stumps. (201–2)

Swift is here alluding to Puritans like Prynne, Burton, and Bastwick, whose writings assailed the Caroline ministry and the Laudian church; the hangman took their ears for their impudence. As we saw in the first chapter, their struggles with church and state helped to precipitate a revolution.

Swift's fatuous hack slides easily from the upper regions of the body to the lower ones, from base animals to even baser orifices. In the *Tale*'s Grub Street aesthetic, an ear becomes a "privy member"; an "ass" becomes an "arse."[60] All Grubaeans—poets, preachers, and political writers—suffer from a surfeit of wind; they confound flatus with afflatus (150–55). Indeed, the original design for the "tub preacher" engraving vividly captures the source of Puritan inspiration (56–57). The downward grade of the *Tale* is thus deliberate: Swift is puncturing the pretensions of mechanick preachers and mechanick writers, deflating them. Modern writing, he suggests, is fuelled by gas.[61]

Swift's footnotes—not the least of the *Tale*'s pleasures—also serve a deflationary purpose. By relegating Wotton and his ilk to the footnotes, by expelling them from the body of the text, Swift is washing them into a literary gutter. In his view the Grubaean authors belong in a textual ditch; their works are filth and tripe, weeds and waste. The *Tale* and the *Battle* are satiric remedies, purges for the body politic.

For all his twitting of Dryden, Swift took more than a hint from *Mac Flecknoe*.[62] The latter poem, a masterpiece second only to *Absalom* in Dryden's oeuvre, addresses the twin themes of literary merit and cultural hierarchy. *Mac Flecknoe* casts Thomas Shadwell as doyen of the dunces; in the printed edition of the poem (1684), Dryden elides part of Shadwell's name, rendering it "Sh——." As we scan the piece, there is a brilliant "flicker" between "Shite" and "Shadwell": the two are conflated throughout. Dryden, however, is concerned not simply to pillory his rivals but to draft a literary cartography—on his poetic map, the second-rate writers cluster in certain corners of the city: "From near Bun-Hill, and distant Watling-street . . . / Much Heywood, Shirley, Ogleby there lay / But loads of Sh——— choakt the way."[63] Just so for the charts of Pope and Swift, where the dunces creep along Grub Street and its environs. In the *Tale,* Swift's narrator is a member of the Grub Street "Fraternity"; in the *Dunciad,* Colley Cibber, king of the poetasters, rules with a heavy hand in filth-ridden Cripplegate. Cibber leads his tribe on a Virgilian progress through the tonier parts of London, a perverse Augustanism that threatens order and civility. According to the logic of the *Dunciad* and *A Tale of a Tub,* the Grub Street cultural wars can touch off actual rebellion. The containment of literary "Sh—" within certain boundaries was thus a task of the first importance for the Scriblerians: although they accused their adversaries of undermining the polity, the Scriblerians themselves sought to divide and rule the commonwealth of letters, to quarantine the Grubaeans in literary ghettoes and textual gutters, to push them to the margins of the capital and the margins of their pages.

The Battle of the Books: Social Censorship and Literary Criticism in Swift's Day

The real war in the *Tale* and the *Battle* is, then, not between the ancients and the moderns but between Swift and the moderns. The process of canonization requires not only the elevation of some, but the laying low of others: not everyone can fit on Parnassus's peak. The first line of the *Tale* encapsulates the struggle in which Swift was embroiled: "Whoever hath an Ambition to be heard in a Crowd, must press, and squeeze, and thrust, and climb with indefatigable Pains, till he has exalted himself to a certain Degree of Altitude above them" (55)—the imperative applies not only to the go-ahead professional writer but to Swift himself.

The idea of the British Poetomachia finds its origin in Jonson; the battle played itself out in the various *Sessions of the Poets* and in the works of Dryden, Shadwell, and Rochester. But such literary contests—which involved "literary criticism" in its purest form—took on an increasing importance in the wake of the Licensing Act's expiry. Habermas contends that the Licensing Act's demise permitted the discursive space necessary for a "public sphere" to emerge: there was now some daylight between the state and civil society.[64] In consequence, social censorship came to supplement political censorship; critics inherited certain offices of the licenser. Several tools of suppression were still available to the government—after 1695 Crown and Parliament relied chiefly on the law of seditious libel to manage the press—but part of the responsibility for censorship fell to the arbiters of taste and morality, coffeehouse wits, book reviewers, and satirists.[65] The new criticism balanced the scales of freedom and civility. The *Guardian* sums it up well: "I met with *Freedom of Speech* and *Complaisance,* who had for a long time looked upon one another as Enemies; but *Reproof* has so happily brought them together, that they now act as Friends and Fellow-Agents in the same Family."[66]

In the dean's use of the term "censor," a word that pops up repeatedly in his work, the meanings of "licenser" and "critic" ("censurer") melt together; such a usage conflates social and political censorship. In fact, social and political censorship became nearly coterminous after William's 1698 proclamation to "prevent the spread of profaneness and immorality." Grand juries, ever charged with the task of presenting libels, began to present such "profane" and "immoral" works as William Congreve's: "the grand jury of Middlesex at the next sessions [after the 1698 proclamation] presented Congreve's *Double Dealer,* Durfey's *Comical History of Don Quixote,* and Vanbrugh's comedy *The Relapse.*"[67] The seedbed of the proclamation was the House of Commons, which beseeched the king and his ministers to remember their duty to "inspect the Manners of those under them" ("Manners," that great Augustan catchall), and to suppress books that tended to undermine the established religion. William obliged by agreeing to "suppress Profaneness and Immorality; and all Books which endeavour to undermine the Fundamentals of the Christian Religion; and punish the Authors," but he asked that the House consider "some more effective Provision . . . for the suppressing those pernicious books and Pamphlets, which your Address takes notice of."[68] That same year the Blasphemy Act passed into law, and Collier and Ridpath published their philippics against the stage.[69] Collier was a Tory nonjuror, Ridpath a staunch Whig, but the two agreed on matters of taste and "politeness."[70] Indeed, the process of cultural reform began even before William's proclamation: in May 1697 books by Locke, Toland, and Atterbury were presented to the Middlesex grand jury.[71]

The Society for the Reformation of Manners sought an exact enforcement of the "decency" laws. In his 1699 *Account* of the society's activity, Josiah Woodward thunders against the "Scandalous Play-Houses."[72] While Steele flayed the heroes of Etherege's *Man of Mode,* Addison redeemed *Paradise Lost.*[73] The aptly named *Censura Temporum,* which ran from 1708 to 1710, judged new books and pamphlets on moral grounds.[74] A suite of critics lined up to tame *Leviathan* and to civilize Mandeville's "Grumbling Hive." We may here recall Steele's remark in the *Tatler* that "In a Nation of Liberty, there is hardly a

Person in the whole Mass of the People more absolutely necessary than a Censor."[75]

In a letter to the *Tatler* dated 27 September 1710, Swift urges Steele to take the role of "censor" seriously. He concentrates on the current corruption of the English language. Citing a letter that he had received, in which the prose had been chopped into contractions and slang, Swift comments: "These are the false Refinements in our Style which you ought to correct: First, by Arguments and fair Means; but if those fail, I think you are to make Use of your Authority as Censor, and by an Annual *Index Expurgatorius* expunge all Words and Phrases that are offensive to good Sense, and condemn those barbarous Mutilations of Vowels and Syllables." He scoffs at the common explanation for the new style: "In this last Point, the usual Pretence is, That they spell as they speak: A noble Standard for Language! To depend upon the Caprice of every Coxcomb, who because Words are the Cloathing of our Thoughts, cuts them out and shapes them as he pleases, and changes them oftener than our dress." The figure is reminiscent of the coats in the *Tale:* for Swift, standardization of the King's English is on the same order as uniformity in religion; neither should depend on the vagaries of fashion. Indeed, he laments that "several young Readers in our Churches" have caught the infection, speaking in the newer mode from the pulpits rather than betraying any acquaintance with "old unfashionable Books [learned] in the University."[76] The corrupt state of English was, therefore, bound up in the corruption of the state church.

The source of these blights on the language is clear: "You may gather every Flower of it, with a Thousand more of equal Sweetness, from the Books, Pamphlets, and single Papers, offered us every Day in the Coffee-houses."[77] "Cant" is dangerous in any sphere, whether social, political, or religious; indeed, cant has a tendency to spread from one sphere to another. Disciplining the language—which Swift was to do more systematically in his *Proposal for Correcting the English Tongue,* "one of the few texts that Swift ever published under his own name"—required disciplining the press.[78]

Swift thus counted himself among the ranks of the censors: he was to the last a social critic, and the *Tale* and the *Battle* represent the acme of his efforts. In his early writings Swift took aim at modern language, the theater, Locke, Toland, and new-fangled religion. Throughout his career he tried to satirize sedition, cant, and blasphemy out of existence. But Swift can also be numbered among those who suffered censorship. He was a victim of critical outrage, his books the object of severe censure. Indeed, the criticism heaped on him for *A Tale of a Tub* led him or his bookseller to place a mock imprimatur on the *Tale*'s 1720 edition: "Printed by Order of the Society de propagando, &c." (lxvii). We have seen the ways in which the *Tale* censored others; I now want to consider the ways in which censorship inflected the *Tale* itself.

The *Tale*'s Anonymity: Swift and Self-Censorship

Swift was a farrago of contradictions. Although he rails at the liberties writers have taken since the collapse of licensing, he is himself rather free with religion. The defeat of the Licensing Act left a residual censorship: the laws of libel (including seditious, obscene, and blasphemous libel), *scandalum magnatum,* and treason still tethered the press. Swift, like Prynne, Hobbes, and countless others, supported censorship but chafed at being censored himself. He peeks out from behind his hack narrator to voice his exasperation with the current libel law, noting that while general satire is tolerated, lampoons with particular targets are not. Although the semireliable narrator's purpose is merely to report facts in the manner of an anthropologist, Swift makes his judgment of the system's absurdity plain:

> In the *Attick* Commonwealth, it was the Privilege and Birth-right of every Citizen and Poet, to rail aloud and in publick, or to expose upon Stage by Name, any Person they pleased, tho' of the greatest Figure, whether a *Creon,* an *Hyperbolus,* an *Alcibiades,* or a *Demosthenes:* But on the other side, the least reflecting word let fall against the *People* in general, was immediately caught up, and revenged upon the Authors, however considerable in their Quality or their Merits. Whereas, in *England* it is just the Reverse of this. Here, you may securely display your utmost *Rhetorick* against Mankind, in the Face of the World; tell them, "*That all are gone astray; That there is none that doth good, no not one; That we live in the very Dregs of Time; That Knavery and Atheism are Epidemick as the Pox. . . .*" And when you have done, the whole Audience, far from being offended, shall return you thanks as a Deliverer of precious and useful Truths. Nay farther; It is but to venture your Lungs, and you may preach in *Covent-Garden* against Foppery and Fornication, and *something else:* Against Pride, and Dissimulation, and Bribery, at *White Hall:* You may

> expose Rapine and Injustice in the *Inns* of *Court* Chapel . . . 'Tis but a *Ball* bandied to and fro, and every Man carries a *Racket* about Him to strike it from himself among the rest of the Company. But on the other side, whoever should mistake the Nature of things so far, as to drop but a single Hint in publick, how *such a one* starved half the Fleet, and half-poison'd the rest: How *such a one,* from a true Principle of *Love* and *Honour,* pays no debts but for *Wenches* and *Play:* How *such a one* has got a Clap and runs out of his Estate: How *Paris* bribed by *Juno* and *Venus,* loath to offend either Party, slept out the whole Cause on the Bench: Or, how *such an Orator* makes long Speeches in the Senate with much Thought, little Sense, and to no Purpose; whoever, I say, should be thus particular, must expect to be imprisoned for *Scandalum Magnatum:* to have Challenges sent him; to be sued for *Defamation;* and to be *brought before the Bar of the House.* (51–53)

Swift, therefore, is cautious about naming names. He publishes the *Tale* anonymously, as we have noted, and he and his bookseller blank out the names of others (at least partially).[79] Indeed, censorship inflects the work several ways: Swift litters the piece with dashes, ellipses, and asterisks where text should be. Though he complains that the publishers altered his work in spots (8, 17)—a complaint that he was to make about *Gulliver's Travels*—he well understands the reasons for such revisions.[80]

C. R. Kropf observes that in most libel suits "an innuendo, of itself, could not be used to identify its referent."[81] John March, a seventeenth-century legal scholar, explained the principle thus: "The Office of an [Innuendo] is only to containe and design the same person which was named in certain before." March notes elsewhere that "if words be of a double or indifferent meaning, and in the one sence Actionable, in the other not, in such case an (Innuendo) shall never make them Actionable."[82] A canny satirist therefore hid behind generality, ambiguity, and anonymity.[83]

Of course, many of the textual disguises that Swift used were transparent. He clearly wanted his readers to discern his marks; elsewhere, he reveals his strategies of ellipsis:

> First, we are careful never to print a Man's Name out at length; but as I do that of Mr. St——le: So that although every Body alive knows whom I mean, the Plaintiff can have no Redress in any Court of Justice. Sec-

> ondly, by putting of Cases; Thirdly, by Insinuations; Fourthly, by celebrating the Actions of others, who acted directly contrary to the Persons we would reflect on; Fifthly, by Nicknames, either commonly known or stamp'd for the purpose, which every Body can tell how to apply.[84]

The erasure of the *Tale*'s targets becomes, in Swift's handling of it, a kind of crossword. Readers abhorred the vacua of blanks and gaps in the text, and they tried to fill them in with the proper names.[85] While libel laws are designed to remove the satirist's fangs, Swift and company pointed their insults not only with irony but with textual corruptions and footnotes, the weapons of the modern critic.[86] Like Dryden, Swift treated anonymity not simply as a prudential device but as an art and a game as well.

Swift had lost such a game himself in recent years. In the 1690s he had rather credulously believed that Dunton's *Athenian Gazette* was written by a society of fellows: Dunton had hidden behind an anonymous mask of fictive scholars, the "Athenian Society."[87] Harold Love observes that the print medium is treacherous and slippery: printed books seem fixed, their authorship and authority underwritten by the title page.[88] But printed works are no more authoritative than ancient manuscripts—indeed in Swift's view probably less so. Because of its relative "impersonality," because it contains fewer identity markers than handwriting, print can counterfeit an author's signature, a printer's imprint, and a licenser's imprimatur.[89] Print culture fosters a culture of forgery. Dunton had taken advantage of this comparatively new culture, and since he had deceived Swift, now Swift would deceive others. He trained his fire on the very people who put most stock in the printed word, his bêtes noirs, the moderns. As Dryden had created a puzzle for his contemporaries in *Absalom and Achitophel,* in the *Tale* and the *Battle* Swift created a jigsaw for future generations of B_ntl_eys and W_tt_ns; he injects the corruptions that time wreaks on texts in the *Ur*-text itself, challenging critics to emend the *Tale* and to discover its author.

About his own anonymity, Swift was at once wryly ironic and deadly earnest. In his celebrated essay "What Is an Author?" Foucault observes that

> in the seventeenth or eighteenth century . . . literary discourses came to be accepted only when endowed with the author function. We now ask of each poetic or fictional text: From where does it come, who wrote it, when, under what circumstances, or beginning with what design? The

> meaning ascribed to it and the status or value accorded it depend on the manner in which we answer these questions. And if a text should be discovered in a state of anonymity—whether as a consequence of accident or the author's explicit wish—the game becomes one of rediscovering the author."[90]

So it was for Swift's contemporaries, though Bentley regarded attribution as a serious business and not a sport: "to assign [writings] to their proper authors, was the chief province and the greatest commendation of the ancient critics" and a point of honor among modern ones.[91] Swift, therefore, set out to make a jape and a game of Bentley's business.

Yet the *Tale*'s anonymity has a double edge: while he clearly relished starting a hare for his readers, Swift feared reprisal if his authorship of the work were discovered. As the Whig Joseph Addison wryly remarked in his anonymous tract *The Thoughts of a Tory Author Concerning the Press,* if authors had been required to sign their works, "*The Tale of a Tub*" would never have been published.[92] Foucault, we should recollect, argues that the original use of the "author function" was not to give authors credit for their writings but to hold them accountable. Swift attempted, therefore, to throw critics off the scent. Many tried to guess the author of *A Tale of a Tub:* some ascribed it to William King, who felt obliged to discountenance it in a satiric piece of his own (King suggested that "the fire was the properest place for [the *Tale*'s] purgation"); others attributed it to Thomas Swift, Jonathan's cousin, who had himself claimed part of it; in his rejoinder to the *Tale,* Wotton misattributed it to Swift's patron William Temple; and later in the century, Samuel Johnson cast some doubt on the ascription to the dean, noting the stylistic anomalies of the piece.[93] Ironically, in his "Apology" for the work Swift impugned the use of internal evidence to track down authors, warning those who would sniff him out that

> He thinks it no fair Proceeding, that any Person should offer determinately to fix a name upon the Author of this Discourse, who hath all along concealed himself from most of his nearest Friends: Yet several have gone a farther Step, and pronounced another Book [Shaftesbury's *Letter of Enthusiasm*] to have been the Work of the same hand with this; which the Author directly affirms to be a thorough mistake; he having never so much as read that discourse, a plain Instance how little Truth,

> there often is in general Surmises drawn from Similitude of Style, or way of thinking. (6)[94]

He is perhaps looking sideways at Bentleyan philology in this passage.

Just before the 1710 edition of the *Tale* was published, however, the unscrupulous bookseller Edmund Curll brought out a *Key* to the work: Curll fingered Swift as the author of the book (or rather one of the authors—he suggests that Swift's cousin Thomas was another), and he filled in many of the other blanks for his readers. Swift's publisher Benjamin Tooke—with whom Swift was preparing the 1710 edition of the *Tale*—sent him word of the *Key*'s appearance.[95] Furious, Swift responded by adding a "Postscript" to his Apology that indicts Curll on several counts:

> Since the writing of this [Apology] . . . a Prostitute Bookseller hath publish'd a foolish Paper, under the name of Notes on the *Tale of a Tub,* with some Account of the Author, and with an Insolence which I suppose, is punishable by Law, hath presumed to assign certain Names. It will be enough for the Author to assure the World, that the Writer of that Paper is utterly wrong in all his Conjectures upon that Affair. The Author farther asserts that the whole Work is entirely of one Hand, which every Reader of Judgment will easily discover. . . . But if any Person will prove his Claim to three Lines in the whole Book, let him step forth and tell his Name and Titles, upon which, the Bookseller shall have Orders to prefix them to the next Edition, and the Claimant shall from henceforward be acknowledged the undisputed Author. (20–21)

His upbraiding of the "prostitute bookseller" is enormously complex (notice that Swift does not name Curll, though he appeared in the *Key*'s imprint). In the first sentence, despite the surface content, Swift betrays his own anxiety about the law's long arm—he subtly shifts the blame to Curll, making him the author of a libelous version of the *Tale;* Curll, after all, names names where he does not. Yet Swift is most upset about the "assigning" of his own name to the work. In a letter to Tooke on this very matter, he laments the practice of "fastening" books on authors: "it is strange that there can be no satisfaction against a Bookseller for publishing names in so bold a manner. I wish some lawyer could advise you how I might have satisfaction: For, at this rate, there is no book, however so vile, which may not be fastened on me."[96] The nature of his complaint is decidedly odd: Curll has identified him as the author, yet Swift worries that such a precedent will encourage others to pin works on him spuriously. On a strictly logical view of the matter, this conclusion would not follow unless the *Tale* had not been his: misattribution, not correct attribution, breeds more misattribution. It is almost as if Swift is playfully suggesting—in a letter to his own bookseller no less—that he did not compose the *Tale;* it is as though he is fighting for the rights of his anonymous persona in seeking the counsel of an attorney. In fine, he seems to half-believe that the *Tale* is by "Anon," not by Jonathan Swift: the insidious Curll had the temerity to ascribe the book to the latter and hence to spoil the fun.[97]

Swift's more rational, less playful side surely worried, as I have suggested, that the association of his name with the work would get him into trouble. So cautious were Swift and his bookseller that they used a "trade publisher," one John Nutt, to purvey the book directly to the public: Nutt's name and not Tooke's appeared in the imprint of the first five editions, making it that much harder to trace the *Tale* back to its author. The case is further complicated by the 1710 imprint of "Nutt" "near Stationers Hall," as Nutt had in 1706 departed his haunt near Stationers' Hall, "where he [was] replaced . . . by John Morphew," a trade publisher whom Swift used for other of his works. It is therefore uncertain who actually distributed the 1710 edition of the *Tale,* Nutt or Morphew, an ambiguity that might have been deliberate.[98]

It is worth noting that Swift, Tooke, and Nutt seem to have held similar political and religious worldviews. In addition to publishing the first five editions of the *Tale* by way of Nutt or Morphew, Tooke published Swift's *A project for the advancement of Religion and the reformation of manners* (1709), *A proposal for improving, correcting and ascertaining the English tongue, in a letter to the honourable Robert, Earl of Oxford* (1712), the satirical poem *A Bubble* (1721), Swift's edition of Temple's *Memoirs,* and Temple's *Defence of the Essay on Ancient and Modern Learning.* He also owned the copyrights to solidly Anglican titles like Jean Le Clerc's *A supplement to Dr. Hammond's Paraphrase and Annotations on the New Testament* and John Ellis's *A Defence of the Thirty-nine Articles of the Church of England.*[99] Nutt published works that would surely have met with Swift's imprimatur: Clarendon's *History,* pamphlets against the Quakers, animadversions on Milton, Locke, and Asgill, as well as books defending the Anglican Church and "adorning" its liturgy. Tooke's inventory and Nutt's pattern of publications demonstrate once again that authors and stationers formed political allegiances and that, as L'Estrange had complained, booksellers and publishers often concealed writers, "the *Fountain* of our Troubles," in anonymity.[100] Curll's betrayal of Swift's authorship of the *Tale*, however, aided the censors. Having pierced the screen of anonymity that Swift, Tooke, and Nutt had forged, Curll left Swift exposed.

The event proved that both Swift's fears and his caution were justified: though the *Tale* was not censored, or not suppressed at any rate, it was censured. Many of Swift's contemporaries regarded the book as itself a "licensed blasphemy." The dull, pious Richard Blackmore, for instance, said of the *Tale* that he did "not know, that any Inquiry or Search was ever made after this Writing, or that any Reward was ever offer'd for the discovery of the Author, or that the infamous Book was ever condemn'd to be burnt in Publick," and asserted that if it had been "publish'd in a Pagan or Popish Nation, who are justly impatient of all Indignity offer'd to the Establish'd Religion of their Country, no doubt but the Author would have receiv'd the Punishment he deserved."[101] Social censor and critic John Dennis accused the *Tale*'s writer of "crucifying thy God afresh, and selling him to *John Nutt* for ten Pound and a Crown."[102] Indeed, Swift's authorship of the work, once discovered, impeded his advancement in the church: Archbishop Sharp condemned it as blasphemous in an audience with Queen Anne, destroying Swift's hopes of an English bishopric.[103] Not even his "Apology" for the book could mitigate his offense; no wonder he took the joke of "Anon's" authorship so seriously.

Yet there is still another wrinkle in this convoluted affair: while Swift is livid that Curll had the audacity to name him as the author of the *Tale*, he is even more outraged that he did not get the entire credit for the work. In his Postscript, Swift's persona claims sole paternity of the book (even as he remains oddly and resolutely anonymous); he notes that "The Author," whoever he is, "asserts that the whole Work is entirely of one Hand, which every Reader of Judgment will easily discover"—never mind that he had earlier admonished readers not to infer authorship on the basis of style.[104] The gauntlet that he lays down in the Postscript's final sentence ("But if any Person will prove his Claim to three Lines in the whole Book, let him step forth and tell his Name and Titles, upon which, the Bookseller shall have Orders to prefix them to the next Edition, and the Claimant shall from henceforward be acknowledged the undisputed Author") is directed against his cousin Thomas Swift, who appears in Curll's *Key* as co-author of the *Tale*. In the letter to Tooke quoted above, Swift had (rightly) suspected Thomas's hand in the *Key*, and both here and in the letter he smirks at the idea of his humorless cousin's writing such a satiric masterpiece.[105]

"What Is an Author?" A Digression on Censorship and Copyright

Plainly Swift was divided: he was proud of the *Tale,* and if for various reasons he did not "own" it, he did not want others to own it either. He lays claim to a unique style—a fingerprint that was his and his alone—and he vaunts the originality of his work, a distinctly modern impulse (13). Locke, Defoe, and Addison had fought strenuously for authors' rights over the previous several years.[106] The stationers joined with authors in calling for a measure to protect intellectual property; piracy had been rife since the expiry of the Printing Act in 1695.[107]

By 1710 the stationers had given up on the idea of a printing measure along the lines of the 1662 act—the Whig ministry condemned both licensing and monopoly—yet they strove successfully to restore their rights in the copies they had purchased. In 1707 a group of stationers, Benjamin Tooke among them, petitioned both Houses for a bill to secure literary property. Instead of sounding the old theme of licensing, they decried the invasion of authors' rights since the lapse of the late act: "many learned men have spent much time, and been at great charges in composing books, who used to dispose of their copies upon valuable considerations, to be printed by the purchasers, or have reserved some part of the benefit for themselves and families . . . but of late years such properties have been much invaded, by other persons printing the same books . . . to the great discouragement of persons from writing matters, that might be of great use to the public, and to the great damage of the proprietors."[108] Parliament acceded to the stationers' demands by passing the so-called "Copyright Act" in April 1710, just a few months before Tooke published the fifth edition of the *Tale* and the *Battle.* Authors are named not only in the booksellers' petitions but in the statute itself: "the Author of any Book or Books already Printed, who hath not Transferred to any other the Copy of Copies of such Book or Books . . . shall have the sole Right and Liberty of Printing such Book or Books for the Term of One an twenty Years . . . [and] the Author of any Book or Books already Composed and not Printed and Published, or that shall hereafter be Composed, and his Assignee, or Assigns, shall have the sole Liberty of Printing and Reprinting such Book and Books for the Term of Fourteen Years."[109] On a close reading of the act, however, it is clear that stationers had used authors' rights as a cover for their own.[110]

Even so, many of the Scriblerians invoked the measure to defend their interest in their work—they did not hesitate to take piratical booksellers to court (Pope's suits against Curll are legendary).[111] In an illuminating article, "On the Use of 'Copy' and 'Copyright': A Scriblerian Coinage?" Donald Nichol credits Pope, Gay, and their circle with minting the word "copyright." John Feather notes that the term "copy right" had appeared in a Stationers' Company bylaw as early as 1678, and Lyman Ray Patterson observes that the same term appeared in the register in 1701 and 1703, before it showed up in the correspondence of Pope, Gay, and Swift's bookseller Motte; but it is intriguing that the Scriblerian school should have used the term so often and so early.[112] Pope and company were among the first literary professionals aside from dramatists and journalists; their intellectual property was their livelihood.[113] Even though authors were not the Copyright Act's main beneficiaries (this despite the act's official title, "An Act for the Encouragement of Learning"), the 1710 measure provided them with some leverage over booksellers. Because the act accorded them rights in their work—the first statute to do so explicitly—and because booksellers now had a legal remedy against pirates, writers were able to demand more money for their labor.[114] Indeed in chancery, where the statute of Anne was less material than the author's common law right, copyright cases hinged on Lockean notions of labor and property, and both plaintiffs and defendants weighed the author's distinctive "style."[115] More than a mere "function," the figure of the author was coming into his own.

Swift's circumstances were somewhat different from those of his fellow satirists. He was an Anglican divine, and he sometimes suggested that making money by his pen was beneath him—mercenary writing, he opined, was for Grubaean scribblers and booksellers. He rarely signed his works, partly for political reasons, but partly because he pretended disdain for the modern press—an onus still attached to commercial writing, and he did not want to sully his good name by becoming an author. Swift found the taint of commerce so distasteful that he ordinarily refused payment for his work; dealing with booksellers was for him like dealing with prostitutes: though he consorted with them, he did not advertise the affair.[116] When Harley offered him money for his part in the *Examiner,* he balked at the very suggestion. Yet while he clung to the ideals of an older patronage system—writing for preferment in the church rather than cash—he nevertheless wrote for a "living," as it were, and thus indirectly for money. Indeed, despite his "determined hauteur" (Dustin Griffin's phrase), Swift earned a considerable sum for his editions of Temple's works; and thanks in part to the good offices of Pope, he received 200 *l.* for *Gulliver's Travels.* Perhaps it should not surprise us, then, that while he affected scorn for the bookselling trade, he ultimately helped Tooke to the position of queen's printer.[117]

The dean's fondness for crying piracy was thus a hedge against charges of crude ambition. In case one of his books were ever identified as his, as the *Tale* was in 1710, Swift made a habit of distancing himself from the printer's "copy text" and rating the "piratical" bookseller. He more than once asserts (or implies) that his manuscript of the *Tale* had been purloined. In the "Apology" prefixed to the 1710 edition, his verbal gymnastics on the *Tale*'s textual history are remarkable:

> How the Author came to be without his Papers, is a Story not proper to be told, and of very little use, being a private Fact of which the Reader would believe as little or as much as he thought good. He had, however, a blotted Copy by him, which he intended to have writ over, with many Alterations, and this the Publishers were well aware of, having put it into the Bookseller's Preface, that they *apprehended a surreptitious Copy, which was to be altered,* &c. This, though not regarded by Readers, was a real Truth, only the surreptitious Copy was rather that which was printed, and they made all haste they could, which indeed was needless; the Author not being at all prepared; but he has been told, the Bookseller was in much pain, having given a good Sum of Money for the Copy. (16–17)

It is an old story: the author did not want his work published; the grasping bookseller made a Grub Street piece of it by failing to consult him. As we have observed, piracy was rampant between the collapse of the Printing Act in 1695 and the passing of the "Copyright Act" of 1710. Swift whips himself into a proper dudgeon about the theft of his copy, but his story is a tale of a tub, one not uncommon among the Scriblerians.

It is telling that "the Author" sticks at explaining how he "came to be without his Papers," dismissing such background as a "Story not proper to be told, and of very little use, being a private Fact of which the Reader would believe as little or as much as he thought good" (16). The "Bookseller," for his part, insists that "[i]f I should go about to tell the Reader, by what Accident I became Master of these Papers, it would, in this unbelieving Age, pass for little more than the Cant, or Jargon of the trade"—a parallel that suggests collusion between Tooke (or Nutt) and Swift. Indeed, "The Bookseller to the Reader" is probably, like the dedication to Somers, by Swift himself; in either case it is a red herring.[118]

Tooke was presumably willing to go along with all of the jokes at his expense because he stood to profit from the book's publication and because he did not assume much of the risk: though Dunton called him "truly honest," as we have seen, Tooke used the trade publisher John Nutt to shield himself from the public eye (Dunton describes Nutt more accurately as "very discreet and obliging"). Indeed, because Nutt's name is the only one to appear in the *Tale*'s imprint, even the abuse that Swift heaps on the bookseller in his ventriloquized dedication to Somers fell on Nutt's head rather than Tooke's.[119]

Swift scattered a handful of clues about the *Tale*'s provenance throughout the introductory matter. In his "Postscript" to the Apology, where he declares his sole authorship of the *Tale,* Swift offers intimate details on the circumstances of the book's production: "The Gentleman who gave the Copy to the Bookseller, being a Friend of the Author, and using no other Liberties besides that of expunging certain Passages where now the chasms appear under the name of *Desiderata.*" It is perhaps more than a coincidence that in the *Tale* itself Swift's narrator promises to publish a treatise with a "very strange, new, and important Discovery; That the Publick Good of Mankind is performed two Ways, Instruction and Diversion . . . *if I can prevail on any Friend to steal a Copy, or on certain Gentlemen of my Admirers to be very Importunate*" (124, emphasis added); Swift is surely winking to himself here. The first edition was likely published with his complicity, the gentleman go-between notwithstanding, and Swift made corrections to the second edition, which was, like the first, produced in 1704; so his contention in the 1710 "Apology" that the *Tale* and the *Battle* had been published without his permission was a deliberate falsehood.[120]

In fact, the gentleman intermediary is almost surely a figment. Michael Treadwell suggests that Tooke published the first edition of the *Tale* for Swift in 1704: Swift had begun a relationship with Tooke in 1701 when he edited Temple's *Memoirs* for publication; Temple's former protégé visited London in 1704, and Treadwell surmises plausibly that he gave a copy of the *Tale* and the *Battle* to Tooke on this occasion.[121] It is significant that Tooke entered *A Tale of a Tub* in the stationers' register on 10 April 1710—the very day that the copyright measure was enacted and well before the fifth edition was published, suggesting that he had been the publisher of the *Tale*'s earlier editions.[122] If Treadwell is right, Swift was telling the truth when he said that the *Tale* had been published "surreptitiously": he had himself orchestrated its surreptitious publication in 1704. Tooke, far from being a pirate, was the first bookseller legally to secure his rights to an author's copy under the 1710 act.[123]

Swift's dissembling goes deeper still. Swift wanted the "Apology" to be published separately from the *Tale*, in all likelihood to distance himself from the 1710 edition; indeed, in 1711 it was published separately by another trade publisher, John Morphew.[124] In his "Apology" Swift claims that he made "overtures" to the bookseller "by a third hand" to soften the offensiveness of certain passages, "[b]ut it seems the bookseller will not hear of any such thing, being apprehensive it might spoil the sale of the book" (252). His account contains several layers of fiction: not only did Swift work closely with Tooke on the fifth edition (and very probably on previous editions), a collaboration that belies his story about the "third hand," but the two did in fact modify the 1710 edition, bowdlerizing it in several spots.[125] The "Genitals," for instance, of the first four editions becomes the more delicate "Pudenda" in the fifth: "What I mean, is that highly celebrated Talent among *Modern* Wits, of deducing Similitudes, Allusions, and Applications, very Surprizing, Agreeable, and Apposite, from the *Pudenda* of either Sex, together with *their proper Uses*" (147 and note). In a similar context, the anatomically specific "cloven tongues" becomes "the Marks of Grace": "the devouter Sisters, who looked upon all extraordinary Dilations of that Member [the ear], as Protrusions of Zeal, or spiritual Excrescencies, were sure to honor every Head they sat upon, as if they had been the *Marks of Grace*" (202 and note). To be sure, most of the *Tale* had been left intact, and Swift apparently felt obliged to issue a disclaimer about its unsavory portions, but of the disclaimer's falsity there can be little doubt. Even if we ignore Swift's canard about the third party, a lie that renders his whole account suspect, the enactment of the copyright measure on 10 April 1710 makes the idea of a recalcitrant bookseller hard to digest, as the act gave writers legal recourse against stationers.[126] Indeed, as is clear from their correspondence, it was usually Swift who browbeat Tooke, not the other way around. Tooke made suggestions—to append footnotes rather than endnotes to the *Tale*'s fifth edition, for instance—but Swift clearly retained creative control over the work. By pretending to disapprove of the *Tale* as it stood, however, Swift turned the neat trick of publishing the book as he wanted it (replete with vulgarity) and absolving himself of any obnoxious parts that remained; the publisher, he insists, was responsible for letting the naughty bits stand.

Because of the pressures of censorship—because acknowledging the *Tale* would have posed a threat to his career in the church—Swift needed to remain anonymous, at least for a time. Yet he contrived to get around the modesty forced on clergymen and gentlemen writers, authorizing the work's publication more than once. His dedication of the *Tale* to "Prince Posterity" suggests that he knew the book would last. Toward the end of his "Apology," referring to himself in the third person, Swift remarks that "[h]e wrote only to the Men of Wit and Tast, and he thinks he is not mistaken in his Accounts, when he says they have been all of his side, enough to give him the vanity of telling his Name, wherein the World with all its wise Conjectures, is yet very much in the dark; which Circumstance is no disagreeable amusement either to the Publick or himself" (20). He was not amused when Curll discovered his authorship—he makes this clear in his Postscript. The time was not yet ripe. He wanted to wait, perhaps, to indulge his "vanity" until he would no longer suffer the consequences of notoriety, and he enjoyed watching the Bentleys of the world flail about in the dark. Textual immortality depends on the charity of time and posterity, as Swift himself notes almost pleonastically, and he was prepared to wait for fame.[127] He thus designed a tortuous path to canonicity, more intricate and more devious than Dryden's: he created a modern classic, anonymous, replete with textual corruptions and other patinas of antiquity, but topical in its content and avant-garde in its style. His book was of an age and for all time.

A Tale of a Tub: A "Modern Form"

The word "modern" and its variants appear no fewer than fifty-nine times in *A Tale of a Tub.* In the Preface, Swift's hack narrator defends the rate at which his "brother modernists" (169) have produced books since the decline of press controls:

> Because I have professed to be a most devoted servant of all *Modern* forms, I apprehend some curious *Wit* may object against me for proceeding thus far in a preface without declaiming, according to custom, against

> the Multitude of Writers whereof the whole Multitude of Writers most reasonably complain. I am just come from perusing some hundreds of Prefaces, wherein the Authors do at the very beginning address the gentle Reader concerning this enormous grievance. Of these I have preserved a few Examples, and shall set them down as near as my Memory has been able to retain them.
>
> One begins thus;
>
> *For a Man to set up for a Writer when the Press swarms with,* &c.
>
> Another;
>
> *The Tax upon Paper does not lessen the Number of Scriblers who daily pester,* &c.
>
> Another;
>
> *When every little Would-be-wit takes Pen in hand, 'tis in vain to enter the Lists,* &c.
>
> Another;
>
> *To observe what Trash the Press swarms with,* &c.
>
> Another:
>
> *Sir, it is merely in Obedience to your Commands that I venture into the Publick, for who upon a less Consideration would be of a Party with such a Rabble of Scribblers,* &c.
>
> Now, I have two Words in my own Defence against this Objection. First, I am far from granting the Number of Writers a Nuisance to our Nation, having strenuously maintained the contrary in several Parts of the following Discourse. Secondly: I do not well understand the Justice of this Proceeding, because I observe many of these polite Prefaces to be not only from the same Hand, but from those who are most voluminous in their several Productions. (45–46)

On one level, of course, Swift is here sending up the moderns' hypocrisy, but his tart remarks on modern writers sort oddly with the brilliant modernism of the *Tale:* its singularity, its sundry narrative personae, its topicality, its "frenzied" style.[128] Indeed, the passage above notwithstanding, Swift, far from making do with ancient learning, was a prolific author himself.

Swift's modern bent jibes with his reluctant affinity for Grub Street. The *Tale* and the *Battle* emerged at the crossroads of high literature and professional writing. The anxiety of proximity was acute. Steven Zwicker has shown the ways in which writers construct "self-authorizing" styles.[129] Swift is engaged in just such a program: as a satirist, he legitimates his own style and delegitimates others. But in doing both at once, in cultivating a satiric style that imitates the debased style of the moderns, he sabotages his own project. The *Tale*'s most brilliant facets—the endless introductions, the hemming and hawing on the way to the main story, the Lilliputian details, the copious notes, the episodes that are mere tangents to digressions—are all modern devices.

In Section VII, "A Digression in praise of Digressions," the narrator is not quite as naive as he appears when he counters the critics of modern prose: "after all that can be objected by these supercilious censors, 'tis manifest, the society of writers would quickly be reduced to a very inconsiderable number, if men were put upon making books, with the fatal confinement of delivering nothing beyond what is to the purpose" (317). The line is both satirical and playfully serious; Swift is himself both a "censor" and a modern writer, reveling in the sinuate, desultory structure of the *Tale.* Despite his desire to prune the weeds cropping up on Grub Street, Swift celebrates the luxuriant excesses of art and digression.[130] Many of the distinctions that he sought to sharpen in the *Tale*—high and low, central and marginal, ancient and modern, transient and timeless, now and ever, wit and its partner in rhyme—are interleaved in his own work.[131] Swift tacitly acknowledges that he is parasitic on the "dunces": satirists are spiders, not bees. Indeed, he derived the celebrated distinction between spiders and bees from Francis Bacon, the first modern, and his treatment of digression as a species of madness is adapted from Hobbes.[132]

During Harley's ministry (1710–14), by which time Swift had turned Tory and was engaged in political journalism, his views on the press, modernity, and even Grub Street became immensely complex. In *The History of the Four Last Years of the Queen,* he quite predictably endorses "a Bill for a much more Effectual regulation" of the press: "Nothing would be more for the Honour of the Legislature, than some Effectual law for putting a Stop to th[e] universal mischief" of "publishing False and Scandalous Libels, such as are a Reproach to any Government . . . [and] Blasphemies against God and Religion."[133] But because he had by then taken up pen for party—a practice that he denounces as Grubaean in the *Tale*—in the same *History* he objects to the stamp tax that threatened to curb Tory penmen at least as much as Whig ones. Indeed, in his *Journal to Stella* and elsewhere he refers to himself (half-jokingly) as a Grub Street writer, such kinship did he feel with his colleagues in Cripplegate.[134]

In the *History* he objects not only to the stamp duties but to a bill that stipulated "that the Author's name and Place of Abode . . . be set to every

Book, Pamphlet or Paper," as such a measure, he maintained, could only hamper learning: "For besides the Objection to this Clause from the practice of pious Men, who in publishing excellent Writings for the Service of Religion, have chosen out of an humble Christian Spirit to conceal their Names; It is most certain, that all Persons of true Genius or Knowledge have an invincible Modesty and Suspiciousness of themselves upon first sending their Thoughts into the World."[135] Yet one could remain *ignoto* for reasons other than "Modesty": Swift avowed in his "Apology" for the *Tale* that he had given "a Liberty to his Pen" when he wrote it (4), and he knew, as every professional writer knew, that controversial prose (and poetry, for that matter) required that the author wear some sort of mask. By using anonymity in the *Tale,* the *Battle,* the *Examiner,* and elsewhere—by omitting his own name and (partially) erasing the names of his adversaries from his works—he dealt with the libel laws in the manner of a Grub Street hack.[136]

He thus followed a peculiar path to literary glory—through the bowels of Grub Street anonymity. Indeed, in spite of his outrage that his cousin had tried to claim credit for the *Tale,* he is finally willing to let it appear under Thomas's name:

> I cannot but think that little Parson-cousin of mine is at the bottom of this [*Key*]; for having lent him a copy of some part of, &c. and he shewing it, after I was gone for Ireland, and the thing abroad, he affected to talk suspiciously, as if he had some share in it. If he should happen to be in town, and you light on him, I think you ought to tell him gravely, that, if he be the author, he should set his name to the &c. and rally him a little upon it: And tell him, if he can explain some things, you will, if he pleases, set his name to the next edition. I should be glad to see how far the foolish impudence of a dunce could go.[137]

In *A Tale of a Tub,* Swift had ventriloquized a dunce, so in a nimble gesture of poetic justice, he volunteers to hand the work over to one.

The tension that Swift felt about "owning" the *Tale* placed him on the cusp between old and new worlds: his willingness to distance himself from his work—in the anonymity that he assumed to gird at the new everyman writer (in fact a no-named no-man), in his half-serious proposal that Tooke attribute the *Tale* to his doltish cousin, and in the finely graded distance that he achieves from his own narrator, making Swift a worthy pattern for Joyce, Nabokov, and

Julian Barnes—was at once archaic in its modesty and novel in its form. Swift's fastidious construction of his own canon, his dismissal of modern poets as plagiaries (fit, like breeders of faction, for the "ladder," i.e., the gallows, a harsh enforcement of the laws of propriety considering the charges of plagiarism leveled against the *Tale*), and his desire as a modern writer to be known to Prince Posterity—all betray his quite contemporary ambition, his fraternity with the modern author.[138]

Swift had set out to buttress the old social order by hiving one class of writers off from another; he sought to censor the moderns by destroying their books in St. James's library. He was singularly unhappy, however, in his choice of opponents. The textual soldiers that he lines up for slaughter in St. James—Dryden, Denham, Milton, Cowley, Behn, Bentley, and Hobbes—constitute the modern pantheon, and Swift himself survives because of his modernism. Despite all the satirist's railing, the journalist thrives, the political hack eats (and eats well), the potboiler sells, and religion continues to divide rather than to unite. Swift lost the battle of the books: the bombinations of Grub Street droned on. What doubtless keeps the dean spinning in his grave, however, is that the figure whom he most despised now exercises almost unchecked control over the canon, a character whom Swift described variously as a captious censor, a windy sermonizer, and a braying ass—the critic.

CONCLUSION:
DIVIDING LINES—1689, 1695, AND AFTERWARD

IN RECENT YEARS revisionists and new historicists have, in different ways, suggested that *conflict* in early modern England was more apparent than real. Whereas Stephen Greenblatt and his disciples have contended that authority was so repressive that it created resistant energies only to contain them ("There is subversion, no end of subversion, only not for us"), revisionists have maintained that apparently conflicting discourses were subsumed in a larger framework of consensus.[1] Although Annabel Patterson is no fan of revisionism, ironically, her contractual model of censorship chimes with that of many revisionists. I hope to have shown in the foregoing chapters that none of these views adequately explains the fissures and tensions that pervaded Stuart England. Indeed, inverting the revisionist and new historicist positions comes nearer the mark: apparent consensus in seventeenth-century Britain often disguised deeper conflict, and sometimes the world did turn upside down.

"Marginal Prynne," for instance, did not remain in the margins of debate, even in the 1630s: for all of the Caroline rhetoric of harmony, Prynne and his party made their dissonant voices heard. Richard Lovelace's sly efforts to forge consensus in the late 1640s were strategic rather than centrist; the patchwork of writers that he and his printer, Thomas Harper, assembled for their edition of *Lucasta* cloaks a royalist agenda without smothering it. Milton, at his most moderate and conciliatory in *Areopagitica,* even there attempts the division of Presbyterians. His hedging comment that "this project of licencing crept out of the *Inquisition,* was catcht up by our Prelates, and hath caught some of our Presbyters"[2]—seemingly diplomatic in its tarring of only "some" Presbyters—is at root an attempt to divide the Presbyterian majority. After the Restoration, the suave Marvell posed as a member of the "loyal opposition," someone who worked within the frame of consensus, but in his *Painter* poems and his prose, he wrote in the language of conflict and party. The moderate stance that John Dryden struck was, partly at least, a put-on: the subtle, brilliant poems that Dryden crafted to quiet faction barely mask the partisanship that drove his work. And Swift's reactionary effort to "contain" the emerging Grub Street heretics failed spectacularly; although he pretended to work for the restoration of the old Anglican consensus, that consensus was, for much of the Stuart period, an illusion, and Swift himself was a party writer. Indeed, when Swift became a Tory in 1710, he sought to divide "Old Whigs" from modern ones. In the face of censorship, early modern writers deployed the subtle art of division; they used "art" to divide and conquer their adversaries.

Yet if revolutions were sometimes successful, censorship could be quite effective. Some very able scholars have missed this point. Richard Greaves, for instance, adopts the untenable view that L'Estrange failed utterly in his campaign to censor the press.[3] The sheer number of books that L'Estrange and his fellow messengers censored undermines Greaves's conclusion: in the years 1660–85 the government suppressed more than a thousand titles and editions of them out of a total of 34,437, or about 3 percent of all publications, excluding serials and periodicals.[4] Indeed, the number of dissenting writers and stationers who died in prison belies Greaves's rather sanguine estimate of nonconformist resistance. The Baptist stationer Francis Smith, though himself a survivor of L'Estrange's tenure, gives a harrowing picture of the human and financial costs of censorship:

> [A] doleful Catalogue might be given of several [printers and booksellers] . . . that have (from a flourishing condition,) been reduced to such poverty, as to Dye in Gaols . . . Witness the truth of these Cases, in one Mr. *Brewster,* who dyed low some years ago in *Newgate.* . . . One Mr. *Calvert* dyed little less than in Prison [that is, very soon after he was released], and his Family brought to total Beggary, that once lived Plentifully; Also one Mr. *Dover* a Printer dyed in *Newgate,* . . . Mr. Lidwell [*sic*] Chapman in the like manner, by continued Imprisonment, he and his family ruined.[5]

Without doubt, dissenting activists had notable successes after the Restoration: during the exclusion crisis and the "Glorious Revolution," for instance. L'Estrange, however, helped Charles II to weather several serious threats to his regime over the course of a quarter-century (1660–85); in the end, Charles died peacefully in the royal bed. If James II did not, the fault, surely, does not lie with L'Estrange; indeed, James's own fatuity is largely to blame. The suggestion that Stuart censorship was somehow doomed to failure is altogether too Whiggish a conclusion.

The common scholarly view that licensing laws were a dead letter receives superficial support from authors like Milton, who argue that in the long run, censorship is otiose. Although Milton protests the new licensing ordinance in *Areopagitica* and asks Parliament to overturn it, he insists that the system of precensorship is incapable of attaining its end. Thus, at one point in *Areopagitica* he calls the 1643 ordinance a "thraldom upon le[a]rning," yet he elsewhere claims that the measure is "insufficient to the end which it intends."[6] This dual argument—from the system's injustice and from its inefficacy—seems an example of the rhetorical overkill common in Renaissance dialectic. Indeed, such logic is typical of Whig (and proto-Whig) thinkers: in what might be called "the Whig paradox," the writer insists that what he is proposing will ineluctably come to pass; he is on the right side of history. Yet the double nature of Milton's argument is, ultimately, incoherent: "please revoke your burdensome censorship edicts; after all, they are not going to work."[7] If L'Estrange himself sometimes complained to his superiors about the chaos of the press, it is important to note that such jeremiads were usually accompanied by requests for more money.[8] We cannot, therefore, take his dire assessment of the printing trade at face value.

Indeed, the moderate Presbyterian Richard Baxter testified to L'Estrange's efficiency in his posthumous *Reliquiae Baxterianae.* Addressing an opponent who has challenged him to justify himself in print, Baxter observes:

> Would not your Words make the ignorant believe that we have the Liberty of the Press, and may do it if we will? and do not the Act of Parliament, and the severe Searches of the Press, and the Printers Refusal shew how false such an Intimation is: It may be some small Pamphlet may with much a do creep out; but so cannot any thing that is full and satisfactory: Our Cause is a meer Stranger to our Accusers; (it seems even to such as you) because we cannot have leave to print it: A few have heretofore when the watch was less strict got somewhat out, to little purpose

> (Mr. *Hickman*'s was beyond Sea): But nothing that may make us well understood.[9]

Like some modern scholars, Baxter no doubt underestimates the efficacy of pamphlet literature. He makes an important point, however, about the bibliography of illicit printing: a lengthy book was easier to stop in the press than was a slight work, as a thick volume took longer to produce; hence the vogue for divided printing.[10] Oppositional news-books suffered a fate similar to that of longer treatises; even though periodicals were slender enough to produce quickly, their regular appearance made them relatively easy targets. Preventing occasional pamphlets proved more elusive: small enough to print rapidly, and therefore surreptitiously, they did not need to be produced periodically, thus minimizing the danger of exposure. Nevertheless, Baxter underlines the danger of defying the law throughout the *Reliquiae:* even in this passage, the book he cites as an exception was printed abroad.

Uniquely among "the brethren," Baxter managed to get some of his works licensed. Although in 1667 the strident Anglican Samuel Parker refused a license for Baxter's *Character of a Sound Confirmed Christian,* two years later, "Mr. *Grove,* the Bishop of *London*'s Chaplain (without whom I could have had nothing of mine Licensed, I think) did License it, and it was published."[11] In this instance Baxter, like Prynne in the 1630s and Saltmarsh in the 1640s, took advantage of the "censorship contest" that often flared up among licensers. Baxter's 808-page autobiography, on the other hand, in which this passage appears, did not come out until 1696, the year after the Licensing Act's demise.

Some historians' views of censorship may be colored by the *kinds* of radicals they treat. Fervently religious authors, printers, and booksellers, for instance, were willing to suffer terrible penalties for their beliefs, and the recidivism rate for such delinquent writers and stationers was high; but the religiose are hardly the best test case for whether censorship was effective. It should not surprise us that those who did "God's work"—especially those less irenic than Baxter—proved willing to undergo lengthy imprisonments and corporal punishment; they may have even welcomed such usage as a badge of martyrdom. At best, historians of nonconformity show that censorship did not wholly stamp out religious zealotry.

One might well ask, however, about the more moderate, and yet in some ways more radical dissidents: the skeptics and deists who were largely silent until the Licensing Act expired in 1695. Witness John Toland, who urged that in response to persecution, "Men have become . . . reserv'd in opening their minds about most things [and] ambiguous in their expressions," remarking a moment later, "To what sneaking equivocations, to what wretched shifts and subterfuges, are men of excellent endowments forc'd to have recourse thro human frailty, merely to escape disgrace or starvation?"[12] Toland's rhetorical question highlights once again the "art" and obliquity to which political and religious authors resorted in the face of censorship. A handful of thinkers—Falkland and his fellows in the Tew circle, Milton, Walwyn, and Henry Robinson during the Civil War, and the Hobbists of the Restoration—had entertained religious skepticism more explicitly; but for most of the seventeenth century, government censorship put Christianity beyond question.[13]

The world of print after 1695 looks very different from that which came before it. Indeed, the loosening of restrictions began in 1689, the year that Parliament passed the Act of Toleration. In 1689 Spinoza's *Tractatus theologico-politicus* was published for the first time in England. John Biddle had been imprisoned for blasphemy under Cromwell's relatively tolerant government in the 1650s, but Wood notes that "[a]fter the coming to the Crown of *England* of *William* Prince of *Orange*, when then more liberty was allowed to the press than before, were several of *John Biddles* things . . . reprinted in the beginning of the year 1691, viz. (1) *His* 12 *questions,* with *An exposition of five principal passages,* &c. (2) *A confession of faith,* &c. (3) *The Testimonies of Irenaeus,* &c. And before them, was set a short account of his life, taken from that written in Latine by *J. F.*"[14] We might add to Wood's list John Locke's *Two Treatises of Government,* his *Essay Concerning Human Understanding,* and his *Letter Concerning Toleration,* all of which were published within several months of one another in 1689–90. Significantly, Locke mentioned *The Reasonableness of Christianity* for the first time in his correspondence the very day after the Licensing Act had expired.[15] The tract flirts with Socinianism and was "much admired by the first free-thinkers."[16] Milton's prose, largely latent from 1660 to 1695, reemerged in two editions toward the end of the century, in 1697 and 1698, respectively. The deists and radicals John Toland, Anthony Collins, John Asgill, and Matthew Tindal (Swift's nemeses) found their way into print once the Commons rejected licensing.[17] Indeed, Secretary of State William Trumbull remarked in the summer of 1695 that "Since the Act for Printing Expired, London swarmes with seditious Pamphletts."[18] The pronounced contrast between what was published before and after 1695 indicates the degree of self-censorship that operated under Stuart licensing regimes.

One should not, of course, paint Britain after 1695 in roseate hues. Censorship did not evaporate once the Licensing Act expired. Toland himself got in trouble for his publications in the late 1690s, and even in the eighteenth century, David Hume suppressed his essays "Of Suicide" and "Of the Immortality of the Soul" when his bookseller Andrew Millar "was threatened with legal action, due largely to the legal machinations of the minor theologian William Warburton."[19] Yet British attitudes toward religion were changing—an extremely important development when we consider how much bloodshed religion had caused during the Stuart period.[20] Charles II had approved the Act of Uniformity and the Licensing Act on the same day in 1662, as if to underscore their affinity, and in 1676 Lord Chief Justice Hale pronounced "blasphemous words . . . not only an offense to God and religion, but a crime against the laws, State and Government"; but the Toleration Act of 1689 put a wedge between blasphemy and sedition.[21] According to the new law, nonconformity was not necessarily seditious. By 1698 blasphemy was both a statutory and a common law crime, but the government tended to prosecute books rather than people, and to Archbishop Tenison's taste, not nearly enough books were suppressed. Indeed, in 1702 Tenison called for the return of licensing.[22] In December 1710 and January 1711, just after the publication of *A Tale of a Tub,* Anne sent letters to Convocation expressing her dismay at the recent spread "of loose and Prophane Principles." The clergy ascribed the late "Growth of . . . Heresy" to the "the Removal of that Restraint, which the Wisdom of former Times had laid upon the Press" and proposed a revival of precensorship. However, when new licensing bills were presented in Parliament, nothing came of them.[23]

To be sure, the stationers' interest in preserving their copies continued to serve the government's interest in censorship long after 1710. Not only did printers fear that their presses might be confiscated, and their livelihoods ruined, if they printed subversive material, but the stationers worked with the state's customs officials to seal England's borders against book imports, as piracies and seditious books were often smuggled in from abroad.[24] Furthermore, the Stamp Act, which allowed the government to monitor the press through compulsory imprints, deprived stationers of their copyrights in works printed on unstamped paper.[25]

Indeed, the issues of censorship and copyright were closely linked in the eighteenth century, as they are today. Copyright is a form of monopoly, and long copyright terms restrict the circulation of books by eliminating competition and reducing production, thereby pricing most readers out of the market.

Although the 1710 "Copyright Act" stipulated a fourteen-year copyright term, renewable once, stationers claimed a perpetual common law right in their copies independent of the statute; most argued their cases successfully in chancery for decades, until the House of Lords ruled against perpetual copyright in 1774. In the pivotal case of *Donaldson v. Beckett* (1774), Lord Effingham expressed concern that lengthy copyright terms impinged on the "Liberty of the Press," thus "choaking the channel of public information." Lord Chief Justice DeGrey and Lord Camden lamented the "engrossing" of knowledge that perpetual copyright allowed, Camden declaring that "science and learning are in their nature *publici juris*, and they ought to be as free and general as air or water."[26] In his landmark study *The Reading Nation in the Romantic Period*, William St. Clair concludes that the "high monopoly period" from 1710 to 1774 impeded the dissemination of books, a finding that ratifies the peers' concern.[27]

Nonetheless, the number and diversity of publications increased dramatically in the century after the Licensing Act lapsed. A tally of works in the English Short Title Catalogue demonstrates this trend. The average number of titles produced in the British Isles from 1691 to 1694 was 1,600 per year; during the years 1695–1700, the average rose to 2,074 per year. The number of publications climbed to a new peak in the first decade of the eighteenth century: the average annual total was 2,255 from 1701 to 1710. Despite the 1710 Copyright Act, from 1711 to 1720 the number of titles rose again to an average of 2,348 per year.[28] The steady rise in England's press output 1695–1720 owed nothing to population growth, as England's population declined between 1641 and 1686 and grew only slightly from 1687 to 1720.[29]

After a modest dip in the 1720s, the number of titles produced in Britain increased marginally in the 1730s. From 1740—long before the Lords' decision of 1774—the number of titles rose sharply each decade to the end of the eighteenth century.[30] Additionally, between 1695 and 1774 the rate at which printers and stationers entered the provincial book trade exceeded the rate of population growth.[31] Literacy rose in the eighteenth century, of course, fuelling the demand for books, but literacy had already risen sharply in the Restoration period without a concomitant rise in book production, so increasing literary rates cannot fully explain the steep rise in publications in eighteenth-century Britain.[32] In fine, the abandonment of the 1662 Press Act permitted the growth of the book industry and allowed authorship to become a trade.

Despite the consternation of Swift and the Scriblerians about these developments, Pope and Gay profited immensely from the new cult of professional authorship. Indeed, the opportunity to make money by one's pen, a prospect underwritten by authorial copyright and the breaking of the stationers' monopoly, may have drawn many to the business of professional writing and partly offset the tendency of protracted copyright terms to limit book production.[33] It is well known that Pope made his fortune on his translations of Homer. Bernard Lintot paid him 1,275 *l.* in copy money for his six volumes of the *Iliad;* including subscription money, the poet earned a total of 5,000 *l.* on the work.[34] Not everyone, of course, earned such astronomical sums. A substantial poem usually sold for ten guineas—the sum that Dodsley paid for Johnson's *London,* a piece of 263 lines—yet a renowned author could demand far more for a volume of poetry. Edward Young, for example, sold his *Night Thoughts* for 220 guineas. The going rate for literary essays, an especially popular genre in the periodical-rich eighteenth century, ranged from one to six guineas.[35] Dramatists had an advantage over other writers in that they could sell the performance rights to their plays separately from the right to print them, but as Brean Hammond points out, the "problem for playwrights was the uncertainty of their income," as they were "rarely . . . commissioned to write plays."[36] John Gay, however, "earned between 500 *l.* and 700 *l.* for *The Beggar's Opera;* and 90 guineas for sale of publishing rights (including the rights to his poetic Fables) to [Jacob] Tonson and [John] Watts."[37] Novel writing could also be lucrative: Henry Fielding received the extraordinary sum of 700 *l.* for *Tom Jones.*[38] Such totals compare quite favorably with those that authors received before the 1710 act. In 1667, for example, John Milton was promised a total of 20 *l.* for three editions of *Paradise Lost.*[39] After the Copyright Act, writers had a new incentive to be productive. Indeed, in 1753 Samuel Johnson pronounced "the present age . . . *The Age of Authors.*"[40]

Among the most important developments in the eighteenth-century book trade was the increasing commercial success that women writers enjoyed. In *A Room of One's Own,* Virginia Woolf remarked that "towards the end of the eighteenth century a change came about which, if I were rewriting history, I should describe more fully and think of greater importance than the Crusades or the Wars of the Roses. The middle-class woman began to write."[41] As more recent scholars have noted, women began to write—and to write commercially—much earlier than the late eighteenth century. Woolf is right, however, that "[a]ll women together ought to let flowers fall upon the tomb of Aphra Behn . . . for it was she who earned them the right to speak their minds."[42] Brean Hammond observes that several women "follow[ed] in Aphra Behn's footsteps" in the early eighteenth century, earning sums comparable to their male counterparts: Susanna Centlivre, Eliza Haywood, Mary Delarivier Manley, Mary Pix, and Catherine Trotter, among others.[43] Hammond remarks further that subscription publication proved especially congenial to women authors: "Hannah More collected enough money in subscriptions to enable the poet Ann Yearsley to gain her independence as the proprietrix of a circulating library. At the other end of the spectrum, Fanny Burney's subscription edition of *Camilla* cleared between 2,000 *l.* and 3,000 *l.* profit for her in 1796."[44] Ann Radcliffe earned 500 *l.* for *The Mysteries of Udolpho* (1794) and 800 *l.* for *The Italian* (1797).[45] The Copyright Act, therefore, welcomed female as well as male authors into the marketplace.

Lesser lights too found gainful employment, both on and off Grub Street. Political hacks reaped the largest rewards: "William Arnell earned nearly 11,000 *l.* in four years from Walpole, which, with the pension on which he retired, was a more than adequate financial reward, and perhaps even offered some comfort for his appearance in *The Dunciad*."[46] John Feather remarks that John Nourse, a bookseller who generally dealt with middling writers, "never made his authors rich, but he did not cause, or allow, them to die in garrets."[47] Nourse agreed to pay the lawyer Thomas Barlow 2 *l.* 2 *s.* per sheet for his book *The Justice of the peace: A Treatise;* he contracted to pay John Mills and Joseph Shaw the same rate for "a Work on the subject of Trade & Commerce" and "a new treatise Intitled Parish Law," respectively.[48] Usually, however, Nourse paid not by the sheet but by the book. To take a typical example, he gave Robert Dossie 63 *l.* for each of his two volumes on experimental chemistry; he offered the same fee for several other of Dossie's works.[49] In short, the Copyright Act may have spurred the production of new books as much as it hindered the distribution of old ones.[50]

The sharper and pirate Edmund Curll was less generous, both to men and to women, than were some of his fellow stationers, though Curll once alleged that he had "made it wholly [his] business to print for poor disconsolate authors whom all other Booksellers refuse," which may explain his lower pay scale.[51] As early as 1713, however, the Reverend Thomas Rowell testified to Curll's having offered him a "valuable consideration" for one of his books—a translation, no less:

> June 2d. 1713
> I do hereby, for a valuable Consideration wch I acknowledge to have receiv'd from Mr Edmund Currll Bookseller at the Dial & Bible over

> against St Dunstan's Church in ffleetstreet [*sic*] sell, give, & make over to him & his sole use & benefit the Copy of a Book by me translated into English, the Title of wch is as follows *The Christian's Support under all afflictions, being the Divine Meditations of John Gerhard D.D. Contemplating God's Love to Mankind, The Benefits of Christ's Passion &c The advantages of a Holy Life, with Prayers suited to each Meditation.* Witness my hand the day & year above written.
>
> Tho: Rowell M.A. Rector of
> Great Cressingham, Norfolk.[52]

A truly Christian modesty doubtless prevented the minister Rowell from publishing the specific award.

The new market for writing and the new skepticism came together in the figure of David Hume. His *Treatise of Human Nature* (1739–40) may have fallen "deadborn from the press," but Hume earned 50 *l.* for writing it.[53] His later works were more profitable—for him and his bookseller—and they reached a wider audience. For example, while Hume insists that the *Enquiry Concerning Human Understanding* (1748) sold little better than his *Treatise,* in fact the *Enquiry* went through three editions in seven years.[54] Like Samuel Johnson, his opposite in nearly every other respect, Hume boasted that he had never relied on patronage, that he had survived on his own wits; indeed, he made 3,400 *l.* on the *History of England* alone.[55] He did not, it is true, publish his *Dialogues Concerning Natural Religion* during his own lifetime. It is significant, however, that in a letter of 8 June 1776, less than three months before his death, Hume wrote to his printer William Strahan that he intended to publish one hundred copies of the *Dialogues* himself:

> As soon as I arrive at Edinburgh, I intend to print a small Edition of 500 [of the *Dialogues*], of which I may give away about 100 in Presents; and shall make you a Present of the Remainder, together with the literary Property of the whole, provided you have no Scruple, in your present Situation, of being the Editor: It is not necessary you shoud prefix your Name to the Title Page. I seriously declare, that after Mr. Millar and You and Mr. Cadell have publickly avowed your Publication of the *Enquiry concerning human Understanding,* I know no Reason why you shoud have the least Scruple with regard to these Dialogues. They will be much less obnoxious to the Law, and not more exposed to popular Clamour. What-

> ever your Resolution be, I beg you wou'd keep an entire Silence on this Subject. If I leave them to you by Will, your executing the Desire of a dead Friend, will render the publication still more excusable. Mallet never sufferd any thing by being the Editor of Bolingbroke's Work.[56]

Censorship still presented hurdles to authors and booksellers, but if Hume had lived in the previous century, few, if any, of his philosophical works could have been published. Indeed, it is not much of an exaggeration to say that the relaxation of censorship made the British Enlightenment possible.[57] Development, no doubt, was uneven, and William St. Clair points out that many of Hume's and Gibbon's works did not circulate widely until the early nineteenth century.[58] Nevertheless, the collapse of precensorship brought with it a remarkable openness about religion.

In conclusion, we need to appreciate the power of Stuart censorship even as we recognize the dynamism of the Stuart era. A sensitivity to the legal, material, and aesthetic details of early modern writing and the book trade affords a picture of the public arena far more nuanced than that offered by Whigs, revisionists, and new historicists. Neither the Whig idea of "linear progress," nor the revisionist notion of "consensus," nor the new historicist concept of "containment" provides an apt model for seventeenth-century discourse. Censorship, though hardly airtight, was often effective; yet consensus, when it was attained, proved transient. Tensions and divisions riddled almost every administration in the Stuart period; to every regime, no matter its political character, oppositional writers offered spirited resistance. Indeed, the "censorship contest" that took place over the course of the seventeenth century infused public debates with political energy. Censors joined battle with other censors, and subversive authors, printers, and publishers artfully exploited the cracks and divisions in church and state to their own ends. The fiction of consensus, underpinned by state censorship, yielded periods of apparent stability, and conflict did produce terrible tragedy; yet conflict also gave rise, particularly after 1695, to a thriving public sphere. As scholars, we should be Whiggish enough to regard this outcome as desirable and dispassionate enough to see that it was not inevitable.

NOTES

INTRODUCTION

1. On polemic in Civil War and Restoration England, see Zwicker, *Lines.*

2. *The Complete Prose Works of John Milton,* vol. 2, *1643–1648,* ed. Ernest Sirluck (New Haven: Yale University Press, 1959), 554.

3. For different views of the printing "revolution," see Elizabeth L. Eisenstein, *The Printing Press as an Agent of Change* (Cambridge: Cambridge University Press, 1979), and Johns, *Nature.* For a lively head-to-head debate on the issue, see Elizabeth L. Eisenstein, "An Unacknowledged Revolution Revisited," and Adrian Johns, "How to Acknowledge a Revolution," both in *American Historical Review* 107 (2002): 87–125.

4. On the censorship of manuscripts in the fifteenth century, see Siebert, *Freedom,* 42; for examples of manuscripts burned by authority, see Charles Gillett, *Burned Books,* 2 vols. (New York: Columbia University Press, 1932), 1:15–18.

5. *The London Printers Lamentation, or, the Press opprest, and overprest* (n.p., n.d.), 2. George Thomason dated his copy "1660 Sept. 3."

6. John B. Gleason, "The Earliest Evidence for Ecclesiastical Censorship of Printed Books in England," *The Library,* 6th ser., 4 (1982): 135–36; S. H. Steinberg, *Five Hundred Years of Printing,* new ed., rev. John Trevitt (New Castle, U.K.: British Library and Oak Knoll Press, 1996), 131.

7. On privileges, patents, and licensing, see Siebert, *Documents,* 1:12–19; Siebert, *Freedom,* 33–40; Clegg, *Elizabethan England,* chapter 1.

8. See his proclamations of 1528–29, 1530, and 1538, which govern the reading, writing, teaching, printing, and publishing activities of his subjects (Siebert, *Documents,* 2:1–24; Siebert, *Freedom,* 45 and note). Siebert observes that "there is evidence that a list of prohibited reading matter was issued by the English clergy as early as 1521." The first "general" *Index librorum prohibitorum* appeared in 1559. Steinberg notes that the papal index "remained until 1966 the authoritative guide by which practicing Roman Catholics had to regulate their reading" (Steinberg, *Five Hundred Years of Printing,* 131).

9. Siebert, *Freedom,* 44–49; Gillett, *Burned Books,* vol. 1, chapter 2.

10. "Acte for the advauncement of true Religion and thebbloisshment of the contrarie" (1542–43), in Siebert, *Documents,* 2:24–38.

11. Siebert, *Freedom,* 48–49.

12. Arber, *Transcript,* 1:xxviii–xxxii; Rose, *Authors,* 12.

13. Cyndia Clegg, "Censorship and the Courts of Star Chamber and High Commission in England to 1640," *Journal of Modern European History* 3 (2005): 58.

14. Clegg, *Elizabethan England.*

15. Clegg, *Jacobean England.*

16. Clegg, "Censorship and the Courts," 78n. The number of *books* censored during both reigns is probably somewhat higher, as one court case might involve multiple books.

17. Ibid.

18. See Chapter 1.

19. The manuscript culture thrived, however. See, for example, Thomas Cogswell, "Underground Verse and the Transformation of Early Stuart Political Culture," in *Political Culture and Cultural Politics in Early Modern Europe,* ed. Susan D. Amussen and Mark A. Kishlansky (Manchester: Manchester University Press, 1995); and Andrew McRae, *Literature, Satire, and the Early Stuart State* (Cambridge: Cambridge University Press, 2004).

20. *A true Diurnall of the Passages in Parliament,* 7–14 March 1642, in Raymond, *MTN,* 46–47.

21. Clyde, *Struggle,* appendices B and C.

22. See Chapter 4.

23. Thomas, *Long Time Burning,* chapters 4 and 5; David Foxon, *Libertine Literature in England, 1660–1745* (New York: University Books, 1965); Roger Thompson, *Unfit for Modest Ears* (Totowa, N.J.: Rowman and Littlefield, 1979); Levy, *Blasphemy.*

24. *De libellis famosis* (1606), in Siebert, *Documents,* 3:27–29; Hamburger, "Seditious Libel," 694, 712–13. Naturally the government never admitted that a seditious libel was true; see Hamburger, "Seditious Libel," 713, on the king's counsel's predilection for using the term "false libels" in indictments and informations.

25. C. R. Kropf, "Libel and Satire in Eighteenth-Century England," *Eighteenth-Century Studies* 8 (1974–75): 156–58, quotation at 156.

26. For a discussion of publishers' voluntary self-censorship, see Harold Love, "Refining Rochester: Private Texts and Public Readers," *Harvard Library Bulletin,* new ser., 7 (1996): 40–49.

27. *The Tatler,* no. 144 (11 March 1710), in Donald F. Bond, ed., *The Tatler* (Oxford: Clarendon Press, 1987), 2:318.

28. Jolyon Jenkins, quoted in Paul Hyland and Neil Sammells, eds., *Writing and Censorship in Britain* (London: Routledge, 1992), 1. For a synoptic view of censorship and book burning during the Tudor and Stuart periods, which came to my attention at the tail end of my project, see Ariel Hessayon, "Incendiary Texts: Book Burning in England, c. 1640–c. 1660," *Cromohs* 12 (2007): 1–25, http://www.cromohs.unifi.it/12_2007/hessayon_incendtexts.html.

29. Joseph Loewenstein, "Legal Proofs and Corrected Readings: Press-Agency and the New Bibliography," in *The Production of English Renaissance Culture,* ed. David Lee Miller et al. (Ithaca: Cornell University Press, 1994), 118.

30. In his outstanding account of censorship in early modern England, "Seditious Libel," Philip Hamburger carefully distinguishes the offenses of seditious libel, treason, unlicensed publication, and *scandalum magnatum* (the last rested on a medieval statute that covered false news and the slander of peers). In practice, of course, the Crown lawyers and the courts often brushed aside the niceties of legal taxonomy.

31. D. F. McKenzie, "Printing and Publishing, 1557–1700: Constraints on the London Book Trades," in *CHBB,* 566–67.

32. W. W. Greg, *Some Aspects and Problems of London Publishing Between 1550 and 1650* (Oxford: Clarendon Press, 1956), 4.

33. See *The British Index,* 3 March 1641, 2 May 1693, etc. (forthcoming online; see http://www.psupress.org/).

34. The wardens' accounts at Stationers' Hall are similarly vague. See *Warden's Accounts, 1663–1837* (Stationers' Hall: Chadwyck-Healey, Inc.), reel 76.

35. See, for example, Clyde, *Struggle,* 83; Keeble *Nonconformity,* 113; Nicholas von Maltzahn, *Milton's History of Britain Republican Historiography in the English Revolution* (Oxford: Clarendon Press, 1991), esp. chapter 1; *Chronology,* 2:51, 115, 235. For the early Stuart period, see William Prynne, *Canterburies Doome* (London: printed by John Macock, for Michael Sparke, 1646), 245–349; Anthony Milton, "Licensing, Censorship, and Religious Orthodoxy in Early Stuart England," *Historical Journal* 41 (1998).

36. See T. B. Howell, ed., *Cobbett's Complete Collection of State Trials,* 33 vols. (London: T. C. Hansard, 1809–28), 4:1320–21, 1330. Lilburne was acquitted by a sympathetic London jury, but the Levellers were effectively silenced by the end of 1649.

37. *CJ,* 4:166a (16 March 1649); Francis F. Madan, *A New Bibliography of the Eikon Basilike of King Charles the First* (London: Bernard Quaritch, Ltd., 1950), 165–70; Clyde, *Struggle,* 168–70 and notes.

38. James Cranford was terminated as licenser for awarding his imprimatur to Charles's "Meditations" (his prayers), and John Downham was censured for licensing a poetic redaction of the same: *CJ,* 4:166a (16 March 1649); Eyre and Rivington, *Transcript,* 1:315; *Moderate,* 13–20 March 1649, 369; E. R., *The Divine Penitential Meditations and Vowes of his Late Sacred Majestie . . . Faithfully turned into Verse* (London, 1649), 8; Clyde, *Struggle,* 169–70. The *Moderate* makes Cranford the "penner" of Charles's prayers as well.

39. The thirty-eight editions of the *Eikon* printed in England during 1649 comprise numbers

1–35, 42–43, and 57 in Madan's bibliography; the ten derivative works comprise numbers 82–88, 90, and 94–95.

40. Numbers 61–64 in Madan's bibliography. Royston had been involved in the printing and publishing of many of the 1649 editions as well. Madan observes that upon Royston's arrest on or around 31 May 1649, "There can be little doubt that the opportunity was taken to convey a final and effective warning against the further sale and distribution of the *Eikon;* with the exception of the clandestine 'miniature' editions of Williams, no further English edition of the *Eikon* is known to have been printed or published in England during the rest of the year" (166). On the government's suppression of the *Eikon Basikile,* see also ibid., 2, 3, 34, 42, 52, 153, and appendices 2–4, including footnotes.

41. See Anthony B. Thompson, "Licensing the Press: The Career of G. R. Weckherlin During the Personal Rule of Charles I," *Historical Journal* 41 (1998): 668; *The Correspondence of Thomas Hobbes,* ed. Noel Malcolm (Oxford: Clarendon Press, 1994), 2:771–74.

42. See Carolyn Nelson and Matthew Seccombe, "The Creation of the Periodical Press, 1620–1695," in *CHBB,* esp. the graphs on 534, 542; see also Nelson and Seccombe, 12–13. The 1640s proved the exception rather than the rule: see Raymond, *ITN;* Jason McElligott, *Royalism, Print, and Censorship in Revolutionary England* (Woodbridge, U.K.: Boydell and Brewer, 2007).

43. McKenzie, "Trading Places? England 1689—France 1789," in *Making Meaning,* ed. Peter D. McDonald and Michael F. Suarez, S.J. (Amherst: University of Massachusetts Press, 2002), 163n25.

44. The actual number of works is probably significantly higher than 2,500: in cases of uncertainty—when, for instance, the number of titles that a messenger seized is vague—I have estimated conservatively.

45. See *CHBB,* appendix 1. McKenzie concentrated on London. For some caveats on the 90,607 figure, which includes variant title pages and reissues, see Maureen Bell and John Barnard, "Provisional Count of *Wing* Titles, 1641–1700," *Publishing History* 44 (1998): 93–94.

46. Excepting the years 1679–1685 and those after 1695, when the Licensing Act was not in force.

47. Peter Blayney, "The Publication of Playbooks," in *A New History of Early English Drama,* ed. John D. Cox and David Scott Kastan (New York: Columbia University Press, 1997), 396–405; Johns, *Nature,* 197–99, 217–20; Raymond, *Pamphlets,* 170. On entrance, see also Lyman Ray Patterson, *Copyright in Historical Perspective* (Nashville: Vanderbilt University Press, 1968), 51–64.

48. Giles Mandelbrote, "Richard Bentley's Copies: The Ownership of Copyrights in the Late 17th Century," in *The Book Trade and Its Customers, 1450–1900,* ed. Arnold Hunt et al. (Winchester: St. Paul's Bibliographies, 1997).

49. *Chronology,* 3:27, 108–9. Waste books exist for earlier periods as well: they are held at Stationers' Hall and are also available in a Chadwyck-Healey microfilm edition.

50. *Chronology,* 3:146.

51. See ibid., 2:73–74 (3 August 1674). On 7 April 1677, L'Estrange testified before the Lords' "Libel Committee" that he had directed Clavell "to put no books in the Catalogue that were not licensed," but L'Estrange's biographer George Kitchin credits a charge against the surveyor that he had in fact connived at "200 unlicensed books in the Catalogue" in exchange for a substantial fee. HMC, *Ninth Report,* part 2, appendix, 79b–79a; George Kitchin, *Sir Roger L'Estrange: A Contribution to the History of the Press in the Seventeenth Century* (1913; reprint, New York: Augustus M. Kelley Publishers, 1971), 193, 203.

52. Falconer Madan recognized as much; see Madan, *Oxford Books III: Oxford Literature, 1651–1680* (Oxford: Clarendon Press, 1931), 177.

53. As printed licenses were easy to forge, I have counted only those books and pamphlets that were not questioned after publication and whose imprimaturs include the name of the licenser and, in most cases, the date of the license. I have chosen the year 1676 at random. For the full titles of these works, see *British Index,* appendix 1 (forthcoming online; see http://www.psupress.org/). For earlier instances (1637) of "license[s] of which the book[s] [themselves are] the only record," see F. B. Williams, Fr., "The Laudian Imprimatur," *The Library,* Fifth Series, 15 (1960): 98. Williams's examples comprise later editions of works that were already registered but that needed to be reauthorized under the terms of the 1637 Star Chamber decree. Nevertheless, there were unregistered works

published before 1637 that bear valid imprimaturs; see, once again, the *British Index* (forthcoming online; see http://www.psupress.org/), appendix.

54. N. H. Keeble, *The Restoration: England in the 1660s* (Oxford: Blackwell, 2002), 155. On the various kinds of "license," see Blayney, "Publication of Playbooks," 396–405. As a matter of course, the stationer probably kept the licenser's written imprimatur—recorded in the original manuscript or in a printed copy if the stationer was seeking a license for a new edition—in case the published book ever came into question; but naturally few such licenses survive. Daniel Featley remarks on the licenser's practice of "setting his hand to" the last page that he has allowed, ordinarily the last page of the book. Featley, *Cygnea Cantio* (London, 1629), 4. Featley is here defending himself against the charge that he has licensed the entirety of Elton's *God's Holy Mind*, a work of some 380 printed pages, by pointing out that he had set his imprimatur to page 52 of the book (ibid.). For a similar example, see Greg, *Companion*, 284–87. For examples of extant written imprimaturs in books, see *The Manuscript of Paradise Lost*, ed. Helen Darbishire (Oxford: Clarendon Press, 1931), fol. 1, verso; Williams, "The Laudian Imprimatur," 98–99. For licenses *to act* in extant play scripts, see Bawcutt, *Herbert*, 160 and note, 172 and note, 210 and note, 268 and note, 294–95 and notes, 297 and note.

55. Michael Treadwell, "The Stationers and the Printing Acts at the End of the Seventeenth Century," in *CHBB*, 766. For earlier examples of works cited as "unlicensed" that were also seditious, see Clegg, *Jacobean England*, 180–81, 184–85.

56. For counterexamples, see, e.g., *CSPD*, 1667–68, 357; *Chronology*, 2:219, 3:69; Richard L. Greaves, *Enemies Under His Feet: Radicals and Nonconformists in Britain, 1664–1677* (Stanford: Stanford University Press, 1990), 175; Francis Smith, *An Account of the Injurious Proceedings . . . Against Francis Smith, Bookseller* (London, 1681), 11. But cf. *Chronology*, 2:189.

57. Treadwell, "Stationers and the Printing Acts," 766.

58. McKenzie, "Printing and Publishing, 1557–1700," *CHBB*, 151; Roger L'Estrange, *Intelligencer*, 25 July 1664, no. 59, 480, under "July 23"; *British Index*, 16 April 1664–23 July 1664 (forthcoming online; see http://www.psupress.org/).

59. *CSPD*, 1670, 502. On 16 April 1664 L'Estrange noted that "Four Hundred and Sixty sorts of unlawfull Books, and Pamphlets already upon the Roll . . . have been published since his Majesties Restauration." *Intelligencer*, no. 31, 18 April 1664, 250.

60. Quoted in Kevin Sharpe, *The Personal Rule of Charles I* (New Haven: Yale University Press, 1992), 682.

61. Herbert Joyce, *The History of the Post Office* (London: Bentley, 1893), 12.

62. Quoted in ibid., 12–14.

63. C. R. Clear, *Thomas Witherings and the Birth of the Postal Service*, Post Office Green Papers no. 15 ((London: printed under the authority of H.M.S.O. by Eyre and Spottiswoode, 1935), 7; see also Joyce, *History of the Post Office*, 18–19. Merchants complained that this was an incursion on the liberty of the subject; see Clear, *Thomas Witherings*, 7.

64. Howard Robinson, *The British Post Office, a History* (Princeton: Princeton University Press, 1948), 33; James Raven, "The Economic Context," in *CHBB*, 577–78. Later in the century, L'Estrange observed perceptively that London stationers relied on the post office to disseminate "libels" in the provinces (see *CSPD*, 1682, 563, also cited in John Barnard and Maureen Bell, "The English Provinces," in *CHBB*, 682). Barnard and Bell point out that the government inspected private carriers as well as the official post: "Throughout the seventeenth century anxious administrations ordered searches of carriers' wagons leaving London and of ports (Yarmouth, Hull, Dover) in times of crisis" (Barnard and Bell, "English Provinces," 683). See, e.g., *CSPD*, 1649–50, 385–86, 411; 1682, 122.

65. *Chronology*, passim. Habeas corpus was granted during the exclusion crisis of 1679–85 and then for good in the English Bill of Rights, though there were several intermissions even after the revolution, including one in 1689. See Timothy Crist, "Government Control of the Press After the Expiration of the Printing Act in 1679," *Publishing History* 5 (1979): 59; K. H .D. Haley, *The First Earl of Shaftesbury* (Oxford: Clarendon Press, 1968), 526–27; Knights, *Politics*, 159 and n37; Lois G. Schwoerer, *The Ingenious Mr. Henry Care, Restoration Publicist* (Baltimore: Johns Hopkins University Press, 2001), 92–95; *English Historical Documents*, 92–97, 122–24.

66. The list of those put to death for treasonous writing or printing in the seventeenth

century includes John Twyn, Stephen College, Edward Fitzharris, Algernon Sidney, William Disney, and William Anderton. We should recall that in early modern Europe, the punishment for treason—including spoken, written, and printed treason—was grisly: the malefactor was hanged, taken down from the scaffold while he was still alive, castrated and disemboweled, decapitated and quartered. See, for example, *An Exact Narrative of the Tryal and Condemnation of John Twyn . . . Published by Authority* (London, 1664), 35; *The Trial of Stephen College, at Oxford, for High Treason,* in Howell, *Cobbett's Complete Collection of State Trials,* 8:716.

67. Thomas Delaune, *A Narrative of the Sufferings of Thomas Delaune* (N.p.: printed for the Author, 1684), 1; Keeble, *Nonconformity,* 101. See Francis Smith, *Account of the Injurious Proceedings,* 19.

68. For straightforward examples of self-censorship, see Keeble, *Nonconformity,* 111–13 (Richard Baxter and Oliver Heywood); John Locke, *Two Treatises of Government,* ed. Peter Laslett (Cambridge: Cambridge University Press, 1988), 60–64, esp. 64n; Knights, *Politics,* 235n47 (petitions); *Chronology,* 2:10, 154, 229, 275 (John Rushworth), 2:197 (George Thomason's collection of "near 100 pieces," written during the civil war and interregnum, "never printed, most of them on the king's side, which no man had ventured to publish"), 234, and 3:27, 188. Hobbes burned many of his manuscripts, as did William Russell, who was executed for his part in the Rye House Plot. *Correspondence of Hobbes,*1:xxv–vi, xxxvi; Richard L. Greaves, *Secrets of the Kingdom* (Stanford: Stanford University Press, 1992).

69. These figures are based on the table in *CHBB,* 783–84. Parliament deliberately let the Printing Act lapse in 1679; they renewed it again in 1685.

70. Treadwell, "Stationers and the Printing Acts," 776. See also *Chronology,* 3:230–31.

71. St. Clair, *Reading Nation,* 87; see also 456–57. In 1764 David Hume's printer William Strahan estimated that there were 150–200 presses in London alone. See *Letters of David Hume to William Strahan,* ed. G. Birbeck Hill (Oxford: Clarendon Press, 1888), letter xixn1.

72. C. J. Mitchell, "Provincial Printing in Eighteenth-Century Britain," *Publishing History* 21 (1987): 5–24; Bell and Barnard, "Provisional Count of *Wing* Titles," 93.

73. Knights, *Representation,* 232; Margaret Spufford, *Small Books and Pleasant Histories* (Athens: University of Georgia Press, 1981), 113–21, 127n21.

74. The number of serials shot from six hundred in 1694 to fourteen hundred in 1695; see Nelson and Seccombe, 13. On the proliferation of news-books and other periodicals, see also Knights, *Representation,* 225–27; Mark Knights, "Parliament, Print, and Corruption in Later Stuart Britain," *Parliamentary History* 26, no. 1 (2007): 49–61; Roy Porter, *Enlightenment* (London: Penguin, 2000), chapter 4; St. Clair, *Reading Nation,* 100, 572, 576. On the changing pattern of religious publications, see the *British Index* (forthcoming online; see http://www.psupress.org/), appendix.

75. Roger L'Estrange, *Considerations and Proposals In Order to the Regulation of the Press* (London, 1663), 10. L'Estrange himself had recourse to such tactics when he suffered persecution during the "Popish Plot." See Peter Hinds, "'A Vast Ill Nature': Roger L'Estrange, Reputation, and the Credibility of Political Discourse in the Late Seventeenth Century," *Seventeenth Century* 21 (2006): 339–40, 351–52.

76. [Thomas Stanley,] *Anacreon . . .* (n.p., 1651), 107. The "*Excitations*" begin on p. 81. Also quoted in Raymond A. Anselment, *Loyalist Resolve: Patient Fortitude in the English Civil War* (Newark: University of Delaware Press, 1988), 106.

77. Patterson, *Censorship,* 18 and passim.

78. Ibid., 7, 17.

79. Ibid., 17.

80. See Thomas Middleton, *A Game at Chess,* ed. T. H. Howard Hill (Manchester: Manchester University Press, 1993), 20, 193–94, 200. Patterson's theory is of enormous heuristic value, but she ignores the minute workings of the licensing machinery, admitting at one point, "My own approach to censorship focuses only occasionally on law and the formal institutions and mechanisms whereby the press, or the pulpit, or the theatrical companies were theoretically subject to state control" (Patterson, *Censorship,* 10).

81. Notable exceptions include Joseph Loewenstein, Harold Weber, and Cyndia Clegg, all of whom study the material conditions of print production and dissemination. See Loewenstein, "Legal Proofs and Corrected Readings"; Loewenstein, *The Author's Due: Printing and the Prehistory of Copy-*

right (Chicago: University of Chicago Press, 2002); Weber, *Paper Bullets;* Clegg, *Elizabethan England;* Clegg, *Jacobean England.*

82. See *British Index* (forthcoming online; see http://www.psupress.org/); Willson Havelock Coates, Anne Steele Young, and Vernon F. Snow, eds., *The Private Journals of the Long Parliament, 3 January to 5 March 1642* (New Haven: Yale University Press, 1982), 96, 103, 120, 125, 165–66, 216, 220, 261, 283, 304; Hart, *Index,* 83–179.

83. H. R. Plomer, "A Cavalier's Library," *The Library,* new ser., 5 (1904): 158–72; Dale Randall, *Winter Fruit: English Drama, 1642–1660* (Lexington: University Press of Kentucky, 1995), 49; Steven N. Zwicker, "Reading the Margins," in *Refiguring Revolutions: Aesthetics and Politics from the English Revolution to the Romantic Revolution,* ed. Kevin Sharpe and Steven N. Zwicker (Berkeley and Los Angeles: University of California Press, 1998) 103; Clyde, *Struggle.*

84. *Verney's Notes of Long Parliament,* ed. John Bruce (London: Camden Society, 1845; reprint, New York: AMS Press, 1968), 120–28, 135.

85. See *CJ* and *LJ;* Firth and Rait, *Acts and Ordinances,* 1:26–27, 184–87, 1021–23, 1027, 1070–72, 2:245–54, 696–99, 977; *The Parliamentary or Constitutional History of England* ("Old Parliamentary History") (London: printed and sold by Thomas Osborne and William Sandby, 1751–61), 11:398–99, 12:207, 251, 16:112, 300–301. See also Jason McElligott, "'A Couple of Hundred Squabbling Small Tradesmen'? Censorship, the Stationers' Company, and the State in Early Modern England," *Media History* 11 (2005): 87–104.

86. James VI/I wavered on the subject of contract theory, accepting and rejecting it by turns—sometimes within the same work. See, e.g., *The Trew Law of Free Monarchies* (1598), in David Wootton, ed., *Divine Right and Democracy: An Anthology of Political Writings in Stuart England* (London: Penguin, 1986), 103–5. In *A Speech to the Lords and Commons of Parliament at Whitehall* (1610), James refers to the coronation oath as a "paction" between the king and his people, but the pact that he envisages is rather lopsided: the king, not the people or the Parliament, is the font of the law, and subjects have no right of resistance even in cases of tyranny and oppression. Conveniently for the monarch, only God could enforce such a contract (107–9).

87. See esp. Clyde, *Struggle.*

88. Shuger, *Censorship,* 183; see also 168.

89. Siebert, *Documents,* 3:27.

90. See Chapter 1, esp. pp. 55–56, below; cf. Shuger, *Censorship,* chapter 8.

91. John March, *March's Actions for Slander and Arbitrements,* 2d ed. (London, 1674), 102, 107; see also 16–50, 103–6.

92. L'Estrange, *Considerations and Proposals,* 10. The libel law applied to both irony and allegory: see *De libellis famosis* (1606) in 25 *Coke's Reports* 125a; Hart, *Index,* 59–61; Hamburger, "Seditious Libel," 701, 738–39; Thomas, *Long Time Burning,* 57–59. There was, however, some dispute about the legal status of innuendo, leaving a bit of elbow room for the clever satirist. Kropf, "Libel and Satire." See, for example, *Chronology,* 1:106 (1 April 1676).

93. Arber, *Transcript,* 1:xxvii.

94. Ibid., 1:246–48. See also Sheila Lambert, "State Control of the Press in Theory and Practice: The Role of the Stationers' Company Before 1640," in *Censorship and the Control of Print in England and France, 1600–1910,* ed. Robin Myers and Michael Harris (Winchester: St. Paul's Bibliographies, 1992), 12 and n58. The stationers' charter begins by mentioning the "seditions and heretical book rhymes and treatises . . . daily published and printed" (Siebert, *Documents,* I–19). On the use of "lewde" for seditions publications, see, e.g., Mary's 1553 proclamation in Seibert, *Documents,* II–42; Hart, *Index,* 15, 16, 178.

95. Arber, *Transcript,* 1:247.

96. Loewenstein, *Author's Due,* 29, chapter 3.

97. Siebert, *Documents,* 1:23–24; Siebert, *Freedom,* 66; John Feather, *A History of British Publishing* (London: Routledge, 1988; reprint, 1996), 31–32.

98. Siebert, *Documents,* 2:51; Greg, *Companion,* 196. There were a few exceptions: Oxford and Cambridge had presses, as did York during the early part of the Civil War and then from 1649.

99. On Lambe's project of the 1630s, which was commissioned by Archbishop Laud, see Arber, *Transcript,* 3:690, 699–704; Greg, *Companion,* 91, 96–97, 327–37.

100. *A Decree of Starre-Chamber Concerning Printing* (London: Robert Barker, Printer to the

Kings most Excellent Maiestie, and by the Assignes of John Bill, 1637), clauses xiii–xvii; *SR* 5:431–33. See also St. Clair, *Reading Nation*, 61.

101. John Locke, *Political Essays*, ed. Mark Goldie (Cambridge: Cambridge University Press, 1997), 334; Michael Treadwell, "1695–1995: Some Tercentenary Thoughts on the Freedoms of the Press," *Harvard Library Bulletin*, new ser., 7 (1996): 9.

102. St. Clair, *Reading Nation*, 70–71, chapter 5. On the distinction between "the monopoly of the book trade" and "a monopoly of a work," see Patterson, *Copyright in Historical Perspective*, 16–17.

103. Arber, *Transcript*, 1:xxvi.

104. Cf. Lambert, "State Control of the Press," 10–12. Carol Dawn Blosser reminds us nevertheless that the Crown and the stationers' guild often pursued different goals; see Blosser's PhD dissertation, *Making English Eloquence: Tottel's Miscellany and the English Renaissance* (University of Texas at Austin, 2005), chapter 1, http://dspace.lib.utexas.edu/bitstream/2152/954/1/blosserc18723.pdf. Bravo to the University of Texas for making recent dissertations available online.

105. Henry Parker, *To the High Court of Parliament: The humble Remonstrance of the Company of Stationers* (London: April 1643), signature A2.

106. L'Estrange, *Considerations and Proposals*, 24–28; *CSPD*, 1666–67, 430; Kitchin, *L'Estrange*, chapter 7.

107. Quoted in Zaret, *Origins*, 208.

108. *The Diary of Samuel Pepys*, ed. R. C. Latham and W. Matthews (New York: HarperCollins, 1995), 9:298. For another example of book burning that raised the price of the book, see *Chronology*, 2:94.

109. HMC, *Ninth Report*, part 2, appendix, 75.

110. Sawbridge and Taylor evidently used the copies that Mearne withheld from the bishop as copy texts for a new impression.

111. Until, that is, L'Estrange intervened, bringing Mearne before the House of Lords' "Libels Committee." See HMC, *Ninth Report*, part 2, appendix, 77–78; Smith, *Account of the Injurious Proceedings*, 14–15 (mispaginated "18–19"); *CSPD*, 1676–77, 460–61. Samuel Weber and Adrian Johns comment on the developing tension between the state and the Stationers' Company after the Restoration, a problem exacerbated by the grant of royal patents to nonstationers. See Weber, *Paper Bullets*, chapter 4; Johns, *Nature*, esp. chapter 5.

112. During Thurloe's tenure, the Council of State and not the Stationers' Company had a monopoly on print. Clyde, *Struggle*, appendix C; Siebert, *Freedom*, 229. See also Jason Peacey, "Cromwellian England: A Propaganda State?" *History* 91 (2006): 176–99.

113. Seaward, *The Cavalier Parliament and the Reconstruction of the Old Regime, 1661–1667* (Cambridge: Cambridge University Press, 1989), 72. For Charles II's remarks on L'Estrange's efficacy as censor, see HMC, *Ormonde*, new ser., 3:351.

114. L'Estrange, *Considerations and Proposals*, 4.

115. Kitchin, *L'Estrange*, chapter 6; D. F. McKenzie, "The London Book Trade in 1668," *Words: Wai-te-ata, Studies in Literature* 4 (1974); *CHBB*, 794–96.

116. Kitchin, *L'Estrange*, 198, 127, 141, 217; Love, *Scribal Publication in Seventeenth-Century England* (Oxford: Clarendon Press, 1993), 11–12, 74–75; John Spurr, *England in the 1670s* (Oxford: Blackwell, 2000), chapter 6. On the increasingly common seizure of manuscripts, see *Chronology*, 1:480, 558; 2:6, 106, 109, 111, 115, 118, 205, 208, 235, 282, 293, 308, 330, 338–39, 348, 368, 386.

117. For the controversial "general warrant" clause of the 1662 statute, see *SR* 5:432, article xiv. For examples of the warrants issued by the secretaries, see *Copies Taken from the Records of the Court of King's Bench, at Westminster . . .* (London, 1763); *CSPD*, passim. L'Estrange was authorized to search printing houses in his commission, independently of the Licensing Act; the commission is reproduced in Plomer, *Dictionary*, xxi–xxii. On the king's "intrusion" of stationers into the court of assistants, see *CSPD*, 1667–68, 409; John Hetet, "The Wardens' Accounts of the Stationers' Company, 1663–1679," in *Economics of the English Book Trade, 1605–1939*, ed. Robin Myers and Michael Harris (Cambridge: Chadwyck-Healey, 1985), 36, 41, 47–48; *Chronology*, 1:595; 2:278, 406, 408.

118. Siebert, *Freedom*, 65nn252, 258.

119. *Orders Rules and Ordinances . . . of Stationers of The City of London for the well Governing of that Society* (London: printed for the Company of Stationers, 1678), 20–25; *CSPD*, 1676–77, 590–91;

see also Hetet, "Wardens' Accounts of the Stationers' Company," 49. Under a statute enacted in Henry VII's reign, all company ordinances needed to be approved by "the Chancellor or Treasurer of England, or Chief Justices of either Bench, or Three of them" (*Orders Rules and Ordinances,* 1)—another lever of government control.

120. Peter Fraser, *The Intelligence of the Secretaries of State and Their Monopoly on Licensed News* (Cambridge: Cambridge University Press, 1956); Alan Marshall, *Intelligence and Espionage in the Reign of Charles II, 1660–1685* (Cambridge: Cambridge University Press, 1994); Susan E. Whyman, "Postal Censorship in England 1635–1844," paper given at the Oxford-Princeton Partnership Conference, "The History of Censorship," 26–27 September 2003, http://web.princeton.edu/sites/english/csbru.

121. Sigmund Freud, *The Interpretation of Dreams* (New York: Avon Books, 1998), 175–76. Neil Sammells also discusses the theories of Freud and Foucault; his introduction to *Writing and Censorship in Britain* manages to be both provocative and sensible.

122. Patterson, *Censorship.* Patterson's thesis is cited approvingly in Sharpe, *Personal Rule of Charles I,* 645; Randall, *Winter Fruit,* 138; Raymond, *ITN,* 92n; Weber, *Paper Bullets,* 212; Brean S. Hammond, *Professional Imaginative Writing in England, 1670–1740* (Oxford: Clarendon Press, 1997), 33n; Richard Dutton, *Licensing, Censorship, and Authorship in Early Modern England* (London: Palgrave, 2000), x, 190–91; Loewenstein, *Author's Due,* 266n; and Shuger, *Censorship,* 168, among others.

123. Patterson, *Censorship,* 7, 17, emphasis added.

124. Quoted in ibid., 14–15, emphasis added.

125. Howell, *Cobbett's Complete Collection of State Trials,* 3:575–76.

126. "*To Colonel* Lovelace *on his Poems,*" in *The Poems of Richard Lovelace,* ed. C. H. Wilkinson (Oxford: Clarendon Press, 1930), lxxxvi–lxxxvii.

127. See "On the new forcers of Conscience under the Long Parliament," in *The Riverside Milton,* ed. Roy Flannagan (Boston: Houghton Mifflin, 1998). Prynne was Presbyterian.

128. On the author as an agent with legal responsibility for his work, see Michel Foucault, "What Is an Author?" in *The Foucault Reader,* ed. Paul Rabinow (New York: Pantheon Books, 1984), 108. Cf. Brian Vickers, *Shakespeare, Co-Author* (Oxford: Clarendon Press, 2003), appendix.

129. Marcy North, *The Anonymous Renaissance: Cultures of Discretion in Tudor-Stuart England* (Chicago: University of Chicago Press, 2003); Raymond, *Pamphlets,* 168–70.

130. Howell, *Cobbett's Complete Collection of State Trials,* 7:1118.

131. J. B., *An English Expositour Or Compleat Dictionary,* 8th ed. (Cambridge, 1688), s.v. "libel."

132. Kitchin, *L'Estrange,* 193, 203; John Feather, *Publishing, Piracy, and Politics: An Historical Study of Copyright in Britain* (London: Mansell, 1994), 47–48. The secretaries occasionally received a "Catalogue of all the books entered in the Stationers' Register," along with the books' authors; see *CSPD,* 1677–78, 444.

133. McKenzie, "Printing and Publishing, 1557–1700," *CHBB,* 564.

134. Raymond, *Pamphlets,* 169.

135. See Keeble, *Nonconformity;* Knights, *Politics,* chapter 6, esp. 156–60; Harold Love, *English Clandestine Satire, 1660–1702* (Oxford: Clarendon Press, 2004).

136. Anchitell Grey, Esq., *The Debates of the House of Commons, From the Year 1667 to the Year 1694* (London, 1768), 1:70–71; *POASY,* 1:xlii.

137. *CSPD,* March–December 1678, 122.

138. *CSPD,* March–December 1678, 123.

139. "The Bookseller's Preface," in *Familiar Letters: Written by the Right Honourable John late Earl of Rochester, and several other Persons of Honour and Quality* (London, 1697).

140. For the "Prehistory of Copyright," see Loewenstein, *Author's Due.*

141. Modern nominalists take their lead from Wittgenstein—especially the early Wittgenstein—some versions of Derrida, Richard Rorty, and Rorty's version of Donald Davidson.

142. William Prynne, *Histrio-mastix,* preface by Arthur Freeman (New York: Garland Publishing, 1974), facsimile reprint of the 1633 edition, 38; see Chapter 1, pp. 42–43, below.

143. William Prynne, *The Popish royall favourite* (London, 1643), 67.

144. *The Man in the Moon,* 17–24 October 1649, 218.

145. This item appears in Evelyn's letter (London) to Lord ?, November 1688, British Library,

Evelyn MSS, JE A2, transcribed by Steven Pincus and attached as an appendix to his paper "John Evelyn: Revolutionary" (forthcoming).

146. [Charles Blount,] *Reasons Humbly offered for the Liberty of Unlicens'd Printing To which is Subjoin'd The Just and True Character of Edmund Bohun, The Licenser of the Press* (London, 1693), 25.

147. See *OED,* s.v. "censor," "censorship," "censure," "censorious."

148. Andrew Marvell, "To his Noble Friend Mr. *Richard Lovelace,* upon his Poems," in *Poems of Lovelace,* 8.

149. [Blount,] *Reasons Humbly offered,* 19.

150. John Dryden, preface, *Ovid's epistles translated by several hands* (London, 1680), 4.

151. See Chapter 5.

152. John Fell, *Life of the most learned reverend and pious Dr. H. Hammond* (London, 1662), 182–83, emphasis added.

CHAPTER 1

1. Kevin Sharpe *Criticism and Compliment: The Politics of Literature in the England of Charles I* (Cambridge: Cambridge University Press, 1987), 39.

2. Clegg, "Censorship and the Courts"; Thompson, "Licensing the Press."

3. Blayney, "The Publication of Playbooks," esp. 400–405. On the warden's role in censorship, see also Daniel Featley, *Cygnea cantio* (London, 1629), 4; Leo Kirschbaum, *Shakespeare and the Stationers* (Columbus: Ohio University Press, 1955), chapter 2; Greg, *Companion,* 96; Greg, *Some Aspects and Problems of London Publishing,* chapter 3, esp. 45–48; Johns, *Nature,* 205–7.

4. Greg, *Companion,* 240–41.

5. Maureen Bell, "Entrance in the Stationers' Register," *The Library,* 6th ser., 16 (1994): 50–54. Bell corrects W. W. Greg's estimate of two-thirds in *Some Aspects and Problems of London Publishing,* 68, and "Entrance in the Stationers' Register," in *W. W. Greg: Collected Papers,* ed. J. C. Maxwell (Oxford: Clarendon Press, 1966).

6. Lambert points to the burden on licensers ("Richard Montagu, Arminianism, and Censorship," *Past and Present* 124 [1989]: 67); she notes that the stationers' interests sometimes collided with those of the government; and she argues that the government lacked the resolve to enforce the law to the hilt. See her articles "The Printers and the Government, 1604–1640," in *Aspects of Printing from 1600,* ed. Robin Myers and Michael Harris (Oxford: Oxford Polytechnic Press, 1987), and "State Control of the Press." Blair Worden argues similarly that "the government lacked not merely the power, but the inclination, to impose conditions of writing that can helpfully be called 'repressive.'" Worden, "Literature and Political Censorship in Early Modern England," in *Too Mighty to Be Free: Censorship and the Press in Britain and the Netherlands,* ed. A. C. Duke and C. A. Tamse (Zutphen, Netherlands: De Walburg Pers, 1987), 48. Although Kevin Sharpe is sympathetic to Lambert's thesis, he provides abundant evidence against her argument; see *Personal Rule of Charles I,* chapter 11.

7. See Milton, "Licensing, Censorship, and Religious Orthodoxy," and Thompson, "Licensing the Press." I discuss Milton's article at length below.

8. Thompson, "Licensing the Press," 668–69.

9. S. Mutchow Towers, *Control of Religious Printing in Early Stuart England* (Suffolk, U.K.: Boydell Press, 2003); see also Clegg, "Censorship and the Courts," esp. 78 and note.

10. F. B. Williams Jr., "The Laudian Imprimatur," *The Library,* 5th ser., 15 (1960): 98. The imprimatur campaign at Cambridge also became more effective as the decade progressed. See David McKitterick, *Printing and the Book Trade in Cambridge, 1534–1698,* vol. 1 (Cambridge: Cambridge University Press, 1992), 259–60.

11. Greg, *Some Aspects and Problems of London Publishing,* 49–51.

12. Sharpe, *Personal Rule of Charles I,* 646–47; Raymond, *ITN,* 10–13; Raymond, *Pamphlets,* 150; Derek Hirst, *England in Conflict, 1603–1660* (London: Arnold, 1999), 153.

13. Sitting parliaments also fostered petitions; see Zaret, *Origins.* Charles's refusal to call a parliament thus blocked the traditional channels through which subjects could express their grievances.

14. Quoted in Sharpe, *Personal Rule of Charles I,* 682.

15. Shuger, *Censorship.*

16. Jurgen Habermas, *The Structural Transformation of the Public Sphere: An Inquiry into a Category of Bourgeois Society,* trans. Thomas Burger (Cambridge: MIT Press, 1996); James Holtsun, *Ehud's Dagger: Class Struggle in the English Revolution* (London: Verso, 2000).

17. The earliest use of "dissenter" in the *OED* dates to 1639: "One who dissents in matters of belief and worship" (*OED,* def. 2a).

18. Shuger, *Censorship,* chapter 2.

19. Siebert, *Documents,* 3:28.

20. For the medieval *scandalum magnatum* statutes, which survived into the early modern period, see Siebert, *Documents,* 3:25–27.

21. See Milton, "Licensing, Censorship, and Religious Orthodoxy."

22. See ibid., 633–34. Milton is referring here to the 1620s, but he goes on to show that a nearly identical licensing contest took place in the 1630s (see esp. 639ff.). Laud had several weapons in his arsenal, not just suppression. In a cunning series of maneuvers, he asked Calvinists like John Prideaux to license decidedly non-Calvinist works in the hopes that this would make them respectable to Protestants of Prideaux's vein (648–49). Cyndia Clegg also addresses the licensing wars of the 1620s and '30s in an unpublished conference paper, "The Puritan Press and the Politics of Provocation" (MLA convention, 2003). Dr. Clegg has generously provided me with a copy of her paper. Clegg's book, *Press Censorship in Caroline England* (Cambridge: Cambridge University Press, 2008) was, unfortunately, published too late for me to incorporate its many insights.

23. Milton himself views Prynne as a marginal and relatively unimportant figure; I hope to prove the contrary in the balance of this chapter. Suffice it to say here that Milton's claim that printing something illicitly served only to strip it of legitimacy and thus to exclude it from the public square is inconsistent with his admission that manuscript publication, which itself did not operate through official channels, reached a wide audience and had a profound impact. Both underground printing and manuscript publication proved effective at challenging the central power from the margins. See Love, *Scribal Publication;* Kenneth Fincham, "Introduction," in *The Early Stuart Church, 1603–1642,* ed. Kenneth Fincham (London: Macmillan, 1993), 16; Allistair Bellany, "'Raylinge Rymes and Vaunting Verse': Libellous Politics in Early Stuart England, 1603–1628," in *Culture and Politics in Early Stuart England,* ed. Kevin Sharpe and Peter Lake (Stanford: Stanford University Press, 1993); Arthur Marotti, *Manuscript, Print, and the Renaissance Lyric* (Ithaca: Cornell University Press, 1995); Cogswell, "Underground Verse"; McRae, *Literature, Satire;* Stephen Foster, *Notes from the Caroline Underground: Alexander Leighton, the Puritan Triumvirate, and the Laudian Reaction to Nonconformity* (Hamden, Conn.: Archon Books, 1978); and Keith L. Sprunger, *Trumpets from the Tower: English Puritan Printing in the Netherlands, 1600–1640* (Leiden: E. J. Brill, 1994). In fact, illicit printing was often in greater demand for being illicit: an unlicensed book was fruit from the Tree of Knowledge—appealing, tempting, almost irresistible. Significantly, Milton acknowledges at one point that *Histrio-mastix,* which marked the inception of an unfolding controversy, was itself licensed, thus placing it in the purlieus of authorized debate. Licensed but suppressed, Prynne's book lay on the boundary between legitimate and illegitimate discourse—on the tangent, as it were, of the public sphere.

24. See Howell, *Cobbett's Complete Collection of State Trials,* 3:568. On the date of Harris's appointment, see W. W. Greg, *Licensers for the Press, &c. to 1640* (Oxford: Oxford Bibliographical Society, 1962), 41.

25. Greg, *Companion,* 279; Greg, *Licensers for the Press,* 16. For parallel examples, see William Prynne, *Canturburies Doome* (London, 1646), 185, where Prynne cites another case involving himself; Fincham, "Introduction," in Fincham, *Early Stuart Church,* 16; Hugh Trevor-Roper, *Archbishop Laud* (1940; reprint, London: Phoenix Press, 2000), 74–75.

26. See Siebert, *Freedom,* 146; Johns, *Nature,* 241–42. Prynne attacked prerogative taxation indirectly in *Histrio-mastix* (see below).

27. *DNB,* s.v. "Abbot, George"; Johns, *Nature,* 241–42.

28. Kenneth Fincham and Peter Lake, "The Ecclesiastical Policies of James I and Charles I," in Fincham, *Early Stuart Church,* 33.

29. Nicholas Tyacke, "Archbishop Laud," ibid., 66.

30. Milton, "Licensing, Censorship, and Religious Orthodoxy," 633.

31. Goade too had been chaplain to Abbot, but Goade had a change of heart about the threat of Puritanism. Fincham, "Episcopal Government, 1603–1640," in Fincham, *Early Stuart Church,* 90.

32. Arber, *Transcript,* 4:207.

33. Featley, *Cygnea cantio;* Greg, *Licensers for the Press,* 35; Milton, "Licensing, Censorship, and Religious Orthodoxy," 633–34; Lambert, "Richard Montagu," 59; Clegg, *Jacobean England,* 62–68, 82–88, 199, 203, 208–18; Trevor-Roper, *Archbishop Laud,* 160–61. A prohibition saved Prynne from a trial in the High Commission Court.

34. Milton, "Licensing, Censorship, and Religious Orthodoxy," 637.

35. See Greg, *Companion,* 277–90; William A. Jackson, ed., *Records of the Court of the Stationers' Company, 1602–1640* (London: Bibliographical Society, 1957), 256–57.

36. See Arber, *Transcript,* 4:207.

37. See Whitelocke, *Memorials of the English Affairs* (Oxford: Oxford University Press, 1853), 4:52; S. R. Gardiner, ed., *Documents Relating to the Proceedings Against William Prynne, in 1634 and 1637* (Westminster, U.K.: Camden Society, 1877), 35; and Clyde, *Struggle,* 36.

38. Sharpe continues, "Immediately therefore on succeeding to the see of Canterbury in 1633 he replaced Abbot's chaplains by his own agents William Bray, Thomas Weeks and Samuel Baker, all of whom were to face charges in the Long Parliament" (*Personal Rule of Charles I,* 648). On Laud's fantasies of control, see Reid Barbour, "Liturgy and Dreams in Seventeenth-Century England," *Modern Philology* 88 (1991): 227–42.

39. Patterson, *Censorship,* 7, 17.

40. Sir Richard Baker, *Theatrum redivivum or the Theatre Vindicated, in Answer to Mr. Pryn's Histrio-mastix* (London, 1662), in *The English Stage: Attack and Defense, 1577–1730* (New York: Garland Publishing, 1973), 126. Though the work was not printed until 1662, it circulated in manuscript from around 1634. See Martin Butler, *Theatre and Crisis, 1632–1642* (Cambridge: Cambridge University Press, 1984), 106.

41. Sharpe, *Personal Rule of Charles I,* 731ff.

42. See Howell, *Cobbett's Complete Collection of State Trials,* 3:563, 576. Hereafter cited parenthetically in the text as "Howell."

43. Prynne, *Histrio-mastix* (London, 1633), 5. Hereafter cited in the text. I have eliminated Prynne's italics in the quotations.

44. Ibid., fols. 553ff. He notes Beard's precedent in *Histrio-mastix* (fol. 556n, verso) and in his famous letter to Laud of 1634 (Gardiner, *Documents Relating to Prynne,* 47).

45. *Histrio-mastix,* "Epistle to the Christian Reader."

46. Prynne was a member of Lincoln's Inn, but this provides only part of the explanation.

47. Trevor-Roper, *Archbishop Laud,* 160.

48. James Shirley, *The Ball: A Comedy, As it was Presented by Her Majesties servants, at the private House in Drury Lane* (London, 1639), 5.1, EEBO copy unpaginated. Henry Herbert licensed Shirley's play for the stage 16 November 1632 (*The Control and Censorship of Caroline Drama: The Records of Sir Henry Herbert, Master of the Revels, 1623–73,* ed. N. W. Bawcutt [Oxford: Clarendon Press, 1996] [hereafter Bawcutt, *Herbert,*] 177); it is possible, however, that Shirley added this line between 1632 and 1639, when *The Ball* was first printed. On the preachers of Lincoln's Inn, see Trevor-Roper, *Archbishop Laud,* 159–60.

49. Fol. 1, recto, fol. 4, verso.

50. Although the rhetoric of "protection" was conventional in systems of patronage, as Dustin Griffin points out the language could take on a literal valence in certain circumstances. See Griffin, *Literary Patronage in England, 1650–1800* (Cambridge: Cambridge University Press, 1996), 20–22.

51. Prynne quotes James's act: "no authority . . . to be given or made by any Baron of this Realme, or any other honourable Personage of greater degree unto any Enterlude, Players . . ." (*Histrio-mastix,* 496; Prynne's quotation is actually a paraphrase of the original act, but it is a reasonably faithful one: see *SR* 4:1024). Prynne apparently interprets the restrictive language to apply to the master of the revels, but surely James would not have signed the statute had he read it that way.

52. See Andrew Gurr, *The Shakespearean Stage, 1574–1642,* 3rd ed. (Cambridge: Cambridge

University Press, 1992), 73–74; and Bawcutt, *Herbert,* 300, 302–3 (for examples of commissions, see 307ff.).

53. See Gurr, *Shakespearean Stage,* 72ff.; and Frank Fowell and Frank Palmer, *Censorship in England* (1913; reprint, New York: Burt Franklin, 1970).

54. On the battle between the Crown and the City of London over the theater, see Leah Marcus, *The Politics of Mirth* (Chicago: University of Chicago Press, 1986), 41ff.

55. Prynne, *Histrio-mastix,* 715. These "abuses" include "any plays, sports or pastimes whatsoever . . . Bull-baiting, Beare-baiting, ENTERLVDES, COMMON PLAYES," and sundry other activities (716).

56. *Albion's Triumph* (January 1632) had been performed on the "Lord's day" itself. See Stephen Orgel and Roy Strong, eds., *Inigo Jones: The Theatre of the Stuart Court* (Berkeley and Los Angeles: University of California Press, 1973), 454.

57. See *DNB,* s.v. "Prynne, William," 46:433.

58. William Lamont, "The Puritan Revolution: A Historiographical Essay," in *The Varieties of British Political Thought, 1500–1800,* ed. J. G. A. Pocock et al. (Cambridge: Cambridge University Press, 1993), esp. 119–23.

59. In an answer to Prynne's tract—as concise as Prynne's is swollen—Sir Richard Baker highlights the marked difference between Caroline drama and that of other ages and nations; he also notes the presumption of Prynne's trying to censor the Caroline stage (see the epigraph to this section): *Theatrum redivivum.*

60. Their relationship was complicated (Baxter despised stage plays), but amicable. Bawcutt, *Herbert,* 8.

61. See ibid., 182–83.

62. John Adamson, "The Tudor and Stuart Courts, 1509–1714," in *The Princely Courts of Europe: Ritual, Politics, and Culture Under the Ancien Régime, 1500–1700,* ed. John Adamson (London: Weidenfeld and Nicolson, 1999), 112.

63. See Sharpe, *Criticism and Compliment,* 188.

64. See Adamson, "Tudor and Stuart Courts."

65. The single exception to this is his reference to the *History of Faustus* (fol. 556)—no doubt a rhetorical device on Prynne's part to cast an aura of brimstone around the stage; Prynne calls theaters the "Chappels of Satan" (440n). He also mentions Shakespeare's and Jonson's plays in his "Epistle to the Christian Reader," claiming that they were printed on better paper than Bibles. He analyzes none of these pieces, however; indeed, he gives no evidence of having seen or read any of them. For the possibility that Prynne alludes to Middleton's *Game at Chess,* see Martin Butler's "William Prynne and the Allegory of Middleton's Game at Chess," *Notes and Queries* 30 (1983): 153–54, and T. Howard Hill's answer, "More on 'William Prynne and the Allegory of Middleton's Game at Chess,'" *Notes and Queries* 36 (1989): 349–51.

66. Epistle dedicatory, fol. 2, verso. Prynne had arrived in London in 1621—before Charles had cleaned up the theater and before Henry Herbert had taken over as master of the revels.

67. Peter Lake, "The Laudian Style," in Fincham, *Early Stuart Church,* 166–67.

68. Marcus, *Politics of Mirth,* 284n32. Among the articles of impeachment against Laud in 1640 was the archbishop's alleged complaint to Charles "that [the House of Commons] would not suffer [the king] to have maskes & plaies." See Maurice F. Bond, ed., *The Manuscripts of the House of Lords,* new ser., vol. 11, addenda, *1514–1714* (London: H.M.S.O., 1962), 454.

69. Jonas Barish multiplies examples of reformers who compare priests to players. See Barish, *The Antitheatrical Prejudice* (Berkeley and Los Angeles: University of California Press, 1981), 160–65. On the competition between theater and pulpit, see Reid Barbour, *Literature and Religious Culture in Seventeenth-Century England* (Cambridge: Cambridge University Press, 2002), 153–55.

70. Quoted in Stephen Orgel, *The Illusion of Power: Political Theater in the English Renaissance* (Berkeley and Los Angeles: University of California Press, 1975), 42–43.

71. Sharpe, *Criticism and Compliment,* 179–80.

72. *Histrio-mastix,* fol. 539, verso, marginal note, 856, 852; all three remarks were quoted at Prynne's trial. See Gardiner, *Documents Relating to Prynne,* 9, 13.

73. Sharpe, *Criticism and Compliment,* 181–83

74. Ann Baynes Coiro, "'A Ball of Strife': Caroline Poetry and Royal Marriage," in *The Royal*

Image: Representations of Charles I, ed. Thomas N. Corns (Cambridge: Cambridge University Press, 1999); *Albion's Triumph,* in Orgel and Strong, *Inigo Jones,* 2:1.445.

75. Prynne, *Popish Royall Favourite* (1643), quoted in Frances E. Dolan, *Whores of Babylon: Catholicism, Gender, and Seventeenth-Century Print Culture* (Ithaca: Cornell University Press, 1999), 120. Because of her name—Henrietta Maria—the queen was commonly likened to the Virgin Mary.

76. See Richard Cust, "News and Politics in Early Seventeenth-Century England," in *The English Civil War,* ed. Richard Cust and Ann Hughes (London: Arnold, 1997), 252; Dolan, *Whores of Babylon,* chapter 3.

77. On the paintings, see John Peacock, "The Politics of Portraiture," and J. S. A. Adamson, "Chivalry and Political Culture in Caroline England," both in Sharpe and Lake, *Culture and Politics in Early Stuart England,* 174ff. (esp. 176), 207, 353n48. For evidence that one of Prynne's judges construed his byzantine remarks on St. George (*Histrio-mastix,* 677) as an attack on the king, see Howell, 3:567–68.

78. See *The Diary of Bulstrode Whitelocke, 1605–1675,* ed. Ruth Spalding (Oxford: Clarendon Press, 1990), 590ff., 667.

79. Whitelocke, *Memorials of the English Affairs,* 4:52. A part of this passage is misquoted in Howell, 3:563n.

80. Justinian Paget to James Harrington, 28 January 1633, in *The Court and Times of Charles the First,* ed. Thomas Birch (London, 1848), 222–23, emphasis added. Cf. Gardiner, *Documents Relating to Prynne,* 52. Although Prynne claimed at his trial that his book had been "bound up about Christmas [of 1632]" (Howell, 3:564), the publication date on the title page is 1633. *The Shepherd's Paradise* was performed on 9 January 1633. Of course, stationers often postdated their publications to make them seem *au courant.*

81. Mr. Pory to Sir Thomas Puckering, Bart., 20 September 1632, in Birch, *Court and Times of Charles the First,* 176.

82. G. E. Bentley, *The Jacobean and Caroline Stage* (Oxford: Clarendon Press, 1956), 4:920.

83. Greg, *Companion,* 277.

84. See Orgel and Strong, *Inigo Jones,* 2:419, 479.

85. Ibid., 1:384–85.

86. See Gardiner, *Documents Relating to Prynne,* 10, for evidence that the councilors and the attorney general did read it in this fashion (hereafter cited parenthetically in the text as "Gardiner").

87. See Lois Potter, "The Royal Martyr in the Restoration," in Corns, *Royal Image,* 250–51.

88. Orgel and Strong, *Inigo Jones,* 2:546, lines 6–7.

89. Potter, "Royal Martyr in the Restoration," 250–51.

90. Sir Gerald Hurst, K.C., *Lincoln's Inn Essays* (London: Constable & Co., 1949), 3; Howell, 3:584.

91. See Erica Veevers, *Images of Love and Religion: Queen Henrietta Maria and Court Entertainments* (Cambridge: Cambridge University Press, 1989); Dolan, *Whores of Babylon.* Ann Coiro notes that "it was common practice to anglicize Henrietta Maria's name" ("'Ball of Strife,'" 33).

92. In one of his numberless digressions, Prynne cites "that memorable act of P. Sempronius Sophus, a worthy Roman; who gave his wife a Bill of Divorce, for no other cause at all, but that she frequented Stage-playes without his privity, the very sight of which might make her an adulteresse and cause her to defile his bed: which Divorce of his the whole Roman Senate did approve (though it were the very first that hap[pe]ned in the Roman State)" (391; see also 662).

93. See esp. William Prynne, *A New Discovery of the Prelates Tyranny In their late prosecutions of Mr. William Pryn, an eminent Lawyer, Dr. Iohn Bastwick, a learned physitian and Mr. Henry Burton, a reverent divine* (printed at London for M[ichael]. S[parke]. 1641), 1–13.

94. *CSPD,* addenda, 1625–1649, 464. On Prynne's previous encounters with Laud, see Greg, *Companion,* 243–50, 270; Clyde, *Struggle,* 36; Foster, *Notes from the Caroline Underground.*

95. Sharpe, *Personal Rule of Charles I,* 662.

96. Quoted in Ethyn Williams Kirby, *William Prynne: A Study in Puritanism* (Cambridge: Harvard University Press, 1931), 28. For evidence justifying such a reading, see *Histrio-mastix,* 312–13. Prynne was to write a tract inveighing against the collection of ship money in 1636—a year before John Hampden fought the tax in court (Kirby, *William Prynne,* 34).

97. See Hill, "Censorship and English Literature," in *The Collected Essays of Christopher Hill*, vol. 1 (Amherst: University of Massachusetts Press, 1985), 57.

98. It is worth pausing over Noy's locution: Charles is "named" only once in the entire tract (see above, p. 40); what Noy means here is that he is reluctant to "speak anything" where the king is *alluded to.* Noy moves so seamlessly between the literal and allegorical levels of Prynne's book, however, that he can use "named" and "alluded to" interchangeably.

99. *CSPD*, 1637, 174–75, 543–44; Sharpe, *Personal Rule of Charles I*, 651.

100. *The Several Humble Petitions of Dr. Bastwicke, M. Burton, M. Prynne* (London, 1641), 2.

101. See Fincham, "Introduction," 4–5, 8, 14–15; Fincham and Lake, "Ecclesiastical Policies of James I and Charles I," 32, 35–37; Tyacke, "Archbishop Laud," 66, 69; John Fielding, "Arminianism in the Localities," 110; Lake, "Laudian Style," 179, all in Fincham, *Early Stuart Church.* See also Nicholas Tyacke, "Puritanism, Arminianism, and Counter-Revolution," in Cust and Hughes, *English Civil War*; Barbour, *Literature and Religious Culture*, chapter 4; Sharpe, *Personal Rule of Charles I*, 292–301; Lamont, "Puritan Revolution."

102. Tyacke, "Archbishop Laud," 66; Lake, "Laudian Style," 179.

103. For a sophisticated analysis of this clash of worldviews, see Scott Paul Gordon, *The Power of the Passive Self in English Literature, 1640–1770* (Cambridge: Cambridge University Press, 2002).

104. I have reversed the order of the councilor's remarks. Prynne's own attorney appears to be involved in the hypocrisy; witness the following highly ambiguous remark: "I cannot condemn his heart, I will not excuse his pen" (Howell, 3:571). Despite the distinction between heart and hand delineated in this line, it seems tantamount to an imputation of guilt—an impression amplified by the parallel syntax and by the order of the clauses: it ends not with a protestation of Prynne's innocence but with a reprimand. On Puritan methods of equivocation in the High Commission court, see Perez Zagorin, *Ways of Lying: Dissimulation, Persecution, and Conformity in Early Modern Europe* (Cambridge: Harvard University Press, 1990), 229–34.

105. Quoted in Patterson, *Censorship*, 107.

106. Noy, Laud, and a couple of the other judges do express concern about the tract's possible effect on a "violence-prone" reader (see esp. Gardiner, *Documents Relating to Prynne*, 46), but it was not Laud's "sole" criterion for assaying the book's meaning, as Stephen Foster suggests; indeed, for none of the justices was it even the most important (ibid., 26–27; Foster, *Notes from the Caroline Underground*, 37).

107. Laud suggested that no one person could have read all of the works that Prynne had cited (see "Letter from William Prynne to Archbishop Laud" in Gardiner, *Documents Relating to Prynne*, 34–35); Richard Baker, on the other hand, insisted on Prynne's superficiality as a reader; see *Theatrum redivivum.*

108. See *Histrio-mastix*, 156ff.

109. Sharpe, *Personal Rule of Charles I*, 667, 677; Susan Dwyer Amussen, "Punishment, Discipline, and Power: The Social Meanings of Violence in Early Modern England," *Journal of British Studies* 34 (1995): 8n20.

110. Hart, *Index*, 35–46. Cyndia Clegg points out that Elizabeth's Privy Council kept Hayward in prison without trial, examining and committing him in 1600 (a year after his book was publicly burned) and releasing him sometime in 1602. See Clegg, "Censorship and the Courts," 68–69.

111. For other examples of licensed publications encountering difficulties—though not in Star Chamber—see Kirschbaum, *Shakespeare and the Stationers*, 50–56; Lambert, "Richard Montagu," 45; Clegg, *Jacobean England*, 86–88, 92–97; Clegg, "Censorship and the Courts," 70.

112. Compare the epigraph to the second section, p. 35, above. Cottington equivocated on whether the entire book was licensed (Howell, 3:577).

113. Laud proved more generous (see S. R. Gardiner, *History of England from the Accession of James I to the Outbreak of the Civil War 1603–1642* [London: Longmans, Green, 1884], 334): Prynne was granted pen and paper while serving his first prison sentence; he was denied them, however, after his second trial in Star Chamber (1637).

114. See Kirby, *William Prynne*, 30.

115. *Complete Prose Works of Milton*, 2:492. Michel Foucault's *Discipline and Punish* (New York: Pantheon Books, 1977) is of course the *opus classicus* on the relationship between the body and the body politic.

116. Newsletter from G. Garrard to Thomas Wentworth (lord deputy of Ireland and the future earl of Strafford), *The Earl of Strafforde's Letters and Dispatches*, ed. William Knowler (Dublin, 1740), 1:261. Stephen Dobranski also uses the figure of "conflation" in his discussion of the penalties that authors, stationers, and their books faced; he even pairs the terms "books and bodies" in alliterative fashion to bind the two together (see *Milton, Authorship, and the Book Trade* [Cambridge: Cambridge University Press, 1999], 122). We arrived at the idea independently.

117. The volume was called in (cf. Shuger, *Censorship*, 238). Few owners of the book complied with the injunction, however. About a thousand copies had been printed, so the book had a fairly substantial readership (Howell, 3:585; Gardiner, *Documents Relating to Prynne*, 58–60; *CSPD*, addenda, 1625–1649, 688; Kirby, *William Prynne*, 29). Kirby notes that "Noy, who was the official responsible for tracing [copies of the book], in despair gave the matter to Archbishop Laud, who in turn busied the Privy Council in the affair" (29).

118. Sharpe, *Personal Rule of Charles I*, 676. See also Butler, *Theatre and Crisis*, chapter 5.

119. See Heywood, *A Defense of Drama*, in *English Renaissance Literary Criticism*, ed. Brian Vickers (Oxford: Clarendon Press, 1999); and *Histrio-mastix*, 699–700.

120. See also Andrew Melville Clark, *Thomas Heywood: Playwright and Miscellanist* (Oxford: Blackwell, 1931), 138, 142.

121. *Love's Mistress or the Queen's Masque*, ed. Edmund Goldsmid (Edinburgh, 1886), 17.

122. The contest is actually between the gods' "Champions"—their musical seconds; see ibid., 54ff.

123. Perhaps Heywood is hinting at a court-country distinction in this passage.

124. Bentley, *Jacobean and Caroline Stage*, 4:579ff.

125. *The Floating Island*, in *The Poetical Works of William Strode (1600–1645)*, ed. Bertram Dobell (London: published by the Editor, 1907). Hereafter cited parenthetically in the text. The "Floating Island" is, of course, Britain.

126. See Orgel and Strong, *Inigo Jones*, 2:827.

127. Ibid., 2:828.

128. Henry Burton heard of Strode's play and, naturally, disapproved of it (Butler, *Theatre and Crisis*, 94). For a list of other plays that answered Prynne's treatise, see Adolphus William Ward's *A History of English Dramatic Literature* (London: Macmillan, 1899), 245n1. See also Martin Butler, "Reform or Reverence? The Politics of the Caroline Masque," in *Theatre and Government Under the Early Stuarts*, ed. J. R. Mulryne and Margaret Shewring (Cambridge: Cambridge University Press, 1993), 145.

129. Bawcutt, *Herbert*, 75, 180; G. E. Bentley, *The Profession of Dramatist in Shakespeare's Time* (Princeton: Princeton University Press, 1971), 187–88. Cf. Dutton, *Licensing, Censorship, and Authorship*, 47.

130. Bawcutt, *Herbert*, 75–76. At the same time, however, Herbert's antennae for anti-Catholic sentiment became more sensitive. See ibid., 54–56, 60–62.

131. See Bentley, *Profession of Dramatist in Shakespeare's Time*, 156; Bawcutt, *Herbert*, 57–58, 180, 183.

132. Herbert was of an even nicer disposition than Charles himself. In January 1634, just before Prynne's trial, Herbert revised D'Avenant's *The Wits* by eliminating the words "faith, death, slight," only to be overruled by the king; he records the episode in his notebook: "The kinge is pleasd to take *faith, death, slight,* for asseverations and no oaths, to which I doe humbly submit as my masters judgment; but under favour conceive them to be oaths, and enter them here to declare my opinion and submission" (Bawcutt, *Herbert*, 186). Herbert did not want to defy the king; but neither did he want his attempted censorship of D'Avenant's play itself censored for posterity. On Herbert's office book as a semipublic document, see ibid., 44.

133. See J. Payne Collier, *The History of English Dramatic Poetry . . .* (1831; reprint, New York: AMS Press, 1970), 50–52.

134. John Bruce, ed., *Letters and Papers of the Verney Family Down to the End of the Year 1639* (Westminster, U.K.: Camden Society, 1853), 157–58 (26 February 1634).

135. Perhaps Laud and Dillon are alluding to a minister of Verney's acquaintance who frequented plays; perhaps this minister had a "Puritan" bent and Laud is skewering him for his hypocrisy.

136. Birch, *Court and Times of Charles the First,* 222, 224, 226, 230.

137. Microfiche (6 of 6) included in William S. Powell, *John Pory / 1572–1636: The Life and Letters of a Man of Many Parts* (Chapel Hill: University of North Carolina Press, 1977), 349.

138. *Diary of John Rous,* ed. Mary Anne Everett Green (Westminster, U.K.: Camden Society, 1856), 70.

139. HMC, *Report on the Manuscripts of the Family of Gawdy* (London, 1885), 146.

140. *Calendar of State Papers and Manuscripts, Relating to English Affairs, Existing in the Archives and Collections of Venice, and in other Libraries of Northern Italy,* vol. 23, *1632–1636* (London, 1921), 24 February 1634, 196.

141. Translated and paraphrased in *CSPD,* 1633–1634, 524 (26 March 1634).

142. Henry Burton's *A Divine Tragedy Lately Enacted . . .* (1636), which contains an account of the Prynne trial, is a notable exception—I will discuss this tract presently. Burton was to suffer with Prynne in the pillory in 1637.

143. *The Autobiography and Correspondence of Sir Simonds D'Ewes during the Reigns of James I. and Charles I.,* ed. James Orchard Halliwell (London: Richard Bentley, 1845), 2:104–5. Sir Humphrey Mildmay also recorded the "fatall day" of Prynne's punishment in his diary (quoted in Collier, *History of English Dramatic Poetry,* 40n).

144. Quoted in David Cressy, *Travesties and Transgressions in Tudor and Stuart England* (Oxford: Oxford University Press, 2000), 222, emphasis added.

145. Quoted in Kirby, *William Prynne,* 30. The adjective "sympathetic" is Kirby's.

146. For Burton's remark, see Cressy, *Travesties and Transgressions,* 221.

147. Knowler, *Earl of Strafforde's Letters and Dispatches,* 1:261. A newsletter to Wentworth—lord deputy of Ireland and the future earl of Strafford—counts as a semipublic document.

148. Butler, *Theatre and Crisis,* 96.

149. Matthew White (pseud.), *Newes from Ipswich* (London, 1636), 1. William Lamont and Stephen Foster note that the attribution of this short pamphlet to Prynne is still in doubt (see William M. Lamont, *Marginal Prynne* [London: Routledge and Kegan Paul, 1963], 38–39; Foster, *Notes from the Caroline Underground,* 73–74). It would be significant if Prynne did not write it, for it would show that discontent was spreading.

150. *A Divine Tragedie Lately Enacted* (1636), 46. Cf. Butler, *Theatre and Crisis,* 94. Stephen Foster suggests plausibly that Prynne and not Burton wrote the postscript to *A Divine Tragedie;* Burton later avowed his authorship of all but the pamphlet's final leaves (see Foster, *Notes from the Caroline Underground,* 75). It is significant, however, that Burton allowed this appendix into a piece otherwise his.

151. Butler, *Theatre and Crisis,* 97.

152. S. R. Gardiner, ed., *The Constitutional Documents of the Puritan Revolution, 1625–1660,* 3d ed. (Oxford: Clarendon Press, 1958), 139.

153. Ibid.; Prynne, *Canterburies Doome.*

154. Cressy, *Travesties and Transgressions,* 218; Clyde, *Struggle,* 39n; *CJ,* 2:158; Freist, *Opinion,* 43–44, 59. Cf. Shuger, *Censorship,* 238. Prynne's disciples continued to evade the licensing laws by importing *News from Ipswich* from the Continent (Clyde, *Struggle,* 42) and by transcribing extant copies by hand. See J. K. Moore, *Primary Materials Relating to Copy and Print in English Books of the Sixteenth and Seventeenth Centuries* (Oxford: Oxford Bibliographical Society, 1992), 6.

155. Leslie Hotson, *The Commonwealth and Restoration Stage* (New York: Russell and Russell, 1962), 5.

156. Quoted in ibid., 5.

157. Ibid.

158. Lamont, *Marginal Prynne,* 3.

159. Ibid.

160. Haller, *Tracts,* 1:13.

161. Ibid., 1:11.

162. See Kirby, *William Prynne,* 42, 45; Randall, *Winter Fruit,* 8–9.

163. Sharpe, *Personal Rule of Charles I,* 764; see also 758–65.

164. Hirst, *England in Conflict,* 154.

165. Quoted in Randall, *Winter Fruit,* 51.

166. Lambert, "Printers and the Government," and Lambert, "State Control of the Press."

167. Blagden, *Stationers,* 118n.

168. *The history of the troubles and tryal of . . . William Laud, Lord Arch-Bishop of Canterbury* (London, 1695–1700), quoted in Sharpe, *Personal Rule of Charles I,* 650.

169. *History of the troubles and tryal of . . . Laud,* 350–51. See in this connection John Lambe's survey of the printing trade in the middle 1630s, a project undertaken at Laud's behest: Arber, *Transcript,* 3:699–704; Greg, *Companion,* 91, 96–97, 329–34; and Prynne, *Canterburies Doome,* 179, 183, 184.

170. Lambert, "Printers and the Government," 17.

171. See Lilburne, *A Worke of the Beast* (1638), in Haller, *Tracts,* vol. 2, esp. 21–26, 32.

172. See also Thomas Hobbes, *Behemoth* (Chicago: University of Chicago Press, 1990), 36, 64, 69.

173. Edward Earl of Clarendon, *The History of the Rebellion and Civil Wars in England* (Oxford: Clarendon Press, 1827), 312.

174. See Raymond, *Pamphlets,* ch. 5, esp. 191.

175. Quoted in Cressy, *Travesties and Transgressions,* 215.

176. Firth and Rait, *Acts and Ordinances,* 1:26. Parliament reinforced and indeed expanded the scope of the measure throughout the 1640s. See Gardiner, *Constitutional Documents of the Puritan Revolution,* 275; Randall, *Winter Fruit,* 43; Hotson, *Commonwealth and Restoration Stage,* 19–20, 27; Firth and Rait, *Acts and Ordinances,* 1:1027, 1070.

177. In his latest book, William Lamont flirts with the idea of calling the English Civil War the "War of Prynne's Ears," alluding to the War of Jenkins' Ear in the eighteenth century. He (prudently) refuses to do so, noting rightly that matters were far more complicated than such a name implies. Then again, Lamont regards *Histrio-mastix* as entirely innocent of the charges leveled against it, thus underestimating the degree of Prynne's polemicism. William M. Lamont, *Puritanism and Historical Controversy* (Montreal: McGill-Queen's University Press, 1996), chapter 1.

CHAPTER 2

1. Gerald Hammond's "Richard Lovelace and the Uses of Obscurity," *Proceedings of the British Academy,* vol. 71 (Oxford: Oxford University Press, 1986), 203–34, also addresses the intentional obscurity of Lovelace's work. The essay contains many useful insights, but I find his thesis that Lovelace hewed to a veiled but "militant neutralism" implausible.

2. Siebert, *Freedom,* 187. For the language of the ordinance itself, see Firth and Rait, *Acts and Ordinances,* 1:184–87.

3. "By vertue of" a parliamentary order, in January 1649 Fairfax directed the marshall general of the army to enforce the printing ordinances. Much, of course, slipped through the net, but as the year drew on, the government suppressed the news-books and punished their editors, quashed the Levellers and arrested their spokesmen. Toward the beginning of the year, Charles's trial transcript was published with the state's imprimatur, but later in the year such transcripts were outlawed. See *CSPD,* 1649–1650, 43, 52, 55–60, 127, 156–57, 167, 188, 204, 208, 291, 295, 303–4, 307, 312, 314–16, 328, 340–41, 357, 361, 365 (on the Stationers' Company), 375, 385–86, 400–401, 411, 438, 453, 522–70, 555 (on the publication of the king's trial transcript). At least 8 percent of all titles published in 1649 were suppressed (see *The British Index,* forthcoming online; see http://www.psupress.org/).

4. *Poems of Lovelace,* lxvii.

5. I am referring to his second imprisonment, in Peterhouse, where, as Wood notes, Lovelace "fram'd his poems for the press" ([Anthony à Wood,] *Athenae Oxonienses,* 2 vols. [London: printed for Tho. Bennet at the Half-Moon in S. Pauls Churchyard, 1691–92], 2:147). Lovelace was detained in Peterhouse from October 1648 to April 1649; Wilkinson got the dates wrong, as he was unaware of a newsletter to Henry Oxinden that contains the correct date (Wilkinson maintains that the poet was in prison from June 1648 to April 1649: see li–lii); Dorothy Gardiner, ed., *The Oxinden and Peyton Letters, 1642–1670, Being the Correspondence of Henry Oxinden of Barham, Sir Thomas Peyton of Knowlton, and Their Circle* (London: Sheldon Press, 1937), 145.

6. See Rudyard's and Needler's commendatory poems in Richard Lovelace, *Lucasta* (Lon-

don: Thomas Harper, 1649), a6, a6v. Unless otherwise noted, all subsequent references are to this edition and appear parenthetically in the text.

7. Lovelace thus differs from the genuine moderates whom David Smith examines in his excellent book *Constitutional Royalism and the Search for Settlement, c. 1640–1660* (Cambridge: Cambridge University Press, 1994).

8. On the importance of the clerk to the company, see Johns, *Nature,* 198–99, 217–19; see also *The Prose Works of Andrew Marvell,* ed. Martin Dzelzainis and Annabel Patterson, 2 vols. (New Haven: Yale University Press, 2003), 1:28–29.

9. Plomer, *Dictionary,* 91.

10. SC A, fol. 132; *Chronology,* 1:16–17; *CJ,* 2:168b.

11. *CJ,* 2:267a.

12. SC A, fol. 147.

13. SC A, fol. 147.

14. *The Anti-Covenant* (Oxford [i.e., London]: printed by Leonard Lychfield [i.e., Harper], 1643). The publication date is Thomason's. On the falsity of the Oxford imprint, see Falconer Madan, ed., *Oxford Books II: Oxford Literature, 1450–1640, and 1641–1650* (Oxford: Clarendon Press, 1912), 277. Madan does not suggest who the London printer of *The Anti-Covenant* was, however.

15. *Anti-Covenant,* 1; John Apsley, *Speculum nauticum* (London: printed by Thomas Harper . . . , 1647), 5.

16. *CJ,* 3:173b.

17. On the company's Presbyterian orientation at this time, see Blagden, *Stationers,* chapter 8, esp. 131, on the Presbyterian Prynne as "standing counsel" to the stationers; 131–34, on the "staunch Presbyterian" members of the company, including John Bellamy, Luke Fawne, Thomas Underhill, and Prynne's bookseller, Michael Sparke; and 137, on Nathaniel Butter's imprisonment as a "royalist spy." See Clyde, *Struggle,* 229–33, 256–60, on the Presbyterian stationers' attempt to suppress Independent publications in the 1650s.

18. The dating here, as with everything surrounding *Lucasta,* is complicated. A temporary alliance between Independents and royalists formed in 1647 but collapsed at the end of the year when Charles engaged with the Scots (see Hirst, *England in Conflict,* chapter 10; Barry Coward, *Oliver Cromwell* [London: Longman, 1991], 58). Nevertheless, Andrew Marvell, John Hall, and a handful of other Independents reached out to royalists in 1648 (see below), and even Cromwell harbored hope for a treaty with the king through the first half of April 1648 (S. R. Gardiner, *The History of the Great Civil War,* vol. 4, *1647–49* [London: Windrush Press, 1987], 94–96, 99, 124; Coward, *Oliver Cromwell,* 59). On 28 April 1648 some Independents voted "formally" to breach the "Vote of No Addresses" and later parted with Cromwell by "supporting negotiations with the king at Newport on the Isle of Wight" (Coward, *Oliver Cromwell,* 60).

19. [Wood,] *Athenae Oxonienses,* 2:92; *DNB,* s.v. "Brent, Nathaniel," 6:1171b; Greg, *Companion,* 96–97, 315; Michael Mendle, "De Facto Freedom, De Facto Authority: Press and Parliament, 1640–1643," *Historical Journal* 38 (1995): 330; Siebert, *Freedom,* 143. On Brent, Sarpi, and Milton, see *Complete Prose Works of Milton,* 2:500n; Nigel Smith, "Areopagitica: Voicing Contexts, 1643–5," in *Politics, Poetics, and Hermeneutics in Milton's Prose,* ed. David Loewenstein and James Grantham Turner (Cambridge: Cambridge University Press, 1990).

20. Eyre and Rivington, *Transcript,* 1:147, 199, 218, 240, 245 295, 321; Edmund Waller, *Poems* (London: Thomas Walkley, 1645). Brent also licensed *The Odes of Casimire,* trans. G. H[ils]. (London: printed for Humphrey Moseley, 1646). The Casimire-Hils poems are noteworthy for their emphasis on fortune's cycles, which royalists felt keenly at this juncture; the book itself is striking for its frontispiece, which prominently displays a crown hanging from the sky. For the book's entrance in the stationers' register, see Eyre and Rivington, *Transcript,* 1:216.

21. See Norbrook, *Writing,* 133.

22. Wood notes that Lovelace "wrot a Tragedy called *The Soldier,* but never acted, because the stage was soon after suppress'd." [Wood,] *Athenae Oxonienses,* 2:146.

23. *Poems of Lovelace,* xxiv. See also Wilkinson's 1925 edition of *The Poems of Richard Lovelace* (Oxford: Clarendon Press, 1925), 1, appendix 2; *CJ,* 2:516b (7 April 1642).

24. *Poems of Lovelace,* xxxii.

25. Gardiner, *Oxinden and Peyton Letters,* 145. Wilkinson was not aware of this letter when

he prepared the 1925 and 1930 editions of Lovelace's poems; the newsletter came to his attention before he revised the 1930 edition in 1953 ("Additional Notes," 345–46).

26. *The Kings Cabinet opened* (London, 1645).

27. *Poems of Lovelace,* lxxiii–lxxvii.

28. Margoliouth asserted that "I do not know what evidence there may be for the addition of new matter of books after they had been licensed, but there must be a *prima facie* assumption against any particular poem being later than the date of licensing" ("The Poems of Richard Lovelace," *Review of English Studies* 3 [1927]: 91–94); and more recent critics have cited the observation with approval. The assumption on which it reposes is, however, demonstrably flawed. Prynne's 1634 trial and others show how often manuscripts were altered and added to *after* a visit to the licenser; so do decrees and ordinances that cite such abuses expressly. See *Decree of Starre-Chamber Concerning Printing; CSPD,* 1635–36, 75; Greg, *Companion,* 268–89, 335–37; Hart, *Index,* 81; Peacey, *Politicians and Pamphleteers,* 134n3, 150n90; *Chronology,* 3:56.

29. *Poems of Lovelace,* lxxxvi–lxxxvii.

30. Francis Lovelace had himself been imprisoned in the royalist cause; he was bailed out on 17 March 1647/48 (*CJ,* 5:502).

31. For a superlative treatment of the uses of digression in seventeenth-century literature, see Anne Cotterill, *Digressive Voices in Early Modern English Literature* (Oxford: Clarendon Press, 2004).

32. See Gardiner, *History of the Great Civil War,* 4:94–96, 99, 124.

33. The quoted phrase appears in Pinchbacke's commendatory poem (a5).

34. See Norbrook, *Writing,* 165–82; Joseph Frank, *Cromwell's Press Agent: A Critical Biography of Marchamont Nedham, 1620–1678* (Lanham, Md.: University Press of America, 1980), 41–44.

35. Gardiner, *History of the Great Civil War,* 4:80–81, 122–24.

36. Licensers, that is, other than Brent—possibly those appointed to read political or religious matter, or, as some commentators have suggested, the Assembly of Divines itself. For a fascinating case study highlighting the importance of literary categorization in the licensing process, see Johns, *Nature,* 236–39; see also *Prose Works of Marvell,* 1:33.

37. In this connection, see *OED,* s.v. "censure" (sb.), def. 5; s.v. "censure" (v.), def. 6; and s.v. "censurer," def. 1: each definition comprises the office or practice of censorship.

38. On the basis of the first line in this couplet, Norbrook maintains that Marvell composed his poem in 1647 or early 1648: "Arguments for a dating in 1647–48 can be supported by the poem's giving the impression that trouble about licensing lies in the future" (Norbrook, *Writing,* 172n), but this is the only line to give such an impression. Other lines imply just the opposite: see "*The Ayre's* already tainted *with the swarms / Of Insects which against you rise in arms,*" and "*The barbed Censurers* begin *to looke / Like the grim consistory on thy Booke,*" already discussed (emphasis added—in roman). Nigel Smith reviews the evidence for the date of Marvell's piece and plausibly suggests a composition date of late August to late November 1648. *The Poems of Andrew Marvell,* ed. Nigel Smith (London: Longman, 2003), 18, 21nn22, 24.

39. Annabel Patterson, *Marvell: The Writer in Public Life* (London: Longman, 2000), 15.

40. Or at least that "Some . . . will alledge" he has; once again Marvell hedges.

41. See David Smith, *The Stuart Parliaments, 1603–1660* (London: Arnold, 1999), 65, 67; see also *OED,* s.v. "privilege"—the examples suggest a wider range of meanings than do the definitions. See also *Poems of Marvell,* 22n28.

42. See *OED,* s.v. "wrong," def. 1b.

43. Patterson, *Marvell: The Writer in Public Life,* 14. Patterson mentions a parliamentary order of 28 November 1648, but this order—as well as that of 5 May 1649—relates to the royalist John Lovelace, second baron Lovelace (*CJ,* 6:90a–b, 202b). For the various sequestration ordinances, see John Kenyon, ed., *The Stuart Constitution: Documents and Commentary,* 2d ed. (Cambridge: Cambridge University Press, 1993), 244–45, 256–58; Gardiner, *History of the Great Civil War,* vol. 3, *1645–47,* 197–99.

44. Patterson makes a similar point. See *Marvell: The Writer in Public Life,* 15–16.

45. Ibid., 15.

46. John Hall, *A true account and character of the times* (n.p., dated by Thomason "Aug. 9 1647").

47. *Poems of Marvell,* 12.

48. Norbrook, *Writing,* 169. See also *Poems of Marvell,* 20.

49. See John Hall, *The Advancement of Learning,* ed. A. K. Croston (1649; reprint, Liverpool: Liverpool University Press, 1953), 28, 30; William Haller, "Two Early Allusions to Milton's *Areopagitica,*" *Huntington Library Quarterly* 2 (1949): 207–12; Norbrook, *Writing,* 169, 175–77.

50. The parallels between Hall and Lovelace do not end here: Hall "attacked the sequestrators of royal property as 'vermine'" (Norbrook, *Writing,* 170)—a sentiment with which Lovelace would surely have agreed.

51. See Stanley's and Shirley's contributions to Hall's *Horae vacivae, or Essays: Some Occasional Considerations* (London, 1646), and Hall's odes to Stanley and to Samuel Sheppard, "To Mr. Stanley on his Return from France" (1646–47), "To Mr. Stanley" (1646–47), "To my honoured Noble friend, Thomas Stanley Esquire, on his Poems" (1646–47), and "To my much honoured Friend, the Author [S. Sheppard], on his History of Amandus and Sophronia. In a Dialogue, between Menander and Museus" (1650).

52. Hall, *Advancement of Learning,* 13–14.

53. The commendatory verses attached to the 1647 Beaumont and Fletcher folio and the 1651 Cartwright folio are more uniform politically: in the Beaumont and Fletcher volume, the ardent royalists Cartwright, Denham, Waller, Herrick, Habington, Stanley, and Shirley appear in the preface, as does Lovelace himself; the future Restoration censors John Berkenhead and Roger L'Estrange also contributed pieces. Of the thirty-four contributors, only the actor-turned-Leveller John Harris opposed the king. The political ratio in the Cartwright volume is similar, and the paeans to Cartwright are even more fervently royalist than those to Beaumont and Fletcher. Compare *Lucasta:* of the fourteen commendatory writers, at least five—John Hall, John Jephson, Norris Jephson, Francis Lenton, and Andrew Marvell—favored the parliamentary cause.

54. Arthur Marotti, "'Love is not Love': Elizabethan Sonnet Sequences and the Social Order," *English Literary History* 49 (1982): 396–428; Marotti, *John Donne, Coterie Poet* (Madison: University of Wisconsin Press, 1986).

55. The sonnet appears just a few short pages after "To Lucasta," as though in colloquy with it.

56. Royalists often portrayed Cromwell as lusting after power; see Laura Knoppers, *Constructing Cromwell* (Cambridge: Cambridge University Press, 2000).

57. Of course, the sexual theme in the metaphysical conceit was also meant to thumb staid Puritans in the eye—the sonnet gets Puritans coming and going.

58. The speaker's royalist sympathies are muted in the poem but clear enough in context.

59. The king was often emblematized as the sun in royalist circles. See Lois Potter, *Secret Rites and Secret Writings: Royalist Literature, 1641–1660* (Cambridge: Cambridge University Press, 1989), passim; Randall, *Winter Fruit,* chapter 2. Nigel Smith remarks that "the disturbance in the last four stanzas of the poem elides the figures of King Charles, God, and Lucasta herself" (*Literature and Revolution in England, 1640–1660* [New Haven: Yale University Press, 1994], 255); Raymond A. Anselment maintains that "the conclusion in effect merges the identities of Charles I and Lucasta" (*Loyalist Resolve: Patient Fortitude in the English Civil War* [Newark: University of Delaware Press, 1988], 101). We reached similar conclusions along rather different routes.

60. Of course, "liberty" was a malleable and complex term during the war (and throughout the seventeenth century): all sides claimed that they were fighting for true liberty. But Lovelace repudiates the "liberty" of the times in stanza 7 and offers humbly to "serve" the king in the poem's final line.

61. In one of her manifestations: there is no simple equation that we can apply to *Lucasta* as a whole ("Lucasta = King"). Yet even the erotic poems are not incompatible with such a reading: think of Donne's sexually charged language in his religious lyrics (especially the Holy Sonnets); think too of his repeated complications of gender. Thomas Corns also notes certain parallels between Donne and Lovelace; and though Corns nowhere conflates Charles and Lucasta, he observes that several of Lovelace's poems "suggest a connection at a sub-logical level between the excitements of courtly eroticism and the responsibilities of the Cavalier. . . . [*Lucasta*] suggests that being the sort of person who is capable of sensuous and devotional passion brings with it an unqualified love for the king which must express itself in a boundless self-sacrifice, much as the lover sets no limits to his

devotion for his mistress." Thomas Corns, *Uncloistered Virtue: English Political Literature, 1640–1660* (Oxford: Clarendon Press, 1992), 77.

62. On Lovelace's editing his poems while in jail, see [Wood,] *Athenae Oxonienses,* 2:147.

63. Newspapers often published letters (many of them fictive) between spouses parted by the war.

64. Raymond Anselment anticipates several of the points I make on "To Lucasta. *From Prison,*" "*Calling* Lucasta *from her Retirement,*" and "Aramantha," though the scope of his readings is somewhat narrower than my own (see his *Loyalist Resolve,* 101–3).

65. Quoted in *The Norton Shakespeare,* ed. Stephen Greenblatt (New York: W. W. Norton, 1997), 2307.

66. Quoted in Keeble, *Restoration,* 33.

67. It seems likely that *Aramantha* was a very late addition to *Lucasta,* written while the poet was in prison: see Robert Wilcher, *The Writing of Royalism, 1628–1660* (Cambridge: Cambridge University Press, 2001), 309.

68. Firth and Rait, *Acts and Ordinances,* 1:26.

69. *Poems of Lovelace,* 296n.

70. Hammond, "Richard Lovelace and the Uses of Obscurity."

71. Charles's execution was the subject of a raft of poems and ballads by royalist writers. See, e.g., "King Charles's speech," "Upon the Death of King Charles the First," Katherine Philips, "Upon the double Murther of K. Charles I," in *Poetry and Revolution,* ed. Peter Davidson (Oxford: Clarendon Press, 1998), 332–34, 361, 483–84.

72. The term "King Charles's head" still refers to an *idée fixe.*

73. On this topic, see Lois Potter's seminal study, *Secret Rites and Secret Writings.*

74. For authors' reliance on sympathetic readers, see Stephen Dobranski, *Readers and Authorship in Early Modern England* (Cambridge: Cambridge University Press, 2005). Steven Zwicker observes that the copious marginalia and interleaved notes in early modern books suggest "a culture steadily alert to reflection and innuendo, readers who knew, delicately and dangerously, to draw parallels and seek applications" (Zwicker, "Reading the Margins," 103).

75. "Censorship and English Literature," in *Collected Essays of Christopher Hill,* 1:50.

76. Wilkinson's tortuous argument (against Wood) that Lovelace did not die in poverty is thoroughly unconvincing. See in this connection Susan A. Clarke, "Richard Lovelace, Anthony Wood, and Some Previously Unremarked Lovelace Documents," *Notes and Queries* 51 (2004): 362–66.

77. The poet's beauty was celebrated in verse and prose. See Wilkinson's introduction to the *Poems of Lovelace,* xix; *Aubrey's Brief Lives,* ed. Oliver Lawson Dick (Boston: David R. Gordine, 1999), s.v. "Lovelace"; [Wood,] *Athenae Oxonienses,* s.v. "Lovelace." On the connections among digression, obliquity, and femininity, see Anne Cotterill, "'Rebekah's Heir': Dryden's Late Mystery of Genealogy," *Huntington Library Quarterly* 63 (2000): 201–26.

78. *Poems of Lovelace,* 122, 299.

CHAPTER 3

1. John Milton, *Areopagitica* (London, 1644), 9. Hereafter cited parenthetically in the text.

2. See William Blackstone, *Commentaries on the Laws of England* (Oxford, 1765–69), 4:151–53. For a finely calibrated discussion of "radicalism" in the 1640s, see Glenn Burgess, "Radicalism and the English Revolution," in *English Radicalism, 1550–1850,* ed. Glenn Burgess and Matthew Festenstein (Cambridge: Cambridge University Press, 2007).

3. Siebert, *Freedom,* 187; Firth and Rait, *Acts and Ordinances,* 1:184–87.

4. John Milton, "On the New Forcers of Conscience under the Long Parliament," in *Poems &c. Upon Several Occasions* (London, 1673), line 20.

5. See the pamphlets in William Riley Parker, ed., *Milton's Contemporary Reputation* (New York: Haskell House, 1971).

6. A pre-echo of Habermas's formulation: the public sphere is made up of those "private

people [who] come together as a public." Habermas, *Structural Transformation of the Public Sphere,* 27.

7. Quoted in Raymond, *ITN,* 269. For MPs who agreed with Fuller, see Mendle, "De Facto Freedom," 322, 325, 328.

8. The copy with Milton's inscription is housed at Indiana University's Lilly Library. I have followed J. Milton French's translation, *The Life Records of John Milton,* 5 vols. (New Brunswick: Rutgers University Press, 1954), 2:115, save for his rendering of "libellos" as "book"; "libellos" more properly means "little book."

9. Lambert, "State Control of the Press," 23; D. F. McKenzie, "The London Book Trade in 1644," in *Bibliographia,* ed. John Horden (Oxford: Leopard's Head Press, 1992), 134–35.

10. Mendle, "De Facto Freedom," 322, 325.

11. See Freist, *Opinion;* Zaret, *Origins;* Raymond, *Pamphlets;* Hughes, *Gangraena.* These critics also note that pamphlet literature was more "accessible" stylistically than were the political and religious tomes of the 1630s. On the book trade of the 1640s and '50s, see also John Barnard, "London Publishing, 1640–1660: Crisis, Continuity, and Innovation," *Book History* 4 (2001): 1–16.

12. See "Censorship and English Literature," in *Collected Essays of Christopher Hill,* vol. 1. Hill admits that "Parliament was by no means libertarian in its attitude toward printing" (50), but he only glances at this side of events.

13. I have borrowed the quoted phrase from Robert C. Holub, "Habermas, Jurgen," in *The Johns Hopkins Guide to Literary Theory and Criticism,* ed. Michael Groden and Martin Kreiswirth (Baltimore: Johns Hopkins University Press, 1994), 364.

14. See Habermas, *Structural Transformation of the Public Sphere,* 20–21, 27, 159–65.

15. See ibid., 20–21, 159–65.

16. 250 U.S. 616 (1919).

17. Zaret, *Origins,* esp. 28.

18. See Michael Wilding's "Milton's *Areopagitica*: Liberty for the Sects," *Prose Studies* 9 (1986) (special issue): 7–38.

19. *CJ,* 2:84.

20. *CJ,* 2:234a; Mendle, "De Facto Freedom," 329. A parliamentary order of March 1643 granted the committee "and its agents" authority to "search, seize, and imprison" offenders.

21. *CJ,* 2:234a; Raymond, *ITN,* 104. Parliamentary orders of January 1642, August 1642, and March 1643 bolstered the campaign against "Licentious" printing. See *Complete Prose Works of Milton,* 2:160–64; Abbe Blum, "The Author's Authority: Areopagitica and the Labour of Licensing," in *Re-membering Milton,* ed. Mary Nyquist and Margaret W. Ferguson (New York: Methuen, 1987).

22. See *The British Index* for this period (forthcoming online; see http://www.psupress.org/).

23. *An order of the Lords and Commons assembled in Parliament. For the regulating of printing, and for suppressing the great late abuses and frequent disorders in printing many false, scandalous, seditious, libellous and unlicensed pamphlets, to the great defamation of religion and government* (London, 1643), 3–4.

24. Siebert, *Freedom,* 181; Zaret, *Origins,* 52.

25. Mendle, "De Facto Freedom," 322.

26. D. F. McKenzie, *The London Book Trade in the Later Seventeenth Century,* Sandars Lectures (privately printed, 1976); see also McKenzie, "London Book Trade in 1644"; H. R. Plomer, "Secret Printing During the Civil War," *The Library,* new ser., 5 (1904): 374–403.

27. See Mendle, "De Facto Freedom," 321n75, on the wardens versus the stationers; William Clyde, "Parliament and the Press, 1643–1647," *The Library,* 4th ser., 13 (1933): 400n, on Parliament versus the stationers; Freist, *Opinion,* and Raymond, *ITN,* on the waxing and waning of liberty.

28. Based on his examination of the Thomason archive, however, Jason Peacey suggests that a significant fraction of what was printed in the 1640s may have been noncommercial, so the Civil War public sphere was not purely "bourgeois" in Habermas's sense. Peacey, "'Scattered about the streets': Thomason's Annotations and Print Ephemera," paper given at the conference "Collecting Revolution: The History and Importance of the Thomason Tracts," University College, London, 1 July 2008.

29. *CHBB,* 782–83. For serials and periodicals, see Nelson and Seccombe, 12–13; *CHBB,* 534, 539, 786.

30. John Saltmarsh, *Reasons for Unitie, Peace, and Love* (London, 1646), "126."

31. See also *The humble Petition and information of Joseph Hunscot Stationer* (London, 1646).

32. *CJ*, 3:606b (26 August 1644); *LJ*, 7:116b (28 December 1644); French, *Life Records of Milton*, 2:116–17.

33. See *British Index* (forthcoming online; see http://www.psupress.org/).

34. *CJ*, 3:315a (18 November 1643).

35. Quoted in Blagden, *Stationers*, 134.

36. See *Areopagitica*, 20, on the "basely pecuniary" censor.

37. N. Frederick Nash, "English Licenses to Print and Grants of Copyright in the 1640s," *The Library*, 6th ser., 4 (1982).

38. Compare the text of the *CJ*, 3:138 (20 June 1643), with that of Firth and Rait, *Acts and Ordinances*, 1:186–87.

39. Eyre and Rivington, *Transcript*, 1:132, 179, 195, 201, 211, 215, 218, 219, 223, 225; Haller, *Tracts*, 3:337, unpaginated headnote.

40. John Saltmarsh, *Reasons for Unitie, Peace, and Love, with An Answer . . . to a Book of Mr Gataker one of the Assembly* (London, 1646).

41. Quoted in the supplement to the *DNB*, s.v. Bachilor, John, 1:33a.

42. Haller, *Tracts*, 1:137.

43. See Thomas Hobbes, *Human Nature and De corpore politico*, ed. J. C. A. Gaskin (Oxford: Oxford University Press, 1994), 79, 111–12.

44. For more on the licensing contest of the period, see Peacey, *Politicians and Pamphleteers*, chapter 4.

45. On *Areopagitica* and the "wars of Truth," see, most recently, Jesse M. Lander, *Inventing Polemic: Religion, Print, and Literary Culture in Early Modern England* (Cambridge: Cambridge University Press, 2006), chapter 5. Despite Milton's notorious image of the "warfaring Christian," however, there is a pacific strand in *Areopagitica:* see 35, 37–38.

46. Haller, *Tracts*, 1:137–38.

47. Bachiler's work is entitled *Golden Sands, or a few short hints about the riches of grace* (London, 1647); for Caryl's license, see Eyre and Rivington, *Transcript*, 1:257. For Caryl's approving several responses to Edwards, see Hughes, *Gangraena*, 49.

48. *An Answer to a Book, Intituled, The Doctrine and Discipline of Divorce* (London, 1644). Caryl pronounced Milton's divorce tract "worthie to be burnt by the hangman." Quoted in John Rumrich, "Radical Heterodoxy and Heresy," in *A Companion to Milton*, ed. Thomas N. Corns (Oxford: Blackwell, 2001), 146.

49. *Colasterion: a reply to a nameles answer against The doctrine and discipline of divorce. Wherein the trivial author of that answer is discover'd, the licencer conferr'd with, and the opinion which they traduce defended* (London, 1645).

50. *Complete Prose Works of Milton*, 4:1.327.

51. See Norbrook, *Writing*, 109–39, on Milton's early republicanism.

52. Quentin Skinner, *Liberty Before Liberalism* (Cambridge: Cambridge University Press, 1998), 40–41; Skinner, "John Milton and the Politics of Slavery," in *Milton and the Terms of Liberty*, ed. Graham Parry and Joad Raymond (Cambridge: D. S. Brewer, 2002).

53. Robert Filmer, *Patriarcha and Other Writings*, ed. Johann P. Sommerville (Cambridge: Cambridge University Press, 1991), 6–19.

54. Skinner, *Liberty Before Liberalism*, 40–41. Milton assimilated Roman law through the *Institutes* and transcribed swatches of "what lawyers declare concerning liberty and slavery" into his commonplace book. Martin Dzelzainis, "Republicanism," in Corns, *Companion to Milton*, 301–2.

55. Dzelzainis, "Republicanism," 303.

56. Ibid., 304.

57. *Complete Prose Works of Milton*, 2:167. For more on the reader's role in *Areopagitica*, see Sharon Achinstein, *Milton and the Revolutionary Reader* (Princeton: Princeton University Press, 1994), chapter 1; Sabrina A. Baron, "Licensing Readers, Licensing Authorities in Seventeenth-Century England," in *Books and Readers in Early Modern England*, ed. Jennifer Lotte Andersen and Elizabeth Sauer (Philadelphia: University of Pennsylvania Press, 2002).

58. Achsah Guibbory, *Ceremony and Community from Herbert to Milton: Literature, Religion,*

and Cultural Conflict in Seventeenth-Century England (Cambridge: Cambridge University Press, 1998), 179. For Milton's remarks on idolatry, see *Areopagitica,* 27.

59. Guibbory, *Ceremony and Community from Herbert to Milton,* 179.

60. Norbrook, *Writing,* 127–33. On the figure of *parrhesia,* see also David Colclough, *Freedom of Speech in Early Stuart England* (Cambridge: Cambridge University Press, 2005).

61. See Wilding, "Milton's *Areopagitica*: Liberty for the Sects."

62. *The Speeches of Oliver Cromwell,* ed. Ivan Roots (London: J. M. Dent, 1989), 67.

63. Thomas Fulton, "*Areopagitica* and the Roots of Liberal Epistemology," *English Literary Renaissance* 34 (2004): 64.

64. Quoted in ibid., 55.

65. Quoted in ibid., 53.

66. *Complete Prose Works of Milton,* 2:555n.

67. Richard Popkin, *The History of Scepticism: From Savonarola to Bayle* (Oxford: Oxford University Press, 2003), 18.

68. Thomas Hobbes, *Leviathan,* ed. Richard Tuck (Cambridge: Cambridge University Press, 1997), 225–26; Hobbes, *Behemoth* (Chicago: University of Chicago Press, 1990), 23.

69. On Cicero's religious skepticism, see Cicero, *The Nature of the Gods,* trans. P. G. Walsh (Oxford: Oxford University Press, 1997); Richard Tuck, *Philosophy and Government, 1572–1651* (Cambridge: Cambridge University Press, 1993), chapter 1, esp. 9, 11, 14, 19. For a concise account of the distinctions between Cicero and Carneades, see Tuck, *Philosophy and Government,* 55–56.

70. The publication of Sextus's manuscripts in the sixteenth century (and especially their translation into Latin) made Pyrrhonian skepticism widely available. The texts of Montaigne, his disciple Charron, and the archdoubter Descartes traveled freely across the English Channel. Florio translated Montaigne's *Essais* into English in 1603; the work went through three English editions by 1632. Pierre Charron, by some accounts Montaigne's adopted son as well as his intellectual heir, systematized Montaigne's philosophy in *La Sagesse* (Popkin, *History of Scepticism,* 57; Tuck, *Philosophy and Government,* 85–87). Charron's magnum opus went through seven English editions before the Restoration. Descartes's *Discourse on Method,* originally published in 1637, was translated and published in English in 1649.

71. See Cicero, *De rerum natura* and *Academica,* ed. Harris Rackham (Cambridge: Harvard University Press, 1961).

72. For the differences between academic and Pyrrhonian skeptics on the issue of probability, see Sextus Empiricus, *Outlines of Scepticism,* ed. Julia Annas and Julian Barnes (Cambridge: Cambridge University Press, 2000), 60–61.

73. Popkin, *History of Scepticism,* 56 and passim.

74. Michel de Montaigne, *Essays,* trans. John Florio (London, 1613), 279, 295.

75. Ibid., 295. Both Sextus Empiricus and Diogenes Laertius use the rhubarb conceit. See Sextus Empiricus, *Outlines of Scepticism,* 118; Diogenes Laertius, *Life of Pyrrho,* in *Lives of Eminent Philosophers,* trans. R. D. Hicks, vol. 2 (Cambridge: Loeb Classical Library, 2000), 489–91.

76. Tuck, *Philosophy and Government,* 7–9.

77. William Walwyn, *Walwyn's Just Defence,* in *The Leveller Tracts, 1647–1653,* ed. William Haller and Godfrey Davies (New York: Columbia University Press, 1944), 362–65. Milton also drew on Paolo Sarpi, who borrowed heavily from Montaigne; see *Complete Prose Works of Milton,* 2:492n, 500n, 510n; Tuck, *Philosophy and Government,* 97.

78. William Walwyn, *The Compassionate Samaritane* (London, 1644), 87. For Walwyn's flirtation with skepticism, see also Nigel Smith, "The Charge of Atheism and the Language of Radical Speculation, 1640–1660," in *Atheism from the Reformation to the Enlightenment,* ed. Michael Hunter and David Wootton (Oxford: Clarendon Press, 1992), 148–52.

79. *Complete Prose Works of Milton,* 2:84–87, 490n, 542n, 543n, 551n (for Milton's influence on Walwyn), 556n, 563nn, 566n.

80. William Walwyn, *The Compassionate Samaritane,* 2d ed. (London, 1644), 10–11. The passage appears in both the first and second editions of the *Samaritane.* Compare Milton, *Of Prelatical Episcopacy* (London, 1641), 4–5.

81. Lana Cable, *Carnal Rhetoric: Milton's Iconoclasm and the Poetics of Desire* (Durham: Duke University Press, 1995).

82. For somewhat different readings of Miltonic uncertainty, see Stanley Fish, "Driving from the Letter: Truth and Indeterminacy in Milton's *Areopagitica*," in Nyquist and Ferguson, *Re-membering Milton;* Victoria Kahn, *Machiavellian Rhetoric* (Princeton: Princeton University Press, 1994), 173–79; and Elizabeth Skerpan Wheeler, "Early Political Prose," in Corns, *Companion to Milton.* While their work is very insightful, none of these critics addresses the connection between skepticism and toleration in *Areopagitica.* Fish, for example, contends that Milton endorses epistemological "pluralism" but not toleration. Among the contributors to the fine collection *Milton and Toleration,* which came out just as the present book was going to press, only David Loewenstein highlights the link between skepticism and toleration in *Areopagitica*: see his excellent article, "Toleration and the Specter of Heresy," in *Milton and Toleration,* ed. Sharon Achinstein and Elizabeth Sauer (Cambridge: Cambridge University Press, 2007), esp. 67–69. In an otherwise valuable essay, Nigel Smith contends that Milton did not sympathize with either Montaigne's or Charron's skepticism, but in making this claim he does not look closely at the text of *Areopagitica* (Smith, "Milton and the European Contexts of Toleration," in Achinstein and Sauer, *Milton and Toleration,* 30). In his book *Inventing Polemic,* Jesse M. Lander offers a nuanced reading of *Areopagitica,* but he too downplays the tract's skepticism. When, for instance, Milton glosses his remark about the various "shapes" of truth with the rhetorical question, "What is all the rank of things indifferent, wherein Truth may be on this side, or the other, without being unlike herself?" Lander maintains that "this expression suggests *not* that truth can be on both sides but that there is a range of things indifferent in which the precise location of truth is obscure" (Lander, *Inventing Polemic,* 188, emphasis added). Such a reading seems to me to distort Milton's point, reducing it to the idea that *plausibility,* not truth, can take more shapes than one. Indeed, Milton insists that "in all the ranks of things indifferent," "Truth," not merely the appearance of truth, can be "on this side, or the other" without degenerating into falsehood. What's more, Lander exaggerates the degree of Milton's "millennial enthusiasm" in *Areopagitica.* Lander argues that Milton's primary goal in attacking the licensing system was not to challenge Presbyterian dogma as popish but to pave the way for Christ's arrival by advancing the search for truth (*Inventing Polemic,* chapter 5, esp. 182, 198–200). There is a millennial strain in much of Milton's early prose, but in *Areopagitica* Milton generally eschews discussion of the end of days; the tract is notable for its lack of apocalyptic fervor. Milton does employ some harvesting imagery that is susceptible of a millenarian reading (31; Thomas N. Corns, "Milton, Roger Williams, and the Limits of Toleration," in Achinstein and Sauer, *Milton and Toleration,* 82), but it is significant that in the same passage he refers to the "trumpet of Reformation" (31) and not the trumpet of Revelations. In 1644 Milton placed himself and his countrymen *in medias res:* it was for him a moment of radical possibility but also of radical uncertainty, a time in which the truth itself was unstable.

83. *The Philosophical Writings of Descartes,* vol. 1, trans. and ed. J. Cottingham, R. Stoothoff, and D. Murdoch (Cambridge: Cambridge University Press, 1985), 127.

84. Popkin, *History of Scepticism,* 158–73.

85. See ibid., 13, 78, 110–11, 189–207; Tuck, *Philosophy and Government,* 210; Joshua Scodel, *Excess and the Mean in Early Modern English Literature* (Princeton: Princeton University Press, 2002), 67–70.

86. See, e.g., Popkin, *History of Scepticism,* 32–33.

87. Montaigne, *Essays,* 279.

88. Popkin, *History of Scepticism,* 45–47.

89. Montaigne, *Essays,* 250–56, 274. See 278–83 for Montaigne's vacillation on the "sects." The same wobble is discernible in Charron; see Tullio Gregory, "Charron's 'Scandalous Book,'" in Hunter and Wootton, *Atheism,* cf. 90 and 100.

90. See Popkin, *History of Scepticism;* Perez Zagorin, *Ways of Lying: Dissimulation, Persecution and Conformity in Early Modern Europe* (Cambridge: Harvard University Press, 1990), 319.

91. Montaigne, *Essays,* 242, 245, 250–55, 261, 263, 268–70, 279, 284, 289–94, 307–12, 317, etc., on Lucretius; quotations at 288, 291.

92. Quoted in Tuck, *Philosophy and Government,* 85.

93. Popkin, *History of Scepticism,* 159–61.

94. Ibid., 87.

95. Tuck, *Philosophy and Government,* 84; Gregory, "Pierre Charron's 'Scandalous Book,'" 87–88. Charron also exercised considerable self-censorship (Popkin, *History of Scepticism,* 61).

96. Jean-Robert Armogathe and Vincent Carraud, "The First Condemnation of Descartes' *Oeuvres:* Some Unpublished Documents in the Vatican Archive," in *Oxford Studies in Early Modern Philosophy,* ed. Daniel Garber, vol. 1 (Oxford: Oxford University Press, 2004).

97. See, for instance, James Cranford, *Haeresio-Machia* (London, 1645). On Cranford's relationship with Edwards, see Hughes, *Gangraena,* 222, 236.

98. Jason Peacey also notes that "an official *imprimatur* served as a talisman against suggestions of political or religious incorrectitude" (*Politicians and Pamphleteers,* 164).

99. Mendle, "De Facto Freedom," 314, 320–21.

100. Thomas Edwards, *Gangraena* (London, 1646), part 1, epistle dedicatory (hereafter cited in the text). *Gangraena* is a bibliographical nightmare. In 1646 Ralph Smith published the *First and Second Part[s] of Gangraena* together, publishing the *Third Part* separately. I cite the various "parts" by uppercase roman numeral, but there are parts within "parts"—these I cite by lowercase roman numeral. To complicate matters further, while some parts within parts begin pagination again at page 1, others do not. Part I, part iii, for instance, begins on page 53.

101. Edwards exempts his own bookseller, Peter Cole, from his condemnation (I.ii.27–28, 50–51).

102. On the so-called *libertins erudits,* see Popkin, *History of Scepticism,* chapter 5; Charles Kay Smith, "French Philosophy and English Politics in Interregnum Poetry," in *The Stuart Court and Europe,* ed. R. Malcolm Smuts (Cambridge: Cambridge University Press, 1996).

103. Nicholas Davidson, "Atheism in Italy, 1500–1700," in Hunter and Wootton, *Atheism,* 57.

104. Hughes, *Gangraena,* 37.

105. Ibid., 36.

106. See also I.i.17–18 for Edwards's concerns about "unbelief" and "denying there is a God." He even worries about the idea that the Bible is merely "allegorical" (I.i.16); Hughes, *Gangraena,* 253n.

107. John Coffey, "Puritanism and Liberty Revisited: The Case for Toleration in the English Revolution," *Historical Journal* 41 (1998): 976.

108. Haller and Davies, *Leveller Tracts,* 23; Coffey, "Puritanism and Liberty Revisited," 967, 970.

109. The term *agnosticism* was a nineteenth-century coinage: see *OED,* s.v. "agnosticism."

110. "Confess" had several meanings in the seventeenth century—it could mean something like "profess," for instance—but the modern definition of "confess" as "admit" was primary: see *OED,* s. v. "confess," defs. 1, 2. "Confess" seems to have meant "admit" in Milton's idiolect as well. In *The Doctrine and Discipline of Divorce,* Milton observes, "Neither is the Scripture hereby lesse inspir'd because St. Paul *confesses* to have writt'n therein what he had not of command" (*Complete Prose Works of Milton,* 2:266, emphasis added). Elsewhere in *Areopagitica* Milton comments on the story that Jerome was censured by a spirit for reading Cicero, suggesting that it was a devil and not an angel who punished him: "For had an Angel bin his discipliner, unlesse it were for dwelling too much upon Ciceronianisms, & had chastiz'd the reading, not the vanity, it had bin plainly partiall; first to correct him for grave Cicero, and not for scurrill Plautus, whom he *confesses* to have bin reading not long before" (10, emphasis added).

111. Hughes, *Gangraena,* 3–5, chapter 4; Peacey, *Politicians and Pamphleteers,* 152.

112. *LJ,* 10:239–41 (2 May 1648).

113. On Cromwell and religion, see S. R. Gardiner, *History of the Commonwealth and the Protectorate,* vol. 3 (Gloucester: Windrush Press, 1983), 219–22, 241–42; *Speeches of Cromwell,* 66–67.

114. *Speeches of Cromwell,* 67.

115. Levy, *Blasphemy,* 135–37.

116. David Loewenstein, "Treason Against God and State," in *Milton and Heresy,* ed. Stephen B. Dobranski and John P. Rumrich (Cambridge: Cambridge University Press, 1998), 180.

117. Janel Mueller, "Milton on Heresy," ibid., 38n9.

118. Milton examined the papers of Marchamont Nedham, William Prynne, and Clement Walker, among others, for seditious matter in 1649–50 (see French, *Life Records of Milton,* 2:254–57, 268–69, 307–8, 315–17), and he licensed one book in 1649 (Eyre and Rivington, *Transcript,* 1:333; French, *Life Records of Milton,* 2:276), but he does not seem to have become a regular licenser until 1651 (Eyre and Rivington, *Transcript,* 1:362 and passim; see also Stephen B. Dobranski, "Licensing

Milton's Heresy," in Dobranski and Rumrich, *Milton and Heresy,* 140). On the relative freedom of the two-year period spanning 1651–52, see Clyde, *Struggle,* chapter 8.

119. See David Masson, *The Life of John Milton* (London: Macmillan, 1896), 4:116–18; William Riley Parker, *Milton: A Biography* (Oxford: Clarendon Press, 1968), 1:354, 2:955; see also Barbara Lewalski, *The Life of John Milton* (Oxford: Blackwell, 2000), 237. Cf. Dobranski, *Milton, Authorship, and the Book Trade,* 138. Lord President John Bradshaw had "prepared" the September 1649 act (*CSPD,* 1649–50, 260; see also Clyde, *Struggle,* 167, 186); as Milton had been in the Council of State's employ for seven months, and as he knew Bradshaw personally, it is entirely possible that he helped to draft the act. On Milton's acquaintance with Bradshaw, see French, *Life Records of Milton,* passim, esp. 2:269, 296, 316, 3:380, 385. The two may have been cousins.

120. Firth and Rait, *Acts and Ordinances,* 2:249.

121. See Clyde, *Struggle,* 79–80.

122. For Milton's relationship with Marchamont Nedham, editor of the official news-book *Mercurius Politicus,* see the relevant entries in French, *Life Records of Milton;* Frank, *Cromwell's Press Agent,* appendix A; Blair Worden, "Milton and Marchamont Nedham," in *Milton and Republicanism,* ed. David Armitage et al. (Cambridge: Cambridge University Press, 1995).

123. French, *Life Records of Milton,* 2:278. In the margin Hartlib wrote "Licensing of Bookes"; the entry is dated 1650. Significantly, Hartlib licensed three Latin titles by Comenius on 20 November 1650, even though he was not a designated licenser. The register reads, "Entred . . . by a note under the hand of Master Samuel Hartlib" (Eyre and Rivington, *Transcript,* 1:355). At around this time, others entered their works without license; the clerk simply noted in these cases that the book had been "Entred . . . according to the Act of Par for regulating printing." Eyre and Rivington, *Transcript,* 1:358; see also 356–57.

124. French, *Life Records of Milton,* 2:321; 3:157, 212–13.

125. Ibid., 3:206.

126. Loewenstein, "Treason Against God and State," 180; French, *Life Records of Milton,* 3:212–13; Levy, *Blasphemy,* 126.

127. See French, *Life Records of Milton,* 2:250, on Hall.

128. Masson, *Life of Milton,* 3:276–77; Clyde, *Struggle,* appendices C, E. On the *Racovian Catechism* episode, see also Martin Dzelzainis, "Milton and Antitrinitarianism," in Achinstein and Sauer, *Milton and Toleration,* 177–78, 183–84.

129. See Eyre and Rivington, *Transcript,* vol. 1, for the 1650s. On 16 August 1652, the master and wardens of the Stationers' Company took measures to "put in execution an order of Parl. for regulating printing bearing date the 14th Jun. 1643." Fredrick S. Siebert, "Regulation of the Press in the Seventeenth Century: Excerpts from the Records of the Court of the Stationers' Company," *Journalism Quarterly* 13 (December 1936): 386. As late as August 1655, "the Protector in Council ordered John Barkstead, Lieutenant of the Tower, to put in execution earlier legislation concerning printing, including the Ordinance of 14 June 1643 that had incensed John Milton and which he condemned in *Areopagitica.*" Joad Raymond, "'A Mercury with a Winged Conscience': Marchamont Nedham, Monopoly, and Censorship," *Media History* 4 (1998): 7.

130. Clyde, *Struggle,* appendices C, E. See also Jason Peacey, "Cromwellian England: A Propaganda State?" *History* 91 (2006): 176–99; Jason McElligott, *Royalism, Print, and Censorship in Revolutionary England* (Woodbridge, U.K.: Boydell and Brewer, 2007), esp. chapter 6.

131. See Blair Worden, "John Milton and Oliver Cromwell," in *Soldiers, Writers, and Statesmen of the English Revolution,* ed. Ian Gentles et al. (Cambridge: Cambridge University Press, 1998); Dzelzainis, "Milton and Antitrinitarianism," 176–77.

132. Even the Anglican cleric Richard Watson noted the discrepancy between Milton's argument for a free press in *Areopagitica* and Cromwell's draconian policy of press control. See [Richard Watson,] "To the Pvsiliannimvs Avthovr of the Panegyrike," in *The panegyrike and the storme two poëtike libells by Ed. Waller, vassa'll to the usurper answered by more faythfull subjects to His Sacred Ma'ty King Charles ye Second* (London, 1659), signature $A3^r$.

133. "To the Lord Generall Cromwell," in Flannagan, *Riverside Milton,* 291, lines 10–14.

134. See Worden, "Milton and Marchamont Nedham."

135. David Loewenstein, *Representing Revolution in Milton and His Contemporaries* (Cambridge: Cambridge University Press, 2001), 209.

136. Worden, "Milton and Oliver Cromwell." However, Laura Knoppers's argument that Milton was targeting Monck and not Cromwell in *The Readie and Easie Way* is utterly convincing. Knoppers, "Late Political Prose," in Corns, *Companion to Milton.*

137. In the 1650s, neither Nedham nor Harrington criticized Cromwell by name, but few doubt that *The Excellencie of a Free State* and *Oceana,* respectively, are aimed at him (Worden, "Milton and Marchamount Nedham," 174–78). *Pace* Loewenstein, it seems more than a coincidence that Milton's Satan bears such a striking resemblance to Cromwell and the Oliverians. This quibble with Loewenstein's argument notwithstanding, his book is among the subtlest and most compelling readings of Milton yet published.

138. *Diary of Samuel Pepys,* 1:158.

139. Ibid., 1:141.

140. Keeble, *Restoration,* 148.

141. Raymond, *Pamphlets,* 169. For a sophisticated qualitative analysis of the Restoration public sphere, see Geoff Kemp, "L'Estrange and the Publishing Sphere," in *Fear, Exclusion, and Revolution: Roger Morrice and Britain in the 1680s,* ed. Jason McElligott (Aldershot: Ashgate, 2006).

CHAPTER 4

1. Dozens more were imprisoned, fined, or barred from public office. See Kenyon, *Stuart Constitution,* 339–44; Keeble, *Restoration,* 71–72 and notes; Howard Nenner, "The Trial of the Regicides: Retribution and Treason in 1660," in *Politics and the Political Imagination in Later Stuart Britain: Essays Presented to Lois Green Schwoerer,* ed. Howard Nenner (Rochester: University of Rochester Press, 1997), 21–42.

2. Gilbert Burnet, *History of His Own Time,* vol. 1 (Edinburgh, 1753), 236; Barbara Lewalski, *The Life of John Milton* (Oxford: Blackwell, 2000), 402.

3. W. Douglas Hamilton, ed., *Papers Relating to Milton* (1859; reprint, New York: AMS Press, 1968), 57–61; Lewalski, *Life of Milton,* 398–404.

4. "And whereas the said John Milton and John Goodwin are both fled, or so obscure themselves, that no endeavors used for their apprehension can take effect, whereby they might be brought to legal tryal, and deservedly receive condigne punishments for their treasons and offences." Hamilton, *Papers Relating to Milton,* 59.

5. Ibid., 57; Lewalski, *Life of Milton,* 403.

6. Hamilton, *Papers Relating to Milton,* 60–61. See also Laura Lunger Knoppers, *Historicizing Milton: Spectacle, Power, and Poetry in Restoration England* (Athens: University of Georgia Press, 1994), 164.

7. The motion that came before the Commons—and that Marvell vociferously opposed—prescribed a "rigorous punishment short of death." Lewalski, *Life of Milton,* 400.

8. *SR* 5:226–34, clause xxiv.

9. *English Historical Documents,* 66.

10. *CJ,* 8:425b; see also *Cobbett's Parliamentary History,* 36 vols. (London: R. Bagshaw, 1806–20) vol. 4, col. 278.

11. *SR* 5:304, 428.

12. L'Estrange was appointed surveyor in February 1662; the surveyorship was "erect[ed] . . . into an office" in August 1663. Kitchin, *L'Estrange,* 105 and note, 127.

13. *CHBB,* 534, 782–83, 786; Nelson and Seccombe, 12–13.

14. *Truth and Loyalty Vindicated From the Reproches and Clamours of Mr. Edward Bagshaw* (London, 1662), epistle dedicatory.

15. Roger L'Estrange, *Considerations and Proposals In Order to the Regulation of the Press* (London, 1663), 8.

16. 17–23 and passim. See also L'Estrange, *A Caveat to the Cavaliers* (London, 1661), preface; L'Estrange, *A Modest Plea both for The Caveat and the Author of It* (London, 1661), esp. 1–7.

17. Weber, *Paper Bullets,* 155.

18. L'Estrange, *Considerations and Proposals,* 32.

19. Ibid., 2.

20. *SR* 5:430; L'Estrange, *Considerations and Proposals,* 4. L'Estrange also complains that the "Stationers Agents" responsible for distributing books "Correspond by *False Names* and *Private Tokens;* so that if a Letter or Pacquet miscarry, people may not know what to make on't" (6).

21. On clandestine printing and anonymous publishing that resurrected the Good Old Cause in the early 1660s, see esp. Richard L. Greaves, *Deliver Us from Evil* (Oxford: Oxford University Press, 1986), chapter 7.

22. Paul Hammond, "Anonymity in Restoration Poetry," *Seventeenth Century* 8 (1993): 123, 140. Hammond is glancing at David Vieth in these lines. Hammond has also written an excellent article on anonymity and censorship: "Censorship in the Manuscript Transmission of Restoration Poetry," in *Literature and Censorship,* ed. Nigel Smith (Cambridge: D. S. Brewer, 1993). See also John Mullan, "Dryden's Anonymity," in *The Cambridge Companion to John Dryden,* ed. Steven N. Zwicker (Cambridge: Cambridge University Press, 2004). For a study of anonymity in the Tudor and early Stuart period, see Marcy North's monograph *The Anonymous Renaissance: Cultures of Discretion in Tudor-Stuart England* (Chicago: University of Chicago Press, 2003).

23. For evidence that L'Estrange used internal as well as external evidence to identify the authors of seditious publications, see *CSPD,* 1667–68, 357; *CSPD,* 1681, 532; *CSPD,* 1682, 564. See also Harold Love, *Attributing Authorship* (Cambridge: Cambridge University Press, 2002), 102–3; Greaves, *Enemies Under His Feet,* 170.

24. Richard Baxter, *Reliqiae Baxterianae* (London, 1696), 123.

25. Keeble, *Restoration,* 148–49. See also Keeble, *Nonconformity,* 99. For other authors who could not get their books licensed, see Francis Smith, *An Account of the Injurious Proceedings . . . Against Francis Smith, Bookseller* (London, 1681), 11.

26. Baxter, *Reliqiae Baxterianae,* 440–41.

27. As it turned out, Baxter's name appeared on the printed works for which he had obtained a license (Richard Baxter, *Two Sheets for Poor Families; The First: Instructions to the Ungodly for Their Conversion; Short Instructions for the Sick* [London, 1665]), yet the publication of his authorship was technically a violation of the licensing statute, as his name had not appeared in the manuscripts he had submitted. The 1662 act stipulated that the printed copy was not to stray from the approved manuscript—the licenser was supposed to keep a copy of the script to ensure that neither the author nor the printer altered the text (*SR* 5:429). The bookseller may have been responsible for publishing Baxter's name; his authorship would have been a selling point for the book.

28. Censors could also deploy "pseudonymity" as a rhetorical device. During the exclusion crisis, L'Estrange posed as Milton, an unlikely ally: though the surveyor had earlier refused to license Milton's *Character of the Long Parliament,* in 1681 L'Estrange edited and published it himself, carving it into a club with which to assail the Presbyterian faction. For L'Estrange's wily handling of Milton's *Character,* see von Maltzahn, *Milton's History of Britain,* chapter 1.

29. For the ascription of the *Second* and *Third Advices* to Marvell, see George deF. Lord's articles in *Evidence for Authorship: Essays on Problems of Attribution,* ed. David V. Erdman and Ephim G. Fogel (Ithaca: Cornell University Press, 1966); Annabel Patterson, *Marvell: The Writer in Public Life* (London: Longman, 2000), 76–79, 85; Annabel Patterson, "Lady State's First Two Sittings: Marvell's Satiric Canon," *Studies in English Literature* 40 (2000): 395–411; Love, *English Clandestine Satire,* 105.

30. *Diary of Samuel Pepys,* 7:407–8.

31. Ibid., 7:407n.

32. Ibid., 7:421.

33. Ibid., 8:21.

34. Ibid., 8:313.

35. Ibid., 8:439 (16 September 1667); this may be *The Last Instructions to a Painter.*

36. *POASY,* 1:449.

37. In his dementia, Denham told Charles that he was the Holy Ghost. George deF. Lord observes that "[b]y he fall of 1666, he seems to have recovered his wits, since he served on several parliamentary committees" (ibid., 1:57n). In an ironic turn of events, in November 1666 Denham answered a question on Clarendon's "spoken treason" posed by none other than Marvell; Waller concludes the debate, culminating the *folie-à-trois.* See Anchitell Grey, *The Debates of the House of*

Commons, From the Year 1667 to the Year 1694 (London, 1763), 1:37; *The Diary of John Milward,* ed. Caroline Robbins (Cambridge: Cambridge University Press, 1938), 116.

38. See *POASY,* 1:449; HMC, *Third Report,* 94a, 241a, 296b; Nicholas von Maltzahn, "Marvell's Ghost," in *Marvell and Liberty,* ed. Warren Chernaik and Martin Dzelzainis (New York: St. Martin's Press, 1999), 57 and n33.

39. *The Second Advice to a Painter,* in *Poems of Marvell,* lines 335–36. References to this edition hereafter cited in the text, though in places I have adopted George deF. Lord's reading of the poem in *POASY.*

40. Anthony Hamilton, *Memoirs of the Comte de Gramont,* trans. Horace Walpole, ed. David Hughes (London: Folio Society, 1965), 129.

41. *Aubrey's Brief Lives,* ed. Oliver Lawson Dick (Boston: David A. Godin, 1999), 93. See also [Wood,] *Athenae Oxonienses,* s.v., Denham, John, 2:303. In a 1685 letter to George Etherege, the earl of Middleton recalled not *Cooper's Hill* but Denham's satirical poem on Killigrew. *The Letters of George Etherege,* ed. Frederick Bracher (Berkeley and Los Angeles: University of California Press, 1974), 269.

42. *A New Collection of Poems Relating State Affairs from Oliver Cromwell To this present Time* (London, 1705), signature a4. Defoe too seems to have been fooled; see Nicholas von Malzahn, *A Marvell Chronology* (New York: Palgrave Macmillan, 2005), 259. It is worth noting that readers do not appear to have contested the attribution with marginal notes (as they often did in such cases); even in their manuscript transcriptions of the *Second Advice,* readers did not score the "Denham" decoy (*POASY,* 1:449; HMC, vol. 3, appendix, 94a, 241a, 296b). Anthony à Wood hedges, however: "In the year 1666 were printed by stealth in oct, certain poems entit. *Directions to a Painter,* in four copies or parts, and each dedicated to K. *Ch.* 2 in verse. They were very satyrically written against several persons engaged in the War against the *Dutch,* an. 1665 . . . Sir John Denham's name is set [to these pieces], yet they were then thought by many to have been written by *Andrew Marvell,* Esq." ([Wood,] *Athenae Oxonienses,* s.v. "Denham, John," 2:303). In 1776 Thompson wrote in the margin of the Bod., MS Eng. poet d. 49 copy, "This hath been unjustly attributed to Sir John Denham. And are [*sic*] given as such, in the first Vol. of State poems p. 24" (*Poems of Marvell,* 328). On the "belated" attribution to Marvell, see also von Malzahn, *Marvell Chronology,* 91, 101.

43. Dick, *Aubrey's Brief Lives,* 93.

44. See Randy Robertson, "Censors of the Mind: Samuel Pepys and the Restoration Licensers," *Early Modern Interiority,* special issue of the *Dalhousie Review* 85 (2005): 181–94.

45. Lord notes that "*long sheet* alludes to an old custom of performing penance in this attire." *POASY,* 1:51n.

46. "John Denham," *The second and third advice to a painter, for drawing the history of our navall actions, the two last years, 1665 and 1666 in answer to Mr. Waller* (A Breda, 1667), 14–15.

47. George deF. Lord, "Two New Poems by Marvell?" in *Evidence for Authorship,* 26.

48. See *CSPD,* 1666–1667, 430; *CSPD,* 1667, 122, 330 (there are two entries on Smith for 26 July 1667, including a warrant for his arrest).

49. [Wood,] *Athenae Oxonienses,* 2:303. In 1668 Roger Norton searched the printing house of George Larkin and discovered several copies of the *Advice* (HMC, *Ninth Report,* part 2, appendix, 76a); yet sometime in 1668 Larkin and his wife were granted immunity for printing "seditious pamphlets," provided that they continued to assist L'Estrange and the secretaries in tracking down other producers of the "said pamphlets" (*CSPD,* 1668–69, 133–34). In 1671 the bookseller Thomas Palmer was convicted of selling *Directions to a Painter,* which contains the *Second, Third, Fourth,* and *Fifth Advices* along with *Clarendon's Housewarming;* he was sentenced to the pillory (John Cordy Jeaffreson, ed., *Middlesex County Records* [London: Chapman and Hall, 1892], 4:25–26, 275–76). The dissenting stationer Elizabeth Calvert was caught selling the same pamphlet in 1668. On 10 March 1671 she was fined twenty marks, and, unable to pay the fine, she was committed to prison. Maureen Bell, "'Her usual practices': The Later Career of Elizabeth Calvert, 1664–75," *Publishing History* 35 (1994): 29–30 and n81, 33–34; *Poems of Marvell,* 322–23.

50. Stationers also protected one another. John Hetet observes that Richard Royston, then under-warden of the Stationers' Company, "failed to move against Francis Smith who was attempting to get Andrew Marvell's *The Second, and Third Advice to a painter* printed." Hetet, "Wardens' Accounts of the Stationers' Company," 43, 57nn29–30.

51. *POASY,* 1:35.

52. See Denham's preface to *Poems and translations,* for his activities during the 1640s; Denham's claims are borne out in the HMC reports.

53. *POASY,* 1:54.

54. "Tell me, thou confidant of what is done / Abroad ere it at Rome be but begun, / Inform'd by stars, whose influences fall / With sure effect upon the dark Cabal. / A well drawn picture! I would know what hand, / Envious of royal honor, late hath stain'd / Valor and beauty with lamp-black defac'd, / And what he ought to worship hath disgrac'd." *Divination,* 1–8.

55. *POASY,* 1:54–66, lines 43–46; hereafter cited in the text.

56. John Denham, *Coopers Hill written in the yeare 1640, now printed from a perfect copy and a corrected impression* (London: Humphrey Moseley, 1655), 10.

57. Lines 335–36, quoted above.

58. *POASY,* 1:54.

59. Like Dryden, Wase is careful not to name Buckingham: he lets his poem do the work by artful description rather than by naming names—a gesture of competitiveness, perhaps, with the "painter" of the *Second Advice* (a good likeness indicates without naming), but also a prudent tactic (he leaves his targets anonymous). Wase too feels the pressure of censorship even in a poem circulated only in manuscript.

60. See line 29: "Oh! at this commonplace he doth *rehearse*" (emphasis added). Wase's suggestion that Buckingham "rehearses commonplaces" in his satires may pay him back for girding at Bayes's use of "Drama Commonplaces" (*The Rehearsal,* act 1). At this early stage of *The Rehearsal*'s existence, "Bayes" may actually refer to Robert Howard, Dryden's brother-in-law, or to William D'Avenant, Dryden's predecessor as poet laureate. See Brice Harris's "Introduction" to *Restoration Plays* (New York: Random House, 1953), vii–viii; John Harold Wilson, *A Rake and His Times: George Villiers, 2nd Duke of Buckingham* (New York: Farrar, Straus, and Young, 1954), 198–99. Harris notes that the play "shifted its target twice before selecting Dryden for the bulls-eye."

61. See *POASY,* 1:59–60nn, on Buckingham's inconstancy.

62. See Wilson, *Rake and His Times,* 125–28, for an example of his mock sermons; see also Clarendon, *Selections from The History of the Rebellion and The Life by Himself* (Oxford: Oxford University Press, 1956), 431; Pepys, *Diary of Samuel Pepys,* 9:264. He aped Clarendon and then Arlington at court for the king's pleasure; see Ronald Hutton, *Charles II* (Oxford: Oxford University Press, 1992), 260.

63. Wilson, *Rake and His Times,* 41–42, 50.

64. Gilbert Burnet, *History of My Own Time* (Oxford: Oxford University Press, 1897), 444–45.

65. *LJ,* vol. 11 (8 May 1661).

66. Indeed, many called Hyde "King," half in earnest, half in jest. See *POASY,* vol. 1; Pepys, *Diary of Samuel Pepys.*

67. "Denham" alludes to the royal bantlings in the *Second Advice;* see line 190 and note. On James's early sympathy with the Roman Catholic cause, see Pepys, *Diary of Samuel Pepys,* 2:38 (18 February 1661).

68. Pepys twice comments on the Duke's "popularity" (*Diary of Samuel Pepys,* 8:93, 302). See also Clarendon, *Selections from The History,* 471–72.

69. George Kitchin, Beth Lynch, and Annabel Patterson suggest that his authorship of some of his later works (*Mr. Smirke* and the *Growth of Popery,* for instance) was an "open secret," that he relied on parliamentary privilege to protect him from arrest. See Kitchin, *L'Estrange,* 214; Lynch, "*Mr. Smirke* and 'Mr. Filth': A Bibliographic Case Study in Nonconformist Printing," *The Library* 1 (March 2000): 52; Patterson, "Andrew Marvell: Living with Censorship," in *Literature and Censorship in Renaissance England,* ed. Andrew Hadfield (London: Palgrave, 2001).

70. See John H. O'Neill, *George Villiers, Second Duke of Buckingham* (Boston: Twayne Publishers, 1984), 112–16; Hilton Kelliher, *Andrew Marvell, Poet and Politician* (London: British Museum Publications, 1978), 103.

71. John Miller, *Charles II* (London: Weidenfield and Nicholson, 1991), 180.

72. L'Estrange noted the similarity between the painter poems and Marvell's *Account:* "By his Vein of improving the Invective Humour, it looks in some places as if he were *Transprosing* the

First Painter" (*An Account of the Growth of Knavery* [London, 1679], 1; Patterson, *Marvell: The Writer in Public Life*, 77). For the republication of the *Second and Third Advices* during the plot, see the *General catalogue of all the stitch'd books and single sheets &c. Printed the last two years, Commencing from the first Discovery of The Popish Plot (September 1678)* (London: J. R., 1680), 25; Stephen Parks, ed., *The Luttrell File: Narcissus Luttrell's Dates on Contemporary Pamphlets, 1678–1730* (New Haven: Beinecke Rare Book and Manuscript Library, 1999), 106. Parks records Luttrell's marginalia: "A thing yt was seis'd by ye messenger; it was formerly printed in 166 odd; a notable thing in verse."

73. Letter to Secretary Williamson, *CSPD*, 1678, with addenda, 1674–1679, 373.

74. See Nicholas von Maltzhan's superb essay, "Marvell's Ghost," esp. 51.

75. Roger L'Estrange, *A Short Answer to a Whole Litter of Libellers* (London, 1680), 1.

76. *The Lord Chief Justice Scroggs his Speech in the Kings-Bench* (London, 1679), 3–4.

77. Ibid., 7.

78. In October 1680 the surveyor was brought before the Privy Council on Oates's testimony, and his writings were examined. The House of Lords' "Plot committee" declared him a papist and suggested that he be barred from licensing books—another fray in the censorship contest. In spite of the Licensing Act's demise the previous year, some had continued to seek L'Estrange's imprimatur. Kitchin, *L'Estrange*, 255–58 and notes.

79. *A Seasonable Memorial in some Historical Notes upon the Liberties of the Press and the Pulpit* (London, 1680). Luttrell purchased his copy of *A Seasonable Memorial* on 19 January 1680 and attributed it to L'Estrange. See Parks, *Luttrell File*, 96.

80. The question of when and even whether full-blooded political parties formed during the exclusion crisis has excited much debate among historians. In *Politics and Opinions in Crisis, 1678–1681,* Mark Knights offers a concise review of the literature (5–15) and a balanced assessment of the evidence.

81. Anonymity was thus not always "pure": in semianonymous works, authors sometimes gave themselves and their enemies names, just not their proper names. Writers used not only pseudonyms, styling themselves with humorous or meaningful Latinate titles, but initials (sometimes spurious), along with various other devious techniques. See Knights, *Politics*, 157; F. B. Williams Jr., "An Initiation into Initials," *Studies in Bibliography* 9 (1957): 163–78. Confusing matters further, different authors sometimes used the same pseudonym. Stationers too hid behind pseudonyms and initials. D. F. McKenzie has questioned whether the use of initials really amounted to "anonymity" in the seventeenth century ("London Book Trade in 1644," 136), but in 1671 the Stationers' Company required that printers display their names "at length" in a book's imprint, suggesting that the use of initials had caused some mischief. Fredrick S. Siebert, "Regulation of the Press in the Seventeenth Century: Excerpts from the Records of the Court of the Stationers Company," *Journalism Quarterly* 13 (December 1936): 392; cf. 384. See also *CSPD*, 1680–1681, 208; *An Ordinance Ordained, Devised, and Made by the Master, and Keepers or Wardens, and Commonalty of the Mystery or Art of Stationers of the City of London For the Well Governing of that Society* (London, 1682), 5–6; Blagden, *Stationers*, 169; *Chronology*, 2:229, 231–32, 247, 300, 325, 344, 350, 351.

82. On the uses of typology in seventeenth-century English literature, see Steven N. Zwicker, *Dryden's Political Poetry: The Typology of King and Nation* (Providence: Brown University Press, 1972).

83. Dryden's publisher, Jacob Tonson, kept a low profile: only his initials appear on the first four editions of *Absalom and Achitophel* (Hugh Macdonald, *John Dryden: A Bibliography of Early Editions and of Drydeniana* [Oxford: Clarendon Press, 1939], 20–24). Indeed, Tonson neither entered the poem in the stationers' register nor advertised it in the "Term Catalogues." Dryden admitted his authorship of the poem only in 1693; the *Miscellany Poems* of 1692 ascribed the piece to him in the table of contents. *The Poems of John Dryden*, ed. Paul Hammond (London: Longman, 1995), 446.

84. *The Works of John Dryden*, vol. 18, ed. Walter Scott (London, 1808), 78.

85. *OED*, s.v. "Anonymous," def. 1b.

86. *Poems of Dryden*, 451. Hereafter cited in the text.

87. Indeed, at the outset of the preface, Dryden is blatantly—if reluctantly—partisan: "[H]e who draws his pen for one party must expect to make enemies of the other"; he mitigates this line somewhat when he contends a short while later that he seeks an "honest party" (450–51).

88. Hamburger, "Seditious Libel," 683 and note. On the precise date of the act's expiry, 27 May 1679, see Knights, *Politics*, 156n15.

89. See Howell, *Cobbett's Complete Collection of State Trials*, 7:925–60; Hamburger, "Seditious Libel," 682–86.

90. See Henry Sidney's comments, quoted in Hamburger, "Seditious Libel," 685.

91. Ibid., 686–87; Crist, "Government Control of the Press," 62; Schwoerer, *Henry Care*, 108–11.

92. Hamburger, "Seditious Libel," 687–88; Crist, "Government Control of the Press," passim; James Sutherland, *The Restoration Newspaper and Its Development* (Cambridge: Cambridge University Press, 1986), passim, esp. chapter 6; Schwoerer, *Henry* Care, 120.

93. Tim Harris, *London Crowds in the Reign of Charles II: Propaganda and Politics from the Restoration Until the Exclusion Crisis* (Cambridge: Cambridge University Press, 1987), 130–31. See also Crist, "Government Control of the Press," 64–65; Sutherland, *Restoration Newspaper*, chapter 6; Kitchin, *L'Estrange*, 274n3, 279–83, 296; John Miller, *After the Civil Wars* (London: Longman, 2000), 265.

94. And in the poem itself; of Shimei/Bethel Dryden remarks: "If any durst his factious friends accuse, / He packed a jury of dissenting Jews" (606–7).

95. See Phillip Harth, *Pen for a Party: Dryden's Tory Propaganda and Its Contexts* (Princeton: Princeton University Press, 1993), 97–102, 138–43. See also the *Memoirs of Sir John Reresby*, 2d ed., ed. Andrew Browning (London: Offices of the Royal Historical Society, 1991), 236.

96. *Memoirs of Reresby*, 237 and note. See also Harth, *Pen for a Party*, 143.

97. Kitchin, *L'Estrange*, 282–83, 303 and n3, 304; *POASY*, 2:xxxi; Sutherland, *Restoration Newspaper*, 193–97.

98. Buckingham brought an action of *scandalum magnatum* against Col. Thomas Blood when the latter accused him of sodomy; he won the staggering sum of 30,000 *l.* in damages: *CSPD*, 1679–80, 392, 522, 556, 560; Sutherland, *Restoration Newspaper*, 159–60; Robert W. McHenry Jr., ed., *Contexts 3: Absalom and Achitophel* (Hamden, Conn.: Archon Books, 1986), 229. John Miller notes that "[i]n 1680 the Duke of Buckingham secured damages of £1,000 on an action of scandalum magnatum against Henry Hayward, or Howard . . . one of the burgesses of Buckingham" (*After the Civil Wars*, 265).

99. See Richard Ashcraft, *Revolutionary Politics and Locke's Two Treatises of Government* (Princeton: Princeton University Press, 1986), chapter 8; Miller, *Charles II*, chapter 13; Miller, *After the Civil Wars*, chapters 12, 13; Harris, *London Crowds*, chapters 7, 9.

100. K. H. D. Haley, *The First Earl of Shaftesbury* (Oxford: Clarendon Press, 1968), 580.

101. Crist, "Government Control of the Press," 66–67; Schwoerer, *Henry Care*, 129–33, quotation at 133.

102. Narcissus Luttrell, *A Brief Historical Relation of State Affairs from September 1678 to April 1714*, 6 vols. (Oxford: Oxford University Press, 1857), 1:119–20; Kitchin, *L'Estrange*, 282. As Kitchin notes, "true Bills [were] found."

103. Miller, *Charles II*, 365; Luttrell, *Brief Historical Relation*, 1:150–51, 182–83, 190. See also *CSPD*, 1682, 48, 105.

104. See esp. Ashcraft, *Revolutionary Politics and Locke's Two Treatises*, chapter 8. Whig poets and polemicists alleged that Dryden added his mitigating lines on Shaftesbury the judge (lines 180–81) after the earl's acquittal. See, e.g., *A Key (With the Whip) To open the Mystery & Iniquity of the Poem called Absalom & Achitophel* (published by Richard Janeway, 1682), 26. These authors imply that the lines constituted a gesture of conciliation in case Ashley ever stood judge over Dryden. Paul Hammond shows that their omission from the first edition was probably a printing error (*Poems of Dryden*, 444), but the contemporary reading should not be wholly discounted. Even if the passage was omitted from the first edition by accident, it is possible that after Shaftesbury's acquittal Dryden made sure that the lines were inserted in subsequent editions.

105. Whig poets were quick to bring Dryden before the bar. The anonymous author of "Poetical Reflections on a Late Poem Entitled *Absalom and Achitophel*" called Dryden's poem a "National Libel" and defended Shaftesbury at length; the author (again anonymous) of *A Key (With the Whip)* addresses *Absalom*'s author rudely: "Mark (Fool) thy *Crimes*, so many as thy *Themes*, / Thou Sports on Sacred Writ, and thou Blasphemes / Both *God* and *Men*, yea *Great* as well as *Small*, / *Magnatum*

scandal makes no bones at all" (25). Most writers knew that Dryden was behind *Absalom and Achitophel,* a topic that I will treat at length presently; but what they knew and what they could prove in court were different matters. For cases that show how difficult was the identification of an author in a legal setting, see n. 111, below, and John Feather, "From Censorship to Copyright: Aspects of the Government's Role in the English Book Trade 1695–1775," in *Books and Society in History,* ed. Kenneth E. Carpenter (New York: R. R. Bowker Co., 1983), 178–79 and n30.

106. The "ignoramus panel" of commendatory writers consisted of Nahum Tate, Nathaniel Lee, and Richard Duke. The latter two poets' verses were included in the "partly reset" folio edition of *Absalom;* Tate's piece was added to the 1682 quarto (*Poems of Dryden,* 444).

107. Based on Luttrell's dating of the poem. Ibid.

108. Ibid., 448–49.

109. On the *Essay on Satire,* its attribution to Dryden, and the Rose Alley episode that ensued, see Macdonald, *John Dryden: A Bibliography,* 217–19; *POASY,* 1:396–401; HMC, *Seventh Report,* 477b.

110. George deF. Lord and Harold Love contend that Dryden and Mulgrave co-authored the *Essay;* Hugh Macdonald and Paul Hammond deny that Dryden made any contribution to the poem.

111. In late 1681 Justice Warcupp noted that "*Towzer the Second* seems deeply to reflect on his Majesty" and asked "Whether it shall be prosecuted?" (*CSPD,* 1682, 105–6). In 1680 Care had been the defendant in a case that shows just how hard it was to prove the authorship of an anonymous piece of writing. Though the king's attorneys ultimately secured Care's conviction, it took two presentations of the bill and several deft examinations of the witnesses. See Howell, *Cobbett's Complete Collection of State Trials,* 7:1111–30 (esp. 1120 on the prevalence of false attribution and other "shams"); Hamburger, "Seditious Libel," 987n85; *CSPD,* 1679–80, 536.

112. Richard Janeway attached his name to the poem as publisher. Janeway was a "trade publisher," someone who was willing (for a fee) to place his name in the imprint of a risky publication and to distribute it when the bookseller—that is, the entrepreneur who undertook to publish the work—did not dare to; it was a kind of deliberate misattribution. The use of trade publishers increased during the Popish Plot. See Michael Treadwell, "London Trade Publishers, 1675–1750," *The Library,* 6th ser., 4 (1982): 112, 130.

113. Macdonald rejects the attribution; see his *John Dryden: A Bibliography,* 223–24. I defer to his judgment; it is possible, however, that Buckingham commissioned the piece or contributed to it. If nothing else, the ascription tells us something about early modern methods of attribution.

114. *Azaria and Hushai, A Poem* (London, 1682), "To the Reader," 1.

115. See *The Medall,* preface.

116. The same goes for a raft of other poems: emulation gives way to arch ventriloquism in the *Satyr to his muse,* but Dryden is nowhere named explicitly; the satirical postscript to the republished Cromwell elegy is signed only "J. D." *The Mushroom,* an answer to *The Medall,* comes as close as any of the responses to naming Dryden, referring to him at one point as "John Bayes." The author, Edmund Hickeringill, was later forced to apologize for this and other of his writings; see *The British Index* (forthcoming online; see http://www.psupress.org/). For the slippery legal status of innuendo, see C. R. Kropf, "Libel and Satire in Eighteenth-Century England," *Eighteenth-Century Studies* 8 (1974–75): 153–68.

117. "Mushroom" [i.e., Edmund Hickeringill], *Scandalum Magnatum* (London: E. Smith, 1682), 108.

118. Macdonald, *John Dryden: A Bibliography,* 187ff.

119. Quoted in Edward L. Saslow, "Dryden as Historiographer Royal, and the Authorship of 'His Majesties Declaration Defended,'" *Modern Philology* 75 (1978): 264.

120. For Dryden's early canonicity, see William Ramesey, *The Gentlemans Companion* (London, 1672), 129; Macdonald, *John Dryden: A Bibliography,* 191, 200.

121. See also *The Censure of the Rota,* which criticizes Dryden's use of language minutely.

122. See Paul Fussell, *Theory of Prosody in Eighteenth-Century England* (New London: Connecticut College, 1954), 8–9, 39, 43, 44, 73, and passim.

123. Commentators have noted the regularity of Dryden's prosody; ibid., 8–9, 43. The author of *A Key* (*with a Whip*) writes that Dryden's "Libel"—*Absalom and Achitophel*—is "all Bad Matter, beautifi'd . . . with good Meeter" (Macdonald, *John Dryden: A Bibliography,* 226; unfortunately, the Wing copy of Ness's poem does not include the preface in which this quotation appears).

124. For the anonymous circulation of *Mac Flecknoe* in manuscript, see Hammond, "Anonymity in Restoration Poetry," 124, 140n5. Hammond notes that Dryden did not own *Mac Flecknoe* until 1693; he acknowledged *Absalom* and *Mac Flecknoe* at the same time (*Poems of Dryden*, 446).

125. *POASY*, 1:394, lines 23–32; see also 392–93.

126. Two of the sixteen extant manuscript copies of *Mac Flecknoe* attribute the poem to Dryden (Hammond, "Anonymity in Restoration Poetry," 140n5; David Vieth, "Dryden's *Mac Flecknoe:* The Case Against Editorial Confusion," *Harvard Library Bulletin* 24 [1976]: 229–30). Shadwell deduced Dryden's authorship, and the author of *An Essay on Poetry* (advertised in late 1682) remarks: "The Laureat here may justly claim our praise / Crown'd by *Mac-Fleckno* with immortal Bays" (Macdonald, *John Dryden: A Bibliography*, 28n, 252). Luttrell ascribed the printed poem to Dryden (1682) (Parks, *Luttrell File*, plate facing p. 9).

127. On the "parodies of Biblical language" in *Mac Flecknoe*, see Love, *Scribal Publication*, 292. On other attributions to Dryden, see Love, *English Clandestine Satire*, 179–81. In 1674, three years before Rochester and company had ascribed *Mac Flecknoe* to Dryden, Elkanah Settle educed Dryden's authorship of the preface to *Notes and Observations on the Empress of Morocco*—a satirical attack on Settle's play—from an "Examination of the Style" (quoted in Love, *Attributing Authorship*, 59). Of course, journalists and courtiers spread the news of Dryden's authorship of *Absalom* through the traditional channels—newsletters and gossip, for instance—as we observed above; the spreading of intelligence in this fashion was doubtless crucial in the attribution process. Although Tories generally sent the news about *Absalom and Achitophel* to other Tories, the information was undoubtedly leaked to Whiggish and moderate parties as well.

128. Of Dryden's "personal identification with the King," James Winn notes, "Like his royal master, Dryden was now fifty years old, less wealthy than he wished to be, a firstborn son, a fond father, and the husband of a wife with recusant connections; at some psychological level, his defense of his monarch was thus a kind of self-defense." Winn, *John Dryden and His World* (New Haven: Yale University Press, 1987), 345.

129. Harth, *Pen for a Party*, 111.

130. On the rumor of Charles's marriage to Lucy Walter (alias Barlow) and the king's denial of it, see [Robert Ferguson,] *A Letter to a Person of Honour Concerning the Black Box* (1680); *A Letter to a Person of Honour Concerning the King's Disavowing the Having been Married to the Duke of Monmouth's Mother* (1680); and *The Letters of King Charles II*, ed. Sir Arthur Bryant (New York: Funk and Wagnalls, 1968), 310–13. Though Ferguson alleges that Charles had married "Madam Walters," he dismisses the "Black Box" story as a "Romance" (*Letter to a Person of Honour Concerning the Black Box*, 1).

131. In a fascinating article on *Absalom*'s political context, Mark Goldie contends that Dryden's poem addresses William Lawrence's pro-Monmouth argument in *Marriage by the Moral Law of God Vindicated*, not the "Black Box" theory. In his tract Lawrence disputes the notion that only priests can sanctify marriage, and he urges that "in the Old Testament 'all natural children were legitimate.'" Goldie, "Contextualizing Dryden's Absalom: William Lawrence, the Laws of Marriage, and the Case for King Monmouth," in *Religion, Literature, and Politics in Post-Reformation England, 1540–1688*, ed. Donna B. Hamilton and Richard Strier (Cambridge: Cambridge University Press, 1996), 211–12, 222. There is no reason that Dryden could not have been addressing both theories at once—as Goldie admits, the Black Box "tale" circulated far more widely than Lawrence's six-hundred-page treatise—but in either case my point about Dryden's rhetorical gambit holds. In *Absalom*'s opening lines Dryden was underlining, not skirting or palliating, the "licentious" and even illicit nature of the king's amours to bolster the claim that Monmouth was illegitimate.

132. Compare Paul Hammond, "Censorship in the Manuscript Transmission of Restoration Poetry," in *Literature and Censorship*, ed. Nigel Smith (Cambridge: D. S. Brewer, 1993), 41.

133. On the other hand, the unpopular James, heir presumptive and cause of much of the controversy, is "cunningly unnamed" in the poem—another judicious use of anonymity on Dryden's part. Winn, *John Dryden and His World*, 357.

134. See Zwicker, *Lines*, chapter 5.

135. For royalist accusations that the king's opponents were driven by "pique" rather than principle, see Knights, *Politics*, 112–13.

CHAPTER 5

1. See Lois Schwoerer, ed., *The Revolution of 1688–1689* (Cambridge: Cambridge University Press, 1992). The revolution was hardly "bloodless": on 1 July 1690 a pitched battle took place on Irish soil (the Battle of the Boyne), and though William won the day, both sides suffered casualties. Ireland was not reduced until October 1691.

2. Geoffrey Holmes, *The Making of a Great Power: Late Stuart and Early Georgian Britain, 1660–1722* (London: Longman, 1993), 215–17, 266–71, 426–27; Henry Roseveare, *The Financial Revolution, 1660–1760* (London: Longman, 1991), 30–37; *English Historical Documents,* 122ff.

3. The reasons for the House's refusal to continue the act, printed in both the *CJ* and the *LJ,* are conveniently reprinted in Thomas, *Long Time Burning,* 329–32. Parliament's 1693 continuance of the Licensing Act lapsed on 9 May 1695. Hamburger, "Seditious Libel," 721.

4. See Hamburger, "Seditious Libel," 717n168.

5. Locke, "Liberty of the Press," in *Political Essays,* 336.

6. Michael Treadwell, "The Stationers and the Printing Acts at the End of the Seventeenth Century," in *CHBB,* 766.

7. The Presbyterian authors of *The Beacon Flameing* (1652) likened *post factum* censorship to "shut[ting] the Stable door" after "the Steed is stolen," a common trope in debates on licensing (quoted in Alison Shell, "Catholic Texts and Anti-Catholic Prejudice in the 17th-Century Book Trade," in *Censorship and the Control of Print in England and France, 1600–1910,* ed. Robin Myers and Michael Harris [Winchester: St. Paul's Bibliographies, 1992], 45). On preventive censorship, see also Sir George Mackenzie, *A vindication of His Majesties government and judicatures in Scotland from some aspersions thrown on them by scandalous pamphlets and news-books . . .* (Edinburgh, 1683), 3–4.

8. *SR* 5:432.

9. See *The British Index* (forthcoming online; see http://www.psupress.org/). The surveyor of the press had an independent authority to search printing houses: for Roger L'Estrange's commission, see Plomer, *Dictionary,* xxi–xxii. For examples of L'Estrange's preemptive censorship, see *An Exact Narrative of the Tryal and Condemnation of John Twyn . . . Published by Authority* (London, 1664); *CSPD,* passim; Keeble, *Nonconformity,* 105; *British Index.* For the stationers' involvement in the searching process, see Stationers' Company, *Warden's Accounts, 1663–1837* (Stationers' Hall: Chadwick-Healey, Inc.), reel 76.

10. *SR* 5:429, 432.

11. Thomas, *Long Time Burning,* 331. The Commons was speaking from experience here: see *British Index* for the years 1685–88 and the policy reversal of 1689.

12. On the efficacy of the Licensing Act, see Raymond Astbury, "The Renewal of the Licensing Act in 1693 and Its Lapse in 1695," *The Library,* 5th ser., 33 (1978): 299, 303–4 and n38; Hamburger, "Seditious Libel," 714, but cf. 715.

13. T. B. Macaulay, *History of England* (London: Heron, 1967), 4:124–26.

14. See Astbury, "Renewal of the Licensing Act." The last section of Locke's memorandum clearly informed the first article in the Commons' list of reasons for rejecting the act: compare Locke, "Liberty of the Press," in *Political Essays,* 337, and Thomas, *Long Time Burning,* appendix, 329.

15. Locke, "Liberty of the Press," in *Political Essays,* 331.

16. John Freke and Edward Clarke to John Locke, 14 March 1695, in *The Correspondence of John Locke,* ed. E. S. de Beer (Oxford: Oxford University Press, 1976), 5:291–92. On House members' hostility to licensing, see also *The Diary and Autobiography of Edmund Bohun Esq., of Unlicens'd Printing, To which is Subjoin'd, The Just and True Character of Edmund Bohun, The Licenser of the Press* (London, 1693), ed. S. Wilton Rix (privately printed, 1853), 117; Astbury, "Renewal of the Licensing Act," 303, 304–5, 314, 315–16.

17. Astbury, "Renewal of the Licensing Act," 311.

18. See Treadwell, "1695–1995."

19. Anon., *To the honourable members, assembled in Parliament* (c. 1694–95). See also the anonymous Whig remonstrances against renewing the act in 1693: *Reasons humbly offered to be considered before the Act for Printing be renewed (unless with Alterations) . . .* (London? c. 1692–93); *Reasons for reviving and continuing the Act for Regulation of Printing, delivered (by a Juncto of monopolizing Patentees) to the . . . House of Commons . . .* (London? 1693); *The Manuscripts of the House of*

Lords, 1692–1693, Fourteenth Report, appendix, part 6 (London: Stationery Office, 1894), 379–81; and [Charles Blount,] *Reasons Humbly offered for the Liberty of Unlicens'd Printing, To which is Subjoin'd, The Just and True Character of Edmund Bohun, The Licenser of the Press* (London, 1693)—the body of which is adapted from Milton's *Areopagitica.*

20. On the abortive attempts to revive licensing in and after 1695, see Astbury, "Renewal of the Licensing Act," 316–22.

21. [Daniel Defoe,] *An Essay on the Regulation of the Press* (London, 1704), 16–18. The Stamp Act of 1712 provided for compulsory imprints, but the imprint could include the printer or publisher instead of the author (10 Anne C. 18, 1712, Section CXXV, in Siebert, *Documents,* 6:2).

22. See *LJ,* 15:280.

23. Laurence Hanson, *Government and the Press, 1695–1763* (Oxford: Clarendon Press, 1936), 9, paraphrasing Tindal; *The Printers Proposals For a Regulation of the Press* (n.p., n.d.). Nevertheless, it is important to emphasize that the press was scarcely free. Philip Hamburger argues that the Crown was willing to drop licensing only because "it had found a new means of controlling the press: the law of treason" (Hamburger, "Seditious Libel," 716–17nn, quotation at 717; cf. Astbury's "Renewal of the Licensing Act," which depicts the court as angling in Parliament for a rigorous licensing measure at this time). John Feather notes that in 1707 a treason act "was passed that applied specifically to the [book] trade. This act made it treasonable to maintain by writing or printing that James Stuart or his heirs had any claim to the thrones of England or Scotland" (Feather, "The English Book Trade and the Law, 1695–1799," *Publishing History* 12 [1982]: 56). Although the treason law did not prove an effective bulwark, the law of seditious libel, the law of obscene libel, and the Blasphemy Act of 1698 all inflicted stiff penalties on the authors, printers, and publishers of offensive material—indeed, we may surmise that postpublication censorship acted as a deterrent in many instances. On the use of seditious libel law in the eighteenth century, see Hamburger, "Seditious Libel," 725ff.; on the law of treason, see John Barrell, *Imagining the King's Death: Figurative Treason, Fantasies of Regicide,* 1793–1796 (Oxford: Clarendon Press, 2000). Sometimes the government moved to prevent publication of an offensive or oppositional work even after 1695. See Thomas, *Long Time Burning,* 50–51, 53; Rose, *Authors,* 49–50.

24. On the expansion of the printing trade after 1695, see Alvin Kernan, *Samuel Johnson and the Impact of Print* (Princeton: Princeton University Press, 1989), 58–59; Treadwell, "1695–1995"; C. J. Mitchell, "Provincial Printing in Eighteenth-Century Britain," *Publishing History* 21 (1987): 5–24; Bell and Barnard, "Provisional Count of *Wing* Titles," 93; John Hinks and Maureen Bell, "The Book Trade in English Provincial Towns, 1700–1849: An Evaluation of Evidence from the British Book Trade Index," *Publishing History* 57 (2005): 53–112; *Virtual Norfolk,* http://virtualnorfolk.uea.ac.uk/print/. See also the Conclusion, "Dividing Lines," below.

25. Alexander Pope, *An Essay on Criticism,* in *The Twickenham Edition of the Poems of Alexander Pope,* vol. 1, ed. E. Audra and Aubrey Williams (New Haven: Yale University Press, 1963), lines 544–53. Despite the sharp polemical edge of the entire passage, Pope later thought the bracketed couplet too harsh and omitted it from the 1736 and all subsequent editions; he appended the following note to the poem: "*The Author has omitted two lines which stood here, as containing a* National Reflection, *which in his stricter judgment he could not but disapprove, on any People whatever.*"

26. On Swift's maundering prose and the aesthetic aims of digression, see Cotterill, *Digressive Voices in Early Modern English Literature,* epilogue.

27. Jonathan Swift, *A Tale of a Tub,* ed. A. C. Guthkelch and D. Nichol Smith, 1st ed. (Oxford: Clarendon Press, 1920), 210; unless otherwise noted, references are to this edition and appear parenthetically in the text. The pagination of Oxford's first and second editions of the *Tale* is the same; the first edition, however, is in the public domain, while the second is not.

28. On the ancient-modern debate, see Joseph M. Levine, *The Battle of the Books* (Ithaca: Cornell University Press, 1991); Claude Rawson, *Satire and Sentiment* (New Haven: Yale University Press, 1994), 74–97; John R. Clark, *Form and Frenzy in Swift's Tale of a Tub* (Ithaca: Cornell University Press, 1970), chapter 3.

29. On the denizens of Grub Street, see Pat Rogers, *Grub Street: Studies in a Subculture* (London: Methuen and Co., 1972). For a more sympathetic account of the "Grubaeans" than Rogers's pioneering but at times blithely offensive work, see Hammond, *Professional Imaginative Writing in England.*

30. Irvin Ehrenpreis, *Dr. Swift,* vol. 2 of *Swift: The Man, His Works, and the Age* (Cambridge: Harvard University Press, 1967), 121–24. Even before 1710, when Swift abandoned the Whig party, he had a Tory streak. It is significant, for instance, that the rabid Tory Sacheverell admired the *Tale* on its first appearance: it suggests Swift's conservative bent even early on (see Samuel Johnson, *Life of Swift,* in *Samuel Johnson: Lives of the Poets,* vol. 3, ed. G. B. Hill [Oxford: Clarendon Press, 1905], 10–11). Before he became a Tory in 1710, Swift was an "Old Whig," not a "Modern" one.

31. *English Historical Documents,* 83–85; Kenyon, *Stuart Constitution* 406–11; Howard Nenner, "Liberty, Law, and Property," in *Liberty Secured? Britain Before and After 1688,* ed. J. R. Jones (Stanford: Stanford University Press, 1992), 114; Hamburger, "Seditious Libel," 699, 702, 709; Keeble, *Nonconformity,* 99–100.

32. Quoted in Michael J. Conlon, "Swift and Anglican Rationalism: A Retrospective View," *Swift Studies* 14 (1999): 16. The duchess's sentiment was echoed elsewhere; see Frank H. Ellis, "Notes on a *Tale of a Tub,*" *Swift Studies* 1 (1986): 9; Kathleen Williams, ed., *Swift: The Critical Heritage* (New York: Barnes and Noble, 1970), 37–46, 48–49, 52–53.

33. Astbury, "Renewal of the Licensing Act," 303, 305–7, 312–14. Lord Somers was also among Locke's dedicatees; in his "Epistle" Swift parodies Locke's fulsome dedications. See W. B. Carnochan, "Swift, Locke, and the *Tale,*" *Swift Studies* 1 (1986): 55–56.

34. See Hamburger, "Seditious Libel," 746.

35. [Swift,] *An Argument to Prove that the Abolishing of Christianity in England May, as Things Now Stand, Be Attended with Some Inconveniences, and perhaps not produce those many good effects proposed thereby* (written 1708, published 1711), in *Prose Works,* gen. ed. Herbert Davis (Oxford: Basil Blackwell, 1939–63), 2:29.

36. Swift's "Anglican rationalism" bisects the line between deism and fideism; it has a basis in faith, reason, and revelation rather than in the physical world. His version of Christianity thus retains its mysteries without degenerating into mysticism; see Phillip Harth, *Swift and Anglican Rationalism* (Chicago: University of Chicago Press, 1961). Cf. David Bywaters, "Anticlericism in Swift's *Tale of a Tub,*" *Studies in English Literature* 36 (1996): 579–602. Bywaters argues that Swift pronounces a plague on all of speculative philosophy's houses, rationalist and empiricist alike. See also Richard Nash, "Entrapment and Ironic Modes in *Tale of a Tub,*" *Eighteenth-Century Studies* 24 (1991): 415–31. On Swift's send-up of mysticism in the *Tale,* see J. A. Downie, *Jonathan Swift: Political Writer* (London: Routledge and Kegan Paul, 1984), chapter 6.

37. Levy, *Blasphemy,* chapter 13, esp. 287. For Swift's views on the Toleration Act, see *Tale,* 204 and notes. For the text of the act—actually entitled "An Act for Exempting their Majesties' Protestant Subjects Dissenting from the Church of England from the Penalties of Certain Laws"—see *English Historical Documents,* 400–403.

38. [Swift,] A *Project for the Advancement of Religion, and the Reformation of Manners* (London: printed for Benj. Tooke, 1709), in *Prose Works,* 2:49, 55, 60.

39. On Harrington's idea of "rotation," which is akin to the modern notion of term limits, see James Harrington, *The Commonwealth of Oceana,* ed. J. G. A. Pocock (Cambridge: Cambridge University Press, 1992), 33–34, 123. For a discussion of other confusing twists and turns in the passage, see Clark, *Form and Frenzy,* 57–59.

40. James R. Sutherland, "The Circulation of Newspapers and Literary Periodicals," *The Library,* 2d ser., 15 (1935): 110–24; Henry Snyder, "The Circulation of Newspapers in the Reign of Queen Anne," *The Library,* 5th ser., 23 (1968): 206–35; Henry Snyder, "A Further Note on the Circulation of Newspapers in the Reign of Queen Anne," *The Library,* 5th ser., 31 (1976): 387–89.

41. Siebert, *Freedom,* 307; Levy, *Blasphemy,* 305.

42. Rogers, *Grub Street,* 218.

43. See Bywaters, "Anticlericism in Swift's Tale of a Tub," 579–602, on the vain methods by which the clergy usually fought their opponents.

44. On the engagement debate at midcentury, see John M. Wallace, *Destiny His Choice: The Loyalism of Andrew Marvell* (Cambridge: Cambridge University Press, 1968); Quentin Skinner, "Conquest and Consent," in *The Interregnum: The Quest for Settlement, 1646–1660,* ed. G. E. Aylmer (London: Macmillan, 1974).

45. See Sir Robert Filmer, *Observations concerning the original and various forms of government, as described viz. 1st. Upon Aristotles Politiques. 2d. Mr. Hobbs's Leviathan. 3d. Mr. Milton against*

Salmatius . . . (London, 1696); [William Sherlock,] *Their present Majesties government proved to be throughly settled, and that we may submit to it, without asserting the principles of Mr. Hobbs* (London, 1691); John Eachard, *Mr. Hobb's State of nature considered* (London, 1696).

46. [Charles Blount?], *King William and Queen Mary Conquerors* (London, 1693). Macaulay argues that Charles Blount set a trap for the Tory censor, using the book as bait. See *The Diary and Autobiography of Edmund Bohun,* 93ff.; *Reasons Humbly offered for the Liberty of Unlicens'd Printing; The Parliamentary Diary of Narcissus Luttrell, 1691–1693,* ed. Henry Horwitz (Oxford: Clarendon Press, 1972), 376–83, 389; *Manuscripts of the House of Lords, 1692–1693,* Fourteenth Report, appendix, Part 6, 379n; Macaulay, *History of England,* 3:633–44. Cf., however, Mark Goldie, "Edmund Bohun and Jus Gentium in the Revolution Debate, 1689–1693," *Historical Journal* 20 (1977): 569–86; Goldie, "Charles Blount's Intention in Writing 'King William and Queen Mary Conquerors' (1693)," *Notes and Queries* (1978): 527–32. For an alternative view, see my "Charles Blount, Plotter," *Notes and Queries* 249 (2004): 375–77.

47. Wootton, *Divine Right and Democracy,* 120–26; *CJ,* 8:636b; *CSPD,* 1670, 487; Pepys, *Diary of Samuel Pepys,* 9:298; Hetet, "Wardens' Accounts of the Stationers' Company," 37, 44–45, 57n32. The book was licensed and registered in Cromwell's England (Eyre and Rivington, *Transcript,* 1:358), but it met resistance even then—from the king's party, of course, but from Presbyterians as well. *Calendar of the Clarendon State Papers,* vol. 2, *1649–54,* ed. Rev. W. Dunn Macray (Oxford: Oxford University Press, 1869), 122; *A Beacon Set on Fire* (London, 1652), 14–15.

48. Swift, *On Poetry: A Rhapsody* (Dublin, 1733), 319–32.

49. *A Catalogue of Books, The Library of the late Rev. Dr. Swift* (Dublin: printed for George Faulkner, 1745), 5, 7, 13; Harold Williams, *Dean Swift's Library* (Cambridge: Cambridge University Press, 1932), 26, 31.

50. Hobbes, *Leviathan,* 124–25, 230.

51. Ibid., 225–26; see also Hobbes, *Behemoth* (Chicago: University of Chicago Press, 1990), 23.

52. Quoted in Steve Pincus, "'Coffee Politicians Does Create': Coffeehouses and Restoration Political Culture," *Journal of Modern History* 67 (1995): 807; Randall, *Winter Fruit,* 370.

53. Swift, *Tale of a Tub,* ed. Guthkelch and Smith, frontispiece, xxvii, xxix.

54. Judith Mueller notes in a different context that Swift shared Hobbes's views on censorship. Mueller, "Swift's Reading Contract: Precarious Peace in a War Zone," *Swift Studies* 11 (1996): 61. For some general remarks on Swift and Hobbes, see Irvin Ehrenpreis, "The Doctrine of *A Tale of a Tub,*" in *Proceedings of the First Munster Symposium on Jonathan Swift,* ed. Hermann J. Real and Heinz J. Vienken (Munich: W. Fink, 1985). For Hobbes's views on censorship, see *Leviathan,* 124–25, 236, 260, 268–69.

55. Hobbes, *Leviathan,* 124–25.

56. See 153n, 195 and notes, for explicit references to the Civil War.

57. Swift owned the 1707 Oxford edition of Clarendon's *History.* See *Catalogue of Books, The Library of the late Rev. Dr. Swift,* 6. For Swift's marginalia, see Swift, *Miscellaneous and Autobiographical Pieces, Fragments and Marginalia,* ed. Herbert Davis (Oxford: Blackwell, 1969), 295–320.

58. *A Sermon Upon the Martyrdom of K. Charles I,* in *Prose Works,* 9:227.

59. Rogers, *Grub Street,* 27–28, 80, 226.

60. The verbal form of "ass" was interchangeable with "arse" in early modern England. See *The New Shorter Oxford English Dictionary,* s.v. "ass," def. 2b.

61. While Phillip Harth detects the influence of Henry More in this passage (*Swift and Anglican Rationalism,* 110–13), Wotton detected the influence of Hobbes. In his copy of the *Tale,* beside the passage on Puritan inspiration ("Inflatus," 151), Wotton penned the following note: "All this is like Mr. Hobbes's banter on in-blowing" (see Swift, *Tale of a Tub,* ed. Guthkelch and Smith, 2d ed., 314). The reference is probably to *Leviathan,* 278–79.

62. Swift admits that he "personates" Dryden's style (7, 70n), but he pretends merely to parody him.

63. John Dryden, *Mac Flecknoe,* in *Miscellany Poems* (London: printed for Jacob Tonson, 1684), 1–11. Dryden supervised the publication of this *Miscellany.* See also Dryden, *Mac Flecknoe,* in *Eighteenth-Century English Literature,* ed. Geoffrey Tillotson, Paul Fussell, and Marshall Waingrow (Fort Worth: Harcourt Brace Jovanovitch, 1969), 148, lines 97, 102–3. The editors note that "[t]he

difference between 'near' [Bun-Hill] and 'distant' [Watling-street] is negligible—as is the sphere of Shadwell's influence."

64. Habermas, *Structural Transformation of the Public Sphere,* 58–59. Swift, of course, occupied a special place in the public sphere: less "polite" than many of his contemporaries, he combined old styles with new; his work was a hybrid of Mennipean satire characteristic of the Renaissance, acrimonious ridicule typical of the Civil Wars, and the "modern," slightly more civilized method of Augustan caricature. See W. Scott Blanchard, "Swift's Tale, the Renaissance Anatomy, and Humanist Invective," *Swift Studies* 16 (2001).

65. See Erin Mackie, ed., *The Commerce of Everyday Life: Selections from The Tatler and The Spectator* (Boston: St. Martin's Press, 1998); Frank Donoghue, *The Fame Machine: Book Reviewing and Eighteenth-Century Literary Careers* (Stanford: Stanford University Press, 1996); Walter Graham, *The Beginnings of English Literary Periodicals* (Oxford: Clarendon Press, 1926).

66. *Guardian,* 15 May 1713, in John Calhoun Stephens, ed., *The Guardian* (Lexington: University Press of Kentucky, 1982), 218. However, see Knights, *Representation,* on the "rage of party" during this period.

67. Hanson, *Government and the Press,* 42.

68. *CJ,* 12:93, 97, 98, 102–3, 118.

69. For the text of the Blasphemy Act, see Thomas, *Long Time Burning,* appendix, 332–33.

70. Jeremy Collier, *A Short View of the Immorality, and Profaneness of the English Stage* (London, 1698); [George Ridpath,] *The Stage Condemn'd* (London, 1698). As a reward for his puristic attack on the drama, Collier received a formal pardon from William III.

71. William Molyneux to John Locke, 20 July 1697, in *Correspondence of Locke,* 6:163, 163n4, 164.

72. Josiah Woodward, *An Account of the Societies for Reformation of Manners in London and Westminster* (London, 1699), 3–4.

73. Donald F. Bond, ed., *The Spectator,* vol. 1 (Oxford: Clarendon Press, 1965), no. 65 (Tuesday, 15 May 1711), 278–80.

74. Graham, *Beginnings of English Literary Periodicals,* 56–57; Knights, *Representation,* 246.

75. *Tatler,* no. 144 (11 March 1710), in Donald F. Bond, ed., *The Tatler* (Oxford: Clarendon Press, 1987), 2:318; see also *Tatler,* no. 162, 402–5.

76. *Tatler,* no. 230 (28 September 1710).

77. Ibid.

78. Swift's *Proposal for Correcting the English Tongue* and his *Hints towards an Essay on Conversation* are in *Prose Works,* vol. 4; Mackie, *Commerce of Everyday Life,* 403.

79. See, for example, *T,* 53 and note, 62, and note, 69n, 86; *B,* 248, 250. Swift has no scruples about naming deceased moderns.

80. See in this connection *T,* 62n.

81. C. R. Kropf, "Libel and Satire in Eighteenth-Century England," *Eighteenth-Century Studies* 8 (1974–75): 159.

82. John March, *March's Actions for Slander and Arbitrements,* 2d ed. (London, 1674), 107, 102; see also 16–50, 103–6. The brackets and parentheses surrounding "Innuendo" are in the original, as if to point the meaning of the term.

83. As we noted in the Introduction, however, the courts did not always abide by the principle of *mitior sensus:* the cases of Prynne (1634) and Baxter (1685) provide counterexamples. Indeed, the law of seditious libel included in its scope general criticism of the government (Hamburger, "Seditious Libel," 696; Hanson, *Government and the Press,* 18). In trials for treason, justices read through hints and innuendos; see the cases of Stephen College (1681) and Algernon Sidney (1683). On anonymity, initials, contractions, and the law of defamation in the early eighteenth century, see Knights, *Representation,* 262–63. Lord Chief Justice Holt opined that a writing against half-named persons was libelous if the initials or contractions "could only refer to one person" (Knights, *Representation,* 263n178).

84. [Jonathan Swift,] *The Importance of the Guardian Considered* (London: printed for John Morphew, 1713), in *Prose Works,* 6:14–15.

85. See Zwicker, "Reading the Margins," 109.

86. Because many of their disguises were deliberately shoddy, and because they often went

after prominent figures, Swift, Pope, and Gay needed other techniques to protect them from charges of libel. As Donald Thomas observes, the Scriblerians mastered the art of "ironic praise." Though irony was often no defense in a court of law, ironic praise was an especially difficult form of criticism to prosecute. Referring to the satires of Pope and Swift on Walpole and George II, Thomas remarks, "Anyone who had undertaken a prosecution of either writer would have faced the unenviable duty of explaining, in one way or another, that the shortcomings or personal defects of George II and Walpole were so self-evident that any praise of their characters must be intended as irony" (*Long Time Burning,* 60). Ironic flattery suffuses *A Tale of a Tub.* On irony and the libel law, see *De libellis amosis* (1606) in 25 *Coke's Reports* 125a; Hamburger, "Seditious Libel," 701, 738–39, but cf. 750; Thomas, *Long Time Burning,* 57–59; Levy, *Blasphemy,* 283–84.

87. In his innocence he wrote an "Ode on the Athenian Society"; he took what was for him lighthearted revenge on Dunton in the *Tale* (see 273).

88. For Swift's disillusionment with "print logic," see Love, *Scribal Publication,* 297–310; Neil Saccamano, "Authority and Publication: The Works of 'Swift,'" *Eighteenth Century: Theory and Interpretation* 25 (1984).

89. Many printers of course had an identifiable "font fingerprint": the initials, woodcuts, and even the type they used distinguished them from their colleagues. Both censors and bibliographers have exploited these features to identify printing houses. For censors, see, e.g., HMC, *Ninth Report,* part 2, appendix, 69b; for bibliographers, see D. B. Woodfield, *Surreptitious Printing in England, 1550–1640* (New York: Bibliographical Society of America, 1973), and Madan, *New Bibliography of the Eikon Basilike.* But if the printer used neither initials nor woodcuts, and if he used a bland type, his work was (and is) very difficult to trace. In early modern England authorities often relied on the idiosyncrasies of handwriting in cases of treasonous manuscripts. On forged imprints, see Michael Treadwell, "On False and Misleading Imprints in the London Book Trade, 1660–1750," in *Fakes and Frauds: Varieties of Deception in Print and Manuscript,* ed. Robin Myers and Michael Harris (Winchester: St. Paul's Bibliographies, 1989), 29–46; on forged imprimaturs, see Siebert, *Freedom,* 63; Clyde, *Struggle,* 64, 174, 208, 231–32.

90. Foucault, "What Is an Author?" 109–10. On this "game" in the Restoration and early eighteenth century, see Love, *English Clandestine Satire,* 70, 74, 158–76.

91. Richard Bentley, *Dissertation,* in Swift, *A Tale of a Tub and Other Works,* ed. Angus Ross and David Woolley (Oxford: Oxford University Press, 1986), 171. These two quotations—Foucault's and Bentley's—are also cited in Neil Saccamano, "Authority and Publication," 247, 249.

92. [Joseph Addison,] *The Thoughts of a Tory Author Concerning the Press* (London, 1712), 2.

93. King, "Some Remarks on *A Tale of a Tub,*" in Williams, *Swift: The Critical Heritage,* 33; Wotton, *A Defense . . . With Observations Upon The Tale of a Tub,* in *Tale,* 327; Swift, *A Tale of a Tub and Other Works,* ed. Ross and Woolley, appendix B; Johnson, *Life of Swift,* 3:10; James Boswell, *Life of Johnson* (Oxford: Oxford University Press, 1980), 319–20. King's fictive letter includes a spirited dialogue about the *Tale*'s authorship.

94. See also *The Correspondence of Jonathan Swift,* ed. Harold Williams (Oxford: Clarendon Press, 1965), 1:100, where Swift admits to having read the *Letter of Enthusiasm.*

95. Ibid., 1:165. Tooke also sent him a copy of the *Key.*

96. Ibid., 1:165–66 (29 June 1710); compare the opening line of the "Postscript"—quoted above—where in bluff tones Swift threatens Curll with a lawsuit.

97. The "Postscript" too dismisses the attribution to Jonathan Swift. Swift is so concerned to preserve his anonymity that in his letter to Tooke he refers to the *Tale* as "&c." in case the missive were intercepted. It is interesting to note that Curll did end up misattributing works to Swift a little more than a year later (see ibid., 1:268 and note), but the bookseller's vindictiveness may have been due to the violence of Swift's "Postscript."

98. On trade publishers, see Treadwell, "London Trade Publishers, 1675–1750." Tooke was usually the entrepreneur, Nutt the distributor or "trade publisher," a term that Donald McKenzie coined in his 1976 Sandars Lectures. On the publication of the *Tale,* see Michael Treadwell, "Swift's Relation with the London Book Trade to 1714," in *Author/Publisher Relations During the Eighteenth and Nineteenth Centuries,* ed. Robin Myers and Michael Harris (Oxford: Oxford Polytechnic Press, 1983), 14, 20–21, and n47; cf. John Horden, "'In the Savoy': John Nutt and His Family," *Publishing History* 24 (1988): 8. It is of interest that in 1714 Morphew testified that "it is a very usual thing for

persons to leave books & papers at his house and at the houses of other publishers, and a long time after to call for the value thereof, without making themselves known to the said publishers, and if the Government makes enquiry concerning the authors of any books or papers so left, in order to bring them to punishment, it often happens that nobody comes to make any demand for the value of the said books." Quoted in Hanson, *Government and the Press,* 50–51.

99. Eyre and Rivington, *Transcript,* 3:478, 489, 494.

100. Roger L'Estrange, *Considerations and Proposals In Order to the Regulation of the Press* (London, 1663), 2, 32. See Chapter 4, p. 133.

101. Blackmore, "An Essay upon Wit," in Williams, *Swift: The Critical Heritage,* 52–53.

102. Dennis, "To the *Examiner,*" ibid., 49.

103. See "The Author on Himself," in *The Poems of Jonathan Swift,* vol. 1, ed. Harold Williams (Oxford: Clarendon Press, 1937), 191–96; Johnson, *Life of Swift,* 3:10, 14–15. In a letter of 1 July 1704, Francis Atterbury remarks that "[t]he author of *A Tale of a Tub* will not as yet be known; and if it be the man I guess, he hath reason to conceal himself, because of the prophane strokes in that piece, which would do his reputation and interest in the world more harm that the wit can do him good." Williams, *Swift: The Critical Heritage,* 36.

104. Although he mocked at the practice of philology—asking Bentley with some irony to vindicate him if inferior second and third parts to the *Tale* were wrongly laid at his door (338)—Swift stopped writing the Tory *Examiner* once the paper was fathered on him; his note on the event is telling: "my stile being soon discovered, and having contracted a number of enemies, I let it fall into other hands" (Swift, *Memoirs relating to that Change which happened in the Queen's Ministry in the year 1710,* in *Prose Works,* vol. 6). Even Wotton, who accuses the *Tale*'s author of plagiarism, maintains nevertheless that the similarity of "Stile" between the *Tale* and the *Fragment* indicates that they were "written by the same Author." Williams, *Swift: The Critical Heritage,* 44, 46.

105. On Thomas Swift and the question of the *Tale*'s authorship, cf. Robert M. Adams, "Jonathan Swift, Thomas Swift, and the Authorship of *A Tale of a Tub,*" *Modern Philology* 64 (1966–67): 198–232; Dipak Nandy, "Jonathan Swift, Thomas Swift, and the Authorship of *A Tale of a Tub,*" *Modern Philology* 66 (1969): 333–37; and Swift, *A Tale of a Tub and Other Works,* ed. Ross and Woolley, appendix B.

106. Locke, "Liberty of the Press," in *Political Essays,* 338; Rose, *Authors,* chapter 3.

107. On piracy, see John How, *Some Thoughts on the Present State of Printing and Bookselling* (London, 1709); John Feather, "The Book Trade in Politics: The Making of the Copyright Act of 1710," *Publishing History* 8 (1980): 19–44; Rose, *Authors,* chapter 3. For an overview of the English book trade in 1709 and for evidence that piracy was common even among well-to-do stationers, see Don-John Dugas, "The London Book Trade in 1709 (Part One)," *Papers of the Bibliographical Society of America* 95 (March 2001): 31–58; Dugas, "The Book Trade in 1709 (Part Two)," *Papers of the Bibliographical Society of America* 95 (June 2001): 157–72.

108. The petition is dated 26 February 1707. See Harry Ransom, *The First Copyright Statute* (Austin: University of Texas Press, 1956), 90; Feather, "Book Trade in Politics," 30–32.

109. Ransom, *First Copyright Statute,* 110.

110. See Patterson, *Copyright in Historical Perspective,* 143–50; Rose, *Authors,* 31–48; Hammond, *Professional Imaginative Writing in England,* 33–37. The booksellers, however, may not have been responsible for expunging language favorable to authors from an early draft of the bill. See Rose, *Authors,* 45 and n10; cf. Feather, "Book Trade in Politics," 35–36.

111. See David Foxon, *Pope and the Early Eighteenth-Century Book Trade,* rev. and ed. James McLaverty (Oxford: Clarendon Press, 1991), appendix A; James Winn, *A Window in the Bosom: The Letters of Alexander Pope* (Hamden, Conn.: Archon Books, 1977), appendix; *The Correspondence of Alexander Pope,* ed. George Sherburn (Oxford: Clarendon Press, 1956), 4:222–24.

112. Eyre and Rivington, *Transcript,* 3:494, 496; Patterson, *Copyright in Historical Perspective,* 4; Feather, *Publishing, Piracy, and Politics,* 46; Johns, *Nature,* 365–66n126. Nichol may be right that the Scriblerians were the first to fuse the collocated words "copy right" into a single compound. See Donald Nichol, "On the Use of 'Copy' and 'Copyright': A Scriblerian Coinage?" *The Library,* 6th ser., 12 (1990): 110–20.

113. See Foxon, *Pope and the Early Eighteenth-Century Book Trade;* Hammond, *Professional Imaginative Writing in England.*

114. Hammond, *Professional Imaginative Writing in England,* chapter 2; John Feather, "The Publishers and the Pirates: British Copyright Law in Theory and Practice, 1710–1775," *Publishing History* 22 (1987): 16; Peter Lindenbaum, "Milton's Contract," in *The Construction of Authorship: Textual Appropriation in Law and Literature,* ed. Martha Woodmansee and Peter Jaszi (Durham: Duke University Press, 1994), 179n11; British Library Add. MS 38728.

115. See *Tonson v. Collins,* in *English Reports,* ed. Max A. Robertson and Geoffrey Ellis, vol. 96 (Edinburgh: William Green and Sons, 1909), 169, 181, and 185, on the author's "style" and "sentiments"; at issue in this case was the reprinting of the *Spectator.*

116. On Swift's ambivalence toward booksellers and printers, see Treadwell, "Swift's Relations with the London Book Trade," 23–24, the various epistles dedicatory prefixed to *A Tale of a Tub,* the front matter in *Gulliver's Travels,* the dean's *Correspondence,* etc.

117. On Swift, money, and the patronage system—which survived well into the eighteenth century—see Dustin Griffin, *Literary Patronage in England, 1650–1800* (Cambridge: Cambridge University Press, 1996), chapter 5, esp. 105; on *Gulliver,* see also *Correspondence of Swift,* 5:338; on his relationships with his booksellers and the money he received for Temple's works, see Treadwell, "Swift's Relations with the London Book Trade," 12, 26, and passim.

118. Adams, Saccamano, and Downie make similar points: Adams, "Jonathan Swift, Thomas Swift," 205–6; Saccamano, "Authority and Publication," 262; Downie, *Jonathan Swift: Political Writer,* 87.

119. See Treadwell, "Swift's Relations with the London Book Trade," 12; John Dunton, *The Life and Errors of John Dunton* (1818; reprint, New York: Burt Franklin, 1969), 1:212, 220.

120. On Swift's amendments to the book's second edition, see Swift, *Tale of a Tub and Other Works,* ed. Ross and Woolley, xxi. The first three editions were produced in 1704, the fourth in 1705, and the fifth in 1710.

121. See Treadwell, "Swift's Relations with the London Book Trade," 12. Robert Adams notes that "Swift left England for Ireland in May, 1704, directly after the first edition of the *Tale* was published." Adams, "Jonathan Swift, Thomas Swift," 205.

122. For the date of the book's entrance, see Treadwell, "Swift's Relations with the London Book Trade," 12 and n29. Treadwell neglects to note that 10 April 1710 was the day that the Copyright Act went into effect.

123. Tooke had the discretion not to enter Swift's name in the register, hence covering the dean's tracks. I am most grateful to Robin Myers for e-mailing me a transcript of the entry: "April 10th 1710 Benjamin Tooke Junior: entered for books and copies and parts of books and copies vizt. The Tale of a Tub . . . with an apology and also annotation of the learned Dr W.W. [!] and others." Treadwell notes that "the entry [was] recorded . . . among the blank sheets at the back of the volume for the years 1682–95 and not in that for 1710–46" ("Swift's Relations with the London Book Trade," 32n29). It is not recorded in Eyre and Rivington, *Transcript,* for 1640–1708. For all of the joking about piracy in the *Tale,* Tooke was genuinely worried about it in 1710; see *Correspondence of Swift,* 1:167.

124. See Swift, *Tale of a Tub and Other Works,* ed. Ross and Woolley, xi. See also *Tale of a Tub,* ed. Guthkelch and Smith, lxviii–lxx; the editors observe that the 1711 impression of the apology was an "offprint from ed. 5 with page numbers added," but they also observe that "Neither set of [explanatory notes] was printed from the other; their variants show that both were printed from the manuscript."

125. For a full list of the variants, see *A Tale of a Tub,* in *Prose Works,* 1:296–99.

126. Few authors took advantage of the act, but Swift's friend Pope exploited it on numerous occasions. See Foxon, *Pope and the Early Eighteenth-Century Book Trade,* appendix A; Rose, *Authors,* appendix A. Contrary to tradition, Swift was not involved in the passage of the 1710 act, but he later helped to draft copyright legislation. See HMC, *Report on the Manuscripts of Earl Bathurst* (London, 1923), 10–11; Donald Cornu, "Swift, Motte, and the Copyright Struggle: Two Unnoticed Documents," *Modern Language Notes* (February 1939): 114–24. Lord Chancellor Apsley's citation of Swift in the 1774 Lords' Debates refers to the dean's later interest in the Statute of Anne. See *The Cases of the Appellants and Respondent in the Cause of Literary Property Before the House of Lords* (London, 1774), 55; cf. R. C. Bald, "Early Copyright Litigation and Its Bibliographical Interest," *Papers of the Bibliographical Society of America* 36 (1942): 88n18; Ransom, *First Copyright Statute,* 98, 106.

127. About his desire for fame there can be no dispute: "All my endeavours, from a boy, to

distinguish myself, were only for want of a great title and fortune, that I might be used like a lord by those who have an opinion of my parts—whether right or wrong, it is no great matter, and so the reputation of wit or great learning does the office of a blue ribbon, or of a coach and six horses." Quoted in Irvin Ehrenpreis, *Mr. Swift and His Contemporaries,* vol. 1 of *Swift: The Man, His Works, and the Age* (Cambridge: Harvard University Press, 1962), 195.

128. Clark, *Form and Frenzy.*

129. Steven N. Zwicker, "Lines of Authority: Politics and Literary Culture in the Restoration," in *The Politics of Discourse: The Literature and History of Seventeenth-Century England,* ed. Kevin Sharpe and Steven N. Zwicker (Berkeley and Los Angeles: University of California Press, 1987).

130. See Cotterill, *Digressive Voices in Early Modern English Literature,* epilogue, on Swift and digression.

131. See Peter Stallybrass and Allon White, *The Politics and Poetics of Transgression* (Ithaca: Cornell University Press, 1986), on the ways in which low culture infects high culture.

132. Clark, *Form and Frenzy,* 26–28, 43 and n7. Bacon seems to have borrowed the spider and bee imagery from Erasmus's *Parabolae,* but the pointed contrast between spider and bee is Bacon's own, so it is likely that Swift appropriated the distinction from him and not from Erasmus. See David K. Weiser, "Bacon's Borrowed Imagery," *Review of English Studies,* new ser. 38 (1987): 316–19. Swift owned a copy of Erasmus's *Parabolae,* but he also owned Bacon's complete works, which he annotated. See *Catalogue of Books, The Library of the late Rev. Dr. Swift.*

133. Swift, *The History of the Four Last Years of the Queen,* ed. Herbert Davis, with an introduction by Harold Williams (Oxford: Basil Blackwell, 1964), 103–6.

134. Swift, *Journal to Stella,* ed. Harold Williams (Oxford: Clarendon Press, 1948), Letters L and LI, where he also predicts the demolition of Grub Street by the wrecking ball of the stamp tax; Rogers, *Grub Street,* 237–38.

135. Swift, *History of the Four Last Years of the Queen,* 103–6.

136. It would be misleading to conclude that Swift was simply caught in his own mousetrap. Judith Mueller argues persuasively that Swift designed his "Apology" to read like those of Toland and others, that he was both imitating and parodying the insincere "Apologies" that ran in sheaves along Grub Street's kennels (Mueller, "Writing Under Constraint: Swift's 'Apology' for *A Tale of a Tub,*" *English Literary History* 60 [1993]: 101–15). Thus he disingenuously excuses the "franckness of his speech" (12) by assuring the reader that "he could have easily corrected [his book] with a very few Blots, had he been Master of his Papers for a Year or two before their Publication" (12); and he insists—repeatedly but not always sincerely—on the distinction between the author's meaning and the reader's application, both common ploys among the Tolands of the world. For all his foolery, Swift embraced Toland as his "semblable" in certain respects: both had gripes with the church—Swift with its tolerance, Toland with its intolerance—and both had reasons to remain carefully anonymous.

137. *Correspondence of Swift,* 1:165–66.

138. On the modern poet as plagiary, see 275: the "orators" of poetry "[attain preferment] by transferring of property, and [by] a confounding of *meum* and *tuum.*" For Swift's defense against Wotton's charges of plagiarism, see 13–15. On the common cry of "plagiarism" among early modern authors, see Hammond, *Professional Imaginative Writing in England;* Paulina Kewes, ed., *Plagiarism in Early Modern England* (New York: Palgrave, 2003).

CONCLUSION

1. Stephen Greenblatt, *Shakespearean Negotiations* (Berkeley and Los Angeles: University of California Press, 1988), 39, 65; Conrad Russell, "The British Problem and the English Civil War," and John Morrill, "The Religious Context of the English Civil War," both in *The English Civil War,* ed. Richard Cust and Ann Hughes (London: Arnold, 1997); John Morrill, "The Causes and Course of the British Civil Wars," in *Writing of the English Revolution,* ed. N. H. Keeble (Cambridge: Cambridge University Press, 2001).

2. John Milton, *Areopagitica* (London, 1644), 4–5.

3. Greaves, *Enemies Under His Feet,* 167, 183. N. H. Keeble too suggests that L'Estrange

failed in his efforts, but Keeble's view is more measured than Greaves's (Keeble, *Nonconformity,* 97, 127).

4. See *British Index* (forthcoming online; see http://www.psupress.org/); *CHBB,* 783–84.

5. Francis Smith *An Account of the Injurious Proceedings . . . Against Francis Smith, Bookseller* (London, 1681), 19; for a summary Smith's own losses, see 17–19. For other victims of state persecution, see *An Exact Narrative of the Tryal and Condemnation of John Twyn . . . Published by Authority* (London, 1664); Thomas Delaune, *A Narrative of the Sufferings of Thomas Delaune* (printed for the Author, 1684), 1; Keeble, *Nonconformity,* 101; and Sharon Achinstein, *Literature and Dissent in Milton's England* (Cambridge: Cambridge University Press, 2003).

6. Milton, *Areopagitica,* 25, 18.

7. Milton was partly right about the period from 1644 to 1649, as the war still raged; but by the end of 1649, censorship was very effective indeed (see *CHBB,* 783; *British Index,* forthcoming online; see http://www.psupress.org/).

8. *Chronology,* 1:628–29, 638–39.

9. Richard Baxter, *Reliquiae Baxterianae* (London, 1696), appendix no. 5, 109.

10. McKenzie, *London Book Trade,* 22–23; John Feather, "The Publication of John Harrington's Commonwealth of Oceana," *The Library,* 5th ser., 32 (1977): 262–68.

11. Baxter, *Reliquiae Baxterianae,* appendix no. 2, 61.

12. John Toland, *Tetradymus* (London, 1720), vii.

13. On the handful of skeptics who published during the Stuart period, see Reid Barbour, *Literature and Religious Culture in Seventeenth-Century England* (Cambridge: Cambridge University Press, 2002), chapter 2; Warren Chernaik, *Sexual Freedom in the Restoration* (Cambridge: Cambridge University Press, 1995); and David Berman, *A History of Atheism in Britain* (London: Croom Helm, 1988). Robert Boyle endorsed skepticism in the natural sciences, but he founded a series of lectures against atheism.

14. Levy, *Blasphemy,* 125–34; [Wood,] *Athenae Oxonienses,* 2:202.

15. John Locke to Philippus van Limborch, 10 May 1695, *The Correspondence of John Locke,* ed. E. S. de Beer (Oxford: Clarendon Press, 1976), 5:370. *The Reasonableness of Christianity* was advertised in August 1695 and published shortly thereafter. Ibid., 5:vii, 370.

16. Wootton, *Divine Right and Democracy,* 448.

17. Levy, *Blasphemy,* 274–76, 291–95. Of the four writers, only Tindal published anything before 1695; he published two tracts in 1694.

18. Astbury, "Renewal of the Licensing Act," 317. For the shift in the book trade after 1689, see *British Index* (forthcoming online; see http://www.psupress.org/); J. A. Downie, "Politics and the English Press," and Michael Treadwell, "The English Book Trade," both in *The Age of William III and Mary II: Power, Politics, and Patronage, 1688–1702,* ed. Robert P. Maccubin and Martha Hamilton-Phillips (Williamsburg: College of William and Mary, 1989), 340–46, 358–64.

19. Levy, *Blasphemy,* 235. On the legal troubles of Asgill and others, see ibid., 272–78. For Hume's self-censorship, see William Edward Morris, "David Hume," *The Stanford Encyclopedia of Philosophy* (spring 2001 edition); Edward N. Zalta, ed., http://plato.stanford.edu/archives/spr2001/entries/hume/; and *Letters of David Hume to William Strahan,* ed. G. Birbeck Hill (Oxford: Oxford University Press, 1888), letter lvi.

20. As Blair Worden has shown, the process of religious change during this period amounted to something more complex than "secularization," but after the Licensing Act lapsed Toland and others did succeed in changing the character of religious discourse. See Worden, *Roundhead Reputations: The English Civil Wars and the Passions of Posterity* (London: Penguin, 2001); Worden, "The Question of Secularization," in *A Nation Transformed,* ed. Alan Houston and Steve Pincus (Cambridge: Cambridge University Press, 2001).

21. Keeble, *Restoration,* 148; Levy, *Blasphemy,* 219–22 (quotation at 221), 224.

22. John Feather, "The English Book Trade and the Law, 1695–1799," *Publishing History* 12 (1982): 60; Levy, *Blasphemy,* chapters 10 and 13; Astbury, "Renewal of the Licensing Act," 318–22; J. A. Downie, *Robert Harley and the Press* (Cambridge: Cambridge University Press, 1979), 55, 149.

23. The government was forced to make do with a tax on pamphlets and newspapers. See Joseph M. Thomas, "Swift and the Stamp Act of 1712," *Publication of the Modern Language Association of America,* new ser., 24 (1916): 254–56; John Feather, "The Book Trade in Politics: The Making

of the Copyright Act of 1710," *Publishing History* 8 (1980): 37–39; Knights, *Representation,* 267. The Stamp Act did slow print production somewhat, but only, it seems, over the short term. See Knights, *Representation,* 16, 227, 233n. For the loopholes in the Stamp Act, see Siebert, *Documents,* 6:1–5; John Toland, *Proposal for Regulating ye Newspapers* (c. 1717), in Hanson, *Government and the Press,* appendix 1, 135–38; Siebert, *Freedom,* 315–16; C. G. Gibbs, "Government and the Press, 1695 to the Middle of the Eighteenth Century," in Duke and Tamse, *Too Mighty to Be Free,* 91–93. The act had within its scope pamphlets as well as newspapers.

24. John Feather, "From Censorship to Copyright: Aspects of the Government's Role in the English Book Trade 1695–1775," in *Books and Society in History,* ed. Kenneth E. Carpenter (New York: R. R. Bowker Co., 1983), 187–89.

25. 10 Anne C. 18, 1712, Section CXXIV, in Siebert, *Documents,* 6:2.

26. *The Pleadings of the Counsel before the House of Lords in the Great Cause of Literary Property* (London, n.d.), 27–29, 32–34, 39. For a discussion of the chancery cases, see Patterson, *Copyright in Historical Perspective,* chapter 8; Rose, *Authors,* chapter 5. For the First Amendment implications of copyright law, see the work of Lawrence Lessig.

27. St. Clair, *Reading Nation,* chapters 5, 7, appendices 1, 6. St. Clair's magnificent study is, however, limited by his exclusive focus on "books," which he seems to define rather narrowly.

28. See *British Index* (forthcoming online; see http://www.psupress.org/), appendix 2. Calculated using the ESTC database, British Library.

29. See ibid. on the annual book production of England, as distinguished from that of Scotland, Ireland, and Wales. For a chart comparing England's population with a basket of consumables over time, see E. A. Wrigley and R. S. Schofield, eds., *The Population History of England, 1541–1871* (Cambridge: Cambridge University Press, 1981; reprint, 1989), 403. For useful summaries, see M. W. Flinn, "The Population History of England, 1541–1871," *Economic History Review* 35 (1982), esp. 447; R. A. Houston, "The Population History of Britain and Ireland, 1500–1750," in *British Population History,* ed. Michael Anderson (Cambridge: Cambridge University Press, 1996), esp. 118. The Scottish and Irish populations grew very little in the late seventeenth and early eighteenth centuries; see Stuart Daultrey, David Dickson, and Cormac" Gráda, "Eighteenth-Century Irish Population: New Perspectives from Old Sources," *Journal of Economic History* 41 (1981): 475; Houston, "Population History of Britain and Ireland," 119–20.

30. See *British Index* (forthcoming online; see http://www.psupress.org/), appendix 2, and the chart in Knights, *Representation,* 16. On the increasing variety of print, see Knights, *Representation,* 223–29; Roy Porter, *Enlightenment* (London: Penguin, 2000), chapter 4; St. Clair, *Reading Nation,* 100, 572, 576. McKenzie rightly cautions us that book survival rates increase the nearer we come to the present day (*CHBB,* 556–61), but the number of extant publications rises so sharply from 1695 to 1720 and from 1740 onward as to rule out rising survival rates as an explanation. Furthermore, the number of printers and presses grew by 400 percent in the eighteenth century, whereas the period from 1557 to 1695—the focus of McKenzie's analysis—witnessed a much lower rate of increase. From 1583 to 1668, for example, the number of presses rose by about 50 percent. Before 1695, printing decrees and acts kept the number of printing presses in check (see the Introduction, p. 12, above and *CHBB,* 55 percent).

31. Hinks and Bell, "Book Trade in English Provincial Towns," 53–112, esp. 72. Cf. St. Clair, *Reading Nation,* 88.

32. On literacy rates, see Lawrence Stone, "Literacy and Education in England 1640–1900," *Past and Present* 42 (1969): 120–21; Porter, *Enlightenment,* 508n28; Knights, *Representation,* 17.

33. See Harry Ransom, "The Rewards of Authorship in the Eighteenth Century," *University of Texas Studies in English* 18 (1938): 47–66; R. W. Chapman, "Authors and Booksellers," in *Johnson's England,* vol. 2, ed. A. S. Turberville (Oxford: Clarendon Press, 1952); John Feather, "John Nourse and His Authors," *Studies in Bibliography* 34 (1981): 205–27; Peter Lindenbaum, "Milton's Contract," in Woodmansee and Jaszi, *Construction of Authorship,* 179n; Hammond, *Professional Imaginative Writing in England,* chapter 2.

34. Foxon, *Pope and the Early Eighteenth-Century Book Trade,* 55, 63. Compare the sum that Dryden is supposed to have earned for his 1697 subscription edition of the *Aeneid:* "Pope estimated Dryden's receipts from his Virgil at *c.* £1,200," less than a quarter of his own income for the *Iliad.* In addition, Foxon notes that in "'Dryden, Tonson, and subscriptions for the 1697 *Virgil*', [John Bar-

nard] gives an admirable account which suggests [that Dryden's total] could only have been reached by supplementary gifts from dedicatees and patrons" (63n).

35. Hammond, *Professional Imaginative Writing in England,* 73.

36. Ibid., 66–68.

37. Ibid., 64.

38. Ransom, "Rewards of Authorship," 56.

39. Lindenbaum, "Milton's Contract," 176–80.

40. Quoted in Porter, *Enlightenment,* 72.

41. Virginia Woolf, *A Room of One's Own* (1929; London: Harcourt Brace, 1989), 65.

42. Ibid., 66.

43. Hammond, *Professional Imaginative Writing in England,* 75.

44. Ibid., 75.

45. Ibid., 77.

46. Feather, "John Nourse and His Authors," 218.

47. Ibid., 219.

48. Ibid., 206–8.

49. Ibid., appendix A.

50. There is no doubt, however, that perpetual copyright is a regressive tax on learning, as St. Clair and others have argued. Although the book trade set production records in eighteenth-century Britain, still more books would have been produced from 1710 to 1774 had the stationers abided by the 1710 statute.

51. Ransom, "Rewards of Authorship," 52. For Curll's lower pay grade, see his contracts in British Library Add. MS 38728.

52. British Library Add. MS 38728.

53. David Hume, *My Own Life,* in *Dialogues concerning Natural Religion and Natural History of Religion* (Oxford: Oxford University Press, 1993), 4; Chapman, "Authors and Booksellers," 321–22.

54. Hume, *My Own Life,* 5. Compare his admission in the following paragraph that in 1749, "A. Millar informed me that my former publications (all but the unfortunate treatise) were beginning to be the subject of conversation; that the sale of them was gradually increasing, and that new editions were demanded."

55. Ransom, "Rewards of Authorship," 61. On Johnson's literary career, see Alvin Kernan, *Samuel Johnson and the Impact of Print* (Princeton: Princeton University Press, 1989).

56. *Letters of Hume to Strahan,* letter lxxxiv. In the end, Hume's nephew published the *Dialogues* in 1779; see *Oxford Dictionary of National Biography,* s.v. "Hume, David," http://o-www.oxforddnb.com.

57. Porter, *Enlightenment,* chapters 4 and 5. On the erosion of censorship and the continental Enlightenment, see Jonathan Israel, *Radical Enlightenment* (Oxford: Oxford University Press, 2001).

58. St. Clair, *Reading Nation,* 99–100, 132–34, 253–54, 668, 670, 673. However, cf. Hume, *My Own Life,* 4–5; Edward Gibbon, *Miscellaneous Works of Edward Gibbon, Esquire, With Memoirs of his Life and Writings,* vol. 1 (Dublin, 1796), 147–50, 173; Edward Gibbon to J. Holroyd (20 May 1776, 24 June 1776, May 1779), Edward Gibbon to Lord Sheffield (20 January 1787), in Gibbon, *Miscellaneous Works,* vol. 2 (London, 1814), 165, 167, 231–32, 398; Edward Gibbon to Mr. Caddell, Bookseller (11 February 1789), in Gibbon, *Miscellaneous Works* (London, 1837), 383–84. See also Porter, *Enlightenment,* 84, 112.

SELECT BIBLIOGRAPHY

PRIMARY SOURCES

Arber, Edward, ed. *A Transcript of the Registers of the Company of Stationers of London, 1554–1640* A.D. 5 vols. London: privately printed, 1 May 1877. Reprint, Gloucester Mass.: Peter Smith, 1967.

Charles I and John Gauden. *Eikon Basilike.* Ed. Philip A. Knachel. Ithaca: Cornell University Press, 1966.

Collier, Jeremy. *A Short View of the Immorality, and Profaneness of the English Stage, Together with the Sense of Antiquity of this Argument.* London: Printed for S. Keble, 1698.

Crump, Galbraith, ed. *Poems on Affairs of State.* Vol. 2, *1678–1685.* New Haven: Yale University Press, 1965.

A Decree of Starre-Chamber Concerning Printing. London: Robert Barker, Printer to the Kings most Excellent Maiestie, and by the Assignes of John Bill, 1637.

Dryden, John. *The Poems of John Dryden.* Ed. Paul Hammond. London: Longman, 1995.

Dunton, John. *The Life and Errors of John Dunton,* vol. 1. London: J. Nichols, Son, and Bentley, 1818. Reprint, New York: Burt Franklin, 1969.

Eyre, G. E. B., and C. R. Rivington, eds. *A Transcript of the Registers of the Worshipful Company of Stationers, 1640–1708* A.D. 3 vols. London: privately printed, 1913–14. Reprint, Gloucester, Mass.: Peter Smith, 1967.

Firth, C. H., and R. S. Rait, eds. *Acts and Ordinances of the Interregnum, 1642–1660.* 3 vols. London: H. M. Stationery Office, printed by Wyman and Sons, Ltd., 1911.

Foucault, Michel. "What Is an Author?" In *The Foucault Reader,* ed. Paul Rabinow. New York: Pantheon Books, 1984.

French, J. Milton. *The Life Records of John Milton.* 5 vols. New Brunswick: Rutgers University Press, 1949–58.

Gardiner, S. R., ed. *The Constitutional Documents of the Puritan Revolution, 1625–1660.* 3d ed. Oxford: Clarendon Press, 1958.

———. *Documents Relating to the Proceedings Against William Prynne, in 1634 and 1637.* Westminster, U.K.: Camden Society, 1877.

Greg, W. W., ed. *A Companion to Arber.* Oxford: Clarendon Press, 1967.

Haller, William, ed. *Tracts on Liberty in the Puritan Revolution, 1638–1647.* 3 vols. Facsimiles of the original tracts. New York: Columbia University Press, 1934. Reprint, New York: Octagon Books, 1965.

Haller, William, and Godfrey Davies, eds. *The Leveller Tracts, 1647–1653.* New York: Columbia University Press, 1944.

Herbert, Henry. *The Control and Censorship of Caroline Drama: The Records of Sir Henry Herbert, Master of the Revels, 1623–73.* Ed. N. W. Bawcutt. Oxford: Clarendon Press, 1996.

Hobbes, Thomas. *Leviathan.* Ed. Richard Tuck. Cambridge: Cambridge University Press, 1997.

Howell, T. B., ed. *Cobbett's Complete Collection of State Trials.* 33 vols. and index. London: T. C. Hansard, 1809–28.

Jackson, William A., ed. *Records of the Court of the Stationers' Company, 1602–1640.* London: Bibliographical Society, 1957.
Journal of the House of Commons. http://www.british-history.ac.uk/catalogue.aspx?-type=2&gid=43.
Journal of the House of Lords. http://www.british-history.ac.uk/catalogue.aspx?type=2&gid=44.
Kenyon, John, ed. *The Stuart Constitution: Documents and Commentary.* 2d ed. Cambridge: Cambridge University Press, 1993.
Locke, John. *Political Essays.* Ed. Mark Goldie. Cambridge: Cambridge University Press, 1997.
Lord, George de Forrest, ed. *Poems on Affairs of State.* Vol. 1, *1660–1678.* New Haven: Yale University Press, 1963.
Lovelace, Richard. *Lucasta.* London: Thomas Harper, 1649.
———. *The Poems of Richard Lovelace.* Ed. C. H. Wilkinson. Oxford: Clarendon Press, 1930.
Luttrell, Narcissus. *A Brief Historical Relation of State Affairs from September 1678 to April 1714.* 6 vols. Oxford: Oxford University Press, 1857.
Marvell, Andrew. *The Poems of Andrew Marvell.* Ed. Nigel Smith. London: Longman, 2003.
———. *The Prose Works of Andrew Marvell.* 2 vols. Ed. Martin Dzelzainis and Annabel Patterson. New Haven: Yale University Press, 2003.
Milton, John. *Areopagitica.* London: [s.n.], 1644.
———. *The Complete Prose Works of John Milton.* 8 vols. Gen. ed. Don Wolfe. Vol. 2, *1643–1648,* ed. Ernest Sirluck. Vol. 4, *1650–1655,* ed. D. M. Wolfe. New Haven: Yale University Press, 1959, 1966.
———. *The Riverside Milton.* Ed. Roy Flannagan. Boston: Houghton Mifflin, 1998.
An Ordinance Ordained, Devised, and Made by the Master, and Keepers or Wardens, and Commonalty of the Mystery or Art of Stationers of the City of London for the Well Governing of that Society. London: printed for the Company of Stationers, 1682.
Orgel, Stephen, and Roy Strong, eds. *Inigo Jones: The Theatre of the Stuart Court.* 2 vols. Berkeley and Los Angeles: University of California Press, 1973.
Parker, Henry. *To the High Court of Parliament: The humble Remonstrance of the Company of Stationers.* London, April 1643.
Parks, Stephen, ed. *English Publishing, the Struggle for Copyright, and the Freedom of the Press: Thirteen Tracts, 1666–1774.* New York: Garland Publishing, 1975.
———. *Freedom of the Press: Four Tracts, 1664–1693, with the Diary of Edmund Bohun.* New York: Garland Publishing, 1975.
———. *Freedom of the Press: Six Tracts, 1660–1669.* New York: Garland Publishing, 1974.
———. *Freedom of the Press: Six Tracts, 1698–1709.* New York: Garland Publishing, 1974.
The Parliamentary or Constitutional History of England ("Old Parliamentary History"). Collected by several hands. 24 vols. London: printed and sold by Thomas Osborne and William Sandby, 1751–61.
Pepys, Samuel. *The Diary of Samuel Pepys.* 11 vols. Ed. R. C. Latham and W. Matthews. New York: HarperCollins, 1995.
Prynne, William. *Canterburies Doome.* London: printed by John Macock, for Michael Sparke, 1646.
———. *Histrio-mastix.* London: printed by E. A. and W. I. for Michael Sparke, 1633.
Raymond, Joad, ed. *Making the News: An Anthology of the Newsbooks of Revolutionary England, 1641–1660.* New York: St. Martin's Press, 1993.
Ridpath, George. *The Stage Condemn'd.* London: printed for John Salusbury, 1698.

Rollins, Hyder, ed. *Cavalier and Puritan: Ballads and Broadsides Illustrating the Period of the Great Rebellion, 1640–1660.* New York: New York University Press, 1923.

Siebert, Fredrick S., ed. *Documents Relating to the Development of the Relations Between Press and Government in England in the XVIth and XVIIth Centuries.* Urbana: University of Illinois Press, 1951.

———. "Regulation of the Press in the Seventeenth Century: Excerpts from the Records of the Court of the Stationers Company." *Journalism Quarterly* 13 (December 1936): 381–93.

The Statutes of the Realm. London: Dawsons of Pall Mall, 1965.

Swift, Jonathan. *The Correspondence of Jonathan Swift.* Ed. Harold Williams. 5 vols. Oxford: Clarendon Press, 1965.

———. *Prose Works.* Gen. ed. Herbert Davis. 14 vols. Oxford: Basil Blackwell, 1939–63.

———. *A Tale of a Tub.* 2d ed. Ed. A. C. Guthkelch and D. Nichol Smith. Oxford: Clarendon Press, 1920.

[Wood, Anthony à.] *Athenae Oxonienses.* 2 vols. London: printed for Tho. Bennet at the Half-Moon in S. Pauls Churchyard, 1691–92.

Wootton, David, ed. *Divine Right and Democracy: An Anthology of Political Writing in Stuart England.* London: Penguin, 1986.

SECONDARY SOURCES

Astbury, Raymond. "The Renewal of the Licensing Act in 1693 and Its Lapse in 1695." *The Library,* 5th ser., 33 (1978): 296–322.

Barnard, John, and D. F. McKenzie, eds. *The Cambridge History of the Book in Britain.* Vol. 4, *1557–1695.* Cambridge: Cambridge University Press, 2002.

Bell, Maureen. "Entrance in the Stationers' Register." *The Library,* 6th ser., 16 (1994): 50–54.

———. "'Her usual practices': The Later Career of Elizabeth Calvert, 1664–75." *Publishing History* 35 (1994): 5–64.

Bell, Maureen, and John Barnard. "Provisional Count of *Wing* Titles, 1641–1700." *Publishing History* 44 (1998): 89–97.

Bellany, Allistair. "'Raylinge Rymes and Vaunting Verse': Libellous Politics in Early Stuart England, 1603–1628." In *Culture and Politics in Early Stuart England,* ed. Kevin Sharpe and Peter Lake, 285–310. Stanford: Stanford University Press, 1993.

Blagden, Cyprian. *The Stationers' Company: A History, 1403–1959.* Stanford: Stanford University Press, 1977.

———. "The Stationers' Company in the Civil War Period." *The Library,* 5th ser., 13 (1958): 1–17.

Blayney, Peter. "The Publication of Playbooks." In *A New History of Early English Drama,* ed. John D. Cox and David Scott Kastan, 383–422. New York: Columbia University Press, 1997.

Blum, Abbe. "The Author's Authority: *Areopagitica* and the Labour of Licensing." In *Remembering Milton,* ed. Mary Nyquist and Margaret W. Ferguson, 74–96. New York: Methuen, 1987.

Butler, Martin. *Theatre and Crisis, 1632–1642.* Cambridge: Cambridge University Press, 1984.

Calendar of State Papers, Domestic. http://www.british-history.ac.uk/catalogue.aspx?

type=3&gid=104 (Charles I); http://www.british-history.ac.uk/catalogue.aspx?type=3&gid=105 (Interregnum); http://www.british-history.ac.uk/catalogue.aspx?type=3&gid=103 (Charles II).

Clare, Janet. *"Art made tongue-tied by authority": Elizabethan and Jacobean Dramatic Censorship.* 2d ed. Manchester: Manchester University Press, 1999.

Clegg, Cyndia. "Censorship and the Courts of Star Chamber and High Commission in England to 1640." *Journal of Modern European History* 3 (2005): 50–80.

———. *Press Censorship in Elizabethan England.* Cambridge: Cambridge University Press, 1997.

———. *Press Censorship in Jacobean England.* Cambridge: Cambridge University Press, 2001.

Clyde, William. "Parliament and the Press, 1643–1647." *The Library,* 4th ser., 13 (1933): 399–424.

———. *The Struggle for the Freedom of the Press: From Caxton to Cromwell.* London: Oxford University Press, 1934. Reprint, New York: Burt Franklin, 1970.

Cogswell, Thomas. "Underground Verse and the Transformation of Early Stuart Political Culture." In *Political Culture and Cultural Politics in Early Modern Europe,* ed. Susan D. Amussen and Mark A. Kishlansky, 277–300. Manchester: Manchester University Press, 1995.

Conolly, L. W. *The Censorship of English Drama, 1737–1824.* San Marino, Calif.: Huntington Library, 1976.

Cotterill, Anne. *Digressive Voices in Early Modern English Literature.* Oxford: Clarendon Press, 2004.

Crist, Timothy. "Government Control of the Press After the Expiration of the Printing Act in 1679." *Publishing History* 5 (1979): 49–77.

Cromartie, A. D. T. "The Printing of Parliamentary Speeches, November 1640–July 1642." *Historical Journal* 33 (1990): 23–44.

Dobranski, Stephen B. *Milton, Authorship, and the Book Trade.* Cambridge: Cambridge University Press, 1999.

Duke, A. C., and C. A. Tamse, eds. *Too Mighty to Be Free: Censorship and the Press in Britain and the Netherlands.* Zutphen, Netherlands: De Walburg Pers, 1987.

Dutton, Richard. *Licensing, Censorship, and Authorship in Early Modern England.* London: Palgrave, 2000.

Eisenstein, Elizabeth L. *The Printing Press as an Agent of Change.* Cambridge: Cambridge University Press, 1979.

Erdman, David V., and Ephim G. Fogel, eds. *Evidence for Authorship: Essays on Problems of Attribution.* Ithaca: Cornell University Press, 1966.

Feather, John. *A History of British Publishing.* London: Routledge, 1988. Reprint, 1996.

———. *Publishing, Piracy, and Politics: An Historical Study of Copyright in Britain.* London: Mansell, 1994.

Fincham, Kenneth, ed. *The Early Stuart Church, 1603–1642.* London: Macmillan, 1993.

Foster, Stephen. *Notes from the Caroline Underground: Alexander Leighton, the Puritan Triumvirate, and the Laudian Reaction to Nonconformity.* Hamden, Conn.: Archon Books, 1978.

Foxon, David. *Libertine Literature in England, 1660–1745.* New York: University Books, 1965.

———. *Pope and the Early Eighteenth-Century Book Trade.* Rev. and ed. James McLaverty. Oxford: Clarendon Press, 1991.

Frank, Joseph. *The Beginnings of the English Newspaper: 1620–1660.* Cambridge: Harvard University Press, 1961.

———. *Cromwell's Press Agent: A Critical Biography of Marchamont Nedham, 1620–1678.* Lanham, Md.: University Press of America, 1980.

Fraser, Peter. *The Intelligence of the Secretaries of State and Their Monopoly on Licensed News.* Cambridge: Cambridge University Press, 1956.

Freist, Dagmar. *Governed by Opinion: Politics, Religion, and the Dynamics of Communication in Stuart London, 1637–1645.* London: Tauris Academic Studies, 1997.

Gibbs, G. C. "Press and Public Opinion." In *Liberty Secured? Britain Before and After 1688,* ed. J. R. Jones. Stanford: Stanford University Press, 1992.

Gillett, Charles. *Burned Books.* 2 vols. New York: Columbia University Press, 1932.

Gleason, John B. "The Earliest Evidence for Ecclesiastical Censorship of Printed Books in England." *The Library,* 6th ser., 4 (1982): 135–41.

Greaves, Richard L. *Enemies Under His Feet: Radicals and Nonconformists in Britain, 1664–1677.* Stanford: Stanford University Press, 1990.

Greg, W. W. *Licensers for the Press, &c. to 1640.* Oxford: Oxford Bibliographical Society, 1962.

———. *Some Aspects and Problems of London Publishing Between 1550 and 1650.* Oxford: Clarendon Press, 1956.

Habermas, Jurgen. *The Structural Transformation of the Public Sphere: An Inquiry into a Category of Bourgeois Society.* Trans. Thomas Burger. Cambridge: MIT Press, 1996.

Hamburger, Philip. "The Development of the Law of Seditious Libel and the Control of the Press." *Stanford Law Review* 37 (1985): 661–765.

Hammond, Brean S. *Professional Imaginative Writing in England, 1670–1740.* Oxford: Clarendon Press, 1997.

Hammond, Paul. "Anonymity in Restoration Poetry." *Seventeenth Century* 8 (1993): 123–42.

———. "Censorship in the Manuscript Transmission of Restoration Poetry." In *Literature and Censorship,* ed. Nigel Smith, 39–62. Cambridge: D. S. Brewer, 1993.

Hanson, Laurence. *Government and the Press, 1695–1763.* Oxford: Clarendon Press, 1936.

Harris, Tim. *London Crowds in the Reign of Charles II: Propaganda and Politics from the Restoration Until the Exclusion Crisis.* Cambridge: Cambridge University Press, 1987.

Hart, W. H. *Index expurgatorius anglicanus.* London: John Russell Smith, 1872. Reprint, New York: Burt Franklin, 1969.

Hessayon, Ariel. "Incendiary Texts: Book Burning in England, c. 1640–c. 1660." *Cromohs* 12 (2007): 1–25. http://www.cromohs.unifi.it/12_2007/hessayon_incendtexts.html .

Hetet, John. "The Wardens' Accounts of the Stationers' Company, 1663–1679." In *Economics of the English Book Trade, 1605–1939,* ed. Robin Myers and Michael Harris, 32–59. Cambridge: Chadwick-Healey, 1985.

Hill, Christopher. "Censorship and English Literature." In *The Collected Essays of Christopher Hill,* vol. 1, *Writing and Revolution in 17th-Century England.* Amherst: University of Massachusetts Press, 1985.

Hinds, Peter. "'A Vast Ill Nature': Roger L'Estrange, Reputation, and the Credibility of Political Discourse in the Late Seventeenth Century." *Seventeenth Century* 21 (2006): 335–63.

Hinks, John, and Maureen Bell. "The Book Trade in English Provincial Towns, 1700–1849: An Evaluation of Evidence from the British Book Trade Index." *Publishing History* 57 (2005): 53–112.

Hirst, Derek. *England in Conflict, 1603–1660.* London: Arnold, 1999.

Historical Manuscripts Commission Reports. http://www.british-history.ac.uk/catalogue.aspx?type=3&gid=117.

Hotson, Leslie. *The Commonwealth and Restoration Stage.* New York: Russell and Russell, 1962.

Hyland, Paul, and Neil Sammells, eds. *Writing and Censorship in Britain.* London: Routledge, 1992.

Johns, Adrian. *The Nature of the Book: Print and Knowledge in the Making.* Chicago: University of Chicago Press, 1998.

Keeble, N. H. *The Literary Culture of Nonconformity in Later Seventeenth-Century England.* Athens: University of Georgia Press, 1987.

———. *The Restoration: England in the 1660s.* Oxford: Blackwell, 2002.

Kemp, Geoff. "L'Estrange and the Publishing Sphere." In *Fear, Exclusion, and Revolution: Roger Morrice and Britain in the 1680s,* ed. Jason McElligott, 67–90. Aldershot: Ashgate, 2006.

Kitchin, George. *Sir Roger L'Estrange: A Contribution to the History of the Press in the Seventeenth Century.* London: K. Paul Trench, Trübner and Co., 1913. Reprint, New York: Augustus M. Kelley Publishers, 1971.

Knights, Mark. *Politics and Opinions in Crisis, 1678–1681.* Cambridge: Cambridge University Press, 1994.

———. *Representation and Misrepresentation in Later Stuart Britain.* Oxford: Clarendon Press, 2005.

Lambert, Sheila. "The Beginning of Printing for the House of Commons." *The Library,* 6th ser., 3 (1981): 43–61.

———. "The Printers and the Government, 1604–1640." In *Aspects of Printing from 1600,* ed. Robin Myers and Michael Harris, 1–29. Oxford: Oxford Polytechnic Press, 1987.

———. "Richard Montagu, Arminianism, and Censorship." *Past and Present* 124 (1989): 36–68.

———. "State Control of the Press in Theory and Practice: The Role of the Stationers' Company Before 1640." In *Censorship and the Control of Print in England and France, 1600–1910,* ed. Robin Myers and Michael Harris, 1–32. Winchester: St. Paul's Bibliographies, 1992.

Levy, Leonard. *Blasphemy: Verbal Offense Against the Sacred, from Moses to Salman Rushdie.* Chapel Hill: University of North Carolina Press, 1993.

Loewenstein, Joseph. *The Author's Due: Printing and the Prehistory of Copyright.* Chicago: University of Chicago Press, 2002.

———. "Legal Proofs and Corrected Readings: Press-Agency and the New Bibliography." In *The Production of English Renaissance Culture,* ed. David Lee Miller, Sharon O'Dair, and Harold Weber, 93–122. Ithaca: Cornell University Press, 1994.

Love, Harold. *English Clandestine Satire, 1660–1702.* Oxford: Clarendon Press, 2004.

———. "Refining Rochester: Private Texts and Public Readers." *Harvard Library Bulletin,* new ser., 7 (1996): 40–49.

———. *Scribal Publication in Seventeenth-Century England.* Oxford: Clarendon Press, 1993.

Lynch, Beth. "*Mr. Smirke* and 'Mr. Filth': A Bibliographic Case Study in Nonconformist Printing." *The Library,* 7th ser., 1 (2000): 46–71.

MacPherson, Harriet Dorothea. *Censorship Under Louis XIV, 1661–1715: Some Aspects of Its Influence.* New York: Institute of French Studies, 1929.

Madan, Francis F. *A New Bibliography of the Eikon Basilike of King Charles the First.* London: Bernard Quaritch, Ltd., 1950.

Marotti, Arthur. *Manuscript, Print, and the English Renaissance Lyric.* Ithaca: Cornell University Press, 1995.

Masson, David. *The Life of John Milton.* 7 vols. London: Macmillan, 1896.

McElligott, Jason. "'A Couple of Hundred Squabbling Small Tradesmen'? Censorship, the Stationers' Company, and the State in Early Modern England." *Media History* 11 (2005): 87–104.

McKenzie, D. F. "The London Book Trade in 1644." In *Bibliographia,* ed. John Horden, 131–52. Oxford: Leopard's Head Press, 1992.

———. "The London Book Trade in 1668." *Words: Wai-te-ata, Studies in Literature* 4 (1974): 75–92.

———. *The London Book Trade in the Later Seventeenth Century.* Sandars Lectures. Privately printed, 1976.

McKenzie, D. F., and Maureen Bell. *A Chronology and Calendar of Documents Relating to the London Book Trade, 1641–1700.* 3 vols. Oxford: Clarendon Press, 2005.

McKitterick, David. *Printing and the Book Trade in Cambridge, 1534–1698.* Vol. 1. Cambridge: Cambridge University Press, 1992.

McRae, Andrew. *Literature, Satire, and the Early Stuart State.* Cambridge: Cambridge University Press, 2004.

Mendle, Michael. "De Facto Freedom, De Facto Authority: Press and Parliament, 1640–1643." *Historical Journal* 38 (1995): 307–32.

Milhous, Judith, and Robert D. Hume. *A Register of English Theatrical Documents, 1660–1737.* 2 vols. Carbondale: Southern Illinois University Press, 1991.

Milton, Anthony. "Licensing, Censorship, and Religious Orthodoxy in Early Stuart England." *Historical Journal* 41 (1998): 625–51.

Nash, N. Frederick. "English Licenses to Print and Grants of Copyright in the 1640s." *The Library,* 6th ser., 4 (1982): 174–84.

Nelson, Carolyn, and Matthew Seccombe. *Periodical Publications, 1641–1700: A Survey with Illustrations.* London: Bibliographical Society, 1986.

Norbrook, David. *Writing the English Republic: Poetry, Rhetoric, and Politics, 1627–1660.* Cambridge: Cambridge University Press, 1999.

Orgel, Stephen. *The Illusion of Power: Political Theater in the English Renaissance.* Berkeley and Los Angeles: University of California Press, 1975.

Parks, Stephen, ed. *The Luttrell File: Narcissus Luttrell's Dates on Contemporary Pamphlets, 1679–1730.* New Haven: Beinecke Rare Book and Manuscript Library, Yale University, 1999.

Patterson, Annabel. "Andrew Marvell: Living with Censorship." In *Literature and Censorship in Renaissance England,* ed. Andrew Hadfield, 187–203. Houndmills: Palgrave, 2001.

———. *Censorship and Interpretation: The Conditions of Writing and Reading in Early Modern England.* Madison: University of Wisconsin Press, 1984.

Patterson, Lyman Ray. *Copyright in Historical Perspective.* Nashville: Vanderbilt University Press, 1968.

Peacey, Jason. *Politicians and Pamphleteers: Propaganda During the English Civil Wars and Interregnum.* Aldershot: Ashgate, 2004.

Plomer, Henry R. "A Cavalier's Library." *The Library,* new ser., 5 (1904): 158–72.

———. *A Dictionary of the Booksellers and Printers Who Were at Work in England, Scotland, and Ireland from 1641 to 1667.* London: Blades, East and Blades, 1907.

Potter, Lois. *Secret Rites and Secret Writing: Royalist Literature, 1641–1660.* Cambridge: Cambridge University Press, 1989.

Randall, Dale B. J. *Winter Fruit: English Drama, 1642–1660.* Lexington: University Press of Kentucky, 1995.

Raymond, Joad. *The Invention of the Newspaper: English Newsbooks, 1641–1649.* Oxford: Clarendon Press, 1996.

———. "'A Mercury with a Winged Conscience': Marchamont Nedham, Monopoly, and Censorship." *Media History* 4 (1998): 7–18.

———. *Pamphlets and Pamphleteering in Early Modern Britain.* Cambridge: Cambridge University Press, 2003.

Rogers, Pat. *Grub Street: Studies in a Subculture.* London: Methuen and Co., 1972.

Rose, Mark. *Authors and Owners: The Invention of Copyright.* Cambridge: Harvard University Press, 1993.

Rostenberg, Leona. *Literary, Political, Scientific, Religious, and Legal Publishing, Printing, and Bookselling in England, 1551–1700: Twelve Studies.* 2 vols. New York: Burt Franklin, 1965.

Schwoerer, Lois G. *The Ingenious Mr. Henry Care, Restoration Publicist.* Baltimore: Johns Hopkins University Press, 2001.

———. "Liberty of the Press and Public Opinion, 1660–95." In *Liberty Secured? Britain Before and After 1688,* ed. J. R. Jones. Stanford: Stanford University Press, 1992.

Sharpe, Kevin. *Criticism and Compliment: The Politics of Literature in the England of Charles I.* Cambridge: Cambridge University Press, 1987.

———. *The Personal Rule of Charles I.* New Haven: Yale University Press, 1992.

Shuger, Debora. *Censorship and Cultural Sensibility: The Regulation of Language in Tudor-Stuart England.* Philadelphia: University of Pennsylvania Press, 2006.

Siebert, Fredrick S. *Freedom of the Press in England, 1476–1776.* Urbana: University of Illinois Press, 1952.

Sprunger, Keith L. *Trumpets from the Tower: English Puritan Printing in the Netherlands, 1600–1640.* Leiden: E. J. Brill, 1994.

St. Clair, William. *The Reading Nation in the Romantic Period.* Cambridge: Cambridge University Press, 2004.

Steinberg, S. H. *Five Hundred Years of Printing.* New ed. Rev. John Trevitt. New Castle, U.K.: British Library and Oak Knoll Press, 1996.

Sutherland, James. *The Restoration Newspaper and Its Development.* Cambridge: Cambridge University Press, 1986.

Thomas, Donald. *A Long Time Burning: The History of Literary Censorship in England.* New York: Praeger, 1969.

———. "Prosecutions of *Sodom: Or, The Quintessence of Debauchery,* and *Poems on Several Occasions by the E of R,* 1689–1690 and 1693." *The Library,* 5th ser., 24 (1969): 51–55.

Thomas, P. W. *Sir John Berkenhead, 1617–1679: A Royalist Career in Politics and Polemics.* Oxford: Clarendon Press, 1969.

Thompson, Anthony B. "Licensing the Press: The Career of G. R. Weckherlin During the Personal Rule of Charles I." *Historical Journal* 41 (1998): 653–78.

Thompson, Roger. "Two Early Editions of Restoration Erotica." *The Library,* 5th ser., 31 (1977): 45–48.

———. *Unfit for Modest Ears.* Totowa, N.J.: Rowman and Littlefield, 1979.

Towers, S. Mutchow. *Control of Religious Printing in Early Stuart England.* Suffolk, U.K.: Boydell Press, 2003.

Treadwell, Michael. "London Trade Publishers, 1675–1750." *The Library,* 6th ser., 4 (1982): 99–134.

———. "On False and Misleading Imprints in the London Book Trade, 1660–1750." In *Fakes and Frauds: Varieties of Deception in Print and Manuscript,* ed. Robin Myers and Michael Harris, 29–46. Winchester: St. Paul's Bibliographies, 1989.

———. "1695–1995: Some Tercentenary Thoughts on the Freedoms of the Press." *Harvard Library Bulletin,* new ser., 7 (1996): 3–19.

———. "Swift's Relations with the London Book Trade to 1714." In *Author/Publisher Relations During the Eighteenth and Nineteenth Centuries,* ed. Robin Myers and Michael Harris, 1–36. Oxford: Oxford Polytechnic Press, 1983.

Von Maltzahn, Nicholas. *Milton's History of Britain: Republican Historiography in the English Revolution.* Oxford: Clarendon Press, 1991.

Weber, Harold. *Paper Bullets: Print and Kingship Under Charles II.* Lexington: University Press of Kentucky, 1996.

Williams, F. B., Jr. "An Initiation into Initials." *Studies in Bibliography* 9 (1957): 163–78.

———. "The Laudian Imprimatur." *The Library,* 5th ser., 15 (1960): 96–104.

Williams, Kathleen, ed. *Swift: The Critical Heritage.* New York: Barnes and Noble, 1970.

Williams, William P., ed. *Index to the Stationers' Register, 1640–1708.* La Jolla, Calif.: Laurence McGilvery, 1980.

Wolfe, Don M., ed. *Leveller Manifestoes of the Puritan Revolution.* New York: Humanities Press, 1967.

Woodfield, D. B. *Surreptitious Printing in England, 1550–1640.* New York: Bibliographical Society of America, 1973.

Woodmansee, Martha, and Peter Jaszi, eds. *The Construction of Authorship: Textual Appropriation in Law and Literature.* Durham: Duke University Press, 1994.

Zaret, David. *Origins of Democratic Culture: Printing, Petitions, and the Public Sphere in Early-Modern England.* Princeton: Princeton University Press, 2000.

Zwicker, Steven N. "Lines of Authority: Politics and Literary Culture in the Restoration." In *The Politics of Discourse: The Literature and History of Seventeenth-Century England,* ed. Kevin Sharpe and Steven N. Zwicker, 230–70. Berkeley and Los Angeles: University of California Press, 1987.

———. *Lines of Authority: Politics and Literary Culture, 1649–1689.* Ithaca: Cornell University Press, 1993.

———. *Politics and Language in Dryden's Poetry.* Princeton: Princeton University Press, 1984.

———. "Reading the Margins." In *Refiguring Revolutions: Aesthetics and Politics from the English Revolution to the Romantic Revolution,* ed. Kevin Sharpe and Steven N. Zwicker, 101–15. Berkeley and Los Angeles: University of California Press, 1998.

INDEX